HEYNE <

Das Buch

In den Motorradclub der Swords hineingeboren bricht für Breezy eine Welt zusammen, als ihre große Liebe Steele sie verlässt und sie aus dem Club ausgeschlossen wird. Was sie jedoch nicht weiß, Steele ist ein ausgebildeter Killer, der sich mit seinen Brüdern den Swords angeschlossen hat, um deren Menschenhändlerring von innen zu zerschlagen. Er stößt Breezy von sich, auch um sie vor dem gewalttätigen Motorradclub zu schützen. Breezy bringt sein Kind zur Welt und nimmt ihr Leben notgedrungen selbst in die Hand.

Doch als die Swords ihren Sohn entführen und sie zwingen wollen, Steele zu ermorden, bittet Breezy in ihrer Not den früheren Geliebten und seinen Motorradclub um Hilfe. Gemeinsam nehmen sie den Kampf auf und stellen sich ihrer Vergangenheit.

Die Autorin

Christine Feehan wurde in Kalifornien geboren, wo sie heute noch mit ihrem Mann und ihren Kindern lebt. Sie begann bereits in jungen Jahren zu schreiben und hat seit 1999 mehr als sechzig erfolgreiche Romane veröffentlicht, die in den USA mit mehreren Literaturpreisen ausgezeichnet wurden und alle auf die *New-York-Times*-Bestsellerliste gekommen sind. Auch in Deutschland ist sie mit den *Drake-Schwestern*, der *Sea-Haven-Saga*, der *Highway-Serie*, der *Schattengänger-Serie* und der *Leopardenmenschen-Saga* äußerst erfolgreich.

Mehr Informationen über die Autorin und ihre Bücher finden sich im Anschluss an diesen Roman und auf ihrer Website *www.christinefeehan.com*.

CHRISTINE FEEHAN

HIGHWAY TO PASSION

Roman

Aus dem Amerikanischen
von Almuth Reich

WILHELM HEYNE VERLAG
MÜNCHEN

Die Originalausgabe VENGEANCE ROAD erschien erstmals 2019
bei Berkley, Penguin Random House LLC, New York

FSC
www.fsc.org
MIX
Papier aus verantwortungsvollen Quellen
FSC® C014496

Verlagsgruppe Random House FSC® N001967

Vollständige deutsche Erstausgabe 10/2020

in der Verlagsgruppe Random House GmbH,
Neumarkter Str. 28, 81673 München
Veröffentlicht in Zusammenarbeit mit The Berkley Publishing Group,
an Imprint of Penguin Publishing Group,
a Division of Penguin Random House LLC
 Printed in Germany
Redaktion: Birgit Groll
Umschlaggestaltung: © Nele Schütz Design, München
unter Verwendung von © shutterstock (Nataleana,
Natalia Macheda, Light Field Studios, miami beach forever)
Satz: KompetenzCenter, Mönchengladbach
Druck und Bindung: GGP Media GmbH, Pößneck
ISBN: 978-3-453-42318-3

www.heyne.de

Für alle Frauen, die mutig genug sind,
sich mit wilden Männern anzulegen

1. Kapitel

Breezy Simmons lehnte sich einen Moment lang gegen ihren Pick-up und schaute auf das große Gebäude des Torpedo-Ink-Motorradclubs. Das Herz hämmerte ihr heftig in der Brust, und die Welt schien sich unkontrollierbar zu drehen. Sie beugte sich rasch vor, legte den Kopf auf die Beine und atmete heftig ein. Dabei sah sie auf der anderen Seite des Gebäudes zwei Männer, die sie jedoch nicht kannte. Das ließ ihren Mut sinken.

Sie konnte doch nicht den falschen Club erwischt haben. Es musste dieser sein. Ihr lief die Zeit davon. Langsam richtete sie sich auf und sah sich noch einmal vorsichtig um. Die beiden Männer schauten vom Parkplatz aus zu ihr herüber. Sie vermied es, zu lange zu ihnen hinzusehen, denn sie wollte nicht, dass sie sich ihr näherten. Sie musste nur sehr schnell in das Haus hinein- und wieder herauskommen.

Das Torpedo-Ink-Gebäude war riesig und von einem hohen Maschendrahtzaun umgeben, der oben sogar mit Stacheldraht gesichert war, sodass es etwas an eine Festung erinnerte. Das Rolltor stand weit offen; sie war mit ihrem ramponierten Truck auf das Gelände gefahren und hatte möglichst nahe am Clubhaus geparkt. Die Tür des Wagens hatte sie bewusst offen und den Motor laufen lassen. Hoffentlich würde niemand sie erkennen, und sie konnte rasch in das Gebäude hinein und wieder heraus, sobald sie sichergestellt hatte, dass dies wirklich die Leute waren, nach denen sie suchte.

Es war noch früh am Morgen, der Club kam erst langsam in die Gänge. Hier war über das Wochenende unübersehbar heftig gefeiert worden. In dem riesigen Hof mit einem herrlichen Blick auf das Meer glühte in einigen ausgebrannten Lagerfeuern noch Asche, die vom Wind wieder angefacht wurde. Ein Mann, der ihr den Rücken zugewandt hatte, löschte sie mit einem Wasserschlauch. Er trug ein enges T-Shirt und Jeans, aber keine Abzeichen. Trotzdem war sie sich ziemlich sicher, dass dies das Gebäude des Clubs war, der sich Torpedo Ink nannte. Sie schickte ein stummes Gebet zum Himmel, dass sie sich nicht irrte.

Leere Flaschen lagen im Gras verstreut wie auch auf der Erde an der Seite des Gebäudes. Auf dem Parkplatz standen Autos, Motorräder und Trucks herum, fein säuberlich getrennt von dem Platz, wo die Mitglieder des Clubs ihre Fahrzeuge stehen hatten. Deren Maschinen waren in einer Reihe aufgestellt und wurden von einem Kandidaten bewacht. Er saß auf der Bordsteinkante und beobachtete Breezy. Sie hatte zu nahe an den kostbaren Bikes geparkt, doch das war ihr egal – nur dass sie damit eben die Aufmerksamkeit des Kandidaten auf sich gezogen hatte.

Ein Stück vom Clubhaus entfernt stand eine zweite lange Reihe Motorräder in akurater Linie und wurde ebenfalls von einem Kandidaten bewacht. Der schaute eher gleichgültig zu ihr herüber, was ihr sagte, dass diese Bikes einem Club gehörten, der zu Besuch war. Dieser Mann war nicht so daran interessiert, das Grundstück zu bewachen wie der andere beim Clubhaus.

Sie musste dies hinter sich bringen. Schon allein die Tatsache, in unmittelbarer Nähe eines Bikerclubs zu sein, verursachte ihr Übelkeit. Dass sie wusste, was auf der Party abgegangen war, machte es noch schlimmer. Und dass dies *sein* Club sein könnte und sie riskieren musste, ihm zufällig zu begegnen, machte es am allerschlimmsten.

Breezy straffte die Schultern und nahm den Umschlag vom

Sitz im Inneren ihres Wagens. Der Kandidat sprang auf. Wenn sie sicher gewusst hätte, dass dies der richtige Club war, hätte sie ihm den Brief in die Hand gedrückt und wäre losgefahren, doch sie vermutete das eben nur.

Sie hatte ihn bewusst nicht im Auge behalten, vor allem, als ihr ein Jahr nach ihrem Weggehen zu Ohren kam, dass achtzehn Mitglieder der Swords deren internationalen Präsidenten ermordet haben sollten. Angeblich hatten sie auch einige Mitglieder umgebracht und waren dann verschwunden. Breezy wusste sofort, wer die achtzehn waren, und da sie sie kannte, wusste sie auch, dass das möglich war, auch wenn andere es abstritten. Sie war so weit von diesem Leben weggelaufen, wie sie nur konnte, doch nun war sie hier und wurde konfrontiert mit ihren Erinnerungen.

Die Partys. Die Gewaltorgien. Diese extreme Missachtung und Geringschätzung von Frauen. Sie schob die Gedanken beiseite, schritt mit forschem, entschlossenem Gang auf den Club zu, riss die Tür auf und ging hinein. Es roch genau so, wie sie es in Erinnerung hatte. Alkohol. Sex. Gras. Ihr Magen drehte sich. Gott. *Gott.* Sie hielt es kaum aus, dieses Clubhaus zu betreten.

Der Aufenthaltsraum war riesig. An einer Seite zog sich eine lange, geschwungene Bar hin, in der Mitte standen Tische und Stühle, auf der anderen Seite mehrere Sofas und Sessel. Überall lagen Schlafende. Zwischen den meist nackt auf dem Boden Herumlungernden sammelte eine Frau Flaschen, Pappteller und anderen Abfall in einen Müllsack. Sie schaute Breezy an, sagte jedoch nichts, sondern ging wie ferngesteuert ihrer Arbeit nach. Breezy erinnerte sich daran, wie das war. Diese Frau hätte sie sein können.

Sie erkannte keinen der auf dem Boden oder auf Sesseln Schlafenden, und ihr Mut sank. An der Bar blieb sie stehen und ließ den Blick von einem Gesicht zum nächsten wandern. Überall halb oder ganz nackte Männer und Frauen, die meisten schnarchten leise. Da war ein Mann mit wilden, blonden Haaren und eisblauen Augen. Von seinem Augenwinkel tropften drei tätowierte Tränen auf die Wange.

Er lag auf einem Sessel, fast gelangweilt, und hatte die Augen halb geschlossen, während die Frau zu seinen Füßen kniete und ihn mit dem Mund bearbeitete. Eine zweite verteilte Küsse über seine Brust. Dem Blonden gegenüber saß ein anderer Mann, der ihm aufs Haar glich, also offensichtlich sein Zwillingsbruder war. Er schaute zu, die Faust dabei um seinen beeindruckenden Schwanz gelegt. Mit einem Kopfnicken bedeutete der mit dem Tränen-Tattoo der zweiten Frau, zu seinem Bruder zu gehen, woraufhin sie sofort auf Händen und Knien zwischen dessen Beine kroch.

Sie waren es. Es war der richtige Club. Die Männer, die sie gesucht hatte. Sie hatte sie gefunden. Sie erkannte die Zwillinge, und ihr Herz begann zu rasen. Wie hätte sie sie auch *nicht* erkennen können? Sie waren hinreißende Männer. Eiskalt, aber wunderschön. Der mit den Tattoos, er hieß auch noch Ice, blickte plötzlich auf und sah sie an. Ihr Herz machte einen Sprung, als sie bemerkte, dass er sie erkannte.

Breezy knallte den Umschlag auf die Theke. »Gib den Steele!« Sie wandte sich zum Gehen, ließ den Blick noch einmal durch den Raum schweifen.

Auf ihre Worte hin regten sich am anderen Ende des Raums drei Frauen; ihre schlafenden Körper wurden von dem Mann zur Seite geschoben, der unter ihnen lag. Er setzte sich halb auf, strich sich die dunklen, wilden Haare aus dem Gesicht und blinzelte schläfrig. Ihr Herzschlag stockte. Sie starrten einander an, und ihr Magen hob sich.

Breezy wollte nur noch weg und rannte, so schnell sie konnte. Sie hörte noch den scharfen Pfiff hinter ihr, doch da hatte sie sich bereits in ihren Pick-up geflüchtet, den Rückwärtsgang eingelegt, und nun trat sie voll aufs Gaspedal. Der Wagen schoss rückwärts durch das sich bereits schließende Tor nach draußen. Männer kamen aus dem Clubhaus gerannt, sie sah sie durch die Windschutzscheibe, doch da hatte sich das Tor bereits mit einem lauten Krachen hinter ihr geschlossen. Sie war auf der einen Seite, der Seite der Freiheit; die Männer waren auf der anderen – und damit zumindest für den Moment eingesperrt. Wenigstens einmal war das Glück auf ihrer Seite.

Sie setzte direkt auf die Straße zurück, froh, dass so früh am Morgen noch kein Verkehr war. Dann schaltete sie auf Drive, verlor beim heftigen Gegensteuern fast die Kontrolle über den Wagen und raste los Richtung Highway 1. Sie hatte einen Plan, nur für alle Fälle, und war froh, ihn gemacht zu haben. Ihr ganzer Körper zitterte so sehr, dass es ihr schwerfiel, das Steuer festzuhalten. Doch sie schaffte es, auch wenn ihre Fingerknöchel dabei weiß wurden.

Warum tat es so weh? Er hatte ihr völlig klar zu verstehen gegeben, dass sie ihm nichts bedeutete. Sie war eins von den Mädchen im Club gewesen. Nein, noch weniger sogar. Eine Nutte. Eine, die ihre Familie zum Anschaffen geschickt hatte. Ein Drogenkurier. Nichts. Sie war ein Nichts. Sie hatte gedacht, er sei ihre Welt, dabei hatte er hinter ihrem Rücken geplant, den Club ihrer Familie zu vernichten. Sie hatte ihn geliebt. Er hatte sie benutzt und dann weggeworfen, jeden Traum und alle Hoffnung zerstört, die sie je gehabt hatte.

Ihre Sicht wurde trüb, und sie wischte sich über die Augen, wütend, dass er sie wieder zum Heulen gebracht hatte. Dass er sie immer noch zum Weinen bringen *konnte.* Sie hatte genug Tränen seinetwegen vergossen. Dieser Lügner. Er war nicht anders als all die anderen Männer in den Clubs. Frauen bedeuteten ihnen nichts. Nichts. Sie benutzten sie. Demütigten sie. Sie war in dieses Leben hineingeboren worden, doch sie musste dort nicht bleiben. Sie war nicht so ein Mädchen. Nicht mehr. Nie mehr.

Breezy bog in die kleine Schotterstraße ein, die sie zuvor ausfindig gemacht hatte, nur für den Fall, dass man sie erkannte. Sie wusste, dass man sie verfolgen würde; schließlich war sie die Tochter ihres Todfeindes. Sie fuhr, so weit es auf der engen Straße ging, und hielt dann in einem Wäldchen an. Die Piste wurde seit Langem nicht mehr befahren und war von Gesträuch, Kletterpflanzen und Bäumchen überwuchert. Sie parkte, stieg hastig aus und bedeckte den Pick-up mit den Ästen und dem Grünzeug, das sie zuvor hergerichtet hatte.

Sobald der Wagen nicht mehr zu sehen war, kroch sie durch das Fenster auf den Fahrersitz, holte dahinter eine Decke hervor und schlang sie um sich. Ihr ganzer Körper zitterte, sogar ihre Zähne klapperten. Sie ließ den Tränen freien Lauf, weinte jedoch stumm und sagte sich, dass sie das nicht wegen ihrer verlorenen Träume oder aus Kummer tat. Ihre Chancen auf Erfolg standen äußerst schlecht, doch sie musste erfolgreich sein. Scheitern war keine Option. Keine.

Sie schloss die brennenden Augen, lehnte den Kopf zurück und versuchte, nicht an Steele zu denken. Einen anderen Namen für ihn kannte sie nicht. Sie hätte merken müssen, dass ein Mann, dessen vollständigen Namen sie nach einem ganzen Jahr des Zusammenseins noch immer nicht kannte, nicht wirklich etwas von ihr wollte. Doch sie war jung und verzweifelt gewesen, und er war ihr vorgekommen wie der Ritter in der Not. Sie war so dumm gewesen. Mehrmals schlug sie mit dem Hinterkopf an die Lehne und wünschte sich, sie hätte sich klüger verhalten. Wünschte sich, sie wäre in eine andere Familie hineingeboren worden. In ein anderes Leben. Es dauerte nur ein paar Minuten, bis sie das Dröhnen von Motorrädern hörte, die den Highway hinunterbrausten. Es klang, als sei eine Armee hinter ihr her. Aus nackter Angst glitt sie auf dem Sitz nach unten. Bis zur Nacht stand ihr noch ein langes Warten bevor. Sie hatte keine Wahl gehabt. Sie kannte die Gepflogenheiten der Clubs.

Sie wusste, dass sie an einem Sonntagmorgen nach durchzechter Nacht unausgeschlafen sein würden und sie, falls man sie erkannte, die besten Chancen haben würde davonzukommen. Sie wusste auch, dass sie es nicht wagen würde, vor Einbruch der Dunkelheit auf dem Highway unterwegs zu sein. Sie hatte fast achtundvierzig Stunden nicht geschlafen, und dies würde für eine ganze Weile ihre einzige Chance auf etwas Ruhe bleiben. Sie schloss die Augen, nahm sich vor, an nichts mehr zu denken, das sie nicht im Zaum halten konnte, und zu schlafen. Es funktionierte nicht, aber sie versuchte es trotzdem.

Lyov Russak – Steele, der Vizepräsident des Torpedo-Ink-Clubs – pfiff laut und lang, bahnte sich mit erhobener Hand seinen Weg durch weiche Frauenleiber und beschrieb mit dem Finger einen Kreis, um Absinth, der an den Monitoren saß, anzuzeigen, er solle rasch das Tor schließen. Dann stand er auf und fluchte grässlich in seiner Muttersprache.

Ihre Stimme. Nie würde er diese Stimme vergessen. Breezy Simmons. *Seine* Breezy Simmons. Das Mädchen, das ihn für immer zu einem kranken Arschloch gemacht hatte, sodass er bis heute an sie dachte, von ihr träumte und sich bei jeder Frau, mit der er versuchte zusammen zu sein, vormachte, es sei sie. So fertig war er.

Er hatte seinen Brüdern nie eingestanden, dass er, unbeabsichtigt oder nicht, genau das geworden war, was sie verachteten. Das, worauf sie Jagd machten. Er schämte sich dafür. Nicht wegen dieses schrecklichen Fehlverhaltens, sondern weil er es nicht aus seinem Kopf heraus brachte, wie es sich anfühlte, wenn sie um ihn geschlungen war und sein Schwanz sie ausfüllte. Er konnte an fast nichts anderes mehr denken – und das machte ihn zum kränksten Arschloch auf Erden.

Sie war sogar noch schöner gewesen als in seiner Erinnerung. Sie war gereift. Ihre Figur war noch weiblicher geworden. Er hatte nur einen kurzen Blick auf sie erhascht, doch sein Körper hatte sie fast noch schneller erkannt als sein Hirn. All das dichte, lohfarbene Haar, diese großen, grünen Augen. So grün, dass man glaubte, in ein smaragdgrünes Meer zu blicken. Sein ganzer Körper krampfte sich zusammen; er schob die Frauen beiseite, die auf ihm lagen.

Übers Wochenende waren die Demons gekommen, samt ihren Frauen, und die beiden Clubs hatten schwer gefeiert. Wie meistens bei solchen Gelegenheiten hatte er zu viel getrunken und es auch mit Frauen zu sehr übertrieben. Dieser unendliche Kreislauf, der zu nichts führte, weil er in der Hölle lebte. Die Frau, die das alles hätte verändern können, war weg. Sie verließ ihn – erneut. Nein, sie *rannte weg* von ihm. Das durfte nicht passieren, und es kümmerte ihn nicht, wie sehr ihn das zu einem Monster machte. Sie durfte ihn nicht ein zweites Mal verlassen.

Auf der anderen Seite des Raums schoben Ice und Storm zwei Frauen von sich herunter und kamen auf die Beine. Keys und Player wanden sich ebenfalls aus den Weiberleibern heraus, in denen sie steckten, und rannten mit den Zwillingen auf die Tür zu. Steele lief direkt hinter ihnen, schob sie praktisch aus dem Weg, nur um gerade noch zu sehen, wie sich das Tor schloss, während der Pick-up rückwärts auf die Straße zu raste.

»Nein. Scheiße, nein!« Er schaute zu den Kandidaten hinüber. »Verfolgt sie. Verliert sie ja nicht aus den Augen. Bleibt auf jeden Fall an ihr dran!«

Es war definitiv Breezy gewesen. Sie war nun älter, drei Jahre, aber sie war es. Sie hatte ihn völlig entsetzt angestarrt, was er ihr nicht verübeln konnte. Zum Teufel auch! Er hatte nach ihr gesucht, nachdem der Torpedo-Ink-Club seinen Auftrag erfüllt, den Präsidenten der Swords eliminiert und deren Club geschwächt hatte, aber sie war plötzlich verschwunden gewesen. Das war ja auch der Plan gewesen – dass sie verschwinden sollte –, aber er hatte immer gedacht, er würde sie wiederfinden. Und er hatte es versucht – bei Gott.

Als er sie damals wegschickte, hatte er sich gesagt, er werde sie nicht suchen, sondern sie gehen lassen. Diesen Kampf mit sich verlor er jedoch, und das hatte ihm beileibe nicht gutgetan. Später hatte er sie dann überall gesucht – ohne Erfolg. Nun war sie direkt in seine Höhle gekommen, und er würde sie nicht einfach wieder gehen lassen.

»Sie hat etwas für dich hiergelassen, Steele«, sagte Ice und fuhr sich dabei durch die Haare. Der Frau, die versuchte, sich auf ihn zu legen, nickte er geistesabwesend zu. »Sorry, Babe. Zeit zu gehen.«

»Ich könnte bei dir bleiben«, flüsterte sie und ließ die Hand über seinen Bauch nach unten gleiten.

Mit einem freundschaftlichen Klaps auf den Hintern wich er ihr gekonnt aus. »Tut mir leid, Süße. Du musst jetzt nach Hause, wo immer das auch ist.«

Ice wandte sich von ihr ab und ging zur Bar, denn er hatte gesehen, dass Breezy dort etwas hingelegt hatte. Er nahm den Umschlag und betrachtete ihn. Er war weiß, ohne Beschriftung.

Steele nahm ihm den Brief ab und lief damit hinaus auf den Korridor, von dem ihre Privatzimmer abgingen. Er musste sich rasch anziehen und auf sein Bike schwingen. Sie finden. Er musste sie finden. Er griff nach einer Jeans, zögerte dann aber. Er konnte nicht zu ihr mit dem Geruch anderer Frauen an ihm. Sie würde es merken. Sie würde sie an seiner Haut riechen. In aller Eile zog er die Hose trotzdem an und stülpte sich ein Shirt über den Kopf. Sie wusste sowieso Bescheid. Sie hatte gesehen, wie die Frauen auf ihm lagen. Das konnte er später erklären. Im Moment war das Wichtigste, dass sie nicht entkam. Er schlüpfte in seine Jacke mit den Abzeichen darauf und fühlte sich sofort wieder wie ein ganzer Mann.

Ice, Storm, Maestro, Keys und die meisten seiner anderen

Brüder folgten ihm, als er zu seinem Bike lief. Die Demons hatten sich versammelt, sie hatten mitgekriegt, dass etwas los war und wollten ihre neuen Verbündeten unterstützen. Player gab bereits Anweisungen für die Suche und schickte Maschinen in verschiedene Richtungen aus. Die Kandidaten hatten gesagt, sie sei nach Süden gefahren, auf die Bay Area zu, also würde er diese Route nehmen. Absinth hatte das Kennzeichen ihres Trucks mit Hilfe der Kamera ausfindig gemacht, die den Parkplatz überwachte.

Steele schwang sich auf sein Bike und düste los. Innerhalb von Sekunden hatte er den Wind im Gesicht, seine Brüder hinter sich und raste den Highway hinunter, um seine Frau zu suchen. Er hatte die Sache beendet, und das war nicht nur nicht schön gewesen, sondern sogar ausgesprochen hässlich. Vorsätzlich hässlich. Er hatte Dinge gesagt, um sie zu verjagen – und sie war gegangen. Aber sie hatte es fertiggebracht, einen Teil von ihm mitzunehmen. Und er hatte gewusst, dass er ihn nicht wiederbekommen würde, bis sie wieder bei ihm war.

Er war wütend gewesen. Hatte Angst um sie gehabt. Er war so geschockt gewesen, dass er allein durch das Zusammensein mit ihr alles werden würde, was er in dieser Welt am meisten verachtete – ein Raubtier. Dabei war es egal gewesen, wie es dazu gekommen war; er hatte lediglich gewusst, dass es so nicht weitergehen konnte, und sie fortgeschickt. Nein, er hatte sie vertrieben.

Er legte noch einen Zahn zu, schnitt die Kurven und raste den Highway entlang, so schnell er konnte, ohne im Ozean zu landen. Dieses Risiko ging er ein, aber sie zu finden, sie wiederzusehen, war jedes Risiko wert. Dann tauchten Keys und Maestro neben ihm auf, bewegten sich in perfektem Einklang mit ihm, und er merkte, dass er nicht nur sein Leben riskierte. Seine Brüder waren bei jedem Schritt an seiner Seite. In letzter Zeit war ihm aufgefallen, dass Keys und Maestro ihn ebenso bewachten wie Reaper und Savage den Zaren schützten. Er brauchte und wollte das nicht, aber sie klebten an ihm wie Leim. Er drosselte das Tempo leicht, nur so viel, um bei der Suche nach der Frau, die ihm das Herz aus dem Leib gerissen und es für sich behalten hatte, auf der sicheren Seite zu sein.

Breezy schlief unruhig und wachte schon beim kleinsten Geräusch auf, etwa wenn ein Ast an ihrer Rostlaube kratzte. Es klang, als würde eine Säge über die Farbe schaben, und das riss sie immer wieder aus ihrem Schlummer. Sie stieg nur aus, wenn es absolut notwendig war und sie in die Büsche gehen musste. Sie aß nichts mehr und fühlte sich deshalb etwas schwach. Hunger spürte sie keinen, doch der Durst hielt an. Sie trank Wasser, was bedeutete, den Pick-up immer wieder einmal zu verlassen, und das war riskant.

Allmählich begann die Sonne ins Meer zu versinken. Der Himmel verfärbte sich kräftig golden, und dann wurden die dicht über dem Horizont treibenden Wolken orange. Sie musste zugeben, dass die Sonnenuntergänge im Norden Kaliforniens wirklich spektakulär waren. Hier hätte sie es aushalten können. Große Städte lagen ihr nicht, und diese Gegend war alles andere als dicht besiedelt. Genau genommen hätte sie aber eine Stadt gebraucht, um untertauchen zu können. Dort achtete niemand auf eine Kellnerin, die in einem Diner bediente. In einer Kleinstadt wie Caspar oder Sea Haven würde sie allerdings bald jeder kennen.

Dabei hatte sie sich stets bemüht, nicht aufzufallen, hatte gearbeitet, sonst nichts. War von der Bildfläche verschwunden und hatte sich vom Clubleben ferngehalten, so weit es ging. Doch sie war trotz allem immer wieder damit konfrontiert worden. Dieses Leben war heimtückisch, und wenn man einmal darin gefangen war, schien es keinen Weg mehr heraus zu geben.

Sie weinte wieder. Davon bekam sie immer grässliche Kopfschmerzen, und das machte sie dann wütend. Vor drei Jahren hatte sie mit dem Heulen aufgehört, nachdem sie wochenlang außer Kopfschmerzen fast nichts gespürt hatte. Sie hatte sich auf die eigenen Füße gestellt und sich um ihr Leben gekümmert. Und war auf jeden kleinen Erfolg stolz gewesen. Dann war ihre Welt zusammengebrochen, und sie hatte keine andere Wahl gehabt, als Steele diesen Brief zukommen zu lassen. Alles hing davon ab, dass er ihn erhielt und den Anweisungen folgte. Das war wichtig, und dennoch wusste sie, dass Anweisungen zu befolgen nicht unbedingt Steeles Ding war. Sie wusste nicht einmal sicher, ob es ihm wichtig genug war, dass er es für sie tun würde.

Die Sonne versank im Meer, und Breezy bereitete ihren Aufbruch vor. Es war fast so weit. Sie kletterte aus dem Wagenfenster und entfernte das Grünzeug, mit dem sie den Wagen getarnt hatte. Sie musste etwa zehn Meter weit rückwärts fahren, bevor die Straße breit genug zum Wenden wurde.

Sie bewältigte diese Strecke ohne Scheinwerfer; dazu war es noch hell genug. Auf dem Weg von der Küste weg zum Highway bemerkte sie, dass ein kleiner Baum quer über die Piste gefallen war. Das war bei dem herrschenden Wind keine große Überraschung. Zum Glück war es eher ein Schössling als ein ausgewachsener Baum; damit würde sie allein fertigwerden.

Mit einem Seufzer schaltete sie die Scheinwerfer ein, um bessere Sicht zu haben, streifte sich Handschuhe über und stieg aus. Sie war müde und wollte das Territorium der Torpedo Inks möglichst rasch hinter sich bringen. Schon allein der Gedanke an die gefährliche Fahrt auf dem Highway machte ihr Angst. Sie plante, die Straße von Comptche nach Ukiah zu nehmen, die noch weiter von der Küste und vom Highway weg führte. Wahrscheinlich dachten sie, sie hätte sich nicht vorbereitet und auch nichts vorausgeplant – schließlich war sie ja nur ein dummes Weibsstück, das zum Drogen- oder Waffenschmuggel gut war oder für den Club zur Prostitution feilgeboten wurde. Denken, glaubten sie, war nicht wirklich ihre Sache.

Ihre Verbitterung nahm ihr fast die Luft. Breezy hasste Bikerclubs und alles, wofür sie standen. Sie kauerte nieder und packte den Stamm, doch kaum hatte sie ihn umfasst, wurde sie von hinten hochgezogen und ihre Hände auf den Rücken gedreht. Sie warf den Kopf zurück in dem Versuch, mit dem Kopf des Angreifers in Kontakt zu kommen. Er knurrte, als sie ihren Schädel in seine Brust rammte, doch er hatte ihre Hände bereits mit einem Kabelbinder gefesselt.

»Wie oft habe ich dir gesagt, du sollst dich umsehen? Du hast anscheinend alles vergessen, was du von mir gelernt hast, Baby.«

Wütend und mehr als nur ein bisschen verängstigt wirbelte sie herum und versuchte, ihn zu treten, sobald er sie losließ. Sie *hatte* es vergessen, verdammt. Er parierte ihren Tritt so heftig, dass ihr Bein gefühllos wurde, und dabei schabte er an ihrem Schienbein entlang. Sie probierte es noch einmal, doch er blockierte erneut mit voller Kraft.

Ihr blieb die Luft weg, und sie beugte sich so weit sie konnte vor, warf die Hände nach oben in der Absicht, sie wieder herunterzureißen und so den Kabelbinder aufzukriegen. Auch das hatte er ihr beigebracht. Doch noch ehe sie sich aufrichten konnte, war seine Hand an ihrem Rücken und drückte sie nieder.

»Breezy, du solltest dich besser beruhigen, sonst passiert dir noch etwas.«

Sie schnaubte wild. »Fahr zur Hölle, Steele. Du hast kein Recht mich auch nur anzufassen!«

»Das stimmt so nicht ganz, Süße, und das weißt du«, erwiderte er.

»Ich gehöre nicht zu eurem Club. Ich bin nicht Teil deines Lebens. Also lass mich gefälligst in Ruhe!«

Er ließ sie nicht hochkommen, sondern drückte sie weiter nach unten und schrieb mit der anderen Hand eine SMS. »Du warst doch immer ein schlaues Mädchen. Ich habe mir die Aufnahmen von deiner Fahrt angesehen.« Er klang hämisch. »Also wirklich, Baby. Dein Truck, das ist eine Schrottkiste, wie sie im Buche steht. Keine Chance, uns damit abzuhängen, auch nicht, wenn wir, also die Kandidaten, erst ein oder zwei Minuten nach dir gestartet sind. Wir mussten ja erst noch rauskriegen, auf welche Straße du abgebogen warst. Ich weiß auch noch, dass du extrem geduldig sein konntest, wenn es sein musste. Und da dachte ich mir, du würdest dich bis zum Einbruch der Nacht verstecken. Somit hatte ich jede Menge Zeit, dich aufzuspüren.«

»Lass mich hoch!«

»Wenn du nett darum bittest.«

Einen Augenblick lang hatte sie Angst, sie könnte spontan explodieren – und zwar nicht auf eine gute Art und Weise. Doch sie blieb ruhig. Irgendwann musste er sie hochlassen.

»Meinst du, das Ganze macht mir Spaß?«

Der schneidende Klang seiner Stimme ließ sie alle guten Vorsätze vergessen. »Es ist mir scheißegal, ob dir das Spaß macht oder nicht. Lass mich hoch!«

»Wenn du mich nett darum bittest. Du willst doch nicht wirklich mit mir kämpfen, Breezy, denn du wirst nicht gewinnen. Nicht wenn ich dermaßen sauer bin! Hatte grade nicht viel zu tun, als ich deinen Pick-up fand, außer darauf zu warten, dass du aufwachst, also habe ich den bescheuerten Brief gelesen.«

Ihr Herz zuckte heftig. Angst jagte durch sie hindurch; sie wurde ganz still und wehrte sich nicht mehr gegen ihn. Im Gegenteil, sie versuchte, sich kleiner zu machen, und erstarrte wie ein Mäuschen vor dem großen sprungbereiten Raubtier.

»Ich habe diesen blöden Brief achtzehn Mal gelesen, Breezy. *Achtzehn Mal.* Ich habe Zurückhaltung gezeigt und bin deinem

Pick-up nicht nahe gekommen, denn sonst hätte ich dich erwürgt. Und das könnte ich noch immer.«

Seine Hand glitt ihren Rücken hoch bis zum Hals und legte sich langsam darum. »Kapierst du, dass ich verflucht wütend auf dich bin?«

»Kapierst du, dass mir das wirklich scheißegal ist?«, schoss sie zurück. Sollte er sie doch umbringen. Tot war sie ohnehin schon. »Du hast mich rausgeworfen, Steele. Ich habe dich angebettelt, bei dir bleiben zu dürfen. Das war demütigend, und trotzdem habe ich es getan. Dann habe ich dich gebeten, mit mir zu gehen. Aber du hast mir unmissverständlich klargemacht, dass ich dir nichts bedeutete. Eine Nutte für den Club, die dich nachts warmhielt. Wenn du willst, kann ich wortwörtlich wiederholen, was du gesagt hast. Also hör auf, hier den Selbstgerechten zu spielen!«

Seine Finger spannten sich an, gruben sich in ihre Kehle. Der Daumen drückte auf ihr Kinn. Mit der anderen Hand raffte er ihre Haare zusammen und zog sie langsam hoch. Sie blickte in seine starre Miene. Er war noch hinreißender, als sie ihn in Erinnerung hatte, dabei träumte sie jede Nacht von ihm. *Jede Nacht.* Das machte sie zur Masochistin.

Anders als die meisten anderen seiner Gang hatte er kaum Narben im Gesicht. Er hatte sie hauptsächlich am Körper, von Tattoos bedeckt. Sie kannte sie alle. Hatte jede dieser Narben, jedes der Tattoos mit ihrer Zunge nachgezeichnet. Mit den Fingerspitzen. Sie waren so tief in ihr Gedächtnis eingeprägt, dass sie sie bis ins kleinste Detail hätte malen können.

Sie trug sein Tattoo auf ihrer Haut. Er hatte es von seinem Freund stechen lassen, direkt über der Wölbung ihres Hinterns, ein kompliziertes Werk, das sie immer für schön gehalten hatte. Sie pflegte eine Hassliebe zu diesem Tattoo. Perlen fielen daraus auf ihre beiden Pobacken hinab, doch oben stand in ineinander verflochtenen Spitzenbändern sein Name geschrieben, und dass sie ihm gehörte. Sein Eigentum war. Das hatte sie geliebt. Damals hatte ihr das etwas bedeutet. Nun nicht mehr.

Sie hatte gezittert, und er hatte ihre Hand gehalten und ihr herrliche, liebevolle Dinge zugeflüstert, Dinge, die sie zum Lachen brachten oder vor Glück weinen ließen. Und währenddessen hatte sein Freund Ink ihr dieses Bild gestochen. Es hatte sich intim angefühlt. Liebevoll. Sie dachte oft an diesen Tag zurück und daran, wie sie sich damals zum ersten Mal in ihrem Leben von jemandem geliebt gefühlt hatte.

»Nimm mir den Kabelbinder ab.«

Er schüttelte bedächtig den Kopf. »Du kommst mit mir zurück ins Clubhaus.«

Sie zuckte unwillkürlich zusammen. Sie wollte noch nicht einmal in die Nähe dieses Orts kommen. »Einmal, das war genug, Steele.« Ihr Ton war voller Sarkasmus. Vielleicht auch Bitterkeit. »Ein Blick und einmal den Geruch einatmen, und ich wusste, dass ich mit diesem Leben nichts mehr zu tun haben will. Du hast es fertiggebracht, wieder voll darin aufzugehen, sobald ich weg war, oder hast du auch noch mitgemacht, als wir zusammen waren? Ich hätte wissen müssen, dass du mehr als eine Frau brauchst, weil du schon immer so begierig warst.« Sie sagte das so gemein, wie sie konnte.

Sie wich dem Blick seiner funkelnden mitternachtsblauen Augen nicht aus. Sie hatte immer gedacht, dass er die schönsten Augen hatte, und dazu noch diese dichten, dunklen Wimpern. Die Farbe seiner Augen war ungewöhnlich – so dunkel, dass man sie lange ansehen musste, bis man erkannte, dass sie tatsächlich blau waren. Seine Haare waren wild und immer außer Kontrolle, besonders wenn sie etwas länger waren und ihm ins Gesicht fielen, aber sie ließen ihn nicht jung wirken. Nichts nahm die Kälte aus seinen Augen.

Sie fand, dass alle seine Freunde, mit denen er im Club am meisten zusammen war – und damals waren sie immer mit den

Swords gefahren – leere, tote Augen hatten. Doch sie war jung und dumm genug gewesen, um das hinreißend zu finden. Nun war ihr klar, dass sie schlechte Menschen waren und sie nichts mit ihnen zu tun haben wollte.

»Bist du hergekommen, um mich umzubringen? Oder den Zaren?«

Wäre sie nicht gefesselt gewesen, sie hätte ihm eine Ohrfeige gegeben. Hatte sie doch alles riskiert, um ihn – und den Zaren – zu warnen. Und einen Mann namens Jackson Deveau, den sie nicht einmal kannte. Sie hatte *alles* aufs Spiel gesetzt, nur um das Richtige zu tun. »Zum Teufel mit dir, Steele. Ja, genau das ist mein Plan. Ich bin hierhergekommen und habe dir einen Brief hinterlassen, in dem genau drinsteht, wie ich plante, dich zu erledigen und so.« Wieder triefte ihre Stimme vor Sarkasmus.

In der Ferne dröhnten zwei Harleys, die sich näherten. Sobald sie um die Kurve kamen, waren ihre Scheinwerfer zu sehen. Wenn Steele sie nicht laufen ließ, würde es von hier kein Entrinnen geben. Wieder blickte sie zu ihm auf. »Du weißt, was auf dem Spiel steht. Lass mich weg von hier. Wenn ich nicht wegkann …«

Er schüttelte den Kopf. »Du gehst nirgendwohin, Breezy. Wir bringen das vor die anderen und lassen sie abstimmen.«

Entsetzen erfasste sie. »Das ist nichts, worüber man abstimmen kann, Steele. Was ist los mit dir? Lass mich gehen. Ich habe dich gewarnt. Ich habe euren Präsidenten gewarnt. Es ist jetzt euer Job, diesen Deveau zu warnen.«

Steeles Hand rutschte zu ihrem Ellbogen, sie schloss die Augen und atmete mehrmals heftig. Ihre einzige Hoffnung war, den Zar davon zu überzeugen, dass sie für niemanden eine Gefahr darstellte. Die anderen waren dem Zaren stets gefolgt, sogar innerhalb der Swords, was deren Präsidenten immer sehr verärgert hatte. Der Zar war der Vollstrecker gewesen, dem alle vertrauten. Niemand hatte je geargwöhnt, dass er – und die anderen – planten, den internationalen Präsidenten zu ermorden und den Club in die Knie zu zwingen. Sie, Breezy, war inzwischen natürlich längst weg gewesen.

Die Motorräder kamen angerollt. Sie erkannte Maestro und Keys auf dem einen, auf dem anderen saß Ink. Ihr Mut sank. Sie schüttelte den Kopf, versuchte, keine Verzweiflung zu fühlen. Ein paar Stunden konnten sie alles kosten. Wieder blickte sie zu Steele, der sie genau beobachtete. Sie hätte es wissen sollen. Steele konnte so vollkommen still sein, dass es sich anfühlte, als würde er verschwinden. Er konnte seine Energie so weit herunterschrauben, dass man sogar vergessen konnte, dass er da war. Doch selbst dann entging ihm nie etwas. Er bemerkte jedes kleinste Detail.

Er war auch nicht gerade klein, sondern stattliche einsachtzig, ein Muskelpaket, aber nicht klobig, ohne ein Gramm Fett. Als sie mit ihm zusammen gewesen war, hatte sie Hemmungen gehabt wegen ihres weichen Bauchs, doch er hatte ihr immer wieder versichert, dass er alles an ihrem Körper liebte. Sie erinnerte sich daran, wie er sie mit seinem kalten Blick angesehen hatte, sie einfach nur beobachtete, als könne jeden Augenblick etwas passieren, das er nicht versäumen wollte. Jetzt hatte sie eher den Eindruck, als würde er sie gleich zerstückeln wollen. Doch das war nicht nötig; das hatte er bereits vor langer Zeit getan.

Sie blieb stumm, als er in Richtung des Pick-ups nickte. Was sollte sie schon sagen? Sie ging darauf zu, Steele schritt neben ihr, eine Hand an ihrem Arm, als befürchtete er, sie werde auf die Klippe zurennen und sich hinunterstürzen. Das war nicht wahrscheinlich, doch sie hatte eindeutig einen Fehler begangen. Sie hätte ihn einfach nur niederschießen und dann das Weite suchen sollen.

Er öffnete die Beifahrertür, hob sie mit Leichtigkeit auf den Sitz und schloss die Tür wieder. Dann machte er Keys mit einer

Geste klar, dass der Schlüssel seines Bikes im Zündschloss steckte. Es war eine große, kraftstrotzende Harley, so clever unter Gebüsch versteckt wie zuvor ihr Pick-up. Er hatte ihr Tricks zur Selbstverteidigung beigebracht. Wie man einen Kabelbinder sprengte. Wie man sein Fahrzeug verstecken konnte, wenn es sein musste. Und er hatte sie wiederholt darauf aufmerksam gemacht, dass es wichtig war, stets auf seine Umgebung zu achten.

Sie presste den Kopf gegen die Lehne, schloss die Augen und hielt sie auch noch geschlossen, als er den Fahrersitz zurückschob und dann einstieg. »Du hättest mit mir reden sollen.«

Breezy blickte ihn an. Steele. Er konnte ihr Herz immer zum Flimmern bringen und Schmetterlinge in ihrem Bauch aufsteigen lassen. Immer. Auch jetzt konnte er das, trotz allem, und dafür hasste sie sich. Für ihre Schwäche.

»Bringen wir es einfach hinter uns. Wartet der Zar? Weil ich nämlich so schnell wie möglich von hier weg will.«

»Er wartet, aber du fährst nirgendwohin. Das machst du dir am besten gleich jetzt klar. Die Demons sind inzwischen weg. Sind diesen Nachmittag aufgebrochen. Wir sind bereit, uns mit der Sache zu befassen, sobald wir im Clubhaus sind.«

»Die Demons haben alle eure Frauen mitgenommen?«

»Breezy …«

Sie unterbrach ihn. »Wir sind nicht zusammen. Das waren wir nie wirklich. Das hast du ganz klargemacht, Steele, du brauchst dich also nicht zu erklären. Du stehst auf Sex. Das verstehe ich. Du stehst auf alle möglichen Arten von Sex. Auch das verstehe ich. Ich war eine von denen, die für deine Bedürfnisse da waren; ich weiß ganz bestimmt, was … worauf du stehst.«

Seine Miene wurde härter. »Tu bloß nicht so, als wären wir nicht beide heiß ineinander verknallt gewesen, Baby. So wie du mich jetzt hasst, kann das nur bedeuten, dass du mich noch immer willst. Glaubst du, ich merke das nicht, wenn eine Frau mich will?«

»Ich bin mir sicher, du weißt alles über Sex und Frauen, die auf dich stehen, Steele. Du machst eine Kunst daraus. Ihr alle. Mein Körper erinnert sich vielleicht, wie es mit dir war, aber mein Hirn tut das auch. Du bist ein schlechter Mensch. Ich dachte, die Swords waren schlecht, aber du warst noch schlimmer. Viel, viel schlimmer. Die waren wenigstens ehrlich, so wie sie mich behandelten. Mein Vater hat mich zur Hure gemacht, als ich vierzehn war. Er hat mir ins Gesicht gesagt, dass ich nur so für ihn oder den Club von Wert war. Er hat mich mit Drogen losgeschickt und mich anderen Clubs angeboten, um Deals zu kitten. Ich war so am Boden, und er ließ zu, dass sie mich vor seinen Augen zusammenschlugen, aber wenigstens wusste ich, was ich für ihn war – für meinen Bruder und jedes andere Mitglied dieses Clubs. Aber du hast mich glauben lassen, ich sei dir mehr wert als das.«

Sie hielt es nicht aus, ihn anzusehen, also schaute sie zum Fenster hinaus in die Nacht. Wieder und wieder war sie jedes Detail ihres Lebens mit ihm durchgegangen und hatte nach Zeichen dafür gesucht, dass es eine Farce gewesen war. Eine totale Augenwischerei. Sie war einfach so jung und dumm gewesen.

»Breezy, komm schon, Baby, so war es nicht, und das weißt du auch.«

»Nicht. Lass das, Steele. Ich bin heute eine andere. Dafür hast du gesorgt. Ich bin jetzt nicht mehr naiv. Ich habe heftige Lektionen gebraucht, aber sie sind angekommen. Du hast dich klar ausgedrückt, und ich habe jedes Wort verstanden. Ich habe mir ein eigenes Leben aufgebaut und …« Sie brach ab, bekam keine Luft mehr. Es dauerte einige Minuten, bis sie wieder atmen konnte. »Habt ihr den internationalen Präsidenten der Swords wirklich umgebracht? Dieses Gerücht ist nämlich in

Umlauf. Die Swords hassen euch mehr als jeden anderen ihrer Feinde, und auf jeden von euch ist ein Preis ausgesetzt.«

»Er hatte den größten Menschenhändlerring der Welt, Breezy. Er hat sogar seinen Klienten erlaubt, auf seinen als Frachter ausgewiesenen Schiffen Männer, Frauen und Kinder zu benutzen und zu töten; die Leichen hat er dann im Meer entsorgt. Er musste gehen.«

»Der Zar ist als Erster beigetreten. Und dann ihr, einer nach dem anderen«, stellte sie fest. Sie waren der Ortsgruppe in Louisiana beigetreten, zu der auch ihre Familie gehörte. Der Zar war rasch in der Hierarchie aufgestiegen. Er war so furchterregend, und Habit, der Präsident der Ortsgruppe, hatte sich sehr auf ihn verlassen. Wann immer der Zar einen Kandidaten vorgeschlagen hatte, war Habit mehr als glücklich gewesen, sich darauf einzulassen. Jeder der Männer war eiskalt und absolut todbringend gewesen. Sie hatten die Gruppe extrem stark gemacht.

»Das war der Plan.«

»Du bist drei Jahre lang mit ihnen gefahren, ehe du mich weggeschickt hast.« Im ersten Jahr war er Kandidat gewesen, und er hatte sie beobachtet. Ein Jahr lang waren sie umeinander herumgetanzt. Im nächsten war sie seine Frau gewesen, seine *Old Lady*. Kein anderer hatte gewagt, sie zu berühren oder sie zu irgendetwas zu benutzen. Zum ersten Mal in ihrem Leben hatte sie sich sicher gefühlt. Und dann … hatte er ihr die Wahrheit gesagt. Er wolle sie nicht mehr haben. Er habe sie von Anfang an nicht gewollt. Sie hatte von Anfang an gewusst, dass ihr Vater sie Steele gegeben hatte, um sich beim Zaren und seinen starken Kerlen anzubiedern.

»Der Zar war fünf Jahre lang bei den Swords. Ich bin vier Jahre mit ihnen gefahren.« Er bog vom Highway 1 Richtung Caspar ab.

»Du warst vier Jahre dabei, ein Jahr noch, nachdem du mich fortgeschickt hattest, und trotzdem konntest du sie so leicht verraten?« Sie wusste, dass er es konnte. Schließlich hatte er auch ein Jahr mit ihr verbracht, obwohl sie ihm nichts bedeutet hatte.

»Sie sind totaler Abschaum, Breezy. Jeder Einzelne von ihnen.«

Sie konnte nicht anders. Sie funkelte ihn an. »Und du etwa nicht? Du bist mit diesen Mistkerlen gefahren, hast dich als ihr Bruder ausgegeben und ihnen dann eine Kugel verpasst? Du hast einige von ihnen umgebracht, stimmt's? Du und deine Freunde.«

»Ja, haben wir«, erwiderte Steele ohne das leiseste Zeichen einer Reue. »Und ich würde es sofort wieder tun. Glaub mir, Baby. Das kostet mich nicht eine Minute Schlaf.«

»Das glaube ich dir sofort.« Und ebenso sicher war sie, dass er auch ihretwegen keine schlaflosen Nächte hatte. Der Beweis dafür war gewesen, dass sie ihn nackt unter drei Frauen liegen gesehen hatte.

»Du lässt kein Thema aus bis auf das, über das wir reden müssen.«

Der Ärger in seinem Ton stachelte auch ihren an. Am liebsten hätte sie ihm mit dem Stiefel voll in die Brust getreten. Die Spitze mitten in sein schwarzes Herz gestoßen. Doch sie saß ganz still da, nur dass das Blut ihr in den Ohren donnerte.

»Du musst mich gehen lassen. Ich habe das alles gut überlegt. Alles, was ich von dir wollte, war, dass du dich an den Plan hältst. Das war's. In all der Zeit habe ich sonst nichts gewollt. Ich weiß, du bist voll mit deinen Partys beschäftigt, Steele. Das ist klar. Aber vielleicht kannst du dieses eine Mal, für ein paar Tage, aufhören dich zu besaufen, damit du bereit bist, falls du gebraucht wirst. Ich gehe zuerst hinein und nehme alles Risiko auf mich. Vielleicht können sich deine drei Weiber abwechseln dabei, dir einen zu blasen und dich glücklich zu machen, während du abwartest, um zu sehen, ob ich umgebracht werde oder nicht.«

Er trat auf die Bremse, blickte sie wütend an und sprang aus dem Wagen. Sie verfolgte, wie er um die Haube herum ging, einem der Kandidaten den Schlüssel zuwarf, und dann riss er die Beifahrertür auf. Er packte sie hart am Kinn, zwang sie, ihm in die vor Zorn wild funkelnden Augen zu sehen. »Wenn du glaubst, ich lasse dich in dieses Hornissennest hineingehen, dann denk noch einmal gründlich nach. Er ist *mein* Sohn. *Ich* werde ihn da rausholen.«

2. Kapitel

Er hatte einen Sohn. Schon allein wenn er es aussprach, tat ihm das Herz weh. Mehr noch, er hatte einen Sohn mit Breezy. Mit seiner Frau. Der Frau, die er tausendmal auf tausenderlei Weise genommen hatte, ohne je genug von ihr zu bekommen. Er wusste, er würde nie genug von ihr bekommen. Sie zu berühren war immer ein Fehler. Auch jetzt, wo sie ihm ihr Gesicht zugewandt hatte, wollte er schon wieder seinen Mund auf ihre Lippen drücken und sie küssen, bis ihnen beiden die Luft wegblieb.

Das war das Problem. So war er. Er mochte gewisse Dinge. Das hatte er schon sehr früh gelernt. Er wollte, dass die Dinge seinem Willen gemäß verliefen. Immer. Auch das hatte er schon sehr früh gelernt. Er war programmiert worden, und soweit er wusste, war es das; diese Programmierung ließ sich nicht rückgängig machen, und er wollte das auch gar nicht. Er war es gewohnt, respektiert zu werden und die Herrschaft an sich zu reißen. Er war gewohnt, dass andere taten, was er sagte. Als Arzt war sein Wort Gesetz. Als Vizepräsident des Clubs verhielt es sich nicht anders.

Zu sagen, er sei schockiert gewesen, als er diesen Brief las, war eine Untertreibung. Es gab nicht viel, was ihn umhaute, doch das tat es. Es hatte ihn wahnsinnig gemacht. Sie war ganz allein gewesen. Sie war vorher nie von dem Club weg gewesen, hatte nie gelernt, selbst Entscheidungen zu treffen. Sie hatte das nicht gekonnt, weil alles per Befehl von ihrem Vater oder Bruder angeordnet worden war. Zum ersten Mal allein und auf sich gestellt zu sein, und dazu auch noch schwanger, musste ein Albtraum für sie gewesen sein.

Er fühlte Angst um sie. Um seinen Sohn. Wut auf sich selbst. Auf die Situation. Gefühle kochten in Steele hoch; er ließ Breezys Gesicht los, fasste sie um die Hüfte, zog sie aus dem Pick-up und warf sie sich über die Schulter, als sei sie ein Sack Kartoffeln. Sie schrie auf, doch es klang wie Musik in seinen Ohren, obwohl er sie doch eigentlich hatte schütteln wollen, um sie zur Vernunft zu bringen. Am liebsten hätte er sie übers Knie gelegt und ihr ordentlich den Arsch versohlt. Er spürte ihre Brustwarzen fest an seinem Rücken, zwei kräftige Knospen, die ihm sagten, dass sie allein durch diese körperliche Nähe schon ebenso erregt war wie er. Wie auch durch seinen aggressiven Umgang mit ihr. Ihr Körper reagierte auf Aggressivität, ob es ihr gefiel oder nicht. Wenigstens war er nicht allein in seiner Hölle.

Er stapfte ins Clubhaus, knallte die Tür hinter sich zu und setzte sie mitten im Aufenthaltsraum ab. Savage warf ihm ein Messer zu, mit dem er den Kabelbinder durchschnitt. Savage war einer der beiden Vollstrecker des Torpedo-Ink-Clubs. Er hatte das Ordner-Abzeichen an seiner Weste. Sein Schädel war rasiert, er hatte eiskalte blaue Augen, und er sah so gefährlich aus wie er war. Er nickte ihr zu, ohne zu lächeln.

Breezy massierte sich die Handgelenke. Steele nahm ihre Hände, als sie versuchte, sie ihm zu entziehen, und sah nach, ob sie einen Bluterguss oder Ähnliches abbekommen hatte, doch es war nichts zu sehen.

»Breezy«, begrüßte der Zar sie.

Er war der Präsident der Torpedo Inks, was für sie absolut nicht überraschend war. Sie wusste, dass er der Vollstrecker in der Ortsgruppe ihres Vaters gewesen war. Schon damals war er sehr furchterregend gewesen; jetzt war er es noch mehr. Sie blieb sehr still, reglos, erstarrt wie das Mäuschen, als das sie sich oft selbst sah. Schon als Kleinkind, als ihre Mutter nach zu vielen Prügeln, zu viel Missbrauch und Zwangsprostitution geflohen war, hatten sie Breezy geschlagen, weil sie immer nur störte. So lernte sie, ihrem Vater aus dem Weg zu gehen. Ihr Bruder hatte sie mit derselben Verachtung behandelt. Und die anderen Mitglieder des Clubs waren diesem Beispiel gefolgt.

Sich stillzuhalten verringerte die Schläge. Je weniger sie bemerkt wurde, desto besser für sie. Sie hatte gelernt, mit gesenktem Blick ihre Umgebung zu beobachten. Ohne überall herumliegende Leiber wirkte der Raum sehr groß. Jemand hatte gründlich sauber gemacht. Der Boden glänzte, und es roch frisch, völlig anders als vorher.

»Steele hat mich den Brief lesen lassen, den du ihm gegeben hast«, begann der Zar und bedeutete ihr, sich einen Sessel zu nehmen. »Ich möchte, dass du uns alles Schritt für Schritt erzählst, alles, was passiert ist. Absinth setzt sich neben dich und hält dein Handgelenk.«

Ihr Blick irrte zu Absinth, und dann taumelte sie zu dem Sessel, auf den der Zar gezeigt hatte. Sie hatten alle Ausgänge versperrt. Wie zufällig stand nahe jeder Tür ein Mann, und alle beobachteten sie. Sie ließ sich auf den Sessel sinken und blickte zu Steele. Der Sessel hatte eine hohe Lehne, nicht unbequem, und doch sagte es einiges, dass man ihr nicht einen der wirklich schönen Sessel auf der anderen Seite des Raums angeboten hatte.

Absinth setzte sich in einen Sessel neben ihr. Sie sah ihn an. Er war wie sie alle, ein Muskelprotz. Auf seiner linken Wange hatte er eine Narbe, und seine Nase war wohl mehr als einmal gebrochen worden. Die blonden Haare fielen ihm in die Stirn. Damit hätte er eigentlich jung aussehen sollen, doch das tat er nicht. Seine Augen waren anders. Hell. Fast wie zwei Kristalle.

Breezy streckte den Arm aus und starrte auf den Boden. Sie wollte einfach nur diese Befragung hinter sich bringen und dann gehen. Absinth umfasste ihr Handgelenk sehr sanft und legte dabei die Finger auf ihren Puls. Sie wusste, dass ihr Herz raste, und das machte ihr Angst; sie fürchtete, er werde ihnen sagen, dass sie lüge, auch wenn dem gar nicht so war.

»Du willst mir die Wahrheit sagen«, erklärte Absinth in einem Ton, der so sanft war wie seine Berührung.

Sie hielt das für ziemlich seltsam, hatte sie doch gar nicht vor, ihn zu belügen. Was hätte das gebracht?

»Breezy, hast du einen Sohn?«

Sie hörte ein Schnaufen und blickte auf. Die Atmosphäre war schlagartig aufgeladen. Lana war da. Alena. Sie waren während ihrer Zeit bei den Swords mit den sechzehn Männern gefahren und immer beschützt worden. Immer. Ihre Mienen verrieten Entsetzen, wie auch die der meisten Männer im Raum. Alle hatten auf sie herabgeblickt, weil sie zu den Swords gehört hatte. Außerdem war sie eine Hure und ein Drogenkurier gewesen und damit rangniedriger als einige der anderen Frauen, die versuchten, mit Clubmitgliedern Beziehungen aufzubauen. Nun war sie die Mutter von Steeles Sohn. Das musste ziemlich hart für sie alle sein, Steele eingeschlossen.

»Ja.«

Sie sah, wie ihre Blicke alle auf Absinth schwenkten. Er nickte. »Ist er Steeles Sohn?«

»Ja.« Sie blickte zu Steele auf. »Du bist so ein Mistkerl. Ich wäre *niemals* hierhergekommen, wenn ich nicht deine Unterstützung brauchen würde. Ich habe dich um nichts gebeten. Um absolut gar nichts. Du weißt, dass ich mit niemandem sonst geschlafen habe, sobald wir zusammen waren. Das Flittchen, das warst du, nicht ich!« Sie schleuderte ihm die Anschuldigung ins Gesicht, wütend, weil er ihr Wort in Frage stellte, dass ihr Sohn auch der Seine war. Steele hatte wie gewöhnlich eine ausdruckslose Maske aufgesetzt; es war nicht zu ergründen, was er dachte, doch die Frage sagte ihr alles.

»Breezy.« Absinth lenkte ihre Aufmerksamkeit wieder zu ihm.

»Bringt es hinter euch!«, schnauzte sie und biss dann die Zähne zusammen.

»Haben dein Bruder und dein Vater deinen Sohn gekidnappt?«

»Ja. Haben sie.«

»Hattest du davor Kontakt zu ihnen?«

»Nein.« Sie schluckte, denn ein Kloß bildete sich in ihrer Kehle. Sie wollte sich zusammenreißen. Zane hatte bestimmt solche Angst, und ihr Vater schlug Kinder so lange, bis sie nicht mehr weinen konnten. Das wusste sie aus eigener Erfahrung. »Ich habe in einem Diner in New Mexico gearbeitet. Jemand hat mich dort gesehen, zumindest hat mir das Braden – ihr kennt ihn als Junk – erzählt.« Sie wusste nicht, ob sie sich an Vornamen von Clubmitgliedern erinnerten, da sie nur selten benutzt wurden.

»Hast du mit deinem Bruder gesprochen?«

»Sie kamen mitten in der Nacht, brachen ein und nahmen ihn mit.« Ihre Stimme überschlug sich. Sie dachte, Steele zu verlassen, nach den hässlichen Dingen, die er zu ihr gesagt hatte, wäre das Schlimmste gewesen, was ihr passieren konnte, doch sie hatte sich getäuscht. Sie drehte den Kopf nach rechts, zu Absinth, und strich ihre Haare zurück, damit er den Bluterguss unter dem Make-up, das sie aufgetragen hatte, sehen musste. »Ich habe noch mehr davon. Viel mehr.«

»Du hast gegen sie gekämpft?«

»Na klar. Glaubt ihr, ich hätte ihnen mein Baby einfach so übergeben? Ich habe einen Albtraum von Kindheit mit ihnen durchgemacht.« Sie schloss die Augen und zwang sich zu atmen, weil sie sich wieder einer Ohnmacht nahe fühlte. »Ich will ihn einfach nur wiederhaben. Ich muss gehen. Ihn mir holen.«

»Was haben sie dir alles angetan?«

Diese Frage hatte sie nicht erwartet. »Nicht viel. Das war nicht schlimm.« Sie hatte die Lüge kaum ausgesprochen, als etwas voll in ihren Kopf stach, als habe sie einen Schlag an die Schläfe bekommen. Sie schrie auf.

Absinth ließ sie sofort los, und der Schmerz klang ab. Steele wollte zu ihnen gehen, doch der Zar packte ihn am Arm und schüttelte den Kopf.

»Bring es zu Ende, Absinth, aber mit Gefühl«, warnte er.

»Ich versuche es ja. Ich habe nur nicht erwartet, dass sie an dieser Stelle lügt, weil sie bisher die Wahrheit gesagt hat«, erklärte Absinth.

Breezy verstand nicht, was sie meinten, doch als Absinth wieder nach ihrem Handgelenk griff, schien er sich noch mehr zu sträuben als sie.

»Du willst mir die Wahrheit sagen, Breezy.« Absinth wiederholte, was er zuvor schon gesagt hatte. »Wir alle kennen deinen Vater und deinen Bruder und wissen, wie sie drauf sind. Sie schlagen Frauen. Wir müssen wissen, was sie dir angetan haben.«

Seltsamerweise vermittelte ihr seine Frage die Hoffnung, sie könnten ihr helfen, Zane zurückzubekommen. Warum hätten sie es sonst wissen wollen? »Hauptsächlich Blutergüsse. Beim Atmen tun mir die Rippen weh. Und der Bauch. Wenn ich aufs Klo gehe, blute ich ein wenig, und am Schenkel habe ich einen riesigen Bluterguss. Keine Knochenbrüche.«

»Diese gottverdammten Scheißkerle!«, stieß Steele hervor. »Ich bringe sie beide um!«

»Nicht, wenn ihr mich hier herauslasst«, sagte Breezy. »Dann mache ich es nämlich selbst.«

»Das ist auch die Wahrheit«, erklärte Absinth den anderen. »Wieso hast du Steele den Brief nicht per Post geschickt?«

»Ich wusste nicht, ob Torpedo Ink der richtige Club ist. Ich musste das erst herausfinden. Ich rechne nicht damit, dass ich es lebend schaffe, ihn zurückzubekommen, deshalb wollte ich, dass Steele weiß, wo er ist. Ich hatte gehofft, es wäre wichtig für ihn zu wissen, dass er einen Sohn hat, aber dann vergaß ich, dass er mich ja für eine Nutte hält.«

Sie ignorierte Steeles leises Knurren und fuhr fort. »Ich dachte außerdem, dass es für euch alle wichtig ist zu wissen, dass sie Blut sehen wollen. Das vom Zaren.« Sie weigerte sich, Steele anzusehen, und schaute stattdessen zu dem Mann mit dem Abzeichen, das ihn als den Präsidenten auswies. »Ich *muss* gehen. Ihr seht, dass ich keine Bedrohung für euch bin. Ich habe nicht einmal eine Waffe dabei. Ich habe euch lediglich gewarnt. Was wollt ihr sonst noch von mir?«

»Willst du, dass die Swords am Club Vergeltung üben?«, insistierte Absinth.

»Nein.«

»Warum haben die Swords dir nicht gesagt, wo wir sind?«

»Sie wissen nicht, dass ihr die Torpedo Inks seid. Sie wissen nicht viel davon, was mit den Mitgliedern passierte, die hierherkamen, um Deveau zu töten. Sie wissen nur, dass sie nicht zurückkamen, dass sie alle tot sind, so wie der internationale Präsident, und dass das ganze Geld ebenso weg ist wie ihre Möglichkeit, ein Handelsnetz aufzubauen. Sie verdächtigen euch alle, weil ihr dazu in der Lage seid, schätze ich. Aber wissen tun sie praktisch nichts.«

»Sie wollten also, dass du uns findest und uns für sie tötest.«

Sie nickte. »Ich fing in Kalifornien an, weil die Mitglieder alle dorthin wollten. Sie kamen von verschiedenen Ortsgruppen. Ich hörte, dass in Caspar ein Club neu aufgemacht hat, und habe das nachgeprüft. Es waren achtzehn Mitglieder. Ich habe zuerst noch ein paar andere Clubs gecheckt, aber als ich hörte, dass ihr achtzehn seid, war ich mir ziemlich sicher, dass dies der richtige Club war.«

»Hast du ihnen gesagt, wo wir sind, nachdem du uns gefunden hast?«, wollte Absinth wissen.

Sie hätte sich am liebsten die Haare gerauft. »Natürlich nicht! Was würde es denn für einen Sinn machen, euch zu warnen, wenn ich ihnen gleichzeitig sage, wo ihr seid?« Verzweiflung rang mit Erschöpfung in ihr. Sie hatte praktisch ohne Erfolg versucht, den Tag über zu schlafen. Die kurzen Intervalle, in denen sie eingenickt war, konnten nicht die Nächte wiedergutmachen, in denen sie fieberhaft nach den Torpedo Inks gesucht hatte, nachdem man ihr das Kind weggenommen hatte.

»Wann hast du zum letzten Mal etwas gegessen?«, fragte Alena.

Breezy versuchte, von Absinth loszukommen. Ihr war klar, dass sie ihren Club wie auch sich selbst schützen mussten. Doch dies war eine persönliche Frage und eine, die sie nicht beantworten wollte. Sie presste die Lippen zusammen und zuckte mit den Schultern.

»Breezy.«

Steeles Stimme durchbohrte sie. Sie war kalt, es war die Stimme, die er benutzte, wenn ihm etwas, das sie getan hatte, missfiel. Früher hatte sie sich dann immer schmollend zurückgezogen. Sie hasste es, wenn er sauer auf sie war. Nun aber – sollte er doch zur Hölle fahren. Sie sah ihm voller Trotz ins Gesicht, ein Kampf der Blicke, bei dem sie Knoten im Bauch bekam und ihr ganzer Körper leicht bebte.

»Ich beende das hier jetzt«, sagte Absinth und ließ ihr Handgelenk los. »Es ist klar, dass sie eine ganze Weile nichts gegessen hat. Sie ist leichenblass, sie zittert und fällt womöglich gleich in Ohnmacht.«

»Einige sehr böse Menschen haben mir meinen Sohn weggenommen!«, fauchte sie und rieb an ihrem Handgelenk, als könne sie so Absinths Berührung loswerden. »Ich muss gehen. Ihr habt jetzt alles, was ihr wolltet, und wisst, dass euch nichts passiert, und deshalb muss ich jetzt von hier weg!« Es klang giftig und beleidigend, wie sie dies sagte, und sie hoffte, ihn – sie alle – damit zu beschämen. Zane war ein Kleinkind. Sie waren erwachsen.

»Du gehst nicht weg«, erklärte Steele. »Das kommt nicht in Frage. Ich werde dich nicht in die Nähe deines Vaters und Bruders und all der anderen Arschlöcher lassen. Wir holen unseren Sohn zurück, aber *wir* machen das, nicht du, Breezy.«

»Und ob ich gehen werde! Er ist mein Kind, Steele! Ich habe mich um ihn gekümmert. Ich habe ihn aufgezogen. Du warst nicht da, und du hast damals klargemacht, dass du nicht da sein wolltest.«

»Ich habe dir Geld gegeben …«

Sie sprang auf, das Adrenalin schoss wie wild durch ihren Körper. Adrenalin, Zorn und pure Verletzung. »Als ob ich dein Geld nehmen würde! Ich bin keine Hure. Ich war auch keine Hure, als wir zusammen waren, und ich lasse nicht zu, dass du mich zu einer abstempelst und dein Gewissen reinwäschst, indem du mir Geld gibst. Das habe ich dir auch gesagt. Jeden Cent, den ich anfangs für uns ausgegeben habe, werde ich wieder zurückzahlen, sobald ich ihn habe und wieder nach Hause kann.«

»Verdammt noch mal, Breezy, ich habe dir das Geld gegeben, damit du auf der sicheren Seite bist.«

Sie trat auf die Tür zu. Der Mann, den sie immer Savage genannt hatten, stand davor, und er machte ihr eine Höllenangst. Sie würde nicht gegen ihn kämpfen, um hinauszukommen. Sie wandte sich an den Clubpräsidenten.

»Ich muss mein Kind zurückholen, Zar. Ich möchte dich bitten, den anderen zu sagen, dass sie mich gehen lassen sollen.«

Der Zar studierte eine gefühlte Ewigkeit lang ihre Miene. Dann schüttelte er den Kopf, und ihr Mut verflog.

»Süße, du weißt doch, dass du nicht lebend mit ihm zurückkommen würdest. Du weißt, dass du dein Leben wegwerfen würdest. Das machen wir, und für uns ist es keine Frage, dass wir gehen werden. Wir haben eine bessere Chance, ihn da herauszubekommen. Sobald du deinem Vater sagst, wir sind tot, würde er diesen Jungen umbringen, und dann dich. Und wenn er dich nicht töten würde, würde er dich verkaufen.«

Sie hasste es, dass alles, was er sagte, der Wahrheit entsprach. Doch sie wollte sich nicht wieder hilflos fühlen. Oder hoffnungslos. Sie hatte das alles hinter sich gelassen und war so viel mehr geworden. Tränen brannten ihr in den Augen, doch sie würde nicht vor diesen Leuten heulen. Sie konnte nichts tun, außer dem Pochen ihres Herzens zu lauschen und zu spüren, wie Entsetzen sie überwältigte. Zane war bei ihnen. Ihr wunderschöner kleiner Junge mit ihrem lohfarbenen Haar und Steeles ungewöhnlichen mitternachtsblauen Augen. Das Dunkelblau wäre schon selten genug gewesen, doch Steeles Augen waren so schwarz, dass sie oft aussahen wie der Mitternachtshimmel. Und ihr Sohn hatte sie von seinem Vater geerbt.

»Er wird solche Angst haben.« Die Worte entwischten ihr, ehe sie sie zurückhalten konnte.

»Ich habe eine Suppe gemacht«, sagte Alena. »Ich hole dir einen Teller.«

Breezy sah sie an. Alena war immer mit dem Zaren gefahren, sie war seine Old Lady gewesen. Er hatte sie so sehr beschützt. Aus Angst vor seiner Vergeltung hatte keiner der Swords es gewagt, sie auch nur anzusehen. Wenn nicht Lana dabei gewesen war, war sie für sich geblieben. Lana war immer bei Ice mitgefahren. Breezy konnte sich nicht erinnern, dass die beiden Frauen je viel mit ihr geredet hätten. Womöglich war dies tatsächlich das erste Mal, dass Alena etwas Nettes zu ihr gesagt hatte.

Sie versuchte, sich nicht von ihrer Kränkung beherrschen zu lassen. Sie hatte sich vorgenommen, ein besserer Mensch zu werden, und wollte anderen Frauen gegenüber nicht voreingenommen oder gemein sein. So war man mit ihr fast vom Tag ihrer Geburt an umgegangen – man hatte sie mit Verachtung behandelt, und zwar sowohl im Club als auch außerhalb.

Breezy nickte. »Danke.« Ihre Stimme klang heiser, sie brachte einfach nicht mehr heraus. Alena schien das jedoch nichts auszumachen, denn sie verließ den Raum durch die Tür auf der dem Eingang gegenüberliegenden Seite. Breezy hatte diese Tür schon bemerkt. Falls sie zu den Schlafzimmern führte, war dort womöglich noch ein Ausgang.

»Baby, hör auf, nach einem Fluchtweg zu suchen. Du kommst hier nicht weg.«

Das ließ sie hochfahren. Ihr Blick traf den von Steele, dann rannte sie zum Fenster und schaute hinaus. Ihr Pick-up war weg. Sie wirbelte herum; Steele stand dicht hinter ihr. Er konnte sich lautlos wie eine Katze durch einen Raum bewegen. Das war ihr immer schon ein wenig unheimlich gewesen.

»Bring mir meinen Wagen zurück, Steele.«

»Nichts da, Breezy. Du läufst nicht mitten in der Nacht von mir weg. Du hast jedes Recht, sauer zu sein. Und verletzt. Aber du musst auch zugeben, du hättest mir sagen müssen, dass du schwanger warst …«

»Du hast mir keine Chance gegeben, als du mich rauswarfst. Konntest mich ja gar nicht schnell genug loswerden. Dabei hast du es sehr klargemacht, dass ich dir nichts bedeutete …«

»Verdammt. Mir blieb doch nichts anderes übrig!«

»Zurück!« Er war ihr zu nahe, und die Welt der Biker schüchterte sie noch immer ein. Dort hatte man ihr eingetrichtert, den Mitgliedern zu gehorchen – oder es gab Prügel. Selbst in den drei Jahren, in denen sie zu lernen versucht hatte, allein zu überleben, hatte sie diese Programmierung nicht auflösen können. Steele war eine Bedrohung für sie, und ihr Körper reagierte dieser Konditionierung entsprechend. Sie hasste sich dafür, dass sie erstarrte, den Atem anhielt. Abwartete.

Er trat jedoch sofort zwei Schritte zurück, um ihr Raum zu geben. »Breezy, wir müssen miteinander reden. Das weißt du.«

»Ich weiß, dass wir darüber reden müssen, wie wir Zane von ihnen wegholen. Wenn es das ist, worüber du reden willst, dann okay. Für irgendetwas anderes gibt es keinen Grund.«

»Zane? Du hast ihn Zane genannt?«

In seiner Stimme lag ein Ton, ein besitzergreifender womöglich, der ihr Angst machte. Er konnte ihren Sohn nicht für sich beanspruchen. *Niemals.* »Sobald ich ihn bei mir habe, nehme ich ihn mit nach Hause.«

»Das Zuhause, aus dem sie ihn entführt haben?« Steele schüttelte den Kopf. »Wer sagt, dass sie ihn sich nicht wieder holen?«

»Sie werden tot sein. Wenn du das nicht erledigst, dann eben ich.«

»Breezy, du kennst doch das Leben. Komm schon, Baby. Du bist in diesen Club hineingeboren worden. Sie werden dich jagen. Eine Ortsgruppe nach der anderen. Ein Bruder nach dem anderen. Das überlebst du nicht. Und Zane auch nicht.«

Er hatte recht. Er hatte *so* recht. Sie presste ihre Finger an die pochenden Schläfen, beinahe betäubt vor Angst um ihr Kind. Von dem Augenblick an, in dem sie auf Hände und Knie gegangen war und unter schrecklichen Schmerzen Blut ausspuckte, hatte sie Panik gehabt, weil sich Zane in den Händen von Männern befand, die zu den schlimmsten Grausamkeiten fähig waren.

Sie blickte auf zu Steele. Er war der Mann gewesen, an den sie geglaubt hatte. Von dem sie gedacht hatte, sie könne auf ihn zählen. Sein Verrat war noch viel schlimmer als der des Clubs. Sie wollte in seinen Armen zusammenbrechen, damit er sich um alles kümmerte, doch das konnte sie nicht. Sie war nicht mehr dieses Mädchen und wollte es auch nicht mehr sein, selbst wenn sie verzweifelt jemanden brauchte. Es war ein hart erkämpfter Sieg gewesen, doch sie hatte es geschafft. Sie hatte gelernt, auf eigenen Füßen zu stehen, und wollte das nicht mehr aufgeben.

»Er ist noch so klein, Steele. Er ist noch so klein.« Ihre Stimme versagte; sie presste die Finger auf die bebenden Lippen, wissend, dass er dieses verräterische Anzeichen dafür, dass sie gleich zusammenbrechen werde, erkannte.

»Wir bringen ihn dir zurück, Breezy«, versprach er.

Sie wünschte, ihm glauben zu können, doch er hatte sie ein ganzes Jahr lang angelogen. Sie schaute kopfschüttelnd von ihm weg, weg von diesem Gesicht, das für sie einmal Stärke und Sicherheit bedeutet hatte.

Er sah ihre ungläubige Miene und trat leise fluchend ein paar Schritte zurück. »Setz dich hin. Lass dir von Alena etwas zu essen geben. Dann kannst du uns erzählen, wo mein Junge festgehalten wird.«

Seine Wortwahl ließ sie zusammenfahren, doch das Wichtigste war, Zane ihrem Vater zu entreißen. Alles andere konnte sie später regeln. »Das ist das Problem, Steele. Sie haben es mir nicht gesagt. Ich vermute, sie karren ihn durch die Gegend, aber sicher weiß ich das nicht. Sie schicken mir Bilder, daher weiß ich, dass er am Leben ist. Ich habe eine Nummer, die ich anrufen soll, wenn ich die Informationen über dich habe, und dann wieder, wenn ich dich getötet habe.«

»Hattest du geplant, sie zu suchen, sobald du von hier weg sein würdest?«, fragte der Zar.

Sie sah ihn an. Die anderen waren sehr still geworden; sie hatte fast vergessen, dass sie hier waren. Es war unheimlich, mit so vielen Leuten zusammen zu sein, von denen keiner auch nur einen Laut von sich gab. Ihr Blick wanderte von einem zum anderen. Sie sahen düster drein. Gefährlich. Sehr nüchtern.

»Ich kenne sie. Ich weiß, wo sie sich treffen. Ich weiß, wo sie sich sicher fühlen. Mein Vater hält es mit einem kleinen Kind nicht aus. Er braucht eine Frau, die sich darum kümmert. Eines der jüngeren Mädchen. Ein Teenager, aber schon alt genug, dass er sie mit Prügeln gefügig gemacht hat. Oder eine der Frauen, die unbedingt eine Old Lady sein will – und so verzweifelt ist, dass sie bereit ist, meinem Vater zu Gefallen zu sein.« Sie gab viel zu viel über ihr Leben preis, aber sie wussten ja ohnehin Bescheid. Sie waren dabei gewesen, hatten alles miterlebt.

»Das war immer das Problem mit dir«, murmelte Steele. »Du bist so verdammt schlau. Dir entgeht nichts.«

Sie wusste nicht, was daran falsch sein sollte, intelligent zu sein, doch es war ihr egal.

»Erzähl weiter«, forderte der Zar sie auf. »Und setz dich, bevor du umkippst. Dich weiter über deine Grenzen anzustrengen bringt dir deinen Jungen auch nicht zurück. Du musst essen, schlafen und in guter Verfassung sein. Wir haben ein bisschen Zeit, denn sie rechnen nicht mit so einem raschen Erfolg von dir, nachdem sie es selbst nicht geschafft haben, uns zu finden. Wir müssen diese Zeit nutzen, um zu planen, sodass wir ihn uns gleich beim ersten Mal holen können und sie keine Chance haben, den Jungen zu verletzen oder zu töten.«

Bei diesem Gedanken zuckte sie zusammen. Sie hatte die Möglichkeit, dass ihr Vater und Bruder ihren Sohn töten könnten, ausgeklammert, doch wenn sie zornig genug wurden, konnte das sehr real werden.

Steele schob sie sachte auf den Sessel zu, in dem sie gesessen hatte. Sie hätte vielleicht protestiert, doch nun kam Alena zurück und stellte eine dampfende Suppenschüssel samt einem Körbchen mit Brot auf den Tisch. Lana stellte eine Flasche Wasser dazu.

Was der Zar gesagt hatte, machte Sinn, und es brachte Breezy zusätzlich auf den Gedanken, dass er überlegte, sie mitzunehmen, wenn sie Zane zurückholten. Sie würde auf jeden Fall dabei sein, selbst wenn sie ohne sie losfuhren und sie dann trampen musste; aber dabei zu sein war einfach besser für sie. Sie wusste, wie ihr Vater dachte – und wenn sie einen der Orte entdeckt hatte, wohin er ihren Sohn gebracht hatte, konnte sie ihn verfolgen.

Sie glitt in den Sessel und versuchte, nicht vor Schmerz zusammenzufahren. Ihre Rippen taten so weh, und sie wusste, dass Steele sie mit Adleraugen beobachtete. Alle schienen sie unablässig zu beobachten.

»Warst du bei einem Arzt?«, fragte Steele.

Sie blickte ihn entgeistert an. War er übergeschnappt? Sie war total verprügelt worden. Ein Arzt hätte sofort die Polizei verständigt. Das wusste sie. Wenn ihr Vater oder Braden Wind davon bekamen, dass die Bullen sie suchten, würden sie ihren Sohn ermorden und irgendwo begraben, wo er nie gefunden wurde.

»Wenn du gegessen hast, muss ich mir dich mal ansehen.«

»Vergiss es.«

»Pass auf, was du sagst.«

»So wie du?«

»Breezy, ich bin aus gutem Grund sauer. Egal, was zwischen uns passiert ist, ich hatte das Recht zu wissen, dass du mit meinem Kind schwanger warst – das weißt du.«

Es stimmte, was er sagte, doch sie wollte es ihm nicht zugestehen. Sie konnte ihm nicht ein einziges Zugeständnis einräumen. Sie war so jung und so voller Angst gewesen. Und nie außerhalb des Clubs, und ihr Vater hatte sie ganz gewiss nicht ermutigt, eigene Entscheidungen zu treffen. Sie hatte absolut kein Selbstwertgefühl besessen, und dann noch schwanger …

Statt ihm zu antworten, begann sie zu essen. Es schmeckte himmlisch. Sie hatte noch nie eine so gute Suppe gekostet. Sie schaute genau hin. Das war keine Dosensuppe. »So etwas Gutes habe ich echt noch nie in meinem Leben gehabt«, sagte sie, ohne zu überlegen.

Alena strahlte. »Freut mich, dass du sie magst. Ich mache bald ein Restaurant auf, und das ist eines meiner Originalrezepte. Meinst du, es braucht noch mehr schwarzen Pfeffer?«

Breezy schüttelte den Kopf. »Noch besser geht gar nicht. Sie ist perfekt. Echt.«

Alena blickte zu Lana. »Endlich. Ich war mir ziemlich sicher, dass dieses Mal alles gepasst hat.«

»Ich habe auch Hunger«, meldete sich Ice zu Wort. »Hast du genug für uns alle gemacht?«

»Hast du auch noch etwas von dem Brot dazu?«, fragte sein Zwillingsbruder Storm.

»Es gibt genug für alle«, versicherte Alena ihnen.

»Wir werden ein paar Sachen für den Kleinen brauchen«, meinte Steele. »Breezy, du musst eine Liste für uns machen. Wir wissen nicht genau, was so ein Kind alles braucht. Aber wir brauchen ein Zimmer für ihn, also auch Möbel …«

»Er hat Kleidung und Möbel. Ich habe alles gekauft mit Geld, für das ich gearbeitet habe«, erklärte Breezy mit einem zornigen Blick auf Steele.

»Das ist mir schon klar.« Steele setzte sich in den Sessel neben ihrem, während die anderen losgingen, um sich – vermutlich in einer Küche irgendwo in dem riesigen Gebäude – Suppe und Brot zu holen. »Aber diese Sachen nützen uns nichts. Ich habe dir doch gesagt, wir sollten uns von deiner Wohnung fernhalten. Wenn da wirklich etwas ist, das du unbedingt brauchst, Papiere, unersetzbare Sachen wie Fotos und so, gehe ich nachts da hinein. Sie werden deine Wohnung beobachten. Und wir wollen sie auch nicht hierherlocken …«

»Du musst unter allen Umständen so vorsichtig wie möglich sein«, murrte sie voller Sarkasmus.

»Wir bringen unseren Sohn hierher, Breezy.« Steele hatte sich wieder gefasst, er zeigte kein Anzeichen von Zorn, war vollkommen beherrscht. »Das bedeutet, wir wollen nicht, dass auch nur einer der Swords diesen Ort oder den Namen des Clubs kennt.«

Auch das ergab Sinn. Dass etwas Sinn ergab, was von Steele kam, war ihr zuwider. »Ich werde Zane nicht innerhalb des Clubs aufziehen, Steele. Ob dir das passt oder nicht, ich werde das nicht tun. Wenn ich eine Zeit lang in der Nähe bleiben muss, dann werde ich hier etwas finden, wo ich wohnen und arbeiten kann, und das ist ein großes Zugeständnis meinerseits. Wir können Besuchszeiten vereinbaren, wenn du meinst, du wirst dich für ihn interessieren, aber …«

Er beugte sich zu ihr. Nahm ihr den Löffel aus der Hand und legte ihn auf den Tisch. »Sieh mich an, Breezy.«

Es war ein Befehl, und er verdoppelte ihren Herzschlag. Sie konnte nicht umhin, mit ihrem bangen Blick dem seinen zu begegnen.

»Zane ist mein Sohn. Meiner. Du wirst mir nicht vorschreiben, was ich mit ihm tun kann und was nicht. Du wirst nicht irgendwo leben, wo ich euch beide nicht beschützen kann. Wir werden alles besprechen und tun, was für unseren Jungen das Richtige ist.«

Die Ruhe in seinem Ton beunruhigte sie mehr als alles andere. Sie wusste, dass er aus verschiedenen Gründen Steele genannt wurde. Einen neuen Namen bekam man für alles Mögliche, von seltsamen Geschehnissen bis hin zu sehr ernsten. Einige der Brüder hatten ihn unnachgiebig genannt. Wenn er sich einmal zu etwas entschlossen hatte, ließ er sich von niemandem davon abbringen, sondern überrannte notfalls alles und jeden auf seinem Weg.

»Du nimmst ihn mir nicht weg.«

»Habe ich gesagt, ich nehme ihn dir weg? Habe ich das auch nur angedeutet? Ihr gehört zusammen, und so weit es mich angeht, gehört ihr beide mir.«

Sie sprang blitzschnell vom Tisch auf, sodass der Sessel

hintenüber fiel. »Wenn du das denkst, dann bist du verrückt. Komplett und total verrückt!«

Er stand nicht einmal auf. Sondern stellte lediglich den Sessel wieder hin und bedeutete ihr, wieder darauf Platz zu nehmen.

Sie funkelte ihn wütend an, doch die Suppe duftete zu köstlich, und es war lange her, seit sie zum letzten Mal etwas wirklich Gutes gegessen hatte. Also setzte sie sich und nahm erneut den Löffel in die Hand. »Du wirst mir gar nichts vorschreiben, Steele. Ich bin nicht mehr dieses Mädchen, das dich anhimmelt und glaubt, dass du übers Wasser gehen kannst.«

»Mir ist sehr bewusst, dass dem nicht mehr so ist.«

»Ich kenne dich nicht einmal. Du hast mich angelogen. Und auch alle anderen, weißt du noch? Also, ich gehöre nicht dir. Zane schon, das räume ich ein, und du hast das Recht, ihn zu besuchen …«

»So wird es nicht laufen. Du kennst mich doch, Bree. Du *kennst* mich. Ich habe dich vielleicht getäuscht, wenn es um den Club ging, aber nicht, wenn es um mich ging. Ich scheue vor keinem Kampf zurück, und ich gewinne.«

Sie spürte, wie sie bleich wurde. Schwindlig. So benommen für einen Moment, dass sie glaubte, ohnmächtig zu werden. »Du drohst, ihn mir wegzunehmen.« Sie konnte vor Angst nur mehr flüstern.

»Nein, Baby«, – er beugte sich wieder zu ihr – »ich drohe dir, dich mit unserem Sohn so lange in ein Haus zu sperren, bis du zur Vernunft kommst. Ich habe es dir gesagt, er wird nicht mit nur einem Elternteil groß werden.«

»Und ich habe dir gesagt, er wird nicht in einem Club groß werden.«

»Wir werden sehen. Iss deine Suppe, und dann bringe ich dich auf dein Zimmer, damit du ein wenig Schlaf bekommst.«

»Ich habe den ganzen Tag geschlafen.«

»Du hast den ganzen Tag mehr oder weniger gedöst und

gewartet, bis es dunkel wurde, damit du deinen behämmerten Plan ausführen konntest. Erinnere mich nicht daran. Sonst werde ich bloß wieder sauer.«

Sie *war* müde und wollte nicht mit ihm herumstreiten, nur um zu streiten. Er konnte anführen, was immer er wollte, seinen Willen würde er deswegen noch lange nicht bekommen. Sie aß ihren Teller leer und stand auf. Die Wasserflasche nahm sie mit.

Breezy folgte Steele einen schier endlosen Flur entlang. Er zeigte ihr die Tür zu einem Badezimmer, blieb vor der nächsten stehen, öffnete sie und ließ sie eintreten. Sie wusste sofort, dass dies sein Zimmer war, denn sein Geruch war überall. Steele roch immer männlich, aber sehr sauber, als käme er gerade aus der Dusche. Darin unterschied er sich von den meisten der Swords, und sie hatte viel Zeit damit verbracht, seinen Duft einzuatmen.

»Ich bleibe nicht bei dir«, stellte sie klar und setzte ihre störrischste Miene auf. Sie konnte nicht hierbleiben, ständig von seiner Duftmarke umgeben. Von ihm umgeben. Gott möge ihr helfen, wenn ihm einfiel, mit ihr in dem Zimmer zu bleiben oder gar mit ihr in einem Bett zu schlafen. Es spielte keine Rolle, dass er sie rausgeworfen und ihr das Gefühl gegeben hatte, nichts wert zu sein; er war immer noch Steele, die Liebe ihres Lebens, der Mann, von dem sie träumte. Auf den sie fixiert, von dem sie besessen war. Sie wollte ihn nicht, wollte nichts mit ihm zu tun haben, doch ihr Körper schien das nicht zu wissen.

»Ich streite nicht mehr mit dir. Du bleibst hier, und ich untersuche dich, also leg dich aufs Bett, bevor ich dich darauf festbinde.« Da sie sich nicht rührte, trat er ins Zimmer, schlug die Tür zu und deutete auf das Bett. »Du weißt, dass ich das tun werde, also hör gefälligst auf, dich zu sträuben. Mir reicht es für diese Nacht. Zu erfahren, dass ich einen Sohn habe und meine Old Lady es nicht einmal für nötig gehalten hat, mir das zu sagen, war Schock genug für einen Tag.«

»Ich bin *nicht* deine Old Lady. Das hast du nur zu klargemacht, Steele. Wage es jetzt ja nicht, das umzudrehen und den Unschuldigen zu spielen. Ich habe nie vorgehabt, dem Club nahe zu kommen, sobald ich davon weg war und du mit ihnen gefahren bist, weißt du das noch? So wie ich mich erinnere, hast du mich von den Swords ausgeschlossen. Du hast vorgegeben, deine Loyalität würde ihnen gelten, so wie du auch mir Loyalität vorgegaukelt hast.«

»Dafür gibt es eine Erklärung.«

»Natürlich gibt es die, aber weißt du was? Sie interessiert mich nicht, deine Erklärung. Ich will nur meinen Sohn zurückhaben. Bring ihn mir einfach wieder. Das ist alles, was zählt. Und das ist auch alles, was dir wichtig sein sollte.«

»Wir reden ständig über Dinge, die wir jetzt gar nicht klären können. Leg dich auf das Bett, lass mich dich ansehen, und dann kannst du duschen oder baden und schlafen. Der Club muss ein paar Dinge vom Tisch kriegen, und dann können wir uns ganz darauf konzentrieren, Zane zurückzuholen. Du kannst hier schlafen, so lange ich damit beschäftigt bin.«

Breezy zögerte. Seit sie den Club verließ, hatte sie kein Bad mehr nehmen können. In ihrem Mini-Apartment gab es nur eine kleine Duschkabine, gerade groß genug für sie allein. Es war zweifelhaft, ob ein großer Mann darin hätte duschen können, ohne sich verdrehen und bücken zu müssen. Steele ganz bestimmt nicht. Sie wusste genau, wie breit seine Schultern waren; er hätte keine Chance gehabt, in diese Duschkabine hineinzukommen.

Sie wollte nicht mehr mit ihm streiten. Wozu auch. Sie würde sowieso verlieren, und jede Minute, die sie mit streiten verbrachte, bedeutete nur mehr Zeit in seiner Gesellschaft. Sie sank auf die Matratze, die natürlich angenehmer war als alles, worauf sie je geschlafen hatte, zog sich die Stiefel aus und widerstand dem Impuls, sie auf ihn zu schleudern.

»Hast du in deiner Wohnung Sachen, die ich dir bringen soll?«

Gott. Seine Stimme. Damit konnte er sie komplett umkrempeln. »Ein paar Sachen sind mir wichtig, aber nicht so, dass du dafür dein Leben aufs Spiel setzen musst. Mir wäre es lieber, du würdest Zane zu mir zurückbringen.«

»Mach eine Liste, und schreibe die Adresse deiner Wohnung mit darauf.«

Sie nickte und legte sich hin.

»Du musst deine Jeans ausziehen, Bree. Ich muss mir deine Schenkel ansehen und deine Rippen abtasten – also das Top auch.«

Sie senkte die Lider, ihr Geschlecht krampfte sich zusammen. Sie hatte nicht mehr die Figur, die sie gehabt hatte, als sie wegging. Ihre Brüste waren größer, die Hüften voller. Sie hatte während der Schwangerschaft nicht sehr viel zu essen gehabt, also auch nicht stark zugenommen, aber es waren noch immer einige kleine Schwangerschaftsstreifen zu sehen. Sie sagte sich, dass das keine Rolle spielte. Schließlich hatte sie nicht vor, ihn zu beeindrucken.

Den Blick von ihm abgekehrt, schälte sie sich aus ihrer Jeans, zog das Tanktop aus und legte beides auf einen Stuhl. Sie trug keine wirklich schöne Unterwäsche. BH und Höschen passten nicht einmal zusammen. Sie kaufte die billigsten Baumwoll-Slips und die simpelsten BHs, solange sie nur ihren Zweck erfüllten. Auf dem Bett ausgestreckt, hielt sie den Blick strikt von ihm abgewandt.

Das Zimmer war größer, als sie erwartet hatte, und wesentlich hübscher als die Absteigen, in denen die Mitglieder der Swords schliefen. Als er sich auf die Bettkante setzte, fühlte sie sich jedoch sofort eingesperrt.

»Mann, Breezy. Du bist ja über und über voller blauer Flecken.« Er klang aufrichtig besorgt.

Sie spürte die sachte Berührung seiner Finger und schloss die Augen. Sie hatte vergessen, wie sanft er sein konnte. Dieser Hauch eines Kontakts auf ihrer nackten Haut – und alles in ihr erwachte sofort zum Leben. Seit ihrer Trennung von ihm hatte sie keinen Mann gewollt. Sie hatte nicht einmal daran gedacht, einen Mann haben zu wollen, sie vielmehr gemieden wie die Pest. Zuerst wegen ihrer Schwangerschaft, dann, weil sie Single und eine erschöpfte Mutter war und dann, weil Männer einfach ekelhafte Geschöpfe waren, mit denen sie nichts zu tun haben wollte. Letztlich, und das war ehrlicherweise vielleicht der wichtigste Grund, weil kein anderer Mann so war wie Steele.

Seine Finger strichen ihre Rippen entlang, so sachte, dass sie glaubte, gleich heulen zu müssen.

»Tut's hier weh?«

Er war über sie gebeugt, seine Haare fielen auf ihren entblößten Bauch, seine Hände glitten über ihre Rippen. Die Hände eines Heilers. Die Hände eines Liebhabers. Er war beides gewesen, bevor er sie vernichtete.

»Ja.«

»Sie sind Gott sei Dank nicht gebrochen. Hat dein Vater das getan oder Junk?«

Nun waren seine Hände auf ihrem Oberschenkel, glitten über den großen Bluterguss. Überall, wo er sie berührte, wurde es heiß, und danach ließ der schreckliche Schmerz wie durch ein Wunder nach. Er hatte Zauberhände. »Er hat dich auch in die Rippen getreten, nicht wahr?«

»Ja. Es war mein Vater. Junk hatte Zane. Er hielt ihm den Mund zu, und ich dachte, er bringt ihn um.« Sie holte tief Luft, um nicht weinen zu müssen. Niemals würde sie diesen Moment vergessen. Hilflos auf dem Boden liegend, und ihr Vater trat auf sie ein, während ihr Bruder die Hand auf den Mund ihres Babys drückte, mit einem hämischen Grinsen im Gesicht.

»Ich werde ihnen die Scheiße aus dem Leib prügeln, bevor

ich sie umbringe«, sagte er. »Ihnen sämtliche Knochen einzeln brechen.«

Er klang wie Steele. Gefasst. Und sie wusste, er meinte es ernst.

»Falls du glaubst, ich hätte etwas dagegen, Steele – habe ich nicht. Sie haben mir mein Baby geraubt.« Dieses Mal entkam ihr ein Schluchzen, ehe sie es verhindern konnte. Sie drehte das Gesicht zur Wand und steckte sich eine Faust in den Mund. Sie wollte nicht, dass sie vor seinen Augen zusammenbrach. Sie wollte dabei allein sein. Er hatte sie weggeworfen wie Abfall, und sie hatte etwas aus sich gemacht. Daran hielt sie sich fest. Sie hatte sogar die Highschool abgeschlossen, doch das würde sie ihm nicht sagen.

Er beugte sich über sie, sein Mund war an ihrem Ohr. »Wir holen ihn zurück, Baby. Das werden wir. Wir lassen nicht zu, dass perverse Clubs wie die Swords Kinder klauen. Wir holen ihn zurück.«

Er war fort, noch ehe sie sich zu ihm umdrehen konnte. Was hatte er damit gemeint? Das werden wir? Was hatte das zu bedeuten? Und wie hatte er das gemacht, dass es ihr trotz ihrer geprellten Rippen und Blutergüsse, nur durch sein bloße Berührung, so viel besser ging? Steele. Er konnte ihr immer wieder das Herz brechen. Auf jede erdenkliche Weise.

3. Kapitel

Wir müssen alles andere zurückstellen und Steeles Jungen von dort wegholen«, erklärte der Zar, sobald alle zwanzig Vollmitglieder des Torpedo-Ink-Clubs an dem großen ovalen Eichentisch ihre Plätze eingenommen hatten.

Er schaute zu seinem Vizepräsidenten. »Hast du sie beruhigt?«

»Sie wird mir Probleme machen, aber das habe ich verdient. Ich komme damit klar.« Steele wusste, dass er Breezy nicht so leicht wieder für sich gewinnen konnte, doch wie er es sah, gab es keine Alternative. Er musste sie um seiner Selbsterhaltung willen wieder für sich gewinnen.

Der Zar nickte. »Zuerst das Geschäft, wo stehen wir mit dem Jungen, für den wir ein Angebot gemacht haben? Gibt es irgendetwas Neues?« Code schüttelte den Kopf. »Sie haben die Auktion geschlossen. Es hieß, einer von der Strafverfolgung habe ein Gebot für ihn abgegeben. Sie schickten eine Warnung raus und verschwanden. Ich verfolgte sie bis Las Vegas, aber womöglich haben sie den Jungen und die ganze Operation woandershin verlagert. Ich habe alles mir Mögliche getan, um Bescheid zu bekommen, falls sie wieder auftauchen. Auch meine Freundin Cat arbeitet mit mir daran und verfolgt jedes Anzeichen. Früher oder später werden sie versuchen, den Jungen zu verkaufen, dann sind wir wieder dran.«

Den kleinen Jungen zu finden, der, so hatten sie gehört, im Internet versteigert werden sollte, war ihnen allen ein dringendes Anliegen; entsprechend frustriert waren nun ihre Mienen. Und jetzt mussten sie auch noch Steeles Kind finden. Einen Jungen für den anderen zu opfern kam nicht in Frage. Falls nötig würden sie sich in zwei Teams aufteilen. Das hatten sie schon so oft gemacht, dass beide Gruppen auch dann reibungslos funktionierten.

»Ice und Storm, falls Code irgendetwas herausbekommt, müsst ihr womöglich nach Las Vegas und euch dort umsehen. Könnte sein, dass ihr da etwas aufdeckt, das er online nicht finden kann«, sagte der Zar.

»Kein Problem«, stimmte Ice ohne Zögern zu.

Storm nickte nur.

»Noch etwas anderes Dringliches, ehe wir uns mit Steeles Sohn befassen?«, fragte der Zar.

Gavril nickte. »Ein früherer Schulkamerad hat mich kontaktiert. Er lebt in der Gegend von Trinity, und ungefähr zwanzig andere aus derselben Schule fahren mit ihm. Sie haben keine Verbindungen mit anderen Clubs und wollen sich Torpedo Ink anschließen. Alle wohnen und arbeiten im Trinity County und wollen dort auch bleiben. Sie sind unterwegs und haben um ein Treffen mit dir gebeten.«

»Noch eine Ortsgruppe?«, fragte der Zar, neugierig geworden. »Du kennst sie? Alle? Ich denke mal, er hat dir Namen geschickt.«

»Unsere Schule war nicht ganz so brutal wie eure, aber unsere Lehrer haben vor allem die gerne gequält, deren Eltern Sorbacov besonders hasste. Ich kenne die meisten in ihrem Club. Für einige kann ich mich persönlich verbürgen, aber nicht für alle. Ich kann dir die Namen derer geben, die ich gut kenne. Sie sind Killer, Zar, sie wurden so ausgebildet wie wir.«

Der Zar trommelte mit den Fingern auf dem Tisch und blickte zu Steele.

Steele wusste, was dieser Blick bedeutete. »Ich bezweifle, dass sie irgendwohin passen – wie wir eben auch nicht.« Er sah in die Runde. »Input?«

»Könnte Probleme für uns bedeuten«, meinte Reaper. »Die Diamondbacks beobachten uns sehr genau. Pierce« – der Vollstrecker der Mendocino-Ortsgruppe der Diamondbacks – »ist kein Schwächling. Er hat uns sofort durchschaut und weiß, dass wir tödlich sind. Zwanzig oder fünfundzwanzig von uns in ihrem Territorium zuzulassen, das ist eine Sache. Aber zu wissen, dass wir noch einmal zwanzig oder fünfundzwanzig nur eine Tagesreise entfernt haben, ist etwas anderes, vor allem, wenn diese Männer so ausgebildet wurden wie wir – und er weiß, dass wir für unsere Regierung gemordet haben. Er kann es nicht beweisen, aber er weiß es.«

Sein Blick ging zu Gavril. Der war auf einer der vier Schulen gewesen, in denen die russische Regierung Agenten ausgebildet hatte, auch wenn das letztendlich bedeutete, dass sie Killer für Sorbacov gewesen waren. Alle diese Schulen waren mehr oder weniger brutal gewesen, am schlimmsten von allen war die von Steele. Die Kinder, die in Gavrils Schule lebten und ausgebildet wurden, waren jedoch kaum weniger grausam behandelt worden.

»Sie sind tödlich genug«, sagte Gavril. »Wenn sie den Diamondbacks nachstellten, würden die gar nicht mitkriegen, wer sie angreift. Sie würden einen nach dem anderen still und leise umbringen, mit aller Geduld der Welt, genau wie wir. Sie würden wie Phantome auftauchen und wieder verschwinden, und die Diamondbacks bekämen nie mit, wer ihr Feind eigentlich ist.«

Der Zar hatte sechs leibliche Brüder, und Steele war nun schon seit einer ganzen Weile mit ihnen zusammen. Er wusste, dass sie an den anderen Schulen gewesen waren, aber sie waren alle gefährlich, und Gavril ganz besonders. Wenn die, die in den

Torpedo-Ink-Club aufgenommen werden wollten, so waren wie Gavril, dann mussten sie Meister in der Kunst des Tötens sein. Das würde den Diamondbacks und besonders Pierce nicht gefallen, doch für die Torpedo Inks konnte eine solche Verstärkung nur von Vorteil sein.

»Die Diamondbacks sind ein internationaler Motorradclub. Sie stellen sich über Gesetz und Ordnung und leben so, wie sie wollen. Wir sind hier, weil sie es uns gestattet haben, aber wir haben sie immer mit Respekt behandelt und waren freundlich zu ihnen«, sagte Maestro.

Keys nickte. »Wir haben versucht, von ihnen unbemerkt zu agieren, sind ihnen aber schon mehr als einmal unangenehm aufgefallen und haben damit einen Vergeltungsschlag riskiert. Es wäre extrem gefährlich, noch mehr Aufmerksamkeit auf uns zu lenken.«

»Andererseits«, warf Savage ein.

Die anderen verstummten sofort, und alle Aufmerksamkeit konzentrierte sich auf ihn. Savage leistete nur selten einen Beitrag zum Runden Tisch. Er hörte meistens nur zu.

»Andererseits sind das Männer wie wir, die nirgendwohin können. Sie brauchen das, was wir haben, um zu überleben. Eine Bruderschaft. Eine Familie. Sie brauchen einen Anführer. Sie brauchen Torpedo Ink.«

Das war verdammt noch mal die Wahrheit, beschloss Steele. Savage hatte recht. Wie konnten sie sich in die normale Gesellschaft einpassen? Keiner von ihnen kannte die Regeln. Sie wussten sich nicht zu benehmen. Sie hatten gelernt, für ihr Überleben zu töten. Darin waren sie überaus versiert, doch wie man sich in die Gesellschaft einbrachte, davon hatten sie keine Ahnung. Und von Beziehungen wussten sie schon gleich gar nichts.

Mit aller Gewalt wandte er seine Gedanken von der Frau in seinem Bett ab – oder versuchte es zumindest. Es war schwer, nicht daran zu denken, wie sie dort lag, zusammengerollt, als wolle sie sich schützen. Mit der Art, wie sie schlief, hatte sie ihm schon immer das Herz gebrochen. Er hatte sich dann an sie geschmiegt, um ihr zu zeigen, dass sie tatsächlich beschützt war. Sie hatte so fragil gewirkt, und doch war sie das gar nicht wirklich, erkannte er nun allmählich. Sie hatte sein Kind allein zur Welt gebracht. Sie hatte es geschafft, es allein aufzuziehen, auch wenn sie damals noch keine Entscheidungen hatte fällen können.

In der Welt der Biker war Breezy eine Anführerin der Frauen und der Kinder gewesen. Nicht zuletzt deshalb hatte er sie für älter gehalten. Sie konnte Probleme im Voraus erkennen und sich damit befassen. Sie kannte die Sprache der Biker, vor allem die des Clubs ihres Vaters. Außerhalb dieser Umgebung war sie in einer komplett anderen Welt und wusste nicht, wie sie sich zurechtfinden sollte, und doch hatte sie es geschafft – für sich und ihr gemeinsames Kind.

Während ihrer Zeit mit Steele war sie komplett von ihm abhängig gewesen. Für sie war es gewesen, als sei mit ihm die Sonne auf- und schließlich untergegangen. Nun war diese Anhimmelei vorbei. Dabei war sie die Eine gewesen. Zu den anderen hatte er kein Wort gesagt. Der Zar war von Sorbacov beauftragt worden, Evan Shackler-Gratsos zu töten, den internationalen Präsidenten der Swords. Er hatte Sorbacov einmal zu viel verärgert, und damit war der Befehl hinausgegangen.

Evan Shackler-Gratsos hatte Milliarden von seinem Bruder geerbt. Dazu gehörten auch Frachter, die er zu speziellen illegalen Bordellen umgebaut hatte. Seine überaus wohlhabenden Klienten bezahlten für Sexualpartner jeden Alters – von sehr jungen Kindern bis zu erwachsenen Männern und Frauen –, benutzten sie und töteten sie, während oder nachdem sie sie misshandelt hatten, und entsorgten die Leichen im Meer. Natürlich wollte der Zar dieses grässliche Treiben beenden. Dafür hatte er bereits alles riskiert, nicht nur sein Leben, sondern auch seine Ehe mit der Frau, die er liebte. Die anderen Torpedo-Ink-Mitglieder waren wie er einer nach dem anderen den Swords beigetreten, um ihn zu unterstützen. Steele hätte ihn nicht verlassen können, wenn sich ein Krieg zusammenbraute, und er hätte Breezy nicht dort lassen können, wo die Swords sie zur Verräterin deklariert hätten.

Als er Breezy das erste Mal sah, war die Hölle in ihm ausgebrochen. Wie die anderen war auch er darauf trainiert worden, seinen Körper total unter Kontrolle zu haben, doch damit war es schlagartig vorbei gewesen, sobald er sie gesehen hatte. Er hatte sie beobachtet und konnte den Blick nicht mehr von ihr abwenden. Er hatte jede Möglichkeit wahrgenommen, um mit ihr ins Gespräch zu kommen. Sie war verantwortungsvoll gewesen und hatte sich immer um die Jüngeren gekümmert. Sie kochte für den Club, machte für die Mitglieder sauber und klagte nie. Und sie war zur Stelle, wenn es Probleme gab. Auch bat sie nie um Hilfe, sondern tat einfach nur still, was zu tun war.

Sie war wunderschön, und es war unmöglich, ihr Alter zu erraten. Sie sah jung aus, doch ihre Augen verrieten, dass sie das nicht mehr war. Sie hatte zu viel gesehen. Zu viel auszuhalten gehabt. Er hätte wissen müssen, dass er in die Augen eines Kindes blickte, das schrecklich misshandelt worden war. Er hatte selbst mehr als genug davon erlebt.

»Bist du unserer Meinung, Steele?«, fragte der Zar.

Steele nickte. »Savage hat recht. Diese Männer waren vielleicht nicht auf unserer Schule, aber sie sind Brüder. Ich denke, sie brauchen uns. Aber ich bin für jede andere Meinung offen.«

Dieser Satz wurde häufig gebraucht. Der Zar hatte ihnen schon zu Kindestagen beigebracht, dass es wichtig war, jeden anzuhören. Alle Beiträge waren von Bedeutung gewesen, selbst die der Jüngsten, und Steele war einer der Jüngsten gewesen. Jeder war angehört worden, und der Zar hatte Wert darauf gelegt, unvoreingenommen jeden sprechen zu lassen, und jeden ermutigt mitzumachen. Steele hatte schon früh begriffen, dass der Zar jedem Kind das Gefühl gab, wichtig zu sein, indem er es anhörte. Damit stärkte er außerdem den Zusammenhalt der Gruppe. Sie waren eng verbunden und stritten selten, hatten oft lebhafte, ja hitzige Diskussionen, wurden aber in der Regel nie zornig aufeinander.

»Ich bin dafür, ihnen eine Chance zu geben«, sagte Ink. »Aber wir haben jetzt Familien. Wir haben Blythe und die Kinder. Die Frauen von Gavril und Casimir. Anya, Reapers Lady. Lana und Alena. Wir haben mehr zu beschützen als je zuvor.«

»Ich brauche keinen Schutz«, erwiderte Lana mit einem leichten Schnauben und warf den Kopf zurück, sodass ihr das glänzende schwarze Haar um das Gesicht fiel und ihre Schönheit unterstrich.

»Ich auch nicht«, erklärte Alena, eine echte Platinblonde, deren Haar in Wellen über den Rücken wogte. Ihre Augen war so erstaunlich blau wie die ihrer älteren Brüder Ice und Storm.

Ink ignorierte diese Bemerkungen. »Pierce wird uns ganz genau beobachten, Zar. Das weißt du. Er ist voller Argwohn gegen uns.«

»Um den kümmere ich mich«, meinte Reaper. »Ein unauffälliger Unfall.«

»Vergiss es«, entgegnete Savage entschlossen. »Du hast Anya. Ich mache das.«

Pierce zu töten würde nicht einfach sein, das wussten sie beide. Sie wussten es alle.

»Um Gottes willen!«, fuhr Alena auf. »Man muss ihn doch nicht gleich umbringen. Überlasst ihn mir. Er hat sich für uns eingesetzt. Durch ihn sind wir von einem Krieg verschont geblieben.«

»Das mag schon sein«, stimmte Reaper ihr zu, »aber mach dir nichts vor. Er war da, um uns zu töten, falls etwas schiefgegangen wäre.«

»Er hätte es zumindest versucht«, sagte Savage. »Ich war ihm die ganze Zeit auf den Fersen, und er hatte keinen Schimmer davon.«

Alena zuckte die Achseln. »Falls es so weit kommt, kann ich es selbst tun.«

»Wir wissen, dass es die Diamondbacks nervös macht, wenn unser Club größer wird, aber es wurde nie festgesetzt, wie groß wir werden dürfen. Sie müssen damit gerechnet haben, dass wir mehr werden«, erklärte der Zar. »Denn sie wussten von Anfang an, dass wir mehrere Kandidaten haben.«

»Aber vielleicht nicht gleich fünfundzwanzig Neuzugänge«, warf Master mit einem schiefen Grinsen ein.

»Stimmen wir ab, ob wir uns mit ihnen treffen sollen oder nicht«, schlug der Zar vor. »Das kommt zu einer unpassenden Zeit für uns, aber wenn wir es machen wollen, dann bringen wir es am besten gleich hinter uns.«

»Dazu müssten wir jemanden für ein paar Wochen nach Trinity schicken. Und dann wird Savage hin und her fahren müssen. Wir müssen diesen Leuten vertrauen, wenn sie zu uns gehören«, warf Steele ein.

»Ich könnte hinfahren«, erbot sich Casimir. »Lissa reist gerne, und ansonsten brauche ich keine Unterstützung.« Lissa und Casimir hatten getan, was niemand sonst erreicht hatte. Sie hatten alle, die in Sorbacovs brutalen Schulen ausgebildet worden waren, befreit, indem sie Sorbacov und seinen Sohn liquidierten. Nun hatten sie die Freiheit, ihr eigenes Leben zu führen und zu tun, was sie wollten. Das Problem war jedoch, dass sie nichts anderes gelernt hatten, als zu verführen und zu töten. Daher kämpften sie alle darum, ihren eigenen Weg zu finden.

Der Zar nickte. »Stimmen wir darüber ab, ob wir sie für einen Testlauf hierherbringen sollen.«

Steele wusste, dass die Abstimmung positiv ausgehen würde. Eigentlich gefiel ihm die Vorstellung, noch eine Ortsgruppe zu haben, Männer, die wie sie in der Kunst des Mordens und der Kriegsführung ausgebildet waren. Wenn es zum Kampf mit den Diamondbacks kam – und diese Möglichkeit bestand immer –, waren die Torpedo Inks in der Minderzahl. Die Diamondbacks dagegen würden ebenso wie die Swords über eine endlose Armee verfügen.

Finanziell hatten sie die Swords ruiniert. Von ihrem durch Menschenhandel verdienten Geld hatte Code von jeder lokalen und sogar von den internationalen Ortsgruppen jeden Cent abgezweigt. Einen Teil der Mitglieder hatten sie in einem Massaker ausgeschaltet, wie auch ihren Präsidenten Evan Shackler-Gratsos. Vor seiner Liquidierung hatten sie noch alle seine Konten abgeräumt. Code hatte dafür gesorgt, dass das Geld nicht auf ihre Konten verfolgt werden konnte. Seither war der Torpedo-Ink-Club reicher, als sie es sich je erträumt hatten. Sie versuchten, das Geld klug zu verwenden, sich in Caspar auf legale Weise eine dauerhafte Existenz aufzubauen und so weit es ging mit Ortsansässigen ins Geschäft zu kommen. Der Zar wollte, dass der Club einen guten Ruf genoss.

Sie achteten auf Gesetz und Ordnung. Die örtliche Polizei nahm ihnen das zwar nicht ab, doch das war okay. Niemand konnte etwas gegen sie vorbringen. Sie wollten unauffällig bleiben und sich in die Gemeinde einfügen. Das war der Plan – und ihre Hoffnung.

Steele blickte auf seine Uhr. Zum ersten Mal wollte er, dass eine Sitzung endete, damit er zu Breezy zurückkonnte, und wenn er sie nur beobachtete, während sie schlief. Es war so lange her. Seit damals hatte er den Beschluss gefasst, nie wieder eine Frau zu haben. Er hatte sie gehabt, die Richtige, die Einzige, und hatte sie verloren. Der Schmerz in seiner Brust hatte nicht aufhören wollen, schon von dem Moment an, in dem er sie in ein Auto gesetzt und zugesehen hatte, wie sie wegfuhr.

Sie hatte geweint, als sie ihn verließ. Geschluchzt. Das hatte ihm das gottverdammte Herz aus dem Leib gerissen, doch ihr Leben aufs Spiel zu setzen, das war für ihn nie in Frage gekommen. Er hatte gewusst, dass Krieg bevorstand und ihr Vater ihr nie verzeihen würde, dass sie bei ihm war – auch, wenn ihr Vater sie ihm übergeben hatte, um sich sein Wohlwollen zu erschleichen. Anfangs, nachdem sie weg war, konnte er es nicht ertragen, wenn eine andere Frau ihn anfasste. Dann hatte er mit zahllosen Frauen verzweifelt versucht, wieder etwas zu spüren – die quälenden Träume loszuwerden, die ihn jede Nacht aufweckten mit einer Erektion, die anscheinend nie mehr weggehen wollte.

Schließlich wurde einstimmig dafürgestimmt, die anderen aufzunehmen, falls sie für den Torpedo-Ink-Club geeignet waren. Das überraschte Steele nicht im Mindesten.

»Gut, Gavril, sag ihnen Bescheid, dass sie für ein Treffen herkommen sollen«, sagte der Zar. »Sonst noch etwas?«

»Unsere Pflichtausfahrt mit den Diamondbacks steht noch bevor. Die dürfen wir nicht vergessen«, sagte Preacher. »Es sind noch ein paar Wochen bis dahin, also noch alles easy, aber wenn wir in der Zwischenzeit Steeles Jungen nicht finden …«

»Das müssen wir«, meldete sich Steele zu Wort. »Er kann nicht bei Bridges bleiben, ihr wisst alle, wie der drauf ist. Er wird ihm wehtun. Er tut gern allen weh, die kleiner sind als er.« Bridges war Breezys Vater, ein Typ, der einen schlafenden Hund trat, nur um ihn jaulen zu hören. Er hatte das oft gemacht und immer gelacht, wenn der Hund dann den Schwanz einklemmte und davonrannte.

»Willst du uns erzählen, was passiert ist, Steele?«, forderte der Zar ihn auf.

Er hatte gewusst, dass diese Frage kommen würde. Dies waren seine Brüder – und Schwestern. Sie riskierten ihr Leben für ihn. Für seinen Sohn. Sie waren still. Geduldig. Warteten nur darauf, dass er ihnen irgendeine Erklärung gab. Wenn er es nicht tat, würden sie ihm dennoch helfen. Das wusste er.

»Sie ist meine Anya. Meine Blythe. Schon immer gewesen. Es war nicht irgendeine blöde Retter-in-der-Not-Geschichte. Ihr wisst, was ich … worauf ich stehe. Die Frauen in dem Club waren immer für alles zu haben.« Kopfschüttelnd hielt er inne. »Sagen wir mal, ich dachte, sie zu haben wäre eine Möglichkeit, den Kontakt mit diesen widerlichen Männern zu überstehen. Die anderen waren nichts, was ich wirklich wollte, aber sie waren Körper, und sie waren willig. Dann sah ich sie. Als ich sie zum ersten Mal sah, war ich noch Kandidat und sie die Tochter eines Vollmitglieds. Da war für mich nichts zu machen.«

Er konnte nicht umhin, sich durch die Haare zu fahren und so sein Aufgewühltsein preiszugeben. »Aber ich behielt sie im Auge. Ich konnte nicht anders. Ich musste meinem Körper nicht sagen, dass er reagieren sollte. Das ging von selbst. Ein verdammter Blick auf sie, und das war's. Anfangs dachte ich, es geht nur um Sex. Ich wollte sie einfach, weil sie unter all diesen Teuflinnen aussah wie ein unschuldiger Engel, aber …« Er verstummte.

»Sie war anders«, sagte Lana.

Er warf ihr einen dankbaren Blick zu. Das war Lana, immer bereit, einen ihrer Brüder zu unterstützen.

»Sie war total anders. Ich habe sie in diesem ersten Jahr und im Jahr darauf genau beobachtet. Habe bei jeder Gelegenheit mit ihr gesprochen. Ihr Vater benutzte sie, um Deals zu festigen, die er mit dem Abschaum von Leuten abschloss, mit denen sie Geschäfte trieben. Meistens kam sie misshandelt und voller blauer Flecken zurück, aber das schien ihm egal zu sein. Mir nicht. Ich fing an zu überlegen, wie ich den Mistkerl um die Ecke bringen könnte, und ich hätte es machen sollen. Schließlich sagte ich ihm, ich wolle sie für mich haben. Ihr Vater wollte an dich rankommen, Zar, deshalb bot er sie mir an.«

Der Zar nickte. »Ich dachte, du hast sie dir genommen, weil du nicht wolltest, dass sie weiter Drogen zustellen muss oder Bridges' Freunden zur Verfügung gestellt wird.«

»Das auch, aber eigentlich wollte ich sie für mich. Nur sollte Bridges nicht wissen, wie viel mir an ihr lag. Denn das zu wissen war für keinen von uns sicher. Ich hatte sie ein Jahr lang. Das verdammt beste Jahr meines ganzen Lebens.« Sein Blick fiel auf die Tischplatte; der Schmerz in seiner Brust, den er gehabt hatte, seit dieser Wagen weggefahren war, wurde wieder stärker. »Was ich allerdings nicht wusste, war ihr Alter.«

Er sagte es ihnen direkt ins Gesicht, musste es schnell loswerden. Sie machten Jagd auf Pädophile. Sextäter jeglicher Art tolerierten sie absolut nicht.

»Was meinst du damit?«, fragte Code.

»Sie war vierzehn, als ihr Vater sie einem seiner Freunde gab. Sie war fünfzehn, als ich Kandidat und scharf auf sie war. Und sie war kaum siebzehn, als ihr Vater sie mir gab.«

Ein fassungsloses Schweigen trat ein, bis der Zar endlich wieder das Wort ergriff. »Das ist nicht möglich.«

»Es war kurz vor ihrem siebzehnten Geburtstag«, wiederholte Steele. »Ich habe nicht daran gedacht, nach ihrem Alter zu fragen. Ihre Augen wirkten wie dreißig, aber ich hätte fragen sollen. Ich hätte sie verflucht noch mal fragen sollen. Ich hätte sie trotzdem genommen und zu meiner Old Lady gemacht, aber ich hätte sie nicht angefasst.«

Er hoffte, dass das die Wahrheit war, zweifelte jedoch daran. Irgendwo tief im Inneren war er sicher, dass er nicht so stark gewesen wäre, nicht, wenn er sie in seinem Bett hätte schlafen lassen, und das wäre notwendig gewesen, um sie vor den anderen in Schutz zu nehmen. Er räusperte sich. Dies waren seine Brüder und Schwestern. Männer und Frauen, die bereit waren, ihr Leben zu opfern, um ihm zu helfen. »Nein, das stimmt so nicht. Ich hätte sie nie in meinem Bett haben und dann nicht anfassen können. Ich habe für diese Frau gelebt.«

»Warum hast du mir das nicht gesagt?«, fragte der Zar.

Steele wusste warum. Jeder am Tisch wusste warum. Ohne

ihren Präsidenten würde keiner von ihnen am Leben sein – zumindest keiner der ursprünglichen achtzehn. Er musste sichergehen, dass der Zar den kommenden Krieg mit den Swords überlebte.

»Du hättest mich mit ihr weggeschickt«, räumte er ein.

Der Zar presste seufzend die Finger auf die Augen und wirkte müde. »Wie bist du auf ihr Alter gekommen?«

»Da war noch ein jüngeres Mädchen, so vierzehn oder fünfzehn. Mit einem roten Wuschelkopf und leuchtend grünen Augen. Ich glaube, sie hieß Candy. Erinnert ihr euch an sie? Bree machte sich Sorgen um sie – sie befürchtete, der Club würde sie bald ebenso benutzen wie sie. Sie sagte, bei ihr hätte das ungefähr in diesem Alter angefangen. Deshalb fragte ich mich dann, wie alt *sie* war. Ich hielt sie nicht für ein Kind. Sie hat sich nie wie ein Kind benommen, hat nicht so gesprochen oder gedacht. Sie hat sich um alle gekümmert. Hat gearbeitet. War weder im Bett noch sonst wie ein Kind. Ich hatte keine Ahnung, deshalb hat es mich praktisch umgehauen, als sie mir sagte, wie alt sie war.«

Diesen Moment, diesen totalen Schock, hatte er nie vergessen können. Er hatte sich der Unzucht mit einer Minderjährigen schuldig gemacht. Schlimmer noch, er war dadurch genau der Typ Mann geworden, den er am meisten verabscheute. Er war in einer Beziehung mit einem Teenager – einer sehr von Sex geprägten Beziehung. Er hatte alles Mögliche von ihr gefordert, und sie gab ihm, was immer er wollte. Wutentbrannt presste er eine Hand an die Stirn.

Er hatte sich so krank gefühlt, dass ihm die Galle hochkam. »Ich konnte sie nicht mehr ansehen und wusste, dass ich sie sofort wegschicken musste. Das hatte ich schon vorher geplant, um sie vor den Swords zu schützen, sobald der Krieg ausbrach, aber nun musste ich sie vor mir schützen. Außerdem war ich extrem wütend. Wütend auf alle, weil es keiner wusste. Am meisten aber auf mich selbst, weil ich nicht einmal nachgefragt hatte, und auch auf sie, weil sie es mir nicht gesagt hatte. Irgendwo in mir drin wusste ich, dass sie keine Schuld traf, wahrscheinlich hat sie sich gar nichts dabei gedacht, weil ihr eigener Vater sie ja schon mit vierzehn seinem Freund gegeben hatte, aber ich bin nicht über die Wut hinweggekommen.«

Steele wollte Bridges die Fresse polieren. Er hasste diesen Mann. Anstatt sich um seine Tochter zu kümmern, hatte er sie aufs Brutalste misshandelt. »Ich habe sie nicht einmal nach ihrem Geburtstag gefragt. Ich war so verdammt froh, sie zu haben, dass ich mich einfach um nichts gekümmert habe. Und dann war ich so wütend, dass ich sie verlor – dass dieses gottverdammte Universum mich wieder ausgetrickst hatte, mir das einzig Anständige wegnahm, das ich je auf dieser Welt besessen hatte.«

Es folgte ein kurzes Schweigen, in dem Steele erkannte, dass in seiner Stimme totaler Zorn lag. So sehr er diesen Zorn auch wegatmete, sobald er an die Ungerechtigkeit des Ganzen dachte, kam er zurück und schnürte ihm die Luft ab. Nie hatte er etwas für sich gehabt. Nie um etwas gebeten. Dann hatte er sie gehabt – und hatte sie weggeschickt.

»Warum hat sie nicht Kontakt mit dir aufgenommen, als sie merkte, dass sie schwanger war?«, fragte Lana. »Breezy kommt mir nicht vor wie eine, die das einem Mann verschweigt, selbst wenn sie verletzt war.«

Steele antwortete ihr nicht. Scham stand ihm nicht gut zu Gesicht. Doch er verdiente es, Scham zu spüren. Er wusste, dass sie Breezy die Schuld zuschrieben, nicht ihm. So wie Lana dachten sie alle, Breezy hätte Kontakt mit ihm aufnehmen sollen. Er konnte nicht zulassen, dass sie so über sie dachten. Er hatte ihnen das Schlimmste erzählt, hatte zugegeben, dass er mit einem Mädchen geschlafen hatte, nicht mit einer Frau, und dass er das so oder so getan hätte.

Seufzend fuhr er sich immer wieder durch die Haare. »Ich sagte ihr, dass ich sie nicht wollte, dass sie für mich nichts weiter gewesen sei als – eine Wärmflasche. Ich machte sehr klar, dass ich sie nicht liebte und dass sie mir absolut nichts bedeutete. Ich ließ sie aus dem Club ausschließen, sodass sie nicht einmal in eine andere Ortsgruppe gehen konnte. Ich sagte ihr, sie sei nichts, und ich wolle ihr Gesicht nie wieder sehen.«

»Steele«, flüsterte Alena. »Das hast du nicht getan. Sie war so jung. Das muss sie vernichtet haben. Du hattest sie ein Jahr lang und hast sie dann einfach fortgejagt?«

Der Schmerz in Alenas Stimme ließ ihn zusammenfahren. Sie versetzte sich in Brees Lage und spürte diesen Schmerz – Breezys gequälte Miene, als er ihr eiskalt sagte, sie solle aus seiner Welt verschwinden.

»Ich gab ihr Geld. Eine ganze Menge, und ich tat es auf eine ganz miese Art und Weise, so als würde ich sie bezahlen für ein Jahr, in dem ich ihre Dienste in Anspruch genommen hatte. Ich war so hart und brutal, wie ich nur sein konnte. Ich habe ihr klargemacht, dass ich mich mit anderen Frauen einlassen würde. Ich wollte nicht, dass sie sich Hoffnung machte, wir könnten wieder zusammenkommen. Ich wollte, dass sie so weit wie möglich von dort weggeht, damit ihr Vater und ihr Bruder – und ich – sie nie mehr finden würden. Wenn ich es nicht so aussehen lassen hätte, dass sie mir nichts bedeutete, wäre sie ja nicht gegangen, und ich wusste, um sie dann nicht als meine Frau zu behalten, dazu war ich nicht stark genug.«

»Mist, Steele!«, schimpfte Reaper. »Du warst doch immer der Schlaue. Was hast du dir dabei bloß gedacht?«

»Da hast du dich aber in eine ausweglose Situation hineinmanövriert«, sagte Maestro. »Bree glaubte ja geradezu, du könntest übers Wasser laufen.«

In der Tat. Sie hätte alles für ihn getan. Doch nun sah sie ihn in einer Reihe mit ihrem Vater und Bruder. Das wollte er nicht.

Vielleicht verdiente er das nach all den hässlichen Dingen, die er gesagt hatte, um sie zu verjagen, aber er wollte es nicht dabei belassen.

Wieder entstand ein Schweigen. Der Zar rutschte auf seinem Sessel herum. Es war klar, dass nicht einmal der Präsident einen Rat für ihn hatte.

»Ich gebe sie nicht auf«, erklärte Steele. »Nicht noch einmal. Die Chemie zwischen uns stimmt immer noch, ob ihr das recht ist oder nicht – und es ist ihr nicht recht. Aber das kümmert mich nicht großartig. Wir holen meinen Jungen zurück, und dann bleibt sie bei mir.«

»Du kannst sie nicht dazu zwingen«, meinte Keys. »Frauen haben ihren ganz eigenen Kopf, Bruder.«

»Aber wieso kann er sie nicht überzeugen zu bleiben?«, fragte Ice. »Wenn die Chemie stimmt und er einsetzt, was wir ein Leben lang gelernt haben, dann sollte es doch nicht so schwierig sein, sie dazu zu verführen.«

Die anderen nickten, nur Lana verdrehte die Augen. »Ice, du bist ein Idiot. Du hättest schon beinahe Anyas Beziehung mit Reaper kaputtgemacht. Versuch also gar nicht erst, Steele einen Rat zu geben.«

»Nein, warte«, sagte Player. »Was Ice sagt, ist doch gar nicht so verkehrt. Sie konnte dir nie widerstehen, Steele, das weißt du. Ich erinnere mich daran, dass Ice zu Reaper sagte, er soll Anya schwängern. Das hast du ja mit Breezy ziemlich leicht hingekriegt. Und um ein Kind kann sich eine Frau vielleicht kümmern, aber um zwei?«

»Wenn du sie hierbehältst, anstatt sie in dein Haus zu bringen, hat sie keine Chance wegzukommen«, fügte Preacher hinzu. »Vor allem, weil wir ja jetzt ihren Pick-up ›verloren‹ haben.«

Lana musterte ihren Bruder mit gerunzelter Stirn. »Ich kann nicht glauben, dass du das auch nur denken würdest. Wir behalten Breezy nicht gegen ihren Willen hier.«

»Doch«, widersprach Steele. »So lange, bis sie Vernunft annimmt, werde ich sie mit allen nötigen Mitteln hierbehalten. Damals musste ich sie retten vor dem, was auf sie zugekommen wäre. Das wisst ihr. Bridges hätte sie umgebracht oder als Sklavin verkauft – er ist einfach ein krankes Arschloch. Mir blieb keine Wahl. Es war die Hölle, auch danach noch, jede Minute, die sie weg war. Ich habe die Sache nicht richtig angepackt, hauptsächlich, weil ich so wütend war, als ich herausfand, dass ich ein verdammter Perversling bin, aber jetzt gebe ich sie nicht wieder auf. Ich brauche einfach nur Zeit, um sie dazu zu bringen, dass sie ihre Meinung über mich ändert.«

»Sie gefangen zu halten wird ihre Meinung sicher nicht ändern!« Lana blickte zornig in die Runde. »Befragen wir Blythe zu dem Ganzen. Sie soll uns sagen, was sie darüber denkt.«

»Sie wird nicht verstehen, was auf dem Spiel steht«, hielt Steele dagegen.

»Was steht denn auf dem Spiel?«, fragte der Zar.

»Mein gesunder Menschenverstand«, antwortete Steele, ohne zu zögern. »Mein gottverdammtes Leben!«

Der Zar blickte in die Runde. »Euer Bruder hat es eben klipp und klar gesagt. Alles. Breezy ist jung. Sie ist jetzt knapp einundzwanzig, also erwachsen. Sie gehört zu Steele. Sie hat ein Kind. Steeles Sohn, also gehören diese Frau und dieser Junge zu uns. Wir tun, was immer nötig ist, damit er sie behalten kann.«

Er wartete darauf, dass alle zustimmten. Lana seufzte schwer, doch sie nickte, ebenso wie alle Männer und Alena. Sie würden ihr Bestes tun, damit Breezy hier und bei Steele bleiben konnte.

»Und nun zu Zane«, erklärte der Zar schließlich. »Wir brauchen einen Plan, um ihn zurückzuholen.«

»Bree sagt, sie bringen ihn wahrscheinlich alle paar Tage woanders hin«, sagte Steele. Sie befanden sich wieder auf sicherem Terrain. Zuvor, als er den anderen gestehen musste, dass er mit seiner Frau zusammen gewesen und sie damals noch minderjährig war, hatte er das Gefühl gehabt, als würde der Boden unter ihm schwanken. Selbst wenn er es nicht gewusst hatte, gab er sich dennoch die Schuld, weil er es hätte wissen müssen. Er hätte sich für jeden Aspekt ihres Lebens interessieren sollen – vor allem für etwas so Wichtiges wie ihr Geburtsdatum.

Die Torpedo Inks hatten Geburtstage nie gefeiert. Die meisten wussten nicht einmal, wann sie genau geboren wurden, jedenfalls nicht den Monat oder den Tag. Anfangs hatte der Zar, wenn neue Kinder in die Schule kamen, deren Alter festgehalten, aber es starben so viele, dass er damit nach einiger Zeit wieder aufgehört hatte. Die Zeit verging langsam in dem Gefängnis, in dem sie groß geworden waren; Geburtstage oder sonstige Daten gab es keine. Dort war es nur ums nackte Überleben gegangen.

»Hat sie irgendeine Ahnung, wo wir mit dem Suchen anfangen könnten?«, fragte Maestro. Seine Haare und sein Bart waren dunkel und von Silbersträhnen durchzogen, der Blick aus hellgrauen Augen, die an flüssiges Quecksilber denken ließen, intensiv. Wen er ansah, der glaubte, seinerseits den Tod anzuschauen. Seinem Aussehen zum Trotz war er jedoch ein freundlicher Mensch. Was ihn allerdings nie davon abgehalten hatte, seine Brüder und Schwestern zu verteidigen, wenn es notwendig war.

»Wenn sie keine Idee hätte, wäre sie kaum darauf gekommen, allein loszuziehen«, meinte Player.

»Stimmt«, meinte Ink, den Blick auf Steele gerichtet. »Hast du sie gefragt, wohin sie wollte?«

»Dazu hatte ich nicht viel Gelegenheit«, antwortete er. »Ich denke, wir müssen sie dazuholen, wenn wir darüber sprechen, aber erst mal muss sie schlafen. Sie sieht erschöpft aus.« Sie hatte dunkle Ringe unter den Augen gehabt, und so wie sie auf Alenas Suppe reagiert hatte, war klar, dass sie eine ganze Weile nichts mehr gegessen hatte. »Bridges hat ihr wehgetan. Ihr solltet ihren Körper sehen. Überall Blutergüsse.«

Am Tisch wurden lange Blicke ausgetauscht. Steele war ein Heiler und ein sehr begabter Chirurg, aber auch ein eiskalter Killer, wenn es sein musste – oder er es so wollte. Niemand verärgerte ihn, höchstens der Zar. Steele konnte einen Menschen auseinandernehmen, ohne ins Schwitzen zu kommen. Es würde Bridges nicht gefallen, was Steele mit ihm vorhatte, und niemand zweifelte daran, dass er ihn sich holen und den Kampf sehr persönlich gestalten würde.

»Wir wissen aber nicht, in welchem Staat sie zurzeit sind?«, fragte Keys.

»Wir müssen von Louisiana ausgehen«, sagte der Zar. »Sie haben damals die halbe Ortsgruppe dort zurückgelassen. Habit hat nur einige von ihnen mitgebracht. Bridges und sein Sohn waren sauer, dass sie nicht mitkommen konnten. Ich habe verfolgt, was da vor sich ging, nur um sicherzugehen, und Bridges wurde der Präsident der Ortsgruppe, auch wenn nicht mehr viel davon übrig war. Ihren Menschenhändlerring und alle ihre Verbindungen haben wir zerschlagen, und den Bullen haben wir so viel Beweismaterial über jede Ortsgruppe gegeben, dass sie in jedem Bundesstaat noch immer Mitglieder vor Gericht bringen.«

Code nickte. »So ziemlich jedes ihrer Mitglieder wird per Haftbefehl gesucht, vor allem die aus Louisiana.«

»Bridges ist rachsüchtig«, sagte Reaper. »Ein richtiger Feigling und ein Schläger, und höllisch rachsüchtig. Er glaubt, wir waren es, die Habit und Evan erledigt haben.«

»Das kann er glauben, aber er kann nicht wissen, dass wir auch ihr Geld genommen und den Bullen Beweise geliefert haben«, sagte Code. »Das ist unmöglich zurückzuverfolgen.«

»Er ist rachsüchtig«, stimmte Steele zu. Er kannte diesen Mann besser als die anderen alle und verabscheute ihn. »Er wird diese Gruppe noch mehr zugrunde richten, als sie es ohnehin schon ist, und er wird das zu seinem eigenen Vorteil machen. Habit war seinen Brüdern gegenüber wenigstens loyal. Aber

Bridges denkt nur an sich selbst. Er wusste, dass wir etwas gegen Leute hatten, die diese jungen Mädchen benutzten. Und ich wette jeden Betrag, dass er Breezys Alter absichtlich verschwiegen hat.«

»Du hättest sie dir so oder so genommen«, sagte der Zar. Er massierte sich den Nacken, um die Anspannung zu lindern, die jede Diskussion über die Swords bei ihm aufkommen ließ. »Du hättest keine Wahl gehabt, ob du sie nun wolltest oder nicht. Jeder von uns hätte versucht, sie von dort wegzuholen, sobald er ihr tatsächliches Alter erfahren hätte.«

Das stimmte. Steele hatte überhaupt keine Wahl gehabt. Er hätte Breezy mit seinem Leben beschützt. Wären die Torpedo Inks nicht mit einer sehr wichtigen Mission betraut gewesen, er hätte Bridges getötet und sie von dort weggeholt, lange bevor ihr Vater sie ihm anbot. So wie es war, fühlte er sich schuldig, weil er so lange gewartet hatte. Doch sie hatten alles getan, um nicht aufzufliegen, und dabei hatten sie den Club, mit dem sie fahren mussten, doch so sehr verachtet – was sie aber auf keinen Fall zeigen durften.

»Code, kannst du herausfinden, wer seine besten Freunde sind? Ich kann mich außer an seinen Sohn an keinen wirklich erinnern. Schau dir seine Geschäfte an. Lösche sein Konto. Er wird ein geheimes haben, Geld, das er versteckt. Wahrscheinlich läuft es auf den Club, und niemand weiß etwas davon«, meinte Steele.

»Mache ich«, erwiderte Code.

»Wenn wir ihm die Kohle wegnehmen, wird es schwerer für ihn, ständig unterwegs zu sein. Schau dir auch seine Verflossenen an. Er hatte nie eine Old Lady, nicht einmal Bradens oder Breezys Mutter waren das. Keiner weiß, was mit ihnen geschehen ist, aber es wäre definitiv kein Problem für ihn, einer Frau ihr Haus einfach wegzunehmen, wenn er die Möglichkeit dazu hat.«

»Großeltern? Seine Mutter und sein Vater?«, fragte Maestro. »Ich habe ihn nie von ihnen reden hören, aber wenn sie am Leben sind, könnte er zu ihnen gehen.«

»Werde ich mir auch anschauen«, erklärte Code.

»Sobald ich von Breezy etwas erfahre, gebe ich euch alle Namen, die sie womöglich kennt«, versprach Steele. »Ich habe sie noch nie so verängstigt erlebt.«

»Mir gefällt der Name Zane. Wie ist sie darauf gekommen?«, wollte Alena wissen.

Steele schüttelte den Kopf. »Einmal hat sie über Namen gesprochen. Ich wollte ja keine Kinder. Ich weiß nichts zu dem Thema, deshalb habe ich mich an dem Gespräch auch nicht beteiligt. Sie erwähnte mehrere Namen, aber ich habe sie einfach ignoriert.« Das war gewesen, kurz bevor sie wegging. Kurz bevor er zu ihr gesagt hatte, er wolle sie nicht mehr haben.

Sie hatten nie über Liebe gesprochen. Einmal hatte sie es zu ihm gesagt, doch er hatte nichts erwidert. Er wusste nicht, was er sagen sollte. Daraufhin hatte sie es nie mehr erwähnt. Als sie dann das Thema Familie anschnitt, war er unwirsch geworden. Er sagte ihr, er wolle keine Kinder, und unterband jedes weitere Gespräch, einschließlich des Aussuchens von Namen. Der Name Zane war Breezys Wahl.

»Wusste sie, dass sie schwanger war, als sie wegging?«, fragte Lana.

»Möglicherweise. Ist sogar sehr wahrscheinlich«, räumte Steele ein, was das, was er gesagt hatte, nur noch schlimmer machte. »Ich habe mich so zum Narren gemacht. Ich hätte besser aufpassen müssen, was ich sagte. Aber ich war so damit beschäftigt, sie mir aus dem Weg zu schaffen, dass ich nicht darüber nachdachte, wie es ihr gehen würde. Ich fühlte mich verdammt noch mal zu alt für sie. Ich wollte sie loshaben. Weg von ihrem Vater und Bruder. Und weg von dem Krieg, der bevorstand.«

»Hör auf, dir die Schuld zuzuschieben«, sagte der Zar. »Du bist doch sonst immer die Stimme der Vernunft. Du bist es, der sagt, wir können die Vergangenheit nicht ändern, also lassen wir sie ruhen und überlegen, wie wir den Schaden beheben.«

Das war leichter gesagt als getan. Für Steele war die Vergangenheit nicht zu ändern, man konnte nur daraus lernen und weitermachen, doch nun, wo er solchen Mist gebaut hatte, war das nicht eben leicht. Er blickte zu Reaper. Ihr Vollstrecker hatte es mehr als einmal geschafft, seine Beziehung mit Anya aufs Spiel zu setzen. Steele zuckte ein wenig bei dem Versuch, sich zu erinnern, welchen Rat er damals wohl gegeben hätte.

Dann nickte er, denn die anderen schienen auf etwas zu warten. »Wir müssen davon ausgehen, dass Bridges eine Frau hat, die sich um Zane kümmert. Er selbst wird ihm sicher nicht die Windeln wechseln oder mit ihm zur Toilette gehen. Er würde ihn auch nicht füttern oder abends zu Bett bringen. Und Junk würde das auch nicht tun.«

»Wie alt ist er jetzt wohl?«, fragte Player.

»Ungefähr zweieinhalb«, antwortete Steele, und sein Herz zog sich zusammen.

»Ich werde mich nach den Frauen in seinem Leben umsehen«, versicherte ihm Code. »Hat Breezy jemals von ihren Großeltern gesprochen, Steele? Wo sie wohnen könnten?«

Steele hätte sich am liebsten selbst in den Hintern getreten. Er hatte nie danach gefragt. Hatte er ihr je irgendwelche persönlichen Fragen gestellt? Jedenfalls war sie nie freiwillig mit Infos über sich herausgerückt. Verflucht, wieso hatte er bloß nie gefragt? Weil er nie an so etwas wie Familie und Angehörige dachte. Keiner von ihnen. Es gab noch viel zu lernen zum Thema Beziehungen.

Er schüttelte den Kopf. »Tut mir leid, Code. Keine Ahnung.«

Code zuckte die Achseln, als würde das nichts ausmachen, doch Steele wusste, ohne irgendwelche Informationen würde es für seinen Bruder noch schwerer sein, Bridges' Eltern ausfindig zu machen. Steele war nicht zuletzt deshalb mit Breezy glücklich gewesen, weil sie immer da gewesen war, um jede Kleinigkeit für ihn zu erledigen. Ihm alles zu geben, was er wollte. Er hatte das nie zuvor gehabt. Er konnte sich nicht erinnern, auch nur ein Mal in seinem Leben jemanden gehabt zu haben, der alles für ihn tat. Und er war mit diesem Arrangement ganz egoistisch glücklich gewesen.

»Sonst noch etwas?« Er wollte zu ihr zurück. Er musste sie in seinem Bett sehen. Sichergehen, dass sie nicht einen Weg gefunden hatte zu entwischen. Er hatte Fatei vor seiner Zimmertür postiert, den Kandidaten, dem er am meisten vertraute. Fatei war in derselben äußerst brutalen Schule gewesen wie Gavril, der Bruder des Zaren. Ein gefährlicher und ruhiger Mann, auf den man zählen konnte. Steele hoffte, dass Fatei in der ursprünglichen Ortsgruppe bleiben würde, wenn die anderen auftauchten, die Torpedo Ink beitreten wollten. Er wollte den Mann nicht verlieren. Und er wusste, dass es den anderen auch so ging.

Er hörte das Ticken der Wanduhr und spannte sich an. Irgendwo in diesem Land kauerte sein Sohn, ein kleines Kind noch, allein, ohne seine Mutter und wahrscheinlich total verängstigt. Wahrscheinlich weinte er sich in den Schlaf, so wie Breezy sich wahrscheinlich in den Schlaf geweint hatte – wenn sie überhaupt schlief. Er wollte aufspringen, sich auf sein Bike schwingen und losfahren, seinen Jungen finden und ihn zu Breezy bringen. Aber er hatte keine Ahnung, wo er anfangen sollte zu suchen.

»Wir finden ihn«, versicherte ihm Alena leise und legte eine Hand auf seine.

Die anderen nickten. Er blickte in die Runde. Dies waren die Männer und Frauen, auf die er sich verlassen konnte. Die Menschen, die zu ihm stehen würden. Und zu seiner Frau und ihrem gemeinsamen Kind.

»Danke«, murmelte er.

»Bevor wir für heute Schluss machen«, sagte der Zar, »gibt es noch etwas zu den Demons?«

»Ich weiß nicht recht, was die Demons eigentlich von uns wollten«, sagte Steele. »Das war weniger ein Festigen der Beziehung zwischen unseren Clubs als vielmehr eine Jagd nach Informationen. Sie brachten ihre Mädchen mit, um uns auszuhorchen, zumindest kam es mir so vor.« Er schaute, ob die anderen seinen Eindruck bestätigten.

Bei dem Gedanken an Breezy, die gesehen hatte, wie er unter den drei Frauen hervorgekrochen kam, mit denen er es in der Nacht zuvor so heftig hatte krachen lassen, fuhr er unwillkürlich zusammen. Ihre Miene, dieses Gesicht, das er so liebte, hatte Verletzung und Enttäuschung gezeigt. Eine Entschuldigung dafür gab es nicht, das wusste er. In dem Glauben, sie verloren zu haben, hatte er versucht, sich zu betäuben. Er verdiente sie nicht. Das war die simple verdammte Wahrheit. Er verdiente Breezy nicht und würde sie nie verdienen. Doch das hielt ihn nicht davon ab, sie für sich zu beanspruchen oder sie zu behalten, eben weil er so ein immens selbstsüchtiger Trottel war.

Maestro nickte. »Absolut. Die Frauen haben alles Mögliche gefragt, aber nur Persönliches. Sie waren aber nicht so sehr auf Clubgeheimnisse scharf, sondern vielmehr auf Dinge wie, wo wir alle herkämen und was wir gemacht haben, bevor wir hier aufgelaufen sind.«

Lana nickte. »Bevor ich ging, haben einige der Männer mich mit Komplimenten und Schnaps traktiert und ähnliche Sachen gefragt.«

Auch Alena stimmte zu. »Aber sie haben erkannt, dass es bei uns um mehr geht als um ein paar Freunde, die zusammen fahren und feiern. Wir haben Hammers Frau vor den Ghosts gerettet, was ihnen nicht gelang, und wir waren dabei schnell. Ich schätze, sie staunen über uns.« Hammer war der Präsident einer Ortsgruppe der Demons, die sie um Hilfe gebeten hatte.

»Ich glaube, notfalls können wir als Verbündete auf sie zählen«, meinte Player. »Habt ihr auch diesen Eindruck gewonnen?«, fragte er mit Blick in die Runde.

Der Zar hatte Blythe nach dem Barbecue nach Hause gebracht. Er sah zu Reaper, der mit Anya noch länger geblieben war. Da Reaper eine eigene Frau hatte, hatte er bessere Chancen gehabt, die Männer und Frauen während der Party zu beobachten.

»Sie wollen wissen, zu wem sie sich ins Bett legen, Zar«, sagte Reaper. »Sie wollen uns als Verbündete, aber sie wollen nicht mit runtergelassenen Hosen erwischt werden.«

Steele teilte diese Meinung. »Das sehe ich auch so. Wir suchen ja auch nach Informationen über sie. Bei uns macht das Code. Sie werden allerdings nichts über uns finden. Code kann sie mit Blödsinn abspeisen, Kleinigkeiten, die er über uns erfindet, wenn du glaubst, dass das nötig ist.«

Feinde hatten sie schon genug, und sie waren mitten im Territorium der Diamondbacks. Das war eine unbehagliche Allianz. Dem Torpedo-Ink-Club eine weitere Ortsgruppe hinzuzufügen, konnte diese Allianz sogar noch heikler machen. Daher war es gut, die Demons zur Unterstützung zu haben. Das bedeutete natürlich, Geschäfte mit ihnen zu treiben. Und darin waren sie sehr gut.

»Das ist nicht nötig«, meinte der Zar. »Wir treffen uns morgen wieder hier und besprechen mit Breezy dann genau, wo wir mit der Suche nach Zane beginnen sollen.«

4. Kapitel

Steele trat leise in sein Schlafzimmer. Es roch anders. Er hatte es immer sauber gehalten. Er war Arzt, und oft war sein Zimmer fast steril, da er bei allem ein antibakterielles Spray benutzte. Er wollte, dass sein Zimmer steril war. Es war der einzige Ort, an den er nie eine Frau – oder Frauen – brachte. Hier war er am verwundbarsten, und er erlaubte nichts und niemandem, ihn an seine Kindheit und den Ort zu erinnern, den er mit den anderen Torpedo Inks geteilt hatte, oder mit denen, die es nicht geschafft hatten.

Sobald er an diese Zeit dachte, war der Geruch von Blut und Tod da, das Stöhnen und die Schreie der Sterbenden. Der Entmenschten. Jungen und Mädchen. Manchmal warteten sie in Zweierreihen, auf dem Boden liegend, zu blutigen Bällen zusammengerollt, was einmal menschliches Fleisch gewesen war und nun nur mehr ein Blutgemenge, das er auf wundersame Weise heilen sollte. Es war kalt gewesen. So kalt, und es gab keine Möglichkeit, diese Körper oder sich selbst zu wärmen.

Er schüttelte den Kopf, seine Hände ballten sich zu Fäusten. Er wollte in seinen Gedanken nicht dorthin zurückgehen, nicht jetzt, wo er eine Chance auf ein zweites Leben hatte – ein echtes Leben. Zurückzugehen war gefährlich, zumindest für ihn, auch nur an jene Tage zu denken, als er noch zu jung gewesen war und keine Möglichkeit hatte, die Sterbenden zu retten. Er konnte ihnen nur zuflüstern, ihnen sagen, sie bräuchten keine Angst zu haben, und dass er sie eines Tages rächen werde. Das war alles, was er diesen kleinen Jungen und Mädchen mit den offenen, nässenden Wunden und Infektionen geben konnte, die so übel rochen, dass er wusste, sie verrotteten von innen heraus.

Er atmete prüfend ein, nahm Breezys Duft in sich auf in dem Wissen, dass seine Frau alles Schlechte vertreiben konnte, jeden hässlichen Ort, all die Gerüche, die ihm zu folgen schienen, wohin er auch ging, und sie mit dem ihr eigenen Duft ersetzen konnte. Es spielte keine Rolle, wenn es nur vorübergehend war; sie gab ihm, was niemand und nichts ihm je hatte geben können.

Jetzt roch das ganze Zimmer frisch und feminin. Er lehnte sich an die Tür und betrachtete seine Frau, die in der Mitte des Betts lag. Das hatte sie immer gemacht – sich in der Mitte des Betts zusammengerollt wie ein Kätzchen. Ihr dichtes, lohfarbenes Haar war über das Kissen ausgebreitet und verbarg den Großteil ihres Gesichts.

Sie war nur mit einem dünnen Laken bedeckt und zitterte unaufhörlich. Die Knie hatte sie an die Brust gezogen, die Arme um sich geschlungen. Er trat näher zu ihr und betrachtete ihr Gesicht. Sie hatte geweint; es brach ihm fast das Herz. Trotzdem war keine Falte zu sehen. Mit ihrer hellen, rosigen Haut und den dichten, hellbraunen Wimpern sah sie aus wie ein Engel. Er hätte wissen müssen, dass sie noch minderjährig war, als er sie kennenlernte. Vielleicht hatte er es nicht wissen wollen, weil sein Körper so stark auf sie reagiert hatte.

Eine derartige Reaktion hatte er nie zuvor erlebt – zumindest konnte er sich nicht erinnern. Seine Ausbildung war nicht weniger brutal gewesen als die der anderen. Die Prügel. Der Sex. Lernen zu töten. Es war nicht in ihm gewesen wie bei einigen der anderen. Reaper. Savage. Ice. Storm. Maestro. Sie waren schon fast keine menschlichen Wesen mehr gewesen. Er wusste nicht, wie sie das überlebt hatten – aber auch nicht, wie er das geschafft hatte. Tatsächlich hatte nicht alles von ihm es geschafft.

Steele konnte nicht anders, er musste Breezy zudecken und ging dann durch den ganzen Raum wieder zurück bis zur Tür. Weg von ihr. Allein schon ihr so nahe zu sein war gefährlich für sie beide. Er begehrte sie mit jedem Atemzug, und das schon seit ihrer ersten Begegnung. Sein Körper reagierte, sobald er ihren Duft einatmete. Er neigte dazu, in allem seinen Willen zu bekommen – vor allem was sie betraf. Das hatte Breezy ihm gegeben. Und sie hätte damit weitergemacht, wenn er die Beziehung nicht sabotiert hätte.

Ihm war klar, was er getan hatte. Er war intelligent. Er meinte, sie nicht zu verdienen – und so war es auch. Er hatte sie sowohl zu seiner eigenen Bestrafung fortgeschickt als auch, um sie zu retten. So verkorkst war er. Doch nun war sie wieder hier, und er musste einen Weg finden, sie zu behalten. Er hatte versucht, ohne sie zu leben – das war nicht gerade gut gelaufen. Er würde nicht weniger gegen ihren Widerstand zu kämpfen haben wie gegen sich selbst, denn wenn er keinen Weg fand, sie zu behalten, würde er es dieses Mal nicht überleben.

Langsam ließ er den Blick durch sein Zimmer schweifen. Er war Arzt. Chirurg. Er hatte mehr Spezialausbildungen abgeschlossen als die meisten anderen Ärzte. Wieder und wieder hatte er seinen Eid, andere Menschen zu heilen, gebrochen. Er hatte seine Feinde ermordet, um sein den Toten gegebenes Versprechen zu halten. Er hatte für sein Land gemordet. Er hatte Befehle befolgt – aber es war dennoch Mord gewesen. Er machte Jagd auf Kinderschänder, hatte jedoch selbst getan, wofür er andere tötete. Er hatte ihr Alter nicht gekannt, sich aber auch nicht darum gekümmert, es zu erfahren. Er war verdammt schuldig – und auch wenn das Gesetz ihn nicht verurteilte, so war er es doch nach seiner Sicht der Dinge.

Breezy bewegte sich. Die langen Wimpern zuckten. »Steele?«

Der Schmerz in ihrer Stimme durchbohrte sein Herz wie ein Pfeil. »Ich bin hier, Bree.« Er blieb, wo er war, an die Tür gelehnt, fürchtete, sich zu bewegen. Er war ohne mit einer Wimper zu zucken in einen Raum voller Feinde eingetreten und würde das jederzeit wieder tun, doch diese Frau hatte die Kraft, ihn zu ruinieren.

»Ich will ihn wiederhaben. Ich will mein Baby zurückhaben.«

Ihr leises Schluchzen machte ihn fertig. Sie weinte. Es war herzzerreißend und für Breezy so untypisch. Er hatte sie damals nie weinen sehen. Das war ihm schon aufgefallen, noch bevor er mit ihr zusammen gewesen war. Er hatte gesehen, wie ihr Vater sie so geohrfeigt hatte, dass sie zu Boden stürzte. Sie war dann wieder aufgestanden, ohne sich auch nur an ihr Gesicht zu fassen. Sie hatte einfach nur gemacht, was Bridges von ihr verlangte, ohne Kommentar, ohne einen Laut. Schon damals wollte er ihren Vater umbringen; es war das erste – und beileibe nicht das letzte – Mal gewesen, dass Savage und der Zar ihn körperlich zurückhalten mussten. Zuletzt war er selbst es gewesen, der sie zum Weinen brachte, als er ihr sagte, er wolle sie nicht und sie bedeute ihm nichts. Konnte er sich noch mehr hassen? Ja. Die Antwort war Ja, und wenn er ein guter Mann war, dann würde er ihr Kind zurückholen, es ihr geben und sie aus dem Land schaffen.

Doch auch in Übersee gab es Swords, die sie suchen würden – das sagte er sich. Er wusste, er war nichts als ein egoistischer Schweinehund, und er behielt sie, weil es, nachdem er sie so gesehen hatte, keinen verdammten Weg mehr gab, sie noch einmal gehen zu lassen.

»Wir holen ihn zurück.« Er sagte es voller Vertrauen, denn er glaubte daran. Er trat an das Bett, mit langsamen und bedachten Schritten und trotz seiner Stiefel kaum hörbar. Er wollte nicht, dass sie ihn abwies. Er brauchte sie jetzt. Zane war auch sein Kind. Er mochte nichts von ihm gewusst haben, doch die

Verbindung war bereits da – durch Breezy. Nun hatte jemand seinen Sohn, und damit wurde sein schlimmster Albtraum Realität.

Sie setzte sich auf, lehnte sich an die Wand, zog die Knie bis an die Brust. Tränenspuren verliefen über ihre Wangen. Er setzte sich neben ihr auf die Bettkante und wischte ihr eine nasse Strähne aus dem Gesicht.

»Das können wir, Bree. Darin sind wir wirklich gut.«

Sie blinzelte, musterte ihn unter langen Wimpern hervor. »Ich verstehe nicht.«

»Wir machen Jagd auf Pädophile und holen die Kinder zurück. Dein Vater ist vielleicht nicht so einer, aber er hat ein Kind entführt. Wir sind alle schon seit unserer Kindheit auf Verbrecherjagd, also praktisch unser Leben lang. Wir werden Zane finden und nach Hause bringen.«

Sie wischte sich über das Gesicht. »Ich verstehe noch immer nicht.«

»Der ehemalige internationale Präsident der Swords leitete den größten Menschenhändlerring der Welt. Er hatte Schiffe, die zu speziellen Bordellen umgebaut waren. Auf ihnen ließ er Frauen, Männer und Kinder für sehr reiche und kranke Kunden arbeiten. Sie missbrauchten sie, befriedigten ihre Perversionen und töteten sie. Die Leichen gingen über Bord.«

Er hatte ihr das alles schon gesagt, allerdings so, dass es wirkte, als würde er Ausflüchte machen – und das war zum Teil auch so. Dieses Mal jedoch wollte er sie wissen lassen, wozu die Torpedo Inks fähig waren, denn er und seine Brüder und Schwestern würden nicht aufhören, bis sie ihren Sohn wiederhatten.

»Der Zar trat den Swords bei und arbeitete sich hoch bis zum Vollstrecker. Er schloss sich dieser Ortsgruppe an, weil es die des internationalen Präsidenten gewesen war. Der Zar wusste, wenn der Mann zurückkam, dann in diese Gruppe.«

Breezy musterte ihn. Schaute ihm in die Augen. Es war das erste Mal, seit er sie zum letzten Mal gesehen hatte, dass sie ihn wirklich ohne Zorn oder Schmerz ansah. Sie studierte lange sein Gesicht und runzelte dann die Stirn. In dieses kleine Stirnrunzeln war er schwer verliebt. Er hatte es mehr als einmal mit den Fingerspitzen nachgezogen, nur um es sich einzuprägen.

»Du gehörst einem Bikerclub an«, sagte sie dann im Brustton der Überzeugung und voller Abneigung.

So war es. Er war ein Torpedo Ink, und er lebte und starb für diesen Club und für seine Brüder. Er nickte bedacht, denn er spürte, dass er sich auf dünnem Eis bewegte. »Ja. Torpedo Ink, das ist mein Club. Ich bin der Vizepräsident. Wir waren immer Torpedo Inks und werden es immer sein.«

»Der Biker in einem Mann lässt sich nicht verleugnen.« Die Abneigung war zu Abscheu geworden.

Er konnte ihr nicht übel nehmen, dass sie Clubs nicht mochte. Sie war in den der Swords hineingeboren worden, wo Frauen grundsätzlich ohne jeglichen Respekt behandelt und einfach nur benutzt wurden, sogar die Old Ladys. »Nicht alle Clubs sind gleich, Breezy.«

»Das spielt keine Rolle, solange du Zane zurückbringst. Ich schwöre es dir, Steele, er ist dein Sohn. Ich lüge dich da nicht an.«

»Das weiß ich. Ich habe das nie in Frage gestellt.« Es war ihm nie in den Sinn gekommen, dass Breezy ihn bezüglich des Kindes belügen würde. Den anderen aber offenbar schon; deshalb hatten sie durch Absinth als ihren »Lügendetektor« sicherstellen lassen, dass Zane sein Sohn war. »Aber das hätte ohnehin keinen Unterschied gemacht, Bree. Wir hätten ihn so oder so zurückgeholt.«

Sie rieb sich das Kinn an den Knien. Seine Finger waren nur knapp zehn Zentimeter von ihrem Fußknöchel entfernt, was ihm sehr bewusst war. Er hätte sie berühren können, so nahe war sie ihm. Ihre Haut fühlen können. Fühlen, was immer ihm gehört hatte.

»Sobald wir ihn zurückhaben, bin ich weg. Du brauchst nicht zu befürchten, dass ich irgendetwas von dir verlange. Ich arbeite jetzt und bin in der Lage, uns durchzubringen. Das meiste von dem Geld, das du mir gegeben hast, habe ich noch, und ich spare hier und da ein bisschen, damit ich es dir zurückzahlen kann. Für den Anfang habe ich etwas davon gebraucht, aber ich habe aufgepasst. Ich gebe dir alles wieder zurück.«

Er hörte den Stolz in ihrer Stimme, doch das war unwichtig. Zorn überkam ihn. »Ich habe dir dieses Geld gegeben, damit du einen guten Start hast, Bree. Das heißt, ich habe mich auf diese Weise um dich gekümmert.«

Sie zuckte unwillkürlich zurück, und er spürte es sofort. Sie redeten so vorsichtig miteinander, so gekünstelt, während sie früher immer zusammen gelacht hatten und problemlos über alles sprechen konnten. Er versuchte, an die Nächte zurückzudenken, in denen sie plaudernd zusammen im Bett gelegen hatten. Es war gemütlich gewesen, doch meistens hatte er geredet, nicht Breezy. Wenn, dann hatte sie ihm von ihrem Tag erzählt, von den Kindern, die sie beaufsichtigte. Manchmal auch von ihren Sorgen bezüglich der Mädchen. Aber sie waren sich nicht fern gewesen, so wie jetzt.

Sie lachte gerne. Er erinnerte sich an den Klang ihres Lachens, und wie sie alles Schlechte in etwas Gutes verwandelte. Dabei war es gleichgültig, wie es ihm ging, und oft war es ihm nicht so gut gegangen. Er hatte oft Albträume gehabt, war schweißgebadet aufgewacht. Dann saß er auf der Bettkante, und sie legte die Arme um ihn, bis er nicht mehr dachte, sondern nur mehr fühlte. Seine Dämonen zu vertreiben, das war ihr immer leichtgefallen.

»Es ist wichtig für mich, dir das zurückzuzahlen, Steele«, sagte sie. »Ich will das nie mehr spüren müssen, wie ich mich fühlte, als du mir den Kopf zurechtgerückt hast. Es war schwer, mir das anzuhören, aber ich weiß, ich musste lernen, auf meinen eigenen Füßen zu stehen.«

Er schüttelte den Kopf. »Ich war voller Scheiße, Baby. Ich wollte dich in Sicherheit wissen und tat alles, was ich konnte, um dich wegzujagen.«

Sie zeigte ihm ein unechtes Lächeln, wo es doch nie etwas Unechtes bei ihr gegeben hatte. »Ich weiß es zu schätzen, dass du das sagst, Steele, aber du hattest jede Menge Zeit, nach mir zu suchen. Wenn es das ist, was ihr tut, nämlich Leute ausfindig machen, dann hättest du mich finden können. Hast du aber nicht. Und das ist okay«, fügte sie hastig hinzu. »Mir geht es jetzt gut. Ich musste etwas über mich selbst und meine eigenen Stärken lernen. Ich wusste, dass Zane unterwegs war, und ich habe es herausgefunden.«

»Baby …«

Sie zuckte sichtlich zusammen. »Bitte, nenne mich nicht so. Wir sind nicht …« Sie verstummte, fuhr mit den Fingern durch die Luft, als würde das alles sagen. »Wir halten das am besten so unpersönlich wie möglich. Sobald wir Zane gefunden haben, gehe ich, aber wenn du mit ihm in Kontakt bleiben willst, ist das natürlich in Ordnung.«

Sein Naturell machte sich bemerkbar. Er hatte gedacht, das längst im Griff zu haben, aber offenbar war seiner Frau nicht mehr bewusst, wem sie gehörte. Zumindest hätte sie sich daran erinnern müssen, wem *er* gehörte. Es stand auf ihrer Haut geschrieben, da, wo er es Ink hatte einstechen lassen.

»*Unpersönlich?*« Er brüllte das Wort fast heraus. Sprang auf und schritt quer durch den Raum, um nicht an die Wand direkt neben ihrem Kopf zu schlagen. »Zwischen uns ist nichts unpersönlich! Du hast vielleicht vergessen, wie das war, wenn ich mich in dir bewegte, ich aber ganz bestimmt nicht! Ich nenne dich alles, was mir verdammt noch mal gefällt, und ja, wir sind …« Er fuhr mit den Fingern durch die Luft, so wie sie es gemacht hatte. »Du gehst nicht weg, wenn wir Zane gefunden haben.«

Sie sah ihn an, als wären ihm plötzlich zwei Köpfe gewachsen. Ihm fiel ein, dass sie noch nie miterlebt hatte, wenn er die Fassung verlor. In all der Zeit, die sie zusammen gewesen waren, war er niemals laut geworden. So war ihre Beziehung nicht gewesen, sondern er hatte immer gesagt, was Sache war, und sie war ihm gefolgt. Breezy hatte nie etwas getan, um ihn zu verstimmen. Das hatte sich nun eindeutig verändert.

»Du kannst mir nicht mehr vorschreiben, was ich tun soll und was nicht, Steele«, erklärte sie ruhig. »Du hast mich weggeworfen und mir *sehr* klargemacht, was du von mir hältst …«

»Das ist Bockmist, und das weißt du! Du musstest gehen. Ich habe dir gesagt, du musst gehen, und du wolltest nicht. Du hast dich geweigert. Ich wusste, dass es zum Krieg kommen würde. Es war einfach zu gefährlich für dich zu bleiben! Ich musste dich von dort wegschaffen.«

»Du hättest mit mir gehen können.«

»Ich musste den Zar unterstützen.«

Sie schüttelte den Kopf. »Der Zar hatte alle anderen zu seiner Unterstützung, Steele. Ich hatte niemanden. Du hast dich dafür entschieden, bei deinem Club zu bleiben, und mich hinausgeworfen, obwohl du wusstest, dass ich keine Ahnung hatte, wie ich zurechtkommen sollte.«

Er wünschte, sie würde ihn anschreien oder heulen. Doch das tat sie nicht. Vielmehr war das, was sie sagte, die Wahrheit. Die anderen zu verlassen war ihm gar nicht in den Sinn gekommen. Sie waren eine sichere und intakte Einheit. Hätte er versucht, ihr das zu erklären, so hätte sie einfach erwidert, dass *sie* ohne ihn nicht sicher und intakt gewesen war. Doch nun war sie es. Nun kam sie absolut ohne ihn zurecht.

»Wir sind achtzehn, Bree.« Er bemühte sich, so ruhig und

gefasst zu sprechen wie sie. »Wir waren zahlenmäßig unterlegen, aber wir hatten nicht vor, dieser Schlacht auszuweichen.«

Ihr Blick lag auf seinem Gesicht, bewegte sich darüber, konzentrierte sich komplett auf ihn, so wie früher. Er hatte diesen Blick immer geliebt, aber immer auch als beunruhigend empfunden. Oft hatte er sich von ihr abgewandt aus Furcht, sie könne in ihn hineinsehen. Sehen, wie kaputt er war. Dennoch hatte es ihm gefallen, dass sie ihm fast immer ihre volle Aufmerksamkeit schenkte.

»Ihr seid zu achtzehn Leuten gegen wie viele Swords losgegangen?«

Steele wollte fluchen, und er tat es – in seiner Muttersprache, damit sie nicht mitbekam, was er sagte. Ja, sie waren achtzehn Torpedo Inks gewesen, doch sie hatten diesen Kampf nicht allein ausgetragen. Andere waren beteiligt gewesen, auch Jackson Deveau, der Deputy Sheriff. Wenn er ihr das sagte, wenn er auspackte und ehrlich war, würde das alles, was er bisher gesagt hatte, zunichte machen.

Er atmete tief durch. Ihr die Wahrheit zu sagen war wichtig, koste es, was es wolle. Er wollte eine Beziehung. Eine Partnerschaft. Er musste Breezy mit demselben Respekt behandeln wie seinen Club, selbst wenn das bedeutete, dass er in ihren Augen schlecht dastand. »Es waren nicht nur die Torpedo Inks. Da waren noch andere, Männer und Frauen, denen Evan Shackler und die Swords etwas angetan hatten. Wir waren trotzdem noch stark in der Minderzahl, aber es waren noch andere bei uns.« Sie würde nie erfahren, wie schwer es ihm fiel, ihr die Wahrheit zu sagen.

Der Blick ihrer grünen Augen hatte sich nicht von seinem Gesicht gelöst. Er hatte ein wenig das Gefühl, als würde sie in ihn hineinsehen, in diese dunklen, hässlichen Orte, von denen er sie nichts wissen lassen wollte. Die Spitze ihrer Zunge befeuchtete ihre Unterlippe und erinnerte ihn an all die Male, die sie über seinen Körper geglitten war und ihn ins Paradies befördert hatte.

»Du hast dich für den Club entschieden, Steele«, stellte sie fest. »Belüge dich nicht selbst, und mich auch nicht. Das bringt nichts Gutes.«

Etwas an dieser neuen Breezy faszinierte ihn noch mehr als die frühere. Er erkannte in diesem Moment, dass seine Frau ein ähnliches Leben gehabt hatte wie er. Zwar offenbar nicht mit Sextätern, als sie noch ein Kind gewesen war, aber als Teenager. Doch auch sie war schon von klein auf geschlagen worden. Sie hatte Überlebensstrategien entwickelt, genau wie er. Sie wusste, wann sie schweigen musste. Wann sie den Kopf gesenkt halten musste. Wie sie einen Drogendeal machen und sich davor schützen konnte, ermordet zu werden.

All das hatte sie sich beigebracht, aber sie hatte nie soziale Kompetenzen erlernt oder wie man in der Welt da draußen überlebte – in einer komplett anderen Umgebung. Doch Breezy hatte sich angepasst, weil sie eine Überlebenskünstlerin war, und sie hatte es aus eigenem Antrieb geschafft, weil sie für ein Baby sorgen musste. Sie war noch immer still, nicht aggressiv, nicht anklagend, merkte lediglich Fakten an. Und es waren Fakten – so wie sie sie sah. Er hatte sich für den Club entschieden, aber er hatte sich *nicht* gegen sie entschieden.

»Von deinem Standpunkt aus stimmt das, Bree«, räumte er ein. »Aber ich wollte dich. Ich hatte jedoch kein Recht darauf, dich zu behalten, denn ich wusste ja, dass die Hölle losbrechen würde. Ich musste dich beschützen.«

Ihr Blick wich noch immer nicht von seinem Gesicht, so als könne sie seine verdrehte Logik direkt durchschauen. »Warum hatten wir dann keinen Plan, später wieder zusammenzukommen?«

Das war eine faire Frage, doch auch sie wollte er nicht gerne beantworten. Die Regeln der Torpedo Inks waren sehr einfach.

Respekt. Keine Lügen. Gegenseitige Unterstützung jederzeit. Wenn er Breezy in diesem Leben haben wollte, dann musste er diese Regeln auf sie ausweiten, egal wie schmerzlich es war, ihr das zu sagen.

»Wir haben einen Kodex, nach dem wir leben. Er hilft uns zu überleben. Und mit dir zusammen zu sein, das war ein grober Verstoß, weil du minderjährig warst. Aber das wusste ich lange Zeit nicht. Ich hatte nicht die geringste Ahnung, Bree. Du musst das verstehen, das ist eine heilige Regel, und durch mein Zusammensein mit dir habe ich größeren Mist gebaut, als du dir vorstellen kannst. Es war ein schweres Vergehen.«

Zuerst schwieg sie eine lange Weile. Dann errötete sie etwas und hob leicht das Kinn an. »Ich verstehe. Nun, du musst dir keine Sorgen machen. Ich verstehe sehr gut. Niemand will ständig daran erinnert werden, ein totaler Scheißtyp gewesen zu sein wegen einer Beziehung, die er mit jemandem hatte. Oder eine halbe Beziehung – wie immer du das nennen willst, was wir hatten. Aber wir beide wissen ja jetzt, wie wir es nennen können – den schlimmsten Mist, den du je gebaut hast.«

»Verdammt, Bree, du verdrehst alles, was ich sage, in das, was du hören möchtest!« Steele fuhr sich mit beiden Händen durch die Haare, um sie nicht zu packen. Sie war immer fügsam gewesen, hatte ihm gefallen wollen, tun wollen, was immer er wollte. Das Schlimmste war, dass er klar erkannte, warum sie so dachte. Er war es schließlich gewesen, der sie dazu gebracht hatte zu glauben, dass er sie nicht wolle oder die Zeit nicht wertschätze, die sie zusammen gewesen waren.

Der Anflug eines Lächelns zeigte sich auf ihrem Gesicht – diesem Mund, von dem er fantasierte. »Wenn du das denkst, Steele, dann kennst du mich überhaupt nicht. Das Letzte, was ich von dir hören möchte, ist, dass du denkst, mit mir zusammen gewesen zu sein war die ultimative Scheiße.« Sie rieb sich mit dem Kinn über die Knie. »Aber das spielt jetzt sowieso keine

Rolle mehr. Das Einzige was zählt ist, Zane wiederzubekommen. Wenn du glaubst, du kannst das, und dein Club hilft dir dabei, dann sind wir quitt.«

»Es spielt sehr wohl eine Rolle, Bree, denn du wirst mit unserem Kind hierbleiben, und wir werden ihn zusammen aufziehen. Und um das zu tun, müssen wir zwischen uns klar Schiff machen.«

Sie blitzte ihn an mit diesen lebhaften grünen Augen, die wie kleine Flammen waren, die ihn verzehren könnten. Sein Schwanz zuckte heftig, und etwas in ihm, das er seit seiner Kindheit fest verschlossen hatte, brach auf. Zersprang. Plötzlich war er verwundbar und ungeschützt.

Steele ballte die Hände zu Fäusten und atmete schwer, versuchte, die Panik und das Adrenalin unter Kontrolle zu bekommen. Sein Selbstschutz hatte eingesetzt; er versuchte, sich so weit wie möglich von ihr fernzuhalten. Er hatte immer gewusst, dass sie in der Lage war, in ihn hineinzukriechen – sie hatte einen Weg gefunden, sein Herz zu stehlen. Doch dies war noch weit mehr.

Er war sich ihres Andersseins nun mehr als bewusst. Früher hatte er sich um sie gekümmert. Auf sie aufgepasst. Sichergestellt, dass ihr nichts zustieß. Er war der Dominante in ihrer Beziehung gewesen. Es war keine echte Partnerschaft gewesen, weil sie vom Leben außerhalb der Swords keine Ahnung hatte, also hatte sie den Mund gehalten und ihm gehorcht. Sie war so jung gewesen; trotzdem hatte er von ihr erwartet, erwachsen zu sein. Indem sie sich still verhielt und beobachtete, hatte sie getan, was er von ihr erwartete, doch sie war eben keine echte Partnerin gewesen – weil sie keine sein konnte.

Er hatte nie zuvor eine Beziehung gehabt und noch nicht einmal gewusst, was das war, bis er Blythe, die Frau des Zaren, kennengelernt hatte. Breezy besaß großen Mut. Er hatte so viele Kinder sterben gesehen, nur weil sie sich nicht wehren konnten –

oder wollten. Breezy hätte die Gräuel überlebt, die die Torpedo Inks in ihren Schulen durchstehen mussten. So viele andere hatten das, was sie hatte, nicht. Er erkannte das, weil er so viele hatte sterben sehen, sie in seinen Armen gehalten hatte. Er hatte so viele Tränen geweint, dass er sicher war, keine mehr zu haben.

Er lehnte an der Tür, schwer atmend, erkennend, dass seine Frau mehr nehmen würde, als er je geglaubt hatte, geben zu können. Als er sie endlich wieder ansehen konnte, war der Zorn aus ihren Zügen verschwunden; an seine Stelle waren Sorge und Skepsis getreten. Sie sah Dinge in ihm, die zu sehen er nicht einmal seinen Brüdern gestattete. Er hatte so vorsichtig sein, immer jede Gefühlsregung im Zaum halten müssen, durfte nie etwas durchblicken lassen, nicht einmal den anderen Kindern gegenüber, musste für seine Brüder und Schwestern stets unauffällig und ruhig sein, durfte nie an Aufruhr und Chaos teilhaben, die unerwartet ausbrechen konnten. Sie schien das alles in ihm zu sehen, so sehr er es auch zu verbergen versuchte.

Er wandte sich von ihr ab, sah jedoch an ihrer Miene, dass es bereits zu spät war. Er hätte am liebsten um sich geschlagen, um sich aus der Situation zu retten. Er öffnete den Mund.

Sie war schneller. »Zane ist ein wunderbarer kleiner Junge«, sagte sie unerwartet, als wolle sie ihm ein Geschenk machen.

Er griff nach der Tür hinter sich. Suchte den Drehgriff. Er konnte alle möglichen Bestrafungen ertragen. Fäuste. Peitschen, was auch immer. Doch sie machte ihn auf eine Art und Weise fertig, mit der er nicht gerechnet hatte, und er hatte keine Ahnung, wie er damit umgehen sollte. Er merkte, dass sie glaubte, ihm ein Geschenk zu machen, und sie hatte das getan, um ihn zu beruhigen, so wie sie es mit all den Frauen gemacht hatte, um die sie sich gekümmert hatte, nachdem sie grausam verprügelt oder missbraucht worden waren. So wie sie es mit den Kindern gemacht hatte, wenn sie Angst hatten. Es war tief in ihr verwurzelt, ein Teil ihres Wesens.

»Er ist dir jetzt schon ziemlich ähnlich. Von seinem Charakter her, meine ich. Schon jetzt glaubt er, er müsste sich um seine Mami kümmern. Er versucht, mich mit seinem Löffelchen zu füttern, und teilt immer mit mir. Einmal bin ich gestolpert. Da war er ganz durcheinander und versuchte dauernd, mein ›Aua‹ wegzumachen.« Sie lächelte bei dieser Erinnerung.

Er konnte nichts erwidern. Das war so ganz sie, wie sie versuchte, ihm aus der Krise zu helfen. Sie machte das für jeden. Aber wie bescheuert war es, dass ihr Mann sie brauchte und nicht sie ihn?

»Ich habe Bilder von ihm auf dem Handy. Es ist in der Tasche meiner Jeans, wenn du ihn dir ansehen willst. Er ist wunderschön, Steele.«

Es war ein Geschenk, das sie ihm machte. Er nahm die Gelegenheit wahr, sich von ihr abzuwenden, und griff nach der Hose, die wie stets sorgfältig auf dem Stuhl abgelegt war. Sobald sie bemerkt hatte, dass es ihm wichtig war, sein Zimmer und seine Sachen sauber zu halten – nicht nur sauber, fast steril –, hatte sie das so gemacht. Er hätte jeden Betrag gewettet, dass sie weiter so verfuhr, egal wo sie nun wohnte.

Ihr Handy war nicht das neueste, aber es hatte eine ganz gute Kamera. Er drehte es um; die Hülle war bruchsicher, sie schützte es also. Er warf ihr einen verstohlenen Blick zu. Die Spannung im Raum war wieder leicht angestiegen. Sie mochte es nicht, dass er ihr Telefon in der Hand hatte, und das ärgerte ihn.

»Was ist dein Passwort?«

Sie streckte die Hand aus. »Ich gebe es ein und zeige dir die Bilder.«

Er behielt es in der Hand. »Hast du da einen anderen Mann drauf oder so? Hast du mich betrogen?« Er hatte es kaum gesagt, da wusste er, dass er schon wieder Mist gebaut hatte. Er sabotierte sich selbst. Hatte er solche Angst, dass sie daraufkommen könnte, wie es in ihm aussah? Er schüttelte den Kopf. »Gott, Baby, vergiss, dass ich das gesagt habe. Ich weiß nicht, was zum Teufel mit mir los ist. Immerhin ist mir aber bewusst, wer von uns beiden der Kaputte ist, und du bist es nicht.« Er rieb sich die Nase, presste die Finger an die Augenwinkel. »Ich brauche einfach eine neue Chance, Bree. Würde es dir etwas ausmachen, mir dein Passwort zu geben?«

»Überhaupt nicht, wenn es dir nichts ausmacht, mir deins zu geben.«

Es war eine Herausforderung, vor der er sich hätte in Acht nehmen müssen. Aber er hatte ja nichts zu verlieren. Er hatte keine Frauenfotos auf seinem Handy – nur welche von ihr. Von Breezy hatte er so einige Bilder. Jedes, das er je gemacht hatte, war noch da, auch solche, die zu sehen sie nicht freuen würde, doch mit eben diesen verbrachte er viel Zeit allein. Er gab ihr sein Telefon und das Passwort dazu, ohne zu zögern.

Sie runzelte die Stirn, diese kleine Geste, in die er sich schon vor Jahren verliebt hatte, und sie nannte ihm ihren Zugangscode. »Es ist Zanes Geburtstag«, fügte sie hinzu. »Meine Chefin hat mir das Handy geschenkt, und es läuft auf sie, deshalb erscheint mein Name nirgendwo.«

Nun begriff er, weshalb Code ihren Namen nirgendwo gefunden hatte. Sie war schlau und benutzte nicht ihren eigenen Namen – er hatte ihr das beigebracht. »Steht der Name deiner Chefin auch an deiner Wohnungstür?«

»Ja, ich hatte Angst, dass Bridges mich finden könnte. Er dachte, ich hätte dich verlassen, nicht wahr?«

»Nein. Ich sagte ihm, ich hätte dich weggeschickt, weil ich genug von dir hätte. Dich loshaben, dein Gesicht nicht mehr sehen wolle. Ich machte ihm klar, dass ich dich in keinem Clubhaus der Swords mehr sehen wolle. Er war nicht glücklich darüber, aber ich suchte Streit, und er nahm es hin.«

Er sah ihre Erleichterung darüber, dass er sie auf diese Weise tatsächlich beschützt hatte, indem er die Wahrheit gesagt hatte. Es wäre leicht für ihn gewesen, ihrem Vater zu sagen, sie sei weggelaufen, und dann hätte Bridges einen ganzen Haufen Swords hinter ihr her geschickt. So wie es war, konnte er das nicht; dafür hatte Steele gesorgt, indem er gesagt hatte, er wolle sie nicht mehr haben.

Sie zeigte auf ihr Handy, und er zwang sich, darauf zu sehen. Sein Herz setzte einen Schlag lang aus. Sein Junge, er mochte um die zwei Jahre alt sein. Er hatte wilde, lohfarbene Haare und, genau wie Bree gesagt hatte, seine Augen. Er sah wunderschön aus. Perfekt. Unschuldig. Alles, was ein Kind sein sollte. Er wirkte gesund und glücklich. Breezy hatte seinen Sohn auf die Welt gebracht und dafür gesorgt, dass er gesund und glücklich war.

Er wollte seinen Sohn in den Armen halten. Sich jetzt sofort auf sein Bike schwingen und ihn zu sich holen. Code anschreien, er solle sich beeilen und Bridges finden, damit er aus dem Kerl herausprügeln konnte, wo sein Kind war. Dieses Bedürfnis in ihm war so stark, dass er sich zur Tür umdrehen und die Hand auf den Drehknopf legen musste. So stand er da, mit gesenktem Kopf, und atmete in langen, tiefen Zügen, um sich zu beruhigen.

»Du musst völlig wahnsinnig vor Angst sein, Bree«, sagte er.

»Das war ich, aber ich versuchte, ruhig zu bleiben und alles durchzudenken. Am Anfang ging das nicht«, räumte sie ein. »Da habe ich viel geschrien und geweint. Als ich damit durch war, habe ich dann alles sorgfältig überlegt. Ich wusste, ich musste zu dir, dich warnen, dir den Beweis bringen, dass du einen Sohn hast, und dann, hoffte ich, dass du sie verfolgen würdest, wenn ich es nicht schaffen würde, ihn zurückzuholen.«

Er drehte sich wieder zu ihr um, blickte auf das Handy. Ein Bild nach dem anderen brach ihm das Herz und gab ihm dennoch auch Hoffnung. Sein Sohn war ein Wunder. Nie, nicht ein einziges Mal, selbst als er mit Breezy zusammen gewesen war, hatte er daran gedacht, tatsächlich ein Kind haben zu können.

»Steele.«

Ihre Stimme. Sie enthielt eine Warnung. Er versuchte, nicht zu grinsen, als er den Blick langsam auf sie richtete. Er zog eine Braue nach oben. Sie hatte diese Schlacht verloren, und sie wusste es.

»Alle diese Fotos sind von mir.«

»Du bist meine Frau.«

Sie sah ihn aus zusammengekniffenen Augen an. »Sag das nicht dauernd zu mir, nicht, solange du unter einem Haufen nackter Weiber hervorgekrochen kommst, Steele. Der Zug ist abgefahren.«

»Und wieder zurückgekommen.« Er zeigte auf sein Handy. »Da ist keine andere. Du kannst suchen, so lange du willst. Nur du.«

Sie wurde plötzlich still, und er wusste sofort, was sie gefunden hatte. Er trat näher. Ihre Lider zuckten. Sie sah ihn an. »Wann hast du die gemacht? Wer hat sie gemacht? Oh mein Gott, Steele. Die sind so daneben. In jeder Hinsicht. Ich kann es nicht glauben, dass du die gemacht hast. Und behalten hast.«

Er nahm ihr sein Telefon ab, in der Gewissheit, dass er diese Bilder nicht löschen würde, die ihn in so mancher Nacht gerettet hatten. »Die brauchte ich. Sobald ich wusste, dass ich dich wegschicken würde, musste ich sie haben. Sie sind das Einzige, womit ich kommen kann.«

»Sagte er, nachdem er unter drei Frauen rausgekrochen kam«, wiederholte sie. Breezy schnippte mit den Fingern. »Gib es mir wieder.«

»Nein. Ich weiß genau, was du tun würdest. Du löschst meine Fotos nicht. Ich hacke mich in dein Handy und hole mir einige dieser Bilder von Zane.«

»Steele, diese Bilder sind …«

»Wunderschön. Mann, Bree, du bist so schön darauf, ich kann kaum atmen, wenn ich sie mir anschaue.«

Sie verdrehte die Augen und schnippte noch einmal. »Gib es mir oder lösche sie selbst.«

»Baby. Diese Bilder kommen in meine Bude.«

»Tun sie nicht.«

»Dann in unser Schlafzimmer.«

»Wer hat sie gemacht, denn du warst das nicht, und ich habe es nicht erlaubt. Das ist absolut daneben!«

Vielleicht hatte sie ja nicht ganz unrecht. Er brauchte diese Bilder, den Beweis auf ihrem Gesicht, dass sie auf ihn abfuhr. Total. Sie war wunderschön, wenn er in ihr war. Ihr Gesicht, wie sie ihn anschaute. Doch er hatte sie ohne ihre Zustimmung gemacht. Er hatte sie nicht gemacht, weil er auf Pornos stand, sondern wegen ihres Gesichts. Ja, sie hatten Sex, doch er musste diesen Blick sehen. Man konnte ihn nicht beschreiben, außer dass da ganz konzentriert und offen Liebe für ihn zu sehen war.

»Nächstes Mal sage ich es dir vorher.«

»Es gibt kein nächstes Mal, Steele. Mach diese Bilder weg.«

»Das kommt nicht in Frage, also lass das Thema einfach.« Er musste das absolut klarmachen. Dass sie niemals an sein Handy gehen und die Fotos löschen durfte, die er so unbedingt brauchte.

»Du bist unglaublich lästig, aber wir sind mit diesem Thema noch nicht am Ende!«

»Ich schon. Wir müssen über Dinge reden, die für dich wichtig sind. Für uns. Wir müssen miteinander ins Reine kommen, bevor wir unseren Sohn zurückholen.«

»Wir müssen gar nichts.«

Da war sie, diese Entschlossenheit in ihrem Ton, die er so gerne hörte, nur bei diesem speziellen Thema nicht. Er studierte ihre Züge. Wie konnte er nicht gesehen haben, wie jung sie war? Er hatte immer gedacht, sie sehe aus wie ein Unschuldsengel, und das tat sie noch immer. So viele der Frauen, die versucht hatten, im Club eine feste Beziehung aufzubauen, hatten hart und verbraucht ausgesehen. Es waren ihre Augen gewesen. Er hatte oft genug in sie hineingesehen, um zu wissen, dass sie im Inneren älter war. Wieder fluchte er unwillkürlich in seiner Muttersprache.

»Wir holen ihn zurück«, beteuerte sie leise, so wie er es ihr versichert hatte. »Ich kenne sie so gut, Steele, die können sich nicht ewig vor mir verstecken.«

Er hätte es gut sein lassen sollen, doch ihre Stimme war wie Magie für ihn. Seine Frau. So schön und so verdammt jung. »Warum zum Teufel musstest du noch minderjährig sein? Kannst du dir vorstellen, wie es mir ging, als ich das herausfand? Mir ist der Boden unter den Füßen weggesackt!«

Sie nickte. »Tatsächlich werde ich deine Reaktion, als ich dir mein Alter sagte, mein Leben lang nicht mehr vergessen. Du warst nicht sehr nett. Genauer gesagt warst du ein echter Scheißkerl. Als du mir das Geld in die Hand gedrückt und gesagt hast, das sollte fürs Jahr reichen, da erkannte ich, dass du absolut nicht der Mann warst, für den ich dich gehalten hatte.«

»Ich habe dich niemals eine Hure genannt, Bree«, sagte er. »Ich habe das nie gedacht und dich auch nie so bezeichnet. Ich war geschockt und sauer, und irgendwie dachte ich auch, dass Bridges dich dazu verleitet hat, um mich erpressbar zu machen.«

»Ich bezweifle, dass Bridges weiß, wie alt ich bin. Es war ja nicht so, dass er ein Kind haben wollte, Steele. Aber wie auch immer, du machst dir Vorwürfe wegen etwas, das gar nicht real ist.« Sie sah zu, wie er seine Nummer in ihr Handy eingab. »In Louisiana war ich volljährig, als ich mit dir zusammen war. Mein Vater hat mich dir gegeben. Das war seine Einwilligung. Ich war volljährig.«

»Du warst minderjährig.« Er wusste, dass er lapidar klang, doch er konnte ihr nicht zustimmen. Nicht schon wieder. Nicht in seiner Vorstellung.

»Nicht in Louisiana. Wie auch immer, ich war innerlich viel älter. Du kennst den Unterschied. Was ich tun musste, das hat mich älter gemacht, als ich tatsächlich war, und ich schätze, das ist euch allen auch so gegangen. Ich nehme an, es ist wie bei einem Soldaten, der weggeht, für sein Land kämpft und dann nach Hause kommt und in keine Bar mehr gehen kann. Ich dachte nicht über mein Alter nach, weil es in meinem Leben keine Rolle spielte. Ich konnte Bridges nützlich sein, indem er mich weggab. Du hast mich vor all dem gerettet. Mich mit Respekt behandelt. Ich wusste zum ersten Mal in meinem Leben, dass es so etwas wie Glück gibt. Ich habe dieses Gefühl vielleicht nicht lange gehabt, aber ich weiß, ich will es wiederfinden, und ich werde mich nicht mit weniger zufriedengeben.«

»Breezy …«

Sie unterbrach ihn. »Hör mir einfach mal zu, Steele. Am Anfang war ich so verängstigt und verletzt, dass ich an nichts anderes denken konnte als daran, wie sehr es wehtat und wie voller Angst ich war. Aber ich hatte Glück, und ich traf eine Frau, Delia, die mich unter ihre Fittiche nahm. Sie hatte einen Diner und gab mir einen Job. Sie half mir, eine Wohnung zu bekommen und die Schule nachzuholen. Sobald ich etwas durchatmen konnte, hatte ich auch viel Zeit, um nachzudenken, vor allem nachts, weil ich davor nie allein gewesen war. Ich erkannte, dass das Jahr mit dir ein Geschenk für mich war. Eine Offenbarung. Ob es das auch für dich war, spielte für mich keine Rolle. Es war kein Vergleich mit meinem Vater oder Bruder. Ich konnte jemanden uneingeschränkt lieben. Mich dieser Beziehung hingeben. Du hast mir Zane geschenkt, und er wurde meine Welt. Damit komme ich gut klar. Wirklich.«

Verdammt, was sollte man darauf erwidern? Er war so kaputt

und fertig, wie ein Mann es nur sein konnte. Rein äußerlich wirkte er nicht so, er hatte Brüder, die wesentlich kaputter daherkamen als er, und doch war er so hinüber, dass er an eine Beziehung noch nicht einmal denken durfte. Was zum Teufel wusste er schon zu diesem Thema? Mit Breezy war er klargekommen, weil sie ihm alles gab, was er von ihr gewollt hatte. Der Sex war überirdisch gewesen.

Er musste es wissen, denn er war quasi darin trainiert worden, solange er zurückdenken konnte, und das Training war brutal gewesen. Doch es gab nicht viel, was er beim Sex nicht unter Kontrolle hatte, mit Ausnahme einer natürlichen Erektion. Die war ihm nicht möglich gewesen, bis Breezy kam. Mit ihr war es beim Sex nicht darum gegangen, ein Opfer zu ködern und zu beherrschen, sondern es war pure Lust gewesen – etwas, das er ohne sie nicht mehr hatte erreichen können, so sehr er es auch versuchte. Er hatte nie mehr wie bei ihr das Gefühl bekommen, hinweggefegt, in andere Gefilde katapultiert worden zu sein. Das war nur mit Breezy passiert. Nur sie konnte das.

»Es freut mich, dass du unser gemeinsames Jahr so positiv siehst, Bree, denn wir werden noch viele weitere Jahre zusammen haben. Wir alle drei: du, Zane und ich.«

Sie schüttelte bereits den Kopf, doch er ignorierte ihren Protest. »Wir haben eine Chance, das gut hinzukriegen.«

»Steele, ich habe eine Menge gelesen, hauptsächlich weil ich weiß, dass meine Kindheit beschissen war. Ich wollte sicherstellen, dass ich Zane gut erziehen kann, deshalb habe ich alles gelesen, was ich über Kindheitstraumata und schlechte Beziehungen kriegen konnte. Nicht«, fügte sie hastig hinzu, als er sie wütend ansah, »dass ich denke, unsere war schlecht. Ich sagte dir, ich war glücklich. Aber ich war nicht deine Partnerin. Ich war glücklich, aber es war keine gesunde Beziehung. Das musst du zugeben. Du hast mir den kleinsten Wunsch genannt, und schon habe ich mich abgestrampelt, um ihn dir zu erfüllen.«

Es war die Wahrheit. Er konnte es nicht leugnen. Sein Atem stockte. Wie immer er sie auch anging, sie konnte alles widerlegen. Er zwang sich, ihr den Respekt zu zollen, den er auch seinen Brüdern zukommen ließ. Er hörte zu, ließ sie ausreden, auch wenn er protestieren wollte. Er wusste, dass das, was sie sagte, Hand und Fuß hatte. Breezy war immer vernünftig gewesen. Und wenn es um sie beide ging, war er der Unvernünftige. Es war ihm egal, ob sie eine sinnvolle Beziehung haben konnten oder nicht. Er brauchte sie, um zu überleben, so einfach war das. Doch er würde ihr zuhören.

»Wir haben uns diese Muster vorgegeben, und sie sind da, ob uns das gefällt oder nicht. Ich bin aber nicht mehr dieselbe wie früher, Steele. Ich wäre nicht glücklich mit deinen Vorschriften, und du würdest mit mir, so wie ich heute bin, nie glücklich werden. Du brauchst eine Frau, die zu allem Ja sagt, die glücklich damit ist, mit dir zu leben und zu tun, was immer du willst. Ich will meinen Sohn nicht im Clubmilieu aufwachsen lassen. Ich will auch nicht die Nummer zwei nach dem Club sein. Ich weiß, wie das ist, und ich werde das nicht mehr mitmachen. Diese Partys mit all den Drogen und den Männern, die mit Frauen tun, was sie wollen. Das kann ich nicht mehr mitmachen. Nie mehr. Ich habe mich verändert. Und ich mag mich, so wie ich jetzt bin.«

»Wir machen nichts mit Drogen, und wir tun auch keinen Frauen weh. Man kann sich in einer Beziehung auch verändern, Bree«, erwiderte er. »Wir sind jetzt seit fast drei Jahren auseinander. Das ist genug Zeit, um die alten Muster zu durchbrechen. Wir lassen uns Zeit und lernen uns neu kennen. Du versuchst immer noch, es anderen recht zu machen, Baby, ob du dir das eingestehen willst oder nicht. Ich werde aufpassen, nicht zu fordernd zu sein und darauf zu achten, was du für dein Glück möchtest und brauchst. Ich war diese drei Jahre ohne dich, und glaub mir, ich weiß, was ich vermisst habe.«

Sie seufzte. »Du weißt vor allem, dass du bei deinem Club bleiben wirst. Das allein vermasselt schon alles.«

»Das muss nicht sein. Du musst sowieso hierbleiben, zu deinem Schutz. Du kannst die anderen kennenlernen, und vielleicht siehst du dann einiges anders.«

Er sah es ihr an, dass sie dieser Möglichkeit mehr als skeptisch gegenüberstand, und sein Mut sank.

»Steele, Lieber, ich muss nicht gerettet werden. Es geht mir gut. Wirklich. Du kannst dich auf deine Harley setzen und losdüsen und die nächste hilflose Frau retten. Mir geht es jetzt nämlich gut.«

Er starrte sie lange nur an. Schockiert, dass sie nicht Bescheid wusste. Dass sie es nicht sah. Dann lachte er plötzlich. Er wusste nicht, ob er leicht hysterisch war, doch sein Lachen war nicht im Mindesten lustig.

»Baby, du verkennst die Situation total. Ich weiß, dass du keine Rettung brauchst. Aber *ich*. Ich brauche dich zu meiner Rettung.«

5. Kapitel

Willkommen zu Hause, Breezy«, sagte Maestro, als sie aus dem überraschend hübschen Badezimmer kam. Zum Glück hatte sie sich dort angezogen.

»Hey Maestro«, erwiderte sie. Sie hatte ausgeschlafen; es war schon nach zehn Uhr, doch der Flur war leer. Die anderen hätten jetzt eigentlich hier herumliegen sollen – so war es bei den Swords immer gewesen. Zehn Uhr, das war früh für diese Leute. Sie hatte solches Glück gehabt, dass Steele nicht versuchte, mit ihr in einem Bett zu schlafen. Schon als sie ihn zum ersten Mal sah, hatte sie an Sex gedacht. Ihr Körper war so angespannt, dass es wehtat. Das war es, was Steele mit ihr machte, sogar unter den übelsten Umständen.

»Wo ist Steele?« Sie wollte sofort mit der Suche nach Zane loslegen. »Wartet draußen auf dich. Er hat mir ein Bild von dem Jungengezeigt. Ein ganz hübscher. Er kann's nicht erwarten, ihnkennenzulernen.«

Breezy konnte nicht anders als zu lächeln, weil sie das immer musste, wenn die Rede auf Zane kam, doch die Angst um sein Wohlergehen war beinahe überwältigend; am liebsten wäre sie in ihren Pick-up gesprungen und einfach losgerast.

»Du wirst ihn mögen, Maestro. Er steht sehr auf Musik. Wenn er mal geweint hat, habe ich das Radio angemacht, und dann konnte er einschlafen. Oder wenn ich ihn gewiegt habe.«

»Ich kann dem Kleinen ein bisschen Gitarrespielen beibringen. Oder Klavier. Ich habe eins in meinem brandneuen Haus, das war das Erste, was ich da reingestellt habe. Wurde neulich erst angeliefert. Wir holen unseren Jungen zurück, dann nehme ich euch mit nach Hause und spiele für euch.«

Sie blieb abrupt stehen. Das ergab absolut keinen Sinn. Diese Männer besaßen doch nichts! Sie waren unterwegs, sobald die Laune sie packte. »Du hast ein Haus? Du meinst, ein echtes Zuhause?«

»Klar, haben wir alle. Der Zar will, dass wir richtig sesshaft werden. Anfangs kam uns das irgendwie blöd vor. Bis Reaper mit Anya anfing. Da machte es dann Sinn.«

»Reaper hat eine Frau?«

»Eine Old Lady, und es ist ihm verdammt ernst mit ihr. Der Zar hat Blythe, und jetzt hat Steele dich zurück …«

»Ich bin nicht zurück. Ich bin bloß … hier.« Was Steele zuletzt zu ihr gesagt hatte, war ihr die ganze Nacht lang nicht aus dem Kopf gegangen. Besonders der Ton, in dem er es gesagt hatte. Dass er es sei, der Rettung brauche. Sie hatte ihn immer für unbezwingbar gehalten, doch er hatte so ehrlich geklungen. Er war überzeugt von dem, was er zu ihr sagte. »Warte. Blythe? Ich dachte, Alena ist Zars Old Lady.« Sie war verwirrter denn je.

Auf dem Weg nach draußen durchquerten sie gerade den großen Aufenthaltsraum. Maestro schüttelte den Kopf. »Nein. Alena hat ihm quasi geholfen, damit es nicht seltsam aussah, dass er nicht mit irgendwelchen Clubgirls schlief. Blythe ist seine Frau.«

Breezy runzelte die Stirn. »Der Zar ist fünf Jahre lang mit den Swords gefahren. Willst du mir weismachen, dass er in all der Zeit mit niemandem sonst schlief?«

»Wieso glauben Frauen immer, nur sie könnten treu sein?«

Draußen saß Steele auf seiner großen Harley, umgeben von mehreren Torpedo-Ink-Mitgliedern, die alle schon warteten. Ihr

Herz begann sofort zu hämmern; sie blieb so plötzlich stehen, dass Maestro sie fast umgerannt hätte. Er umfasste ihre Schultern, als er hinter ihr stoppte.

»Weil die meisten Männer so sind wie er.« Sie deutete mit dem Kinn auf Steele. »Du weißt schon, der Mann, der drei Frauen auf sich braucht, um befriedigt zu werden.« Sie murmelte ihre Erwiderung, ohne den Mann aus den Augen zu lassen, in den sie sich so verliebt hatte, dass sie nicht einen Tag hatte überstehen können, ohne an ihn zu denken. Oder von ihm zu träumen. Nichts hatte sich verändert, nachdem sie ihn wiedergesehen hatte. Ihre Sehnsucht war vielleicht sogar noch stärker geworden.

Er sah toll aus, wie er da auf seinem Bike saß. Da gehörte er hin, mit seinem verwegenen Aussehen und dem Abzeichen, von dem man meinen konnte, es sei ihm eingestanzt. So war es ja auch. Sie hatte das Tattoo des Baums auf seinem Rücken oft genug gesehen. Zuvor war es lediglich unglaublich cool gewesen, eines von vielen auf seinem ganzen Körper. Nun wusste sie, das war sein Leben. Der Club würde immer sein Leben sein. Ihm galt seine erste Loyalität. Ein Leben voller Partys, Frauen und Alkohol.

»Männer können treu sein, Breezy«, murmelte Maestro. »Steele …«

»Nicht«, unterbrach sie leise. »Es ist keine Erklärung nötig. Er ist frei zu tun, was immer er will. Ich gehöre nicht mehr in sein Leben. Was immer er jetzt auch sagt, in dem Wissen, dass er einen Sohn hat, er hat mir unmissverständlich klargemacht, was ich in jenem Jahr für ihn war. Ich war nicht seine Old Lady. Er ist frei. Ich bin frei. Wir müssen uns lediglich darauf konzentrieren, Zane zurückzuholen.«

Sie würde entscheiden, was sie tun würde, sobald sie ihren Jungen wieder in die Arme geschlossen hatte. Und sie wusste, wie sie sich bis dahin im Club zu verhalten hatte. Ihr war klar, dass sie nichts zu sagen hatte. Sie musste einfach kontroverse Themen vermeiden und immer gut auf ihr Herz aufpassen.

Drei Jahre lang, seit Steele sie weggeschickt hatte, war sie auf keinem Motorrad mehr mitgefahren. Ihre Weste, die sie so stolz getragen hatte, weil diese sie als seine Old Lady auswies, hatte er längst zerstört – sie hatte dabei zugesehen. Sie war ihr Schutz, und mehr noch, es war ihr eine Ehre gewesen, sie zu tragen. Sie hatte das Gefühl gehabt, dass sich zum ersten Mal in ihrem Leben jemand wirklich etwas aus ihr machte und sie sicher war. Dazugehörte. Steele gehörte. Nun war sie nur Breezy, Zanes Mutter, und stand auf ihren eigenen Beinen. Niemand konnte ihr das nehmen – nicht einmal der Mann, den sie liebte.

»Warum machen wir das Treffen nicht einfach hier?«, fragte sie, gereizt, weil sie mit Steele fahren musste. Es war zu intim. Sie waren eins gewesen auf seinem Bike, Mann, Frau und Maschine unterwegs auf offener Strecke.

»Steele meinte, im Clubhaus fühlst du dich nicht so wohl, deshalb sollten wir alle besser zum Zaren und zu Blythe fahren, da wärst du ein wenig entspannter.«

Das sah ihm *so* ähnlich. Er hatte immer auf die kleinen Dinge geachtet. Er glaubte zwar nicht, dass er ihr in der Beziehung viel zurückgab, doch er merkte es, wenn ihr etwas nicht gefiel. Sie musste es ihm gar nicht sagen. *Wenn* sie etwas sagte – was selten vorkam –, dann wusste er, dass es ihr wirklich nicht gefiel, und von diesem Moment an musste sie es nie mehr tun oder dulden. So war Steele.

Sie hatte gelernt, vorsichtig zu sein und nicht gleich auf etwas in einem Schaufenster zu zeigen, das sie hübsch fand. Weil es ihr im Handumdrehen dann auch schon gehörte. Steele war immer seltsam gewesen insofern, als er vor anderen stets sehr beschützend, aber auch kurz angebunden mit ihr war. Und ganz anders, wenn sie allein waren. Nun wusste sie weshalb. Sie musste sich ständig daran erinnern, wie er sie hinausgeworfen hatte – wie einen Sack Müll. Er war eben so mit ihr umgegangen, wie die Swords die Clubmädchen und ihre Old Ladys behandelten: wie Abfall.

Sie atmete tief durch und spürte Maestros Hand von ihrer Schulter ins Kreuz wandern und sie sanft zu Steele und seiner Maschine schieben. Als sie näher kamen, drehte er sich ihr zu, und ihr blieb sofort die Luft weg.

Er sah aus wie der Inbegriff eines dunklen Ritters. Der Gesetzlose. Der Mann, der geradewegs durch die Hölle fahren konnte – und es wahrscheinlich auch getan hatte. Ihre Gefühle für ihn stiegen an wie eine Flutwelle. Sie wandte das Gesicht ab, um nicht diesen dunklen Augen der Mitternacht zu begegnen. Sie konnte ihn nicht ansehen. Sie wagte es nicht, nicht nach dem, was er in der Nacht zuvor zu ihr gesagt hatte.

Sie hatte viel zu lange über seine letzte Bemerkung nachgedacht – dass sie seine Rettung sei. Das konnte sie nicht sein. Wenn es nicht für Zane gewesen wäre, sie hätte es womöglich nicht geschafft. Sie hätte sich womöglich selbst gedemütigt und wäre in das Leben zurückgekehrt, das sie kannte und verabscheute, weil sie solche Angst gehabt hatte. Ihre Siege waren klein, aber hart erkämpft. Sie war Mutter und musste ihren Sohn über alles andere stellen – Steele mit eingeschlossen. Und ganz gewiss über ihre eigenen lächerlichen Fantasien. Schon jetzt waren diese Fantasien mit voller Wucht zurückgekommen. Sie wollte, dass Steele einen Weg fand, um alles in Ordnung zu bringen. Einen Weg für sie fand, ihn zurückzuholen. Sie wollte in seinen Armen liegen und ihn in ihrem Körper spüren. Sie wollte, dass er sie liebte.

»Ich würde wirklich lieber in einem Auto oder einem Truck fahren. Ich kann fahren, gib mir also bitte meine Schlüssel zurück, Maestro.« Sie schaffte es, ruhig zu bleiben, obwohl sie innerlich ein Nervenbündel war. Sie konnte nicht hinter Steele auf diese Maschine klettern, wie sie es über ein Jahr lang Tag für

Tag gemacht hatte, die Arme um ihn geschlungen, den Körper fest an seinen geschmiegt, während sein Bike unter ihnen dröhnte.

»Baby, machst du Witze?«, meinte Maestro, eine dunkle Braue nach oben ziehend. »Du kannst doch nicht ernsthaft glauben, dass dieser Pick-up sicher ist.«

»Ich fahre seit über einem Jahr damit.«

»Das ist eine Schrottkiste. Der Mechaniker hat ihn in der Werkstatt, schon zerlegt.«

Das war so ganz der Club. Sie redeten nicht lange, sondern taten einfach, was sie wollten. Sie funkelte ihn wütend an. »Ich habe mir diesen Pick-up selbst gekauft. Er gehört mir. Niemand darf ihn auch nur anfassen ohne meine Erlaubnis!«

»Das musst du mit deinem Alten besprechen«, meinte Maestro achselzuckend.

Steele stieg stirnrunzelnd von seinem Bike und kam zu ihnen. »Was dauert hier so lange? Mach voran, Frau. Sonst verspäten wir uns noch.«

Er kam auf sie zu, gefolgt von Keys. Der sah aus wie eine bedrohliche Dschungelkatze, starke Muskeln unter einem engen T-Shirt, auf seiner Kutte prangte das Torpedo-Ink-Abzeichen. Ein Ordner-Abzeichen trug er nicht an seiner Weste. Nichts deklarierte ihn also zu einem Vollstrecker, aber wie Maestro bewachte unzweifelhaft auch er den Vizepräsidenten des Torpedo-Ink-Motorradclubs. Breezy fragte sich, was Steele wohl für seinen Club tat, dass er jederzeit zwei Männer an seiner Seite hatte, so wie Savage und Reaper stets den Zaren, den Präsidenten, beschatteten.

Aus reinem Trotz reckte sie ihm das Kinn entgegen. »Wenn jemand mit einem richtigen Fahrzeug fährt, nicht mit einem Motorrad, fahre ich da mit. Ich setze mich nicht mehr auf ein Bike. Nie mehr.«

Ihre Ankündigung rief ein verblüfftes Schweigen hervor. Die

anderen, die bereits auf ihren Harleys saßen, drehten sich ihr zu, sie wirkten schockiert.

Steele brach in lautes Lachen aus. »Sehr lustig, Süße. Das ist gut!« Er hielt ihr eine Hand hin. »Komm schon, du liebst das Bike.«

So war es gewesen. Sie hatte es geliebt, mit ihm zu fahren. Sie merkte exakt, wann er erkannte, dass sie nicht scherzte, sondern es ihr ernst war. Sie bemerkte auch, dass ganz kurz so etwas wie Einsicht bei ihm aufblitzte. Er wusste, warum sie nicht mit ihm fahren wollte. Steele war immer schnell von Begriff gewesen. Intelligent. Er erkannte Dinge rascher als irgendjemand sonst, den sie kannte, konnte aus ein paar spärlichen Puzzleteilen eine komplette Information erschließen und hatte damit immer recht.

Ihr Herz krampfte sich zusammen. Sie wusste sofort, dass sie es nicht würde vermeiden können. Sie würde mit ihm auf der Maschine sitzen müssen. Wenn sie Widerstand leistete, würde sie verlieren, und das vor fast versammelter Mannschaft.

Steele trat dicht vor sie. Sein Arm glitt um ihre Taille und zog sie zu sich. Sie hatte vergessen, wie stark er war. Doch er war sehr vorsichtig und ihrer Verletzungen gewahr, so wie eben nur er es konnte.

Er neigte sich zu ihr, sein warmer Atem an ihrem Ohr, auf ihrer Haut, bewegte kleine Strähnen ihres Haars. Er roch nach Leder und Mann. Ganz wie Steele. »Bree, steig auf das Bike. Wir finden heraus, wie wir unseren Sohn zurückholen. Ich habe einfach nur dafür gesorgt, dass du dazu nicht im Clubhaus sitzen musst.«

Er brachte sie bereits zu seiner Harley. Holte aus einem Fach eine Jacke heraus. Breezy trat zurück, aus Protest so schwer atmend, dass ihr Brustkorb schmerzte. Er schüttelte die Jacke aus; sie trug weder den Schriftzug *Swords* noch eine Aufschrift mit *Eigentum von*. Es war eine simple Jeansjacke. Trotzdem, es war seine. Steeles. Sobald sie sie anzog, blieb ihr nichts anderes mehr übrig, als seinen Geruch einzuatmen.

Er stand da, reglos, und hielt ihr die Jacke hin. Breezy senkte den Blick, nahm sie und sagte sich dabei, sie tue dies, um ihren Sohn zurückzubekommen. Es galt, sie einfach alle einzuspannen, um ihn zu finden. Sie kannte Steele; wenn er sich einmal in den Kopf gesetzt hatte, Zane zu suchen, würde nichts ihn aufhalten. Danach würde sie herausfinden müssen, wie sie mit Zane wieder verschwinden konnte.

Sie schluckte ihren Protest hinunter, Steele schob bereits den einen Ärmel über ihren linken Arm, und im nächsten Moment fand sie sich an ihn geschmiegt und steckte den rechten Arm in den anderen Ärmel. Sie stand nun direkt vor ihm, und seine Hände griffen nach den Metallknöpfen.

Breezy wollte protestieren, doch sie brachte keinen Laut hervor. Sie hätte wissen müssen, wie er das machte. Er hatte ihr immer in die Jacke geholfen und sie dann zugeknöpft. Früher, es kam ihr vor wie eine Million Jahre, hatte sie das toll gefunden. Nun bekam sie kaum Luft.

Er durfte sie nicht so berühren. Er durfte nicht diese Erinnerungen zurückbringen. Sie wusste, dass sie schwach war, wenn es um Steele ging. Er war in jedem Traum. Jedem wachen Gedanken. Zane hatte seine Augen und sein Lächeln, er zeigte schon jetzt manchmal kleine Wesenszüge von ihm. Steele hatte gesagt, er brauche sie. Breezy kannte sich sehr gut und wusste, dass sie es brauchte, gebraucht zu werden. So einfach war das. Sie wollte in jemandes Leben eine Rolle spielen. Und sie hatte damals gedacht, bei Steele wäre das so gewesen.

»Nicht, Baby«, flüsterte er, ihr Kinn umfassend. Er hob ihren Kopf an, sodass sie ihm in die Augen sehen musste. »Denk an nichts anderes als daran, dass wir beide unseren Sohn zurückholen. Das ist unsere erste Priorität. Wir schaffen das. Wir sind ein gutes Team. Das waren wir immer, und ich weiß, dass du dich daran erinnerst. Holen wir ihn zurück und kümmern uns um alles andere später.«

Sie konnte sich in seinen Augen verlieren. In diesem tiefen, tiefen dunklen Blau. So blau, dass man darin ertrinken konnte. Sie nickte stumm, weil Zane das einzig Wichtige war. Wenn es sein musste, würde sie sterben, um ihn in Sicherheit zu wissen. Sie würde alles tun, um ihn zurückzubekommen.

Steele ließ seine Lippen mit einem flüchtigen Kuss über ihr Haar streichen. Sie hatte wirklich dichtes Haar, doch sie spürte diesen Kuss, diese sanfte Berührung, bis in die Zehenspitzen. Sie sagte sich, sie dürfe nichts fühlen außer nacktem Entsetzen. Doch zum ersten Mal seit drei Jahren, seit sie zum letzten Mal mit Steele zusammen gewesen war, erinnerte sie sich, wie es war, sich feminin zu fühlen. Wie eine Frau. Doch das war das Letzte, was sie nun wollte oder brauchte.

Er nahm ihre Hand, führte sie zu seinem Bike und schwang sich lässig darauf, was sie immer als so cool empfunden hatte. »Setz den Helm auf, Bree.«

Es war ihr Helm. Er hatte ihn ihr gekauft. Sie zögerte, fragte sich, wie viele andere Frauen ihn benutzt hatten. Sie hasste es, auch nur einen Moment lang Eifersucht zu spüren, denn sie wollte so nicht sein. Vielmehr wollte sie eine anständige Ex sein – schließlich hatten sie einen gemeinsamen Sohn.

»Es war keine andere Frau auf meinem Bike, Süße. Das wird auch nie passieren. Das ist dein Platz. Setz den Helm auf, und wir fahren los. Je eher wir besprochen haben, wie wir ihn finden, desto früher haben wir ihn wieder.«

Seine Stimme packte sie. Sie wünschte, sie könnte sein Gesicht sehen, als sie den Helm aufsetzte und die Haare darunterschob. Dann legte er ihre Hand auf seine Schulter und wartete. Sie setzte sich hinter ihn, schloss die Augen, als ihr Hintern sich auf den Sitz drückte. Es fühlte sich ganz selbstverständlich an. Richtig. Als gehöre sie dazu.

Steeles Körper war warm. Zu warm. Sie waren von kühler Luft umgeben – vom Meer zog Nebel herüber –, doch das spielte keine Rolle. Sobald sie hinter ihm saß, war es heiß. Nichts sonst konnte sie so wärmen. Sie wusste nicht wohin mit den Händen. Sie hatte immer die Arme um ihn geschlungen und sich so nahe wie möglich an ihn gedrückt. Nun hatte sie Angst, das zu tun. Angst, dass es zu viel sein und sie sich nie mehr davon erholen könnte.

Steele griff nach ihren Händen und legte ihre Arme um sich. »Halt dich fest, Babe. Richtig fest. Ich gehe kein Risiko ein, dich noch mal zu verlieren. Wir holen uns unser Kind zurück.«

Das war unumstößlich. Sie legte eine Wange an seinen Rücken, ließ ihren Körper an seinen sinken. Das war ein Fehler, denn ihr Körper kannte seinen. Er kannte sein Bike. Sobald sie auf der Straße waren, umgeben von den anderen, vom Röhren der Maschinen, vom Wind, der an ihrem Körper zerrte, und dazu seine Körperwärme, sein Finger, der ihren Handrücken streichelte – war alles zu viel. Ihr Körper schmolz wie von selbst an den seinen.

Breezy hatte vergessen, wie es war, im Wind dahinzubrausen. In einer Gruppe zu fahren. Die Freiheit zu spüren. Sie war mit Steele gefahren, als er vorgegeben hatte, ein Mitglied der Swords zu sein, aber jedes Mal, wenn sie unterwegs waren, hatten genau diese Männer ihn umringt. Sie hatten das Swords-Abzeichen getragen, doch sie waren da gewesen, um Steele zu beschützen. Schon damals. Das wusste sie nun.

Sie nahm bewusst die Umgebung wahr, den Ozean, der vorbeirauschte, hohe Schaumkronen, Wogen, die an die Klippen brandeten. Bäume, manchmal Häuser. Der Nebel berührte sie, weißer Dunst, der gleich einer Wolke von der grenzenlosen See weiter draußen aufstieg und wie die Finger einer ausgestreckten Hand über das Land zog. Ein leiser Schauder fuhr durch sie hindurch; sie presste sich noch dichter an Steele. Seine Hand legte sich sofort auf ihre.

Alles, was sie tat, verriet ihre Gefühle für ihn. Es war ihm offenbar immer wichtig gewesen, wie sie sich fühlte, und das war einer der Gründe, weshalb sie geglaubt hatte, ihm wirklich viel zu bedeuten. Ihr war aufgefallen, dass er sehr aufmerksam war. Er bemerkte selbst kleine Details, die anderen zu entgehen schienen. Allerdings, und daran musste sie sich immer wieder erinnern, war er nicht nur ihr gegenüber so. Sie war niemand Besonderes für ihn – aber ihr Sohn. Er wollte ihren Sohn. Sie musste auf der Hut bleiben und sich wenn nötig tausendmal am Tag sagen, dass sie keine besondere Frau für ihn war und sie sich nicht für ihn aufopfern konnte. Sie hatte Zane. Er war die wichtigste Person in ihrem Leben.

Sie hatte vergessen, wie sehr sie es liebte, hinten auf Steeles Bike eine Straße, einen Highway, egal wo, hinunterzudröhnen. Die Straße schien ihm zu gehören. Er fuhr voller Selbstvertrauen und weckte damit sofort ihr Vertrauen in ihn. Ihr Körper bewegte sich mit seinem, als gehöre er schon immer hierher, hinter ihn. Jede ihrer Bewegungen war perfekt, als steckten sie zu dritt in einer Haut und bildeten eine Einheit. Mann. Frau. Die Harley.

Sie presste sich noch fester an Steele, unterdrückte ein kleines Schluchzen. Sie spürte ihre Emotionen überall. Sie konnte sich nicht erlauben, zu viel über ihr Kind nachzudenken. Sonst würde sie jede Beherrschung verlieren. Sie hatte Angst, dass ihr Vater ihn schlagen würde so wie sie. Sie konnte nur hoffen, dass die Frau, die er dazu zwang, sich um Zane zu kümmern, alles tun würde, um ihn zu beschützen.

Breezy versuchte, dieses Entsetzen abzustellen, das ihr den Atem raubte und jegliches Denken vereitelte. Sie wollte schreien. Einfach den Mund aufreißen und ihren Hass auf die Swords hinausschreien, auf die Clubs, auf die Männer und Frauen, die zuließen, dass sogar Kinder unter solchen Abscheulichkeiten zu leiden hatten.

Noch ehe sie es richtig mitbekam, waren sie vom Highway abgebogen und fuhren durch ein verschnörkeltes Tor auf eine anscheinend gut gepflegte Farm zu. Durch ihre Tränen, die sie verzweifelt einzudämmen versuchte, sah sie links in der Ferne ein Gebäude, doch sie fuhren weiter auf der gewundenen Straße in der Richtung, die Steele vorgab.

Schließlich wurde er langsamer, und sie kamen vor ein sehr großes, zweigeschossiges Haus mit einer umlaufenden Veranda und einer ausgedehnten Parkfläche davor. Unter einem Dach zwischen einer Garage und dem Haupthaus standen ordentlich aufgereiht sechs Fahrräder.

Ihr Herz krampfte sich zusammen. Hier gab es Kinder. Zwischen den Rädern für Erwachsene standen auch welche für Kinder. Eines der Rolltore an der Garage war offen; dahinter standen drei kleine Geländeräder, ein kleiner Sportwagen und ein größerer SUV.

Steele stellte den Motor ab, und sie atmete tief durch in dem Versuch, die Beherrschung zu wahren. Es war eine Sache, im Nebel den Highway hinunter zu düsen und dabei wie ein Kind zu schluchzen, aber eine ganz andere, dies vor ihm und seinen Brüdern zu tun.

So aufgewühlt, wie sie war, musste sie sich, eine Hand auf seine Schulter gestützt, zwingen, sich auf den Beinen zu halten. Sie drehte sich von Steele weg und nahm den Helm ab.

»Bree. Schau mich an.«

Sie schüttelte den Kopf. »Das kann ich jetzt gerade nicht. Ich kann nicht vor allen anderen ausrasten. Gesteh mir das zu, Steele. Das musst du jetzt respektieren.« Ihre Stimme bebte, weil ihr ganzer Körper zitterte. Ihr Junge. Sie schlang die Arme um sich, ihr war übel. Er war allein. Stand Todesängste aus. Dachte er, sie habe ihn verlassen? »Er ist noch so klein. Er hat niemanden außer mir. Ich bin noch nie laut geworden, wenn er bei mir war. Nicht ein einziges Mal. Er muss solche Angst haben. Er hat gesehen, wie sie mich schlugen. Er hat es gesehen, Steele. Was, wenn sie …«

Er zog sie in seine Arme und presste ihr Gesicht an seine Brust. Sie spürte seinen Herzschlag, gleichmäßig, stark. Sie konnte sich nicht helfen; in diesem Augenblick brauchte sie seine Stärke, sonst würde sie nicht überstehen, was auf sie zukam. Die meiste Zeit hatte sie es geschafft, das Entsetzen zurückzudrängen und zu funktionieren, doch in Momenten wie diesem wurde sie davon überwältigt. Sie legte die Arme um seine Taille und schluchzte.

Sie hasste es, dass die anderen stumme Zeugen ihres Zusammenbruchs wurden. Steele hielt sie fest umschlungen, führte sie jedoch weg von dem Haus und auf einem kleinen Pfad zu einem verwilderten Garten. Durch ihren Tränenschleier sah sie, dass der Weg mit hübschen kleinen Steinplatten gepflastert war. Er führte durch Weinstöcke, die sich an Torbogen hochrankten, und Gräser in verschiedenen Grün-, Blau- und sogar Pinktönen.

»Tut mir leid.« Sie hatte einen Schluckauf und versuchte, sich zu fassen. Seine Arme waren stark. Sein Körper warm. Es war unmöglich, sich nicht an ihm festzuhalten, selbst wenn sie sich vorgenommen hatte, es nicht zu tun – nie mehr.

In der Mitte eines Rondells hielt er an. Es bestand aus schön gestalteten Holzbänken und war überdacht, sodass man sogar im Regen hier sitzen konnte. Darum herum wuchsen Kletter- und Buschrosen in unterschiedlichen Farben, manche waren richtig exotisch, und dahinter sehr hohe, schützende Gräser, sodass man hier völlig abgeschirmt war.

»Bree, du hast jedes Recht zusammenzubrechen. Mir geht es auch nicht anders.«

»Aber du brichst eben nicht zusammen. Du reißt dich am

Riemen.« Sie hasste es, dass sie nicht aufhören konnte zu weinen und er so stoisch war.

»Nur, weil ich viel mehr Übung darin habe, Emotionen abzustellen, wenn es sein muss. Du darfst emotional sein. Du schenkst ihm ganz offen deine Liebe. Du lässt sie ihn fühlen. Ich kenne dich, meine Liebe. Darin warst du immer gut. Jedes Kind im Swords-Club hat das von dir gespürt, und sie brauchten das. Ich weiß, dass Zane es in jeder Minute seines Lebens spürte. Und er wird es wieder spüren, denn Baby, ich schwöre dir, nichts wird mich davon abhalten, ihn uns zurückzuholen.«

Sie glaubte ihm. Sie musste ihm glauben, wenn sie nicht den Verstand verlieren wollte. Sie ließ ihren Tränen freien Lauf, denn auch wenn sie noch so sehr versuchte sie zurückzuhalten, konnte sie das Entsetzen nicht aussperren. Sie konnte die Beherrschung nur allmählich wiedergewinnen und musste Geduld haben, bis sie wieder normal atmen konnte.

Nur langsam wurde ihr bewusst, dass sie seine Jacke mit den Fäusten umklammert hielt. Sein Abzeichen. Sie hatte das Leder fest zusammengerafft. Sofort ließ sie los und wollte zurücktreten. »Ich bin echt ein Wrack, Steele, aber ich schaffe das. Ich bekomme nur manchmal solche Angst – vor ihm. Bridges ist kein guter Mensch. Und Junk gerät leider ganz nach ihm. Ich hoffe nur, Bridges hat so ungern Kinder um sich, dass er jemanden hat, der auf Zane aufpasst.«

Sie trat zurück, und er gab sie frei, ließ die Arme nach unten fallen. Breezy drehte sich um, noch ehe er ihr rotes, verheultes Gesicht sehen konnte. Sie war nicht hübsch, wenn sie weinte. Sie hatte gelesen, dass Frauen, die vor Männern weinten, dabei noch schöner aussehen konnten. So war sie nicht. Sie zupfte an ihrer Frisur herum, hoffte, dass der Helm sie nicht zerdrückt hatte. Ihr Aussehen sollte ihr eigentlich egal sein, solange sie ihren Sohn nicht wiederhatte, doch dies war Steele. *Ihr* Steele. Der unter drei Frauen hervorgekrochen war, und sie konnte jede von ihnen beschreiben. Sie hatten absolut nicht wie sie ausgesehen – mit ihrem roten Gesicht, den verschwollenen Augen, ihren unordentlichen Haaren und den Schwangerschaftsstreifen.

»Ich zähle auf dich. Ich weiß, dass du hartnäckig bist. Dass du keine Ruhe mehr gibst, wenn du dich einmal zu etwas entschlossen hast. Ich helfe dir. Ich werde nicht noch einmal zusammenbrechen.« Am ersten Tag war es jede Stunde passiert. Dann hatte sie es geschafft, dass ihre Verzweiflung sie nur mehr nachts überrollte. Sie hatte nicht damit gerechnet, vor seinen Augen völlig die Fassung zu verlieren.

»Hör auf, dich zu entschuldigen, Bree. Es käme mir seltsam vor, wenn du nicht ab und zu mal zusammenklappen würdest. Jetzt atme ein paarmal tief durch, und dann gehen wir zu den anderen und machen einen Plan, wie wir unseren Sohn zurückholen. Blythe wird dir sehr gefallen, sie ist die Old Lady vom Zaren. Eine bemerkenswerte Frau.«

Er sollte noch ein bisschen weiterreden, damit sie wieder die Kontrolle über sich gewann; und hoffentlich würde die kühle Luft ihr gegen ihr lautes, geräuschvolles Schluchzen helfen. »Erzähl mir von ihr.« Sie ging an den Rand des Rondells und tat, als würde sie eine besonders große Rose eingehend betrachten.

»Wir haben die mobilen Freudenhäuser der Swords angegriffen. Sie betrieben sie mit Mädchen, die sie gekidnappt hatten. Manche wurden direkt dort ›eingearbeitet‹, mit Gruppenvergewaltigungen und Prügeln. Wir bildeten zwei Teams. Der Zar schaltete ein Bordell aus, ich ein weiteres. Wir beseitigten so viele Einrichtungen der Ortsgruppe wie möglich. Das Team vom Zaren stieß auf eine Gruppe mit mehreren jungen Mädchen. Eines von ihnen hatte sich mit allen Mitteln gewehrt, weil auch seine kleine Schwester dabei war. Sie taten ihm leid. Nicht alle diese Kinder hatten ursprünglich ein Zuhause. Blythe suchte die Mädchen später und fand sie in Pflegeheimen. Da waren die beiden und eine jüngere Schwester, die nicht dabei gewesen war. Der Zar und Blythe adoptierten sie.«

Sie wirbelte herum, vergaß ihr tränenverschmiertes, verschwollenes Gesicht. »Die Swords haben junge Mädchen gekidnappt und ›eingearbeitet‹?«

»Für ihren Menschenhandel«, erklärte er. »Ich habe dir doch gesagt, sie hatten den weltweit größten Menschenhandel am Laufen.«

»Nein. Du sagtest, der internationale Präsident hatte einen Menschenhändlerring. Du sagtest, er hatte Frachter für seine Kunden.« Wieder konnte sie kaum mehr atmen. »Die Swords handeln mit Drogen und Waffen. Sie zwingen ihre Frauen, mit Männern anderer Clubs zu schlafen, um Bündnisse zu schmieden. Viele der Frauen arbeiten freiwillig als Huren für den Club, aber es war niemals die Rede von Kindesentführungen.«

»Du wusstest, dass einige der Frauen an andere Clubs verkauft wurden. Dein Vater drohte, dich ebenfalls zu verkaufen«, führte Steele an.

Das war nicht dasselbe. Wie konnte sie ihm diesen Unterschied klarmachen? »An andere Ortsgruppen. Ich wurde in den Club hineingeboren. Wir gelten als Eigentum des Clubs. Das ist nicht dasselbe wie ein Kind außerhalb des Clubs zu kidnappen und an den Meistbietenden zu verkaufen!« Sie war außer sich. War ihr Vater tatsächlich darin verstrickt? Er war Abschaum, das wusste sie. Für ihn hatten Frauen keinerlei Wert, aber würde er wirklich unschuldige Kinder kidnappen und als Sexsklaven verkaufen?

»Baby.« Steeles Stimme war sehr sanft. »Dass du in dieses Leben hineingeboren wurdest, gibt niemandem das Recht, dich zu benutzen oder zu verkaufen. Wenn du mein Abzeichen trägst und damit zeigst, dass du mir gehörst, bedeutet das, dass ich mich um dich kümmere. Dass du beschützt wirst, nicht nur von mir, sondern von allen meinen Brüdern und Schwestern. Es bedeutet, dass ich für dich verantwortlich bin und dass ich bereit bin, diese Verantwortung zu tragen. Es bedeutet, dass ich dich liebe und dass ich bei allem, was ich tue, auch an dich denke.«

Sie wandte sich wieder ab, wollte nicht, dass er ihr Gesicht sah. Er konnte ihre Miene nur zu gut deuten. Und sie hatte nichts darauf zu erwidern. Es war zu gefährlich. Das war ein Märchen, nicht das wahre Leben. Sie war nicht so dumm zu träumen. Ihm zu vertrauen. Irgendeinem Club zu vertrauen.

»Diese Mädchen …«

»Darby, Zoe und Emily. Darby ist die Älteste, und sie hat die Hölle durchgemacht. Zoe ist noch fragil, und wird das wohl auch bleiben. Sie ist so traumatisiert, dass sie kaum spricht, auch wenn ich glaube, dass sie sich bei uns jetzt sicher fühlt und glücklich ist. Sie verlässt die Farm nur ungern, besucht aber Blythes Schwestern, die ihre Häuser ebenfalls auf der Farm haben. Es sind keine leiblichen Schwestern, aber sie sieht sie so, und für die Kinder sind sie Tanten.«

»Ich weiß nicht, was ich sagen soll, Steele. Wie werden sie mich sehen, als Tochter eines Mitglieds der Swords? Vielleicht ist das keine gute Idee.«

Sie brauchte ein wenig, um die Informationen zu verarbeiten, die er ihr gegeben hatte. Sie wusste, er belog sie nicht, und einiges von dem Verhalten, das ihr schon vor Jahren aufgefallen war und das sie nicht verstanden hatte, begriff sie nun, und es passte dazu. Kleine Dinge. Gespräche, die hastig beendet wurden, wenn sie dazukam. Ihr Vater, der plötzlich in Rage und dann wieder arrogant war.

»Du wurdest genauso zum Opfer gemacht wie sie, Bree«, sagte Steele. »Blythe hatte den Zaren noch nicht einmal wieder in ihrem Leben akzeptiert, als wir mit Kenny zu ihr kamen. Damals waren wir hinter einem Pädophilen her, fanden den Jungen in Ketten gelegt in einem Keller, befreiten ihn und brachten ihn zu Blythe. Sie hat ihn sofort aufgenommen.«

Breezy begann zu glauben, dass diese Blythe nicht real sein konnte. Eine solche Frau passte einfach nicht zu dem, was sie vom Zaren wusste – oder irgendeinem anderen Clubmitglied. Und dass der Zar diese Kinder angenommen hatte … Breezy schüttelte den Kopf; es war ihr nicht begreiflich, dass dieser Mann irgendetwas Gutes tun konnte.

Steele ignorierte diese kleine Geste. »Wir müssen noch über einen anderen kleinen Jungen etwas herausfinden. Er wird gerade im Internet versteigert. Wir boten für ihn, um ihn so aufzuspüren. Code fand ihn in Las Vegas, doch dann wurde das Ganze beendet. So weit wir wissen, gibt es keine Familie, die sich um ihn kümmert. Wenn wir niemanden finden, werden der Zar und Blythe ihn aufnehmen. Sie hat gute Therapeuten für die Kinder und die Geduld einer Heiligen. Ich habe nie gehört, dass sie diese Kinder einmal angeschrien hätte oder so.«

Nun, wo sie darüber nachdachte, stellte sie fest, dass Steele nur letzte Nacht ihr gegenüber laut geworden war – zum ersten Mal. Mit den Kindern der Swords war er immer sehr nett gewesen. Er hatte nie viel gesagt, hatte aber stets Geduld mit ihnen gezeigt. Sie konnte sich vorstellen, dass er das auch mit ihrem Sohn könnte.

Das ließ sie innehalten. Ihrer beider Sohn. Es war das erste Mal, dass sie so über Zane gedacht hatte. Bisher war er immer nur *ihr* Sohn gewesen. Es war immer nur um sie beide gegangen – um Zane und Breezy. Ständig flüsterte sie ihm das zu. Dass sie immer für ihn da sein werde. Plötzlich brachen neue Tränen hervor, brannten in ihren Augen, und sie wandte sich von Steele ab, bevor er es mitbekam.

»Wie alt ist er?« Sie flüsterte es, außerstande, ihre Stimme zu finden. Dieser Junge konnte Zane sein. Verängstigt. Allein. Womöglich wurde er von seinem eigenen Großvater verkauft. Bridges würde selbst das tun. Sie hatte ihm bisher nicht zugetraut, dass er Kinder kidnappte und meistbietend verkaufte, aber sie wusste, dass Steele die Wahrheit sagte. Nun hatte Bridges ihren Sohn, und sie musste nicht nur befürchten, dass er ihn schlug, sondern auch, dass er Zane an irgendeinen schrecklichen Perversen verkaufte.

Sie wankte zu der Bank und legte sich hin; zu den Tränen kam jetzt auch noch ein Schwindelgefühl hinzu. Sie *musste* damit aufhören und sich zusammenreißen, sonst würde sie Zane nicht helfen können, und Steele würde nie einwilligen, dass sie sich an der Suche beteiligte.

»Er ist sechs. Zumindest haben sie ihn so angeboten«, erklärte Steele voller Grimm.

Sie blickte zu ihm auf. Seine Miene war wutverzerrt, jede Falte tief eingegraben und nach Vergeltung schreiend. Er verachtete die, die diesen Jungen festhielten, wirklich, und sie erkannte seine Absicht, ihn zurückzuholen. Das war *ihr* Steele. Der, der ihr Herz höher schlagen ließ.

»Das könnte Zane sein«, flüsterte sie. »Steele, das könnte auch Zane sein.«

»Er ist es nicht, Bree.« Das klang absolut entschlossen. »Selbst wenn mir etwas zustoßen sollte, wären alle meine Brüder und Schwestern auf ewig hinter ihm her. Ich bin nicht allein. Ich weiß, du magst Clubs nicht, und du hast dazu jeden Grund, aber sie sind nicht alle gleich.«

Mit einem tiefen Seufzer zwang sie sich, sich wieder aufzusetzen. »Mag sein. Sicher gibt es ein paar Unterschiede. Die Swords sind ekelhaft, aber ich bin nach einer eurer Partys zu euch gekommen, Steele. Ich habe den Raum gesehen, und auch euch alle. Du warst unter drei Weibern vergraben, und die meisten deiner Brüder lagen auf anderen drauf. Niemand hatte irgendetwas an. Ich erinnere mich an die Partys, auch nachdem wir zusammen waren.«

Er runzelte die Stirn. »Was war falsch an den Partys, nachdem wir zusammen waren, Bree? Ich habe mich um dich gekümmert.

Ich habe dafür gesorgt, dass keiner dir nahe kam. Wenn es zu viel wurde, brachte ich dich auf dein Zimmer, weg von den anderen.«

Sie zuckte die Achseln. »Das spielt keine Rolle mehr, ich will nicht darüber reden.«

»Babe. Wir müssen über die Dinge reden, gegen die du Einwände hast.«

»Nein, müssen wir nicht. Wir müssen nur Zane zurückholen. Danach können wir über alles reden, was du willst, aber jetzt geht es nur um Zane.«

Seine Augen wurden noch dunkler. Er ging zu ihr und streckte eine Hand aus, um ihr aufzuhelfen. Sie hasste es, ihn zu berühren. Es machte sie schwach. Er rief bei ihr Wünsche wach, die sich nicht erfüllen ließen. Sie musste sich hinter der Verletzung verschanzen, die er ihr beigebracht hatte. Echten Schmerz. Drei Jahre, all die hässlichen Dinge, die er zu ihr sagte, bis sie sich ihr eingeätzt hatten. Um dies zu überleben, musste sie sich an diese Qual klammern.

Seine Finger umschlossen die ihren, doch sein Griff passte nicht zu dem, wie er sie auf die Füße zog. Er packte sanft zu, riss sie jedoch aggressiv hoch. Ihr Bauch flachte sich ab, als ihr Körper gegen seinen fiel. Seine andere Hand umfasste ihr Kinn, schob es nach oben, und dann nahm er sich ihren Mund.

Als seine Lippen die ihren berührten, war da sofort verzehrende Hitze. Feuer, wild und heiß. Unbeherrschbar. Sie versuchte, sich an der von ihm verursachten Verletzung und dem Schmerz festzuhalten, doch die wütenden Flammen brannten sich durch diese Erinnerungen, verzehrten sie, bis es kein Denken mehr gab, nur mehr Fühlen.

Steele war ungestüm. Er war aggressiv. Dominant. Er unterwarf sie total seiner Kontrolle und schürte ein Feuer so heiß, dass ihm nicht zu widerstehen war. Ihr Gehirn setzte aus; sämtliche Nerven ihres Körpers erwachten nach einer sehr langen

Auszeit zum Leben. Das Blut dröhnte ihr in den Ohren und pulsierte durch ihren Unterleib. Ihr Geschlecht krampfte sich zusammen, und ihre Nippel fühlten sich an, als würden sie bersten, wenn sie weiter über seine Brust rieben.

Sein Körper fühlte sich so hart an, als presste er sie gegen eine Wand aus purem Stahl. Seine Arme waren stark, er hielt sie genau so, wie sie es brauchte – wie sie es wollte. Sie mochte es, dass er sie beherrschte. Das hatte sie immer von ihm gebraucht. Nun schmolz ihr Körper einfach an seinen, ihre Zunge folgte der seinen, duellierte sich mit ihr, ein dunkler Tango, der sie seine Haare zerwühlen und eine Hand unter seine Jacke gleiten ließ, um seine Haut zu spüren.

Sie mussten atmen, und es war Steele, der für sie beide atmete. Der sie an nichts anderes denken ließ als an das, was ihr Körper brauchte – und sie brauchte ihn. Sie hätte in diesem Moment alles für ihn getan. Hätte ihm alles gegeben, wenn er nur das Feuer löschte, das sich gleich einem Vulkan in ihr aufbaute. Mehr und mehr von Begehren überwältigt, umklammerte sie ihn, bis der Druck unerträglich wurde und sie Erlösung brauchte. Und das alles wegen seiner Küsse.

Er hob den Kopf nur kurz und küsste sie dann weiter über ihr Kinn bis zum Hals. Seine Hand an ihrem Nacken, hatte er sie mit Leichtigkeit im Griff. Ihr Mund suchte seinen, doch dann spürte sie den stechenden Schmerz seines Bisses. Er jagte durch ihren ganzen Körper wie ein Blitz und direkt in ihr Geschlecht.

Sie erinnerte sich, wie er das machte. Dieses Zwicken mit den Zähnen, die kleinen Bisse in ihre Schulter, ihren Hals. In ihre Brüste, wo sie sich anfühlten wie ein Peitschenhieb purer Lust, ein Pfeil der Begierde, der ihre Haut durchbohrte und bis in ihre pulsierende Klitoris drang. Blut rauschte. Ihre Brüste schmerzten. In all der Zeit ohne ihn hatte sie sich nie wirklich lebendig gefühlt. Nicht ein einziges Mal. Sie hatte nicht einmal mehr gewusst, dass ihr Körper in der Lage war, Lust zu fühlen, zumindest nicht so.

Seine Hände schlüpften unter ihre Jacke, an ihr Shirt. Diese Hände. Groß. Stark. Streichelnde Finger, die genau wussten, wie sie zu erregen war. Sie hörte sich stöhnen, und dann, noch ehe sie wieder zu Sinnen kam, war sein Mund erneut auf ihrem und verschlang sie. So heiß. So perfekt. So absolut dominant, so erobernd, ihren ganzen Körper erstürmend und nicht weniger fordernd als ihre völlige Kapitulation. Gott möge ihr beistehen, sie gab sich ihm hin, so wie sie es immer getan hatte.

Jede Berührung seiner Hände, jedes Streicheln, sein Mund, der über ihren glitt, seine Zunge, die Dinge forderte, die sie nicht geben konnte und es dann doch tat, all das war Steele pur. Er machte süchtig. Sein Geschmack. Sein Mund. Seine Küsse. Seine Berührung. Er verführte sie nicht sanft. Hätte er das versucht, es hätte nie funktioniert. Aus irgendeinem Grund reagierte Breezy auf seine Stärke, seine Aggressivität. Diesen unverfälschten Willen, beherrschen zu wollen, den er ausstrahlte.

Es war er, der zurücktrat, den Kopf anhob, sie aus dunklen Augen musterte. Sie sah dieses Gemenge aus Lust und etwas anderem, das sie nicht glauben wollte. Glauben konnte. Das zu glauben sie sich nie mehr zugestehen würde.

Sie presste zwei zitternde Finger auf ihre geschwollenen Lippen. Da war ein kleiner Schmerz, wo er sie gebissen hatte. Sie leckte daran; ihr Herz hämmerte. »Was sollte das denn?«

»Ich kann dir nicht widerstehen. Das konnte ich noch nie, nicht einmal dann, wenn ich es hätte tun sollen.« Sein Blick wich nicht von ihrem Gesicht.

Er erwartete, dass sie hysterisch wurde oder davonlief. Irgendetwas. Doch sie stand lediglich da und versuchte verzweifelt, Luft zu bekommen. Versuchte, darauf zu warten, dass ihr Körper sie wiederfand. Er hatte ihn in Besitz genommen, wie er es immer getan hatte, und sie wagte sich nicht zu bewegen, bis sie wieder ganz sein würde. Das Problem war, sie war es in drei langen Jahren nicht gewesen und war es auch jetzt nicht. Würde es nie wieder sein. Nicht ohne ihn.

Noch einmal berührte sie mit der Zunge ihre Unterlippe und zwang sich, die drei nackten Frauen bei Steele nicht zu vergessen, als sie zum ersten Mal das Clubhaus betrat. Sie konnte sich vorstellen, was sie mit ihm gemacht hatten, mit seinem Körper, dem Körper, von dem sie geglaubt hatte, er gehöre ihr.

»Tu das nicht wieder.« Sie wandte sich von ihm ab, entschlossen, Breezy Simmons zu sein, selbstständig, die Mutter von Zane. Unabhängig. Diese Frau war sie nun, und sie war es gerne. Sie würde sich das nicht von einem Mann wie Steele wieder nehmen lassen.

Er schritt neben ihr. »Wir werden überdenken, was du an den Partys nicht mochtest, Baby, aber nicht jetzt. Später. Wenn wir Zane wiederhaben.«

Natürlich musste er das letzte Wort haben, und sie wagte es nicht, ihm zu widersprechen. Ihr war nur wichtig, ihr Kind wiederzubekommen. Sollte er also reden. Sollte er sagen, was immer er wollte.

6. Kapitel

Blythe war blond, groß und schön, mit braunen Augen und einem freundlichen Lächeln. Sie wirkte elegant, als sei sie eben einem Modemagazin entsprungen, und keineswegs so, als gehöre sie in die Welt der Motorradclubs. Irgendwie passte sie aber dennoch dazu. Breezy wusste nicht recht, wie sie sich ihr gegenüber verhalten sollte. Die anderen, alles Mitglieder einschließlich Lana und Alena, behandelten sie mit dem größten Respekt. Es stand außer Frage, dass sie äußerst beliebt war.

Viktor Prakenskij, der Präsident von Torpedo Ink, war bei seiner Familie ein anderer Mensch. Er konnte Blythe nicht nahe kommen, ohne ihr einen Arm um die Taille zu legen. Er küsste sie häufig, und sein Blick folgte ihr überallhin. Und wenn er nicht seine Frau ansah, hatte er den Arm um eine seiner adoptierten Töchter gelegt.

Darby, Zoe und Emily sahen sehr irisch aus, vor allem die Jüngste mit ihren roten Haaren und Sommersprossen. Es war leicht zu erkennen, dass sich die drei Mädchen nahestanden und Darby aufmerksam über ihre Schwestern wachte. Kenny war siebzehn, wenngleich er noch ein wenig verspielt zu sein schien.

Interessant und aufschlussreich war, wie die Kinder und die Torpedo-Ink-Mitglieder miteinander umgingen. Breezy merkte, dass sie einander sehr mochten. Wenn eines der Kinder mit einem der Männer sprach, bekam es sofort dessen volle Aufmerksamkeit.

Das Haus war groß, es hatte hohe Räume und bot sehr viel Platz, der allerdings auch gebraucht wurde. Die Clubmitglieder waren alle da, sogar Reaper und Savage, die jedoch in der Nähe der Türen blieben. Reaper hatte seine Old Lady dabei, Anya. Den Vollstrecker von Torpedo Ink mit seiner Frau zu sehen war für Breezy eine Offenbarung. So weit sie wusste, hatte er bei den Swords nie eine Frau angefasst, obwohl nicht wenige versucht hatten, ihn sich zu angeln. Emily, das jüngste der Kinder vom Zaren und von Blythe, hing an Reapers Arm; den anderen hatte er um seine Frau gelegt. Auch das schockierte Breezy. Reaper berührte sonst nie jemanden, und niemand berührte ihn.

All das kam ihr irgendwie unwirklich vor, diese Verwandlung des ganzen Clubs, sobald sie sich im Haus des Zaren befanden – es war surreal. Sie alle fühlten sich dort eindeutig sehr zu Hause. Die Männer machten sich sofort an die Arbeit und klappten die Ausziehtische auf. Noch verblüffter war sie, als einige in dem riesigen Esszimmer den Frühstückstisch deckten und die anderen Blythe, Darby, Lana und Alena in der Küche zur Hand gingen, indem sie Eier, Bacon, Kartoffeln und Toast machten.

Steele kam mit Breezy herein und ging auf die Küche zu. Alle verstummten sofort, und ihre Blicke richteten sich auf sie. Breezy verlangsamte ihren Schritt, ohne es zu wollen. Immer, wenn sie in eine neue, ungewohnte Umgebung kam, hatte sie anfangs mit Minderwertigkeitsgefühlen zu kämpfen – sie war eine Hure, ein Drogenkurier gewesen, unterste Stufe, wurde herumgereicht, und das musste man ihr doch ansehen. Es musste ihr in die Stirn eingebrannt sein. In der Schule, wenn sie ihren Vater schon einmal hatte überreden können, hingehen zu dürfen, hatten Mädchen hinter ihrem Rücken getuschelt. Sie hasste neue Umgebungen, weil es ihr immer noch zu oft an Selbstvertrauen fehlte.

Steele ergriff ihre Hand und zog sie unter den Schutz seiner breiten Schulter. »Blythe. Danke, dass wir uns hier treffen können. Ich möchte dich mit meiner Frau bekannt machen. Bree, das ist Zars Old Lady, Blythe. Ihre Tochter Darby. Anya, Reapers Frau. Die anderen kennst du alle. Das ist Breezy. Wir nennen sie alle Bree.« Er legte einen Arm um ihre Schulter.

Er war ein stattlicher Mann, und neben ihm wirkte sie nicht sehr groß, nicht wie Blythe. Ganz und gar nicht wie Blythe. Sie konnte nicht elegant sein, selbst wenn sie es versuchte. Normalerweise hätte sie die Beschreibung, mit der Steele sie vorgestellt hatte, korrigiert, doch im Moment brachte sie nicht einmal den Mund auf. Sie hatte in keinen Spiegel gesehen, wusste aber, dass sie furchtbar geheult, und sich dann hatte von Steele küssen lassen. Ein schrecklicher Gedanke kam ihr; sie schaute rasch an sich hinunter, um festzustellen, ob ihre Klamotten noch alle an der richtigen Stelle waren.

»Bree, es ist schön, dich kennenzulernen, auch wenn die Umstände nicht angenehm sind. Ich weiß, die Jungs werden deinen Sohn nach Hause bringen. Du musst ja vor Sorge halb krank sein.«

Das Mitgefühl in Blythes Ton war echt und hätte sie fast wieder zum Heulen gebracht. Sie verstand nicht, warum sie plötzlich so oft zusammenbrach, wo sie es doch bisher geschafft hatte, wenigstens den Anschein von Beherrschung zu wahren. Nun ja, eigentlich wusste sie es schon, sie wollte nur nicht zugeben, dass sie in ihrem tiefsten Inneren Steele bereits wieder erlaubte, sie zu erobern, was ihr die Freiheit gab, vor Kummer zu kollabieren.

»Danke, dass wir hierherkommen durften.« Breezy blinzelte die aufsteigenden Tränen zurück und berührte ihre Lippe in der Hoffnung, dass man die kleine Bissstelle nicht sehen würde. Ihre Stimme kam ihr abscheulich vor. Sie war viel zu zittrig, doch sie schaffte es zumindest, nicht noch näher an Steele heranzurücken.

Was war mit ihrer hart erkämpften Unabhängigkeit geschehen? Sie fühlte sich, als würde sie wieder zu dem verängstigten

Mädchen werden, das schwanger und allein, auf einen Job und Hilfe hoffend in den Diner gegangen war. Sie hatte beides bekommen. Und jenes starke Mädchen wollte sie auch jetzt wieder sein.

»Ich freue mich so, dich kennenzulernen«, sagte nun Anya. »Wir könnten hier wirklich mehr weibliche Stimmen brauchen, zum Ausgleich. Ich weiß, sie werden dir deinen Sohn zurückbringen.«

Breezy brachte ein Lächeln zustande. »Danke, Anya. Ich freue mich auch, dich kennenzulernen.« Anya schien sie aufrichtig willkommen zu heißen; das half ihr, trotz ihres verheulten Gesichts wieder ein wenig Selbstvertrauen zu bekommen.

»Ich bin ganz aufgeregt, dich zu treffen«, meldete sich Darby zu Wort. »Mir tut das mit Zane auch sehr leid, aber ich weiß, Onkel Steele wird ihn zu uns nach Hause bringen.«

Onkel Steele? Darby war eines der Mädchen, die aus dem Menschenhändlerring gerettet worden waren. Die Swords hatten sie und ihre Schwester Zoe gekidnappt. Auch bei ihr war kein böser Wille zu erkennen, nur echtes Mitgefühl. Darby war viel zu jung, um irgendetwas vorzutäuschen, und Breezys Menschenkenntnis aufgrund ihrer Geschichte ganz gut. Sie erkannte, dass Darby wirklich um ihren Sohn besorgt war.

»Komm, hilf mit«, lud Alena sie ein. »Ich mache Arme Ritter. Du kannst Anya beim Kartoffelschälen helfen, wenn du möchtest, es sei denn, du willst mit den Männern ins Esszimmer gehen. Sie sind lästig, aber …«

»Lästig?« Maestro warf ein Geschirrtuch nach Alena. Sie fing es in der Luft auf und schleuderte es auf ihn zurück.

»Kinder«, meinte Blythe belustigt. Die anderen lachten. Blythe schüttelte grinsend den Kopf; Breezy erkannte, dass sie überhaupt nicht verärgert und daran gewöhnt war, dass sich die Clubmitglieder auf diese Weise neckten. »Mach dich hier vom Acker, Maestro, oder du brätst die Eier!«

Alena verdrehte die Augen. »Ich habe ihn einmal gebeten zu kochen. *Einmal.* Er kann es einfach nicht. Es roch eine volle Woche lang verbrannt im Haus. Sämtliche Rauchmelder gingen an, und die Nachbarn riefen die Feuerwehr.«

»Sie lügt wie gedruckt, Darby«, sagte Maestro und küsste das Mädchen auf die Stirn. »Glaub ihr nicht ein scheiß – nicht ein Wort«, korrigierte er sich hastig auf Blythes funkelnden Blick hin.

Darby kicherte. »Du bist schwer in der Klemme.« Sie blinzelte Breezy zu. »Zoe und Emily haben beide eine Fluchkasse. Emily hatte ihre zuerst, und ich glaube, wegen der Kraftausdrücke des Clubs hat sie jetzt schon genug drin, um das College zu bezahlen, deshalb hat Zoe beschlossen, sie will beim Geldverdienen mit von der Partie sein. Ich kann nicht sagen, dass ich es ihr verüble.«

Maestro stöhnte. »Das kann ich mir nicht leisten, deshalb zahle ich nur an Emily.« Er sah sich um. »Sie sind aber beide nicht hier, also zählt das nicht.«

Darby lachte; es klang entspannt und echt. Breezy war nie entspannt gewesen, wenn sie damals, als Kind, in der Küche gearbeitet oder das Clubhaus sauber gemacht hatte. Sie hatte es versucht, der anderen Kinder wegen, hatte für sie Späße gemacht und viel gelacht, aber sie hatte sich nie sicher genug gefühlt, um entspannt zu sein. Es sprach Bände, dass Darby, die durch die Hölle gegangen war, das konnte.

Breezy machte mit klopfendem Herzen einen Schritt auf Alena zu. Wenn sie sich zu den anderen Frauen in der Küche gesellte, würde Steele zu den Männern gehen und sie allein sein. Ihre Angst davor erschreckte sie.

Er stoppte ihren Gedanken, indem er sie an sich zog. »Du musst ihnen nicht helfen.«

Steele flüsterte es ihr ins Ohr, doch sie wusste, dass sie das wollte. Sie wäre sonst dagestanden wie ein Feigling, und sie wollte nicht, dass Lana und Alena, die über ihre Vergangenheit Bescheid wussten, noch mehr auf sie herabschauten, als sie es wahrscheinlich ohnehin schon taten.

»Mir geht es gut«, log sie. Sie straffte die Schultern, warf ihm ein kleines, unechtes Lächeln zu und trat dann an die Kochinsel, an der Alena und Anya arbeiteten und ein riesiger Haufen Kartoffeln darauf wartete, geschält zu werden.

Steele nahm sich einen Stuhl und setzte sich verkehrt herum darauf. »Wie geht's in der Schule, Darby?«

Breezy wusste, dass er blieb, weil er ihr Widerstreben bemerkt hatte. So war er schon immer gewesen. Er hatte sie immer beobachtet. Immer auf sie aufgepasst. Wegen dieser Art und Weise, sich auf sie zu konzentrieren, hatte sie sich in ihn verliebt. Er machte kein großes Tamtam, sondern tat es mit einer solchen Selbstverständlichkeit, sodass niemand fragte, warum er in der Küche blieb.

»Gut. Airiana kann Physik prima erklären, und das war das Fach, das mir schwerfiel. Zoe versteht manche der leichteren Sachen schon durch bloßes Zuhören. Ich bin wirklich stolz auf sie.«

Breezy hörte den Stolz in ihrem Ton. Sie begann, Kartoffeln zu schälen, hielt den Kopf gesenkt und konzentrierte sich auf die Arbeit, anstatt all die Leute im Raum anzusehen.

»Onkel Steele!« Zoe stürmte herein und schlang die Arme um Steeles Hals. »Du hast dich hereingeschlichen, als ich nicht aufgepasst habe.«

»Stimmt«, erwiderte er. »Hab meine Frau mitgebracht, damit ihr euch kennenlernt.«

So viel also zum Thema Kopf gesenkt halten. Breezy schaute zu Steele hinüber, das Herz in ihrer Brust machte einen Ruck, als sie sah, wie sein muskulöser Arm das kleine Mädchen umfasste.

Zoe blickte sie feierlich an. »Das mit deinem Jungen tut mir leid«, sagte sie sofort. »Onkel Steele holt ihn für dich zurück. Viktor hat uns auch geholt, als böse Männer uns mitnahmen, nicht wahr, Darby?« Sie sah zu ihrer Schwester.

Die Atmosphäre im Raum war schlagartig angespannt. Alena beugte sich zu Breezy. »Sie spricht nie über das, was passiert ist«, flüsterte sie ihr ins Ohr.

»Dankeschön«, sagte Breezy sofort zu Zoe. »Ich weiß, dass er ihn mir zurückbringt. Es ist nur, dass Zane noch so klein ist, und ich habe jetzt große Angst um ihn. Ich denke dauernd, er ist ganz allein und fragt sich wahrscheinlich, wo ich bin.« Sie konnte ein leichtes Stocken in ihrer Stimme nicht verhindern.

Steele wollte aufstehen, hielt jedoch inne, als Zoe zu Breezy ging, ein schmales Ärmchen um sie legte und ihr in die Augen sah. »Ich hatte auch Angst, aber ich hatte Darby. Als Viktor mich holen kam, hatte ich große Angst, weil er so unheimlich aussah, aber sie haben uns da rausgeholt, nicht wahr, Darby?« Sie schaute erwartungsvoll zu ihrer Schwester und wandte sich dann wieder Breezy zu. »Sie holen deinen kleinen Jungen und bringen ihn nach Hause. Du wirst schon sehen, und hier wird er glücklich sein.« Sie sprach mit absoluter Überzeugung. Mit Vertrauen.

Darby und Alena neben ihr hielten sich völlig reglos. Breezy schaute zu Blythe, nach einer Erklärung suchend, weshalb alle plötzlich so gerührt waren und es gleichzeitig zurückhalten wollten. Blythes Lippen bebten für einen kurzen Moment, dann nickte sie Darby zu.

»Ja, das haben sie«, bestätigte Darby. »Viktor, Reaper, Savage, die anderen, sie haben uns geholt, und sie alle werden Steele helfen, den kleinen Zane zurückzubringen.«

»Ich kann ihn babysitten, wenn du mal jemanden brauchst«, erklärte Zoe. »Ich weiß alles über Albträume, und wenn er welche hat, kann ich sie vertreiben.« Sie glaubte so unumstößlich an die Torpedo Inks, dass sie gar nicht auf den Gedanken kam, sie könnten Zane eventuell nicht finden.

Breezy merkte nicht, dass sie weinte, bis eine Träne auf die geschälten Kartoffeln fiel und Zoe sie noch fester umfasste. »Weine nicht. Sie haben uns auch Kenny gebracht. Und sie suchen noch einen Bruder, der Probleme hat. Sie finden ihn.« Sie blickte zu Steele. »Nicht wahr, Onkel Steele?«

Steele war da, legte seinen Arm um Breezy und zog sie fest an sich. »Absolut, Zoe«, versicherte er. »Er ist mein kleiner Junge, und seine Mama hat recht, er hat jetzt sehr viel Angst und ist ganz allein. Deshalb hat sie auch Angst. Sie weiß, dass wir ihn zurückbringen, sie mag es nur nicht, dass er ganz allein ist.«

Ein Schauder lief durch Breezys Körper; Steele presste sie an seine Brust, damit sie ihr Gesicht verbergen konnte. Es kümmerte sie nicht einmal, dass die anderen das sahen. Doch dass Zoe ihren Zusammenbruch miterlebte, machte ihr etwas aus. Die Reaktion der anderen und das, was Steele ihr kurz geschildert hatte, sagten ihr, dass Zoe noch immer zu kämpfen hatte und ihren Glauben an den Club unbedingt erhalten musste. Sie musste einfach wissen, dass sie hier sicher war.

Mit Breezy im Arm rückte Steele näher zu Zoe. »Du bist eine gute Babysitterin, Zoe?«

Sie nickte und nahm sich ein Stückchen Bacon von der Kochinsel, vor der Blythe stand. Niemand hielt sie davon ab. Niemand klopfte ihr auf die Finger. Mit tränennassen Augen und ein Ohr an Steeles Herz gelegt sah Breezy, wie sich die Kleine die Finger ableckte. Auch dafür wurde sie nicht gerügt, stattdessen hielt Blythe ihr eine Serviette und ein ganzes Stück Bacon hin.

»Bin ich, Onkel Steele«, sagte sie. Dann blickte sie auf zu ihrer Schwester. »Fast. Ich muss nur noch das Wiederbelebungstraining machen. Das machen wir alle, nicht wahr, Darby?«

»Richtig, Zoe«, bestätigte Darby.

»Müsst ihr dafür etwas bezahlen?«, wollte Maestro wissen.

Breezy hatte ihn ganz vergessen und drehte sich in Steeles

Armen um, um ihn anzusehen. Auch er betrachtete das kleine Mädchen voller Zuneigung.

»Klar müssen wir etwas dafür bezahlen, Onkel Maestro«, sagte Zoe.

Er seufzte übertrieben laut. »Na dann.« Er holte einen Dollarschein heraus. »Ich habe eben Scheiße gesagt. Hier ist das Geld dafür.«

Zoe nahm es kichernd in Empfang. »Jetzt hast du das schlimme Wort ja schon wieder gesagt.«

Er blickte sie finster und möglichst bedrohlich an und holte noch einmal einen Dollar heraus. »Das ist Halsabschneiderei, Zoe.«

Keiner der Swords hätte einem Kind je Geld gegeben, schon gar nicht für »böse« Ausdrücke, dachte Breezy. Und wenn sie sich einfach ein Stück Bacon stibitzt hätte, wäre sie wahrscheinlich geschlagen worden.

Zoes Gekicher wurde zu einem richtigen Lachen. Maestro hob sie hoch, wirbelte sie herum und tanzte dann Hand in Hand mit ihr aus der Küche hinaus. Es war so anders als alles, was Breezy bei den Swords erlebt hatte, dass sie auf Zoes Beziehung zu den Torpedo Inks fast eifersüchtig wurde. Keiner der Swords hatte sie je mit Mitgefühl behandelt, von Zuneigung ganz zu schweigen.

»Das ist wunderschön«, flüsterte sie und blickte auf zu Steele.

Sein Blick traf ihren, und ihr Magen machte einen langsamen Purzelbaum. Sein Lächeln war kurz, aber echt. »Geht's dir jetzt besser, Süße? Sogar Zoe weiß, dass wir unseren Jungen wiederkriegen.« Sein Finger folgte sacht der Tränenspur auf ihrer Wange. »Sobald wir mit dem Essen fertig sind und die Kinder zur Schule gehen, machen wir einen Plan. Sie werden übrigens zu Hause unterrichtet. Sie gehen nur die Straße runter zum Haus einer ihrer Tanten.«

Breezy schluckte jede Furcht hinunter und zwang sich zu

nicken. Sie vertraute Steele – sonst hätte sie ihm nie mitgeteilt, dass sie einen Sohn hatten. Sie musste ihm vertrauen. Dass sie nicht mehr seine Old Lady war, spielte keine Rolle. Oder dass er lieber mehrere Frauen hatte. Sie glaubte nicht daran, dass er gerettet werden musste, denn er war … unbezwingbar. Niemand würde ihn schlagen können. Sie musste einfach daran glauben, dass er Zane zurück und in Sicherheit bringen werde.

Sein Finger streichelte ihr Kinn. »Bridges hat keine Fantasie, Breezy, das weißt du. Er hat keinen komplizierten Plan, den wir nicht durchschauen. Es wird etwas sein, das er für praktisch hält. Er wird es nicht so sehen, aber ihm geht es immer um die eigene Bequemlichkeit.«

Das war gut beobachtet. So war ihr Vater tatsächlich. Alles musste so gemacht werden, wie er es wollte, weil er Unannehmlichkeiten nicht duldete. Sie seufzte, nickte erneut und versuchte, sich nicht an Steele zu lehnen. Er war einfach so verlässlich. Eine Wand aus geballter Kraft. Ihre Beine fühlten sich an wie Gummi, und sie konnte nicht aufhören zu zittern. Sie musste die Zähne zusammenbeißen, damit sie nicht klapperten.

»Ich weiß nicht, was mit mir los ist. Bis ich hierherkam, hatte ich mich völlig unter Kontrolle.« Sie musste ihm verständlich machen, dass sie stark sein konnte. Sie war es die ganze Zeit über gewesen, in der sie allein war.

Steele lenkte den Blick über die Kochinsel auf Blythe, als wüsste sie alle Antworten. Breezy folgte seinem Beispiel. Blythe lächelte ihr zu.

»Ich wäre auch ganz schön schockiert, wenn jemand eines meiner Kinder entführen würde. Ich glaube, du gehst sehr gut damit um. Es ist völlig natürlich zusammenzubrechen, wenn man einen starken Menschen als Beistand hat, der bereit ist, die Scherben aufzulesen. Davor musstest du mit allem allein fertigwerden, und du hast es geschafft. Jetzt hast du uns alle zu deiner Hilfe, vor allem Steele, von dem du weißt, dass er keine Ruhe gibt, bis Zane wieder bei euch beiden ist. Natürlich reagiert dein Körper auf so etwas.«

Breezy tat einen Schritt weg von Steele, hin zur Kochinsel, und schälte weiter Kartoffeln. Steele trat hinter sie, sodass sie zwischen der Kochinsel und seinem harten Körper eingeklemmt war. Seine Arme legten sich um ihre Mitte, gleich unterhalb ihrer Brüste, und er ließ das Kinn auf ihren Kopf sinken.

»Was machst du da?« Sie schaute zu ihm auf.

»Ich suche Trost.«

Sie blinzelte. Wieder so ein echter Steele-Spruch, der alles und nichts bedeutete. »Also, jetzt nicht. Geh weg, ich arbeite hier.«

»Du musst mich trösten. Das ist deine Aufgabe als Frau, Bree.«

Alena, Anya und Blythe lachten. Alena verdrehte die Augen. »Hör nicht auf ihn, Bree. Das ist die Mitleidstour, und das kann nur heißen, er führt Böses im Schilde.«

Blythe nickte. »Nimm dich in Acht vor jeder Art von Niedertracht.«

»Blythe. Nicht du auch noch«, sagte Steele. »Das ist Verrat, ganz ehrlich. Ich werde mit dem Zaren darüber reden.«

Breezy bemerkte, dass Steele trotz der kleinen Neckereien, die hin und her gingen, seinen Griff keineswegs lockerte, und wandte sich mit einem leichten Grinsen wieder ihrer Arbeit zu. Sie konnte nicht anders, Steele brachte sie zum Lachen. Er gab ihr das Gefühl, mit dazuzugehören und ihm sehr wichtig zu sein. Doch so etwas wollte sie partout nicht denken. Es war zu leicht, nach diesem Traum zu greifen, selbst nachdem er ihr schon einmal das Herz aus dem Leib gerissen hatte.

»Ich glaube, mich nicht für euch einzusetzen ist verständlich angesichts dessen, dass ihr, obwohl ich schon vier Kinder habe, darüber verhandelt, mir noch ein fünftes zu bringen.«

»Das geht auf Alenas und Lanas Konto«, stritt Steele ab.

»Wir haben abgestimmt«, erklärte Alena hastig. »Es ist darüber abgestimmt worden. Nur der Zar bekam keine Stimme; wir anderen waren uns alle einig, dass wir jeden Pfennig, den wir haben, ausgeben, um ihn zu holen und zu dir zu bringen.«

»Was glaubt ihr denn, mit wie vielen Kindern ich fertigwerden kann?«, fragte Blythe mit einer Mischung aus Lachen, echter Verwirrung und leichter Verzweiflung.

Alena und Steele sahen einander an. Sie blickten zu Darby. Dann zu Lana. Und alle zuckten gleichzeitig mit den Schultern. Es war Steele, der antwortete.

»Mit jeder Menge, Blythe. So viele dich brauchen.«

Alle nickten. Blythe begegnete Breezys Blick, und sie wirkte etwas verloren, als wolle sie sagen: *Siehst du, wie sie sind?*

Breezy lächelte ihr zu. »Das könnten viele werden. Steele kann gut mit Kindern. Er könnte ja auch ein paar nehmen.«

Sie erwartete, dass er lachen würde, doch das tat er nicht; vielmehr wurde seine Miene nachdenklich.

Er nickte ernst. »Bree hat recht, Blythe. Es sollte nicht alles zu deinen Lasten gehen. Bree kann auch gut mit Kindern. Sie hat sich ihr Leben lang um Kinder gekümmert, und alle haben sie geliebt. Sie hat ein großes Herz, und wenn wir mit deinen Therapeuten zusammenarbeiten könnten, ließe es sich machen. Dann könnten wir helfen und selber ein paar aufnehmen.«

»Warte. Warte.« Sie konnte sich nicht zu ihm umdrehen, weil seine Arme sie eisern festhielten. Sie hatte keine Chance, sich diesem Griff zu entwinden. »Was sagst du da? Wieso schließt du mich mit ein?«

»Du bist meine Old Lady, Schätzchen«, erwiderte Steele, als sei er nie unter drei nackten Frauen hervorgekrochen. Er war vollkommen sachlich. »Wenn ich ein Kind annehme, das missbraucht wurde, dann tust du das auch. Wir sind schließlich zu zweit.«

»Das ist wunderbar!«, meinte Darby sofort. »Ich wusste, dass du super bist, Bree, schon als ich hörte, dass Steele eine Frau hat. Es wäre so großartig, wenn zwei Paare Kinder aufnehmen würden, die niemanden haben und uns unbedingt brauchen.«

»Liebes«, begann Breezy vorsichtig. Sie war selbst nur ein paar Jahre älter als Darby. Glaubte dieser Teenager wirklich, sie würde in der Lage sein, ein Kind aufzuziehen, das unter schwerer Misshandlung gelitten hatte? Es war ja nett, dass Darby »uns« gesagt und damit die Torpedo Inks und sie alle gemeint hatte, aber letztlich würde die Verantwortung für ein Kind, das sie annahmen, ja bei ihr liegen.

»Nicht dieses Kind«, erklärte Steele. »Das wäre zu früh. Zane muss mich erst kennenlernen. Und ich sehe es Blythe an, dass sie diesen neuen Jungen bereits in ihr Herz geschlossen hat und ihn nicht hergeben würde.«

Blythe brach in ein kurzes Lachen aus, blickte dann jedoch mit ernster Miene in die Runde. »Nein, ich gebe ihn nicht her. Viktor hat mir das Video von ihm in diesem schrecklichen kleinen Zimmer gezeigt. Ich kriege ihn einfach nicht mehr aus dem Kopf. Darby geht es genauso, nicht wahr?« Darby nickte. »Wir müssen ihn finden und zu uns nach Hause bringen.«

»Das werden wir«, bekräftigte Lana. »Diese Dinge brauchen Zeit, und man muss einfach auf das richtige Fitzelchen Information warten. Und das tun wir bei Zane und bei diesem kleinen Jungen.«

»Es kommt mir vor, als würde es ewig dauern«, klagte Darby. »Ich glaube, ich möchte einfach, dass sie in Sicherheit sind.«

Breezy warf ihr ein schwaches, wissendes Lächeln zu. »Ich weiß genau, wie sich das anfühlt.« Steele würde nirgendwohin gehen, und sie wollte in Blythes Küche keinen Wirbel veranstalten, also lehnte sie den Kopf an seine Brust und arbeitete weiter. Sie hätte dagegen protestieren können, dass er sie seine »Old Lady« nannte, aber was machte es schon für einen Unterschied? Es half nicht, ihren Sohn nach Hause zu bringen.

»So geht es uns allen, Liebe«, meinte Alena.

Anya steckte den Kopf zur Tür herein. Sie hatte nachgesehen, ob alles für das Essen bereit war. »Die Tische sind gedeckt. Die Jungs wollen wissen, was noch zu tun ist. Also, mit Ausnahme von Kenny. Er meint, er streikt und will nicht helfen, egal was man ihm sagt.«

Blythe sah sie fragend an, und Darby kicherte. »Er ist wütend, weil ich ihm gesagt habe, er muss den Tisch decken, und er meint, das wäre nur etwas für Mädchen. Frauenarbeit. Ihr wisst ja, was für ein Chauvi er ist.«

»Alle Jungs decken den Tisch«, erklärte Blythe.

»Lass gut sein, Blythe«, sagte Darby. »Er will einfach nur nichts tun.«

Anya lachte. »Ich werde ihm sagen, er soll mit Reaper gehen und dafür sorgen, dass er keinen Stress bekommt. Der Mann wurde nämlich geboren, um Stress zu kriegen«, meinte sie mit einem leisen Lachen und ging hinaus.

Breezy mochte diese Leute. Es gefiel ihr, wie sie miteinander umgingen. Wie sie alle zusammenhalfen. Doch es widerstrebte ihr, dass sie sie mochte. Sie gehörten zu Steele, und selbst wenn der Club ganz genauso war, wie er es gesagt hatte – und davon ging sie aus –, würde sie ihn nicht zurücknehmen. Sie konnte es einfach nicht. Noch einmal ein gebrochenes Herz, das konnte sie nicht riskieren.

Mit gesenktem Kopf beendete sie ihre Arbeit, während um sie herum weitergeredet wurde. Sie bemerkte jeden Atemzug von Steele. Seinen männlichen Geruch. Sein Abzeichen, das er so perfekt am Körper trug. Ein Biker zu sein passte zu ihm. Er war heiß und maskulin genug, um drei Frauen zu brauchen …

»Hör auf, Bree, oder ich drücke meinen Mund auf deinen, und was dann passiert, ist nicht mehr meine Verantwortung.« Seine Zähne zogen an ihrem Ohrläppchen, während er ihr dies zuflüsterte.

Sie lächelte zu ihm auf, legte einen Arm um seinen Nacken und zog ihn zu sich, um ihm ebenfalls etwas ins Ohr zu flüstern. »Wenn es um Frauen geht, hast du ja nie die Verantwortung, nicht wahr?«, raunte sie süßlich und versuchte dabei, ihm nicht zu zeigen, wie sehr sie das verletzt hatte.

Sie hielt den Blick gesenkt, sodass er ihre Miene nicht deuten konnte, doch seine Hand hielt ihr Kinn fest. Sein Mund senkte sich auf ihren, er nahm sie in Besitz, übernahm das Kommando.

Die Stimmen und das Lachen im Raum, alles verblasste, die Geräusche der Küche verebbten. Es gab nur mehr Steele und seinen heißen Kuss, die befehlende Art, in der er küsste, ihre Kapitulation fordernd, so wie er es immer getan hatte. Hätte er sie hier und jetzt auf die Küchentheke gelegt und ihr die Kleider vom Leib gerissen, sie hätte ihn gewähren lassen. Nichts zählte, nur er. Das war Steele. Ihr Mann. Es schien keine Rolle zu spielen, wie viele Barrieren sie errichtete – und das völlig zu Recht. Es spielte keine Rolle, wie oft sie sich sagte, dass sie ihr Herz vor ihm schützen müsse. Sie gab sich ihm hin.

Sein Mund glich einer Flamme, die sich in sie fraß, sich in ihrem Körper ausbreitete, durch ihre Adern jagte wie ein Lauffeuer. Jede Zelle, jeder Nerv erwachte zum Leben, unbeherrschbar; sie wurde von Begehren hinweggefegt wie von einer Brandungswelle. Sie küsste ihn, weil sie zu hilflos war, etwas anderes zu tun. Sie küsste ihn, weil sie ihn liebte, und sie konnte nur beten, dass er diese Liebe nicht auf ihrer Zunge schmeckte oder in den Flammen, die von ihr ausgehend auf ihn einstürmten.

Er hob den Kopf zuerst, seine Augen so dunkel, dass ihr Herz wild pochte. Sie hatte diesen Blick schon einmal gesehen, bevor er sie an eine Wand gedrückt und dann hart genommen hatte. Sie versuchte zurückzutreten, schüttelte den Kopf, versuchte verzweifelt, sich zu retten. Eine Hand auf ihren Mund gelegt, presste sie sich an die Kochinsel.

»Das darfst du nicht machen. Nie mehr. Küssen, das ist tabu, Steele.« Ihre Stimme war brüchig. Sie nahm nichts und niemanden wahr außer ihm. Sah niemanden außer ihm. So war es immer gewesen. »Ich meine es ernst. Es ist vorbei. Aus.«

»Verdammt, Bree, das ist doch Quatsch! Warum sagst du das andauernd? Ich habe dir erklärt, weshalb ich dich weggeschickt habe. Du weißt, dass das nicht gelogen ist. Das sollte eigentlich reichen!«

»Sollte es? Gott steh mir bei, denn ich wäre vielleicht schwach genug gewesen, dich zurückzunehmen, wenn du nicht unter diesen drei Weibern herausgekrochen wärst! *Drei*, Steele. Nicht eine. *Drei!* Das war selbst für dich, das musst du zugeben, exzessiv. Niemals werde ich mich mit einem Mann einlassen, der so etwas braucht!«

Irgendwo weit weg hörte sie Blythe keuchen. Vielleicht hätte sie sich abgewandt, beschämt, dass sie so etwas Privates so laut, vor anderen, ausgesprochen hatte, doch dann erinnerte sie sich, dass da im Aufenthaltsraum des Clubs nichts Privates bezüglich Steele gewesen war. Sie wollte von ihm abrücken, doch er hielt sie fest an sich gepresst.

»Reden wir also jetzt endlich darüber, ja?«

»Nein. Niemals. Es ist nicht nötig, denn es ist mir egal, was du tust. Ich bin nicht deine Frau, deine Old Lady oder sonst etwas in der Art. Versuch es doch mal, Steele. Warum bei dreien aufhören? Warum denn nicht noch mehr? Du kommst schon damit klar!«, schrie sie kampflustig, ja verletzt – auch das war sie, doch es war ihr gleichgültig. »Hör auf, mich anzufassen. Hör auf, den Leuten zu sagen, dass wir zusammen sind. Ich bin nicht mit dir zusammen und werde es auch nicht mehr sein!«

Das Schlimmste war ihre Überzeugung, dass er mit jeder Anzahl von Frauen fertigwürde. Er besaß mehr Stehvermögen, als sie für möglich gehalten hätte, und die Männer im Swords-Club hatte sie ja mit Frauen gesehen. Sie hielten nicht annähernd so lang durch wie Steele und waren auch nicht fähig, so wie er mehrmals zu kommen. »Ich sage es dir nicht gern, Baby, aber du *bist* mit mir zusammen, und das wirst du für den Rest deines Lebens auch bleiben, also gewöhne dich an den Gedanken. Wir werden unsere Streitpunkte nur durch Reden beilegen können. Also werden wir auch darüber reden müssen.«

»Wage es nicht, in diesem Ton mit mir zu sprechen!« Ein Ton, der sie erstarren ließ. Der sie bis ins Innerste erschütterte und ihr hart erarbeitetes Selbstbewusstsein völlig ruinierte. Sie konnte es nicht aushalten, wenn er zornig auf sie war. Schlimmer noch, sie war darauf konditioniert, zur Salzsäule zu erstarren, wenn wer auch immer ihr gegenüber laut wurde. »Ich habe nichts Falsches gemacht. Das warst du! Oh, warte – du siehst das ja gar nicht als falsch an«, fügte sie voller Sarkasmus hinzu.

»Du weißt, ich habe nicht anders handeln können, weil ich mich zu etwas verpflichtet hatte. Du warst weg. Drei Jahre, Breezy, und ich dachte nicht, dass du je wieder zurückkommen würdest. Drei gottverdammte Jahre, und du hattest meinen Sohn. Du hättest mir schreiben können …«

»Ach wirklich? Wohin denn? Ich hatte keine Ahnung, wo du warst. Als du mich rauswarfst, trugst du das Swords-Abzeichen, und du machtest mir klar, dass du nichts mehr mit mir zu tun haben wolltest und auch nicht die Absicht hattest, eine Familie zu haben. Ich bin nicht zurückgekommen. Ich bin nicht zu dir zurückgekommen. Also, vergrab dich bei der nächsten Party unter so vielen Weibern, wie du möchtest, und ich mache es ebenso mit Männern. Dann können wir feiern, was du für ein Arschloch bist!«

Ein langes Schweigen trat ein. Ihr Herz hämmerte, als sie es wagte, ihm ins Gesicht zu schauen. Sie hatte ihn noch nie so gesehen, und seine Miene erschütterte sie.

»Auch wenn du mir nie mehr zuhören wirst, Bree, dann höre zumindest dies.« Steele umfasste ihr Gesicht mit beiden Händen und blickte ihr direkt in die Augen. »Wenn ein anderer Mann dich berührt, töte ich ihn. Er wird keinen leichten Tod finden, Baby, und er wird sterben.« Seine Stimme war sehr, sehr leise, doch er sprach jedes Wort deutlich aus, sodass ein Missverständnis nicht möglich war. »Denk gut darüber nach, bevor du dich von einem anderen Mann berühren lässt.«

Es bestand nicht der geringste Zweifel. Er meinte, was er sagte. Ein Schauder des Entsetzens kroch über ihren Rücken, denn er war noch nicht fertig. Er starrte weiter in ihre Augen – ein Blick, der mehr als intensiv war. Er machte ihr Angst; zum ersten Mal sah sie den Killer in ihm.

»Ich kenne mehr Wege, einen Mann auseinanderzunehmen, als du dir vorstellen kannst. Ich töte mühelos, Süße, und das können nicht viele von sich sagen. Nenne mich einen Psychopathen, nenne mich, was immer du willst, aber sei niemals so dumm, einem anderen Mann zu erlauben, dich zu berühren, es sei denn, du willst ihn tot sehen. Ist das klar?«

Sie konnte nicht atmen. Sie bekam keine Luft. Er konnte ihr schon immer Angst einjagen. Er war groß und unzweifelhaft gefährlich. Und er war ein Biker. Aber so war er nie gewesen. Dies war anders, und dieser Unterschied war nicht aufregend oder spannend – er machte ihr einfach nur Angst.

»Habe ich mich klar ausgedrückt, Breezy?« Seine Stimme war noch einmal um eine Oktave gefallen und leiser geworden, sodass er fast flüsterte, doch das wirkte bedrohlicher, als wenn er sie angebrüllt hätte. »Denn wenn nicht, dann müssen wir die Regeln noch einmal durchgehen. Hast du die Regeln verstanden?«

Sie nickte stumm. Seine Daumen glitten über ihre Wangen, doch sie spürte seine Berührung im ganzen Körper, und sie hinterließ ein Beben, ein Bedürfnis, das nicht weggehen wollte, so sehr sie auch versuchte, über ihn hinwegzukommen. Selbst jetzt, wo sie diese andere Seite von ihm sah, jene, die sie zu Tode ängstigte, reagierte sie noch auf seine Berührung.

»Wir werden über jeden Punkt sprechen, über den wir uneins sind. Du musst bereit sein, wenigstens über die Dinge zu reden, Breezy. Du kannst nicht so einfach die Tür zuknallen. Was immer zwischen uns war, ist jetzt stärker denn je. Weil wir nun Zane haben.«

Zane war ja der Grund dafür, dass sie kein Risiko eingehen wollte, doch das konnte sie ihm nicht sagen. Sie hatte zu viel Angst, dass er dann wieder zornig auf sie werden könnte. Er hatte das noch nie gemacht – noch niemals. Sie wusste nicht, wie sie auf ihn reagieren sollte, wenn er sich so verhielt, deshalb blieb sie das erstarrte Mäuschen, das sie so sehr hasste, das bei Bedrohung still und reglos wurde.

Steele trat mit einem Seufzer zurück. Nun konnte sie wieder durchatmen. Sie war noch nicht fähig, einen klaren Gedanken zu fassen, und sie bewegte sich auch nicht, aber wenigstens spürte er das Zittern nicht, das durch ihren ganzen Körper ging.

»Würdest du bitte die Teller mit Bacon und Ei ins Esszimmer bringen, Steele?«, fragte Blythe.

Breezy erschrak. Sie hatte vergessen, dass außer ihr und Steele noch jemand in der Küche war. Steele nickte, ohne den Blick von ihr abzuwenden. Blythe reichte ihm die Teller und wartete, bis er den Raum verlassen hatte. Die Frauen atmeten zusammen auf.

»Ich wusste nicht, dass Steele dermaßen heftig werden kann«, sagte Blythe. »Ist mit dir alles in Ordnung, meine Liebe?«

Breezy schüttelte den Kopf. »Ich kenne ihn überhaupt nicht. Und er kennt mich nicht, nicht wie ich bin, oder zumindest wie ich sein kann, wenn er nicht da ist. Ich gehe nicht zu ihm zurück.« Sie hob den Kopf und blickte Blythe direkt in die Augen. »Ich tue das nicht.«

»Aber klar ist«, schaltete sich Alena ein, »dass du ihn liebst. Warum willst du dann nicht zu ihm zurück?«

»Ich habe genug vom Clubleben und davon, immer nur die

Nummer zwei zu sein. Behandelt zu werden wie Müll. Ich gehe nicht in dieses Leben zurück und werde auch meinen Sohn nicht so erziehen.«

»Steele würde dich nie wie Müll behandeln«, wandte Lana ein. »Und auch nicht zur Nummer zwei nach dem Club machen.«

»Wirklich? Hat er aber. Ich hatte solche Angst, als er mir damals sagte, ich muss gehen, und habe ihm das auch gesagt. Es war ihm egal. Und was das Clubleben angeht – ich habe ihn nach einer dieser berühmten Partys gesehen. Er braucht mich nicht. Er hat jede Menge willige Frauen.«

Breezy wusste, dass sie verbittert klang, doch sie konnte nicht anders. »Während er Party machte, bekam ich allein ein Kind und lernte, außerhalb des Clubs zu überleben. Ich schaffte es und fühlte zum ersten Mal in meinem Leben Stolz. Selbstachtung. Ich will nicht mehr das Mäuschen sein, das starr vor Angst vor ihm steht, zu verschüchtert, um ihm zu sagen, was ich denke.«

»Süße«, sagte Lana mitfühlend. »Du hast gehört, wie ich zu meinen Brüdern sagte, sie sollen zur Hölle fahren. Denkst du, sie hätten mich geschlagen? Dass sie es *wagen* würden, mich zu schlagen? Ich würde ihnen die Kehle aufschlitzen, wenn sie es versuchten. Was nicht heißen soll, dass sie es versuchen würden. Sie sind nicht so.«

»Steele hat eben gedroht, einen Mann zu töten, und er hat es genau so gemeint, Lana«, wandte Breezy ein.

»Er drohte, den Mann zu töten, Bree«, betonte Lana. »Nicht dich. Er würde nie Hand an dich legen. Auch wenn er noch so sauer auf dich wäre.«

»Bree.« Darby schaute zu ihrer Mutter, dann schwenkte ihr Blick wieder zu Breezy. »Ich weiß, du kennst mich nicht wirklich, aber Viktor und Blythe wollen immer, dass wir sagen, was wir denken. Ich gebe zu, ich habe Onkel Steele noch nie so erlebt, aber ich habe gesehen, wie er dich berührte. So zärtlich.

Er wollte dir nicht wehtun. Als wir anfangs hierherkamen, hatten wir Angst, und immer, wenn einer der Männer sich zu schnell bewegte oder bedrohlich klang, fuhren wir zusammen – oder erstarrten. Die Männer, die uns raubten, wollten uns genau so abrichten, und sie hatten nur ein paar Tage dazu Zeit. Dich hatten sie jahrelang.«

Breezy blieb fast das Herz stehen. Sie hatte sich nie als Opfer gesehen. Sie war in den Club hineingeboren worden, war die Tochter eines hochrangigen Mitglieds. Sie war dem Club nützlich gewesen. Sie war vieles, aber kein Opfer. Was Darby ihr sagte, ergab jedoch Sinn. Sie war abgerichtet worden, ein Mäuschen zu sein. Stillzuhalten und nie eine Meinung zu äußern. So ruhig wie möglich zu bleiben, üble Launen zu dämpfen, Bedürfnisse vorauszusehen, was immer es sein mochte.

In gewissem Maße war sie noch immer dieses Mädchen und würde es bleiben. Sie hatte sich selbst dazu erzogen, Details wahrzunehmen, zu beobachten, war letztlich so zu ihrer Arbeit als Bedienung gekommen. Sie wusste, was Zane brauchte, fast noch eher als er selbst, und hatte Steeles Bedürfnisse und Wünsche immer erkannt. Diese Fähigkeit war ihr nie bewusst geworden; sie hatte das für ihr Naturell gehalten. Nachdem sie nun Darby gehört hatte, wusste sie, dass es beides war.

»Er würde dir nie etwas antun«, sagte nun auch Blythe mit vollkommener Überzeugung. »Du gehörst zu den Torpedo Inks, ob du willst oder nicht. Sie werden immer als Schutz für dich da sein. Und auch für deinen Sohn. Du liebst Steele. Ich habe nicht den geringsten Zweifel daran, dass du diesen Mann liebst. Gib deiner Liebe eine Chance.«

»Ich teile nicht.« Es war ihr egal, dass sie alle versuchten, die Dinge schönzureden.

»Männer sind Idioten«, murrte Alena. Sie rutschte von ihrem Hocker, nahm die Schüssel mit den Kartoffeln und ging ins Esszimmer.

Blythe reichte Breezy zwei Krüge mit frisch gepresstem Orangensaft und nahm die beiden anderen selbst. »Meine Schwester hat Orangen im Gewächshaus, zu unserem Glück. Player und Transporter haben sie heute Morgen ausgepresst.«

»Sie haben alle Orangen ausgepresst, um den Saft zu bekommen?« Breezy konnte es nicht glauben.

»Wir haben schon eine kleine Maschine«, erklärte Blythe. »Obwohl, wenn du sie fragst, tun sie bestimmt so, als hätten sie alle mit der Hand ausgepresst.«

Sie ging hinaus, gefolgt von Lana mit den Armen Rittern. Breezy stand einen Moment lang nur da und starrte auf den Torbogen zwischen Küche und Esszimmer. Sie fühlte sich wieder ganz wie das Mäuschen.

Darby berührte ihren Arm. »Sie sind alle hier, um herauszufinden, wie wir Zane zurückholen können. Vergiss das nicht. Denk einfach nur daran, dass sie hier sind, um zu helfen. Ich musste mir das Tausende Male sagen, bis ich es begriff. Und ich glaube, jetzt begreift auch Zoe es zum ersten Mal.«

Breezy nickte, seufzte tief und folgte Darby ins Esszimmer.

7. Kapitel

Jedes Mal, wenn Breezy wieder zum Mäuschen erstarren wollte, zwang sie ihren Körper zu funktionieren. Der einzige freie Stuhl am Tisch war der neben Steele. Die Männer häuften Essen auf ihre Teller und taten, als wollten sie Bacon und Pfannkuchen von Zoes Teller stibitzen. Kenny saß neben Darby. Er hatte zweifellos ihren Teller gefüllt, aus Angst, die anderen würden alles aufessen, bevor sie überhaupt kam. Auch der Teller neben dem von Steele war voll. Trotz ihres Streits schaute er also auf sie.

Sie stellte den Orangensaft an das untere Ende des Tisches, weil Blythe ihre Krüge bereits oben abgestellt hatte. Der Tisch war eine Spezialanfertigung und reichte von einem Ende des Esszimmers bis zum anderen. Er war sehr schön; sie konnte nicht umhin, ihn zu bewundern.

Steele rückte den Stuhl für sie zurecht, als sie Platz nahm. Sie sah ihn nicht an, sondern schaute auf die große Portion auf ihrem Teller. So aufgewühlt, wie sie war, würde sie das nie alles schaffen können. Das leise Zittern ihres Körpers wollte einfach nicht aufhören. Steele bemerkte es, weil er bei den Menschen um ihn herum immer alles bemerkte und bei ihr ganz besonders.

Er neigte sich zu ihr. »Alles gut, Baby. Iss einfach, und wenn die Kinder in der Schule sind, besprechen wir alles. Wir fahren morgen los, bevor es Tag wird, Richtung Louisiana. Code versorgt uns unterwegs weiter mit Informationen, sodass wir, wenn wir dort ankommen, wissen, wohin wir müssen. Der heutige Vormittag ist hauptsächlich dafür da, dass *er* so viele Informationen wie möglich bekommt.« Er reichte ihr ihre Gabel.

Sie nahm sie, weil sie keine Szene machen wollte. Die anderen redeten und lachten miteinander wie eine große Familie, doch sie wusste, alle dachten an sie, und sie wollte keinen Grund liefern, die Aufmerksamkeit noch weiter auf sich zu ziehen. Außerdem wollte sie beobachten, wie sie miteinander umgingen. Die Atmosphäre hier war so völlig anders als bei den Swords.

»Möchtest du mal Blythes komisches pinkfarbenes Salz probieren?«, fragte Maestro und hielt es ihr hin.

Sie betrachtete den Streuer voller Argwohn. »Was ist das wirklich?«

Steele stupste sie mit der Schulter an. »Blythe macht uns weis, das wäre Salz, aber das glaube ich nicht. Kenny hat normalerweise einen verbotenen Salzstreuer; du kannst versuchen, an den dranzukommen, aber wenn du erwischt wirst, kassierst du einen bösen Blick von Blythe. Sie sieht dann ganz süß aus, aber das darf nur der Zar zu ihr sagen, weil sie nämlich denkt, mit diesem finsteren Blick sieht sie krass aus.« Er bemühte sich nicht, leise zu sprechen, wiewohl er so tat.

Blythe saß ein ganzes Stück von ihnen entfernt, doch sie sah Steele wütend an. »Das habe ich gehört. Ich sehe nicht süß aus, wenn ich dich finster anschaue!«

Viktor legte einen Arm um ihren Nacken, zog sie an sich und küsste sie. Breezy wäre beinahe die Gabel aus der Hand gefallen. Es war kein nettes Küsschen, sondern ein intimer, heißer Kuss. Sie hätte wegsehen sollen, konnte es aber nicht. Als er von Blythe abließ, hatte sie mehr Farbe im Gesicht als das Salz.

»Ich liebe diesen Blick«, sagte Viktor. »Macht mich jedes Mal total scharf, Baby. Und ja, es ist wirklich süß, wenn du so krass dreinschaust.«

Blythe schüttelte den Kopf, lächelte aber. »Es ist Salz, Bree, in seiner natürlichen Form, unbehandelt und viel gesünder. Es enthält noch alle Mineralien. Und Kenny, falls du irgendwo noch anderes Salz hast …« Sie unterbrach sich. »Ich habe gesehen, dass du es Ice gegeben hast.« Sie schnippte mit den Fingern und streckte die Hand aus. »Ich stelle das zu den anderen zweihundert Salzstreuern, die ich von euch dreien konfisziert habe.«

»Ich war da nicht mit dabei!«, protestierte Storm mit aufgesetzt unschuldiger Miene.

Breezy konnte nicht anders, sie musste mit den anderen mitlachen. So wie sie einander behandelten, schienen sie wirklich eine große Familie zu sein. Sie wusste nicht eben viel über richtige Familien – ihre eigene war mehr als zerrüttet gewesen –, aber jedes der Clubmitglieder war so auf einer Wellenlänge mit den anderen, dass es wirkte, als wüssten sie genau, was die anderen tun und sagen würden, noch bevor sie es taten.

Und Steele war ein Teil dieses Ganzen. Er war es immer gewesen, selbst während seiner Zeit bei den Swords. Diese Leute waren mit ihm gefahren. Seine Brüder und Schwestern. Breezy blickte in diese fröhliche, sich ständig neckende Runde. Dies war Steeles Familie. Er gehörte dazu. Sie konnte verstehen, weshalb er sich dafür und gegen sie entschieden hatte. Sie konnte nicht so sein wie diese Leute. Sie passte nicht dazu; sie wusste ja nicht einmal, wie sie sich benehmen sollte.

Darby neigte sich zu ihr. »Sie sind alle verrückt«, meinte sie, doch es klang liebevoll. »Als ich mit meinen Schwestern hier neu war, glaub mir, ich hatte Angst, ich war argwöhnisch und fühlte mich total fehl am Platz. Aber sie schaffen einen Platz für dich. Es ist – wenn du sie mal akzeptiert hast, nehmen sie dich irgendwie einfach auf, und dann gehörst du dazu. Das ist wirklich cool, Bree. Ich habe eine Weile gebraucht, bis ich es schaffte, ihnen eine Chance zu geben, aber als ich es dann tat, war ich wirklich froh.«

War ihr ihr Unbehagen derart anzusehen? Wahrscheinlich. Es rührte auch daher, dass sie nicht begriff, was hier vorging, und das lähmte sie. Sie hatte eine Tendenz, sich so lange klein und unsichtbar machen zu wollen, bis sie die Benimmregeln herausbekommen hatte. Diese Leute verwirrten sie. Ein großer Teil des Problems bestand darin, dass sie sie alle zuerst als Swords gekannt hatte. Sie hatten sich in diesen Club nahtlos eingefügt, obwohl sie schon damals aussahen, als ob sie vor nichts zurückschrecken würden; sie waren wie Chamäleons, die sich überall anpassen konnten.

Woher sollte sie da wissen, was real war? Als sie mit Steele zusammen gewesen war, hatte sie seine Gefühle für sie jedenfalls für real gehalten. Obwohl er ihr nie gesagt hatte, dass er sie liebe, hatte sie es gespürt, wenn er sie berührte. Vielleicht hatte sie es auch für Liebe gehalten, weil sie Freundlichkeit nie kennengelernt hatte. Möglich war auch, dass er lediglich Zuneigung für sie empfunden und sie dies ebenfalls missverstanden hatte.

Sie schob sich eine Gabel mit Rührei in den Mund. Dieses Essen war so anders als die Verpflegung, die es bei den Swords gegeben hatte. Die Tischgesellschaft insgesamt zeugte ganz offensichtlich von Freundschaft und Brüderlichkeit. Alles bei den Torpedo Inks war anders. Sie wusste nur nicht, ob sie darauf vertrauen konnte, dass sie ihr Zane zurückgeben würden, falls – wenn – sie ihn denn zurückbrachten.

Steeles Hand glitt über ihren Rücken. Seine Berührung ließ sie erstarren. Es war nicht möglich, das Beben in ihrem Geschlecht zu stoppen, und auch nicht das komische Gefühl, dass ihr Magen einen Purzelbaum schlug. Sie akzeptierte, dass ihr Körper immer auf seine Berührung reagieren würde, so sehr sie es auch zu verhindern suchte. Langsam drehte sie sich zu ihm und machte sich darauf gefasst, ihm in die Augen zu schauen.

»Alles wird gut werden, Bree.«

»Ich will dabei sein, wenn ihr ihn holt.« Sie würde mitfahren, egal, was sie alle sagten. Um sie daran zu hindern, würden sie sie einsperren müssen. Das wollte sie ihnen jedoch nicht sagen, sondern Stillschweigen bewahren. Falls sie ohne sie nach Louisiana aufbrachen, konnte sie auf eigene Faust dorthin fahren, denn sie würde auf jeden Fall da sein, um ihren Sohn in den Armen zu halten und zu trösten.

Steele nickte langsam. »Darüber habe ich lange nachgedacht. Wir könnten natürlich telefonieren, aber dich dabeizuhaben, um uns zum nächstmöglichen Ort zu führen, das wäre einfach klüger. Ich muss allerdings sicherstellen, dass dir nichts zustößt, Bree, das heißt, du musst mir versprechen, allen Anweisungen Folge zu leisten. Ich werde dir nicht sagen, was du zu tun hast, nur um Streit zu provozieren. Solche Situationen können in kürzester Zeit brenzlig und sehr gefährlich werden. Aber wir sind erfahren genug, um zu erkennen, was passiert.«

Auch das machte Sinn. Sie seufzte. Nickte. »Damit habe ich kein Problem.« Sie hatte ihm immer die Führung überlassen, weil sie ihm vertraut hatte. Nun aber war sie sich nicht sicher, wie sie zu ihm stehen sollte – worauf sie vertraute und worauf nicht. Es ermutigte sie, nicht streiten, betteln oder ihn beschwindeln zu müssen. Darin war sie nicht gut, längst nicht so gut wie er.

»Gut. Iss, Baby, du wirst all deine Kraft brauchen.«

Ein Schauder durchlief ihren Körper. Seine Ermahnung, zu Kräften zu kommen, konnte sich auf die Reise beziehen, doch sein Blick und Ton sagten etwas ganz anderes. Für Steele war Sex einfach enorm wichtig. Er war sehr fordernd, und oft hatten sie an einem Tag mehrmals Sex gehabt. Mehr als einmal hatte er sie einfach gegen eine Wand gedrückt und dann genommen, bis sie halb den Verstand verlor.

Für ihn war es nie ein Problem gewesen, vor anderen nackt zu sein oder im Beisein anderer Sex zu haben, und auch für sie nicht. Sobald er sie berührte, spielte es keine Rolle mehr, wo sie waren; er schien nur noch auf sie konzentriert zu sein, und das hatte sie geliebt. Einmal auf einer Party nahm er sie direkt an der Bar, und als ein anderer sie berühren wollte, flippte er aus und schlug ihn zusammen. Es war faszinierend gewesen zu sehen, wie sein Körper dabei mit der Präzision einer Maschine arbeitete.

Manchmal war der Sex wild und verrückt gewesen, dann wieder so intim, dass sie am liebsten geweint hätte. Aber immer, egal wo und ob andere dabei waren oder nicht – offen gesagt, hatte sich Steele immer besser und entspannter gefühlt, wenn einige seiner Freunde in der Nähe waren – und wie immer auch die Situation gewesen war, es war heiß und leidenschaftlich und perfekt gewesen.

Das Clubleben, vor allem die Partys, hatte für Breezy immer Drogendeals bedeutet, bei denen die Männer die Frauen zwangen, ihren Körper zu verhökern. Sie hatte das gehasst, jede Party gefürchtet. Bis sie zu Steele gekommen war. In der Umgebung seiner Freunde hatte sie sich sicher und beschützt gefühlt, vor allem, wenn sie nackt und ohne jeden Verstand gewesen war und bei jedem Orgasmus nur mehr geschrien hatte. Er hatte sie immer so genommen, dass es für sie total aufregend war und als könne er nie genug von ihr kriegen. Nun aber sah es aus, als sei es dabei immer nur um seinen unglaublichen Geschlechtstrieb gegangen und habe absolut nichts mit ihr zu tun gehabt.

»Hör auf damit, Bree«, zischte er ihr plötzlich ärgerlich ins Ohr. »Hör auf zu denken. Lass es einfach, so lange, bis wir alles aufklären können. Jetzt solltest du einfach nur essen. Die Kinder gehen gleich, und dann besprechen wir unser Vorgehen. Und danach reden wir über uns.«

Sie wollte nicht über sie beide reden. Es gab kein »uns«. Soweit es sie betraf, hatte es das nie gegeben, oder bestenfalls als Fantasie ihrerseits. Sie akzeptierte es, so wie sie alles andere akzeptierte, das ihr widerfahren war. Steele war zu gut gewesen, um wahr zu sein. Sie aß mit gesenktem Blick weiter, obwohl sie nichts mehr genießen konnte. Alles schmeckte nur mehr wie Pappe.

Darby begann, das Geschirr abzuräumen. Einige Mitglieder der Torpedo Inks halfen ihr. Transporter, Mechaniker und Keys sammelten Teller und Schüsseln ein. Sie hörte Wasser laufen; offenbar spülten sie vor. Lana stand auf und beteiligte sich ebenfalls.

»Hier, Baby, nimm meinen auch«, sagte Ink.

Lana funkelte ihn an. »Ich wusste gar nicht, dass deine Beine gebrochen sind!«

»Muskelzerrung. Sagt zumindest Steele«, klärte er sie auf.

Ihre wütende Miene verschwand sofort. »Du bist verletzt? Niemand hat mir etwas gesagt. Ich habe nur Spaß gemacht.«

»Ich auch«, konterte Ink.

Alle lachten schallend. Lana schüttelte den Kopf und lächelte sparsam. »Warum falle ich bloß immer wieder auf deine blöden Scherze herein!« Sie stellte die Schüsseln, die sie eingesammelt hatte, direkt vor ihn. »Dafür darfst du jetzt vorspülen.«

Ink schlenderte mit dem Geschirr hinaus, Gelächter folgte ihm. Lana ging mit den Gewürzstreuern hinter ihm her. Einige andere räumten den Tisch komplett ab und putzten ihn, bis das Holz glänzte.

Darby nahm sich eine Büchertasche, ergriff Emilys Hand und wartete dann an der Küchentür, denn Viktor ging vor Zoe in die Hocke. »Habt einen schönen Tag bei Airiana.«

Sie nickte ernst.

»Was tun wir immer, Zoe?«, fragte er.

Breezys Herz zog sich zusammen. Dies war eindeutig ein Ritual. Seine Hände strichen sanft, liebevoll, über ihre Arme und ihr Haar.

»Wir geben immer unser Bestes, behandeln andere mit Respekt und tragen nichts nach außen. Was wir sehen, was wir sagen und was wir tun, das bleibt hier.«

»Sehr gut. Was noch?« Vorsichtig strich er ihre Haare nach hinten.

»Wenn ich etwas nicht mag, sage ich es dir, Blythe oder einem meiner Onkel oder einer meiner Tanten, aber was wir zu Hause tun, ist privat. Was meine Onkel zu Hause tun, ist privat.«

Viktor lächelte voller Stolz und Zuneigung. »Genau. Wir lassen nichts nach draußen dringen, aber wir haben keine Geheimnisse voreinander. Wenn dich irgendetwas ärgert, Liebes, dann rufst du uns sofort, bei Tag oder bei Nacht. Und wenn dir jemand sagt, es ist ein Geheimnis – vor uns gibt es keine Geheimnisse. Selbst wenn jemand versucht, dir Angst zu machen und zu dir sagt, er kann uns etwas antun, sagst du es uns.«

Zoe umarmte ihn fest und drehte sich dann zu ihrer Schwester um. »Darby auch, ja? Darby darf ich es sagen.«

Viktor nickte, und Darby ergriff Zoes Hand.

»Hey, was ist mit mir?«, meldete sich Kenny. »Mir kannst du auch alles sagen, Zoe. Ich passe auf dich auf.« Er zerzauste ihr die Haare. »Der Club hat mir beigebracht …« Er brach abrupt ab und blickte zu Viktor.

Blythe trat näher. »Was hat der Club dir beigebracht, Kenny? Ich kann mir nichts vorstellen, was deine Onkel dir beibringen würden.« Sie blickte zu ihrem Mann, nicht zu ihrem Sohn.

Viktor grinste ihr träge zu und zog sie an sich. »Du denkst schlecht, Frau. Es geht nicht um Sex, sondern um Grundlagen der Selbstverteidigung. Die bringen wir auch Darby und Zoe bei.«

Blythe verdrehte die Augen.

»Tu nicht so, als hättest du nicht gedacht, wir hätten ihm Sexunterricht gegeben, Weib. Ich durchschaue dich.«

Wieder wurde schallend gelacht, und Blythe zuckte die Achseln. »Zutrauen würde ich es euch.«

»Wo sonst soll er lernen, seiner Partnerin Lust zu bereiten? Er muss es von uns hören, anstatt darüber im Internet zu lesen oder sich Pornos anzusehen.«

»Ist das wirklich ein Thema, das wir vor Kindern ausbreiten sollten?«, fragte Blythe, doch sie lachte dabei und ließ sich von ihrem Mann küssen, bis ihr die Luft wegblieb.

»Sex gehört zum Leben, Baby. Er gehört zur Intimität mit dazu. Ich möchte nicht, dass sie in dieser Hinsicht jemals Scham fühlen.«

Breezy glaubte nicht, dass irgendeiner der Torpedo Inks bezüglich Sex Hemmungen hatte, hatte sie doch genügend Partys miterlebt – und irgendwie glaubte sie auch nicht, dass Blythe welche hatte. Auch sie selbst war alles andere als verklemmt, zumindest bei Steele nicht. Der Zar und Blythe schienen ebenfalls nicht wirklich gehemmt zu sein, doch Bree hielt sie für weit zurückhaltender als sich selbst.

Die Kinder wurden von beiden mit Küsschen verabschiedet und gingen. Damit veränderte sich die Atmosphäre fast schlagartig. Code sprang auf und nahm seinen Laptop zur Hand. Die anderen reihten sich wieder um den Tisch. Breezys Herz pochte, als sie sich alle setzten und der Zar am Kopfende Platz nahm.

»Bree.« Code sprach sie als Erster an. »Ich muss Namen und alles andere wissen, was du mir über deine Großeltern sagen kannst. Ich habe Bridges' Geburtsurkunde gefunden, aber nur seine Mutter ist eingetragen, sein Vater nicht. Kannst du mir jetzt irgendwelche Infos über sie geben? Ich habe nichts über seine Mutter gefunden seit ungefähr vor vierzig Jahren. Hast du je einen der beiden kennengelernt?«

Breezy atmete tief. Dies war von Bedeutung, auch wenn ihr eingetrichtert worden war, nie über die Eltern ihres Vaters zu sprechen. »Meinem Vater zufolge hat meine Großmutter Carlotta Kinder gehasst. Sie bekam meinen Vater allein, weil mein Großvater, Boone, zur Zeit der Geburt im Knast saß. Wegen bewaffneten Raubüberfalls. Carlotta und Boone waren nie verheiratet. Soviel ich weiß, hat Carlotta Bridges häufig verprügelt und jeden ihrer Liebhaber ermutigt, das ebenfalls zu tun. Sie hasste ihn, weil er ihr das Leben verdarb, und liebte ihn, weil er ihr gehörte. Sobald Boone aus dem Knast kam, gab sie Bridges ihm. Boone war bei den Swords, also ist Bridges dort aufgewachsen.«

»Nachnamen«, forderte Code, ohne aufzusehen.

»Carlotta heißt so wie Bridges. Simmons. Boone kommt aus einer sehr reichen Familie, zumindest hat Junk mir das erzählt. Er sagte, Boone terrorisiert seine Familie, wenn er nicht im Knast ist, und sie tun alles, was er sagt. Sie heißen Abernathy.«

Codes Brauen schossen nach oben, als würde er diesen Namen kennen, und vielleicht war es auch so. Breezy hatte von dem Alten genug gehört, um ihn oder seine Familie niemals kennenlernen zu wollen. »Boone war ziemlich ekelhaft, nach dem, was Bridges sagte. Ich habe ihn nur ein- oder zweimal gesehen.«

»Weißt du, wo sie leben?«

Breezy erschrak. Sie spürte, wie sie bleich wurde, und ihr Herz schlug wie wild. Sie spürte den Geschmack von Furcht – nein, Entsetzen – im Mund.

»Glaubt ihr wirklich, mein Vater würde Zane zu einem von denen bringen? Er hasst seine Eltern zutiefst.« Ihre Stimme war dünn und bebte.

Steele rückte sofort näher an sie heran, als könne er sie vor dem Gedanken beschützen, dass Bridges' Eltern irgendetwas mit ihrem Sohn zu tun haben könnten. Sie presste eine Hand auf die Brust und lehnte sich an Steeles unnachgiebige Stärke. Sie brauchte ihn, egal, ob er sie verletzt oder hinausgeworfen hatte. Oder unter nackten Weibern hervorgekrochen war. Sie brauchte Stärke, und er hatte sie im Überfluss. Ihr war so schwindlig, dass sie kaum Luft bekam. Der Raum drehte sich und wackelte wie verrückt.

»Atme, Baby. Wir werden ihn finden. Das verspreche ich dir. Code denkt einfach nur in jede Richtung, das ist schon okay. Wenn wir sie ausschließen können, haben wir zwei Orte weniger, die wir abchecken müssen.«

Das absolute Selbstvertrauen in Steeles Ton durchdrang ihr Entsetzen. Sie zwang sich, Atem zu schöpfen, rückte aber nicht von ihm ab. Würde es ihr etwas ausmachen, wenn sie das später peinlich fand? Wirklich wichtig war nur eines: Zane zurückzubekommen.

»Carlotta ist mit einem Mann zusammen, Jacob Daltry, der eine Plantage in der Nähe von New Orleans hat.« Sie nannte Code die Gemeinde. »Boone zu orten ist wesentlich schwieriger. Seine Familie ist sehr reich. Wenn er nicht im Gefängnis sitzt, zieht er einfach in eine seiner Immobilien ein, egal, wer drinnen wohnt, habe ich gehört. Deshalb ist es auch für die Polizei schwer, ihn zu finden.«

»Was ist mit Bridges? Wo geht er gerne hin, wenn er sich eine Auszeit nehmen will? Oder wenn die Bullen hinter ihm her sind? Ein Angel- oder Jagdlager? Erzähl mir von ihm«, forderte Code sie auf. »Je mehr ich über ihn weiß, desto mehr können wir die Besitztümer der Abernathys, die er sich auswählen könnte, eingrenzen. Vielleicht benutzt er wie sein Vater die Besitztümer der Familie als Versteck.«

Breezy sah sich gezwungen, über ihren Vater nachzudenken. Sie merkte, dass sie das sonst nie tat; sie versuchte immer, ihn so gut es ging aus ihren Gedanken zu verbannen. Das hatte sie schon als Kind getan. Sie war das erstarrte Mäuschen gewesen, das schon Angst hatte, wenn sie nur an ihn dachte und glaubte, er würde auf sie aufmerksam werden und ihr dann wehtun. Lange Jahre war der emotionale Schaden weit schlimmer gewesen als der physische. Junk hatte er wenigstens toleriert, doch sie schien ihm überhaupt nichts wert zu sein – und darunter hatte sie am längsten gelitten.

»Wenn er nicht auf seiner Harley sitzt, dann in einem Jeep. Etwas anderes fährt er nicht. Einmal musste er ein Auto mieten, da hätte er den Angestellten der Firma beinahe verprügelt, weil er den Jeep, den sie hatten, an jemand anderen vermietet hatte.«

»Das ist gut, solche Sachen zu wissen hilft mir. Boones Familienanwesen finde ich leicht, aber Bridges werden seine Gewohnheiten ein Bein stellen«, ermutigte Code sie.

»Er trinkt Jack Daniels und raucht Marlboro. Tankt am liebsten bei Mini-Märkten, wo er auch gleich noch Snacks einkaufen kann. Und er geht lieber in einen Diner als in ein gepflegtes Restaurant, wenn du weißt, was ich meine.«

»Die Menschen haben ihre Gewohnheiten, Bree«, meinte Code. »Er eben auch. Verhaltensmuster. Erzähl weiter von ihm.«

»Er benutzt Frauen die ganze Zeit. Ich kann dir nicht sagen, bei wie vielen Frauen er eingezogen ist und mich bei ihnen zurückgelassen hat, als ich klein war, sodass sie gezwungen waren, sich um mich zu kümmern. Er sagte, er könne Hypotheken vermeiden, indem er die Frauen zahlen ließ.«

»Blieb er mit ihnen freundschaftlich verbunden, nachdem er wieder weggegangen war?« Diese Frage kam von Transporter.

Breezy zuckte die Achseln. »Er hat sie grün und blau geschlagen und terrorisiert, damit sie es nicht wagten, ihn zu verlassen oder anzuzeigen. Dann ging er weg, aber oft kam er immer wieder mal zurück, nur um ihnen Angst zu machen. Ich würde also nicht sagen, dass man sie seine Freundinnen nennen könnte.«

»Ich brauche eine Liste. Jeden Namen, an den du dich erinnern kannst. Jede Stadt, jede Adresse. Wenn er dich ohne Probleme bei ihnen abladen konnte, dann könnte er das ja auch mit Zane machen«, meinte Code.

Breezy schloss die Augen und presste den Kopf an Steeles Brust. Sie hoffte sehr, dass Zane bei einer von Bridges' Verflossenen war – und damit halbwegs in Sicherheit – und nicht in einem Anwesen der Abernathys. Es hatte den Frauen nicht immer Freude gemacht, sich um sie zu kümmern, aber sie hatten es getan, und einige waren sogar nett gewesen.

»Nimmt er Medikamente?«, fragte Code, nachdem sie ihm alle Namen genannt hatte, an die sie sich noch erinnerte.

Sie hatte noch immer Kopfschmerzen von der ganzen Heulerei vorhin, und an ihren Vater zu denken machte es nicht besser. Sie dachte daran, stark sein zu wollen und sich von Steele wegzusetzen, aber das erschien ihr zu schwierig, vor allem, wenn er tröstend ihren Arm streichelte und sie bei jedem seiner Atemzüge spürte, wie sich seine Brust hob und senkte. Wenn er ausatmete, streifte warme Luft über ihren Nacken, und das war ihr sehr vertraut. Intim. Eine Verbindung zwischen ihnen, die sie verzweifelt brauchte.

»Er nimmt Herzmedikamente und holt sie immer bei Winn-Dixie. Die anderen Apotheken mag er nicht. Mit Lebensmittelläden ist es genauso. Er geht in keinen größeren Supermarkt.«

Reaper meldete sich zu Wort. »Was ist mit dem Vollstrecker für die Ortsgruppe? Kennt ihn jemand? Falls der Zar losfahren würde, wäre ich sofort bei ihm. Wenn wir also wissen, wer es ist, können wir ihn auch aufspüren.«

»Ein guter Punkt, Reaper«, meinte der Zar. »Ich kann mich ja nicht mal rasieren, ohne dass einer von euch zuvor die Seife checkt.«

Es wurde gelacht, doch das erleichterte Breezy nicht im Mindesten. Die nächsten Stunden wurde sie zu allen Details im Leben ihres Vaters befragt, so weit sie sich zurückerinnern konnte. Am Ende fühlte sie sich erschöpft und ausgelaugt, aber einigermaßen hoffnungsvoll. Wenn sie derart gründlich vorgingen, mussten sie vielleicht nicht die sprichwörtliche Nadel im Heuhaufen suchen.

»Die meisten von uns kommen mit«, sagte Steele. »Alle haben sich freiwillig angeboten, und dafür danken Bree und ich euch.

Zar, ich halte es für das Beste, wenn wir dein Team bei dir lassen und ich meines mitnehme. Wir sind es gewöhnt, miteinander zu arbeiten, und Reaper und Savage werden …«

»Ich fahre mit dir«, erklärte Savage und stand auf. Er nickte Blythe zu und ging hinaus.

Savage mit seinem seltsamen Gang, ging es Breezy durch den Kopf. Er hatte schon immer eine Art, die sehr angsterregend war. Seinen Worten folgte ein Schweigen.

»Sollte ich mir seinetwegen Sorgen machen?«, fragte Breezy. »Ich brauche kein Pulverfass.«

Alle blickten sie an. Konzentrierten sich auf sie. Sie spürte Angst über ihren Rücken kriechen, ein vertrautes Gefühl.

»Du solltest dir wegen deinem Mann Sorgen machen, nicht wegen einem von uns«, sagte Reaper. »Niemand stellt sich gegen Steele, wenn er sauer ist. Niemand. Ich nicht. Savage nicht. Das Pulverfass befindet sich also neben dir.« Er stand auf, reichte Anya eine Hand, und sie folgten Savage.

Der Nächste war Steele; er hatte noch immer seine Finger gleich einem Eisenband um ihren Arm gelegt, sodass sie ebenfalls aufstehen musste. »Wir fahren morgen früh um drei los. Warm anziehen. Wir fahren schnell. Ihr braucht Waffen, aber macht euch auf eine Durchsuchung gefasst. Wir fahren durch das Gebiet der Diamondbacks und in das der Swords hinein, also keine Abzeichen.«

Breezy hatte noch nie diese Autorität in seiner Stimme gehört. Natürlich hatte er ihr gelegentlich gesagt, was sie zu tun habe, doch dieser Befehlston war ein Wesenszug von ihm. Das hätte sie eigentlich erkennen müssen. Dennoch ordneten sie sich alle dem Zaren unter. Dessen Rolle als der Böse hatten sie hochgespielt, als sie für die Swords gefahren waren. Er war der Eine gewesen, den die Swords gefürchtet hatten, und deshalb hatten sie die anderen nicht wirklich wahrgenommen. Was meinte Reaper nun, wenn er sagte, Steele sei derjenige, auf den man aufpassen müsse, nicht Savage? Breezy fühlte sich einmal mehr verwirrt.

Steele zog sie an seine Seite, presste ihre Brust an sich und zog sie zur Tür hinaus, ohne ihr die Chance zu geben, sich von Blythe oder Anya zu verabschieden.

Breezy wusste, sie sollte sich von Steele lösen und auf eigenen Beinen stehen. Er war keiner, dem man den kleinen Finger reichen konnte; er nahm stets den ganzen Arm, doch sie wollte herausfinden, wie sie hatte übersehen können, welch immenses Selbstvertrauen er besaß.

»Bist du wirklich Arzt?«

Er sah sie an, ohne auf dem Weg zu seiner Harley langsamer zu werden. Hinter ihnen hielten Maestro und Keys Schritt. Sie hörte nichts, nicht einmal das Geräusch ihrer Motorradstiefel; lediglich ein verstohlener Blick nach hinten verriet ihr, dass sie überhaupt da waren.

»Ja. Eigentlich Chirurg, aber ich habe auch mehrere Fortbildungen absolviert. Ich praktiziere hier ausschließlich für den Club. Code kümmert sich darum, dass meine Lizenzen immer uptodate sind. Wenn ich also einen von ihnen operieren müsste, könnte ich das legal tun. Wir stellen gerade eine kleine Klinik mit modernster Ausstattung zusammen, dann könnte Blythe auch die Kinder bringen.«

Sie wusste nicht, was sie dazu sagen sollte. Es war ein Grund mehr, weshalb sie nicht zu Steele gehörte. Er war intelligent. Wirklich begabt. Unangreifbar. Das hatte sie immer gewusst. Schon nach einer kurzen Zeit des Zusammenseins mit ihm wurde einem klar, wie gescheit dieser Mann wirklich war. Ihr Verstand funktionierte zwar gut, doch sie war nicht gebildet. Dazu hatte sie nie eine Chance gehabt. Bridges hatte sie fast aus jeder Schule genommen, die sie besuchte. Ihr Glück war gewesen, dass Delia ihr half, die Schule auf dem zweiten Bildungsweg nachzuholen.

Steele stieg auf sein Bike und wartete, bis sie die Haare unter dem Helm verstaut hatte und ebenfalls aufsaß. Sie schloss die Arme um ihn, um sich festzuhalten, und spürte sofort wieder das Adrenalin durch ihre Adern jagen wie eine Droge. Motorrad. Steele. Freiheit. In ihrem Leben hatte sie das Gefühl von Freiheit immer nur gespürt, wenn sie hinter Steele auf dem Motorrad saß. Und sie hatte es geliebt. Nun versuchte sie, dieses Gefühl zu verbannen, doch sobald die Auspuffrohre dröhnten, die Maschine vibrierte und der Wind brauste, war der Rausch sofort wieder da.

Sie presste den Körper fest an seinen und ließ den Wind alles forttragen, so wie es immer gewesen war. Sie würden früh am Morgen aufbrechen, um Zane zu finden. Bis dahin konnte sie nichts tun. Sie hatten einen Plan. Breezy war nicht allein und hatte so eine wesentlich bessere Chance, ihren Sohn wieder in die Arme zu schließen als früher. Etwas an diesen Torpedo Inks war vertrauenerweckend; zum ersten Mal, seit man ihr Zane genommen hatte, glaubte sie nun, dass sie ihn zurückbekommen würde. Wegen diesen Leuten, wegen Torpedo Ink.

Sobald Steele und Breezy zusammen auf dem Bike fuhren, fühlte sie sich ganz. Aus vielen Gesprächen mit Delia hatte sie gelernt, dass jemanden zu brauchen nicht gesund war. Jemanden zu begehren, das war okay, doch Delia meinte, Breezy müsse auf eigenen Beinen stehen. Das hatte sie getan, bevor ihr Vater Zane kidnappte, aber wirklich ganz hatte sie sich nie gefühlt. Es war immer, als würde ein riesiger Teil von ihr fehlen. Mit Steele zu fahren machte sie komplett.

Vielleicht war das so, weil sie genauso kaputt war wie er. Sie war ein Missbrauchsopfer und kannte kein anderes Leben. Bei Steele war es nicht anders. Er war ganz, wenn er bei den Torpedo Inks war, und sie war sicher, dass er den Club immer brauchen würde. Möglich war allerdings auch, dass sie Steele immer brauchen würde.

Er fuhr nicht zurück zum Clubhaus, sondern auf den Highway. Sie fragte nicht. Es kümmerte sie nicht einmal. Sie wollte fahren. Sie mussten noch viel Zeit totschlagen, ehe es losging, und sie wollte einfach nur eine Weile fahren, um nicht mehr so viel Angst um ihren Sohn zu haben und wieder frei atmen zu können.

Sie wusste, dass Steele bereits die kürzeste Route von Caspar nach New Orleans ausgearbeitet hatte. Er plante, durch New Mexico zu fahren und dort aus ihrem Apartment die Sachen auf ihrer Liste zu holen – hauptsächlich die frühen Bilder von Zane. Zwar hatte sie ihm während der Besprechung mit den anderen gesagt, dass sie auch ohne die Fotos leben könne, falls sie alle glaubten, ihre Wohnung würde beobachtet, doch Steele hatte darauf bestanden, sie zu holen.

Die Mitglieder von Torpedo Ink hatten Blicke ausgetauscht, die sie nicht verstand. Nun war es ihr einfach egal. Sie würde darüber nachdenken, wenn sie in New Mexico waren, doch nun, auf dem Highway, ließ sie alle Probleme vom Dröhnen der Maschine und vom Wind forttragen.

Sie hatte keine Bilder mehr von Zane mit Bridges oder Junk im Kopf. Stattdessen stellte sie sich vor, er sei in den Händen einer Frau, die sich um ihren Kleinen kümmerte. Auch weigerte sie sich, an den Schmerz und die Demütigung zu denken, die Steele ihr zugefügt hatte. Im Moment gestand sie sich einfach zu, jede Sekunde auf dem Motorrad zu genießen.

Sie erreichten das Städtchen mit Blick auf den Ozean. Sea Haven erstreckte sich vom Highway bis zur Landzunge, und es gab dort mehrere nette kleine Läden und alte Häuser. Historische Wassertürme ragten empor und gaben dem Ort den Reiz einer Idylle und Authentizität.

Vor dem Supermarkt in der Ortsmitte hielt Steele an. Maestro und Keys parkten direkt neben ihnen und schauten wachsam um sich. Sie bemerkte, dass sie die ganze Straße, alle Autos, ja selbst Gebäude und Dächer in Augenschein nahmen. Sobald sie den Helm abgesetzt hatte, ergriff Steele ihre Hand, und sie sträubte sich nicht. Sie wollte sich von niemandem die Freude am Fahren verderben lassen.

Wenn sie sich nicht selbst belog, dann war sie immer stolz darauf gewesen, so mit ihm zu schlendern. Hand in Hand. Steele liebte es, sie zu berühren. Wenn er bei ihr war, hatte er sie fast immer berührt. Sie hatte das genossen. Es gab ihr das Gefühl, erwünscht zu sein. Nun wusste sie, es war nur ein Teil seines Wesens. Es hatte nichts mit ihr zu tun. Sie hoffte, mit Zane würde er immer so sein, und dass es ihrem Sohn dasselbe Gefühl der Wertschätzung geben würde wie ihr. Das wünschte sie sich für ihr gemeinsames Kind, vor allem, wenn Steele darauf bestand, in Zanes Leben stets präsent zu sein.

»Hallo Inez«, grüßte Steele, als sie den Lebensmittelladen betraten.

Die ältere Frau hinter der Theke lächelte erfreut. »Steele, Maestro, Keys, schön euch zu sehen.«

Ihr Blick fiel auf Breezy und dann auf ihre Hand in der Steeles. Aus Gründen, die sie nicht verstand, wollte Breezy die Hand sofort zurückziehen, doch es ging nicht. Sein Griff war zu fest und umklammerte ihre Hand vollständig.

»Inez, ich möchte dir meine Frau vorstellen. Dies ist Bree Simmons. Baby, dies sind Inez Nelson und Frank Warner.« Er zeigte auf den Mann, der mit der Frau hinter der Theke saß.

Inez strahlte, noch ehe Breezy klarstellen konnte, *nicht* Steeles Frau zu sein. Eigentlich hatte sie gar nicht den Mut dazu. Clubangelegenheiten, insbesondere persönliche, trug man nicht nach außen. Das war ihr schon als Kind eingetrichtert worden, so wie es auch Zoe, Emily und Darby beigebracht wurde.

»Freut mich, dich kennenzulernen, Bree«, sagte Inez.

»Hast du schon über unseren Vorschlag nachgedacht?«, fragte Steele.

Inez nickte. »Er ist gut. Wir haben mit unserem stillen Teilhaber darüber gesprochen, und er meinte das auch, doch er kann nicht mitmachen. Aber Frank und ich sind trotzdem sehr interessiert. Wann sollen wir mal vorbeikommen, um alles mit dir und dem Zaren zu besprechen?«

Breezy hörte nicht weiter zu, sondern beobachtete die anderen Leute im Laden. Der Anblick drei sehr verwegen aussehender Torpedo-Ink-Mitglieder mit ihren Abzeichen schien eindeutig niemandem Angst zu machen. Sie wurden sogar von mehreren Leuten gegrüßt. Und sie bemerkte auch, dass die Frauen mehr als einmal hinschauten.

Ihr Herz zog sich zusammen, und sie blickte zu Boden, eine alte Gewohnheit, die aufzugeben ihr nicht eben leichtfiel. Im selben Moment legte Steele einen Arm um sie und drückte sie fest an sich. Er erhob Anspruch auf sie; sie erinnerte sich, wie er das auch getan hatte, als sie zusammen gewesen waren. Sie hatte dann immer das Gefühl gehabt, sicher und gut aufgehoben zu sein. *Ihm* zu gehören.

»Wir haben momentan einiges am Laufen, aber der Zar wird sich in ein paar Tagen melden«, versicherte Steele der Frau lächelnd. Dann schob er Breezy in einen der Gänge und nahm sich einen Korb. Maestro und Keys folgten ihnen.

Breezy hatte keine Ahnung, was vor sich ging, deshalb sagte sie nichts, als Steele seinen Korb und die der beiden anderen mit verschiedenen Lebensmitteln füllte. Ihr fiel jedoch auf, dass sie die meisten Sachen sehr mochte. Steele vergaß einfach nichts; er wusste noch immer, was ihr Freude bereitete.

Sie durfte sich nur auf nichts einlassen, was er zu ihr sagte. Das hatte sie früher getan, und es hatte ihr das Herz gebrochen. Dieses Mal musste sie auf Zane Rücksicht nehmen. Sie konnte nicht zweimal dasselbe Risiko eingehen und erwarten, dabei keinen Schaden zu nehmen. Sie zwang sich, an die Frauen zu denken, mit denen Steele sich vergnügt hatte. Sie schloss die

Augen und stellte sie sich vor. Keine sah ihr auch nur vage ähnlich. Er konnte also nicht einmal sagen, sie wären ein Ersatz für sie gewesen.

»Stopp.«

Er flüsterte es direkt in ihr Ohr. Sie spürte seinen warmen Atem – und seinen heftigen Ärger.

»Im Ernst, Baby, lass das. Nur für jetzt.«

»Du kannst nicht wissen, was ich denke.« Sie wollte ihn finster anblicken, konnte ihm aber nicht in die Augen sehen, weil er recht hatte. Er hatte immer recht.

»Dein Gesicht ist ein offenes Buch, Süße«, sagte Steele und legte eine Tüte Salzgebäck ihrer Lieblingssorte in den Korb. »Du denkst daran, wie du mich im Clubhaus mit diesen Frauen gesehen hast. Ich habe dich gebeten, das nicht zu tun, bis ich die Chance habe, es dir zu erklären.«

»Ich will deine Erklärung nicht. Ich bin sogar froh, dass ich dich mit ihnen gesehen habe.« Sie reckte ihm das Kinn entgegen. »Jedes Mal, wenn ich meine, ich könnte dir glauben, was du sagst, denke ich an sie und daran, dass nichts von allem echt war und du sehr, sehr gut darin bist, Menschen zu täuschen – vor allem Frauen.«

Er nickte. »Das bin ich, keine Frage. Aber dich habe ich nicht getäuscht, und ich tue es auch jetzt nicht.«

»Weil ich ja so anders bin als alle anderen Frauen«, konterte sie voller Sarkasmus. »Ich hätte das vielleicht alles geschluckt, Steele, wenn du mich gesucht hättest, aber ich habe deinen Sohn, und du willst *ihn*. Du glaubst, ich müsste da dazugehören, aber da liegst du falsch. Das muss ich nicht. Es gibt so viele Paare, die nicht zusammen sind, und bei denen es funktioniert, dass sie trotzdem gemeinsam für ihr Kind sorgen. Und uns geht es einfach am besten, wenn wir getrennt sind.«

»Wir werden nicht getrennt sein, Breezy. Das werden wir noch ausdiskutieren.«

Das war eine Anordnung. Weitere Worte waren an dieser Stelle sinnlos, deshalb wechselte sie das Thema. »Was für einen Deal machst du mit dieser sehr netten Frau?« Sie konnte es nicht vermeiden, bissig zu klingen, denn Inez kam ihr äußerst nett vor und gar nicht wie jemand, der in illegale Händel verwickelt war.

»Ihr gehört dieser Laden, und wir hoffen, eine kleinere Filiale in Caspar zu bekommen. Wir haben die Mittel und sie den Namen. Wenn wir sie dazu bringen können, den Laden auch nur für ein paar Tage die Woche oder für einige Monate zu betreiben, nur bis er in Schwung gekommen ist, dann können wir ihn zum Erfolg führen. Wir brauchen sie, um die Einheimischen anzulocken.« Er warf Inez ein Lächeln zu.

»Wollt ihr mit dem Laden Geld waschen? Oder Drogen verkaufen?«

»Nein, Baby. Alles in Caspar ist legal. Wir schlagen hier Wurzeln. Dies ist unsere Gemeinde. Man legt sich nicht mit der örtlichen Herrschaft an, und genau das ist Inez. Alle lieben sie. Außerdem, ihr stiller Teilhaber ist Jackson Deveau, und er ist der Sheriff.«

Auf dem Weg zurück zu den Maschinen dachte sie darüber nach. Konnte das die Wahrheit sein? War Torpedo Ink so viel anders als die Swords? Sie hatte nie mit einem anderen Club als den Swords und deren Geschäftspartnern zu tun gehabt. Die Leute hier schienen die Torpedo Inks zu akzeptieren – aber auf der Party im Clubhaus waren eben keine Leute von hier gewesen. Die Demons waren verschwunden, aber sie hatte ihre Abzeichen gesehen. Sie kannte Abzeichen und ihre Bedeutung. Und die Demons waren so wenig Engel, wie es die Torpedo Inks waren.

Steele fuhr zurück nach Caspar, doch er bog nicht zum Torpedo-Ink-Clubhaus ab, sondern auf eine gewundene Straße, die zu den Klippen oberhalb des Ozeans führte. Von dort nahm er eine Piste, die mehr eine lange Auffahrt zu sein schien als eine öffentliche Straße. Als er vom Meer abdrehte und auf einen von Gebüsch überwucherten Hügel zuhielt, verlangsamte er die Maschine noch einmal. Die Straße wurde immer enger, an Bäumen am Wegrand kletterten Ranken empor, die so dick waren, dass sie zu beiden Seiten eine Wand bildeten und den Blick auf die Landschaft verbargen. Nur gelegentliche Lichtstrahlen durchdrangen noch das Dickicht.

Sie fuhren durch einen langen, von Ästen gebildeten Bogengang eine unglaublich schöne Allee entlang. Breezy schaute zu Zweigen voller Blüten hinauf. Es war wirklich sehr außergewöhnlich, ja atemberaubend. Wie hatte Steele einen solchen Ort gefunden?

Schließlich hielt er an. Breezy setzte sich gerade hin und blickte um sich. Vor ihnen, fast an den Hügel geschmiegt, erhob sich ein großartiges Haus, das an einen Palast erinnerte. Etwas wie aus einem Märchen. Unwirklich. Solche Häuser gab es im realen Leben nicht. Das Gebäude war lang gestreckt, mit runden Türmchen und großen Fenstern zum Meer hin. Es mochte drei Geschosse hoch sein, doch sie war sich nicht sicher, denn eines davon war offenbar in den Hügel hineingebaut.

Steele half ihr beim Absteigen. Sie hielt den Blick auf das Haus gerichtet, während sie den Helm abnahm, und dachte, dass so ein wunderschönes Zuhause gar nicht real sein könne.

»Wer wohnt hier?« Sie wollte nicht, dass irgendjemand gleich die Polizei auf sie hetzte; dennoch wollte sie sich hier unbedingt umsehen.

»Es gehört uns.«

Ihr Herz krampfte sich heftig zusammen. Sie blickte ihn finster an. »Erstens, Steele, gibt es kein uns, also gibt es auch nichts, was uns gehört. Zweitens muss dieses Haus Millionen wert sein. *Millionen.* Ich habe keine genaue Vorstellung, was Immobilien wert sind, aber das hier ist enorm. Das Grundstück allein muss schon ein Vermögen kosten, und es hat Meerblick.«

Er nickte langsam. »Sieben Millionen und ein paar Zerquetschte. Wir haben es spottbillig gekriegt.«

Breezy fühlte sich etwas schwach. »Steele.« Sie konnte nur flüstern. War geschockt. Er scherzte nicht. Sie sah es ihm an, und sie hörte es an seinem Ton. Er meinte jedes Wort ernst.

»Und ja, wir sind zusammen. Es gibt ein uns. Du. Ich. Zane. Dies ist unser Zuhause. Ich habe es gekauft, weil wir hier unsere Wurzeln schlagen werden. Mir gefällt die Aussicht.«

»Das ist alles? Dir gefällt die Aussicht? Woher hast du diese riesige Menge Geld?«

Seine Miene veränderte sich langsam von gefährlich zu einem Grinsen. Er sah verschmitzt drein, wie nur Steele es konnte. »Von den Swords.«

8. Kapitel

Steele machte nie etwas ohne Plan. Deshalb war er der Vizepräsident der Torpedo Inks. Wie der Zar hatte auch er stets ein Gesamtbild der Dinge im Kopf, samt Problemen, allen Möglichkeiten und machbaren Lösungen. Sein Gehirn arbeitete extrem schnell, und er erinnerte sich an Details und selbst kleinste Besonderheiten. Nichts entging ihm – bis Breezy kam.

Sein Körper reagierte sofort auf sie und, schlimmer noch, sein Herz. Das war ihm noch nie passiert, nicht ein einziges Mal in all seinen Jahren. Der Torpedo-Ink-Club war eine geschlossene Gesellschaft. Sie waren komplett, wenn sie zusammen waren, und keiner von ihnen – mit Ausnahme des Zaren – hatte je in Betracht gezogen, dass irgendjemand eine abgefuckte Familie gründen könnte. Steele war komplett durcheinander gewesen.

Ihm war klar, dass der Zar oder die anderen, wenn sie gewusst hätten, was er wirklich für Breezy fühlte, ihn ultimativ aufgefordert hätten, mit ihr zu ziehen und den Club zu verlassen. Das konnte er aber nicht tun, denn er wusste, dass keiner von ihnen ohne die anderen funktionieren würde. Sie überlebten, weil sie zusammen waren. Ein Ganzes. Ihr Sozialverhalten wies immense Lücken auf, aber zusammen konnten sie funktionieren und überleben. Allein würden sie zerfallen. Er konnte aber nicht riskieren, dass die Person, die ihm wichtig war, zugrunde ging. Wie er auch seine Brüder nicht verlassen konnte, denn sie brauchten ihn. Wenn man es mit einem internationalen Club wie den Swords zu tun hatte, dann zählte jeder Einzelne.

Breezy kannte er besser als sie sich selbst. Er kannte ihre Unsicherheiten. Er kannte ihren Charakter. Ihre Selbstlosigkeit. Vor allem wusste er, woran er sich halten musste, um sie zu behalten. Das war wichtiger für ihn, als alles andere in seinem Leben je gewesen war, denn wie bei den dunklen Tagen seiner Kindheit ging es dabei ums Überleben.

Er wusste nun, wie gut das Leben sein konnte, und deshalb gab es für ihn keinen Weg mehr zurück zu dunklen, hässlichen Tagen und Nächten. Bevor er Breezy kennenlernte, hatte er einfach nur existiert. Er hatte geglaubt, frei zu sein, deshalb war es besser gewesen als zuvor, als er ein Gefangener gewesen war, der nach der Pfeife seines Herrn tanzen musste – aber es war nicht gut gewesen. Er hatte nicht wirklich gelebt. Dann hatte Breezy alles verändert. Doch sobald sie weg war, fühlte er sich wieder wie früher – leer. Eine Existenz, die er aber so nicht mehr wollte.

Mit ihrer Berührung, ihren Lippen auf seinem Mund, seinem Körper, der sich in ihrem bewegte, hatte sie jede Spur dieser früheren Tage, der Albtraum-Existenz, die er geführt hatte, weggewischt. Je mehr er sie genommen hatte, desto weniger hatte er diesen gähnenden Abgrund gespürt, der ihn zu verschlucken drohte. Nun hatte er sie wieder zurück, und er würde nicht zulassen, dass er den wichtigsten Kampf seines Lebens verlor.

Er hatte bereits eine fertig geplante Kampagne im Kopf und konnte sich keinen Fehltritt leisten. Es ging um Breezy. Er wusste nichts über die Liebe, nicht im üblichen Wortsinn, aber alles, was er wusste – oder fühlte –, hatte mit ihr zu tun. Er hatte einen *ernsthaften* Plan. Er wollte alles nutzen, was er über sie wusste, alles, was er je gelernt hatte, und alles, was sie für ihn fühlte, um seine Frau wiederzubekommen. Nichts würde bei seinem Feldzug zu groß oder zu klein sein, und er würde sie nicht ein zweites Mal verlieren.

Und da er nun auch von Zane wusste, würde er Himmel und Hölle in Bewegung setzen, um den Jungen zurückzubekommen, und er würde lernen, ein guter Vater zu sein. Er war geradezu erpicht darauf, Vater zu sein. Bisher konnte er sich das nicht wirklich vorstellen, doch schon allein das Wissen, dass Zane irgendwo da draußen war, ließ ihn eine Verbindung spüren. Er hatte bereits eine Beziehung zu ihm, obwohl er ihn noch nicht einmal gesehen hatte. Und so wie er einen Punkt-für-Punkt-Plan hatte, um seine Old Lady zurückzugewinnen, hatte er einen nicht weniger gut überlegten Plan, um seinen Sohn zurückzuholen. Und bei beiden Vorhaben war für ein Scheitern kein Platz.

Maestro und Keys trugen die Einkäufe den Fußweg zum Haus hinauf. Ein Springbrunnen plätscherte; wenn das in die Höhe schießende Wasser in dem von einem Streifen aus weißen Blumen und dunkelgrünen Blättern umrandeten Becken landete, erinnerte es an Diamanten. Eine breite weiße, von Steinmetzarbeiten gesäumte Treppe führte hinauf zu einer Landschaft aus Pflanzen, Bäumen und kleinen Rasenflächen.

Breezy ließ sich von ihm an der Hand zur Haustür hinaufführen, die Maestro für sie offen gelassen hatte. Die Böden aus amerikanischer Weißeiche und Travertin glänzten, als wären sie nagelneu. Alle Lampen und Kronleuchter im ganzen Haus waren brandneu installiert, die Kronleuchter alle aus mundgeblasenem Glas. Casimirs Frau Lissa war eine Glasbläserin von internationalem Ruf; sie war sogar in Europa bekannt. Natürlich hatte sie einem Torpedo-Ink-Mitglied erste Priorität eingeräumt. Die Kronleuchter gefielen ihm ganz besonders.

»So wie das Haus liegt, haben wir auf dieser Seite von allen drei Etagen den besten Ausblick auf das Meer. Es gibt fünf Schlafzimmer, ein Arbeitszimmer, das ich brauche, aber wenn du auch eines willst, können wir dir dafür eines der anderen

Zimmer geben. Jedes Schlafzimmer hat einen Balkon mit Meerblick. Und es gibt Gemeinschaftsräume.«

»Gemeinschaftsräume?«, wiederholte Breezy schwach und sah ihn an, als hätte er Hörner bekommen. »Steele …«

»Ich weiß, auf den ersten Blick sieht es aus, als wäre das alles zu viel. Als wir auf der Suche waren, stellte der Zar klar, dass wir uns für etwas entscheiden sollten, wo wir uns wohlfühlen. Hier gibt es sogar ein klimatisiertes Wein- und Zigarrenzimmer.«

Sie sah ihn stirnrunzelnd an und blinzelte. »Trinkst du denn überhaupt Wein? Und seit wann rauchst du Zigarren?«

Er grinste zu ihr herunter. »Nein. Aber das macht nichts. Es ist einfach nur supercool. Das Haus hat ein Home Spa, Bree, mit beheizten Böden, Sauna und Quickfill-Badewanne. Und eine im Freien natürlich noch dazu. Der Heimtrainer könnte dir auch gefallen. Aber das Beste ist das große Schlafzimmer. Ich kann es kaum erwarten, dass du es siehst.«

Er führte sie weiter ins Haus. Sie blickte ständig um sich, schaute an die Decken mit versenkten Leuchten, sah die großen, offenen Räume. Die vom Boden bis zur Decke reichenden Fenster waren bewegliche, elektrisch betriebene Pocket-Türen. Sie gewährten Zugang zu einer sehr großen Terrasse mit Infinity-Pool und Spa, einem offenen Kamin, einem überdachten Essbereich mit Einbaugrill und zum Rasen.

Sie stand vor dem Glas, blickte hinaus und meinte, gleich in Ohnmacht zu fallen. »Steele, das ist nicht wirklich. Niemand hat so ein Zuhause. Vielleicht ein Filmstar oder so, aber du bist in einem Motorradklub.«

»*Wir sind* in einem Motorradklub, Bree, und das gehört wirklich uns.«

»Ich arbeite in einem Diner. Ich könnte mir noch nicht mal den Strom für ein Haus wie dieses leisten, ganz zu schweigen davon, eine Hypothek dafür mit abzubezahlen. Wird man als Arzt wirklich so reich?«

»Baby, es ist bereits bezahlt.«

»So viel Geld hatten die Swords nun auch wieder nicht.« Sie trat kopfschüttelnd von ihm weg, drückte fast die Nase an die Scheibe und starrte völlig perplex nach draußen.

»Sie hatten den größten Menschenhändlerring der Welt, Breezy. Sie besaßen massig Geld. Ihr Präsident war ein Scheißmilliardär. Wir haben auch sein Geld eingesackt.«

Sie schwieg. Er beobachtete sie eingehend. Sie sah blass aus, doch ihre Schultern waren gerade. Sonst hatte sie immer eine etwas gekrümmte Haltung gehabt. Als sie zusammen waren, hatte er sie immer wieder aufgefordert, sich gerade zu halten, vor allem in Gegenwart ihres Vaters und Bruders. Nun machte sie es ganz von selbst. Sie absorbierte alles, was er ihr sagte – mit Ausnahme des »Wir«, das er immer wieder einfließen ließ. Er tat das absichtlich und in dem Wissen, dass sie es, je öfter sie es hörte, schließlich akzeptieren würde.

»Dann ist es ja gut. Ich hoffe, ihr habt ihnen das Rückgrat gebrochen.«

»Haben wir. Und Code hat ein Auge auf sie. Sobald sie versuchen, diese Kanäle zu reaktivieren oder wieder Mädchen zu kidnappen, nehmen wir alles sofort auseinander. Wenn sie in Staaten operieren, die für uns zu weit weg sind, lassen wir die Arbeit zum Teil von Leuten vor Ort erledigen.«

Sie wandte sich ihm zu. »Wer erledigt sie dann? Steele, ich verstehe wirklich nichts von all dem. Wer genau seid ihr alle? Wo seid ihr hergekommen?«

Endlich, ein echtes Interesse. Darauf hatte er lange gewartet. Sie wollte etwas wissen. Das war Schritt zwei. Schritt eins war gewesen, sie überhaupt zu bekommen. Das hatte sich als am kniffligsten erwiesen, denn er wusste, sie würde extrem sauer auf ihn sein und ihn damit, dass er sie sich nahm, mit einem üblichen Clubmitglied gleichsetzen. Er wusste, dass nur wenige Clubs so etwas getan hätten, doch bei den Mitgliedern von

Torpedo Ink gab es keinen Zweifel daran, dass sie alles bekamen, was sie brauchten, auch wenn der Preis für andere noch so hoch war. Blythe versuchte, ihnen dabei zu helfen, sich wenigstens scheinbar zu assimilieren, doch sie alle wussten, dass sie immer eine gesellschaftliche Randgruppe bleiben würden.

Phase eins war also beendet. Phase zwei war in Arbeit. Zuerst musste er sie verführen, in sein Bett bekommen, dafür sorgen, dass sie an Bord war, und dann würde er über die schwierigen Themen mit ihr sprechen; Dinge, die er nur ungern erklärte, die anzusprechen aber notwendig war, damit es in ihrer Beziehung vorwärtsging – und das tat es. Er hatte einen guten Schlachtplan, aber dennoch konnte einiges schiefgehen.

»Alles gut?«, fragte Maestro, der zusammen mit Keys zu ihnen kam. »Das Sicherheitssystem läuft, die Einkäufe sind verstaut, und ihr habt die Hütte praktisch für euch. Wir haben ein paar der Suiten belegt. Wir benutzen die kleine Küche und das Heimkino, also, wenn ihr uns braucht, dann ruft uns einfach.«

Breezys Miene verriet ihre Panik davor, mit ihm allein zu sein. Steele trat sofort schützend vor sie. »Alles gut«, versicherte er.

Maestro grüßte, und die beiden Männer schlenderten davon, sodass er nun endlich mit Bree allein war. Er nahm ihre Hand und führte sie von den raumhohen Fenstern weg, um ihr das restliche Haus zu zeigen. Zuerst ging er zu der breiten Wendeltreppe, die sich zur zweiten Etage emporschwang.

Im Gegensatz zu den meisten anderen Torpedo Inks, die sich in Caspar Häuser gekauft hatten, hatte Steele seines selbst möbliert. Warum er das getan hatte, wusste er nicht, weil er ja eigentlich gar nicht dort wohnte. Er hatte dieses Haus gekauft, weil es ihm von außen gefiel, wegen der Aussicht, die man von hier hatte, und wegen des großen Schlafzimmers. Aber noch wichtiger war ihm, dass Breezy es lieben würde. Und das hatte er sofort gewusst.

Die Suite war enorm, und genau das brauchte er. Viel Platz. Er hatte so viel Zeit in Gefangenschaft verbracht, dass er enge Räume nicht aushalten konnte. Er wollte schon von Weitem sehen können, was auf ihn zukam. Das Haus war hauptsächlich weiß, elfenbeinfarben oder hellgrau gestrichen, was er ästhetisch und ansprechend fand.

Das Schlafzimmer hatte einen in die Wand eingebauten Gas-Kaminofen mit einer langen Flammenreihe. Der Fernseher war in dem dunklen Basalt über dem massiven hellen Stein versenkt, der den Kamin umgab. Der Teppich war weiß mit grauen Akzenten. Besonders gut gefiel ihm die Aussicht von dem riesigen Fenster und der gläsernen Balkontür. Außerdem verfügte das Zimmer über eine frei stehende Badewanne, eine Dusche und zwei riesige begehbare Schränke. Die randlose Dusche war ein großes Rechteck aus Glas. Die Ausblicke in fast alle Richtungen waren geradezu spektakulär.

Er zeigte auf die Dusche. »Die finde ich echt unglaublich toll.«

Zum ersten Mal erschein der Anflug eines Lächelns auf ihrem Gesicht. Er sah, wie ihre Augen für einen kurzen Moment vor Freude strahlten.

»Und ob. Klamotten kannst du ja nicht ausstehen.«

»Stimmt.« Er nahm ihre Hand und zog sie zu dem riesigen Fenster, das fast die ganze Wand einnahm. »Schau dir diesen Ausblick an. Es gibt nichts Schöneres, solange du nicht draußen im Garten bist.«

Sie presste sich an das Glas und starrte hinaus. Dieser Blick war wirklich spektakulär. »Oh mein Gott«, flüsterte sie beinahe ehrfürchtig.

Steele zog seine Kutte aus und legte sie auf den Tisch neben dem Bett. Während sie weiter auf den endlosen Ozean schaute, die tosende Brandung und die rollenden Wellen, sank er auf die Matratze und zog Stiefel und Socken aus.

»Ich kann es nicht glauben, dass das dir gehört, Steele.«

Er trat hinter sie und ließ eine Hand unter ihre Jacke und das Hemd gleiten, sodass seine Finger ihre nackte Haut berührten. Er war ein Meister der Verführungskunst, wie jeder der Torpedo Inks. Es war ihnen fast von Kindesbeinen an beigebracht worden. Verführen. Töten. Sie hatten ihren Körper völlig unter Kontrolle. Und auch den ihres jeweiligen Opfers – oder Partners.

Breezy war seine Frau, er wusste über alles Bescheid, was sie erregte. Er hatte es zur Kunst stilisiert, sie zu verführen. Ihr Lust zu bereiten. Ihr unter den gegebenen Umständen jeden möglichen Genuss zu bieten. Nun war sie bei ihm, ohne dass die Swords um sie herum waren, und das gab ihm endlose Möglichkeiten. Er hatte nicht ein Detail vergessen. Nicht eines. Er hatte sie mit so vielen Vergnügungen bekanntgemacht und hatte vor, ihr noch viele weitere zu eröffnen.

Seine Hand blieb ruhig, nur ein Finger streichelte ihre nackte Haut. Sie war weich. Er schloss die Augen und genoss es, wie sich ihre Haut anfühlte. Breezy bewegte sich nicht. Gab keinen Laut von sich. Er hatte gewusst, dass sie so reagieren würde. Sie wollte vielleicht nicht seine Frau sein, aber sie war es. Sie gehörte ihm und würde ihm immer gehören, so wie er wusste, dass es für ihn nie eine andere geben würde.

So sehr er sie mit vollem Vorsatz verführte, wusste er, dass sie das auch mit ihm tun würde, allerdings nicht vorsätzlich. Sie wollte es nicht im Mindesten, und doch gehörte sein Körper bereits ihr, und so würde es immer sein. Er schob ihre Haare aus dem Nacken, atmete ihren Duft ein und blies dann sacht seinen warmen Atem darauf. Er spürte das leise Beben, das durch ihren Körper lief. Es war kaum merkbar, doch er registrierte jede Nuance.

Er presste seine Lippen auf ihren Nacken. Berührte sie dort einfach nur. »Ist die Aussicht nicht unglaublich? Ich habe mir Gedanken über die Lichtverhältnisse gemacht. Wenn wir zum

Beispiel ausschlafen wollten, würde das Morgenlicht uns früh wecken. Andererseits möchte ich nicht die Aussicht verdecken, also habe ich elektrische Verdunklungsvorhänge installieren lassen. Wie findest du das?« Er küsste sie erneut, dieses Mal mehr zu seiner eigenen Freude.

»Steele.«

In ihrem Ton lag Besorgnis. Vorsicht. Sie wollte fliehen, doch sie wussten beide, dass das schlichtweg nicht möglich war.

»Breezy.« Er legte Schmerz in seine Stimme. Die absolute Bedürftigkeit. Er wusste, das würde für sie mehr als alles andere verführerisch, ja unwiderstehlich sein.

Sie schüttelte den Kopf, bewegte sich jedoch nicht, nicht einmal, als er begann, ihre Jacke aufzuknöpfen. Seine Jacke. Er hatte darauf geachtet, eine ohne sein Abzeichen einzupacken. Der Club war ein Problem, das er auf ganzer Linie ansprechen musste. Er schob die Jacke von ihren Armen, ohne einen Zentimeter von ihr zurückzuweichen.

Sie schauderte. Schüttelte ein zweites Mal den Kopf. »Das ist keine gute Idee.«

»Es ist die *einzige* gute Idee, die ich seit Langem hatte.« Er drückte ihr einen weiteren Kuss auf den Nacken und dann auf die Schulter. Das war immer eine ihrer hoch erogenen Zonen gewesen, und nichts hatte sich verändert. Ihr Atem stockte.

Er spürte wieder, dass sie zögerte, und dann schob sie sich weg von der Glasscheibe, weg von ihm, und er wusste, sie dachte an diese drei Frauen, mit denen er Party gemacht – Mist gebaut – hatte. Er wusste jedoch auch, dass sie schon in dem Moment, in dem sie das Haus betraten, gewusst hatte, dass er sie nehmen würde. Sie wusste, was passieren würde, und sie war dennoch mitgegangen. Er wusste, dass das ihre Zustimmung war. Vom Kopf her wollte sie ihn nicht, und das konnte er ihr nicht verübeln, doch ihr Körper brauchte den seinen fast ebenso sehr, wie er sie brauchte. Trotzdem, er wollte ihr nicht die Zeit geben, sich herauszureden, und sie dachte gerade daran, eben das zu tun.

Er kannte Breezy. Er wusste, was sie schnell in Fahrt brachte, und es war nicht die sanfte Art der Verführung. Ein längeres Vorspiel hätte nicht dahin geführt, wo er sie haben wollte. Stattdessen riss er ihr mit einer raschen Bewegung das Hemd über den Kopf und warf es beiseite. Gleichzeitig packte er sie am Nacken und schob sie aggressiv an das Glas.

Sie stieß explosionsartig, in purem Verlangen, die Luft aus. Er streifte ihr den BH ab und umfasste ihre vollen Brüste. Einen Moment lang hörte er das Dröhnen seines Blutes in den Ohren, spürte das Chaos in seinem Kopf. Dieses fiebernde Verlangen, das nur Breezy in ihm erzeugen konnte. Ein Rausch der Begierde. Ein Fieber. Sein Kopf dröhnte, als hätte er einen Schlag mit einem Vorschlaghammer bekommen. Tausend hässliche Bilder bedrängten ihn, Bilder, die nur Breezy vertreiben konnte.

Er atmete tief, spürte das weiche Gewicht ihrer Brüste, während sein Mund mit brennenden Küssen über ihren Nacken glitt, seine Zähne und Zunge verführerisch von ihrem Hals zum Ohr und ihrer Schulter wanderten. Dann waren seine Finger an ihren Nippeln, in die er sich von Anfang an verliebt hatte. Er mochte es, dass sie auf eine Art und Weise sensibel war, die ihm entgegenkam, aber nicht so empfindlich, dass ihr das, was er tat, nicht gefiel.

»Zieh die Schuhe aus.« Er bat sie nicht, er befahl es ihr.

Breezy ging auf seine Forderungen ein, und je mehr Autorität er in seinen Ton legte, desto mehr begehrte sie ihn. Das war ihm schon immer aufgefallen, und es reizte ihn mehr als alles andere. Sie war perfekt für ihn. Wie geschaffen für ihn. Er brauchte das von ihr, und sie hatte es ihm stets gegeben. So auch jetzt. Sie schlüpfte gehorsam aus den Schuhen.

»Mach die Jeans auf.« Seine Stimme war nun harsch. Mehr ein Knurren denn ein menschlicher Laut. Sein Schwanz fühlte sich an, als würde er explodieren. Beim ersten Mal würde er nicht langsam sein. Es war zu lange für ihn gewesen. Viel zu lange.

Steele kannte ihren Körper, und sobald sie sich fügte und ihre Hose öffnete, wirbelte er sie herum und riss an dem Stoff in einem fast verzweifelten Versuch, an sie heranzukommen. Doch er war kein verzweifelter Mann, sondern einer mit Vorsatz und Überlegung. Seine Verführungen waren stets umsichtig, methodisch, immer im Gedanken an seine Beute. Er wusste nicht, ob er dieses Mal mit Breezy alles seinem Vorsatz entsprechend machen konnte. Doch zum Glück reagierte sie auf seine Aggressivität.

Er war aggressiv. Fühlte sich dominant. Er wollte sie tausend Mal und auf jede erdenkliche Art. Er wollte sie nie mehr aus den Augen verlieren. Sie glaubte, es sei ein großes Zugeständnis, dass er sagte, sie könne dabei sein, wenn sie ihren Sohn holten. Doch er hätte sie niemals zurückgelassen. Als er ihr die Jeans abstreifte, zog er ihr auch gleich das Höschen aus, sodass sie nun komplett nackt war.

Sie raubte ihm den Atem. Einen Moment lang konnte er sie lediglich ansehen. »Du bist so verdammt schön, Bree.« Noch ehe sie etwas erwidern konnte, schlang er einen Arm um sie und nahm eine Brust mit dem Mund. Er war nicht sanft. Das mochte sie nicht. Sie mochte – ihn. Seine Methode der Verführung. Sie dachte, er würde in sie eindringen. Er hatte in früheren Jahren Hunderte von Frauen gevögelt. Darum war es mit Breezy nie gegangen, auch wenn er mit ihr noch so hart wurde – und er brauchte es hart.

Sein Mund war heiß und nass, und ihre Brüste waren weich, für ihn gemacht. Er arbeitete mit Zähnen und Zunge, spielte mit ihrem Nippel. Saugte heftig und hörte dann abrupt auf, sodass sie nie wusste, was sie von seinem Mund oder seinen Händen erwarten konnte. Er konnte Stunden damit verbringen, ihren Körper so zu bearbeiten. Stunden. Das hatte er schon früher getan, hatte sie zappeln lassen, bis sie kommen wollte, und sie dann doch erst kommen lassen, wenn er es wollte. Er liebte dieses Spiel. Er liebte es, dass sie ihm das schenkte. Er kannte ihre Stimme. Dieses Wimmern. Dieses Betteln. Wenn sie leicht schluchzend seinen Namen aussprach. Er wusste, wann sie bereit war und ganz groß kommen würde. Mit Orgasmen, die sie beide völlig überwältigten, in Wollust ertränkten, in solcher Lust schwelgen ließen, dass er nichts anderes mehr wahrnahm.

Seine Frau. Breezy. Keine auf der ganzen Welt war wie sie. Keine andere konnte ihn so gottverdammt hammerhart machen. Keine konnte ihn so weit bringen, dass er um Beherrschung kämpfen musste. Keine außer ihr. Er reihte Küsse über ihren Bauch hinunter. So weich. Dort, wo sie sein Kind gehabt hatte, und er war nicht bei ihr gewesen. Er hatte sie nicht geküsst, so wie er es jetzt tat, wo er ihr zeigte, dass er alles an ihr liebte, ob sie nun schwanger war oder nicht.

Er ging auf die Knie, machte ihre Beine breit, und dann hatte er ihren Geschmack im Mund, und sie gab diesen leise klagenden Laut von sich, der ihn zum Wahnsinn trieb. Breezy. Sie spendete ihm Trost. Sie gab ihm alles. Dinge, die er nicht für möglich hielt. Er gab ihr alles, was er war, und mehr. Wenn er mit ihr zusammen war, war er ein Mann, kein Monster.

Er brachte sie rasch in Fahrt, mit Zähnen und Zunge. Seinen Fingern. Er gierte nach ihr, diesem Aphrodisiakum, das nur sie ihm geben konnte. Ihr Geschmack war für ihn vom ersten Moment an unwiderstehlich gewesen.

Ihr Hände umfassten seine Schultern, klammerten sich fest, ihre Finger gruben sich durch das Hemd in sein Fleisch. Sie warf den Kopf zurück, öffnete sich, umschloss seine Finger. Sie hatte ein Kind geboren, und doch fühlte sie sich eng für ihn an, und nach wie vor war da diese Spannung, ob er in sie passen werde, sie sich nicht übernehmen werde, wenn sie ihn aufnahm.

Er stand auf, drehte sie herum, presste sie an das Glas, öffnete gleichzeitig mit einer Hand seine Jeans und nahm sein schweres Glied in die andere, ging in Stellung, um sie zu nehmen. Er wollte zu ihr, zu ihr, nie mehr woandershin.

»Nimm ein Kondom.«

»Ich bin sauber.« Er wollte nichts zwischen ihnen. Hatte das nie gewollt.

»Das weißt du nicht, Steele. Nimm ein Kondom, oder es läuft nichts.« Doch obwohl sie ihm das sagte, presste sie sich an ihn, und ihr Atem ging stoßweise vor Erregung.

»Baby, ich sage dir, ich weiß hundertprozentig, dass ich sauber bin. Ich hätte in diesen Weibern drin sein müssen, und genau das ist nicht passiert. Lass mich. Ich brauche dich jetzt, Bree. Ich schwöre dir bei meinem gottverdammten Abzeichen, dass ich sauber bin.«

Er steckte bereits in ihr, ihr heißer Körper, ihr Feuer umschlossen seine Eichel. Pressten sich eng um ihn. Zogen an ihm. Ihr Körper war so begierig nach ihm wie der seine nach ihr. Er wartete, und es brachte ihn fast um. Donner dröhnte in seinen Ohren. Wie ein Vorschlaghammer, der unbarmherzig an sein Hirn schmetterte, jener, der manchmal da war, wenn sie ihm nahe war und er sie verzweifelt brauchte.

»Bitte, sag die Wahrheit«, wisperte sie und nickte.

Er rammte in sie, riskierte nicht, dass sie es sich anders überlegen könnte, pflügte durch die straffe Falte, die ihn in den Wahnsinn trieb. Wurde sofort gepackt wie von einer seidigen, feurigen Faust. Ihre Scheide war das Paradies, so perfekt, dass weder Erinnerungen noch seine Vorstellungskraft ihn auf dieses Gefühl von Ekstase hätten vorbereiten können.

Er fasste sie an den Hüften, zog sie an sich und brandete wieder und wieder in sie, verlor sich in ihr. Verlor seine Dämonen, vertrieb sie für die unschätzbare Zeit, die er mit ihr hatte. Er hatte sie verloren gehabt und wusste deshalb, wie es ohne sie war. Er wusste, er brauchte sie weit mehr, als sie jemals ihn brauchen würde, doch damit konnte er leben. Er hatte nicht viel, was er ihr geben konnte. Und über Beziehungen wusste er praktisch nichts, außer, dass er die seine mit ihr verpfuscht hatte.

Ihr Atem ging über in kleine, fast gesungene Schluchzer, und er ließ eine Hand über ihren Rücken bis zum Nacken und an ihre Kehle gleiten. »Noch nicht, Baby. Halte noch für mich durch.«

»Ich kann nicht.«

»Nur noch ein bisschen. Halt durch, für mich.« Er wusste, dass sie es konnte. Sie hatte es immer gekonnt, auch wenn das Feuer dieses Mal so viel heißer war. Ihr Körper war straffer denn je, zupackend, zudrückend, bis er glaubte, wahnsinnig zu werden. Er spürte ihren Herzschlag an seiner Handfläche, in der feurigen Seide ihrer Scheide, um seinen Schaft herum. Dieses Feuer. Dieses Pochen. Dieses Atmen. Sie war wieder bei ihm. Seine Chance, alles zu bekommen, wo es doch in seinem Leben so etwas wie ein Leben gar nicht gab.

»Ich werde dir alles, alles geben, Bree,« flüsterte er, und er meinte es ehrlich. Die Welt. Was immer er ihr geben konnte, um sie glücklich zu machen. Er würde ihren Sohn zurückholen, und er würde einen Weg finden, um nicht noch einmal alles mit ihr zu vermasseln.

»Na los, komm!« Er liebte diesen kleinen Befehlston. Seine Frau kommandierte ihn. Das tat sie immer am Ende, wenn sie dringend Erlösung brauchte und er sie hinhielt. Sein praller, harter, so bedürftiger Schwanz bewegte sich in ihr, fest umschlossen von ihr. Dieser perfekte Moment des Balancierens auf der Kippe. Wieder und wieder stieß er heftig in sie, spürte, wie sich seine Eier strafften, das Feuer gleich heißem Magma durch seinen Körper raste. Er warf den Kopf zurück.

»Jetzt, Baby. Jetzt komm.«

Sie gehorchte sofort, ihr Körper klammerte sich fest um seinen, umgriff seinen Schwanz, unterbrach für einen Moment den Blutfluss, so fest packte sie zu. Dann entlud er sich, eine Erlösung, die ihn an einen Ort schleuderte, wo niemand an ihn herankam. Nichts. Weder seine Dämonen. Noch die wispernden Stimmen der Toten. Es gab nur Breezy und dieses – Paradies und die Rettung, die nur sie ihm geben konnte.

Ihre leisen, kleinen Schreie zerrten an seinem Herzen. Gaben ihm Befriedigung. Er liebte es, wenn Breezy kam, wenn ihr Körper eins war mit seinem, und er wusste, dass niemand sie so kannte wie er. Niemand wusste, was sie mochte oder brauchte, so wie er es wusste.

Er hielt sie hoch, sein Schaft pulsierte in ihr, spürte jedes Zittern. Jedes mächtige Nachbeben. Dies war der Moment, an dem er am vorsichtigsten sein musste. Genau hier konnte er sie verlieren. Sie würde versuchen, sich von dem, was sie zusammen hatten, zu distanzieren. Er konnte es ihr nicht verübeln, denn zu viel Ungesagtes war zwischen ihnen. Dinge, die er sie nicht wissen lassen wollte. Selbst jetzt sah sie ihn durch ihre Verletztheit hindurch an, als sei er etwas Besonderes, Erstaunliches. Wenn sie ihn wirklich kennen würde, würde sie das nicht tun. Er wollte diesen Blick bewahren, doch dieses Mal konnte es keine halben Sachen geben. Was er von ihr einforderte, das musste auch er liefern.

Er legte die Arme um sie, hielt sie fest, als er ihr Schaudern spürte, während er sich zurückzog. Er hasste es, die Zuflucht ihres Körpers zu verlassen. Einen Moment lang lehnte er den Kopf an ihren Rücken und presste Küsse ihre Wirbelsäule entlang.

»Danke, Baby, dass du mir geglaubt hast. Ich weiß, dass das schwer für dich war. Aber ich brauchte dich mehr als meinen nächsten Atemzug.« Es fiel ihm nicht schwer, diese Wahrheit auszusprechen. Es gab Dinge, die er ihr nicht sagen wollte –

doch um sie zu beschwichtigen, musste sie wissen, dass sie seine Welt war.

Er ließ den Arm weiter um ihre Taille, als sie sich langsam aufrichtete. Sehr sanft führte er sie durch den Raum zu der großzügigen Badewanne, drehte die kitschigen goldenen Wasserhähne auf und setzte sie dann auf die Bank neben der Wanne. Sie sah ihn nicht an, und ihr Atem ging noch immer heftig. Sie bereitete sich definitiv darauf vor wegzulaufen oder wollte sich zumindest von ihm distanzieren.

»Steele.«

Da war er. Ihr warnender Ton. Er ließ sie gewähren, denn bei Gott, was immer sie ihm vorwerfen wollte, er verdiente es.

»Nur weil wir …«

Sie machte eine unzweideutige Geste, die seinen Schwanz mit einschloss – der noch immer auf Halbmast war. Es war zu verdammt lange her gewesen, deshalb war sein Orgasmus einem Vulkanausbruch gleichgekommen, doch da war noch so viel mehr. Drei lange Jahre mehr.

»Wir werden nicht wieder zusammen sein. Ich will dich nicht belügen und sagen, es bestände keine Anziehung zwischen uns, denn das wäre eine ganz offensichtliche Lüge. Aber wir können die Zeit nicht zurückdrehen. Ich bin nicht mehr dieselbe, nicht mehr die, die du willst.«

Er schwieg, horchte auf das Wasser, das in die Wanne lief. Auf seinen Herzschlag. Dieser Moment war zu bedeutsam, um mit Protest zu reagieren und dabei das Falsche zu sagen. Seine Worte mussten klug gewählt sein. Es war wie ein Gang durch ein Minenfeld, doch darin war er Experte. Strategie war seine Stärke.

Er setzte sich auf den Rand der Badewanne, ließ sie auf seinen Körper schauen. Die Narben, die sie so gut kannte, die er nie erklärt hatte. Die Tattoos, die die meisten Narben verdeckten. Ihr Name wand sich durch das Schloss mit dem Schlüssel, das Ink ihm gestochen hatte, nachdem sie weggegangen war. Er bemerkte ihr Staunen, als sie es sah und realisierte, dass es irgendwann gemacht wurde, nachdem sie ihn verlassen hatte. Er wollte, dass sie darüber nachdachte, und über die Bilder von ihr auf seinem Handy.

»Ich habe dir vieles zu erklären, Bree«, begann er.

Sie schüttelte rasch den Kopf, eine Hand glitt schützend an ihre Kehle. Dahin, wo seine Hand gewesen war und jeden Herzschlag von ihr gefühlt hatte.

»Tu das nicht, Steele. Du musst mir gar nichts erklären.«

Seine Miene blieb ausdruckslos, doch ein Triumphgefühl überkam ihn. Sie hatte Angst, ihn anzuhören, weil sie wusste, dass er sie überreden konnte. Sie wollte ihn keinen Deut weniger als er sie, und es war nicht nur rein sexuell, wie sie es ihn glauben machen wollte.

»Ich weiß. Du hast mich nie darum gebeten, aber du verdienst, es zu wissen. Früher konnte ich es dir nicht sagen, als ich es wollte. Als wir zusammen waren und du zu mir gehörtest. Kurz gesagt – ich war damals undercover. Ich konnte dir nicht einmal meinen wahren Namen sagen.« Er ignorierte, dass sie beinahe von der Bank fiel und heftig den Kopf schüttelte, um ihn davon abzuhalten, ihr dies mitzuteilen. »Ich heiße Lyov Russak. Und ich bin Russe. Ich wollte dich damals schon zum nächsten Standesamt schleppen und dir einen Ring an den Finger stecken, aber ich konnte meine Deckung nicht auffliegen lassen oder dir sagen, ich bin ein Torpedo-Ink-Mitglied und wir verfolgen einen Menschenhändlerring.«

Wohl überlegt erinnerte er sie lieber an das, was Evan Shackler-Gratsos mit seiner perversen Art, Geld zu verdienen, gemacht hatte, als ihr zu sagen, dass das Ende dessen Ermordung gewesen war. Er wollte, dass sie an die Frauen und Kinder dachte, die sie gerettet hatten. Die kleinen Jungen, die so sehr wie seine Brüder und Schwestern gewesen waren. So wie er.

Sie gab einen kleinen Laut von sich und presste die Finger an die Lippen. Das hatte sie sich angewöhnt als Erinnerung daran, still zu bleiben, wenn sie Angst hatte. Auch jetzt war sie ganz still, wurde zum Mäuschen, das glaubte, von niemandem gesehen zu werden. Doch er sah sie immer. Er reichte ihr eine Hand, weil er es hasste, dass sie sich darauf verließ, sich erstarrt und klein wie ein Beutetier zu geben. Sie gehörte zu ihm, und sie stand unter seinem Schutz, und er hatte ihr beigebracht, wie sie sich wehren konnte. Er wollte sie selbstsicher sehen. Er wollte, dass sie sich gegen jeden anderen durchsetzen konnte – ihn eingeschlossen.

Sie nahm seine Hand und stand auf. Es befriedigte ihn, ihre glänzenden, von seinem Samen bedeckten Schenkel zu sehen. Er liebte das. Er liebte es, wenn er auf ihrer Haut war.

»Dort in der Schublade sind Haargummis. Die, die du am liebsten magst. Ich habe sie da hineingelegt, als ich mit dem Einrichten des Hauses fertig war, in der Hoffnung, du würdest eines Tages hier sein und welche brauchen.« Er zeigte auf die Schubladen mit Badetüchern und allem, wovon er wusste, dass sie es gern in ihrem Badezimmer hatte. Breezy liebte Bäder. Er selbst hatte sie mit Badesalzen und zischenden Badekugeln bekannt gemacht. Sie liebte Zitrusdüfte, und er hatte ihre Lieblingsaromen besorgt. Er kaufte ihr kleine Dinge, weil sie diese mehr liebte als extravagante Gesten wie eine millionenschwere Villa. Das Badezimmer hatte er mit allem ausgestattet, wovon er wusste, dass sie es als Luxus empfinden würde. Und Dingen, mit denen er sie bekannt machen wollte.

Er sah ihr zu, wie sie ihr Haar zu einem Pferdeschwanz band und daraus einen unordentlichen Knoten drehte. Er half ihr, in die große Wanne zu steigen, ließ sich dann selbst so hineinsinken, dass sie zwischen seinen Beine zu sitzen kam, und zog sie dicht an sich. Er hatte sie gern nahe bei sich. Auch ihr hatte das immer gefallen, doch nun versuchte sie, von ihm abzurücken, und das duldete er nicht.

Er legte einen Arm unterhalb ihrer Brüste um sie und zog ihren Körper fest an den seinen. Bis sein Schwanz heftig an das Tattoo drückte, das er für sie entworfen hatte. Seine Tätowierung auf ihr. Der Satz, der jedem anderen Mann, der sie zu berühren versuchte, erklärte, dass sie ihm gehörte.

»Ich will über die Party und das Danach reden, als du ins Clubhaus kamst.«

Sie versteifte sich, doch er ließ nicht locker. Stattdessen legte er den Kopf auf ihre Schulter. Sie gab nur einen einzigen Laut von sich, der jedoch sein Herz durchbohrte wie ein Pfeil. Mitten hindurch. Verdammt. Er hatte ihr so wehgetan. So, so sehr.

»Breezy, Baby, ich weiß, das ist schwierig für dich. Ich weiß das, aber ich schwöre dir bei allem, was mir heilig ist, ich werde dir die Wahrheit sagen und jede Frage beantworten, damit wir eine Chance haben. Darum bitte ich dich, um eine Chance. Für unseren Sohn. Für mich. Besonders für mich.«

Sie blieb stumm und still, und sie saß da, als könnte ein falsches Wort sie zum Bersten bringen.

»Du hast die Fotos auf meinem Handy gesehen. Die habe ich nicht einfach nur so gemacht. Du hast mein Tattoo gesehen, direkt über meinem Herzen. Das Schloss und der Schlüssel mit deinem Namen in dem Stacheldraht und den Rosen. Nur du, Breezy. Das heißt es. Das bedeutet es. Ich gehöre Breezy Simmons. Ich will Breezy Russak gehören. Alles in diesem Haus, habe ich für dich gekauft, noch bevor du hier aufgekreuzt bist. Gib mir diese Chance, Baby.«

Ein langes Schweigen folgte. Er hörte sein Herz klopfen. Heftig. Schmerzend. Furcht ergriff ihn, sein Bauch wurde steinhart.

»Du hast mich zerrissen, Steele«, gab sie mit schwacher Stimme zu. »Komplett und total. Ich glaubte, ich würde das nicht überleben, und ich wusste nicht einmal, ob ich das überhaupt wollte. Bis ich wusste, dass ich Zane, diesen kleinen Teil von dir, in mir trug. Aber ich glaube nicht, dass ich das noch einmal durchstehen kann.«

Sein Herz zuckte. Sie hatte also nicht gewusst, dass sie schwanger war, als sie wegging. Vielleicht hatte sie es mit der Intuition einer Frau gespürt, doch sie hatte es nicht sicher gewusst. Sonst hätte sie es ihm vielleicht gesagt, und er hätte einen besseren Weg gefunden, sich um sie zu kümmern.

»Lass mich ausreden. Das ist alles, worum ich dich bitte.«

»Ich weiß nicht, ob ich dir glauben kann.«

Er wusste, dass es darum nicht ging. Sie hatte vielmehr Angst, dass sie ihm glauben *würde*.

»Ich bin ein verdammt guter Lügner, Baby. Und ich kann jeden hinters Licht führen. Aber hier geht es um uns. Um dich und mich. Du bist meine Welt, und ich will dich wiederhaben. Ich gebe dir alles, wenn du das willst, und vertrau mir, Bree, es ist verdammt schwer, dir einige der Dinge zu sagen, die gesagt werden müssen.«

»Da ist der Club. Ich will dieses Leben nicht. Ich will es weder für mich noch für Zane.«

»Du hast die Familie des Zaren gesehen. Du hast gesehen, wie sie zusammen sind. Wir sind nicht die Swords. Wir werden nie wie die Swords sein oder unsere Frauen und Kinder behandeln, wie sie es tun.« Noch ehe sie protestieren konnte, biss er sanft in ihre Schulter, zwickte sie leicht ins Ohrläppchen und flüsterte heiser, als er weitersprach. »Wie auch immer, darum geht es im Moment nicht. Fangen wir an mit der Party.«

Vor allem anderen musste er diese drei Frauen, mit denen er Party gemacht hatte, aus der Welt schaffen und darauf hoffen, dass sie ihm glauben würde. Wenn er dieses Thema nicht vom Tisch bekam, würden Worte nichts bewirken, weil sie immer wieder darauf zu sprechen kommen würde. Er verurteilte sich dafür, sie so verletzt zu haben.

Sie erwiderte nichts, drückte sich aber nicht mehr von ihm

weg. Er spürte ihre Gänsehaut und ihr aufgeregtes Herzklopfen, als er sie mit Zähnen und Zunge verwöhnte. Er verteilte Küsse ihren Hals entlang und drückte einen in ihren Nacken, seine andere Hand schob sich unter ihre linke Brust und hielt deren weiches Gewicht.

»Meine Eltern gerieten in Russland in einen Konflikt mit einem Mann namens Sorbacov. Er hatte sehr viel Macht und wurde von dem Mann unterstützt, den er als Präsidenten sehen wollte. Alle Oppositionellen, einschließlich meiner Eltern, ließ er verschwinden. Ich war damals noch sehr jung, ein kleines Kind.«

Sie bewegte sich nur ein wenig, aber genug, um ihm zu zeigen, dass sie ihn unterbrechen wollte. Er verhinderte ihren Protest, indem er mit dem Daumen über ihren Nippel rieb. Sie mochte Brustwarzenspielchen, und er war kleinen Neckereien nicht abgeneigt. Es hatte etwas von Befriedigung, das Schaudern zu spüren, das trotz des heißen Wassers durch ihren Körper lief.

»Ich weiß, das klingt nicht, als ob es irgendetwas mit dieser Party zu tun hätte – hat es aber doch, und auch mit mir und damit, wie ich bin. Ich möchte, dass du mein wahres Ich kennenlernst – und warum ich Steele heiße. Warum ich für Torpedo Ink und meine Brüder und Schwestern einstehe. Warum ich dich will. Das ist wichtig, Breezy, deshalb bitte ich dich, mich ausreden zu lassen. Höre mir wirklich zu und versuche nicht, dir irgendetwas auszudenken, um uns auseinanderzuhalten. Hör einfach zu. Kannst du das für mich tun, Baby?«

Sie seufzte tief und legte den Kopf an seine Brust. »Du hast keine Ahnung, was du da von mir verlangst.«

»Doch, aber es ist wichtig. Stell dir vor, wie es wäre, Zane gemeinsam mit mir aufzuziehen. Du hättest Hilfe. Und was auch immer passiert, Bree, du hättest keine Geldsorgen, deshalb gib uns diese Chance.«

Ihr Sohn war eindeutig ihre erste Priorität. Steele dachte an die Zeit, als *er* ihre erste Priorität gewesen war. Jeder ihrer Gedanken hatte ihm gegolten. So war sie einfach. Er war das Zentrum ihrer Existenz gewesen. Und er hätte es ebenso machen sollen. Nun hatten sie Zane, doch Steele zweifelte nicht daran, dass ihr Herz groß genug war, um sie beide zu ihrer Welt zu machen. Sie musste ihn nur wieder hineinlassen.

»Also, rede. Aber brich mir nicht noch einmal das Herz, Steele. Ich fühle mich gerade ein wenig schwach, ich habe Angst um meinen – unseren – Sohn, und ich glaube, viel mehr kann ich nicht mehr aushalten.«

Er drehte ihr Gesicht zu sich, sodass sie ihn über die Schulter ansah. Er musste sie sehen. In ihre smaragdgrünen Augen schauen. Sein Herz zuckte erneut. Diese Augen, ihre Augen, zwei große Edelsteine, denen sein Herz gehörte. Er konnte ihnen auf ewig verfallen. Er dachte an all die Male, die er sie auf sein Bett gelegt, sich langsam in ihr bewegt und dabei in diese Augen geschaut hatte. Sie waren groß und kräftig grün, umgeben von den dichtesten Wimpern, die er je gesehen hatte, Wimpern in der Farbe ihres Haars.

»Ich werde dir nicht wehtun, Bree. Ich würde mir eher selbst ins Herz schießen, als das noch einmal zu tun.« Ein Jahr hatte er mit ihr gehabt. Ein perfektes Jahr – zumindest so perfekt, wie es sein konnte, wenn man mit einem perversen, kaputten Club wie den Swords fuhr. Das sagte ihm alles, was er wissen musste. Wenn sie sein Leben zu etwas machte, worauf er sich freuen konnte, während er mit dem Abschaum der Erde unterwegs gewesen war, dann war mit ihr zusammen zu sein weitaus besser, als allein zu sein. Er musste es sich nur alles vorstellen. Er war intelligent. Er war der Stratege der Torpedo Inks.

Er beugte sich vor und küsste sie. Und sofort sprühten die Funken zwischen ihnen. Das Feuer ergoss sich von ihrem Mund in seinen. Oder vielleicht auch andersherum. Er wusste nur mehr, dass sein Schwanz sofort wieder total steif war und sie seinen Kuss erwiderte. Ihn wirklich küsste. Mitmachte. Ihre Zunge verfolgte die seine, tanzte und streichelte. Flamme an Flamme. Samt an Samt.

Er küsste sie wieder und wieder. Ihr Nippel in seiner Hand wurde steinhart; er konnte nicht widerstehen, ihn zu streicheln und daran zu ziehen. Sie keuchte in seinen Mund, ihr Körper im heißen Wasser bewegte sich unruhig. Er ließ seine Hand über ihren Bauch nach unten gleiten und steckte zwei Finger in sie. Ihre verführerische Scheide war noch heißer als ihr Mund.

Wieder war es Steele, der sich zurückzog, sich zwang, diesen Weg zu verlassen. Er konnte – und wollte – sie mit Sex zurücklocken, wenn das die einzige Lösung war, doch sie verdiente es, Erklärungen zu bekommen, und er wollte mehr als eine einseitige Beziehung. Wenn sie ihn nicht wirklich kannte und wusste, weshalb er so kaputt war, waren die Chancen, dass er wieder alles in den Graben fuhr, weitaus größer, als wenn er auspackte.

9. Kapitel

Das Wasser wird kalt, Bree«, stellte Steele fest. »Gehen wir hier raus und ins Spa. Es ist aufgeheizt, und ich möchte dir den Blick von dort aufs Meer zeigen.«

»Du weißt schon, dass dieses Haus sauber zu halten ein Ding der Unmöglichkeit wäre. Selbst wenn wir das zusammen machen würden, Steele, könnten wir nicht hier leben. Es ist schön, aber auch einschüchternd. Ich habe keine Ahnung, wie man so eine Villa pflegt.«

»Darum musst du dich nicht kümmern, Baby.« Er stand auf und zog sie mit hoch. Er liebte es, wie das Wasser auf ihrer Haut perlte. »Dafür werden wir Personal haben. Wir haben hier jede Menge Raum, um Leute einzuladen, und wenn wir eine Party geben, werden wir meistens im Freien sein, bei der Feuerstelle und dem Grill. Ich bin ziemlich gut, was das Grillen anbelangt.«

Sie schüttelte nur den Kopf, nahm das Badetuch, das er ihr reichte, und trocknete sich ab. Beim Verlassen des großen Badezimmers schaute sie sich suchend nach ihren Klamotten um.

»Lass sie hier. Im Spa brauchst du nichts zum Anziehen. Dort sind auch extra Badetücher, die wir uns nehmen können, falls wir welche brauchen. Ich kann auch den offenen Kamin dort anfeuern, wenn du zum Reden draußen sitzen willst.«

Sie sah sich im Schlafzimmer um und nickte. »Am offenen Kamin.«

Er wusste, sie entschied sich dafür, weil sie sich dort sicherer glaubte. Doch das war sie nicht. Nicht, wenn sein Schwanz nach wie vor keine Ruhe gab und sie bei ihm war, mit ihrer weichen Haut und ihrem hinreißenden Körper. Er stand auf üppige Brüste, und die hatte sie. Und ganz besonders liebte er die Form ihres Hinterns, und wie es aussah, wenn sie vor ihm her ging. Sie hatte Kurven, erst recht seit der Geburt ihres Sohnes. Er unterdrückte diesen Gedanken, denn er wagte es nicht, zu viel an Zane in den Händen der Swords zu denken; das konnte ihn in den Wahnsinn treiben. Er musste sich darauf konzentrieren, seine Old Lady zurückzugewinnen und sicherzustellen, dass Zane ein Zuhause und seine beiden Eltern hatte.

Es war noch früher Nachmittag, und die Sonne schien kräftig. Der Nebel war verflogen. Er wusste, der Wind würde vom Meer hereinkommen wie so oft, doch die Sitzgelegenheiten vor dem Kamin draußen waren bequem, und das Haus bot einen guten Schutz. Die Terrasse war sehr groß und die Fläche vor dem Kamin ausreichend.

Er hatte an Grillfeste mit seinen Brüdern und Schwestern gedacht, nicht an Partys mit anderen Clubs. Er wollte es in seinem Haus nicht wild zugehen lassen; dazu war er zu kaputt. Und auch Breezy war es lieber, wenn es »sauber« zuging. Nett. Sie würde das Haus beaufsichtigen und dafür sorgen, dass es ihm gefiel, weil sie das Gleiche wollte.

Sie wollte sich das Badetuch umbinden, doch er hielt es nicht aus, sie nicht nackt zu sehen. Daher nahm er ihr das Tuch ab, legte es sich über den Arm und reichte ihr die andere Hand. Bis auf einen schmalen Streifen Schamhaar war sie rasiert; auch das entsprach seiner Vorliebe. Es gefiel ihm, dass sie das noch immer machte, nach drei Jahren, die er nicht mit ihr zusammen gewesen war.

Die Treppe war so breit, dass sie Hand in Hand eng nebeneinander gehen konnten. Er streifte ihren Schenkel. Ihre Schultern. Ihre Brüste wippten bei jedem ihrer Schritte. Er wollte die

Hand auf ihren Po legen, wusste jedoch, dass es noch zu früh war. Er wollte ihre Brüste mit seinem Mund markieren, besitzergreifend in ihre Schulter oder ihren Nacken beißen, doch er widerstand jedem Drang und ging einfach mit ihr zu der riesigen Glaswand, die die gesamte Rückseite des Hauses einnahm und sich je nach Raum auffalten oder aufschieben ließ.

Breezy beobachtete ihn mit großen Augen. »Wer von euch wusste, dass es solche Häuser gibt?«

»Als ich es sah, wusste ich sofort, das ist es. Ich kaufte es, richtete es im Gedanken an dich ein, und dann konnte ich hier nicht einmal schlafen.«

»Du hast schon immer Schlafprobleme gehabt«, kommentierte sie und ging voraus auf die Terrasse. Er blieb kurz stehen, um ihr den Vortritt zu geben.

»Habe ich immer noch. Werde ich immer haben. Zu viele gottverdammte Leichen. All die Stimmen, die mich rufen.« Er schüttelte den Kopf. »Nur du kannst sie vertreiben, und das auch nur für kurze Zeit.« Er rieb sich die Schläfen. »In manchen Nächten meine ich, verrückt zu werden.«

Sie sah ihn stirnrunzelnd an, dieses bezaubernde kleine Stirnrunzeln, das er immer von ihrem Gesicht wegküssen wollte. »Leichen? Wovon redest du, Steele?«

Er setzte das Kaminfeuer in Gang. Der breite, steinerne Abzug verlief an der Seite des Hauses, zwischen zwei Türmchen. Steele zeigte auf einen der Stühle vor dem Feuer, damit sie nötigenfalls gewärmt wurde.

Sie setzte sich und zog die Knie an. Das war typisch Breezy. Immer war sie irgendwie zusammengerollt. Machte sich kleiner. Für alle Fälle. Sie hatte keine Vorstellung davon, wie sie für ihn aussah, so wie sie da saß, nackt, mit ihrer sanft glänzenden Haut. Ihre Brüste waren hoch und fest und sehr rund. Die Verführung in Person. Zwischen ihren Beinen lugte ein wenig ihr Geschlecht hervor, was den ganzen Anblick noch verführerischer machte.

Seine Frau. Heißer als die Hölle. Er sank auf den Stuhl neben ihr, ließ die Hand wie zufällig auf sein steifes Glied fallen. Umschloss es mit der Faust – eine vollkommen unwillkürliche Bewegung, wenn er in ihrer Nähe war. Dann überlegte er, wie er ihr alles am besten erklären konnte. Sie beobachtete ihn, ohne das Schweigen zu unterbrechen, den Blick zuerst auf sein Gesicht gerichtet, danach tiefer sinkend.

Steele atmete schwer. Er stellte sich vor, was er ihr zu sagen hatte, und seine Hand wechselte von seinem Geschlecht auf einen seiner Schenkel. Die Finger vergruben sich im Fleisch, er klopfte auf den starken Muskel, sein Schwanz war vergessen. Alles war vergessen bis auf die Vergangenheit, die ihn ständig verfolgte. »Ich bin schon nicht mehr Lyov seit der Zeit, als ich noch ein kleines, von Angst völlig überwältigtes Kind war. Ich bin Steele. Ich musste Steele werden, um zu überleben. Meine Eltern wurden ermordet, und ich kam in eine Einrichtung, die allgemein für eine Schule gehalten wurde. Dort machten sie mich zu einem Agenten für mein Land.«

Er konnte gar nicht hart genug auf seinen Schenkel schlagen, damit der Schmerz nur physisch und im Hier und Jetzt blieb. Denn die Vergangenheit türmte sich auf wie ein Schreckgespenst. »Es gab vier solcher Schulen. Mich brachten sie in die, die Sorbacov als seine eigene betrachtete. Niemand durfte sie je inspizieren oder uns besuchen. Sorbacov war ein Pädophiler, wie auch seine Freunde. Die Lehrer an dieser Schule waren grausame, gestörte Kriminelle, die es genossen, Kinder zu foltern und zu vergewaltigen. Ich war eines dieser Kinder.«

Da. Er hatte es ausgesprochen. Ihr gesagt. Er sprach mit ausdrucksloser Stimme, losgelöst von seinen Gefühlen. Er ließ die schmerzenden Schläge auf seinen Schenkel die Realität verdrängen. Er brauchte diese Ablenkung, um ihr von diesen frühen Tagen erzählen zu können, und sie musste es hören. Sie musste es wissen. Es war seine einzige Chance, sie zu behalten.

Er hörte ihr leises Keuchen und wusste, dass er sie auf seiner Seite hatte. Breezy hatte selbst im kleinen Finger mehr Mitgefühl, mehr Empathie als jeder andere Mensch, den er kannte. Er musste weiterreden, so lange er sich noch in der Gewalt hatte.

»Letztlich wurden zweihundertsiebenundachtzig Kinder in diese Schule gebracht. Ein Gefängnis, eigentlich. Nur achtzehn überlebten.« Hier kam er ins Stocken. Es hätten neunzehn sein sollen. Er verschloss die Augen vor diesem Wissen. Sein Fehler. Seine Verantwortung. Es lastete auf seinen Schultern. Nur achtzehn, nicht neunzehn. Sie waren der Freiheit so nahe gewesen.

»Steele.«

Ihr Flüstern war wie frische Atemluft. Breezy, die die Erinnerungen vertrieb. Das Wissen um sein Scheitern – Scheitern, das andere ihr Leben gekostet hatte. Als sie seinen Namen aussprach, war jede Person, jeder Ort, jede schreckliche Situation, jedes Versagen vorbei, und da war nur mehr seine Frau mit ihren grünen Augen und dem vollkommenen Mund und ihrer wunderschönen Haut.

Er zwang sich weiterzusprechen, ohne sie anzusehen. Wenn er sie anblickte, würde sie seine Schuld sehen. Diese grünen Augen sahen zu viel. »Es waren Kinder jeden Alters, und unsere Aufseher konnten mit uns machen, was sie wollten. Je mehr sie uns quälten, desto mehr verrohten sie, und die Folterungen wurden schlimmer. Ich konnte die anderen nicht retten, so sehr ich es auch versuchte.«

Nun war da keine Ablenkung mehr. Weder ihre Brüste. Noch ihr Geschlecht. Auch nicht ihre grünen Augen oder seine hämmernde Faust. Da waren nur diese Gesichter, die zu ihm aufstarrten, mit Flehen und Schreien und Leiden. »Ich war der Einzige, der helfen konnte, sie verarzten konnte, und anfangs war ich selbst noch ein Kind, das brutal misshandelt wurde.« Er besaß eine Gabe, heilende Hände, doch er war zu jung gewesen und hatte keine Ahnung gehabt, wie er sie einsetzen konnte.

Er rieb sich über das Gesicht, versuchte, den Dreck und Schmutz wegzuwischen, das Blut, manchmal schwarz und vermischt mit Fäkalien, Erbrochenem und Unrat von den besudelten Böden. »Die Zustände waren unerträglich. Wir waren in einem Keller eingepfercht, ohne Bad. Keine Möglichkeit, sich zu säubern. Kaum etwas zu essen. Es war die ganze Zeit elend kalt. Wunden eiterten sehr schnell. Überall waren Ratten und Kakerlaken. Der Gestank …« Er schüttelte den Kopf im Versuch, ihn frei zu bekommen. Er konnte nicht mehr dorthin zurück. Er konnte nicht zulassen, dass seine Gedanken ihn dorthin zurückbrachten.

»Wir hatten keine Kleidung, und das wurde zur Normalität für uns. Es war der Zar, der uns allen Hoffnung gab und unsere Menschlichkeit bewahrte, trotz allem, was mit uns geschah. Die täglichen Vergewaltigungen. Die Folterungen. Viele der Kinder waren so traumatisiert, dass sie motorische Störungen und Wahnvorstellungen bekamen. Die Wunden waren offen, und wir hatten keine Antibiotika oder sonst eine Möglichkeit, sie zu behandeln. Und dann das Sextraining. Die Killerausbildung.«

Breezy drückte ihm eine Flasche Wasser in seine Hand. Sie hatte den kleinen Kühlschrank hinter der Bar im Freien entdeckt und ihm etwas Kaltes zum Trinken geholt. Er wünschte, es wäre Alkohol, auch wenn er über die Jahre festgestellt hatte, dass nicht einmal der half. Nur Breezy, nur seine Frau. Wenn er zu ihr aufschaute, sah, wie der Wind mit ihren Haaren spielte, dazu ihre übergroßen, leuchtenden Augen und ihre Empathie, ihr Mitgefühl, das sich in ihren Zügen spiegelte, dann wusste er, was Liebe war.

Steele presste die Flasche Wasser an seine Stirn. Ihm war heiß. »Es war immer kalt dort. Keine Decken. Immer nackt. Wir hatten viel zu wenig Wasser. Der Zar rationierte es, wie auch das Essen. Alle hatten ständig Hunger und Durst. Der Gestank von verwesendem Fleisch war im Raum. Diese klaffenden, entsetzlichen Wunden. Kinder, die von innen heraus verfaulten. Manchmal, Bree, waren da ganze Reihen von ihnen, die mich anflehten, ihnen zu helfen. Ich war acht oder neun, als sie alle begannen, darauf zu bauen, dass ich sie retten würde.«

»Warum du?«

Er schüttelte den Kopf. »Ich habe eine angeborene Gabe. Ich kann heilen, oder zumindest einen Heilungsprozess einleiten, und das ohne jede ärztliche Ausbildung. Ich wünschte …« Er brach ab. Er wünschte, kein Heiler zu sein, niemals diesen gewaltigen Impuls kennengelernt oder gespürt zu haben, es zu versuchen.

»Mein Lieber, du musst mir das nicht erzählen.«

»Doch. Du musst mich verstehen und wissen, warum ich so verdammt kaputt bin. Du weißt, dass ich das bin, also heuchle nicht. Das tue ich auch nicht.« Er richtete die Aufmerksamkeit immer auf sich. Das musste er tun, denn in ihm schlummerte ein Monster, wartete darauf zu erscheinen, entkommen zu können. Er war vorsichtig, und das bedeutete, stets seine Befindlichkeit zu taxieren. »Keine Erwachsenen kümmerten sich um uns; sie waren es, die uns verletzten. Wir mussten selbst Regeln für uns aufstellen. Unseren eigenen Kodex. Wir mussten uns umeinander kümmern, uns gegenseitig unterstützen.«

Er trank eine große Menge des kalten Wassers, ließ es die Kehle hinabrinnen, spürte die Erleichterung, die es spendete. Genoss es. Er wusste es jedes Mal zu schätzen, wenn er Wasser trank, sah es nie als selbstverständlich an, so wenig wie eine saubere, gepflegte Umgebung.

»Wir wurden darauf getrimmt, unseren Körper vollkommen zu beherrschen, anderen Lust zu bereiten, egal, wie es uns dabei ging. Sie peitschten uns aus, bis die Haut aufplatzte, und wir mussten trotzdem weitermachen. Einigen erging es weitaus schlechter als anderen, aber wir alle mussten darauf hintrainieren, in allen sexuellen Dingen Experten zu sein.«

Er blickte zu ihr auf. Er musste es tun. Er musste sehen, ob sie auch nur annähernd begriff, was all diesen Kindern angetan worden war. Kindern, die er nicht retten konnte, so sehr er es auch versucht hatte mit den geringen Mitteln, die er gehabt hatte. Und wie stets enttäuschte seine Frau ihn nicht. In ihren Zügen war Mitgefühl zu lesen. Ihre Augen waren feucht, in den langen Wimpern perlten Tränen. Einen Moment lang schnürte sich ihm die Kehle zu. Es war kein Wunder, dass er sie liebte.

»Alles, was mit Sex zu tun hatte, Breezy. Jede Art von Sex. Wenn wir es nicht schafften, unseren Partner zu erregen und uns selbst dabei im Zaum zu halten, wurden wir elend verprügelt. Wir wurden auf jede Art vergewaltigt, die man sich vorstellen kann. Ich konnte nicht allen helfen. Oft kam ich zurück, genauso blutig und genauso geschlagen und mit solchen Schmerzen, dass ich kaum einen Schritt tun konnte, und zwei Reihen misshandelter Kinder erwarteten mich, lagen da in Dreck und Blut, Ungeziefer krabbelte über sie. Sie sahen mich an, als ob ich sie retten könne. Als ob ich ein Wunder bewirken und beenden könne, was ihnen angetan wurde.«

Er presste die Finger auf die Augen, als würde das die Flut der Erinnerungen stoppen, die er ausgelöst hatte. Zorn, das wusste er, war nicht heiß und laut. Er war eiskalt und wurde zu einer mächtigen Waffe, einer Waffe, die in Anatomie geschult war. In jeder Art sexuellen Verhaltens. Als Auftragsmörder. Er war eine äußerst effektive Waffe.

»Was ich mit all dem sagen will ist, dass ich meinen Körper eigentlich vollständig beherrsche – nur bei dir nicht. Ich habe keine normalen Erektionen, nicht so wie jeder andere Mann auf dieser Welt. Mein Körper reagiert nicht auf Frauen oder Männer, weil mir beigebracht wurde, meinem Körper nie eine Reaktion zu erlauben. Ich musste mich immer unter Kontrolle haben. Wir alle.«

Er studierte sie, ohne es sich anmerken zu lassen. Sie musste vieles schlucken, und das wusste er. Die Menschen machten zu, wenn sie schreckliche Geschichten zu hören bekamen. Sie konnten nicht akzeptieren, dass andere derart abartig oder grausam waren, vor allem zu Kindern. Sie wollten nicht hören oder begreifen, dass Jungen und Mädchen nur der perversen Lust von Erwachsenen wegen vergewaltigt, gefoltert und ermordet wurden.

Breezy hatte sich das alles angehört. Sie wusste sogar, dass er beschönigt hatte; das sah er ihr an. Niemals würde er ihr Einzelheiten schildern, wenn es sich vermeiden ließ. Ihm war wichtig, dass sie ihn verstand. Warum er beherrscht war, wenn sie Sex hatten. Warum er sie die ganze Zeit berührte. Warum sie jederzeit für ihn zu sehen sein musste. Warum er mit seinen Kindern ebenso sein würde – wenn nicht noch schlimmer. Warum sein Haus so sauber und makellos sein musste. Warum er darum kämpfte, ihr Raum zu gewähren, wo doch alles seiner Vorstellung gemäß sein musste, um bei Verstand bleiben zu können.

»Es tut mir so leid, Steele. Kein Wunder, dass ihr euch alle so nahesteht. Zusammen etwas derart Entsetzliches zu erleben treibt einen entweder auseinander, oder es verbindet so stark, dass man ohne die anderen nicht mehr sein kann.«

»So haben wir überlebt. Der Zar entwickelte einen Plan. So viele starben an Infektionen. So viele verbluteten. Andere wurden zum Spaß umgebracht. Wir mussten uns wehren. Jeder musste dazu beitragen, dass wir von dort wegkamen.« Doch er hatte versagt, und einer von ihnen, einer, den sie alle geliebt hatten, hatte nicht überlebt, gerade als sie im Begriff waren, die Freiheit zu schmecken.

Er trank noch einmal von dem Wasser, spürte, wie es seine Kehle kühlte. »Bei dem, was ich sagen will, geht es um Sex, Bree. Nachdem du gegangen …«

Sie hob eine Hand. »So belanglos das auch klingt angesichts dessen, was du mir erzählst, ich will nicht, dass du unsere Geschichte neu schreibst oder dir in den Kopf setzt, ich hätte dich verlassen. Das habe ich nicht und hätte ich nie getan. Du hast mich gezwungen zu gehen, obwohl ich mit dir durch die Hölle gegangen und dabei auch noch glücklich gewesen wäre, solange ich dich nur gehabt hätte.«

Die Wahrheit war ein Pfeil, der sein Herz durchbohrte, denn sie hatte recht. Schlimmer noch, er hatte es gewusst, als er sie wegschickte. Er war grausam und hässlich zu ihr gewesen, damit sie ging, denn nichts anderes hätte sie bewogen, ihn zu verlassen. Für diese Verletzung trug er die Schuld. Er hatte kein gutes Haar an ihr gelassen, und Breezy war eine sanfte, sensible Frau voller Mitgefühl und mit einer stillen Stärke, die ihn ansprach.

»Mir ist sehr klar, dass ich dich weggeschickt habe, Bree.« Er presste die Flasche an die Stirn und wünschte sich, der Schraubstock, der seinen Schädel zusammenpresste, würde loslassen. Nur für ein paar Minuten. Nur, damit er versuchen konnte, ihr die Party zu erklären. Seine Bedürfnisse. Seine Verzweiflung. »Ich musste wissen, dass du in Sicherheit bist. Du warst alles, was ich hatte, und die Swords hätten dich kaputtgemacht. Ich musste dafür sorgen, dass du von dort wegkamst.«

Sie nickte. »Ich beginne, das zu begreifen.«

Sein Herz machte einen Sprung und verkrampfte sich dann heftig. Er rieb darüber. »Nachdem du weg warst, hatte ich kein Interesse an Frauen. Ich wollte absolut nichts mit einer anderen Frau zu tun haben. Ich trank Unmengen, um nachts schlafen zu können.«

Breezy stand auf und ging zur Bar. Er beobachtete ihren Gang. Wenn sie sich bewegte, verstand er, was Poesie bedeutete. Die weibliche Gestalt war einfach schön. Ihr Körper war für ihn überwältigend. Hinreißend. So gut, wie er sie kannte, war es kein Wunder, dass er körperlich auf sie reagierte. Und sie war innerlich ebenso schön wie äußerlich.

Sie bückte sich und nahm ein Wasser aus dem Kühlschrank. Die straffen Rundungen ihres Hinterns mit dem Tattoo auf der einen Pobacke, das besagte, sie werde für immer ihm gehören, brachten seinen Schwanz geradezu zur Raserei. Sein Blut rauschte, sammelte sich. Ordinär. Geil. Frevelhaft. Das Sehnen wurde zum Schmerz. Für einen Mann wie ihn, der keine normale Erektion haben konnte, kam die plötzliche Härte seines Glieds einem Wunder gleich.

Sie ging nicht zu ihrem Stuhl zurück, sondern lehnte sich ein Stück weit weg an die Bar. Die Sonne schien auf ihre Brüste. Er hätte Stunden an ihren Brüsten verbringen, ihren würzigen Honig verschlingen und sie zum Schreien und Stöhnen bringen können. Sie war so empfänglich, so unverfälscht, und das liebte er an ihr. Breezy war immer unberechenbar – eine Mischung aus Unterwerfen und Fordern.

»Sobald wir hier waren, weg von den Swords, und uns mit anderen Clubs zu treffen begannen, zu deren Partys gingen und sie zu uns einluden, wollte ich einen besseren Weg finden, um einzuschlafen, als mich in Alkohol zu ersäufen. Ich wollte in keine andere Frau eindringen, nur in dich. Das wusste ich. Also musste ich, wenn ich mir Erleichterung verschaffen wollte, selber etwas dafür tun. Oder die Frau arbeiten lassen.«

Ihr Blick war auf sein Geschlecht gerichtet, wie gebannt von seiner Faust, die den harten Schaft umfasste und sich wieder langsam auf und ab bewegte. Ihre Zunge berührte die Oberlippe, sein Schwanz zuckte kräftig, und Tröpfchen perlten auf seiner Eichel.

»Mit einer Frau habe ich es nie geschafft. Nicht ein einziges Mal, auch wenn ich ihn noch so lang in ihrem Mund hatte. Selbst wenn ich meinem Körper noch so sehr befahl zu gehorchen, die Erleichterung noch so sehr brauchte, ich schaffte es nicht. Ich hatte deinen Körper gehabt, deinen Mund, deinen Arsch. Keine andere konnte es für mich bringen. Ich war in keiner anderen Frau. Kein einziges Mal, seit du weg warst. Da warst nur du.«

Er beobachtete achtsam ihre Miene. Sie hatte kein Pokerface. Er sagte die reine Wahrheit. Womöglich hatte sein reichlicher Alkoholgenuss dazu beigetragen, dass er nie eine Erektion bekam, doch das hatte nichts zu bedeuten gehabt. Er hatte es nie gewollt, in einer anderen Frau zu sein.

»Ich habe mir mit den Fotos von dir einen runtergeholt. Mit diesen absolut sexy Bildern.« Er zog das Handy heraus und schrieb Maestro. Er brauchte seine Hilfe. Musste wissen, ob seine Frau ihm wieder vertraute.

»Wie bist du an diese Bilder drangekommen? Du warst in mir drin, und du hattest keine Kamera.«

»Ich bat Storm, sie zu machen. Er mag solche Sachen. Fährt darauf ab. Ich ja offenbar auch, solange du es bist. Komm schon, Baby.« Schon allein der Gedanke erregte ihn. »Macht es dich nicht wenigstens ein bisschen scharf, wenn du daran denkst, dass es Bilder von uns im Bett gibt? Nur ein bisschen?« Er legte die Badetücher zusammen und ließ sie vor seinem Stuhl zu Boden fallen.

Sie warf ihm ein rätselhaftes Lächeln zu und zuckte die Achseln. »Ich weiß nicht. Vielleicht. Aber es macht mich scharf, daran zu denken, dass du dir damit Erleichterung verschaffen konntest.«

»Bist du feucht? Sieh mal nach und zeig es mir.«

Breezy fasste sich zwischen die Beine. Er stöhnte beinahe, als sich ihre Hüften langsam bewegten, und dann hielt sie zwei Finger hoch, zeigte ihm, dass sie nass waren, und leckte sie ab.

»Ich will, dass du es mir mit dem Mund machst, und davon will ich Fotos, nur für mich, oder für uns. Ich liebe es, dir dabei zuzuschauen. Dieser Blick von dir, wenn du richtig in Fahrt kommst. Das ist schärfer als alles andere, das ist total schön.«

Sie kam langsam auf ihn zu. Im Sonnenlicht schien ihre Haut zu glühen, und ihr noch immer wirr geknotetes Haar wirkte wie von Strähnchen durchzogen. Bei jedem ihrer Schritte bewegten sich aufreizend ihre Brüste. Die Hände strichen über ihre Taille und die kurvigen Hüften.

»Ist es okay, wenn die Jungs ein paar Bilder machen? Die Kamera habe ich mitgebracht, für alle Fälle.« Er hielt den Atem an. Er konnte ihr sagen, weshalb er diese Bilder brauchte, was ihn darauf gebracht hatte, doch er wusste nicht, was er tun sollte, falls sie Nein sagte. Es war ein großes Risiko gewesen, um ihre Einwilligung zu bitten. Sie musste ihm vorbehaltlos vertrauen, wenn sie ihm für solch intime Fotos ihre Zustimmung geben wollte.

»Ich weiß, du hast ein Problem mit den Partys. Es schien dir aber nie etwas auszumachen, wenn wir Sex hatten und die anderen ein und aus gingen. Um uns herum waren. Uns beschützten. Ich will nicht, dass du dich unwohl fühlst, Breezy.«

»Es macht mir nichts aus«, gab sie zu. »Wenn du in mir drin bist, kriege ich nie etwas mit.«

»Die Bilder, Baby. Ich will die Bilder von dir.«

Sie zuckte die Achseln. »Wenn es dir so wichtig ist, dann habe ich nichts dagegen.«

Sie legte die Hände auf seine Schultern und beugte sich zu ihm, drückte den Rücken durch, schob ihm ihre Brüste geradezu ins Gesicht, und er saugte sich an der rechten fest, während er die andere mit der Hand umschloss. Den Stuhl hatte er ein wenig gedreht, gerade genug, um ein Profil zu präsentieren, sodass ein Zoom-Objektiv alles für ihn aufnehmen konnte. Sie warf den Kopf zurück, schloss die Augen so, wie er es liebte, sodass es aussah, als sei sie in Ekstase.

Niemals hätte er sie anderen Händen anvertraut. Er war nicht so wie Ice, der auf ein bisschen Exhibitionismus abfuhr, oder Storm, der gern den Voyeur gab. Das hatte man ihnen schon früh beigebracht und sie darauf gedrillt. Sein »Training« war etwas anders gewesen. Doch er hatte erst, als er Breezy kennenlernte, bemerkt, dass ihm ebenso etwas geblieben war wie Ice und Storm.

Er musste ihr von Ekstase gezeichnetes Gesicht sehen. Und er musste sie in jeder Stellung sehen, die er haben wollte. Sie musste ihm geben, was immer er verlangte. Dabei ging es ihm immer um den Beweis, dass sie sein war. Das wusste er. Allerdings wusste er auch, dass es zeigte, wie völlig kaputt er war. Dennoch gab er seinen Bedürfnissen nun nach. Er hoffte, mit den seinen auch ihre Bedürfnisse zu befriedigen. Früher hatte er sich nicht die Zeit genommen, das herauszufinden, doch nun musste er es wissen. Und auch sie musste damit Befriedigung finden, nicht nur ihm zu Gefallen sein.

Sie packte ihn am Nacken und zog ihn zu sich. Er war grob, denn das war seine Art, doch eine Hand glitt zwischen ihre Beine, um ihre Reaktion zu spüren, als er den Kopf hob, um sie anzusehen. »Gefällt dir die Idee von Fotos für uns, Baby? Mein Schwanz in deinem Mund? In dir drinnen? Wo ich dich auf jede mögliche Art nehme? Gefällt dir diese Idee?« Er hielt den Blick auf sie gerichtet, ließ nicht zu, dass sie wegsah. »Wir können sie zusammen anschauen, wann immer wir wollen.«

Seine Finger waren von klebriger Nässe überzogen. Breezy nickte langsam. »Am besten gefällt mir die Vorstellung, nicht zu wissen, wann die Bilder gemacht werden, dass es quasi jederzeit passieren könnte.«

Er erwischte ihren Nippel mit den Zähnen und zog daran, ohne ihr Gesicht aus den Augen zu lassen. Das Keuchen. Ihr explodierender Atem, als seine Finger erneut völlig nass wurden. »Geh auf die Knie, Breezy. Ich habe drei lange Jahre darauf gewartet, deinen Mund wieder um meinen Schwanz herum zu spüren.«

Sie ließ die Hände nach unten gleiten und küsste ihn. Sofort war das Feuer da. Heiß. Sie gab ihm alles, ohne zu zögern. Dann hob sie den Kopf. »Diese Fotos sind nur für uns allein.«

Es war eine Feststellung und eine Frage. Na klar, die Bilder waren nur für sie. Er nickte. »Ich garantiere dir, dass niemand sonst sie zu sehen bekommt.« Sein Herz schmerzte, es pochte vor lauter Hochgefühl so heftig, dass er kaum Luft bekam.

Breezy sank langsam zwischen seinen Schenkeln auf die Knie. Seine Faust umschloss bereits fest seinen Schaft. Er fühlte sich an wie Titan. So hart. Es war perfekt. Ihre Lider zuckten, und dann blickte ein Meer aus Grün zu ihm auf. Wartend. Begierig. Er wollte diesen Blick von ihr für alle Zeit aufgezeichnet haben. Ein Schauder durchlief seinen Körper. Heißes Blut jagte durch seine Adern. Ein elektrischer Impuls glitt über seinen Rücken. Er dehnte den Moment, nahm ihren Blick in sich auf.

»Willst du ihn, Baby? Willst du meinen Schwanz?«

»Du weißt, dass ich ihn will.«

»Es ist lange her, Bree. Ich versuche, sanft zu sein, aber bei dir geht jede Beherrschung sofort den Bach runter. Ich fange damit an, dass ich dir gebe, was du willst, und danach geht es dann ganz um mich.«

»Ich komme, wenn es ganz um dich geht«, erinnerte sie ihn.

Das war die gottverdammte Wahrheit. Bei Breezy war es immer um Steele gegangen, weil er ein selbstsüchtiger Bastard war, der alles nahm, was sie ihm gab, und mehr. Das Schlimmste daran war, er würde es immer brauchen, dass sie stets voll und ganz für ihn da war. Das würde für ihn nie enden. Er brauchte ihre Hingabe so sehr wie die Luft zum Atmen. Er verdiente es nicht, aber er würde es versuchen. Für sie würde er es versuchen.

»Sag es mir, wenn du etwas willst oder brauchst, Baby. Ich merke es vielleicht nicht …«

Sie warf den Kopf zurück, sodass die Kontur ihres Halses deutlich wurde. »Du wirst es immer merken, Lieber. Du bemerkst alles.«

Das tat er, doch nun wollte er sein Bemühen verdoppeln und ganz genau aufpassen. Damit sie garantiert nie etwas tun musste, was sie nicht wollte. Er kannte ihre Lieblingsfarbe, nicht weil sie sie ihm verraten, sondern weil er sie beobachtet hatte. Er wusste, welche Art von Handtüchern sie bevorzugte, und hatte sie besorgt. Er hatte alles im Gedanken an Breezy angeschafft. Und sie würde nicht sauber machen. Niemals mehr. Nicht in ihrem Haus und auch nicht im Clubhaus.

Er bemerkte alles, was sie betraf, das war die Wahrheit. Sie mochte keinen großen Lärm, da er sie erschreckte. Sie wollte gern über alles Bescheid wissen, was auf sie zukam. Er hatte das Haus ausgewählt, weil er gewusst hatte, dass er sie finden würde. Er hatte Code bereits auf sie angesetzt, doch sobald sich sein Club niedergelassen hatte, hatte er geplant, sich auf sein Bike zu schwingen und sie aufzuspüren. Das Haus mit seinen weiten, offenen Räumen, den hohen Decken und seinem topmodernen Sicherheitssystem war nur für sie.

Jedes Möbelstück wie auch Geschirr und Bestecke hatte er im Gedanken an sie ausgesucht. Er wusste fast noch besser als sie, was ihr gefiel. Seine Frau kannte es nicht, sich verwöhnen zu lassen, nicht so, wie sie es verdiente, und das würde sich ändern. Er blickte in ihr nach oben gerichtetes Gesicht, und es zerriss ihm beinahe sein Herz.

Er hatte der Realität und seinen zahllosen Macken immer ins Auge gesehen, aber in der Zeit, in der sie weg gewesen war, hatte er fast noch mehr über sich erfahren. Er hatte sich immer für stark gehalten, für einen Felsen, an den sich die anderen anlehnen konnten, doch ohne Breezy verfiel er innerlich. Breezy. So jung und doch so gereift. So bereit, anderen zu geben, was immer sie brauchten. Wer beschützte sie? Sie war da draußen gewesen ohne jeden Schutz, und das war seine Schuld. Er hätte eine andere Lösung finden müssen.

Er hatte Panik bekommen, als er ihr Alter erfuhr – und

sobald er merkte, dass er wirklich in sie verliebt war. Über Beziehungen wusste er rein gar nichts, und anders als Savage und Reaper hielt er sich für den kaputtesten Typen auf dieser Welt. Er hatte schreckliche Dinge gesagt – Dinge, die er nie mehr zurücknehmen konnte.

Er wollte sie küssen, doch das würde den Zauber brechen, den er für sie geschaffen hatte. Das hypnotisierende Sex-Netz, in dem er sie gefangen hatte.

»Halt mich nicht mehr länger hin«, flüsterte sie mit einem verblassenden Lächeln. »Ich musste auch Jahre lang darauf warten. Es macht mich scharf, aber ich bekomme einen Herzanfall, wenn du mir nicht gibst, was ich will.«

»Versuche, nett zu bitten.« Auch das war etwas, was ihn anmachte. Er mochte es, wenn sie wieder und wieder sagte, dass sie ihn haben wollte. Oder brauchte. Er mochte es, wenn sie ihn bat. Ihn anbettelte. Anflehte. Doch Breezy, wenn sie sie selbst war, begann irgendwann, ihre eigenen Forderungen zu stellen.

»Ich *brauche* deinen Schwanz in meinem Mund, Steele.« Sie war kein Papagei. Sie wickelte ihn nicht mit Komplimenten ein. Sie meinte es. Sie liebte es, ihm einen zu blasen. Sie genoss es, und sie machte eine Kunst daraus. »Bitte, mein Süßer.«

»Was magst du am liebsten?«

»Wie du schmeckst. Wie dein Schwanz meine Lippen dehnt und meinen Mund ausfüllt. Wenn er richtig heiß ist. Wie du schaust, wenn ich ihn tief reinstecke. Das gefällt mir, wie du dann schaust.«

Schon die fast nüchterne Art und Weise, wie sie erklärte, was sie mochte, brachte sein Blut noch mehr in Wallung. Er liebte es, wie sie jetzt aussah. Gier. Hunger. Hingabe. Seine Faust arbeitete weiter, doch nun etwas schneller. Er konnte schon kommen, wenn er nur davon sprach, dass sie ihm einen blies. Das war himmelweit entfernt von der Verzweiflung, die ihn bei anderen Frauen geplagt hatte.

»Ich weiß nicht. Vielleicht spritze ich einfach auf deine Brüste ab. Ich mag es, wenn es über deinen Körper rinnt. Du könntest dich in die Sonne legen und sehen, ob es dir hilft, braun zu werden, obwohl mir auch all diese weiche, weiße Haut gefällt.« Sein Finger fuhr von ihrem Schlüsselbein über die Rundung einer Brust bis zum Nippel, spielte kurz mit der kleinen, harten Knospe.

»*Steele.*«

Da war er, der Ton, der ihm sagte, dass sie innerhalb kürzester Zeit die Führung übernehmen würde, wiewohl sie letztendlich immer bei ihr lag. Sie wusste es nur nicht.

Er umfasste ihren Kopf. »Mach den Mund auf.«

Sie gehorchte sofort, und er gab ihr die Eichel. Ihr Mund war heiß und nass. Sie schloss die Lippen fest um ihn, und ihre Zunge streichelte und liebkoste ihn. Sie kannte jede Stelle, die er liebte, als hätte sie seinen Schwanz in der Erinnerung abgespeichert, und wie er sie einschätzte, war es wahrscheinlich tatsächlich so. Sie saugte fest, nahm ihn tiefer, tiefer, so weit es ging.

Er musste sich zwingen, langsam vorzugehen. Er hatte die Erinnerung daran, wie gut es sich anfühlte, wenn ihr Mund ihn umgab, nicht halten können. Wie stark sie saugte, wie ihre Zunge tanzte und streichelte. Es war paradiesisch. Er ließ sie sich wieder an seine Größe gewöhnen, ließ sie das Tempo bestimmen, gab ihr Zeit, selbst als er meinte, irre zu werden, als sie ihn noch einmal tiefer in sich schob.

Heiß. Nass. Fest. Sie bearbeitete ihn, bis er es nicht mehr aushalten konnte. Er packte sie an ihrem wirren Haarknoten, schnellte zurück und sprang auf. Ihr Kopf fiel nach hinten, gab seinem Schwanz die Chance, die er nun forderte. Ihr Blick aus großen Augen traf den seinen, leicht schockiert ob seiner unerwarteten Aktion.

Er wollte auch diesen Blick aufgezeichnet haben. Diese völlige

Hingabe. Sie machte seine Lust zu der ihren. Er bewegte die Hüften, stieß tiefer, spürte den momentanen Widerstand, und dann nahm sie ihn voll auf. Würgte ihn. Ihre Augen wurden nass, doch sie zog sich nicht zurück. Er musste sich zurückziehen, um sie atmen zu lassen. Drei lange Jahre war er von ihr weg gewesen. Weg vom Paradies.

Sie hatte für ihn geübt. Niemand konnte einen Schwanz so unbefangen nehmen wie sie, doch sie hatte gelernt, ihm Lust zu bereiten. Sie hatte ihre Halsmuskeln und ihren Würgereflex im Griff. Ihre Zunge war eine Waffe purer Lust.

Noch mehr stimulierte ihn, es alles zu sehen. Breezy auf den Knien, zu ihm aufschauend, sodass er ihren Hals sah und verfolgen konnte, wie sein Schwanz in ihrem Mund verschwand und ihre Kehle sich dehnte, wenn sie ihn tief hineinschob. Es war ein extrem erotisches Bild, das seine Erektion noch mehr steigerte, wenn das überhaupt ging.

Sie umschloss diese sensible Stelle so fest, schnürte ihn ein – es war ein unglaubliches Gefühl, wie ihre Muskeln kraftvoll massierten, ihr Mund ihn bearbeitete. Er hielt still, solange er konnte, den Blick auf ihre Augen gerichtet, sie musternd, wie sie aushielt, wie lange sie es schaffte. Sie würgte beinahe, hielt aber dennoch durch. Konnte nicht atmen, wenn sie nicht loslassen wollte.

Ihre breite Zunge und die Hitze ihrer Mundhöhle brachten ihn fast um. Und wie sie an ihm saugte – als giere sie ganz verzweifelt nach dem, was er ihr geben konnte. Er wusste, er konnte die Ekstase nicht noch mehr verlängern, nicht, wenn es derart gut war, aber er versuchte es. Sie versuchte nicht, seine Bewegungen oder wie tief er eindrang mit den Händen zu kontrollieren. Sie überließ die Kontrolle völlig ihm.

Seine Hüften fanden einen wilden Rhythmus. Ihre Augen waren voll Wasser, wie ein tiefes, smaragdgrünes Meer. Seine Hoden waren am Kochen. Er zog ihren Kopf noch weiter zurück und stieß nach. Atmete heftig aus. Sein Blut war siedend heiß. Er schaute zu dem Fenster oberhalb der Terrasse hinauf und schickte ein stummes Gebet zum Himmel, dass die Kamera jedes Detail einfing.

»Schluck mich, ganz und gar«, forderte er mit kehliger Stimme. Er konnte kaum mehr geradeaus sehen.

Dann war er hinüber, eine heiße, gewaltige Explosion ergoss sich in sie. Seine Faust verkrampfte sich in ihren Haaren, hielt ihren Kopf nach hinten. Er beobachtete sie aus zusammengekniffenen Augen, musste ihr zusehen. Sie war Breezy, sie tat, worum er sie bat, auch wenn es ihr nicht leichtfiel, weil er viel zu viel für sie aufgestaut hatte. Es gefiel ihm, dass es nicht leicht für sie war und sie ihn dennoch nahm. Das machte ihn zum selbstsüchtigen Fiesling, doch er akzeptierte es.

Er zog sich zurück, hielt sie jedoch an den Haaren fest und presste sein ausgepowertes Glied an ihre Lippen. Es war ein explosiver, befreiender Orgasmus gewesen. Es war zu lange her, seit er so gekommen war. Ihre Zunge glitt seinen Schwanz entlang, ein sanftes, samtenes Kratzen, und er erschauderte noch einmal vor purer Lust. Wie sie das machte, wie sie ihn quasi in die reale Welt zurückholte, hatte ihn immer zum Schaudern gebracht.

Er brauchte Minuten, um wieder Atem schöpfen zu können, doch er schaffte es, ihr seine Wasserflasche zu reichen. Nach einem besonders aggressiven und körperlich fordernden Akt hatte sie immer reichlich trinken müssen. Sie sank zurück auf die Fersen und ließ das kühle Nass die Kehle hinabrinnen.

Er wartete, bis sie die Flasche absetzte. »Wir sind noch nicht fertig.«

Sie sah ihn an. Er zog sie in seine Arme, eine leichte Übung, denn er war extrem stark und sie nicht so groß, wie sie glaubte. Er führte sie zur Bar und legte sie auf das Ende der Theke, sodass er ihre Beine über seine Schultern werfen konnte. Eine

Hand presste er auf ihren Bauch, sodass sie unbeweglich war, und dann attackierte er ohne Vorwarnung ihre Klitoris.

Sie schrie auf, wollte wimmern. Er hielt sie fest und nahm sich alles, was er wollte. Jedes Mal, wenn er ihr nahe kam, zog er sich wieder zurück, horchte auf ihre leisen Schreie und Bitten. Sie kam schnell. Ihn oral zu befriedigen brachte sie immer bis kurz vor ihren Höhepunkt. Sie hatte ihm mehrfach erzählt, dass sie das so sehr liebte wie er. Er verstand nicht, wie das sein konnte, doch sie war dann immer heiß und feucht und musste unbedingt kommen.

Seine Hand glitt von ihrem Bauch zur linken Brust. Er spielte gern mit ihr, weil sie so heftig reagierte. Er wusste, wann er sanft oder grob sein musste. Sie liebte es aggressiv, doch kurz vor ihrer Periode wurde er immer sanfter. Während der Regel wollte sie keinen Sex, weil es ihr wehtue, sagte sie. Nur zu dieser Zeit bat sie ihn, von ihr abzulassen, obwohl er als Arzt gern einen Weg gefunden hätte, ihre Krämpfe zu lindern.

Er zog und rollte sie, attackierte ihre Klitoris mit den Zähnen und stieß dann die Zunge in sie hinein. Sie atmete abgehackt, als er plötzlich die Taktik änderte, ihre Beine auseinanderriss und sie mit der flachen Zunge bearbeitete. Auch die Finger brachte er zum Einsatz – und wünschte, er hätte daran gedacht, einen Eiskübel und heiße Steine bereitzustellen. Er schaltete mit ihr gern einen Gang hoch, damit sie nie wusste, was sie als Nächstes erwartete.

Breezy tat alles, um ihm jegliche Lust zu spenden, die er sich wünschte, und für ihn war es kein Problem, für sie Gleiches zu tun. Er liebte jedes Stöhnen, jeden Schrei, den er ihr entlocken konnte. Mehr noch, er liebte es, wie ihr Körper auf alles reagierte, was er tat. Sie war für ihn geschaffen, immer für ihn bereit.

Breezy hatte nie Nein gesagt, wenn er etwas Neues ausprobieren wollte, und er hatte auch ihr jede Gelegenheit gegeben. Bei einigen Dingen, um die er sie gebeten hatte, war sie etwas schüchtern geworden, doch sie hatte darauf vertraut, dass er sie sanft mit ihnen bekannt machte. Er war immer sehr vorsichtig gewesen, wenn er ihr etwas Neues gezeigt hatte. Und er hatte es genossen, dass sie immer dazu bereit gewesen war.

Steele hatte sie häufig genommen, oft mehr als einmal am Tag, und es war ihm immer gleichgültig gewesen, wo sie gerade waren. Er hatte sie jedoch nie vor den Swords genommen, dafür aber oft im Beisein seiner Brüder. Sie hatten das kaum je beachtet, und wenn doch, dann nicht, um lüstern nach ihr zu schielen. Sie fühlten sich sicherer und konnten sich leichter gehen lassen, wenn die anderen um sie herum waren. Niemand konnte ihnen dann etwas antun, und es war immer jemand da, der aufpasste. So waren sie, und keiner stellte das in Frage, auch Breezy nicht. Wenn er mit dem Mund auf ihr war, war ihr alles andere ohnehin egal.

Er blickte zum Fenster hinauf. Er brauchte diese Bilder. Wenn Breezy bei ihm blieb, so hoffte er, würde er mit der Zeit auf diese handfesten Erinnerungen, wie sie sich ihm hingab, verzichten können. Wie sie ihn liebte. Auf diesen Blick, den er so sehr brauchte.

»*Steele.*« Ihre Stimme stockte. Es war ein Flehen, keine Forderung. Er konnte nicht umhin zu grinsen. »Ich will deine Verzweiflung sehen, Baby. Schau mich an. Dreh den Kopf zur Seite.« Die Kamera musste diesen Ausdruck für ihn einfangen. Festhalten. Er presste die Finger um ihre Öffnung und leckte ihren Nektar. »Sag mir, was du möchtest.«

»Ich möchte kommen!«

Er liebkoste sie mit der Zunge und rechte dann mit den Zähnen darüber. Saugte und rieb dann das Gesicht an der Innenseite ihrer Schenkel. »Ich glaube dir nicht so recht.« Er blies warme Luft auf sie und fing dann wieder von vorne an.

Erst als sie sich wand, die Hüften aufbäumte und er diese leise Panik in ihrer Stimme hörte, gab er ihr vollends den Rest.

Breezy war nicht ganz still, wenn sie kam, doch die Laute, die sie von sich gab, waren immer leise und klangen wie Musik in seinen Ohren. Er liebte es, sie zu hören. Manchmal fragte er sich, ob er sie nur deshalb so sehr in Fahrt brachte, um anschließend diese Laute zu hören.

Sie lag hingestreckt auf der Bar, ihr Körper bebend vor Lust, und rang um Atem. Eine Hand fuhr in seine Haare, und alles in ihm wurde still. Es war das erste Mal, dass sie ihn aus eigenem Antrieb angefasst hatte. So wie früher. Sie konnte Liebe mit einer einzigen Geste ihrer Finger vermitteln. Das war ihr gegeben, und es hatte absolut nichts mit Sex zu tun, dafür umso mehr mit Liebe.

Sie konnte ihre Emotionen so leicht mitteilen, dass sie für ihn wie ein offenes Buch war. Die Art und Weise, wie ihre Finger durch sein Haar strichen, bedeutete ihm alles. Er wollte die Zeit zum Stillstand bringen, diesen Moment ewig andauern lassen. Seine Brust tat weh. Schmerzte. Der Druck war unglaublich, doch das machte nichts. Er bewegte sich nicht. Nicht, solange diese Finger kleine Liebkosungen in seinem Haar verteilten.

10. Kapitel

Der Pool war beheizt. An der nordkalifornischen Küste war das notwendig, sofern sie ihn häufig benutzen wollten, und Steele wusste, dass Breezy gerne schwamm. An dieses kleine Juwel an Information war er gekommen, als sie eines Tages sehnsuchtsvoll auf den Fluss blickte und sagte, einer ihrer größten Wünsche bevor sie sterbe sei, einmal einen Pool zu haben, in dem sie jeden Tag schwimmen könne. Daher war der Pool bei seiner Suche nach einem Haus unabdingbar gewesen.

Er selbst lag die meiste Zeit ausgestreckt auf einem Clubsessel und schaute zu, wie sie ihre Bahnen zog. Es faszinierte ihn, wie ihr Körper gleich einem Fisch das Wasser durchschnitt. Schon immer hatte ihn alles an Breezy fasziniert. Warum sie ihm alles gab, worum er bat, wusste er nicht, nur dass das in ihrem Wesen lag. Sein Vorsatz war, ihr ebenfalls alles zu geben, und wenn er beobachtete, wie sie ihm aus dem Wasser auftauchend plötzlich zulächelte, dann sagte ihm ihr glückliches Gesicht, dass Breezy zu schenken, was immer er konnte, seine größte Freude war.

Er hätte gern über ihren gemeinsamen Sohn gesprochen, wusste aber, dass sie sich bei diesem Thema nur mit größter Mühe beherrschte. Wenn es sich vermeiden ließ, erwähnte sie nicht einmal den Namen. So schwer es Steele fiel, darauf zu warten, bis er alles über den Jungen erfuhr, er musste seine Ungeduld im Zaum halten und ihr diese Zeit, diesen kurzen Aufschub, geben, ehe sie sich nach Louisiana aufmachten, um Zane zu suchen. Es hatte ihn ganz schön mitgenommen, wie sie geweint und ihr gebrochenes Herz offengelegt hatte. Damit hatte sie bei ihm den Riegel geöffnet, der die Tür verschlossen hielt, hinter der das Monster schlummerte.

Er kniff wegen der Sonne die Augen zusammen. Seine Aufseher, die Wachen, die brutalen Ausbilder, hatten am Ende doch gewonnen. Er war sensibel gewesen, ein Heiler. Nun war er ein Killer. Ein Monster. Er besaß die Fähigkeit, jedes Gefühl abzuschalten und etwas anderes zu werden. Etwas, zu dem ein menschliches Wesen unmöglich werden konnte. Doch um seinen Sohn zurückzubekommen, würde er werden, was er verabscheute. Das, wozu seine Aufseher ihn hatten machen wollen, und wogegen er sich so lange gewehrt hatte. Bis … bis er wahnsinnig geworden und das Monster aufgetaucht war, damit er überleben konnte.

Darüber dachte er nach und hörte dabei zu, wie das Wasser über Breezys Haut spielte. Sein Überlebensinstinkt war sehr stark; anderenfalls wäre er heute tot, so wie die anderen Kinder, die der Folter erlegen waren. Wäre er gestorben, dann hätte er Breezy nie kennengelernt. Er hätte keinen Sohn. Er würde nicht in der Sonne liegen und hören, wie seine Frau aus dem Pool stieg und versuchte, sich an ihn heranzuschleichen. Er würde sich nicht so lebendig und so glücklich fühlen.

Kaltes Wasser traf seine warme Haut, und dann war sie auf seinem Schoß, lachte, streckte ihren nassen Körper auf ihm aus. Er umarmte sie, hielt sie, und sie presste das Gesicht an seinen Hals. »Bleib.« Er knurrte es, als sie sich aufrichten wollte. Es kümmerte ihn nicht, dass sie nass war; er wollte sie in seinen Armen halten.

Sie entspannte sich. »Du hast dieses Haus für mich gekauft, nicht wahr?«

Er schwieg einen Moment, ihm stockte der Atem. Die Wolken über ihnen segelten mit der leichten Brise. Sie sahen aus wie aufs Geratewohl ins Blau geschleuderter weißer Flaum.

»Ja.« Sein Bauch verkrampfte sich. Endlich. Er hatte Angst zu hoffen. Er wollte nicht, dass sie jemals dachte, er habe das, was er in der Nacht, als er sie wegschickte, gesagt hatte, wirklich gemeint. Er wollte nicht, dass sie dachte, er nehme sie nur wieder zu sich, weil sie einen Sohn hatten und er den Jungen bei sich haben wolle.

»Code hat im letzten Jahr nach dir gesucht. Ein kleiner Hinweis war alles, was wir brauchten. Du hast auf mich gehört, als ich dir sagte, wie du verschwinden kannst, nicht wahr?«

»Ja. Nachdem du mich weggeschickt hattest, war mir klar, dass du mir all diese Dinge aus einem bestimmten Grund beigebracht hattest. Du hast mich noch immer beschützt, auf deine Weise. Darum geht es bei dir immer, Steele, dass du alle um dich herum beschützt. Aber du solltest auch wissen, dass ich sehr wohl auf meinen eigenen Beinen stehen kann.«

»Dessen bin ich mir sehr wohl bewusst, Breezy.« Ein Teil in ihm wollte, dass sie von ihm abhängig war. Gleichzeitig war er stolz auf sie – und baute auf ihre Stärke.

»Warum hast du mir nicht geradeheraus gesagt, dass du geplant hattest, zu mir zurückzukommen?«

Sie versuchte, sich zurückzulehnen, um ihn ansehen zu können, doch er hielt sie mühelos fest und verhinderte jede Bewegung.

»Du hättest mir nicht geglaubt.«

Sie nickte. »Das stimmt. Aber da ist noch mehr.«

»Du musstest ja nicht unbedingt wissen, dass du meine Welt bist«, gestand er barsch. Er kam sich dabei dumm vor und fühlte sich so gottverdammt verletzlich – ebenso gut hätte sie ihm einen Pfahl ins Herz rammen können.

Breezy presste ihre kühlen Lippen an seinen Hals. Eine lange

Stille entstand, und er wusste nicht warum. Schließlich umfasste sie mit einer Hand sein Gesicht. »Du warst immer meine Welt, schon seit ich dich zum ersten Mal sah. Da wusste ich, du bist es. Und es macht mir nichts aus, wenn du das weißt.«

»Weil du Mut hast, Bree. Dir macht es nichts, wenn ich bei allem die Oberhand habe. Und warum? Warum macht es dir nichts aus, dass ich derjenige sein muss, der die Zügel in der Hand hat?«

Ihre schmalen Schultern zuckten, eine Bewegung, die er wie eine Liebkosung spürte. »Kontrolle ist eine Illusion, Steele. Das habe ich schon früh gelernt. Es spielt keine Rolle, wer sie auszuüben scheint. In Wirklichkeit können wir nur uns selbst beherrschen. Wir können wählen. Du warst meine Wahl. Allein schon deine Stimme zu hören hat mich immer glücklich gemacht. Ich wusste, dass du ein guter Mann bist, obwohl du mit den Swords fuhrst. Ich beherrsche mich und kenne meine Wünsche und Bedürfnisse. Egal, was in der Zukunft geschieht, oder ob wir zusammen sind, ich weiß, dass sich das nicht ändern wird.«

Er mochte das nicht. »Wir werden zusammen sein«, erklärte er unumwunden. Dieses Gefühl der Verwundbarkeit war ihm zuwider. Er hatte niemals zugelassen, jemandem gegenüber verwundbar zu sein, mit Ausnahme seiner Torpedo-Ink-Brüder und -Schwestern. Das war der Grund gewesen, warum er ihr nichts gesagt hatte. Er wollte sie nicht wissen lassen, wie verwundbar er war.

»Du bestehst darauf, dass wir zusammenbleiben, Steele. Du forderst, dass ich dir sage, wie es mir geht, und dir stillschweigend vertraue. Ich habe das einmal gemacht, und am Ende hat es nicht funktioniert mit uns.«

Breezy richtete sich mit Kraft auf, und er ließ es widerstrebend geschehen. Sie setzte sich auf den Rand des Sessels und sah zu ihm hinab, direkt in seine Augen. »Du musst dich voll und ganz auf uns einlassen. So wie du ein Teil von Torpedo Ink bist, muss ich ein Teil von dir sein. Du musst total dabei sein. Du musst in der Lage sein, mir die schweren Dinge zu sagen, ohne dir Gedanken zu machen, dass ich dir etwas Schlimmes antun könnte.«

Sie konnte ihm das Herz herausreißen, und da war dieses Monster, das in ihm schlummerte und nur darauf wartete, herauszukönnen. Was, wenn der Schmerz, den sie ihm zufügte, so schlimm wurde, dass das Monster freikam? Er schloss die Augen und wollte den Kopf wegdrehen, aus Angst, dass sie es sehen könnte.

»Nein, Steele. Schau mich an. Das ist unsere Chance, hier und jetzt. Ich habe die Bilder auf dem Handy gesehen. Ich sehe dieses Haus mit allem darum herum. Ich entscheide mich dafür zu glauben, dass du nicht wirklich mit diesen Frauen geschlafen hast, dass du immer ganz mir gehört hast. Ich bin bereit, uns noch eine Chance zu geben. Aber du musst dich dieses Mal voll auf mich einlassen.«

»Hast du eine Vorstellung davon, wie kaputt ich bin, Breezy? Wie schwierig dein Leben mit mir werden wird? Ich kann dir die Welt geben. Ich kann dir auf tausenderlei Weise zeigen, was du mir bedeutest. Das kann ich. Aber du musst mit einem Kontrollfreak leben. Ich will dich ständig im Blick haben. Weißt du, wie viele Kameras es in diesem Haus gibt? Ich habe eine App auf meinem Handy, mit der ich jederzeit sehen kann, wo du bist und was du machst. Ich werde dich ersticken. Ich werde dich verrückt machen. Du hast keine Ahnung, wie wahnsinnig ich werden kann.«

»Ich habe ein Jahr lang mit dir gelebt. Du warst jeden Augenblick bei mir, und ich wusste, dass es zu meinem Schutz war.«

»Das war nichts. Gar nichts!« Er fauchte sie an, denn er wusste, je mehr sie sich des Mannes, den sie wählte, wirklich bewusst wurde, desto mehr würde sie davonlaufen wollen. Ihr Daumen glitt an seinem Kinn entlang, eine besänftigende Geste, denn so war Breezy. Sie besänftigte ihn, was auch immer geschah.

»Was glaubst du, wie ich mit Zane sein werde?«, fragte er. »Mit unseren Kindern?«

»Ich denke, du wirst sie beschützen, denn so bist du eben.«

»Verdammt noch mal, Weib, du bestehst einfach nur darauf zu sehen, was du sehen willst! Ich will aber, dass du realistisch bist!«

»Dann sprich mit mir, Steele. Lass mich entscheiden, womit ich leben kann und womit nicht. Dann musst du dir keine Gedanken machen, und du kannst dich voll einlassen – oder mich gehen lassen.«

Er schüttelte den Kopf. »Genau das ist das Problem, Baby. Du kennst mich nicht. Dir ist nicht klar, dass ich dich nicht einfach gehen lassen kann. Wenn es sein muss, bin ich bereit, mein Leben zu riskieren, damit du mit unserem Sohn glücklich sein kannst, aber ich weiß, solange du irgendwo auf dieser Welt bist, werde ich mit dir zusammen sein. Das ist eine gottverdammte Stalker-Mentalität, ja, und wenn ein anderer Mann das mit dir machen würde, dann brächte ich ihn um.«

Breezy hätte entsetzt sein sollen, doch sie lächelte heiter – dasselbe alte Breezy-Lächeln, das ihn denken ließ, sie sei älter und weiser als die meisten anderen. »Lieber, was dich selbst betrifft, liegst du so weit daneben, dass du es noch nicht einmal merkst. Wenn ich dich nicht lieben würde, wenn ich wirklich von dir wegwollte, dann würdest du gar nichts mit mir zu tun haben wollen. Du kannst protestieren, so viel du willst, aber genau so, wie du mich beobachtet und studiert hast, habe ich auch dich beobachtet und studiert. Und das fast zwei Jahre lang. So viel zum Thema Stalker.«

»Bree …« Er versuchte zu widersprechen, doch ihr Lächeln blieb unverändert, und sie schüttelte lediglich den Kopf – als wüsste sie absolut, wovon sie redete.

»Steele, du kannst ja gern ausprobieren, ob ich mich wieder in dich verliebe, aber letztendlich würdest du mich doch gar nicht wollen, wenn ich dich nicht lieben würde. Wir hatten keine Auseinandersetzungen …«

»Weil immer alles nach mir ging und du nie gegen etwas warst!«

Sie lächelte ihm weiter zu. Entzückend. Ganz Breezy. Sie brachte sein Herz zum Rasen. Manchmal tat es ihm richtig weh, sie anzusehen. Wie hatte er sie je wegschicken können?

»Das stimmt nicht, Lieber. Denk zurück. Wann immer ich etwas wollte, hast du für mich Himmel und Hölle in Bewegung gesetzt. Wenn ich etwas nicht mochte, haben wir es nicht gemacht. Ich musste nicht mit dir streiten, weil du mir alles gabst, was ich wollte. Ich bin kein leichter Gegner, Steele. Ich liebte es, dir zu gehören. Ich gebe ja zu, dass ich von Beziehungen keine Ahnung habe, und vielleicht hätte die unsere nicht jeder Frau gepasst, aber für uns hat sie gepasst. Ich war glücklich, und ich glaubte, du warst es auch.« Sie reckte ihm das Kinn entgegen. »Wovor hast du solche Angst? Was hältst du zurück?«

Sie war einfach zu gescheit. Sie hatte schon immer die treffenden Fragen gestellt. Wenn sie erraten konnte, dass er ihr etwas Großes verheimlichte, dann kannte sie ihn besser, als er es wahrhaben wollte. Zum Teufel. »Ich will nicht, dass du mir alles gibst und es mir dann wieder wegnimmst, wenn es schwierig wird. Und das wird es.« Das war alles die reine Wahrheit.

»Ich gebe nicht auf, Steele.« Sie rieb sich über den Schenkel. »Es ist überraschend heiß hier heute Nachmittag.«

»Ich will nicht, dass du einen Sonnenbrand bekommst, Baby. Gehen wir ins Haus. Du kannst duschen, und ich koche uns inzwischen etwas.«

»Das Kochen kann ich übernehmen.« Sie stand auf und wickelte sich das Badetuch so um die Taille, dass ihre Brüste frei blieben. Seine Zähne hatten schwache Spuren darauf hinterlassen, die an Erdbeeren erinnerten. Oder an kleine Brandmale. Ein Anblick, der ihn irgendwie beglückte.

Sie hatte immer gern für ihn gekocht, wenn sie dazu Gelegenheit gehabt hatte. Beim Einrichten der Küche hatte er an ihre Wünsche gedacht, jedoch sehr darauf geachtet, dass sie nicht in den Glauben verfallen konnte, er würde erwarten, dass sie immer für ihn koche.

»Nach dem Duschen kannst du ja zu mir in die Küche kommen.« Er stand ebenfalls auf und legte sich das Badetuch tief um die Hüften. Er musste verdecken, dass ihr bloßer Anblick ihn schon wieder auf Touren brachte. Er wollte sie lieben. Langsam. Zärtlich. Sich im Bett Zeit nehmen, sie nicht nehmen wie das wilde Tier, das er ebenfalls sein konnte.

Breezy lachte leise. »Die finde ich nie. Ich verlaufe mich in diesem Haus.«

Er grinste ihr zu. »Code hat es mit mir zusammen angeschaut, und er hat sich auch verlaufen, entweder das oder er fand das Racquetballzimmer und blieb dort hängen.«

»Es gibt ein Racquetballzimmer?«

Er nickte.

»Spielst du Racquetball? Oder irgendeiner von euch?«

»Nein. Aber ein Zimmer dafür ist da.«

»Was in aller Welt hast du dir dabei gedacht, dieses Haus zu kaufen?«, fragte sie.

Er legte einen Arm um ihren Nacken und zog sie unter seine Schulter. Da er um einiges größer war als sie, konnte seine Hand ihre Brust erreichen und sie liebkosen. Jedes Streicheln sandte einen kleinen elektrischen Schock durch seine Blutbahnen.

»Ich dachte, meine Frau verdient nur das Beste, und ich werde sie finden und sie mit diesem Haus bestechen, damit sie zu mir zurückkommt.«

Sie blickte zu ihm auf, der Blick ihrer grünen Augen wanderte suchend über sein Gesicht. Es war die Wahrheit, und er ließ es sie sehen. Er wusste, dass er es ihr bereits mehrmals gesagt hatte, doch nach dem, womit er sie zum Weggehen bewegt hatte, brauchte sie nun unglaublich viel Selbstbestätigung. An der Glastür stoppte er abrupt und küsste sie.

Breezy zu küssen war eine einzigartige Erfahrung und etwas, wovon er nie genug bekommen würde. Er war süchtig nach ihrem Geschmack und ihrem Feuer. Danach, wie sie ihm alles, was sie war, sofort gab, wenn sich seine Lippen auf ihre legten. Er forderte sie mit der Zunge heraus und wartete dann auf ihre zärtliche Antwort, auf diesen immensen Kontrast zu seiner Aggressivität und seinem Drängen. Er liebte das; er liebte alles daran.

Steele konnte nicht glauben, dass seine Frau hier war – in dem Zuhause, das er für sie gekauft und eingerichtet hatte. Er wusste, dass sie davon zunächst überwältigt sein würde. Genau das war sein Plan gewesen. Sie hatte kein Schnäppchen bekommen. Und sie mochte protestieren, so sehr sie wollte, er wusste Bescheid. Er kannte sich selbst und wusste, was in ihm schlummerte. Vielleicht würde sie das erkennen, wenn sie sich auf den Weg machten, um ihren Sohn zu finden, denn wenn das Monster einmal losgelassen war, ließ es sich nicht wieder einsperren, bis es befriedigt war.

Er führte sie die Treppe hinauf und wartete ab, ob sie die randlose Dusche oder die im großen Schafzimmer nehmen würde. Sie entschied sich für die kleinere randlose. Das gefiel ihm. Er mochte es, dass sie sich für die Dusche entschied, bei der er sich sicher gewesen war, dass sie ihr gefallen würde. Damit ließ er sie allein und ging nach unten.

Maestro und Keys waren bereits in der Küche. Maestro zeigte mit dem Kinn auf die Kamera. »Hab deine Bilder für dich im Kasten, Bruder. Sie ist wirklich schön.«

»Hab das Mädchen schon immer gemocht«, fügte Keys hinzu. »Süß. Und zu allen immer verdammt nett. Hab nie erlebt, dass sie eines der Kids einfach übersehen hätte, sondern ist immer stehen geblieben, um mit ihnen zu reden.«

Steele nickte. »Ja, sie ist erstaunlich. Sie kann alles verzeihen. Das ist gut, weil ich ja immer wieder totalen Mist bauen werde.«

Niemand widersprach ihm. Er nahm das Hähnchen heraus, das er gekauft hatte. Breezy mochte Brathähnchen, und er konnte gut grillen. Er hatte es in seiner Zeit bei den Swords gelernt.

Keys wusch Kartoffeln. »Alles gut bei dir?«

Steele schüttelte den Kopf, den Blick auf das bereits zerlegte Hähnchen gerichtet. Bilder kamen ihm in den Sinn, bei denen es ihm den Magen umdrehte. Kinder, die er gekannt hatte. Kinder mit abgezogener Haut, die zu ihm aufblickten und ein Wunder erwarteten, das er nicht vollbringen konnte. Es war alles noch viel zu präsent in ihm.

Breezy glaubte, das Schlimmste seien die Schläge gewesen. Doch sie waren es nicht, und die, die er ausgehalten hatte, und auch die anderen, waren nicht einfach nur Schläge mit der Hand oder Faust gewesen. Solche, wie auch Tritte, waren häufig vorgekommen, aber auch Ketten und Peitschen und Elektroschocks. Und dazu hatte es alle möglichen weiteren Foltereinrichtungen gegeben. Schläge waren beileibe nicht das Schlimmste gewesen.

Er schaute auf, sein Blick traf den von Maestro und von Keys. »Breezy glaubt, wenn Bridges Zane schlägt oder tritt, wäre das das Schlimmste, was ihm passieren kann. Sie macht sich solche Sorgen. Ich hatte sie letzte Nacht in den Armen, und sie weinte sich in den Schlaf und wollte nur, dass er in Sicherheit ist. Das ist alles, was sie will – dass unser Kleiner sicher ist. Sie hat keine Vorstellung davon, was das Schlimmste sein könnte. Ich weiß, dass die Swords Kinder an Sexualstraftäter verkaufen. Bridges wird wissen, was er für einen Jungen in diesem Alter alles kriegen kann.«

»Steele«, sagte Maestro. Sein Blick wanderte zu Keys. Was sollte man dazu sagen? Einer von ihnen, einer ihrer Familie, war nun in genau der gleichen Lage, in der sie alle als Kinder gewesen waren. War aus seiner sicheren Welt herausgerissen worden und wurde nun womöglich gegen Geld an scheußliche Bestien gegeben. Steele hatte jeden Grund, sich Sorgen zu machen. Bridges hatte auch mit seiner Tochter schon sehr früh Geschäfte gemacht. Er würde sich um seinen Enkel keine Gedanken machen, schon gar nicht, wenn er der Sohn von Steele war.

»Wir holen ihn uns zurück«, sagte Keys. »Er gehört zu uns.«

Steele brachte seine Sorge nicht zum Ausdruck, dass Zane, selbst wenn sie ihn zurückbrachten, vielleicht wie diese Kinder sein würde, die auf dem schmutzigen Boden gelegen und voller Verzweiflung zu ihm aufgestarrt hatten. Blutig. An Infektionen leidend. Er hatte Ratten von ihnen weggescheucht. Sich auf sie gelegt, damit sie nicht erfroren. War die ganze Nacht wach geblieben, um jegliches Ungeziefer von ihren sterbenden Körpern fernzuhalten. So viele von ihnen.

»*Scheiße!*« Er brüllte es heraus, hätte am liebsten mit dem Hähnchenfleisch um sich geworfen. Für diese Schufte waren die Kinder nichts als Fleisch gewesen, und er selbst war noch ein Kind, unfähig, sie zu retten. Unfähig, ihnen irgendwie zu helfen.

»Steele«, sagte Maestro leise im Versuch, ihn in die Gegenwart zurückzuholen. »Es ist vorbei.«

Steele schüttelte den Kopf. Er war nicht dumm. Und auch Maestro nicht. »Es ist nie vorbei, und weißt du, wer den Preis zahlen wird? Diese Frau da oben. Sie wird ihn zahlen, genauso wie Anya ihn für Reaper zahlt. So wie ihn jede Frau zahlt, die sich für einen von uns entscheidet. Wir sind einfach so kaputt, da gibt es kein Zurück mehr!«

»Wir können lernen …«, wandte Keys ein.

»Was? Gesellschaftliche Gepflogenheiten? Wir fühlen uns

sicherer, wenn wir beim Vögeln beisammen sind, weil dann immer jemand da ist, der nach Gefahren Ausschau hält. Unsere Kindheit ging drauf fürs Überleben und dafür zu töten. Wir wissen nicht, wie wir ohne einander auskommen sollen, und wir stimmen ganz gewiss nicht mit den Vorstellungen anderer Leute von Scheißregeln überein. Wir sind Mörder. Egal, wie gut wir hier Wurzeln schlagen, unser erster Gedanke, wenn uns einer in die Quere kommt, ist, ihn zu eliminieren.«

Maestro zuckte die Schultern. »Wir schaffen es, Steele. Reaper hat Anya gefunden. Und Breezy ist zurück.«

»Bree hat diese falsche Vorstellung, dass ich ein netter Mann bin und ihr ein guter Partner sein werde. Sie hatte ein Jahr mit mir; wieso sie sich nicht daran erinnert, wie ich damals wirklich war, das werde ich nie verstehen. Sie glaubt auch, dass ich sie einfach gehen lasse, wenn sie das will.«

Keys schnaubte. »Das sollte sie eigentlich besser wissen. Sie wurde schließlich in das Clubleben hineingeboren.»

Steele schaute wieder auf das Hähnchen, und das Brodeln in seinem Bauch wurde noch schlimmer. Seine Vergangenheit war ihm zu nahe. All diese Kinder. Tot. Mehr als zweihundertfünfzig Tode. Es spielte keine Rolle, wie viele dieser Bestien sie damals erledigt hatten. Schon als sie noch Kinder gewesen waren, hatte Sorbacov ihre Wächter einfach durch noch grausamere ersetzt – zumindest, bis ihm die Verbrecher ausgegangen waren.

»Ich kann das nicht machen.« Er schob das Hähnchen von sich weg. »Noch nicht. Gebt mir ein paar Minuten, dann komme ich wieder.«

Er musste die Kontrolle über sich wiedererlangen. Er durfte seine Beherrschung nicht verlieren. Das war zu gefährlich. Gelegentlich war ihm das schon passiert, und das Ergebnis war monströs gewesen. Er ging auf die Glastür zu, die auf die große Terrasse führte.

Er bemerkte ihren Duft und drehte sich um, sein Atem stockte. Ein Knoten bildete sich in seinem Hals. Breezy stand in der Türöffnung, den Blick auf Maestro und Keys gerichtet, leicht errötend, sodass ihre Haut zu glühen schien. Sie hatte die Klamotten entdeckt, die er in die Schubladen gelegt hatte für den Fall, dass er sie finden würde. Sachen, die ihm gefielen. Sachen, in denen er sie gerne in ihrem Haus sah.

Die kleinen Shorts waren nichts als schwarze Stretchspitze, die all ihre schöne Haut und vor allem ihren rasierten Streifen Schamhaar zeigten. Der dazu passende BH bedeckte ihre vollen Brüste kaum. Beide Nippel drückten sich durch die Spitze. Er konnte die Male sehen, die er auf ihr hinterlassen hatte.

Keys grüßte sie. »Hey Breezy. Du solltest nicht so lange draußen in der Sonne bleiben. Ich weiß, hier ist es kühler, aber du könntest dir dennoch einen Sonnenbrand holen.«

Die Männer waren alle drei praktisch ohne Kleidung groß geworden. Weder ihre Brüder noch Alena und Lana hatten je Kleidung bekommen, es sei denn, sie waren mit einem Auftrag betraut worden. Man hatte sie gezwungen, voreinander Sex zu haben, sodass es irgendwann völlig normal für sie war. Breezy gehörte zu Steele. Sie war Teil der Familie. Sie betrachteten sie nicht wie eine Frau, einfach weil sie dazu konditioniert worden waren, das nicht zu tun. Sie hatten ihren Körper vollkommen unter Kontrolle und reagierten nicht beim Anblick einer schönen, fast nackten Frau.

»Ich hatte vergessen, dass ihr beide im Haus seid«, sagte sie zögernd und trat einen Schritt zurück.

Steele legte einen Arm um sie. »Ich habe ein Problem damit, das Hähnchen zum Braten fertig zu machen, Bree. Mein Magen lässt mir keine Ruhe.«

Ihre Miene verriet sofort Betroffenheit. »Möchtest du dich hinlegen? Ich könnte das Essen machen.«

Er schüttelte den Kopf. »Ich dusche kurz und bin dann

gleich wieder hier. Maestro und Keys wollen noch im Pool schwimmen, aber sie helfen beim Kochen mit.«

»Ist mir recht. Ihr macht einfach, was ihr wollt«, sagte sie.

Steele deutete mit dem Kinn Richtung Tür, seine Brüder verstanden die Botschaft und gingen zum Pool hinaus. Beide trugen locker sitzende Jeans und hatten sie ausgezogen, noch ehe sie dort ankamen.

»Macht es dir wirklich nichts aus, mit dem Kochen anzufangen? Ich kann in ein paar Minuten bei dir sein.«

Sie schüttelte den Kopf. »Aber ich ziehe mich wohl besser um.«

»Wieso?«, meinte er stirnrunzelnd. »Du siehst toll aus. Ich kann zurückkommen und dir in der Küche zusehen, so wie ich es mir vorgestellt habe. Fühlst du dich unwohl, wenn sie deinen Körper sehen? Denn wenn es so ist …«

Sie schaute durch das Glas zum Pool hinaus, wo die beiden Männer schwammen und herumspritzten. Dampf stieg vom Wasser auf, weil es draußen abkühlte.

Da war wieder ihr hinreißendes Stirnrunzeln. »Nein. Nicht wirklich. Wenn du denkst, dass alles okay ist.«

Sein Herz zuckte. Er umfasste ihr Gesicht mit beiden Händen. »Fühlst du dich mit Maestro und Keys nicht sicher? Haben sie etwas getan, das dir unangenehm ist?«

»Nein. Überhaupt nicht.«

»Denen fällt ganz und gar nichts auf, Breezy. Bleib so, wie du bist – für mich.« Das war keine Bitte. Wenn sie allerdings auch nur im Mindesten ein Gefühl von Unsicherheit hatte, musste er einen Weg finden, die Dinge richtigzustellen. »Deine Wahl, Baby.« Er milderte seinen Ton, damit sie wusste, dass er es ernst meinte. »Aber du bist hier absolut sicher.«

Sie zuckte mit den Schultern. »Dann ist alles gut.«

Er beugte sich zu ihr und nahm ihre linke Brust in den Mund, seine Zunge spielte durch die Spitze hindurch mit dem

Nippel, und er saugte daran. Sofort flammte heftige Erregung in ihm auf, das Blut rauschte wild durch seine Adern. Er zog sie zu sich, kräftig, als wollte er ein Mal auf ihr hinterlassen. Die andere Hand glitt über ihren Bauch abwärts zu der Stretchspitze und der Öffnung darin. Ihre Scheide war bereits feucht und heiß wie die Hölle vor Verlangen nach ihm.

»Ich bin schon wieder total scharf auf dich.« Er knurrte es, leckte an seinen Fingern, ohne den Blick von ihr abzuwenden. Ihre Augen waren dunkler geworden vor Begierde. Sie war für ihn immer zu haben. Immer.

»Du willst doch etwas essen«, konterte sie, bewegte sich jedoch nicht, als sein Mund ihre andere Brust fand und seine Finger sich erneut in ihr vergruben. Vielmehr umfasste sie sofort seinen Kopf so, als würde sie es genießen, sich mitten in der Küche stehend von ihrem Mann verwöhnen zu lassen.

Er leckte noch einmal an seinen Fingern. »Bin gleich wieder da. Was du bis dahin noch nicht gemacht hast, mache ich, und dann spiele ich noch ein bisschen weiter.«

Sie lachte leise. »Ist das eine Drohung? So klingt es zumindest. Ich mag es aber, wie du spielst.«

Er konnte nicht umhin, sie umzudrehen und ihren Hintern zu reiben. Die schwarze Spitze spannte sich über ihre helle Haut, umrahmte sie wundervoll. Er kauerte kurz nieder, steckte die Finger in sie und biss in ihre Pobacke, nicht fest, nur so, dass sie es gut spürte, und stand dann wieder auf. »Du Wahnsinnsweib. Du wirst meinen Schwanz noch in tausend Stücke sprengen, wenn das so weitergeht. Er ist so verdammt hart, ich habe das Gefühl, dass es mich gleich zerreißt.«

Sie griff unter sein Badetuch, ihre Faust schloss sich um seine Erektion. »Ich liebe es, wie du dich anfühlst, Steele.« Ihr Daumen strich über die Eichel, verschmierte die Tröpfchen darauf. »Vielleicht sollten wir da lieber etwas unternehmen, bevor du nach oben gehst.«

Steele brauchte keine zweite Einladung. Er riss ihr Höschen nach unten. Sie nahm das Dunkle von ihm, das ihn immer zu verschlingen drohte und ihm im Moment viel zu nahe war. Er hob sie mühelos in seine Arme. »Leg die Beine um mich, und schließe sie an den Knöcheln.«

Sie gehorchte, schlang die Arme um seinen Nacken. Sein Glied drängte Einlass suchend zwischen ihre weit gespreizten Beine, und er schob sie langsam auf sich, versenkte seinen steifen Schaft Zentimeter um Zentimeter in sie. Er spürte, wie sich ihre angespannten Muskeln widerstrebend öffneten, während er unnachgiebig in sie eindrang. Ihr Körper verschlang den seinen, nahm ihn in sich auf, vollkommen und perfekt.

Sie war so eng, als wollte sie ihn strangulieren, und er ließ sich von dem dadurch entstehenden Gefühl der Euphorie mitreißen. Er drückte sie an die Küchentheke, begann sich zu bewegen, langsam zuerst, ihre Miene beobachtend und ihre Brüste, die bei jedem wilden Stoß hüpften. Er grub sich tief in sie, besessen von dem Wunsch, für immer dort bleiben zu können. Jedes Mal, wenn er sich zurückzog und dann wieder vorpreschte, frohlockte sein Körper, sein Blut wurde noch heißer. Flammen leckten an ihm, brennend heiß.

Jeder Laut, den sie von sich gab, war pure Musik. Er liebte es, wie sie stöhnte. Ein leiser Schrei begleitete jeden seiner Stöße. Seine Hüften erhöhten das Tempo, ohne dass er es verhindern konnte. Er konnte nicht langsam weitermachen. Er brauchte es hart. Schnell. Er beugte sich nach vorn, nach unten, bearbeitete ihren Nippel mit den Zähnen, zog daran. Er spürte, wie sie immer noch heißer und glitschiger wurde. Er nahm sich die andere Brust, umspielte sie mit der Zunge, kratzte dann mit den Zähnen über die sensible Rundung, biss endlich in den Nippel.

Sie schrie auf und überflutete ihn erneut mit flüssigem Feuer. Er nahm sie hart, wieder und wieder. Hinter ihm öffnete sich die

Tür, seine Brüder schlenderten vorüber, beide barfuß und nackt auf dem Weg zu den Badetüchern, die sie auf dem Tisch bereitgelegt hatten. Breezys Finger legten sich warnend fester um seinen Hals. Er bewegte sich noch heftiger in ihr. Tiefer. Als wolle er sie wissen lassen, dass er sie nehmen werde, wo immer er es wollte und wann er es wollte. Er hatte das früher schon oft getan. Seine Brüder beschützten ihn, wenn er am verletzlichsten war, und Bree zu lieben machte ihn so verletzlich wie nichts sonst.

Sie bewegte sich mit ihm. Er liebte es zu beobachten, wie ihre Brüste in dem elastischen Stoff auf und ab schwangen.

Der lockere Haarknoten löste sich mit jedem seiner Stöße weiter auf. Auch das liebte er, doch es war der Ausdruck in ihrem Gesicht, wenn sie ihn ansah, ihre Augen, die sich aus einer Mischung von Liebe und Lust heraus verdunkelten. Er hoffte, dass Maestro und Keys an die Kamera gedacht hatten, um diesen Blick für ihn festzuhalten, doch er konnte sich nicht von ihr abwenden, um nachzusehen.

»Du bist gleich so weit, Baby.« Er wusste es, er spürte, wie sich ihr Körper um ihn zusammenzog. Er hörte, wie ihre kleinen, leisen Schreie den Ton veränderten.

»Ja.« Sie brachte das kleine Wort kaum heraus.

»Nimm mich mit«, befahl er.

Ihr Körper umklammerte den seinen. Eisern. Ungestüm. Feste Muskeln, die zupackten und seinen Schwanz bearbeiteten, bis er benommen wurde. Ihr leiser, klagender Schrei ließ ihn sich in sie entladen wie ein Vulkan. Sein hinausgeschleuderter heißer Samen jagte einen weiteren heftigen Schauder durch ihren Körper.

Auf ihr liegend spürte er das starke Beben ihres Körpers. Er vergrub das Gesicht an ihrem Hals, und obwohl er um Atem rang, musste er an der weichen, weißen Haut dort saugen. Sanft. Sie brauchte jetzt sanfte Fürsorge. Er war grob gewesen, und die Theke war eine harte Unterlage.

»Alles okay, Bree?«

»Ja, es war irre, wie immer mit dir. Wenn du so in mir drin bist, kann ich nichts mehr denken.«

Auch er konnte dann nicht mehr denken, und das war verdammt gut so. Das Brodeln in seinem Bauch hatte aufgehört, plötzlich war seine Welt wieder in Ordnung – und das alles wegen Breezy mit ihrem erstaunlichen Körper. Wegen ihrer Empfänglichkeit für ihn. Sie gab ihm, was er brauchte.

Langsam, widerstrebend, zog er sich aus ihr zurück. Setzte sehr sanft ihre Füße auf den Boden auf und hielt sie fest, einen Arm um ihre Hüften gelegt. Er drehte das warme Wasser auf und hielt ein kleines Handtuch darunter. »Mach deine Beine für mich auseinander.«

Sanft wusch er zuerst sie und dann sich selbst. Er sah sich um und stellte fest, dass Maestro und Keys nach oben gegangen waren, um zu duschen. Die Kamera lag auf der Theke, jedoch an einer anderen Stelle als zuvor. Seine Brüder passten für ihn auf.

Breezys Blick folgte dem seinen. »Sie haben Bilder von uns gemacht, nicht wahr?«

»Sieht so aus. Ich hoffe es. Du hast superschön ausgesehen. Dein Gesicht, wenn ich in dir drin bin, ist einfach toll, Baby.«

Ihre Hand umfasste sein Kinn, der Daumen glitt darüber. »Warum, wozu brauchst du solche Fotos?«

Mit einem Seufzer drückte er einen Kuss auf ihre Handfläche. »Diese Jahre ohne dich – ich glaube, ich wäre verrückt geworden, wenn ich diese Bilder nicht gehabt hätte.«

»Unsere Intimitäten sollten aber nur für uns sein, ja?«

Das schockte ihn. »Sie sind nur für uns. Wieso denkst du, sie wären noch für irgendjemand anderen? Ich bin nicht so wie Ice oder Savage, Baby. Ich brauche kein Publikum. Es ist mir einfach nur egal, wenn sie reinkommen, während ich in dir bin. Das verdeutlicht nur, dass du mir gehörst und sie dich umso besser schützen sollen. Ich brauche diesen Blick von dir manchmal als Erinnerung. Wenn dir das etwas ausmacht …«

Sie schüttelte den Kopf. »Ich weiß nicht, ob es das sollte, aber es ist nicht so. Wenn du dich in mir bewegst, ist es mir eigentlich egal, wer hereinkommt. Ich kriege es kaum mit.«

Liebe für sie wallte so stark, so intensiv in ihm auf, dass der Druck in seiner Brust ihm beinahe das Gefühl gab, eine Herzattacke zu bekommen. Er presste eine Hand darauf, beugte sich zu ihr und küsste sie auf den Mund. Sie schmiegte sich an ihn und legte die Arme um seinen Nacken.

»Ich habe Hunger, Weib«, sagte Maestro. »Wenn du nicht kochst, dann scher dich mitsamt deinem Mann aus der Küche und lasst mich es mal versuchen.«

Keys schnaubte voller Hohn. »Tu das nicht, Bree. Vom Kochen hat er absolut keine Ahnung. Gib ihm ein Instrument, egal welches, und er kann es spielen, aber ein Herd ist viel zu kompliziert.«

Maestro schnalzte mit einem Handtuch nach ihm. »Du hältst die Fresse. Ich habe Hunger!«

Breezy ließ lachend von Steele ab. »Verschwindet aus der Küche. Ich rufe euch, wenn das Essen fertig ist.« Sie ging zum Spülbecken und wusch sich die Hände.

Steele trat hinter sie und presste sich an ihren Körper, seine Hände umfassten ihre festen Pobacken. »Ich kann dir helfen, Baby.«

»Du lenkst mich nur ab. Geh. Ich mache das hier, und dann rufe ich euch.«

Er küsste sie in den Nacken. »Ich habe Lana und Alena gebeten, eine Jacke für dich machen zu lassen. Eine mit meinem Abzeichen, die dich als mir zugehörig ausweist.« Er presste sich weiter fest an sie, wohl wissend, dass er sie hart bedrängte.

Breezy wurde total steif; er spürte sofort, wie sehr sie diese Verbindung zu seinem Club ablehnte. Seine Jacke. Seine Ankündigung. Sie schüttelte leicht den Kopf, doch er bewegte sich nicht, ließ sie nicht weggleiten, selbst als sie sich an das Spülbecken drückte, um Distanz zwischen sich und ihm zu schaffen. Dies war einer dieser entscheidenden Augenblicke, in denen sie begreifen musste, was er zuvor gesagt hatte. Bei einigen Dingen gab es für ihn kein Entgegenkommen, und das musste sie akzeptieren.

Der Club war für ihn so notwendig wie das Atmen. Sein Abzeichen, beziehungsweise das, wofür es stand, war ihm lebenswichtig. Es definierte ihn. Seine Brüder und Schwestern machten ihn vollständig, sie füllten all die Lücken aus, die in ihm klafften. Sie waren nicht achtzehn Individuen; sie konnten ohne einander nicht überleben. Das Breezy zu erklären war unmöglich; sie musste lernen, es durch direkte Beobachtung zu verstehen.

»Nein.«

»Doch.« Er duldete keinen Widerspruch. »Durch meinen Club bin ich zu dem Mann geworden, in den du dich verliebt hast. Zu dem Mann, der ich bin. Du hast Angst vor dem Clubleben, und nach dem, was du bei den Swords erlebt hast, verstehe ich das. Aber unser Club ist anders, und wenn er nicht anders wäre, dann wäre ich nicht dabei.«

Mit einem leisen Kopfschütteln starrte sie geradewegs auf das Spülbecken. »Das kann ich nicht machen. Ich habe mir geschworen, nie mehr in dieses Leben zurückzukehren, und ich will Zane nicht so erziehen.«

»Wovor hast du Angst?« Er sprach leise, lud sie ein, ihm ihre schlimmsten Ängste mitzuteilen. Wenn sie es ihm nicht sagte, würde er es nicht wissen. Dass seine Brüder aus und ein gingen, während er Sex mit ihr hatte, war eindeutig nicht Teil dieser Ängste. Er wollte, dass sie es ihm sagte, damit er das Problem beheben konnte.

»Nein. Ich gehöre nicht zum Club.«

»Das steht nicht zur Debatte, und das weißt du auch. Ich bin ein Torpedo Ink. Ich trage das Abzeichen als Tattoo auf meiner Haut. Jeder meiner Brüder wird dich beschützen, Breezy, nicht benützen. Sie werden Zane beschützen. Du gehörst mir. Ich habe dir gesagt, dass du dich nach mir zu richten hast, und ich erwarte, dass du mir gehorchst. Das wusstest du, als du dich auf mich eingelassen hast. Das wusstest du, als du mir deinen Körper gabst. Als du mir dein Herz schenktest. Der Club, das bin ich, Bree. Wenn du den Club abweist, dann weist du auch mich ab.«

Sie blieb steif, hielt den Kopf gesenkt, atmete schwer. Schüttelte erneut leicht den Kopf. »Ich sehe nicht ein, warum wir nicht zusammen sein können, ohne dass ich Teil dieses Lebens bin. Ich kann mir einen Job besorgen, und wir können …«

»So dumm bist du nicht.« Er sprach leise. Sanft. Völlig beherrscht. »Du wirst meine Jacke tragen. Verstehst du das? Du wusstest, wer ich bin, und hast dich trotzdem auf mich eingelassen. Ich habe dir gesagt, dass es kein Zurück gibt. Mach das Essen. Ich gehe duschen. Wir werden das nicht diskutieren. Wenn du fertig bist, erwarte ich von dir, dass du mir sagst, was das Problem ist.«

Ihr Atem stockte, und für einen Moment pochte sein Herz heftig, weil er befürchtete, sie würde weinen. Das durfte nicht geschehen. Er konnte ihr das nicht zugestehen. Es gab keinen Weg, das Problem zu lösen, wenn sie nicht mit ihm redete. Sie musste akzeptieren, wer und was er war – ein Torpedo Ink. Und er hatte sich für sie entschieden. Sie war die Frau, die er liebte, und diese Schlacht war zu groß, um sie zu verlieren, vor allem da sie vollkommen auf einer Linie sein mussten, wenn sie ihren Sohn finden wollten. Was ihnen dabei womöglich bevorstand …

»Und wenn ich das nicht kann?«

Er legte einen Arm um sie, umgab sie mit all seiner Kraft. »Du hast mir vertraut, als ich mit dem schlimmsten Club fuhr, den es gibt. Du hast darauf vertraut, bei mir sicher zu sein. Du wolltest mich nicht verlassen, nicht einmal, als du die Chance dazu hattest, Bree. Ich musste lügen, um dich wegzustoßen, damit du in Sicherheit warst. Du vertraust mir deinen Körper an. Du vertraust mir mit unserem Sohn. Vertrau also auch darauf, dass ich im Club auf dich aufpasse. Dass die anderen im Club ihr Leben für dich und Zane opfern würden. Nicht nur ich werde zu eurem Schutz da sein, sondern alle. Jeder von ihnen wurde genauso wie ich zum Morden ausgebildet. Die, die dir Zane wegnahmen, haben gegen uns keine Chance. Du wirst in Sicherheit sein, und unsere Kinder ebenfalls.«

Er fühlte einen Schauder durch sie jagen und drehte sie achtsam um, damit er ihr ins Gesicht sehen konnte. Ihre Miene schockierte ihn. Sie war leichenblass, die Augen vor Entsetzen weit aufgerissen, und sie schien kaum Luft zu bekommen.

Er fasste sie am Nacken und drückte ihren Kopf nach unten. »Atme, Baby. Hol Luft.« Er hatte diesen Blick zu oft schon gesehen. Es ging nicht nur darum, dass seine Frau nichts mit einem Club zu tun haben wollte, sondern allein der Gedanke daran versetzte sie in ihre Kindheit zurück. Das hätte er wissen müssen. Sein Mut sank. Er wollte das mehr als alles andere. Er brauchte es. Doch Breezy konnte ihm nicht etwas geben, das sie so aussehen ließ. Nicht jetzt. Vielleicht auch nie.

»Ich bin hier bei dir, Breezy. Ich lasse nicht zu, dass dir irgendetwas zustößt.« Er kauerte neben ihr nieder und atmete mit ihr, schaute in ihre Augen. »Ich halte dich, Baby. Ich werde dich immer halten. Du willst meinen Namen noch nicht auf deiner Jacke tragen, also verschieben wir das, bis dir absolut klar geworden ist, dass Torpedo Ink anders ist. Dass wir anders sind.«

Es ging hier nicht mehr um ihn. Darum, dass es für ihn unabdingbar war, von ihr akzeptiert zu werden. Er erwartete zu viel von ihr. Und er wusste, dass Breezy ihm immer alles gegeben hatte.

»Vergiss alles, was ich gesagt habe, Bree. Atme es einfach weg. Wir sprechen irgendwann später über das Thema.«

Sie richtete sich langsam auf, hob widerstrebend die Lider, bis er in ihre grünen Augen sehen konnte. »Ich habe solche Angst«, flüsterte sie. »Ich hatte meine gesamte Kindheit über immer nur Angst.«

»Du brauchst keine Angst mehr zu haben. Wir holen Zane zurück, und dann reden wir über alles.«

Sie befeuchtete sich die Lippe. »Ich versuche es, Steele.«

Er schüttelte den Kopf. »Nicht so. Nicht wenn du solche Angst hast. Ich habe zu sehr gedrängt, es war zu früh.«

»Schwöre mir.« Sie blickte ihm in die Augen. »Schwöre mir, dass die Torpedo Inks nichts mit den Swords gemein haben.«

»Du hast mein Wort, Baby, aber verschieben wir das jetzt. Ich möchte nicht, dass du dir deswegen Sorgen machst.«

Sie rang die Hände, doch ihr Atem ging nun leichter. »Ich werde Ja sagen, Steele …«

»Nein, Baby, das wirst du nicht. Wir werden warten, bis du in der Lage bist, mit mir zu reden. Ich weiß, du willst mich nicht enttäuschen, aber ich möchte, dass wir warten.«

»Bist du dir sicher?«

Hoffnung schwang in ihrem Ton mit. Er tätschelte sanft ihr Kinn. »Absolut. Wenn du den Mut aufbringst, mit mir darüber zu reden, was dir am meisten Angst macht. Aber nicht jetzt. Erst wenn wir Zane haben. Ich kann damit gut umgehen, verstehst du?«

Sie nickte.

Er rieb seine Lippen über ihre und küsste sie dann sanft. »Gib mir zehn Minuten zum Duschen, und dann helfe ich dir.«

Sie nickte wieder, und er trat zurück. Er war besorgt. Sie wollten ihr Kind zurückholen. Er war bereit, das Monster herauszulassen, um ihren Sohn zurückzubringen. Er war sogar bereit zu sterben, damit sie Zane wiederbekam. Und die Mitglieder seines Clubs ebenso.

Die, die mit ihm fuhren, waren bereit, ihr Leben zu riskieren. Er hoffte, sie würde das sehen, doch sie würde dabei auch sehen, was sie alle waren. Es war eine Sache, abstrakt über das Töten anderer Menschen zu reden, oder darüber, dass sie Angst um ihr Kind hatte, aber es tatsächlich zu erleben, das war etwas anderes.

Bridges war ihr Vater. Junk ihr Halbbruder. Sie waren nicht gut zu ihr gewesen, aber sie waren alles, was sie an Familie hatte. Er hatte nicht einfach nur Dampf abgelassen, als er sagte, er werde die beiden auseinandernehmen, bevor er sie tötete. Bridges hatte Breezy geschlagen und getreten. Junk hatte seine Hand über Zanes Mund und Nase gehalten und dabei gelacht. Sie hatten ihr den Kleinen weggenommen. Damit waren sie praktisch schon tot. Steele wollte alles tun, um genau das zu erreichen, und sein Club mit ihm. Breezy würde seine schlimmsten Seiten sehen, und das hatte absolut nichts damit zu tun, dass er ein verdammter Kontrollfreak war. Um diese Seite von ihm zu zügeln, liebte er sie genug. Doch die zu töten, die sie und sein Kind bedrohten, das war eine komplett andere Sache.

11. Kapitel

Breezy war erschöpft. Sie waren stundenlang gefahren. Steele hatte dafür gesorgt, dass ihr nicht kalt wurde; sogar Handschuhe hatte er für sie aufgetrieben. Sie fuhren ohne ihre Abzeichen, und darüber war sie froh. Sie war kein Clubmädchen und wollte auch nicht mehr als eines gelten. Sie wollte sich nie mehr so fühlen, wie sie sich bei den Swords immer gefühlt hatte – wertlos.

Es hatte sie etwas verblüfft, wie viele der anderen Torpedo Inks sich dafür entschieden hatten, mit ihnen zu fahren. Dreizehn der achtzehn waren mitgekommen. Sogar Savage. Irgendwie überraschte sie das. Um den Zaren zu schützen, war Savage ebenso wie Reaper nie von dessen Seite gewichen. Das Wenige, das sie von ihm mitbekam, hatte sie glauben lassen, dass sich nichts verändert hatte. Reaper blieb zurück, um ein Auge auf Viktor Prakenskij und seine Familie zu haben, aber Savage fuhr mit ihnen. Sie hatten auch einen Truck mit dabei, den Transporter fuhr. Auf der Rückbank war ein Kindersitz angebracht, und allein ihn anzusehen gab ihr das Gefühl, dass sie Zane wirklich wiederbekommen würden. Die meisten Swords hätten es nicht als eine Notwendigkeit angesehen, ein Kind von einem Kidnapper zurückzuholen. Schon gar nicht, wenn es mit einem Risiko verbunden gewesen wäre. Nicht etwa deshalb, weil sie keine Brüderschaft waren, sondern weil ein Kind ihnen so wenig wert war, wie sie selbst es immer gewesen war.

Breezy presste das Gesicht an Steeles Rücken und versuchte, nicht an ihren Zusammenbruch in der Küche zu denken. Es hatte sie ziemlich verwundert, dass Steele so sanft mit ihr umgegangen war. Das hatte sich dann über den ganzen Abend und auch die Nacht fortgesetzt.

Sie hatten einige Male angehalten, um sich die Beine zu vertreten und das Essen zu verzehren, das Alena für sie hergerichtet hatte. Lana fuhr mit ihnen, doch Alena war zu Hause und half den Daheimgebliebenen, auf Blythe und Anya und die Kinder aufzupassen. Sie waren um drei Uhr früh aufgebrochen und erreichten nun bald Santa Fe in New Mexico. Es war ein Uhr nachts; sie waren fast vierundzwanzig Stunden stramm unterwegs gewesen.

Die Clubmitglieder waren wie Maschinen. Keiner von ihnen wirkte ermüdet. Es war, als seien sie seit Beginn ihrer Mission wie ausgewechselt. Sie sahen so gefährlich aus, wie sie sich auch fühlten. Wenn sie Rast machten, wagte sich niemand in ihre Nähe. Steele blieb stets dicht bei ihr, begleitete sie sogar zur Toilette und wartete davor, bis sie wieder herauskam. Er hielt ihre Hand. Legte einen Arm um ihre Schultern oder berührte ihren Rücken. Beim Essen drückte er einen Schenkel an ihren. Eine tröstende Geste, die sie dringend brauchte.

Sie hatte sich bemüht, so wenig wie möglich über Zane nachzudenken, denn andernfalls wäre sie verrückt geworden. Nun, wo sie sich der Wohnung näherten, in der Bridges und Junk sie gefunden hatten, begann sie zu zittern. Steele legte sofort seine Hand auf ihre. Sie versuchte, nicht mit den Zähnen zu klappern, während die Maschinen langsamer wurden und in eine Straße drei Blocks von ihrer Wohnung entfernt einbogen.

Am Abend zuvor hatten Steele, Maestro und Keys beim Essen verkündet, Breezy könne beim Kochen locker mit Alena mithalten, doch sie wusste, dass dem nicht so war. Sie konnte kochen, aber längst nicht so gut wie Alena. Doch es war nett gewesen, dass sie ihr Bemühen anerkannt hatten. Bei den Swords hatte sie oft gekocht, doch nie war einem der Männer einmal ein Danke über die Lippen gekommen.

Steele hatte sie zu Bett gebracht, war total nett und sanft gewesen und hatte ihr das Gefühl gegeben, dass er sie wirklich liebte. Das war es, worin er so gut war. Was sie auch taten, er war völlig auf sie konzentriert, und wenn er sich, ihrem Blick begegnend, in ihr bewegte, stahl er ihr jedes Mal wieder ihr Herz.

Sie wusste, mehr als alles andere war es die Art und Weise, wie er sie berührte, wie sich seine Hände über ihren Körper bewegten, und sein Gesichtsausdruck, wenn er ihr in die Augen sah, was sie an ihn band. Er konnte seine Gefühle vor ihr nicht verbergen. Wenn er bei ihr war, wusste sie, wie es ihm ging. Sie spürte ihn in allem, was er tat. Selbst wenn er sie herumkommandierte, wusste sie, dass er auf sie aufpasste, und das gab ihr ein Gefühl von Sicherheit, das sie noch nie zuvor gehabt hatte.

Über seine Ankündigung, dass sie sein Abzeichen tragen werde, hatte sie nicht zu viel nachdenken wollen. Irgendwie hatten ihre Gefühle für Steele und die explosive Chemie zwischen ihnen sie vergessen lassen, dass er einem Bikerclub angehörte und sie das zu akzeptieren hatte. Danach lag sie neben ihm, während er sich die Bilder in der Kamera ansah und ihr das eine oder andere zeigte.

Auf jedem Foto, das sie zu sehen bekam, verriet ihre Miene all ihre Liebe für ihn. Die Kamera hatte diese Intensität eingefangen. Sie sah sie wie in ihre Haut eingraviert. Auch ihre Augen verrieten dieses so starke, so unverhüllte Gefühl. Breezy fand es interessant, dass die meisten Fotos hauptsächlich ihr Gesicht zeigten und nicht, was sie beide taten. Es waren diese Bilder – die, die er nicht löschte –, welche ihr am meisten Einblick in ihn gewährten. Er musste wissen, dass sie bei ihm sein wollte. Er musste wissen, dass jemand ihn liebte. Er hielt sich nicht für wert, geliebt zu werden, deshalb fiel es ihm schwer zu glauben, dass sie wirklich bei ihm sein wollte.

Das war ein Schock; sie war neben ihm gelegen und hatte seine wechselnden Mienen beim Betrachten der Bilder in der Kamera verfolgt. Steele strahlte immer absolutes Vertrauen aus. Er war der Mann, an den andere sich in einer Krise wandten, und er meisterte sie. Er war besonnen und verlor nie den Mut. Wenn sie ihn ansah, seine enorme Kraft spürte, wusste, wie erfahren er war, hatte sie nie glauben können, dass er sich nicht für liebenswert halten könnte. Doch das führte dazu, dass sie ihm nur noch mehr beweisen wollte, was sie für ihn fühlte.

Er stupste sie an, um ihr noch weitere Bilder zu zeigen. Sie konnte nicht umhin zu sehen, wie sexy es war, wenn sie mit seinem Schwanz im Mund vor ihm kniete, oder wenn sie auf der Theke lag und er sie oral befriedigte. Ihr Gesicht zeigte dabei pure Ekstase. Denn das war es in der Tat, was Steele ihr gab.

Er band sie mit Sex an sich, das war keine Frage. Sie konnte ihm nicht widerstehen und würde dazu auch nie in der Lage sein. Denn sie mochte es, wie er die Kontrolle übernahm. Es war heiß, und sie genoss alle Vorteile davon. Er könnte sie mitten in der Grand Central Station in New York nehmen, und sie würde nicht Nein sagen können. Sie würde schlichtweg vergessen, dass sie von Menschen umgeben waren, denn wenn er sie berührte, gab es für sie nichts anderes mehr auf der Welt.

Und sie liebte ihn von ganzem Herzen. Ja, sie *liebte* ihn. Wenn sie ihm nahe war, tat ihr das Herz weh. Sie hatte sich alles über seine schreckliche Kindheit angehört und wusste doch, dass er ihr längst noch nicht alles offenbart hatte. Allerdings konnte sie schon das kaum ertragen, was er preisgegeben hatte. Sie wollte die Frau für ihn sein, die er brauchte. Er sagte ihr, dass sie das sei, und tief im Inneren wusste, spürte sie, dass es die Wahrheit war.

Es machte ihr nichts aus, wenn er wissen musste, wo sie war. Wenn er sie berühren musste, sobald sie zusammen waren. Es machte ihr nichts, wenn es die meiste Zeit nach seinem Willen ging, denn sie wusste, sobald sie protestierte, würde er ihr geben, was immer sie wollte. Das hatte er stets getan. Es war nur so, dass vieles ihr nicht so wichtig war wie offenbar ihm. Es machte ihr auch nichts, wenn er Fotos haben musste, um sich zu erinnern, dass sie ihn liebte. Nichts von all dem war für sie von Belang.

Breezy machten nicht einmal die Männer etwas aus, die im Zimmer ein und aus gingen, wenn er sie liebte – denn immer wenn Steele sie berührte, ob er nun grob war oder nicht, es fühlte sich an wie Liebe. Er sah dabei immer nur auf sie. Sie wusste, er war dabei so sehr auf sie konzentriert, dass er die Männer um sie herum gar nicht wahrnahm. Er fühlte sich sicher, weil sie da waren. Sicher, um seine Aufmerksamkeit uneingeschränkt ihr widmen zu können. Nichts von all dem war jedoch von Bedeutung. In einem Club zu sein allerdings schon.

Die Wohnung, sie sie gemietet hatte, lag nicht im besten Teil der Stadt, doch sie war erschwinglich. In ihrem Jahr mit Steele zusammen hatte er darauf bestanden, dass sie Selbstverteidigung erlernte, und täglich mit ihr trainiert. Er hatte mit ihr darüber gesprochen, sich fit zu halten, weil es manchmal schon reichte, länger durchzuhalten als der Gegner. Sie hatte alles beherzigt, aber dennoch ging es letztlich ums Geld, und Steeles Geld hatte sie nicht nehmen wollen, weil sie sich sonst wie eine Hure vorgekommen wäre. Sie hatte sich genommen, was sie als Startkapital brauchte, den Rest aber für Notfälle gespart.

Sie sah ihm an, dass er über ihre Wohngegend nicht gerade glücklich war, und sie schämte sich dafür. Sie hätte ihren Stolz vergessen und mit dem Geld eine bessere Umgebung für Zane wählen sollen. Drei Blocks weiter war der Warehouse District. Die heruntergekommenen Gebäude bildeten lange Reihen, mehrere standen leer. Sie blieben ein Stück davor stehen; Savage und Keys fuhren noch weiter darauf zu.

Breezy beugte sich vor an Steeles Ohr. »Was machen sie?«

Ein kurzes Schweigen entstand. Er drehte sich zu ihr um, und ihr rutschte das Herz in die Hose, denn seine Miene zeigte heftige Wut. »Sag jetzt besser nichts, bis ich mich wieder beruhigt habe, Bree.«

Sie hatte gewusst, dass er ärgerlich reagieren würde, wenn er die Gegend zu Gesicht bekam. Sie straffte die Schultern und wollte protestieren. Er war nicht dabei gewesen. Er wusste nichts über ihr Leben ohne ihn. Sie verdiente nicht genug, um in einer guten Gegend zu wohnen, und früher oder später wäre sein Geld zu Ende gewesen und sie hätte umziehen müssen. Durch Umsicht hatte sie es geschafft, gerade so am Rande zu wohnen und Geld zu sparen, damit sie mit Zane hätte umziehen können, sobald er in die Schule kam.

Er schüttelte den Kopf. »Ich habe kein Problem damit, dich vom Bike zu holen und übers Knie zu legen. Gleich hier, gleich jetzt. Ich bin so gottverdammt wütend, dass ich nicht mehr richtig denken kann, und glaube mir, Weib, wenn ich dir sage, dass mir das sonst nicht passiert. Aber der Gedanke, dass du auf all dem Geld hockst und dich und unser Baby dem hier aussetzt, nur deines Stolzes wegen! Am liebsten würde ich dir so den Arsch versohlen, dass du einen Monat nicht mehr darauf sitzen kannst. Also halt jetzt einfach die Klappe.« Er wandte das Gesicht von ihr ab.

Sie seufzte tief, seine Anschuldigung machte sie zornig. Dummerweise war ihr aber auch klar, dass er recht hatte. Er hatte ihr Tausende Dollar gegeben. Sie hätte eine bessere Gegend finden können, vor allem mit dem Kind, doch es hatte keinen Sinn ergeben, das Geld, das sie hatte, zu vergeuden, da sie es brauchen würde, sobald Zane zur Schule ging. Sie wusste allerdings auch, dass dies nicht der einzige Grund war. Sie war verletzt worden und hatte diese Wunde gepflegt. Hatte sie immer im Gedächtnis behalten, damit sie nicht nach ihm suchen würde. Nach Steele. Der Liebe ihres Lebens.

Dabei war sie eigentlich nicht nachtragend; ihr Zorn hielt meist auch nicht lange an. Das hatte zum Teil mit ihrer Kindheit und ihrer Hilflosigkeit damals zu tun. Ob sie zornig gewesen war, hatte nie eine Rolle gespielt. Sie hatte nicht gewagt, Zorn oder Widerspruch jeglicher Art zu äußern. Sie hatte gelernt, andere Wege zu finden, um ihr Leben besser zu machen. Zorn war keine für ihr Überleben nützliche Emotion gewesen, deshalb hatte sie ihn schon früh abgelegt.

Ihr war nicht bewusst gewesen, dass Steele nur selten zornig war. Während ihres Zusammenseins war sie öfter unbeherrscht gewesen als er. Sie rieb sich die Hand am Oberschenkel, wollte sich bei ihm entschuldigen, doch sie wusste nicht, wie sie ihm klarmachen sollte, dass das Geld zu sparen eine Form der Selbsterhaltung gewesen war. Sie hatte ihren Stolz gebraucht, um überleben zu können. Sobald Zane auf der Welt war, hatte sie das Geld für Notfälle aufgehoben. Und sie hatte sichergestellt, dass sie, falls sie Steele je wiedersehen würde, ihm die ganze Summe zurückgeben konnte. So viele Gründe. Doch keiner war gut genug, um mit dieser Wohngegend das Leben ihres Kindes einem Risiko auszusetzen.

Breezy war von ihren Schuldgefühlen so abgelenkt, dass sie den Mann, der aus dem Schatten auf Savage und Keys zukam, fast übersah. Die beiden waren zwei Gebäude weiter stehen geblieben. Er händigte Keys etwas aus und bekam dafür ein kleines, flaches Päckchen. Dann wartete Keys, bis der Mann zu seinem Bike gegangen und die Straße hinunter verschwunden war.

Steele hatte seinen Motor die ganze Zeit laufen lassen; nun legte er Breezys Arme unsanft um seinen Leib und fuhr dann mit dem Rest der Gruppe zu den Gebäuden vor. Sie folgten

Keys und Savage, die an den ersten beiden Häuserreihen vorbei direkt auf das mittlere Gebäude in der letzten Reihe zu fuhren. Dahinter lief ein Bach, der sich durch eine tief eingegrabene Rinne und über gezackte Felsbrocken und Geröll seinen Weg bahnte.

Sobald Steele den Motor abstellte, glitt sie von der Maschine. Ihre Beine waren schwach und fühlten sich an wie Gummi. Sie wollte ein Stück zur Seite gehen, brauchte etwas Raum, weil Steele so wütend war, doch er packte sie am Handgelenk und zog sie wieder zu sich.

»Lauf nicht weg.«

»Ich wollte mir nur ein bisschen die Beine vertreten.« Sie beobachtete Keys, der ein Rolltor aufsperrte und hochzog. Sie schoben die Bikes hinein, und er schloss das Tor wieder. Savage schaltete ein Licht an.

Als Erstes sah sie Abzeichen, die darauf hindeuteten, dass dieser Raum einem Club gehörte. Ein Totenschädel grinste unheimlich durch ein Feld aus schwarzen Rosen und Patronen. Ihr rutschte das Herz in die Hose. Unwillkürlich trat sie einen Schritt zurück, genau auf Steele. Seine Arme umfassten sie, sein Kinn sank auf ihre Schulter.

»Tut mir leid, dass ich wütend wurde, Bree. Mir gefällt einfach die Vorstellung nicht, dass du mit einem Baby in diesem Dreckloch sitzt. Ich sah Spritzen auf dem Gehsteig, und da bin ich ausgeflippt. Noch dazu war das Ganze ja meine Schuld. Ich habe dich verjagt.«

Sie lehnte sich an ihn, hörte das Bedauern in seinem Ton. »Um mich zu beschützen, Steele, denn das ist es, was du tust. Und du hattest recht. Ich wollte es nicht hören oder zugeben, aber es war mein Stolz, was mich davon abhielt, für eine bessere Wohnlage Geld auszugeben. Ich wollte weiterhin verletzt sein, damit ich dich nicht suchen würde wie eine dieser erbärmlichen Frauen, die ein Nein nicht als Antwort akzeptieren.«

»Wie du gesehen hast, war ich, als du nach mir suchtest, auf einmal da, Baby.«

Sie lächelte ihm zu. Sogar hier, in diesem alten Lagerhaus mit seinem Gestank nach Drogen und Verbranntem konnte er ihr das Gefühl geben, begehrenswert zu sein. Sie rümpfte die Nase und sog die Luft ein. Furcht packte sie. »Was ist das hier? Es riecht wie nach verbranntem Fleisch«, fragte sie argwöhnisch. Sie war seit ihrer Kindheit mit den Swords zu Gange gewesen. Da hatte sie Gerüchte über Orte wie diesen gehört.

»Ja, Bree, du hast es erraten. Ein Ort wie dieser ist dafür geschaffen, um Informationen aus jemandem herauszuholen oder Ähnliches. Und ich brauche Informationen. Ich weiß zum Beispiel, dass ein paar Swords-Mitglieder deine Wohnung beobachten. Ich bringe sie hierher und stelle ihnen einige Fragen. Wenn sie wissen, wo Zane ist, dann wissen wir es danach auch. Wenn nicht, werden wir wissen, wer womöglich bei ihm ist. Oder ob sie ihn schon verkauft haben.«

Die Furcht erstickte sie fast. »Verkauft haben? Wie meinst du das, *ihn verkauft haben*?« Sie wirbelte herum und klammerte sich an seiner Jacke fest. »Du glaubst, sie haben ihn verkauft?«

Er umfasste mit beiden Händen ihr Gesicht. »Atme, Baby. Ich will nur auf jede Möglichkeit vorbereitet sein. Lana und ein paar meiner Brüder begleiten dich in die Wohnung, und ihr holt dort alles heraus, was du mitnehmen willst. Danach wirst du keinen Fuß mehr in diese Wohnung setzen, das ist also deine letzte Gelegenheit. Wir haben den Truck, und du kannst alles mitnehmen, was du möchtest.«

»Ich gehe hier nicht weg. Ich habe vielleicht selbst einige Fragen.«

Seine Miene wurde eisern. »Du kannst nicht bleiben, Breezy, und mach mir jetzt keinen Kummer. Ich muss das tun, und ich will, dass du sicher bist.«

»Was für ein Pech, aber du bist nicht Zanes einziger Elternteil. Und ich kenne Bridges besser als du. Ich kann bestimmt die richtigen Fragen stellen.«

»Bree. Wenn wir diese Sachen durchziehen, müssen wir wissen, dass alle zusammenarbeiten. Du kannst dich nicht bei jeder Kleinigkeit gegen mich stellen.«

Sie hatte nicht das Gefühl, dass es hier um eine Kleinigkeit ging. »Wenn du Informationen bekommst, Steele, dann sollte ich dabei sein.«

Er schüttelte beharrlich den Kopf. »Kommt nicht in Frage, Baby. Ich werde sie auseinandernehmen, um alles aus ihnen herauszubekommen, was möglich ist. Das wird nicht schön und nicht human sein – was für mich scheißegal ist. Aber für dich eben nicht. Du kannst deine Gefühle nicht komplett abschalten, während ich das tue, seit ich sieben Jahre alt war. Du wirst mich bitten und anbetteln aufzuhören, aber ich tue es nicht. Und danach wirst du mich nie mehr so sehen wie zuvor.«

Ihr Bauch krampfte sich zusammen, nicht, weil ihr klar war, dass er einen Menschen auseinandernehmen konnte, sondern weil sie *sah*, dass er es konnte. Und würde. Er hatte genau das vor. Steele hatte schon immer sehr gefährlich gewirkt, aber nicht wie ein kaltblütiger Killer. Er hatte versucht, es ihr zu sagen, doch sie konnte sich nicht vorstellen, dass er das war.

»Du sagtest, du bist zum Morden ausgebildet worden. War das Teil deiner Ausbildung?« Ihre Stimme bebte und war kaum zu hören. Sie wollte das nicht, denn sie musste alles mitkriegen, was die Swords ihr sagen konnten, doch diese Seite von Steele machte ihr panische Angst.

Nicht, dass sie glaubte, er würde ihr wehtun – das war es nicht. Sie wusste, dass er sich abschotten, jegliche Gefühle beiseiteschieben und eiskalt sein konnte. Abspaltung. Sie sah sich mit pochendem Herzen in dem großen Raum um. Überall waren Werkzeuge, und sie bemerkte, dass mehrere Stühle auf dem Boden angeschraubt waren.

»Ja, das war Teil meiner Ausbildung. Das ist nichts für dich, Bree. Ich will nicht, dass du je Zeuge so einer Sache wirst. Du musst hier nicht mit dabei sein.«

»Will ich auch nicht«, sagte sie. »Aber was, wenn etwas, das er sagt, mich an etwas erinnert, und ich kann ihm eine Frage stellen, die uns zu Zane führt?«

Sie presste noch fester auf ihren Bauch. Wollte sie das wirklich mitmachen? Was hatte sie bloß? Steele würde sich nicht zurückhalten oder aufhören, nur weil sie es nicht aushielt. Und sie kannte sich – sie würde schreien, damit er aufhörte, sobald Blut floss oder einer der Swords zu brüllen anfing.

»Du wirst sie kennen, Breezy.« Er küsste sie auf den Hals. »Du bist wahrscheinlich mit ihnen aufgewachsen.«

»Wahrscheinlich haben sie mich auch vergewaltigt«, meinte sie in dem Versuch, sich zu wappnen.

Sie spürte, wie sich sein Körper anspannte. Seine Arme zogen sich fester um sie. Wahrscheinlich war es nicht der beste Zeitpunkt gewesen, ihn an ihre Kindheit zu erinnern.

»Das wird nicht passieren. Du gehst mit Lana und zwei von den Brüdern.«

Breezy schloss die Augen, wünschte sich, nicht so feige zu sein. Es war nicht richtig, Steele die Drecksarbeit allein zu überlassen. Zane war ihr *gemeinsamer* Sohn. Auch sie hatte Verantwortung. Sie hatte Steele versprochen, alles zu tun, um Zane wiederzubekommen. Er war willens, aber …

»Ich hasse mich im Moment, Steele.«

»Du wirst keine Fragen stellen, Süße. Das mache nur ich.«

Konnte er sich irgendwie fremder für sie anhören? Er glaubte, sie verabscheue ihn und mache sich Vorwürfe, weil sie ihn nicht aufhalten konnte. Sie drehte sich mit einem Kopfschütteln zu ihm um und schlang die Arme um seinen Nacken. »Ich hasse mich, weil ich nicht du sein kann, Steele. Ich zwinge dich, die ganze Drecksarbeit zu machen, um Zane zu uns zurückzuholen. Das ist nicht richtig. Es beschert dir die Albträume und gibt mir die Freiheit zu tun, als sei ich bei all den Entscheidungen nicht mit dabei gewesen.«

»Du bist jetzt nicht gefragt, Bree.« Sein Ton war unerbittlich. Kalt. »Du hast in dieser Sache nichts zu bestimmen. Ich höre dir nicht zu, wenn du etwas bezüglich meiner Entscheidung sagst. Ich werde sie beide auseinandernehmen, und ich werde jede Einzelheit erfahren, die sie über Zanes Verschwinden wissen. Niemand, nicht einmal du, der einzige Mensch, der Einfluss auf mich haben könnte, wird das verhindern können. Sie haben ihn dir weggenommen. Irgendwo haben sie ihn. Er ist allein. Er hat Angst. Ich weiß, wie das ist. Sie hätten meinen Jungen nicht entführen sollen.«

»Es tut mir so leid, dass ich sie nicht aufhalten konnte.« Sie flüsterte die Entschuldigung, Tränen brannten ihr in den Augen. Dies wühlte unweigerlich wieder alles bei ihm auf. Die Ermordung seiner Eltern. All die Dinge, die sie ihm angetan hatten. Welche Dinge? Er hatte von Folter gesprochen. Vergewaltigung. Wiederholt. Sie hatte nicht nachgefragt. Er hatte lediglich die Oberfläche angekratzt, und sie hatte keine Fragen gestellt, weil sie gesehen hatte, dass es ihn krankmachte. Sie hatte getan, was sie immer tat, wenn Steele zornig war: sie hatte seine Aufmerksamkeit auf ihren Körper gelenkt.

Breezy presste die Stirn an seine Brust; sie konnte kaum atmen. »Was, wenn Bridges ihn wirklich verkauft hat?« Bei dem Gedanken musste sie sich beinahe übergeben. »Was, wenn sie ihm Sachen antun, die sie mit dir gemacht haben, Steele? Unser Baby. Warum hatte ich keine Waffe? Ich hätte mir eine Knarre kaufen sollen. Ich hätte dieses Geld hernehmen sollen, um einen sichereren Ort zu finden, wo sie nicht hingekommen wären.« Sie redete vor sich hin und konnte nicht mehr aufhören. Der Druck in ihrer Brust war enorm, so stark, dass sie glaubte, ihr Herz werde zerquetscht.

»Hör auf.«

Steeles leiser Befehl verblüffte sie. Er drückte ihr Kinn nach oben und zwang sie, ihm in die Augen zu sehen. Sie sah arktische Kälte und nur wenig anderes.

»Das hilft gar nichts. Du musst damit aufhören, Bree. Wir haben einen Job, und der ist, ihn zu finden und zurückzuholen. Ich werde jeden umbringen, der sich mir in den Weg stellt. Ich nehme jeden auseinander, der etwas weiß und sich weigert, es mir zu sagen, nachdem ich höflich gefragt habe. Wir werden ihn zurückbekommen. Und dann werde ich Bridges und Junk windelweich prügeln und anschließend umbringen. Ich werde sie beide jeden Schmerz spüren lassen, den du je in deinem Leben gespürt hast, und wenn sie Zane verletzen, wird es für sie doppelt so schlimm werden. Nichts und niemand wird mich davon abbringen. Frag jeden meiner Brüder – mich hält nichts auf. Niemand stoppt mich. Ich heiße Steele, weil ich unbeugsam bin wie Stahl. Zane kommt nach Hause. Daran kannst du dich festhalten.«

Sie konzentrierte sich auf seine Stärke. Steele war unbeugsam. So hatte er es gesagt, und sie konnte diesen Zug in ihm sehen. Das mochte ihr nicht immer gefallen, aber jetzt, in diesem Moment, brauchte sie das von ihm. Die Swords würden den Fehler begehen, ihn zu verspotten, wie sie es auch gemacht hätten, wenn sie die Fragen gestellt hätte. Sie würden versuchen, ihr mit Geschichten darüber, was mit Zane passierte, Angst zu machen, und sie würde zusammenbrechen. Nicht so Steele. Das war ihr klar.

»Du gehst mit Lana …«

»Ich brauche außer Lana niemanden«, sagte sie leise. »Behalte die anderen bei dir. Lana kann für unsere Sicherheit sorgen. Sie ist wie du. Ich sehe es ihr an.«

Lana war schön, aber mehr als einmal hatte sich Breezy in ihrer Gegenwart unwohl gefühlt. Die Frau strahlte etwas Gefährliches, ja Tödliches aus, wenn man sehr lange mit ihr zusammen war. Während ihrer Zeit bei den Swords war Lana nie weit von Ices Seite gewichen. Sie fuhren zusammen, und Ice sorgte dafür, dass niemand Lana berührte. Normalerweise hätte das nicht gereicht. Die anderen Mitglieder hätten sie belästigt, sie beim Vorbeigehen betatscht, anzügliche Bemerkungen fallen lassen, vielleicht sogar an ihrer Kleidung gezogen. Doch das wagte keiner – was wiederum alles über Lana sagte.

»Ich schicke zwei Brüder mit euch. Ich werde dich nicht verlieren, Bree.« Er umfasste ihr Gesicht. »Ich bin ein Killer, Breezy. Ich, der Mann, den du in deinem Bett hast. An diesen Händen klebt wahrscheinlich mehr Blut, als du dir vorstellen kannst, und ich berühre dich mit ihnen. Das solltest du wissen. Der Mist, den du mir erzählt hast, dass ich dich gehen lassen müsste, wenn du das wolltest, ist genau das – Bockmist.«

Sie wusste es besser, doch das spielte keine Rolle, weil sie ihn liebte. Sie liebte ihn als den Heiler, den Arzt, der alle beschützte und auf sie aufpasste. Sie liebte diesen starken Mann, der alles, was notwendig war, tun würde, um ihren Sohn sicher nach Hause zu bringen. Die Polizei würde ihn wahrscheinlich erst dann finden, wenn sie ihn getötet oder verkauft hatten. Auch das wusste sie.

»Als ich vierzehn war, gab mich mein Vater einem seiner Freunde. Ich war noch nie mit einem Mann zusammen gewesen, und Bridges schuldete ihm einen Gefallen. Er wollte mich haben, und Bridges gab mich ihm und ging dann weg. Er tat mir weh, Steele. Es hat mehr wehgetan als alles, was ich für möglich gehalten hatte. Mein Vater lachte, als er mich ihm vor die Füße warf, kaputt und blutig. Er stand auf und holte Bier. Sie saßen im Wohnzimmer herum und soffen, während ich vor ihnen auf dem Boden lag.«

»Verflucht«, flüsterte er.

»Ich versuchte, zu den Bullen zu gehen. Aber das war der

größte Fehler meines Lebens. Meine Bestrafung war, dass Bridges diesen Mann und seine beiden Freunde mit mir tun ließ, was sie wollten, außer mich umzubringen. Ich konnte ein paar Wochen lang nicht aufstehen, und ich hatte Glück, dass ich diese Bestrafung überlebte. Ich weiß, dass die Polizei uns nicht helfen kann. Ich weiß, dass du das tun musst, um unseren Sohn zurückzuholen.«

Sein Blick wich nie von ihr, während sie ihm erzählte, was ihr Vater mit ihr hatte geschehen lassen. Seine blauen Augen wurden so dunkel, dass sie das Gefühl bekam, eine bösartige Katze würde sie anfunkeln, und sie wurden mit jedem Wort, das sie sagte, noch kälter und raubtierhafter. Doch seine Hände umfassten sanft ihr Gesicht, ein Daumen strich liebevoll über ihre Wange.

»Ich sage dir das, damit du verstehst, dass ich weiß, dass das, was du tust, notwendig ist, und dass ich mich schäme dafür, dass ich es nicht tun kann, dass ich das dir überlassen muss. Ich werde dich nie für etwas kritisieren, das du getan hast, um unseren Sohn zurückzubekommen. Niemals.«

»Du wirst mir die Namen dieser Männer nennen.«

Ihr Herz verkrampfte sich heftig. Ihr Mann. Er wollte sie rächen. »Steele.« Sie sprach seinen Namen leise, um ihn abzuhalten. »Hier geht es um Zane, unseren unschuldigen süßen Kleinen.«

»Hier geht es um ekelhafte Pädophile, die einem vierzehnjährigen Mädchen etwas antun oder einen zweijährigen Jungen gewaltsam seiner Mutter entreißen.«

Sie hatte die Freunde ihres Vaters nie für Pädophile gehalten, wohl hauptsächlich deshalb, weil sie sich mit vierzehn Jahren nicht mehr als ein Kind gesehen hatte. »Bring uns nur unseren Sohn zurück, und dann lassen wir es gut sein.«

»Sag mir ihre verdammten Namen, Breezy. Ich bitte nicht noch mal.«

Sie wusste, weshalb seine Brüder ihn so nannten. Und sie lehnte sich gerade gegen den Unbeugsamen auf. Das würde er ihr nicht durchgehen lassen, also musste sie nachgeben. Dabei lag es ihr fern, ihre Peiniger zu schützen, sie wollte nur nicht, dass sich Steele in Gefahr begab, um für sie eine seiner Meinung nach notwendige Rache zu üben.

»Donk, Favor und Riddle.«

»Donk ist Bridges' Vollstrecker. Code hat ihn überprüft. Er ist ebenfalls verschwunden, deshalb wird er wohl bei Bridges sein.« Er ließ die Hände sinken, doch sein Arm an ihrem Rücken hielt sie weiter fest.

»Das überrascht mich nicht. Du kennst Donk. Er ist brutal und quält andere gern.«

»Du meinst Frauen. Er quält gern Frauen und Kinder. Stößt sie herum. Mit den Kandidaten macht er es ebenso, weil sie sich nicht wehren können. Er ist ein Weichei, Bree. In unseren Schulen hätte er keine zehn Minuten überlebt.«

Breezy biss sich auf die Lippe, um nichts zu erwidern. Donk war ein riesiger Kerl. Ja, er hatte einen Bierbauch, aber er war stark, und wenn einer ihn schief anschaute, schlug er gleich zu. Nicht wenige der Ortsgruppe fürchteten ihn.

»Wenn Donk bei Bridges ist, dann wissen Favor und Riddle, wo sie sind, und ich habe keinen Zweifel, dass sie ihm irgendwann einen Besuch abstatten. Favor, Riddle und Donk hängen die ganze Zeit zusammen. Was einer von ihnen tut, das tun alle.«

»Das ist gut, Bree. Ich setze Code darauf an.« Er küsste sie flüchtig auf den Kopf. »Geh jetzt.« Er schaute über sie hinweg. »Lana, ich vertraue dir an, was mir am meisten bedeutet.«

»Ich lasse sie nicht aus den Augen, das weißt du, Steele.« Lana ergriff sehr sanft Breezys Arm und zog sie von Steele weg. »Wer ist der Köder?«

»Master geht hinein. Preacher deckt ihn. Du hältst dich mit

Bree zurück, bis du gesagt bekommst, dass das gesamte Areal frei ist. Die anderen sind in der Nähe, falls etwas schiefgeht.«

Lana zuckte die Achseln. »Mit ein paar Swords-Idioten werde ich jederzeit fertig.«

»Ich mache mir keine Gedanken um die, von denen wir wissen, dass sie da sind. Sondern um die, von denen wir nichts wissen. Werde nicht übermütig.«

»Steele, du weißt, ich bin immer übermütig. Aber ich habe ja meine Brüder, also kann mir nichts passieren.« Sie warf ihm eine Kusshand zu und machte sich mit Bree auf den Weg.

Steele griff rasch noch einmal nach Breezys Jacke und zog sie so abrupt zu sich, dass sie fast gestrauchelt wäre. Sie blickte auf, blinzelte, und er küsste sie. Nicht zärtlich, sondern hart. Fordernd. Höllenheiß. Erst am Ende wurde er sanft, sein Mund rieb sich auf ihrem, seine Zunge strich Liebe in ihren Mund, bis sie beinahe weinen wollte, denn selbst jetzt spürte sie es. Selbst jetzt, wo er zum Killer geworden war, spürte sie seine Liebe, die sie umgab.

Sie hatte ihm einmal gesagt, dass sie ihn liebe, und da hatte er zugemacht. Damals hatte sie beobachtet, wie seine Miene sich von Glück in pures Eis verwandelte, in die Maske. Er hatte sich von ihr weggedreht, und sie hatte diese Worte nie mehr wiederholt – diesen Fehler wollte sie nicht noch einmal machen. Er würde es ihr nie sagen, es nie laut aussprechen, doch das machte nichts, denn sie *fühlte* seine Liebe in jeder seiner Berührungen, in jeder Zärtlichkeit.

Sie erwiderte seinen Kuss und versuchte, ihn spüren zu lassen, dass sie jeden Schritt des Weges bei ihm sein würde. Sie war nicht fähig zu tun, was nötig war, um ihren Sohn wiederzubekommen, deshalb war sie doppelt dankbar dafür, dass er es konnte. Er hob den Kopf, und ein Schauder lief über ihren Rücken. Er hatte wieder diesen kalten, tödlichen Blick. Sie tätschelte kurz seine Wange und ließ sich dann von Lana wegführen.

»Danke«, flüsterte Lana. »Er brauchte dich, um zu begreifen. Er sagt immer, es ist nicht wichtig, aber du bist die eine Person, deren Meinung über ihn ihm wichtig ist.«

»Ich schäme mich dafür, dass ich es nicht selbst tun kann und dass er das allein durchziehen muss.«

»Er ist nicht allein, Bree.« Lana reichte ihr den Helm. »Er hat uns alle. Wir sind wie er. Wir können alles tun, was zu tun ist. Wir haben nur dich, Anya und Blythe, die das nicht können. Aber wir sind froh, euch zu haben. Wir brauchen euch. Euch alle drei. Wir hoffen, dass ihr uns ein bisschen mehr ins Licht zieht.«

So hatte Breezy es noch nie gesehen. »Du glaubst, das mache ich für Steele?«

Lana schwang sich auf Inks Bike. Keiner der Swords hätte sein Bike jemals einer Frau anvertraut, und Lana war nicht einmal Inks Frau. Lana hatte ein eigenes Bike, doch da sie wussten, dass sie zeitweise zusätzliche Arbeitskräfte brauchen würden, hatte sie ihres zu Hause gelassen. Es war offensichtlich, dass Lana und Alena fest zu Torpedo Ink gehörten.

»Ich weiß, dass du das für ihn tust. Er war hoffnungslos ohne dich. Steele ist ein starker Mann, und wir verlassen uns alle auf ihn. Nachdem du weg warst, war es aber nicht mehr dasselbe.«

Breezy legte die Arme um Lana, und sie fuhren mit Tempo die Straße hinunter, geradewegs zu dem Block, in dem sich ihre Wohnung befand. Ihr Herz begann zu pochen. Steele hatte ihr etwas Selbstverteidigung beigebracht, doch das war ihr absolut keine Hilfe gewesen, als ihr Vater und Bruder bei ihr einbrachen. Sie musste sich in solchen Situationen besser zu helfen wissen.

Sie atmete heftig. Was stellte sie sich vor? Das Clubleben wieder aufzunehmen? Daran konnte sie noch nicht einmal denken. Was für eine verantwortungslose Mutter wäre sie dann? Sie war in dieser Situation, weil sie einem Club angehört hatte. Nun war es Torpedo Ink, ein anderer Club, der ihr half, Zane zurückzuholen. Torpedo Ink war mit noch einem weiteren Club in New Mexico in Kontakt getreten und hatte von diesem einen Raum bekommen, in dem sie Gefangene befragen konnten.

Lana bog nicht bei Breezys Block ab, sondern an der Parallelstraße, fuhr dann in eine Zufahrt hinein, drehte schließlich um und fuhr wieder auf die Straße hinaus. Zwischen den Häusern konnten sie das Gebäude mit Breezys Wohnung sehen.

Sie sah Master den maroden, unebenen Gehsteig entlang auf die Wohnung zuschlendern. An der Tür war Farbe abgeblättert. Vor allen Wohnungen im Erdgeschoss, die wie die ihre auch eine Art Vorgarten hatten, lagen überall Unrat, Injektionsnadeln und schmutzige Kondome herum. Drogendeals direkt auf dem Gehsteig waren hier ganz normal. Breezy wollte nur noch stöhnen und ihr Gesicht verbergen, so sehr schämte sie sich.

Master öffnete die Tür mit dem Schlüssel, den sie ihm gegeben hatte, sah sich sorgfältig um und ging hinein.

»Was, wenn sie uns beobachten, und es geht einer durch die Hintertür hinein?«, fragte Breezy ängstlich. Sie wollte nicht, dass Master etwas zustieß. Sie hätte Steele sagen sollen, die Schallplatten und Fotos waren es nicht wert, dass jemand sein Leben dafür riskierte. Oh. Augenblick. Sie hatte es ihm gesagt. Er hatte nicht auf sie gehört. Das war offenbar einer dieser Momente gewesen, in denen er allein die Regeln bestimmte.

Kein Laut war zu hören. Die Stille zog sich über Minuten hin, jede Sekunde verstrich so langsam, dass es an ihren Nerven zerrte, aber wie Lana blieb auch sie regungslos. Lana war vom Bike geglitten, hatte ihr beim Absteigen geholfen und angedeutet, den Helm abzusetzen. Sie hielt den Blick auf die Wohnung geheftet, schaute zwischen den beiden Gebäuden hindurch. Ein Mann tauchte auf und überquerte die Fahrbahn; die Hände in den Taschen ging er auf Brees Wohnung zu. Er schaute die Straße auf und ab.

Lana hatte das Bike im Schatten geparkt, und Breezy blieb

still, um nicht die Aufmerksamkeit des Wachpostens auf sie zu lenken, auch wenn sie sich ein Stück weit weg in der nächsten Straße befanden. Der Mann trug das Swords-Abzeichen. Sie hielt den Atem an. Er drehte sich, blickte nach links und pfiff leise.

Die Straßenbeleuchtung war längst kaputt, und niemand hatte sie repariert, doch das spielte keine Rolle. Sie erkannte ihn. Die Swords hatten ihm den Namen Bruiser gegeben, nicht weil er gerne kämpfte, sondern weil er leicht Blutergüsse bekam und plump und schwerfällig war. Sein bester Freund war Dart, ein hervorragender Dartspieler, der die Pfeile aber auch häufig in Kämpfen einsetzte. Sie hätte ihren letzten Dollar gewettet, dass er ebenfalls hier war, sich hinter dem Haus herumtrieb, um von dort hineinzukommen.

Lana blieb völlig reglos und stumm, deshalb sagte auch Breezy nichts. Lana schien sich absolut keine Gedanken darüber zu machen, dass Bruiser die Wohnung von vorne betrat und Dart wahrscheinlich im selben Moment durch die Hintertür kam, sodass Master zwischen den beiden in der Falle sitzen würde.

Minuten später berührte Lana ihr Ohr, in dem sie ein winziges Funkgerät trug, und grinste. »Master hat sie beide problemlos ausgeschaltet. Er hat den Truck angefordert.«

Sekunden darauf fuhr ein alter, zerbeulter Pick-up mit tiefer Ladefläche vor der Wohnung vor. Er passte zu dem heruntergekommenen Gebäude und den zumeist kaputten Autos, die die verschmutzte Straße säumten. Breezy wusste, dass dieser Truck trotz seines schäbigen Äußeren in einem Topp-Zustand war. Transporter stieg aus und schlenderte über den Gehsteig, als gehöre das gesamte Gebäude ihm. Einige Minuten darauf kam er mit Master heraus. Zwischen ihnen war Dart. Er wirkte eher betrunken als verletzt. Sie hievten ihn unsanft auf die Ladefläche des Trucks. Dann war Bruiser an der Reihe. Breezy zuckte zusammen, als der Mann so hart aufschlug, dass das Metall schepperte.

Transporter schien das nichts auszumachen. Er stieg auf die Ladefläche und schien einige Minuten beschäftigt zu sein – vermutlich band er die beiden Männer fest. Dann begann er, Sachen auf sie zu häufen. Alte, zerrissene Kartons und anderen Müll, der auf dem Truck gelegen hatte. Schließlich sprang er herunter, grüßte Lana und setzte sich ans Steuer. Sie warteten eine Minute.

»Preacher hat sein Okay gegeben«, sagte Lana und sah Breezy an. »Er liegt mit einem Gewehr oben auf dem Dach gegenüber. Er hätte die beiden Swords getötet, um die Jungs herauszukriegen. Sie waren sicher, Bree.«

Breezy seufzte tief. »Ich glaube nicht, dass ich so stählerne Nerven habe wie ihr«, gab sie zu. »Und ihr haltet das alle stunden- und tagelang durch. Ich bin jetzt schon erschöpft und würde mich am liebsten hinlegen und schlafen; aber ich weiß natürlich, das geht nicht, weil die Zeit ein wichtiger Faktor ist. Ich wünschte, ich wäre mehr so wie ihr alle.«

»Nein, tu das nicht«, sagte Lana. »Wünsche dir das nicht, Bree. Du bist perfekt, so wie du bist. Wir brauchen nicht mehr von solchen wie uns. Wir sind … kaputt. Jeder von uns. Wir können nicht allein leben. Wir haben keine Ahnung davon, wie man nach den bescheuerten Regeln der Gesellschaft zu leben hat. Blythe versucht es uns die ganze Zeit beizubringen, aber wir vergessen es ständig. Es sind zu viele Regeln, und viele sind auch komplett unnötig.«

Die beiden gingen auf das Gebäude zu. »Welche zum Beispiel?«

»Was die Kleidung betrifft zum Beispiel. Die Leute machen so einen Zirkus darum, was andere anhaben oder auch nicht. Sind sie denn alle Modedesigner? Angeblich sagen Klamotten etwas über einen aus. Das ist alles Quatsch. Ich fühle mich darin nicht einmal wohl, denn sie tun meiner Haut weh. Und dann muss man auch noch wissen, ob man an einem Strand einen Badeanzug braucht oder nicht. Ob man oben ohne gehen darf oder nicht. Was soll das alles?«

»Steele sagte, du möchtest eine Boutique aufmachen.«

»Wenn wir schon Kleidung tragen müssen, dann möchte ich wählen können. Die Leute sind so sehr damit beschäftigt, was ihr Nachbar hat oder nicht hat, dass sie sich gar nicht um ihr eigenes Leben kümmern.«

Breezy lachte. »Da könntest du recht haben.«

»Und Blythe sagt, die Leute haben so viele Hemmungen beim Sex, dass sie manchmal gar keinen Spaß mehr dabei haben. Ist das bei dir auch so?« Lana öffnete die Wohnungstür.

Nachdem sie Steeles Haus gesehen hatte, war dies für Breezy einer der Momente, in denen sie sich Gedanken darüber machte, dass Lana sie verurteilen würde, weil ihre Wohnung so schäbig war. Sie hatte immer Ordnung gehalten, doch nun war alles zerschlagen und kaputt. Es war offensichtlich, dass die beiden Swords hier gehaust und auf sie oder sonst jemanden gewartet hatten.

»Nein, ich habe keine Hemmungen. Auch dann nicht, wenn jemand von euch dabei ist, weil ich Steele und sein Bedürfnis verstehe, dass ihr uns alle beschützt. Er fühlt sich dann verwundbar, nicht wahr?«

Lana nickte. »Es ist besser, wenn wir in seiner Nähe sind. Dann kann uns oder demjenigen, mit dem wir zusammen sind, niemand etwas tun. Es ist einfach wesentlich sicherer und entspannter für uns.« Sie zuckte die Achseln. »Ich vermute, andere Leute fühlen sich nicht so verwundbar. Blythe sagt, Sex ist für die meisten Menschen etwas sehr Intimes, ein Ausdruck von Liebe zwischen zwei Menschen, und andere mit dabeizuhaben nimmt dem etwas, aber das kann ich ganz und gar nicht nachvollziehen.«

Breezy lächelte ihr zu. Sie war nicht in der Position, Fragen zu stellen. Über eine gute Beziehung wusste sie ebenso wenig wie Lana oder Steele. »Ich weiß davon auch nicht viel, habe das ja nur mit Steele gehabt, aber ich erinnere mich daran, dass ich mich auch sicherer fühlte, wenn seine Freunde in der Nähe waren. Und mit Steele ist es immer sehr intim.« Es überraschte sie, dass das die Wahrheit war. Sie fühlte sich tatsächlich sicherer, wenn Mitglieder von Torpedo Ink in der Nähe waren.

Sie stand in der Mitte des Wohnzimmers, die Hände in die Hüften gestemmt. »Die haben hier ganz schön gewütet, was?«

Lana zog mit der Stiefelspitze einen kaputten Stuhl zu sich. »Das war volle Absicht, Süße. Sie haben dir eine Botschaft geschickt für den Fall, dass du zurückkommst.«

»Dass sie Zane mitgenommen haben, hat wohl nicht gereicht.«

»Packen wir deine Sachen zusammen und verschwinden«, meinte Lana. »Du kannst dich danach im Motel ausruhen.«

Breezy war einverstanden. Sie wollte so schnell wie möglich weg von hier. »Die Fotos sind in meinem Schlafzimmer in der obersten Schublade, und Zanes Geburtsurkunde auch«, sagte sie und ging voraus.

12. Kapitel

Bruiser war ein Weichei. Er würde Steeles Meinung nach als Erster mürbe werden. Darts Augen wanderten überall im Raum herum, doch er zeigte sich ziemlich stoisch. Aber das würde nicht ewig so gehen. Dafür war Steele viel zu gut in seinem Job. Er hatte begonnen, Anatomie und den menschlichen Körper zu studieren, als seine Ausbilder entdeckten, dass er über heilerische Kräfte verfügte. Das hatte ihm allerdings keine Vorteile eingebracht. Nicht einen. Seine Ausbildung zum Killer hatte begonnen, als er vier Jahre alt war. Im selben Alter war er bereits an männliche und weibliche Pädophile weitergegeben worden. Er war geschlagen und verroht, vergewaltigt und gefoltert worden. Mit sieben Jahren begann sein Sextraining, hauptsächlich, um Frauen zu Gefallen zu sein. Dann auch Männern. Dann entdeckten sie, dass er jegliche Informationen behielt und heilen konnte. Er war seinem ersten Arzt überlassen worden, einem engen Freund Sorbacovs, der ihn auch an andere weiterreichte. Zufällig hatte der Mann ein Problem, von dem er sich nicht befreien konnte, bis Steele es für ihn löste. Mit sieben Jahren.

Danach war der Arzt ein Stammkunde, der ebenso sehr reden als auch ein Kind missbrauchen wollte. Er war der Erste, der Steele an eine medizinische Ausbildung heranführte. Mit zehn war Steele über den Doktor hinausgewachsen und brauchte jemanden mit mehr Wissen. Auf Bitte seines Freundes gab Sorbacov ihn an einen anderen Arzt weiter.

Während all dieser Zeit lernte Steele weiter das Töten. Er trainierte den Umgang mit Waffen und absolvierte eine Nahkampfausbildung. Er war gut mit Gift, weil er jede Information im Gedächtnis behielt. Er wusste, welche gebräuchlichen Haushaltsreiniger die meisten Schmerzen verursachten, wenn man sie jemandem einflößte oder auf die Haut goss. Sie befanden sich in einem Lagerhaus, das hauptsächlich als Folterkammer für Befragungen genutzt wurde, und das bedeutete, mit all den Werkzeugen und dem Autozubehör dort kam er auch an die schlimmsten Chemikalien leicht heran.

Er wusste, wo er am menschlichen Körper die größten Schmerzen verursachen konnte, ohne dass man daran starb, und hatte kein Problem damit, genau das mit den beiden Männern hier zu exerzieren. Bruiser hatte den Fehler begangen, ihn zu verspotten, so wie er es bei diesem Idioten vorhergesehen hatte. Sie waren so berechenbar. Schreie kümmerten ihn nicht. Er hörte nur so weit hin, dass er die Belastungsgrenze mitbekam. Wenn sie nicht feststellbar war und keine Antworten kamen, erhöhte er den Schmerz ein wenig. Wenn sie sie erreichten, ließ er etwas nach.

»Das wird nicht aufhören. Ich kann die ganze Nacht so weitermachen, den ganzen Tag und die ganze Woche. Ist mir scheißegal. Falls ich müde werde, was ich bezweifle, übernimmt einer meiner Brüder, und ich lege mich so lange hierhin und mache ein Nickerchen.« Er zeigte auf den langen Tisch, auf dem ein Vergaser lag. »Hab das hier für zwei Wochen gemietet.«

Sein Ton veränderte sich nie. Wie auch sein Puls nicht. Er hatte seine Gefühle tief vergraben. Diese Männer gehörten zu dem Club, der seinen zweijährigen Sohn entführt hatte. Er würde sie alle umbringen, einen nach dem anderen, bis er seinen Jungen wiederhatte.

Die Torpedo Inks waren über zwanzig Jahre lang Killer für ihr Land und für Sorbacov gewesen. Die meisten hatten schon als Teenager Aufträge bekommen. Sie hatten begonnen zu töten und sich gegen die Männer und Frauen zu wehren, die sie missbraucht hatten, als sie noch nicht einmal zehn gewesen waren. Sie kannten sich mit dem Morden aus und fühlten sich sogar gut dabei. Viel zu gut, das wussten sie alle. Es war ihr Element. Das, was sie am besten beherrschten.

Nun war er schon seit drei Stunden mit den beiden beschäftigt. Er warf Maestro ein geflissentliches Grinsen zu. »Ich hoffe, der Guns-and-Skull-Club hat hier eine gute Schallisolierung installiert. Es wird hier im Lauf des Tages noch verdammt laut werden.«

Bruiser ließ wieder einen Schrei los und schüttelte so heftig den Kopf, dass es aussah, als würde er sich das Genick brechen. Steeles Grinsen verflog, als er sich den beiden Männern zuwandte, die an Ketten hingen. Beide waren nackt. Direkt unter ihnen war Wasser, sie standen mit bloßen Füßen darin, doch das half nicht, den Geruch von Urin auszumerzen.

»Würdet ihr mir noch mal sagen, was ihr mit meinem Sohn vorhattet? Oder mit meiner Frau? Das würde mich wirklich interessieren. Da ihr mir nicht sagen wollt, wo sich Zane befindet, dürft ihr mich mit euren Plänen für die beiden unterhalten. Ich habe vergessen, was ihr gesagt habt. Wie war das, Bruiser? Dart? Wisst ihr's noch?«

Steele nahm den Elektroschocker zur Hand. »Lange nicht so effektiv wie der, den Mechaniker für mich herrichtet. Dieses kleine Ding hier ist ja langweilig.«

Bruiser brüllte und brüllte, seine Angstschreie erfüllten das große Lagerhaus, das der Guns-and-Skull-Club zu einer Werkstatt umfunktioniert hatte für den Fall, dass die Polizei nachfragte. Das geschah nur selten, und Steele hoffte, dass es so bleiben würde. Er hatte ja noch nicht einmal wirklich begonnen. Ein Elektroschocker war in seinem Arsenal an Werkzeugen nichts.

»Fangen wir noch mal an.«

Er war geduldig. Hatte Geduld auf die harte Tour gelernt. Bei allen vier Ärzten und Chirurgen, die seine Lehrmeister gewesen waren, hatte er versucht, an Mittel zur Infektionsbekämpfung heranzukommen. Er hatte Antibiotika gestohlen und alles in seiner Macht Stehende getan, um die Kinder in diesem Gefängnis von einer Schule zu retten, in dem er gelebt hatte.

Bei ihren Lektionen ging es nicht wie in anderen Schulen um Etikette. Sie lernten nichts über Benehmen und darüber, welche Regeln für die Gesellschaft von Bedeutung waren. Sie lernten Sprachen, damit sie zum Töten ausgeschickt werden konnten. Sie lernten Sex, damit sie zum Töten ausgeschickt werden konnten. Er war Arzt geworden, damit er zum Töten ausgeschickt werden konnte. Alles, was sie taten, diente nur diesem einen Zweck. Niemand erwartete, dass auch nur einer von ihnen überleben, geschweige denn einmal frei sein würde.

Sorbacov wusste, dass sie ihre Lehrer umbrachten, die Pädophilen, die nur da waren, um an ihnen jegliche Gräuel zu verüben, ohne Rache befürchten zu müssen. Er wusste, was die Kinder taten, aber er wusste nicht wie. Er installierte überall in der Schule Kameras, ließ jeden Raum überwachen. Das tat er, um jeden erpressen zu können, der mitmachte und später womöglich gegen ihn opponieren könnte. Filme, wie sie als Kinder vergewaltigt wurden, zirkulierten noch immer in entsprechenden Kreisen, doch Sorbacov konnte nie einen von ihnen bei der Ermordung ihrer Wächter filmen.

Das lag alles am Zaren. An seiner Intelligenz. Seinen Plänen. Er hatte im Lauf der Zeit die Kinder rekrutiert, von denen er glaubte, dass sie die anderen nicht verraten würden – und das hatten sie auch nicht. Irgendwann einmal waren sie alle befragt worden, und diese Sitzungen waren die pure Folter gewesen. Keiner von ihnen hatte geplaudert.

»Ich weiß nicht, wo der Junge ist. Bridges hat ihn. Er ist

sonst wo«, schluchzte Bruiser. »Du musst mir glauben. Ich sage die Wahrheit.«

Steele schüttelte bedächtig den Kopf. »Die Sache ist die, Bruiser, ich muss dir gar nichts glauben. Du hast mir gesagt, du würdest meinen Sohn persönlich an einen Kerl verkaufen, von dem du weißt, dass er auf kleine Kinder steht. Und dann würdest du dir Breezy holen und ihr alle möglichen Dinge antun – von denen ich dir einige ehrlich gesagt gar nicht zutraue. Und deshalb glaube ich dir auch nicht, wenn du sagst, du wüsstest nicht, wo Zane ist. Wir müssen also einfach nur weitermachen.«

»Nein. Nein! Wirklich, ich hatte nichts damit zu tun«, jammerte Bruiser. »Du kannst nicht uns die Schuld geben. Wir hätten ihm nicht geholfen.«

»Hast du mir nicht eben gesagt, du wolltest meiner Frau deinen Schwanz in den Hals stecken, bis sie würgen muss? Hast du das nicht zu mir gesagt?«

Bruisers Mund öffnete sich, und schon verschwand der Elektroschocker darin. Darts ganzer Körper erschauderte, als er sah, wie sich das Gesicht seines Freundes verzerrte, wie sich dessen Körper vor Schock verkrampfte, weil der Elektroschocker ihm bis in die Kehle gerammt wurde.

»Steele, um Gottes willen, er weiß doch gar nichts! Er hat einfach nur Mist geredet, das ist alles. Bridges war voll drauf, als er mit Breezys Kind ins Clubhaus zurückkam. Hat sich aufgeführt, als hätte er in der Lotterie gewonnen. Seit Habit weg ist, müssen wir ihm die Stiefel lecken. Er befahl Lizard, Candy zu holen und ins Clubhaus zu bringen. Während er wartete, sagte er uns, er hätte dich an den Eiern und würde Breezy zwingen, dich und den Zaren zu töten. Er lachte andauernd und zog sich eine Linie Koks nach der anderen rein. Wenn der Junge einen Laut von sich gab, schlug er ihm ins Gesicht. Nicht einmal Junk ist in Bridges' Nähe gegangen, weil der so fertig war.«

Darts Ton sagte Steele, dass das die Wahrheit war. Es schockierte ihn nicht, dass Dart ehrlich über Bridges sprach. Er konnte sich nicht vorstellen, wie jemand hinter einem Mann stehen wollte, der sich selbst über seine Brüder stellte. Habit hatte einen Menschenhändlerring betrieben, doch seine Brüder waren für ihn an erster Stelle gestanden. Bridges hatte keine Ahnung, wie man das machte. Alkohol und Drogen hatten ihm zu sehr zugesetzt. Wenn der Zar sich so verhalten hätte, hätte jeder der Torpedo Inks ihn abgesetzt. Sie hätten ihn zuerst gezwungen, trocken zu werden, um zu sehen, ob es funktionierte, und wenn nicht, wäre er ein toter Mann gewesen.

»Nicht unser Fehler«, schluchzte Bruiser, der endlich seine Stimme wiederfand. »Wir hatten nichts damit zu tun.«

»Ihr habt darauf gewartet, dass meine Frau zu ihrer Wohnung zurückkommt oder einer von uns dort auftaucht. Du hattest geplant, Master umzulegen, stimmt's? Du hattest deine Waffe bereits gezogen«, bemerkte Steele nicht unfreundlich.

Maestro reichte ihm eine Flasche Wasser, und Steele trank. Die beiden Gefangenen starrten auf die vom Kondenswasser nasse Flasche, konnten den Blick nicht davon abwenden. Bruiser hing die Zunge heraus, und Dart leckte sich über die trockenen, aufgesprungenen Lippen.

Dart seufzte schwer. »Wir haben Befehle ausgeführt. Wir hatten keine Wahl.«

»Bruiser hat mir alles darüber erzählt, wie er sie vergewaltigen wollte. In allen Details. Kam mir vor, als hätte er sich auf sie versteift und darauf, was er ihr antun könnte«, sagte Steele, während er den Elektroschocker am kostbarsten Teil des Mannes anwandte. Er tat es wie nebenbei, als würde er nicht im Geringsten darüber nachdenken.

Bruisers Schreie trafen eine Note, die Steele noch nie gehört hatte. Er umkreiste den kreischenden Mann. »Du dachtest wohl tatsächlich, Bruiser, du könntest deinen dreckigen Schwanz in meine Frau stecken. Aber so was kommt bei mir nicht gut an, nicht wahr, Maestro?«

»Nein Steele, ganz und gar nicht«, pflichtete der ihm bei.

»Du hast auch gesagt, du wolltest deinen Schwanz in ihren Arsch stecken, oder, Bruiser?«

Bruiser begann zu brüllen, noch ehe der Elektroschocker ihn erneut berührte, ganz zu schweigen davon, als er an einer der Körperzonen zum Einsatz kam, die er bei Breezy erwähnt hatte.

Einige der anderen Torpedo Inks kicherten. »Breezy ist tabu, seit Steele ein Auge auf sie hat«, sagte Keys. »Isses nicht so, Ink? Weißt du noch, dass jeder Mann, der sie angefasst hat, sogar noch bevor sie mit ihm zusammen war, ordentlich die Hucke voll gekriegt hat? Das habe ich mir gemerkt. Aber ich habe eben eine gesunde Dosis Selbsterhaltung, und die fehlt den beiden hier ganz eindeutig.«

»Jeder hat es gewusst, schon damals, dass man Breezy besser in Ruhe lässt«, stimmte Mechaniker zu.

»Das haben die beiden hier wohl nicht mitgekriegt«, meinte Maestro. »Kapierst du's jetzt, Bruiser? Ist vielleicht 'n bisschen spät für dich, aber hoffentlich kapierst du's jetzt wenigstens.«

Bruiser schluchzte und nickte dauernd mit dem Kopf.

»Ich hab darüber jetzt schon eine Weile nachgedacht«, erklärte Keys. »Hab mich gefragt, wie ein Mann, der sich so gut um seine Frau kümmert, es aufnimmt, wenn einer ihm seinen Jungen wegnimmt. Seinen Sohn. Wenn das ich wäre, also ich würde durch die Hölle gehen, um mir den zu holen. Und ich würde die Typen fertigmachen. Stimmt das so ungefähr, Steele?«

»Sobald Lizard mit Candy reinkam, packte Bridges sie an den Haaren, schob ihr das Kind in die Arme, ging hinaus und verteilte dabei Befehle an alle«, sagte Dart. »Er hat keinem von uns gesagt, wohin er wollte, aber sobald er Candy bei Junk im Truck hatte, kam er zurück und sagte zu Bruiser und mir, wir sollten ihr eine Lektion erteilen. Eine *harte* Lektion.«

»Wo war Donk? Er ist doch nie weit von Bridges weg.« Steele klang trügerisch freundlich. Der Gedanke, dass Dart und Bruiser seiner Frau eine Lektion erteilten, welcher Art auch immer, brachte das Monster in ihm dazu, die Zähne zu zeigen.

»Der war noch im Clubhaus. Er hatte mit Bridges gesoffen und gekokst. Die beiden flüsterten, und dann ging Bridges. Lizard sprang auf und rannte zu seinem Truck, wahrscheinlich befürchtete er, Bridges würde Candy auslöschen, weil er so voll war. Donk war noch da. Ich glaube, der wartete auf Riddle und Favor.«

Schon allein die Namen der drei, die Breezy mit vierzehn Jahren vergewaltigt hatten, ließ das Monster noch weiter zum Vorschein kommen. Steele fühlte sich innerlich kalt. Eiskalt. Ohne jede Regung von Mitgefühl, als habe sich seine Persönlichkeit gespalten, und diese Seite von ihm würde ihm erlauben, einfach alles zum Überleben Nötige zu tun. Er erinnerte sich an sein Monster. Er hatte es gebraucht, diesen Block aus Eis, den niemand aufhalten konnte.

»Ist Donk Bridges gefolgt?«

»Wir sind gegangen. Ich habe mein Zeug zusammengesucht und bin von dort verschwunden. Donk ist vor lauter Koks ausgeflippt, und wenn er so drauf ist, will ich nicht mit ihm zusammen sein. Bruiser und ich gingen.«

»Habt ihr etwas von Bridges gehört?«

Dart zögerte nur den Bruchteil einer Sekunde zu lang; die Vergeltung kam schnell und brutal. Steele machte keine Faxen. Er war jetzt in Fahrt, Code sammelte Erkenntnisse auf seine Art, und er holte sie sich mit Gewalt. Einer der beiden Männer würde ihn zu Zane bringen.

Als Dart zu brüllen aufhörte, blickte Steele ihn teilnahmslos an. »Mein Sohn, Dart. Er ist irgendwo da draußen allein, voller Angst und ohne seine Mutter. Er ist bei einem Mann, der seine Tochter jeden Tag verprügelte und sie dreien seiner Freunde gab, um sie zu vergewaltigen, als sie erst vierzehn Jahre alt war. Ich weiß nicht, wie es dir geht, aber für mich ist das kein Mann, bei dem ich meinen Sohn haben möchte. Noch nicht einmal eine oder zwei Minuten, und schon gar nicht so lang. Also, wenn ich du wäre, würde ich mir sagen, was immer ich wissen will, damit es vorbei ist, denn sonst wird das nicht aufhören.«

Dart hustete, spuckte Blut und schüttelte den Kopf. »Ich habe keinen Grund, Bridges zu mögen. Wenn ich etwas wüsste, würde ich es dir sagen. Er hat mich ein- oder zweimal angerufen und wollte wissen, ob Breezy aufgetaucht ist. Als ich Nein sagte, brüllte er mich an und legte auf.«

Steele warf einen Blick auf Mechaniker, der schnell die beiden Handys nahm und wegging, um sie sich in aller Ruhe anzusehen.

»Ich brauche dein Passwort«, sagte Steele zu Dart.

Er gab es ihm sofort.

Steele rief es Mechaniker zu und wartete auf eine Geste der Bestätigung, dass es korrekt war.

Dann berührte er Bruiser mit dem Elektroschocker, ohne ihn auszulösen. Bruisers ganzer Körper erbebte. »Deines brauche ich auch.«

Bruiser fing erneut zu schluchzen an. »Es tut mir leid. Es tut mir wirklich leid.«

»Ist mir scheißegal, gib mir einfach nur dein Passwort.«

Bruiser schaute mit einem wilden Blick zu Dart. »Tut mir leid, Mann, ich musste es tun.«

»Was tun?«, fragte Dart. Er bewegte sich unwillkürlich, um die Schmerzen durch die Ketten zu lindern, an denen er hing, doch es schmerzte nur noch mehr, und er konnte nicht umhin, laut zu stöhnen.

»Das verdammte Passwort, Bruiser. Entweder du gibst es mir jetzt, oder ich schlitze dir den Bauch auf und schaue zu, wie deine Gedärme über den Boden schlittern.« Wieder sprach er leise und fast freundlich, völlig unpassend zum Inhalt seiner Worte, doch das machte es nur noch schlimmer.

Bruiser brüllte das Passwort heraus und schluchzte dann wieder laut. Steele ignorierte ihn und ging zu Mechaniker, der sich flink an Bruisers Handy zu schaffen machte. Er blickte voller Verachtung auf die SMS, die er las, und reichte es dann Steele.

Steele ging damit zu den beiden Männern zurück. »Das ist sehr interessant, Bruiser. Anscheinend hattest du eine ganz besondere Abmachung mit Bridges. Ihr beide wart Kumpel, wer hätte das gedacht?« Er stupste Dart an. »Wusstest du das, Dart? Wusstest du, dass Bruiser hier, dein bester Freund, eine enge Beziehung zu Bridges hatte?«

Dart runzelte die Stirn, sagte aber nichts.

»Bruiser hier sagt zu Bridges, er tut alles, damit Bridges ihm Breezy gibt. Du wolltest meine Frau wirklich haben, was Bruiser? Anscheinend hat dich Breezy verärgert, weil sie sich für mich entschied statt für dich. Hat Bridges sie dir damals versprochen?«

»Hat er.« Bruiser nickte wieder und wieder. »Ich habe alles getan, was er wollte, und trotzdem gab er sie dir. Er sagte, wenn du genug von ihr hast, kann ich sie haben.«

Dart funkelte ihn an. »Was zur Hölle hast du für ihn gemacht?«

Bruiser schluchzte und schüttelte den Kopf, versuchte, sich aus den Ketten herauszuwinden.

»Er hat vom Club Drogen und Geld abgezweigt und beides Bridges gegeben«, sagte Steele. »Das gibt er dummerweise hier in seinen SMS zu, schmeißt es Bridges sogar als Drohung an den Kopf. Bridges erwidert darauf, er hatte damit nichts zu tun, und der Club würde Bruiser die Eier abschneiden, wenn sie es herausfänden.«

»Niemals«, konterte Dart, doch seine entsetzte Miene verriet ihn. Er wusste, dass Steele nichts erfand. Mit dem Elektroschocker stupste Steele an Bruisers Geschlecht. »Nicht sehr groß, aber noch da. Du bist wirklich ein dummes Arschloch, nicht wahr? Aber das ist nicht das Interessante. Bruiser, was hast du Bridges gesagt, was du mit meiner Frau tun würdest?«

Bruiser nahm eine Haltung ein, als wolle er jedes Eingeständnis total verweigern.

Steele schüttelte den Kopf. »Das ist der bescheuertste Club, den ich je erlebt habe.« Er zeigte Dart das Handy. »Ich lese diese Scheiße vor. Das könnte ich noch nicht mal erfinden, wenn ich es wollte. Bridges sagt zu Bruiser, wenn er Breezy haben will, muss er dich, Dart, töten, weil du mit deiner ständigen Ablehnung von Bridges' Lebensstil und seiner Präsidentschaft immer mehr zur Nervensäge wirst. Anscheinend wird man zum Verräter, wenn man den Präsidenten infrage stellt oder eine Neuwahl fordert, und dann ist es okay, einen Killer auf einen anzusetzen.«

Steele zog das Handy von Darts Nase weg und lenkte seine Aufmerksamkeit auf Bruiser. »Findest du das okay? Glaubst du, weil Dart Bridges' Geisteszustand anzweifelt, verdient er es, umgebracht zu werden?«

Bruiser schluchzte wieder heftig und schüttelte dann wild den Kopf.

»Also, das ist eine krasse Lüge, Bruiser, und das weißt du auch. Hier in deiner Antwort an Bridges steht, dass Dart seit Monaten Scheiße über ihn redet. Du hast ihm die Namen aller Männer der Gruppe gegeben, die ihm einen Dämpfer geben möchten. Das war nett von dir. Du bist wirklich seine kleine Schlampe. Das bringt mich auf den Gedanken, dass du auch mehr darüber weißt, wo Bridges jetzt gerade ist, als du mir sagst, Bruiser.«

»Tue ich nicht. Bin ich auch nicht.« Bruiser schaute wild auf das Handy.

Steele scrollte kopfschüttelnd durch die SMS-Nachrichten. »Hier steht, Dart macht dir kein Problem, und dass du hinter

Breezy her bist. Dann schreibt Bridges, sie braucht vielleicht ein paar harte Lektionen, und da, schau, Bruiser, da hast du ihm ganz eifrig beigepflichtet.« Steele blickte auf. »Du hast vor, meine Frau zu verprügeln? Ist es das, was da steht?«

»Du sagst, Bruiser war wirklich damit einverstanden, mich umzubringen?«, fragte Dart. Er konnte es nicht glauben, nicht einmal, nachdem Steele ihm die SMS gezeigt hatte.

»Dich umzubringen. Breezy zu verprügeln. Und da ist noch mehr. So viel mehr, nicht wahr, Bruiser? Kein Wunder, dass er dich hierhergeschickt hat. Du bist schon seit Jahren seine kleine Privatschlampe. Beklaust den Club. Bespitzelst deinen Freund. Bespitzelst deine Brüder. Hast alles getan, was er wollte. Aber ganz besonders gefällt mir das hier. Du willst persönlich, ich wiederhole *persönlich*, dem Sohn dieses Scheißkerls direkt vor Breezys Augen die Kehle aufschlitzen, wenn Bridges dir dieses Vorrecht gibt.«

Steele sah zu Bruiser auf. »Ich nehme an, der Scheißkerl, den du da meinst, bin ich. Du willst deinen besten Freund töten, vermutlich wenn er dir den Rücken zukehrt. Willst Breezy verprügeln und sie auf jede mögliche Weise vergewaltigen. Meinem Sohn vor ihren Augen die Kehle durchschneiden, und das alles, um bei Bridges gut dazustehen. Nett, Mann, wirklich nett. Du bist wirklich ein Stück Scheiße, nicht wahr?«

»Nimm mir diese Ketten ab«, knurrte Dart. »Ich bringe ihn eigenhändig um.«

»Tut mir leid, den Gefallen kann ich dir nicht tun, Dart.« Steele trat näher zu Bruiser. »Er wird langsam sterben. Aber zuerst, du Stück Scheiße, sagst du mir, wo Bridges ist.«

»Ich weiß nicht. Ich weiß es nicht!« Bruiser brüllte.

Steele blickte mit einem leichten Kopfnicken zu Savage. Irgendwie tat es ihm fast um Dart leid. Der Mann fuhr mit dem falschen Club. Er hätte besser wählen sollen. Er fuhr für seinen Club und stand für seine Brüder ein, aber was immer sein persönlicher Ehrenkodex war, er schloss Frauen- und Kinderhandel mit ein, und das war für den Torpedo-Ink-Club nicht okay. Dart wusste nichts über Bridges, Bruiser aber sehr wohl. Savage trat hinter Dart und durchtrennte mit einem tiefen Schnitt seine Kehle. Es ging rasch und leise, Dart merkte noch nicht einmal, wie Savage hinter ihn trat.

Bruiser stieß ein lang gezogenes Heulen aus. Er kämpfte mit fast übernatürlicher Kraft gegen die Ketten an und hörte abrupt auf, als seine Blase sich zum dritten Mal entleerte. Steele beobachtete ihn unbeteiligt, bis er nur mehr leise schluchzte.

»Wir haben eben deinen Plan für dich ausgeführt, Bruiser. Es war barmherzig. Wie lange warst du sein bester Freund? Zwanzig Jahre? Seit eurer Kindheit? So hat er es immer allen erzählt. Seit ihr in der Schule wart.«

Bruiser heulte und heulte, schüttelte den Kopf, den Blick auf den Boden gerichtet, wo sich unter Darts Leiche Blut und Wasser vermischten.

»Wo ist er?«, fragte Steele leise. Es würde ein langer Tag werden. Er wusste, Bruiser würde die Information nicht leicht preisgeben. Irgendwie dachte er in seinem verkorksten Hirn immer noch, er würde aus dieser Sache heil herauskommen.

Steele lag nur selten falsch. Er hatte gedacht, Bruiser würde als Erster zusammenklappen, doch Dart hatte ein Opfer gebracht, weil er seinem Freund Leid ersparen wollte. So funktionierte Brüderschaft.

Breezy war bewusst, dass sie hauptsächlich mit Motorrädern unterwegs waren, und sie wollte den Truck nicht mit unnötigem sentimentalem Zeug auffüllen. Nicht, dass sie jede Menge schöner Dinge gehabt hätte. Sie besaß *notwendige* Dinge, die sie nacheinander durch harte Arbeit angeschafft hatte. Sie schaute sich im Schlafzimmer um. Möbel gab es hier kaum, aber sie hatte auch nicht viel gebraucht. Das Zimmer war klein, nur ein paar Schritte breit, der Teppich alt und abgenutzt, mit mehreren Flecken darauf.

Sie verglich dieses winzige Apartment in einer schlechten Wohngegend mit Steeles millionenschwerem Haus, das so vollkommen weiß und makellos war. Sie hatte keine Ahnung davon, wie man ein solches Haus in Schuss hielt. Es war absurd zu glauben, dass sie dort leben könnte. Sie sank auf das Bett und begrub das Gesicht in den Händen.

»Süße, rede mit mir. Wir holen uns Zane zurück. Alle sind am Suchen, und der Zar spannt sogar Clubs mit ein, denen wir mal geholfen haben. Viele schulden uns noch etwas. Wir finden ihn.«

Breezy blickte kopfschüttelnd zu Lana auf. »Ich bin im Moment einfach so durcheinander. Ich habe mir geschworen, nie mehr in einem Club zu leben, und ich wollte ganz sicher nicht meinen Sohn in einem aufziehen, und nun sitze ich hier und lasse zu, dass euer Club alles riskiert, um meinen Kleinen zurückzuholen.«

»Wir riskieren nicht alles«, widersprach Lana. »Wir haben gewisse Vorteile.«

»Steele riskiert alles. Seine Seele. Ich weiß nicht. Er tut Dinge, die ein Arzt, ein Mann, der so sensibel ist wie er, nie tun sollte.«

»Er hat das alles sein Leben lang gemacht. Das musste er, für sein eigenes Überleben, und für unseres.«

»Vielleicht, und dann ist da dieses Haus. Hast du es gesehen?«

Lana warf ihr ein Lächeln zu und setzte sich neben sie. »Ein Traum von einem Haus.«

»Es ist viel zu viel. Ich weiß nicht, was er sich dabei gedacht hat, als er dieses Haus kaufte.«

»Er dachte, dass er für seine Frau das Beste wollte, was er kriegen kann. Er sagt dir vielleicht nicht, was er für dich fühlt, aber er hat sicher kein Problem damit, es dir zu zeigen.«

»Du weißt das? Auch dass er mir nicht sagt, dass er mich liebt?« Breezy begegnete Lanas Blick, wollte in ihren Augen etwas finden, doch sie wusste nicht, wonach sie suchte.

Lana nickte. »Er hat mir gesagt, wie blöd er sich dir gegenüber benommen hat. Du warst kaum außerhalb seiner Sichtweite, da wollte er schon hinter dir herrennen. Er zwang dich zu gehen, weil er Angst hatte, du könntest bei dem Krieg zwischen unseren Clubs verletzt oder getötet werden. Er wusste, dass wir den internationalen Präsidenten auslöschen und die Swords daraufhin immer nach uns suchen würden.«

»Und dann war da noch mein Alter«, sagte Breezy. »Er war sauer, als er mein Alter erfuhr.«

Lana nickte. »Keiner von uns glaubte, dass du so jung bist. Du warst immer so gefasst, wenn im Clubhaus Chaos herrschte. Eine Party konnte noch so groß sein, du hattest immer Essen und Getränke parat. Die anderen Frauen haben auf dich gehört. Du hast dich um Probleme gekümmert und auf die Kinder aufgepasst. Du schienst nie sauer zu werden. Da gab es kein Gekichere und kein Teenie-Gehabe. Nie.«

»Ich bin groß geworden mit dem Wissen, falls ich einen wenn auch noch so kleinen Fehler mache, werde ich verprügelt. Ich musste mich um alles im Clubhaus oder zu Hause kümmern, ob Bridges es mir sagte oder nicht. Wenn ich irgendwie Aufmerksamkeit auf mich lenkte, schlug er mich oder gab mich seinen Freunden. Ich hatte Glück insofern, als niemand einfach Hand an mich legen konnte. Bridges musste einverstanden sein, und er war ein Geizhals. Wenn du so aufwächst, musst du denken wie ein Erwachsener.«

»Lass dich von Steele verwöhnen, Breezy. Du hast ihm alles gegeben, als du mit ihm zusammen warst. Du hast alle seine Bedürfnisse erfüllt; das ist fast ein Ding der Unmöglichkeit, aber du hast es geschafft. Gib ihm die Chance, das wettzumachen. Wenn er dir ein riesiges Haus geben und dich damit alles tun lassen will, was du willst, dann lass ihn einfach. Denk nur daran, er braucht es … sauber.«

Breezy nickte. »Das weiß ich sehr gut. Zum Glück ist mir das aufgrund meiner Vergangenheit ebenso wichtig. Vielleicht nicht ganz so wie ihm, aber es fällt mir nicht schwer – zumindest war es so, bis er beschloss, dass wir eine derart riesige Villa brauchen.«

Lana lachte. »Ich bin sicher, er wird Reinigungspersonal anstellen.«

»Die müssen dann ständig da wohnen und rund um die Uhr arbeiten.« Breezy rieb sich über das Gesicht. »Er hat mir ein bisschen von seiner Kindheit erzählt. Und darüber, was euch so alles passiert ist. Ich versuche zu verstehen, wie es für ihn war, dass er so ein vollkommen asketisches Zuhause braucht. Die Wände sind weiß. Die Flure und Decken, die Treppe. Es ist wunderschön, aber man sieht jeden kleinen Schmutzfleck, und da ist ja Zane. Er muss doch ein kleiner Junge sein dürfen, aber ehrlich, Steele ist ein Sauberkeitsfanatiker.«

Lana seufzte. »Du kannst dir nicht vorstellen, wie es im Keller dieser Schule war. Es war wirklich ein Gefängnis, das sie zu einer Schule umfunktioniert hatten. Wir wurden in den Keller gesteckt. Der Boden war schmutzig, voller Dreck und Fäkalien. Es gab Ratten und Kakerlaken. Wenn wir von einer ihrer Sitzungen zurückkamen, waren wir blutig und aufgeschürft, meistens gleich an mehreren Körperstellen, und so lagen wir dann im Dreck, ungeschützt, und die Keime vermehrten sich. Oft haben sie uns mit Messern geschnitten oder ausgepeitscht, bis wir offene Wunden hatten. Für einen Jungen wie Steele war das der schlimmste Albtraum. Er fühlte sich verantwortlich, obwohl er noch klein war. Etwas in ihm wollte uns allen *unbedingt* helfen.«

Breezys Magen drehte sich; sie legte eine Hand darauf. Sie konnte sich Steele nicht als kleinen Jungen unter solchen Umständen vorstellen, und schon gar nicht umgeben von verwundeten oder sterbenden Kindern.

»Manchmal haben sie Leichen tagelang einfach da unten liegen lassen, um uns eine Lektion zu erteilen. Mir ist nie klar geworden, was das für eine Lektion sein sollte, aber bei Steele hat sie das Elend, das er empfand, und seine Schuldgefühle noch verschlimmert. Heute ist er so beschützend, und ich kann mir gar nicht vorstellen, wie sich das bei dir und Zane auswirken wird. Er macht sich noch verrückt damit, euch zu beschützen. Dass einer unserer ärgsten Feinde nun seinen Sohn hat, muss ihn schier umbringen.«

Breezy seufzte. Sie wusste, es brachte *sie* um, und dass Steele schreckliche Dinge tun musste, um an Informationen heranzukommen, machte es nur noch schlimmer. Sie war nicht in der Lage gewesen, sich und ihn zu beschützen.

»Wenn Absinth den Leuten die Wahrheit entlocken kann, warum habt ihr es nicht ihn probieren lassen?«

»Diese Fähigkeit ist für Absinth extrem kraftraubend. Keiner von uns weiß, wie es funktioniert. Einfache Dinge, etwa, jemandem einen Vorschlag unterzujubeln, sind ja noch leicht; aber die Wahrheit erzwingen, wenn jemand Widerstand leistet, kann für ihn tödlich sein. Es gibt verschiedene Grade des Widerstands, und was wir nun brauchen, ist zu wichtig – das bedeutet, dass es da große Gegenkräfte geben wird. Absinth wollte mitkommen, aber der Zar und Steele ließen das nicht zu.«

Breezy presste die Finger an die Schläfen. Kein Weg führte für Steele an dieser Aufgabe vorbei. »Lana, ich liebe Steele mit allem, was ich bin und habe, aber es gibt Dinge, von denen ich nicht weiß, ob ich damit zurechtkomme. Er verlangt viel von mir, und ich habe diese Tendenz, ihm alles zu geben, was er will, aber ich weiß nicht, ob ich, was den Club anbetrifft, nachgeben kann. Es tut mir leid, wenn dir das wehtut, denn ich mag dich.

Ich mag euch alle – also die, die ich einigermaßen kenne –, aber das heißt nicht, dass ich dem Clubleben vertraue.«

»Es war unglücklich, dass du ankamst, als wir gerade die Demons dahatten. Sie wollten uns dafür danken, dass wir der Frau ihres Präsidenten aus einer schwierigen Situation herausgeholfen hatten. Sie brachten Frauen mit, weil sie dachten, die meisten Torpedo Inks sind Singles. Ich weiß, das sah nicht gut aus, als Steele unter diesen Frauen herausgekrochen kam, aber ...«

»Das hat er mir erklärt. Ich habe mich entschieden, seine Erklärung zu akzeptieren.« Breezy zögerte, wagte dann jedoch den Sprung. »Er hatte Fotos von mir auf seinem Handy. Dutzende.«

Lana sah sie stirnrunzelnd an. »Das ist doch gut, nicht wahr? Er hat sie behalten, weil du ihm wichtig bist.«

»Einige davon zeigen uns in sehr intimen Positionen. Ich hatte keine Ahnung, dass wir fotografiert wurden. Er hat es mir nie gesagt. Er hat gerne Fotos. Ich glaube, er braucht das sogar.«

»Ist das ein Problem für dich?«

Breezy rieb sich nachdenklich über die Lippen. »Es macht mir nichts, dass er diese Fotos hat, oder dass jemand, dem er vertraut, sie macht. Aber es beunruhigt mich, dass er sie braucht. Ich glaube, er benutzt sie, um sich zu bestätigen, dass er mir wichtig ist. Dass er mein Mann ist, der Einzige, den ich will. Er sollte aber keine Fotos als Beweis brauchen, Lana.«

Lana zuckte die Achseln. »Irgendwie haben wir doch alle einen Knacks. Du auch, sonst wärst du gar nicht in der Lage, mit ihm klarzukommen. Du weißt, dass es so ist. Steele sieht vielleicht nicht so furchterregend aus wie Reaper oder Savage, doch niemand, wirklich niemand in unserem Club wäre so dumm, ihn zu verärgern. Aber du, Breezy, du bist ihm gewachsen. Du lächelst süß, und irgendwie bringst du ihn dazu, Vernunft anzunehmen.«

»Steele ist ziemlich vernünftig.«

Lana nickte zustimmend. »Das ist richtig, bei einem Kampf oder einem Streit würde er immer cool bleiben. Aber mit dir, wenn es um deine oder Zanes Sicherheit geht, würde ich darauf nicht wetten.«

Breezy atmete hörbar aus und kämpfte gegen ein Gähnen an. »Ich bin sehr müde, und sobald Steele fertig ist, wird er losfahren wollen, nicht wahr?«

»Er wird wollen, dass du dich ausruhst und etwas isst«, erwiderte Lana und stand auf. »Was brauchst du von hier? Oder was willst du mitnehmen? Wir packen es ein, und dann gehen wir.«

Auch Breezy stand auf und sah sich um. Sie brauchte – oder wollte – nichts, als ihr Kind wiederzuhaben. Sie steckte die Papiere und Fotos in eine Plastiktasche und fügte die beiden Alben hinzu, die sie bereits zusammengestellt hatte. »Das ist alles. Ich habe seine Geburtsurkunde und seinen Sozialversicherungsausweis und seine ersten Fotos. Ich glaube, die wird Steele mögen.«

»Irgendwelche Lieblingsdecken oder Spielsachen, die Zane haben möchte?«, fragte Lana.

»Warum habe ich daran bloß nicht gedacht?«, wunderte sich Breezy und eilte zum Kinderbettchen. Sie raffte die blaue Decke mit den Segelbooten darauf zusammen, dazu einen leicht lädierten Stoffhund. »Er liebt Tiere.«

»Super. Steele könnte ausflippen, wenn er irgendwo Tierhaare findet.«

Gerade, als Lana das Schlafzimmer verlassen wollte, sah Breezy, dass sie sich plötzlich duckte. Etwas zischte durch die Luft und traf den Türpfosten. Ein Baseballschläger krachte auf den Boden und rollte weiter. Sie trat an die Tür und bemerkte jemanden mit einer Swords-Jacke, der Lana mit einer Waffe in der Hand gegenübertrat. Selbst von hinten erkannte sie ihn – der Mann hieß Scalp. Sie hatte Albträume von ihm gehabt. Er gab gern damit an, dass er einen Menschen schneller skalpierte, als andere schießen konnten, und sie glaubte ihm. Er und ihr Vater kannten sich schon lange. Doch Lana grinste nur; sie schien nicht im Mindesten Angst zu haben.

Breezy fürchtete sich nicht nur; sie war in Panik. Sie wusste, wie grausam Scalp war, und sie tat das Einzige, woran sie denken konnte: Sie warf Zanes kleine blaue Decke über den Kopf des Mannes in der Hoffnung, Lana würde den Rest erledigen. Und Lana enttäuschte sie nicht. Blitzschnell riss sie Scalp nieder, schlug ihn bewusstlos und sprach dann ruhig in ihr Handy. »Preacher, ihr müsst hier Müll abholen und zu Steele bringen. Ich lasse das Paket einfach an der Tür stehen.«

Sie grinste Breezy zu. »Das habe ich nicht vorhergesehen. Master und Transporter haben die Gefangenen zu Steele gebracht, und sie blieben dort, weil sie dachten, in deiner Wohnung wären wir sicher. Ich sollte sie anrufen, wenn wir fertig sind. Preacher war draußen auf dem Dach auf der anderen Straßenseite, damit sich niemand, mich eingeschlossen, Sorgen machte, aber Steele wird deswegen wirklich ausrasten. Wahrscheinlich wird er uns jetzt alle achtzehn dazu verdonnern, auf dich aufzupassen.«

Breezy bebte noch immer. Sie bewunderte es, dass Lana nicht im Geringsten bestürzt schien, während sie den auf dem Boden liegenden Mann nicht einmal ansehen konnte. Sie griff vorsichtig nach der Decke und zog daran.

»Ist das Zanes Lieblingsdecke oder deine?«, neckte Lana. »Wenn es deine ist, besorgen wir ihm eine neue. Ich bin mir nicht sicher, ob Steele will, dass die hier mit seinem Sohn in Kontakt kommt, nachdem der da sie berührt hat.« Sie trat den Kerl mit ihrem extraspitzen Motorradstiefel.

»Es ist meine«, antwortete Breezy. »Ich habe mehr dafür bezahlt, als ich hätte sollen. Sie war neu.« Dafür schämte sie sich. Zane hatte in seinem Leben noch nicht viele neue Dinge gehabt.

Lana blickte sie scharf an. »Nehmen wir sie trotzdem mit. Es gibt ja schließlich Waschmaschinen.« Sie drückte Breezy die Decke und die Tasche mit den Papieren in die Hand. »Nimm das Stofftier. Ich mache den Müll fertig. Ich schwöre, wenn ich während unserer Zeit bei den Swords noch einmal mitgekriegt hätte, wie er damit angibt, eine seiner Bettgenossinnen zu skalpieren, dann hätte ich das selbst einmal ein bisschen praktiziert.«

»Es war keine Angabe.« Breezy sprach leise aus Angst, der Mann könne sie hören. »Ich habe gehört, wie mein Vater Junk davon erzählte. Er hat dabei gelacht. Er half Scalp, mehr als eine Leiche loszuwerden. Er sagte, Habit habe sich darüber beschwert, dass sie pleitegehen würden, wenn Scalp dauernd die Frauen umbringt, weil sie sie ohne Haare nicht verkaufen könnten.«

»Das ist ekelhaft. Ich sorge dafür, dass Preacher Steele das wissen lässt. Er mag solche Infos.«

»Hat dir jemand eine SMS geschickt? Kommen sie irgendwie voran?«

»Diese Dinge kann man nicht überstürzen, Bree. Es braucht Zeit, um an verlässliche Informationen zu kommen. Zuerst muss Steele ihnen die Hölle heißmachen, ohne sie wirklich zu verletzen. Er muss ein Gefühl dafür bekommen, wann sie die Wahrheit sagen und wann nicht. Wir wurden als Kinder immer wieder gefoltert. Da lernten wir, auszuhalten und es so aussehen zu lassen, als würden wir klein beigeben. Unsere eigene Erfahrung macht es uns jetzt also leichter zu erkennen, ob jemand ein Spielchen treibt oder nicht.«

Breezy sank auf den einzigen anständigen Stuhl, den sie besaß. »Ich habe mein Leben immer für hässlich gehalten, aber schlimmer geht anscheinend immer, nicht wahr?«

»Wir haben es überstanden«, erklärte Lana pragmatisch, packte Scalp an der Jacke und schleifte ihn bis zur Eingangstür. Er schien wieder zu Bewusstsein zu kommen, und so trat sie noch einmal hart an seinen Kopf.

Breezy bemerkte, dass sie das fast wie nebenbei machte und dann mit wiegenden Hüften durch das Zimmer schlenderte, eine Frau mit einem umwerfenden Aussehen und dem Eindruck absoluten Selbstvertrauens. Eine Kriegerin. Eine Frau. Eine Bikerin. Sie war bei den Torpedo Inks definitiv den Männern gleichgestellt.

»Hast du in eurem Club volles Stimmrecht, so wie Steele?«

Lana musterte sie und nickte dann. »Ja, und Alena ebenso. Wir sind Clubmitglieder wie die anderen auch. Zwei der Brüder des Zaren sind beigetreten und ebenfalls Vollmitglieder, und wir haben noch einige Kandidaten. Die Leute aus dem Club, der zu uns kommt und dessen Mitglieder uns beitreten wollen, sind aus einer der anderen Schulen. Sie traten mit den Brüdern vom Zaren in Kontakt, die in der Gegend wohnen, und wenn sie durchgecheckt worden sind und wir zustimmen, werden wir da, wo wir wohnen, eine Ortsgruppe haben.«

»Was ist mit Blythe und Anya?«

Sie schüttelte den Kopf. »Erstens wäre Blythe entsetzt, wenn der Zar wollte, dass sie an einer Sitzung teilnimmt. Sie würde sich weigern.« Ihr ungezwungener Ton verflog, und sie warf sich auf das kaputte Zweiersofa neben Breezy. »Blythe ist die Beste. Die absolut Beste. Sie redet über alles mit uns, erklärt uns jede Regel, die wir nicht verstehen, und ist nie herablassend. Ich weiß nicht, wie der Zar ein solches Glück haben konnte, aber sie ist die beste Old Lady, die es je gab. Wir profitieren alle von ihr. Wenn du mal jemanden brauchst, bist du bei Blythe goldrichtig.«

»Und Anya?«

Lanas Miene wurde weicher. »Anya lieben wir alle. Sie arbeitet als Barkeeperin, und sie ist wirklich gut darin. Sie vergisst nie etwas. Reaper ist irrsinnig in diese Frau verliebt, und keiner kann es ihm verübeln. Wir hoffen, dass sie bald schwanger wird, damit Psychomann ein wenig abgeklärter wird. Er ist ständig an ihr dran, und so glücklich. Keiner von uns hätte gedacht, dass er jemals glücklich wird. Wirklich nicht. Wir dachten, wir würden ihn verlieren, aber da kam sie aus dem Nichts daher, und seither haben wir ihn zu hundert Prozent wieder.«

»Wie Savage?«

Das Lächeln verschwand. Sie schüttelte den Kopf. »Leider nein. Savage ist wirklich anders, und keiner von uns – auch er selbst nicht –, denkt, dass es für ihn ein glückliches Ende gibt. Aber er hält durch. Er würde uns nie verlassen, es sei denn er glaubte, wir kämen ohne ihn mit den Diamondbacks zurecht.«

Das gefiel Breezy nicht, doch sie kannte Savage gut genug, um zu wissen, dass er anders war als die anderen.

»Bist du glücklich, Lana?«

Lana zuckte die Achseln. »Was ich will, werde ich nie haben können, aber ich bin frei und ich habe meine Familie. Ich liebe Steele, und er hat dich und Zane. Reaper hat Anya. Ich weiß, beide sind zuverlässig. Das sind die Dinge, die mich glücklich machen.«

Breezy wollte sagen, dass sie sich noch nicht sicher war. Sie wollte es sein, doch da war dieser eine riesige Meilenstein, den sie noch immer zu überwinden versuchte. Der Club. Lana und Alena wurden als volle Mitglieder behandelt. Sie kannte keinen einzigen Club, in dem Frauen gleichberechtigt waren. Nicht einen. Torpedo Ink war also definitiv anders, und bevor sie eine Entscheidung traf, musste sie sichergehen, dass sie fair ausfallen würde. Das bedeutete, sie brauchte mehr Information.

Preacher riss die Tür auf und starrte auf seine Schwester. »Was geht hier ab, Lana?«

Sie grinste ihn an. »Ich habe nicht nach ihm gesucht. Erinnerst du dich an Scalp? Er skalpierte gern die Frauen, mit denen er ins Bett ging, die, die sie verkauft hätten, wenn er nicht darauf bestanden hätte, mit ihnen seinen Lieblingssport zu treiben.«

»Und er hat seinen Skalp noch immer? Hattest du kein Messer dabei?«

Lana zuckte die Achseln. »Breezy ist hier, da wollte ich mich zivilisiert benehmen, damit sie mich mal mit Zane spielen lässt.«

»Lass dich nicht von ihr veräppeln, Bree. Sie will nur in deinem Pool schwimmen.«

»Ich habe selber einen Pool.« Lana grinste ihrem Bruder zu.

»Stimmt, aber du magst den von Steele und Bree mehr.«

»Das stimmt auch, er ist einfach irre«, gab Lana zu.

»Das Haus gehört Steele«, korrigierte Breezy.

»Nein, es gehört euch beiden«, sagte Preacher. Er hievte Scalp auf die Schulter, ging hinaus und ließ sie einfach mit offenem Mund sitzen.

13. Kapitel

Steele trat leise in das Motelzimmer. Es war gut nach Mitternacht, und er war erschöpft, musste jedoch seine Frau noch sehen. Sie hatte alle Vorhänge zugezogen, und der Ventilator lief auf vollen Touren. Er konnte sie kaum ausmachen in der Mitte des Betts, direkt unter den rotierenden Blättern, die die heiße Luft fächelten und die Temperatur erträglich machten.

In der Garage war es anders gewesen. Der Geruch von Blut hatte alles so stark durchdrungen, dass er in seine Poren eingedrungen war. Doch das war egal; er hatte bekommen, was er brauchte, und das bedeutete, er konnte seiner Frau den Anblick des Grauens ersparen.

Er hatte versucht, nicht daran zu denken, dass sein Junge womöglich an einen gottverdammten Pädophilen verkauft worden war und dass man, was man ihm und seinen Brüdern und Schwestern angetan hatte, nun vielleicht mit seinem Kind machte. Der Horror dieses Gedankens war fast mehr, als er ertragen konnte. Er würde alles tun, um Zane zurückzuholen. Alles. Er würde sein Leben für sein Kind opfern. Und er würde foltern und morden, wenn es notwendig war.

Er war zornig darüber gewesen, dass Scalp sich im Speicher des Hauses hatte verstecken können. Das war ein Fehler gewesen, den sie womöglich teuer hätten bezahlen müssen. Nicht einmal Dart und Bruiser hatten gewusst, dass der Kerl dort oben war. Lebend. Sein Auftrag war gewesen, Dart zu töten, falls Bruiser es nicht tat, und dann diesen kaltzumachen. Bridges' Plan war nicht, seine Tochter zu verkaufen. Er war es leid, dass niemand sich um ihn kümmerte. Er wollte Zane vor ihren Augen töten oder ihn verkaufen, damit sie Tag für Tag leiden würde, und Scalp sollte sie zu ihm bringen.

Scalp sollte Lana sofort erschießen, sich Breezy schnappen und von dort verschwinden, doch sobald er Lana sah, war er begierig geworden. Das war nicht ungewöhnlich. Lana hatte eine Wirkung, einen Reiz, dem nur wenige Männer widerstehen konnten. Scalp gehörte zu den Swords und dachte, er könne sie missbrauchen, sie eine Weile gefangen halten und dann, wenn er genug von ihr hatte, auf seine spezielle Weise entsorgen. Er war einen harten Tod gestorben.

Steele trat ans Bett und schaltete die Nachttischlampe auf der niedrigsten Stufe ein, damit er Breezy sehen konnte. Er brauchte ihre Unschuld. Ihr Strahlen. Er blickte auf ihren seidigen Rücken. Ihr Haar war zu einem Zopf geflochten und hochgebunden, vermutlich wegen der Hitze.

Er liebte die Form ihres Pos. Als er sie das erste Mal von hinten in engen Jeans gesehen hatte, hatte sich sein Magen zusammengezogen, und sein Schwanz war ganz von selbst in Habachtstellung gegangen. Er war so hingerissen gewesen, dass er ihr beinahe spontan nachgelaufen wäre, doch dann hatte sein Verstand wieder eingesetzt.

Er hatte gelernt, vorsichtig zu sein, und sich Zeit genommen, sie zu beobachten. Er hielt es nicht für möglich, in Breezys Nähe zu sein und ihr nicht zu verfallen. Nicht dieses überwältigende Gefühl zu bemerken, das ihn innerlich zerriss und sein Herz schredderte. Er schaute auf den Stuhl mit ihren Klamotten. Sie waren ordentlich gefaltet. Perfekt. Ihre Stiefel standen an der Wand, er nahm sie in die Hand und runzelte die Stirn. Einer hatte ein Loch.

Verdammt. Ein Loch. Er hatte ihr neue Klamotten gekauft

und im neuen Haus in den Schrank gelegt. Er hatte sexy Dessous gekauft, weil er an sich selbst gedacht hatte. Er hatte nicht daran gedacht, ihr Schuhe zu kaufen. Stiefel. Straßenschuhe. Sie brauchte alle möglichen Schuhe. Sie hatte kein Wort zu ihm gesagt. Sie würden mit der Abfahrt morgen früh warten, bis er ihr ein Paar anständige Stiefel gekauft hatte. Er verschickte eine Gruppen-SMS, obwohl er wusste, dass sie das nicht mochte, doch das war ihm egal.

Sie hatten einige Informationen. Sie hatten die Handys der Swords, und Code war gut darin, jeden nachzuahmen, falls Anrufe getätigt werden mussten. Wenn Code ein paar Zeilen Text hatte, konnte er einen Stil leicht imitieren. Durch diese Handys hatten sie Zugang zu persönlichen Daten wie auch zu Spitznamen und allem Möglichem zwischen den Swords, was sonst niemand wusste.

Er setzte sich an den Rand des Betts, zog seine Stiefel aus und stellte fest, dass er sie gut geputzt hatte. Er hatte auch die Sohlen mit Powerspray behandelt, um jede Spur von Blut zu entfernen. Dann hatte er sogar noch die Sauerstoffbleiche verwendet, die der Guns-and-Skull-Club griffbereit hatte. Das war ein Trick, den sie alle kannten. Normale Bleiche entfernte keine DNA-Spuren.

Er stellte die Stiefel neben die von Breezy und zog sein Hemd aus. Es war ein neues Hemd, eines, das er mit den Jeans zusammen eingepackt hatte, um seine Klamotten verbrennen zu können. Sie verbrannten immer alle ihre Sachen. Keiner ging ein Risiko ein. Sie stellten sogar sicher, dass die Asche ordentlich entsorgt wurde, wie auch die der in dem unterirdischen Krematorium verbrannten Leichen, das der Guns-and-Skull-Club zu diesem Zweck hatte. Anders als andere Clubs entsorgte Torpedo Ink auch diese. Sie wollten einfach keinerlei Spuren hinterlassen.

Die Handys wurden zerstört und innerhalb eines Drei-Meilen-Radius in verschiedene Müllbehälter geworfen. Die Simkarten wurden in Säure aufgelöst, die Reste landeten ebenfalls in verschiedenen Abfallcontainern. Sie waren gründlich. Im Gebäude und darum herum hatten sie nach versteckten Kameras gesucht und nichts gefunden.

Steele stand auf und zog die Jeans aus. Er hatte geduscht, weil er wusste, dass er zu Breezy gehen würde und dafür frisch sein wollte – abgesehen davon, dass man nicht in blutbesudelten Klamotten durch die Gegend fahren konnte. Er war tatsächlich über und über voll mit Blut gewesen. Ihm machte das nichts aus. Nichts, was er an diesem Tag und in dieser Nacht getan hatte, setzte ihm ernsthaft zu; schließlich ging es darum, seinen Sohn zu finden. Doch mit Blut an den Händen zu Breezy zu gehen, das kam nicht in Frage.

Er sank wieder auf das Bett und ließ eine Hand ihr Bein hinaufgleiten. Sie weckte etwas in ihm, verdrehte und schmolz etwas in seinem Bauch, bis er manchmal nicht mehr vernünftig denken konnte. Auf seine Berührung hin drehte sie den Kopf, ihre Lider zuckten. Dann sah er in ihre grünen Augen, und sein Herz quoll über.

»Wieso bist du mit deiner Vergangenheit eigentlich gar nicht wirklich kaputt?« Seine Hand strich die Rückseite ihres Beins von der Kniekehle bis zum Poansatz hinauf, ein Finger zog die Falte dort nach.

»Bin ich doch, sonst würde ich nicht ernsthaft darüber nachdenken, mit dir eine Beziehung zu haben, und schon gar nicht nackt in diesem Bett liegen und darauf warten, dass du kommst.«

Das war eine gute und wahrscheinlich wahre Antwort. Er wusste, dass sie massive Probleme damit hatte, über Clubs und ihrer beider Zusammenleben in einem auch nur zu reden. Sie bekam Panikattacken. Er fuhr mit der Zunge die Falte nach, der zuvor sein Finger gefolgt war, und spürte, wie sie erbebte. Dann setzte er sich wieder auf, zog das Tattoo in ihrem Kreuz nach und leckte weiter nach unten über die festen Rundungen ihres Pos.

»Als Ink dir das stach und meinen Namen auf dich schrieb, dachte ich, meine Welt ist in Ordnung. Dass es immer so sein würde, weil du mir gehörst.« Er schenkte ihr das, weil sie ihm so viel mehr schenkte. Er strich über seinen Namen auf ihrer Haut. »Ich mag es, dass du mir gehörst, Bree. Und, wichtiger noch, ich mag es, dir zu gehören.«

Sie lächelte, und sein Herz zuckte in der Brust, so wie sein Schwanz an seinem Unterleib zuckte.

»Lässt du dir für mich *Eigentum von Breezy* auf den Hintern tätowieren?«

Er überlegte. »Ich habe zwar deinen Namen schon hier, direkt über meinem Herzen, Süße, aber wenn du mir dafür dein Wort gibst, nicht davonzulaufen, sobald ich dir unseren Jungen in die Arme gelegt habe, gebe ich dir mein Wort, dass ich mir das von Ink stechen lasse.«

Ihre langen Wimpern zuckten. Ihre Lippen pressten sich zusammen, doch er erriet nicht, ob sie nur ein Lächeln unterdrückte oder ihm etwas verschweigen wollte. Er musste wissen, wo er bei ihr stand, und ob das, was er in dieser Nacht getan hatte, ihn weiter von ihr entfernt hatte.

»Ich brauche eine Antwort, Baby.«

»Ich mag meinen Namen über deinem Herzen, nicht auf deinem Hintern.«

Das sagte ihm lediglich, dass sie Humor besaß. Er hatte das Gefühl, einen trügerischen Schatten zu verfolgen. Er wollte sie einsperren. Sie ganz nah bei sich haben.

»Es hat mir nicht gefallen, dass du heute Abend in Gefahr warst.«

Sie setzte sich auf, sodass er ihre linke Brust zu sehen bekam. Dann drehte sie sich, setzte sich in die Mitte des Betts und blickte ihn direkt an. »Ich war nicht in Gefahr. Lana hat die

Lage so schnell geklärt, das würdest du nicht glauben. Es gab keinen Grund, sich Sorgen zu machen.«

Er konnte nicht anders. Er streichelte ihre Brüste, seine Hände spürten ihre sanfte Haut. Wie wunderschön. Ein Schauder durchlief sie. So empfänglich war sie. Seine Finger spielten mit ihren Brustwarzen und den sanften Kurven – er schwelgte, genoss.

»Sie sagte, du hast mitgeholfen.«

»Sie hatte alles unter Kontrolle.«

»Dass du ihm Zanes Lieblingsdecke über den Kopf geworfen hättest. Ich denke, wir rahmen diese Decke ein und hängen sie hinter Glas an die Wand, wenn unser Junge sie mal nicht mehr haben will.«

Sie lächelte ihm zu, und sein Herz setzte einen Schlag aus, so wie es das manchmal tat, wenn sich ihre Züge aufhellten. Lana hatte ihm erzählt, Breezy habe diese Decke von ihrem selbst verdienten Geld neu gekauft, und dass sie ihr etwas bedeutete. Er nahm sich vor, sie ebenso wertzuschätzen, wie sie es tat. Ihr Lächeln war alles wert, auch eine Decke zu rahmen und aufzuhängen.

»Das ist jetzt vielleicht ein bisschen doof, Steele, aber die Idee gefällt mir.«

Er beugte sich zu ihr und leckte an ihrem Nippel. Sofort umschlossen ihre Arme seinen Kopf, und er saugte ihre Brust in den Mund, so weit es ging. Ihre Finger furchten durch sein Haar, massierten langsam, rhythmisch seine Kopfhaut, und sein ganzer Körper wurde lockerer. Seine Arme legten sich um ihre Hüften, er zog sie nach unten, bearbeitete ihren Nippel mit Zunge und Zähnen. Schließlich hob er den Kopf und sah in ihre intensiv grünen Augen, die ihn fixierten. Ihr Atem kam in kleinen Stößen, was er so sehr liebte.

Er strich sanft über die Male auf ihren üppigen Brüsten. »Ich liebe es, wie das auf deiner Haut aussieht.« Er streckte die Beine aus, sein Kopf berührte das Brett am Ende des Betts. »Mach es mir mit dem Mund, Bree. Wenn du deine Lippen um ihn legst, kann ich nicht mehr denken, und genau das brauche ich jetzt gerade.« Er konnte keine Minute länger an sein Kind denken, das in Gefahr war. Sie musste diesen Gedanken vertreiben, so wie sie seine ihm ganz eigenen Dämonen vertreiben konnte.

Breezy zögerte nicht. Sie rollte zu ihm, legte eine Linie von Küssen von seiner Brust bis zu seinem Unterleib. Sein Glied zuckte in Vorfreude, er schloss die Augen und vergrub die Finger in ihrem dichten Haar. Sie konnte ihm Trost verschaffen, wenn nichts anderes mehr es konnte. Das Wehklagen der Toten. Die Schuldzuweisung in ihren Blicken, weil er sie nicht retten konnte. Sie trieb diese toten Kinder von ihm weg und brachte ihm Frieden.

Sie tat es auf so vielfache Weise. Mit ihrem Körper. Ihrem Lachen. Ihrer Freundlichkeit. Er spürte ihre Fürsorge in ihrer Berührung, jeder Liebkosung ihrer Zunge, darin, wie sie sich auf seinen Schwanz konzentrierte und ihm Lust verschaffte, ohne irgendetwas zu erwarten.

Er packte ihren Zopf und zog ihren Kopf nach oben, unterbrach sie. Sie sah ihn fragend an. »Komm hoch, Baby. Ich muss dich etwas fragen.«

»Ich bin ein bisschen beschäftigt.«

Ihr Schmollmund war hinreißend. Er zog sanft, aber unnachgiebig an ihrem Haar. »Ich bin derjenige, der ein Opfer bringt. Ich brauche dich hier oben.«

Sie fasste sich an den Kopf, doch er lenkte nicht ein, und so kroch sie an ihm hoch – ein Anblick purer Lust –, die Augen auf ihn geheftet, mit wiegenden Brüsten und diesem unglaublich sinnlichen Körper.

»Ich glaube, ich bringe hier ein Opfer. Denn dein Schwanz ist für mich ein echtes Vergnügen, auf das ich mich freue«, sagte sie schnippisch.

Er glaubte ihr. Im Jahr ihres Zusammenseins war er oft mit seinem Schwanz in ihrem Mund aufgewacht. So aufzuwachen, das war verdammt gut gewesen. Er zog an einem ihrer Beine, und sie setzte sich rittlings auf ihn. Er schob zwei Finger in sie. Sie war feucht und heiß, bereit für ihn, ihm zu zeigen, dass sie die Wahrheit sagte – dass es ihr Lust bereitete, seinen Schwanz zu lutschen.

Er umschloss seine mächtige Erektion mit einer Faust und umfasste mit der anderen Hand ihre Hüfte. »Senk dich auf mich.«

Sie hielt sich an seinen Schultern fest, und dann nahm ihr Körper den seinen auf. Er hätte seine Lust am liebsten hinausgeschrien. Sie konnte ihn einfach so leicht in ihren Bann ziehen, sein Hirn komplett ausschalten. Und sie war so eng, dass er die Zähne zusammenbeißen musste. Ihre Muskeln wollten nicht nachgeben, sie zogen und zerrten an ihm, umschlangen seinen Schaft gleich einer feurigen, seidigen Faust. Er atmete heftig aus.

Sie sah ihn an, und er ließ nicht zu, dass sie den Blick wieder von ihm abwandte. Es war der Gipfel der Sinnlichkeit für ihn, in ihre Augen zu schauen und zu sehen, wie das Grün vor Lust noch intensiver wurde. Vor allem wollte er die Liebe in ihrem Blick sehen. Sie hatte ihm nicht mehr gesagt, dass sie ihn liebe, nicht seit diesem idiotischen Moment vor drei Jahren, als er Panik bekommen und sie verjagt hatte.

Von Liebe oder einer Beziehung hatte er keine Ahnung. Er wusste lediglich, dass sich sein Herz in dem Moment, in dem sie es ihm sagte, angefühlt hatte, als würde eine riesige Faust es zerdrücken, und überwältigende Gefühle drohten ihn zu ersticken. Er war entsetzt gewesen, weil er ja so viele andere, die er liebte, verloren hatte, wenngleich Breezy nicht darunter gewesen war.

Es fiel ihm schwer zu glauben, dass sie ihn lieben konnte.

Wie war das überhaupt möglich? Stundenlang musste er auf diese Fotos starren. Ihr Gesicht ansehen. Jedes Bild, jede Nuance analysieren. Es war der einzige Weg, wie er glauben konnte, dass sie wirklich fähig war, einen Mann zu lieben, der so kaputt und fertig war wie er.

Er wartete, bis sie ganz auf ihm saß und er so tief in ihr war, dass er das Gefühl hatte, sie seien eins. Er konnte der Versuchung ihrer Brüste nicht widerstehen, voll, rund und weich vor seinen Augen. Zärtlich umfasste er die rechte mit einer Hand und streichelte sie erneut.

»Baby, sieh mich an, sieh mich immer weiter an.« Er wollte, dass sie ihm gehorchte. Breezys Blick war über ihn geschweift, hinunter zu der Stelle, an der sie vereint waren, und wieder hinauf zu seinen Augen. »Liebst du mich?« Er redete nicht drumherum. »Du hast mir einmal gesagt, du liebst mich, und ich bekam Panik, weil ich das nicht für möglich gehalten hatte.«

Sie verdiente die Wahrheit. Er gab ihr aber nur einen Teil davon. Er musste damit kämpfen. Mit seinem Bedürfnis, komplett ehrlich mit ihr zu sein. Er hatte sie einmal wegen seiner eigenen Dummheit verloren, und das durfte nicht noch einmal geschehen. Sie sah auf ihn mit gerunzelter Stirn, und sein Schwanz schwoll noch ein wenig mehr an, weil er dieses Stirnrunzeln so sehr liebte.

»Wieso hast du das nicht für möglich gehalten?«

Sie krümmte sich, versuchte, sich zu bewegen, doch seine Hand an ihrer Hüfte hielt sie fest. Auf seinen stummen Befehl hin hörte sie sofort auf.

»Ich bin ziemlich kaputt, Baby. Ich kann ausflippen, wenn ich nicht weiß, wo du bist. Das weißt du. Das hast du gesehen.«

Ein leichter Schauder lief durch ihren Körper. »Wenn ich glauben würde, dass du mich kontrollieren willst, wäre das ein Problem, aber du willst nur, dass mir nichts passiert.«

»Das ist Kontrolle, mach dir nichts vor. Ich *muss* wissen, dass du in Sicherheit bist, weil ich sonst durchdrehe. Also ja, ich will die Kontrolle haben, und das bedeutet, dass du mir Bescheid geben sollst, wenn du irgendwohin gehst.«

Sie drückte den Rücken durch, schob die Brüste vor und versuchte, sich nicht zu bewegen, konnte es jedoch nicht verhindern. Ihre straffen Muskeln drückten ihn heftig.

Seine Finger glitten von ihrem Nippel abwärts dorthin, wo ihre Körper vereinigt waren, und begannen, langsam ihre Klitoris zu bearbeiten. Kleine Kreise. Ein Schnipsen. Wieder Kreise. Und sein Blick wich nicht von ihrem.

»Liebst du mich?«

Sie öffnete den Mund, zögerte und musterte ihn argwöhnisch, eine Falle vermutend. »Es ist drei Jahre her, Steele.«

»Drei Jahre, in denen du nie einen anderen Mann an dich herangelassen hast, Bree.« Er bearbeitete weiter ihre Klitoris und hielt sie fest, während sein Schwanz zuckte und anschwoll und fest gegen ihre sensible Haut presste.

»Ich bin anders. Du bist anders. Wir brauchen Zeit, einander kennenzulernen.«

»Ich bin derselbe. Älter. Hoffentlich klüger. Ich habe viel über mich selbst und dich gelernt, während du weg warst, aber ich bin derselbe. Du hältst mich hin.«

»Weil ich eben nicht mehr dieselbe bin.«

»Das bedeutet überhaupt nichts, Baby. Dass du anders bist heißt nicht, dass du mich nicht lieben kannst. Sag es mir so oder so. Hör auf, mich weiter im Unklaren zu lassen, und sag mir die Wahrheit.«

Er begann, sanft die Hüften zu bewegen. Sie stieß ihren Atem aus. Ihr Blick wirkte etwas benommen. Er beugte sich vor und nahm ihre linke Brust in den Mund, presste den Nippel fest an den Gaumen und streichelte ihn mit der Zunge. Sie keuchte. Er setzte die Zähne ein, zog daran, beobachtete dabei unablässig ihr Gesicht. Sie stöhnte, und heiße Flüssigkeit umspülte seinen Schaft. Er leckte an ihrem Nippel, setzte sich dann auf und hielt sie fest. Wartete.

Er hatte jedes der Fotos studiert, die Maestro vor ihrem Aufbruch gemacht hatte. Wieder und wieder. Er hatte sie auf seinem Handy und sah sie sich immer wieder an. Die Liebe in ihrem Blick, wenn er sie nahm, war einfach nicht zu verkennen. Sie war auch jetzt da. Wenn er sie dieses Mal nicht dazu bringen konnte, es zuzugeben, würde er noch ein weiteres Foto brauchen, an das er sich halten konnte, bis sie es eingestand.

Breezy stieß einen gereizten Seufzer aus. »Ich liebe dich, Steele. Ich kann nicht anders.«

Sein Lächeln zeigte sich langsam, aber es war voll und kam von irgendwo ganz tief innen. Er belohnte ihren Mut, indem er sie hochhob und über seinen Schwanz gleiten ließ. Sie wollte es schnell. Er bremste sie. Das Feuer war gigantisch. Die Lust ungeheuerlich. Beinahe brutal. Sie brauchten es beide so sehr, doch er war noch nicht dafür bereit.

Er führte sie, ließ sie langsam auf seinem Glied reiten, sodass ihre festen Muskeln zupackten und es gierig melkten, es umschlossen, strangulierten und mit jeder Auf- und Abwärtsbewegung heißer wurden. Als sie nach einigen Minuten keuchte und versuchte, ihm die Kontrolle zu entreißen, hörte er auf und zwang sie, ihre Bewegung ebenfalls einzustellen. Er war so stark, sie hatte keine Chance gegen ihn.

»Du hast mich jede Minute geliebt, die du von mir weg warst«, erklärte er.

Sie nickte stirnrunzelnd im Versuch herauszufinden, wohin dies führen würde. Er spürte ihren Herzschlag direkt an seinem Glied. Jedes Pulsieren ihres Blutes. Es war sexy und heiß und gab ihm das Gefühl, ihr näher denn je zu sein.

»Sag es.«

»Ich wollte das nicht, Steele, aber ich habe dich jede Minute geliebt, die ich von dir weg war. Ich habe mich fast jede Nacht in den Schlaf geheult, und ich habe von dir geträumt.«

»Und dass du mich jetzt, wo du bei mir bist, sogar noch mehr liebst.«

Er hob sie hoch und stieß hart zu, sodass Feuer durch sie beide schoss. Ihr Atem stockte, sie warf den Kopf in den Nacken und senkte den Blick.

»Ja«, flüsterte sie.

»Du willst bei mir bleiben.« Das war eine Feststellung.

Sie wurde still. Ihr Blick suchte sein Gesicht, und sie umfasste es mit beiden Händen. »Mehr als du es ahnen kannst, Steele. Ich will mein Leben mit dir verbringen. Ich liebe dich, und ich weiß, kein anderer wird mir jemals recht sein, aber ich bin nicht mehr dieselbe. Ich habe einen Sohn, und ich muss herausfinden, was das Beste für ihn ist.«

»*Ich* bin der Beste für ihn. Kannst du wirklich denken, ich würde mich nicht um ihn kümmern? Ihn beschützen?«

»Du musst ihn lieben, Steele.«

»Ich bin fähig, Gefühle für meine Kinder zu haben, Bree«, erwiderte er sanft. »Mehr als alles will ich eine Familie mit dir. Und bevor du auch nur einen Fuß aus dieser Tür setzt, brauche ich diese Zusage von dir. Ich muss wissen, dass du mir gehörst.«

Breezy starrte ihn lange an, ihr Blick schweifte über sein Gesicht, etwas in seinen Zügen suchend, ein Zeichen, das sie von ihm brauchte. Plötzlich beugte sie sich zu ihm, was den Druck ihrer Scheide auf sein Glied noch erhöhte, Feuerpfeile durch seinen Unterleib jagte und Flammen über seinen Körper züngeln ließ. Ihre Lippen pressten sich auf die seinen, sie küsste ihn, ihre Zunge streichelte und liebkoste, bis er darauf antwortete. Er drehte sie beide abrupt um, sodass sie unter ihm auf dem Rücken lag.

»Ich will mehr als alles sonst mit dir zusammen sein. Ich will eine Familie mit dir. Ich kann allerdings nicht so tun, als wäre ich dem Club gegenüber nicht mehr misstrauisch. Ich weiß, du wirst ihn nicht für mich verlassen …«

»Baby, stell es nicht so hin. Du weißt, dass ich das nicht kann. Dazu bin ich zu kaputt. Sie bewahren mich davor auszurasten. Nicht so wie du, aber ich muss bei ihnen bleiben. Ich *bin* Torpedo Ink. Wenn du mich liebst, liebst du den Club. So simpel ist es wirklich.«

Er begann, sich sanft in ihr zu bewegen, verlagerte sein Gewicht auf die Unterarme und umfasste mit seinen großen Händen ihr Gesicht. Blickte in ihre Augen, damit sie seine Liebe so klar sehen konnte wie er ihre.

»Schenke dich mir, Breezy. Lass mich dich haben. Ich schwöre, du wirst es nicht bereuen. Ich passe auch im Club auf dich auf.«

Ihre Augen füllten sich mit Tränen, und sein Mut sank. Sie würde ihm nicht geben, was er brauchte, obwohl sie das doch bisher immer getan hatte. Wenn er im Chaos versunken war und seine Dämonen ihn zu verzehren drohten, hatte sie das alles von ihm genommen, bereit, sich für ihn zu opfern. Einen Moment lang bekam er kaum Luft. Er hatte sie verloren. Er hatte die intensive Liebe verloren, die sie für ihn empfunden hatte. Sein Körper wurde reglos; er musste um Atem ringen.

»Ich habe versucht, Dinge über den Club herauszufinden, damit ich für Zane besser eine Entscheidung treffen konnte. Im Moment würde ich, für mich, alles aufgeben, um mit dir zusammen zu sein. Ich würde das Leben im Club akzeptieren und darauf vertrauen, dass du für mich da bist. Ich zögere nicht wegen meiner Liebe zu dir oder meinem Vertrauen in dich. Für mich geht es mir nicht einmal mehr um den Club. Es geht darum, ob ich denke, dass dieses Leben für Zane das Beste ist.«

Er zwang sich, ihr zuzuhören. So zuzuhören, wie jedes Clubmitglied den anderen zuhörte, wenn sie über etwas Wichtiges sprachen. Würde er von der Mutter seines Sohnes weniger erwarten? Sie suchte nach Antworten, weil sie für ihrer beider Sohn das Beste wollte. Dafür musste er sie noch mehr lieben, auch wenn es ihn beunruhigte, dass sie ihm nicht die Zusage geben konnte, die er von ihr brauchte.

Er begann, sich wieder zu bewegen, ihr mit seinem Körper zu zeigen, was er für sie fühlte. Ihr die Intensität seiner Gefühle für sie zu zeigen. Den überwältigenden Stolz und Respekt, den er für sie empfand. Er hielt ihr die Arme über den Kopf, bewegte sich weiter, hielt inne, wog Begehren gegen quälendes Verlangen, Sehnen gegen wilde Lust ab.

»Du musst entscheiden, ob du mir mit unserem Sohn vertraust. Dass ich ihm alles gebe, was er braucht. Dass ich ihn versorge und für euer beider Sicherheit da bin. Du weißt, dass ich das kann, Breezy. Du hast nur Angst, Baby, und das verstehe ich. Aber du musst auch mich verstehen. Du musst wissen, dass ich voll und ganz für dich da bin. Du musst mir vertrauen, wenn ich sage, dass mein Club euch beide beschützen und sich um euch kümmern wird, wie er es auch für die Familie des Zaren tut.«

Er war ein guter Stratege und wusste, dass dieser Punkt eine starke Zugkraft hatte. Wie die Clubmitglieder mit der Familie des Zaren umgingen, hatte sie sehr verblüfft und fasziniert. Noch wichtiger war gewesen, wie die Kinder auf sie zugegangen waren, denn bei ihnen ließ sich nichts verbergen. Außerdem hatte man ihr ihren Sohn genommen. Einen ganzen Club zu seinem Schutz zu haben, das musste Eindruck auf sie machen.

Er bewegte sich schneller in ihr, sodass sie beide außer Atem kamen. Seine Finger umklammerten ihre. Er begrub das Gesicht an ihrem Hals. »Mir ist mehr als jedem anderen bewusst, dass ich dich nicht verdiene, aber keiner wird so sehr wie ich versuchen, für dich und unsere Kinder alles gut zu machen. Gib mir eine Chance.«

Er hatte sie nicht ansehen können, als er das sagte, weil es ihn so verletzlich machte und so sehr entblößte. Er wünschte beinahe, seine Brüder wären hier, um ihn herum, nur für den Fall, dass er es nicht verkraftete, falls sie ihn abwies.

»Lieber.«

Sein Herz schlingerte, er blickte sie an. Ihre Augen waren sanft. Sie hatte diesen Blick. Den, der ihm mehr als alles andere sagte, dass er noch eine Chance bei ihr hatte, weil sie ihn wirklich liebte.

»Ich sage Ja, *aber*«, fügte sie hinzu.

Es war zu spät. Er ließ nicht zu, dass sie es zurücknahm. Was immer sie sagen musste, er würde es sich anhören, doch sie würde es nicht zurücknehmen. Er konnte nicht umhin zu lächeln und beugte sich zu ihr, biss sie leicht ins Kinn. Er bewegte sich schneller. Hob ihre Hüften an, hielt sie fest, damit er sich tiefer und schneller in ihr bewegen konnte.

Sie atmete heftig, am liebsten hätte er ihr zugegrinst. Stattdessen machte er es sich zu seiner Lebensaufgabe, ihr die größtmögliche Lust zu verschaffen. Das *Aber* spielte keine Rolle. Damit kam er klar. Sie band sich an ihn, und das bedeutete, sie vertraute ihm mit ihrem Sohn ebenso, wie sie sich selbst ihm anvertraute. Niemand hatte ihm je ein größeres Geschenk gemacht.

Ihre Hüften nahmen seinen wilden Rhythmus auf. Bei jedem seiner Stöße wippten ihre Brüste und wiegten sich einladend. Sein Blick war auf ihr Gesicht geheftet. Diese Miene. Ihre Lippen öffneten sich. Ihre auf ihn gerichteten Augen. Alles drückte ihre Liebe aus, ihre gesteigerte Wollust. Diese Mischung im Grün ihrer Augen, die ihm sagte, dass sie ihn ebenso sehr wollte und brauchte wie er sie.

Wieder und wieder brachte er sie beide bis kurz vor den Höhepunkt, wartend auf den einen Ton, der ihm andeutete, dass sie nun nicht mehr warten konnte. Erst nachdem er diese Befriedigung bekommen hatte, ließ Steele seinen Körper ganz gegen ihre brennend heiße Scheide branden. Sie schoss in die

Höhe, umschloss seine Erektion mit aller Kraft. Er spürte jede winzige Bewegung, jede mächtige Woge. Es war brutal. Herrlich. Perfekt.

Sie schrie leise, nur seinen Namen. Sang ihn. Auch das liebte er. Es steigerte noch die Nachwirkung, bei der sich ihr Körper um ihn zusammenzog. Der heiße Erguss seines Samens an ihre Scheidenwand. Er liebte diese Momente. Liebte es, wenn er danach über ihr kollabierte. Wegen seines Gewichts bekam sie kaum Luft, doch sie hielt es unter ihm aus, atmete flach, protestierte nie, wenn er so auf sie drückte, sein Schwanz noch tief in ihr vergraben. »Ich weiß, du willst von mir hören, wie es mir mit dir geht, Bree. Ich weiß, so sind Beziehungen, und dass man alles ausspricht. Ich brauchte das von dir, weil ich … Zur Hölle, Baby, ich weiß nicht, was ich bin, aber ich hätte es dir längst sagen sollen, als du es zum ersten Mal zu mir gesagt hast. Ich fühle es tiefer als irgendetwas sonst. So tief, dass es mir gottverdammte Angst macht. Ich werde nie gut darin sein, es auszusprechen. Mir bleiben die Worte im Hals stecken. Ich habe Angst, wenn ich es laut sage, könnte etwas Schlimmes geschehen. Es fühlt sich an, als würde ich uns damit verfluchen. Alle, von denen sie wussten, dass uns etwas an ihnen lag, sind gestorben. Ich will es dir sagen, und ich schwöre, ich versuche es, aber …«

Sie vergrub das Kinn an seiner Brust, die grünen Augen schenkten ihm Mitgefühl, denn darum ging es immer bei seiner Frau. Sie war alles, was er nicht war. »Lass es dir in die Haut stechen, Süßer. Du musst es nicht laut sagen. Du zeigst es mir einfach, und dann weiß ich es. Ich will nicht, dass etwas so Wunderbares zwischen uns dir Unbehagen bereitet oder Albträume beschert. Du schaust dir Fotos an, und ich schaue auf dein Tattoo.«

Sie war brillant. Das konnte er tun. Teufel auch, er konnte Ink sagen, ihn damit zuzupflastern. Es war die gottverdammte Wahrheit und würde es immer bleiben. »Diese Lösung gefällt mir.« Er drückte einen Kuss auf ihre Stirn und schmiegte sich wieder an sie, die Finger in ihrem Haar vergraben. »Aber mir nur diese Fotos anzusehen reicht nicht. Dazu bin ich zu kaputt.«

Ihr Lachen an seiner Brust fühlte sich warm an. »Ach echt? Was muss ich denn noch tun?«

»Ich will auch, dass du es mir sagst.«

»Das ist nicht schwer, solange du nicht befürchtest, dass ich uns dann verfluche.«

»Bin mir ziemlich sicher, dass Dämonen dich nicht hören, Babe. Du bist zu gut dafür. Aber sie sind bereit, über mich herzufallen.« Weil er ein verdammtes Arschloch war und immer sein würde. Dämonen mochten Monster.

Ihre Finger wanderten knapp unter seinen Bauch und begannen, dort die Worte zu schreiben. »Ich habe kein Problem, es dir zu sagen, Süßer.«

»Ich bin noch nicht fertig. Das ist das Wichtigste, aber da ist noch mehr. Ich lasse es mir auf die Haut tätowieren, aber du sprichst es aus, und dann zeigst du es mir.«

Sie zog eine Braue nach oben, und ihr Blick traf wieder den seinen. »Dir zeigen?«, wiederholte sie.

»Ich brauche noch mehr Fotos.«

Sei verdrehte die Augen. »Du hast schon so viele, dass du bald ein neues Handy brauchen wirst. Ich weiß nicht, wo du sie alle speichern willst.«

»Ich schon.« Sie hatte nichts dagegen eingewandt, doch er hatte auch nicht gescherzt. Er würde mehr Fotos von ihr brauchen. Sein immenses Unsicherheitsproblem würde nicht einfach weggehen, nur weil sie sich voll auf ihn eingelassen hatte. Das würde helfen, doch es würde nicht verschwinden.

»Na gut. Du kriegst deine doofen Fotos.«

»Und wenn einer von uns kommt oder geht, dann küsst du mich.«

»Das tue ich doch schon.«

»Ja, aber es sollte ein Gebot sein.«

»Dann aber für beide Seiten.«

Er ließ das Schweigen sich hinziehen, und sie biss ihn. Er lachte und packte ihren Hintern. Er liebte sie. Ganz einfach. Sie brachte ihm das Spielen bei. Spaß zu haben.

»Na gut«, lenkte er wie widerstrebend ein. Er würde nie eine Chance verstreichen lassen, Breezy zu küssen. Nie. Ihr Mund war pures Feuer. »Wenn du mich morgens aufweckst …«

»Bilde dir nur nichts ein, sonst wecke ich dich überhaupt nicht mehr auf.«

»Zu meinem Glück weiß ich ja, dass du meinen Schwanz liebst, deshalb freue ich mich darauf, dass du mir das demonstrierst.«

»Das leugne ich nicht.« Sie legte den Kopf auf seine Brust, das Ohr auf sein Herz.

Er spielte mit ihrem Haar. »Sag es mir, Baby. Sag mir dein *Aber*. Was bereitet dir die größte Sorge? Ich werde versuchen, dich zu beruhigen.« Er hatte von Anfang an gewusst, dass er wieder auf ihre Sorgen würde zurückkommen müssen, doch er wollte ein paar Minuten Spaß mit ihr haben, damit sie locker und entspannt bleiben würde.

Breezy fing keinen unnötigen Streit an. Das hatte er schon immer an ihr geschätzt. Sie regte sich nicht über Kleinigkeiten auf. Es kümmerte sie nicht, wenn er mit seinen Brüdern auf ein Bierchen ging. Früher hatte sie die Flaschen aufgemacht und ihnen gut gekühlten Nachschub besorgt. Er hatte keinen Grund zu denken, dass sie nun anders sein würde.

Obwohl sie eben noch miteinander geschlafen hatten, spannte sie sich nun an. Er spürte die Veränderung in ihr sofort. Panik setzte ein. Ihr Atem kam stoßweise, wehte heiß an seine Brust. »Ich werde mich nie für den Club prostituieren. Ich werde keine Drogendeals machen. Ich werde mich nicht an Waffendeals beteiligen. Nichts von all dem. Absolut nichts.«

Das kam so unerwartet, dass er ihren Kopf an den Haaren hochriss. »Was ist los mit dir, Breezy? Wie kannst du so etwas nur sagen, nach dem, was wir eben getan haben? Nach dem, was ich dir gerade gestanden habe?« Der Gedanke, dass ein anderer Mann seine Frau berührte, brachte das Monster in ihm viel zu nahe an die Oberfläche.

Sie leckte sich nervös über die Lippen. Tränen traten in ihre Augen. Steele zwang sich durchzuatmen, um das wilde Bedürfnis zu stillen, sie zu schütteln. Sie war sehr, sehr aufgebracht. Er musste über seine Gefühle hinaus denken und darüber, was es ihn gekostet hatte, diese Zugeständnisse zu machen, und sich wirklich mit ihren Gefühlen beschäftigen. Sie waren legitim, nur nicht, was seinen Club anbetraf. Breezy hatte ihre eigenen Unsicherheiten, und sie waren so legitim wie die seinen. Sie hatte eine ähnliche Vergangenheit und war ebenso traumatisiert worden. Ihr eigener Vater hatte sie gezwungen, all das zu tun, was sie am meisten fürchtete.

Langsam löste er seine Finger aus ihrem Haar. »Bree, das gehört zu deinem Vertrauen darauf, dass ich mich im Club um dich kümmere.« Er musste sie beruhigen, damit sie sich solche Gedanken nie mehr machte. »Erstens benutzen wir unsere Frauen nicht, wozu auch immer. Wir nehmen kein Geld dafür, dass eine Frau mit irgendjemandem schläft. Wenn sie auf einer Party mit jemandem vögelt, dann tut sie es aus freiem Willen. Sie muss nichts tun, was sie nicht will. Wir dealen auch nicht mit Drogen, also gibt es auch in dieser Hinsicht nichts für dich zu befürchten. Unsere Old Ladys sind uns und auch dem gesamten Club heilig. Sie stehen immer unter unserem Schutz, ebenso wie unsere Familien.«

Tränen standen ihr in den Augen, und er strich mit den Lippen über ihre Lider. Sein Herz zog sich zusammen. »Baby.« Er flüsterte es an ihre Wimpern. »Du hättest mir von Anfang an sagen sollen, dass du das befürchtest.« Er betrachtete sie.

»Ich habe es nicht gesagt, weil ich es für absurd hielt, nachdem ich deinen Club beobachtet habe. Aber ich habe einfach solche Angst. Ich kann es nicht ändern. Bei dem Gedanken, in einem Club zu sein, kriege ich einfach Panik.«

»Liebes, das hättest du mir sagen sollen. Wenn ein Mann die Richtige findet, wird er sie doch nicht prostituieren oder als Drogenkurier losschicken. Und auch nicht schlagen oder betrügen. Und er lässt auch andere Männer nicht solche Dinge tun. Wenn er Kinder hat, beschützt er sie. Weder schlägt er sie noch lässt er sie Drogen verticken. Und er schickt sie auch ganz gewiss nicht auf den Strich. Du bist in einem völlig kaputten Club groß geworden, Baby. Aber nun bist du eine Torpedo Ink. Du gehörst zu uns. Wir passen auf unsere Old Ladys und unsere Familien auf. Und ich muss dir sagen, das tun die meisten Clubs, Bree.«

Steele massierte ihren Kopf, weil er sie womöglich zu fest an den Haaren gezogen hatte. Sie hatte nicht dagegen protestiert, und auch das ärgerte ihn. Sie war einfach zu sehr an die Gewalt gewöhnt, mit der sie aufgewachsen war.

»Ich werde grob mit dir, wenn wir Sex haben, Bree, weil ich glaube, dass du das magst. Wenn es je anders ist, dann sag es mir sofort. Dann hört das auf. Was ich eben getan habe, war keine Absicht – ich war nur so verblüfft, aber ich hätte trotzdem vorsichtiger sein sollen. Ich bin stark, und du könntest verletzt werden, wenn ich so unvorsichtig bin. Aber du musst so etwas nicht aushalten.«

»Ich weiß, dass du es nicht absichtlich getan hast. Und ich würde es auch nicht einfach erdulden, Steele. Ich habe dir gesagt, dieses Mädchen bin ich nicht mehr.«

Die Entschlossenheit in ihrem Ton gefiel ihm, und er glaubte ihr. Sie mochte ihn lieben, und sie war mehr als bereit, ihm alles zu geben, worum er bat, doch sie war nicht gewillt, sein Fußabstreifer zu sein oder Missbrauch hinzunehmen.

»Noch irgendetwas, das wir beilegen müssen, damit du dich mit Torpedo Ink besser fühlen kannst?«

»Handelt ihr mit Waffen?«

»Nein.« Er wollte ihr alles geben, was sie brauchte, um ihre Ängste zu besänftigen. Nun aber kamen sie dem Geschäft des Clubs gefährlich nahe.

»Womit macht ihr euer Geld?«

»Ink hat ein Tattoostudio. Alena wird das Restaurant eröffnen. Mechaniker und Transporter haben die Werkstatt. Ich bin Arzt. Und wir werden in Caspar noch einiges mehr auf die Beine stellen.« Er wollte, dass sie das akzeptierte. »Und du weißt, dass wir den Swords und ihrem milliardenschweren Präsidenten Geld abgenommen haben.«

Sie atmete tief, vergrub das Kinn wieder an seiner Brust und blickte ihm in die Augen. »Womit verdient der Club sein Geld?«

Da war es. Entweder war er nun ehrlich und sah ihr geradewegs in die grünen Augen, oder er log, und das würde sie merken. »Willst du das wirklich unbedingt wissen, Baby? Weil wir da in einer Grauzone sind.«

»Ich muss wissen, ob ich damit leben kann.«

Er musste ein Risiko eingehen, und riskant war beides. »Wir jagen Pädophile. Wir suchen nach Kindern, die ihnen weggenommen werden müssen. Wir jagen organisierte Menschenhändler. Um das alles tun zu können, stellen wir uns gut mit anderen Clubs. Manchmal eskortieren wir Leute durch ein Territorium, als Job. Oder wir eliminieren Bedrohungen für andere. Wir passen auf, aber wir tun das, was wir gelernt haben.«

Er wandte den Blick nicht von ihr ab. Sie starrte ihn eine lange Zeit an. Er hörte die Uhr ticken. Er wollte die Arme um sie legen und sie so fest halten wie er konnte, doch er befahl sich, entspannt zu bleiben, so als sei dieser Moment nicht so wichtig wie jeder andere, seit er sie gebeten hatte, ihm zu sagen, dass sie ihn liebe.

»Man hat euch zu Killern ausgebildet.«

Er nickte. »Ja, das stimmt.«

»Ist es das, was du am besten kannst?«

War es so? Er sah sie stirnrunzelnd an. »Vielleicht. Ich weiß nicht. Wir sind verdammt gut. Ich bin im Töten so gut wie im Retten von Leben, wahrscheinlich sogar noch besser, aber ich weiß nicht, ob es das ist, was wir am besten können. Wahrscheinlich sind wir perfekt darin, Pädophile zu jagen. Wir haben unsere Technik schon sehr früh perfektioniert. Wir waren wie ein Wolfsrudel, schwärmten aus, jeder von uns tat seinen oder ihren Job, um sie zu finden, und wir stellten und töteten sie, ohne uns erwischen zu lassen.«

Sie drückte einen Kuss auf sein Herz und sah wieder zu ihm auf. Wartete.

»Sie stellten uns Fallen, aber wir hielten uns immer an die Pläne. Immer. Niemand wich davon ab, denn das bedeutete den Tod. Wir sind gut darin, Baby, vielleicht die besten auf der Welt.«

»Okay, dann …«

»Okay?«

»Geh nur nicht in eine Falle oder weiche vom Plan ab. Ich will meinen Mann lebendig.«

Erleichterung überkam ihn, so stark, dass er sich schwach fühlte. »Du brauchst Schlaf, Baby. Bleib einfach liegen und mach die Augen zu.« Er schaute auf die Uhr. »Ich habe den anderen gesagt, wir brechen nach zehn auf. Zuerst kaufen wir dir noch neue Stiefel. Widerspruch zwecklos, du brauchst welche.« Er hob mit einem Finger ihr Kinn an und küsste sie ausgiebig.

Sie legte den Kopf auf seine Brust, und auch er schlief ein, wissend, dass Maestro und Keys gerade die Schicht gewechselt hatten, damit der andere schlafen konnte. Breezy war also gut behütet.

14. Kapitel

Um fünf Uhr morgens erreichten sie Slidell, Louisiana. Sie waren gut vorangekommen, doch es waren einige Stopps notwendig gewesen, und das hatte sie ausgebremst. Die Verzögerungen machten Steele gereizt. Nun wurde es hell, und sie waren alle müde. Er brauchte seine Leute in Bestform. Sie hatten ein Haus am See direkt neben ihrem Ziel gemietet und schliefen nun, wobei sie sich mit der Bewachung des Gebäudes abwechselten, in dem Bridges sehr wahrscheinlich Zane festhielt.

Die Informationen, die Steele von Bruiser und dann von Scalp bekommen hatte, hatten ausgereicht, um sie hierherzubringen. Hier war das Elternhaus von Bridges' Vater. Es stand direkt am See, ein großes Anwesen, und die drei letzten SMS von Bridges waren aus dieser Gegend gekommen. Code kannte die genaue Adresse, und er hatte ihnen mitgeteilt, dass Boone da war. Alle anderen Mitglieder der Familie waren weg. Es schien also logisch, dass sich Bridges, wenn er in der Gegend war, hier aufhalten würde.

Das Abernathy-Anwesen umfasste mehrere Morgen. Das Haus war riesig, es hatte sechs Schlafzimmer und ebenso viele Bäder, dazu noch mehrere extra Toiletten.

Code hatte die Pläne für das Haus aufgetrieben und sie ihnen geschickt. Der Eingangsbereich und die große Treppe von dort nach oben waren aus Marmor, außerdem gab es einen Wintergarten und eine Privatbibliothek mit separatem Eingang, was ihnen entgegenkam. Sie wussten, wo sich die Schlafzimmer und Bäder befanden, das herrschaftliche Esszimmer und die große Küche. Code hatte sogar herausgefunden, welche Sicherheitsfirma beauftragt war, und sich bereits mit der entsprechenden Ausstattung vertraut gemacht. So war er. Wenn es ums Digitale ging, war er in seinem Element.

Die Rückseite des Hauses war wegen des Seeblicks zum größten Teil verglast. Der Garten des Abernathy-Anwesens glich einer Oase – ein herrliches Areal, um sich zu amüsieren, das Wetter und den See zu genießen. Ein einladender Pool umgab ein Spa mit Springbrunnen, dessen Wasser über Felsen plätscherte, vom Brunnen in das Spa und von dort in den Pool.

Die Umkleidekabinen und die Bar standen links auf dem ausgedehnten Rasen, der zum Bootshaus hinunterführte. Die gepflegte, künstlich angelegte Landschaft des Anwesens endete an dem großen Landungssteg, der in den See hinausragte. Dort lagen unter einem Verdeck zwei Boote vertäut.

Der nächste Nachbar war ein ganzes Stück entfernt, zu weit weg, um Geräusche oder Laute aus der Villa oder dem Blockhaus für Gäste zu bemerken. Torpedo Ink hatte Glück gehabt. Dieser Nachbar benutzte sein Haus nur als Ferienwohnung und vermietete es, wenn er nicht selbst da war, und Code hatte sie für eine Woche dort einquartieren können. Sie konnten alle Annehmlichkeiten benutzen, inclusive eines Boots. Dafür hatten sie natürlich extra bezahlt, doch Geld spielte für sie keine Rolle – Zane zu finden aber sehr wohl.

Preacher lag oben auf dem Dach, studierte das Anwesen und suchte nach Lebenszeichen. Hinter dem Haus waren zwei Trucks geparkt, und einer stand unweit des Blockhauses. Preacher lag schon seit Stunden, seit vor dem Morgengrauen, dort oben. Die Feuchtigkeit hier machte einem zu schaffen, und die Moskitos konnten zum Problem werden, doch er bewegte sich nicht und ließ das Haus nicht aus den Augen. Transporter befand sich mit einem Fernglas gegenüber und beobachtete das Blockhaus, Mechaniker hatte die Straße im Blick.

Sie hatten Code die Kennzeichen jedes Fahrzeugs geschickt. Seine Antwort stand noch aus, doch Steele hatte ein gutes Gefühl, dass sie hier am richtigen Ort waren. Wohlhabende Familien waren nicht dagegen gefeit, Söhne wie etwa Boone zu haben, üble Kerle, die andere beraubten und glaubten, sich nehmen zu können, was sie wollten, anstatt dafür zu arbeiten. Boone schien diesen Charakterzug an Bridges weitergegeben zu haben, und der wiederum an Junk.

Das brachte Steele dazu zu überlegen, was er seinem Sohn mitgeben wollte. Sicherlich die Fähigkeit, sich zu schützen. Auch wollte er Breezys Selbstverteidigungstraining fortsetzen und die anderen bitten, ihm dabei zu helfen. Alle Frauen und Kinder sollten mitmachen. Sie brauchten zudem eine Schießanlage. Er musste mit dem Zaren reden und diesen Punkt auf die Liste der Geschäfte setzen, die sie eröffnen wollten. Dazu Räumlichkeiten, in denen man Selbstverteidigung unterrichten konnte. Er spielte alle Möglichkeiten durch, ein probates Mittel dagegen, beim Warten konzentriert zu bleiben.

Bei der Ruhe, die das Haus jetzt in den Morgenstunden ausstrahlte, war es schwierig sich vorzustellen, dass sein Sohn womöglich hier in Gefangenschaft gehalten wurde. Einen schrecklichen Moment lang dachte er an diesen kleinen Jungen, nicht mehr als vier Jahre alt, der nach einem brutalen Stoß lautlos die Kellertreppe heruntergestürzt und dann bis vor Steeles Füße gerollt war. Steele lag in Ketten und konnte ihn nicht erreichen. Er konnte ihm nicht helfen. Drei Stunden später war der Junge gestorben, den Blick auf ihn gerichtet. Er hatte bis zum letzten Atemzug keinen Laut mehr von sich gegeben.

Breezy trat neben ihn, während er aus dem Fenster auf das ruhig daliegende Anwesen sah. Ihre Hand glitt seinen Rücken hinauf, sie schmiegte sich an ihn, und dann stand sie stirnrunzelnd vor ihm. Ihre Finger strichen über sein Gesicht, und schon diese sachte Berührung schien die Dämonen in ihm zu besänftigen.

»Lieber.« Sie legte die Arme um ihn, in dem Versuch, ihn zu trösten.

Er fühlte sich wie eine Memme, nur weil sie sah, dass Tränen über seine Wangen liefen. Was zum Teufel war los mit ihm? »Alles gut«, brummte er schroff. Es stimmte. Es musste stimmen. Es – er – hatte weder einen Wert für seinen Sohn noch für sie, wenn er nicht aufhörte, sich in der momentanen Situation von Erinnerungen beherrschen zu lassen. Er durfte nicht daran denken, dass sich sein Sohn in den Händen von Irren befand, nicht, wenn er geistig klar und rational sein musste.

Breezy sagte wie so oft nichts auf seinen Blödsinn. Sie schien zu wissen, wann sie ihn am besten einfach durch Stillsein trösten konnte. Er legte die Arme um sie, senkte das Kinn auf ihren Kopf und atmete ihren Geruch ein. Er hätte eigentlich sie trösten sollen, doch in diesem Moment wusste er, dass es umgekehrt war.

Breezy besaß eine stille Stärke, auf die er zählte. Er war der Chef gewesen, als sie in diesem einen perfekten Jahr zusammen waren. Er würde immer die Führung übernehmen. Das war seine Rolle, schon seit er als Kind seinen Eltern entrissen und in dieses Drecksloch gesteckt worden war, das Sorbacov eine Schule genannt hatte. Er war gut darin, Probleme zu durchdenken und Lösungen zu finden.

Breezy verstand das Leben. Sie durchschaute Menschen, allerdings nicht so wie er. Ihm hatte man beigebracht, Menschen einzuschätzen, um an sie heranzukommen, sodass er sie verführen und töten konnte. Er suchte nach Schwächen der Menschen und benutzte diese gegen sie. Breezy durchschaute Menschen durch ihr Mitgefühl. Das machte sie still, um ihnen dann zu helfen und zu geben, was immer sie brauchten. So hatte sie ihm das ganze Jahr über geholfen, in dem sie zusammen waren.

Seine Frau hatte auf ihn geachtet und ihm alles gegeben, was er nur wünschen oder brauchen konnte. Sie war vorausschauend und fürsorglich gewesen. Das hatte sie im Stillen getan, und ohne einen Gedanken daran, was sie von ihm bekommen würde. Er hoffte, das nicht als selbstverständlich betrachtet zu haben, wusste aber dennoch, dass es genau so gewesen war. Das war eine der bedeutendsten Lektionen, die er während ihrer Abwesenheit gelernt hatte. Er hatte drei Jahre gehabt, in denen er alles herausfinden konnte, was er falsch gemacht hatte.

Steele hatte kein Problem damit, seine Stärken und Schwächen genau zu analysieren. Das machte er die ganze Zeit. Er verstand Menschen nicht, die ihre Fehler vertuschten. Wie sollte man einen Mangel beheben, wenn man ihn sich nicht erst einmal eingestand? Er hatte den Entschluss gefasst, Breezy zu finden, und dann wollte er ihr die Welt zu Füßen legen. Er wollte, dass sie immer mehr Gründe dafür hatte, bei ihm zu bleiben, als ihn zu verlassen.

Breezy war nicht der Typ Frau, der wegen Geld oder irgendwelchen Vorteilen blieb. Sie blieb der Liebe wegen. Das wusste und respektierte er. »Wenn wir nach Hause kommen, werde ich mir einige Tattoos machen lassen müssen, Baby«, murmelte er sanft.

Sie schaute zu ihm auf. »Eines reicht.«

»Wenn es mir so geht wie jetzt, dann wird eines nicht reichen. Außerdem«, – er warf ihr ein schelmisches Grinsen zu – »brauche ich sie, damit du sie von jedem Blickwinkel aus siehst, wenn du beschäftigt bist.«

Sie verdrehte die Augen. »Wenn wir Zane haben und wieder zu Hause sind, werde ich dich in die Hand nehmen müssen.«

Er tat, als würde er darüber nachdenken, und schüttelte dann den Kopf. »Ich habe nichts dagegen, wenn du es mir mit der

Hand besorgst, Babe, aber mit dem Mund ist es mir noch lieber. Ich sage nicht, dass ich dein Angebot abschlage, aber …«

Sie zwickte ihn in den Arm. »Bei dir geht es immer nur um Sex.«

»Bei dir nicht?«

Sie lachte leise. »Nur wenn ich mit dir zusammen bin. Ich glaube, dann ist es ansteckend.« Sie drehte sich zum Fenster. »Es ist wirklich schön hier, nicht wahr?«

»Ja. Fühlst du dich hier zu Hause? Du bist in New Orleans geboren.«

Sie schüttelte den Kopf. »Die gute Zeit, die ich damit in Verbindung bringe, ist nur das Jahr mit dir. Ansonsten musste ich lernen, den Kopf unten zu halten und zu sehen, was um mich herum abging, und herauszufinden, was Bridges vorhatte. Ich wollte so gerne zur Schule gehen.«

Steele meinte eine Sehnsucht in ihrem Ton zu hören, die sie sicher nicht hatte preisgeben wollen. »Warst du überhaupt je in einer Schule?«

»Er hat mich hingeschickt und dann wieder herausgeholt, sogar als ich noch ganz jung war. Er wollte gern bedient werden, und wenn ich nicht da war, um ihm sein Bier zu bringen, geriet er in Rage. Ich habe zum Glück schon früh lesen gelernt, sodass ich zu Hause lernen konnte. Da war ein Lehrer, der einmal pro Woche zu uns kam. Aber er hatte Angst vor Bridges, und der ärgerte ihn schließlich so lange, bis er nicht mehr kam.«

»Wie alt warst du da?«

»Sieben oder acht wahrscheinlich. Ich weiß nicht, wie Bridges es schaffte, dass ein Lehrer zu uns nach Hause oder in den Club kam, und wie der Staat das erlauben konnte.«

»Du stammst aus einer sehr reichen Familie mit viel Einfluss.« Er zeigte auf die benachbarte Villa. Zum Glück standen die beiden Gebäude auf derselben Anhöhe, sodass sie sie sehen konnten, obwohl sie ein ganzes Stück entfernt waren. »Ich schätze, wenn dein Vater etwas will, stellt er seine Forderungen, so wie Boone auch. Die Familie ist sehr traditionell, alter Geldadel. Sie wollen keinen Skandal. Boone schloss sich einem Motorradclub an. Nicht irgendeinem, sondern einem gesetzlosen. Bridges folgte seinem Beispiel. Die Familie gibt ihnen wahrscheinlich alles, was sie wollen, nur um sie sich vom Leib zu halten.«

Sie nickte. »Er hat mich nie hierher mitgenommen und mir auch nie viel über meine Großeltern oder Urgroßeltern erzählt. Was ich wusste, habe ich mir selbst zusammengereimt. Seine Mutter ist noch schlimmer als sein Vater. Zumindest hat es mir jedes Mal Angst gemacht, wenn er von ihr erzählte.«

»Das Anwesen hier stinkt vor Geld. Code sagt, es wird auf über vier Millionen geschätzt. Hier in der Gegend ist das eine Menge Asche für einen Grundbesitz.« Er liebkoste ihren Kopf, verschränkte die Finger unter ihrem Busen. »Würdest du lieber hier leben als in Kalifornien? Da wird es manchmal kalt.«

Sie schüttelte den Kopf. »Ich liebe die Küste. Sie kam mir immer wild vor, und ich weiß noch, dass ich mir wünschte, dort bleiben zu können.«

»In Russland, da wo wir herkommen, war es sehr kalt. Deshalb war die Hitze hier für uns alle erdrückend. Das Klima an der Küste bei Caspar ist wesentlich gemäßigter, und wir konnten uns daran gewöhnen. Danke, dass du mir eine Chance gibst, Bree. Ich weiß, es wird nicht leicht sein, aber ich werde mein Bestes tun, um alles für dich gut zu machen.«

»Das weiß ich. Ich will mit dir zusammen sein, Steele.«

Sie beobachteten beide, wie Savage in Sicht kam und um die Bikes herum zu dem zerbeulten Truck ging, den Transporter gefahren hatte. Er öffnete die hintere Tür und prüfte die Befestigung von Zanes Kindersitz.

Breezy blickte zu Steele. »Sie sind wirklich anders, nicht wahr? Der Club? Er stellt sicher, dass der Sitz für Zane richtig befestigt ist.«

»Wir sind anders, Bree, aber wir sind keine Heiligen. Dieser Truck ist eine Rakete. Falls wir mit Zane schnell wegmüssen, wollen wir, dass dieser Sitz hundertprozentig fest sitzt.«

Sie lächelte ihm über die Schulter zu, und sein Geschlecht regte sich. Doch was ihm wirklich zu denken gab, war nicht die Reaktion seines Schwanzes. Sondern die seines Herzens. Es schien irgendwie zu flattern, vielleicht auch dahinzuschmelzen. Sie löste körperliche Reaktionen bei ihm aus, die rein wissenschaftlich unmöglich zu erklären waren.

»Wie ist er? Ich hatte immer Angst vor Reaper und Savage. Reaper ist innerhalb eines Monats beigetreten, nachdem der Zar und Savage mit ihm bei uns aufkreuzten. In der Zeit, in der sie mit den Swords fuhren, habe ich nie ein Wort mit ihnen geredet, nicht einmal, als wir beide zusammen waren. Ich hatte mehr Angst vor ihnen als vor jedem anderen der Swords, sogar mehr als vor Donk.«

»Du hast gute Instinkte, bessere als die meisten Swords. Wenn es ums Töten geht, sind sie Phantome, sie schlagen zu und sind weg, und niemand weiß, dass sie da waren. Für Männer ihrer Größe sind sie praktisch lautlos, und sie kommen an Orte, die du nicht für möglich halten würdest. Savage ist unruhig, schwer einzuordnen. Wenn er mit Fäusten oder Füßen kämpft, ist er fast unbesiegbar. Ich habe noch nie erlebt, dass er verloren hätte. Wir lassen ihn niemanden töten, wenn er in einem Ring ist, aber es fehlt dann nicht mehr viel. Ich gebe zu, es ist brutal cool, aber es macht auch Angst, ihm zuzusehen.«

»Du bewunderst ihn.«

»Ja, das tue ich.« Savage war unerbittlich, wenn er sich etwas vornahm. Niemand entkam ihm. Er war einer von Sorbacovs Topkillern gewesen. Der Beste der Besten.

»Und du machst dir Sorgen seinetwegen.«

Er blickte wieder zu ihr. Sie hatte recht. Er machte sich Sorgen. Sie alle. Sorbacov und seine Lehrer hatten sie alle verdorben, doch Savage mit seinem guten Aussehen war so etwas wie ein Favorit gewesen, und ihn hatten sie richtig hergenommen. Er war der Kaputteste von ihnen allen; es gab keine Heilung für die Jahre der sexuellen Folter und des Missbrauchs, die ihre Lehrer ihm angetan hatten, um den Jungen zu dem Mann zu machen, den sie haben wollten. Jeder von ihnen war durch diese Jahre geprägt worden, und keine Therapie würde sie je wieder »zurechtbiegen«. Was ihnen natürlich und richtig erschien, war für die Gesellschaft abartig – zumindest lernten sie das nun.

»Ja, Baby«, räumte er leise ein. »Ich mache mir Sorgen um ihn. Die Dinge, die sie ihm antaten und ihm zu tun auftrugen, waren grausamer als alles, was sie den anderen antaten. Sie wollten ihn zu einem der ihren machen. Nicht, was die perverse Neigung für Kinder angeht, denn das hätte er ebenso wenig mitgemacht wie wir alle, aber für andere Dinge.«

Er strich ihr langsam über das dichte Haar. Es lag Trost in dieser simplen Geste, wenn die Tage und Nächte seiner Kindheit zu nahe waren.

»Lieber, ich weiß, das ist hart für dich. Ich habe das nicht erkannt, weil ich keine Ahnung hatte, was du in deiner Kindheit Schreckliches erleiden musstest, aber …«

»Zane ist unser Sohn, Breezy. Unser beider Sohn. Wir haben ihn zusammen gezeugt. Auch der Club betrachtet ihn sozusagen als sein Fleisch und Blut. Wir sind alle eine Familie. Familien kümmern sich um ihre Mitglieder, egal wie schlimm es ist oder was es uns allen abverlangt. Wenn du Savage gehören würdest und Zane sein Kind wäre, wäre ich auch zur Stelle, ebenso wie die anderen. So sind wir. Wir sind Torpedo Ink, und das macht Torpedo Ink aus.«

Steele wusste, Breezys Furcht vor Clubs war so tief in ihr verwurzelt, dass sie diese Bestätigung noch sehr, sehr oft brauchen würde. Doch nun, da er sich ihres Problems bewusst war, machte es ihm nichts aus, dies immer wieder zu wiederholen.

Und sie musste ihm versichern, dass sie ihn liebte, und zwar so sehr, dass sie bereit war, ihn Fotos haben zu lassen, während er sie vögelte … Das ließ ihn plötzlich zögern. Er »vögelte« Breezy nicht. Das war es für ihn nie gewesen. Er hatte nicht gewusst, was es war, aber jedenfalls nicht das. Er hoffte, sie spürte den Unterschied, so wie er ihn jedes Mal spürte, wenn er sie berührte.

Sie rieb den Kopf an seiner Brust. »Maestro und Keys passen auf dich auf, so wie Reaper und Savage immer den Zaren bewachen. Das habe ich schon damals bemerkt, als ihr noch alle mit den Swords gefahren seid. Sie waren nie weit von dir weg. Die Mitglieder waren die meiste Zeit in der Nähe. Bridges hat es immer geärgert, dass er nicht zur ›Pussy-Clique‹ gehörte – so nannte er euch. Oder auch ›Schlampenschlepper‹. Sie hielten euch alle für krass und hatten Angst vor euch. Er wollte gern zu diesem Kreis dazugehören.«

Steele hatte das über Bridges gewusst. Sie hatten es alle gewusst. Steele hatte eine distanzierte, wiewohl freundliche Beziehung mit ihm gepflegt, weil er Breezy wollte und einen Plan hatte, wie er sie bekam. Er hatte Bridges dazu gebracht, sie ihm anzubieten. Denn er wollte ihn nicht wissen lassen, dass er auf Breezy stand, weil das dem Kerl zu viel Macht gegeben hätte. Tatsache war, dass er in dem Jahr, bevor Bridges sie ihm anbot, siebenunddreißig Mitglieder des Clubs halb zu Tode geprügelt hatte, nur weil sie mit dem Gedanken spielten, zu ihr zu gehen. Es war das Gerücht aufgekommen, dass Steele, obwohl er selbst ihr nicht nahetrat, jeden zusammenschlug, der ihretwegen zu Bridges ging.

»Maestro ist in vieler Hinsicht wie Reaper, aber wo Reaper grob ist, ist Maestro feinfühlig. Doch deshalb ist er nicht weniger gefährlich. Er ist schneller, als du dir vorstellen kannst, und hat keine Skrupel, einem die Kehle aufzuschlitzen, wenn er es für gerechtfertigt hält. Und Keys ist da nicht anders. Er ist etwas weniger gelassen als Maestro, doch die beiden arbeiten sehr gut zusammen. Sie wissen in jeder Situation, was der andere tut, und kümmern sich einfach ums Geschäft.«

»Mir gefällt, dass sie dich beschützen.«

»Mir nicht.« Er wollte nicht, dass irgendjemand für ihn sein Leben riskierte. Er wollte nicht jemanden verlieren, nur weil derjenige sein Leben über das eigene stellte. »Sie können jetzt dich und Zane beschützen.«

Seine Hand glitt nach oben an ihren Hals. Er liebte es, ihren Puls zu fühlen. Mehr noch, er liebte es, dass sie nie zusammenzuckte, wenn sich seine große Hand um ihren Hals legte. Sie vertraute ihm, hatte ihm immer vertraut. Sein Daumen strich über ihr Kinn. Dabei blieb sein Blick die ganze Zeit auf das Haus fixiert, in dem sein Sohn sehr wahrscheinlich gefangen gehalten wurde.

»Ich möchte eine Tochter, Breezy. Eine wie dich. Eine, die so süß ist wie du und so wie du fähig ist zu lieben und etwas für andere zu empfinden. Du wolltest wissen, warum ich so ein großes Haus gekauft habe. Ich will es mit Kindern füllen.« So war es. Er wollte, dass ihre Kinder die Kindheit hatten, die jene, die in dem finsteren, kalten Verlies gestorben waren, nicht gehabt hatten. »Ich will aber auch die Freiheit genießen, dir in jedem Zimmer das Hirn rausvögeln zu können, ohne dass du befürchten musst, unsere Kinder könnten hereinplatzen. Mir wäre das egal, denn für mich ist Sex ganz natürlich, und sie sollten wissen, dass ihr Vater ihre Mutter mit jedem seiner Atemzüge begehrt. Aber dir wird das nicht gefallen. Deshalb die vielen Räume und Kameras. Sie werden lernen, es uns wissen zu lassen, wenn sie zu uns kommen.«

Er sagte das als Feststellung. Als Dekret. Er würde sie jederzeit haben können, in jedem Zimmer dieses Hauses. Draußen am Pool. Zum Teufel, einfach *überall.*

Ihre Reaktion war typisch Breezy. Sie lachte leise. Er spürte es in seiner Handfläche. Spürte ihren Puls. Und war verdammt dankbar, dass sie fähig war, ihn so zu akzeptieren, wie er war. Er würde alles daransetzen zu lernen. Besser für sie zu werden, doch er liebte es, dass sie ihn nahm, wie er war, ein kaputter, fertiger Charakter mit unzähligen Macken.

Sie drehte sich wieder zum Haus und presste den Kopf an seine Brust. »Wenn da nie einer herauskommt und damit bestätigt, dass Zane hier ist, gibt es dann einen anderen Weg, es herauszufinden?«

Ihre Stimme bebte, er sah sie erschrocken an. Sie hatte sich beherrscht und vorgegeben, sie hätte sich im Griff. Ihr zitternder Körper sagte ihm jedoch, dass sie am liebsten dort hinübergerannt wäre und an die Tür dieser herrlichen Villa gehämmert hätte.

»Wir finden es heraus, aber wir müssen bis zum Einbruch der Dunkelheit warten, Baby. Wir können nicht blind da hineingehen. Wir wissen nicht, wo er ist und wie nahe sie bei ihm sind. Wenn er in einem Zimmer ist und sie in einem anderen, dann haben wir Glück, aber wenn jemand die Hand an ihm hat« – er sah das Bild eines Messers vor sich, und sein Bauch zog sich zusammen –, »dann müssen wir vorsichtiger sein. Ich weiß, das Warten ist schwierig. Bis jetzt hast du dich verhalten wie ein alter Hase, und nun sind wir auf der Zielgeraden. Ich habe ein gutes Bauchgefühl, und normalerweise täusche ich mich nicht. Den anderen geht es genauso. In ein paar Stunden wird Lana ihr Aussehen verändern und mit dem Boot hinausfahren. Sie sollte es schaffen, nahe genug heranzukommen, um zu sehen, was dort vor sich geht.«

»Hat Code dir noch einmal irgendwelche Informationen zukommen lassen?« Sie blickte wieder über die Schulter hinweg zu ihm auf. »Es ist seltsam, dass er ein Computerfreak ist, so wie er aussieht. Er wirkt ebenso gefährlich wie ihr alle.«

Steele erinnerte sich an Code als kleiner Junge, dünn und

schmächtig für sein Alter. Er war nie einsachtzig groß geworden, wie er es wollte, doch das spielte keine Rolle, er war nahe daran, und er war ein Muskelpaket ohne ein Gramm Fett. Das dunkelblonde Haar war immer kurz geschoren, sein Blick aus whiskeybraunen Augen intensiv. Dazu trug er einen kurzen Bart.

»Er ist genau wie wir alle ein ausgebildeter Killer.« Das Sextraining erwähnte er wohlweislich nicht; er wollte Breezy nicht an dieses Thema erinnern.

»Code ist fit und trainiert jeden Tag, so wie wir alle. Am Computer ist er super. Er ist seine Lieblingswaffe, aber er kann mit jeder anderen ebenso tödlich sein.« Steele war froh, dass sie ihrer Frage nach neuen Informationen noch etwas anderes hatte folgen lassen, was sie an Code interessierte, denn bislang hatte Code an diesem Morgen noch keine Frage beantwortet, und das war nicht typisch für ihn. Es war sogar beunruhigend.

Das Warten war immer der schwierigste Teil. Sie alle hatten Geduld auf die harte Tour gelernt. Sie konnten stundenlang reglos verharren. Sie konnten ohne Schlaf auskommen. Sie konnten Folter und Nahrungsentzug ertragen. Er hatte das jahrelang gehabt und war daran gewöhnt. Breezy konnte an nichts anderes denken als an ihr Kind, während er sich abzulenken wusste.

»Ihr seid alle unterschiedlich alt. Es überrascht mich ein bisschen, dass du der Vizepräsident bist, wo doch mehrere um einiges älter sind als du.«

»Wir mussten schon als Kinder lernen zusammenzuarbeiten. Jeder hatte seine eigenen Stärken, und wir bündelten sie. Der Zar hielt uns zusammen. Er war am längsten von uns achtzehn in diesem Drecksloch. Es gab andere, die schon dort gewesen waren, als er hinkam, und die älter waren, doch sie versuchten nicht von dort wegzukommen. Sie hatten alle Hoffnung verloren. Wieder andere glaubten, wenn sie sich einschmeichelten, indem sie sich gegen uns stellten und uns verpfiffen, würden sie schließlich freikommen, aber das war natürlich nicht der Fall.«

»Was habt ihr gemacht, um dort herauszukommen, wo so viele andere es nicht fertiggebracht hatten? Wie habt ihr es geschafft, den Spieß umzudrehen?«

»Das Ganze ging vom Zaren aus. Er hielt es nicht mehr aus, dass all die Kinder starben, und erkannte, dass keiner von uns freikommen würde. Da beschloss er zurückzuschlagen. Als Erste rekrutierte er Reaper und Savage. Sie waren jünger, ungefähr vier oder fünf, glaube ich. Ich war damals noch nicht dort. Der Zar machte einen Plan, um die schlimmsten Lehrer auszulöschen; jene, die so grausam waren, dass keine Hoffnung bestand, dass ein Kind die Zeit mit ihnen überleben würde. Reaper kroch durch den Luftschacht und tötete einen von ihnen, während er schlief. Schnitt ihm die Kehle durch und wusch sich dann im Bad dieses Kerls, bevor er durch den Luftschacht wieder ins Verlies kroch.«

Das war eine der ersten Geschichten gewesen, die der Zar ihm erzählt hatte, als er versuchte, Steele davon zu überzeugen, dass es Hoffnung gab.

»Der Zar suchte die Kinder sorgfältig aus, die er rekrutierte. Sie konnten es sich nicht leisten, ertappt oder verraten zu werden. Er war damals übrigens selbst noch ein Junge. Noch kein Teenager. Er musste jedes Kind, das neu dazukam, gut beobachten, denn sobald wir zurückzuschlagen begannen, und obwohl wir die Morde ausführten, wie es Erwachsene getan hätten, schöpfte Sorbacov sofort Verdacht und schickte Spitzel.«

»Das muss schrecklich gewesen sein«, sagte Breezy. »Wie konnte der Zar das wissen und es dennoch riskieren?«

»Es gab keine Möglichkeit, es *nicht* zu riskieren, wenn wir irgendwie lebend dort herauskommen wollten. Wir sahen jeden Monat tote oder sterbende Kinder.« Nur darüber zu sprechen reichte, um die Bilder in ihm wachzurufen und sogar den Geruch wieder wahrzunehmen. Er konnte den Dreck des Verlieses im Mund schmecken. Sein Magen reagierte heftig.

Ein Schauder durchlief ihn, und Breezy drehte sich sofort zu ihm um und umfasste mit beiden Händen sein Gesicht. »Lieber, wir müssen nicht darüber reden.«

Sie wusste, wie krank ihn seine Vergangenheit machte, und nichts deutete darauf hin, dass sie dachte, er käme damit nicht zurecht, doch sie wollte nicht, dass er sich quälte.

»Nein, es ist gut, sich zu erinnern und mit dir darüber zu sprechen, Breezy. Ich will, dass du weißt, was der Zar für ein Mann ist. Er hasst Menschenhandel so sehr, dass er fünf Jahre seines Lebens opferte, *fünf Jahre*, um diesen Ring zu sprengen.«

»Ich beginne zu verstehen.« Sie presste die Lippen an seinen Hals, nur flüchtig, doch es fühlte sich an wie ein samtenes Streicheln, das Dämonen vertrieb. Er atmete den frischen Duft ihres Haars ein. Ihre Haut duftete nach Wildblumen, was den Horror seiner Kindheit noch weiter verscheuchte.

»Der Zar riskierte seine Ehe mit der einzigen Frau, die ihm je etwas bedeutete. Blythe ist sein Ein und Alles, wie du es für mich bist. Wir reagieren körperlich nicht so wie andere Männer. Das habe ich dir schon gesagt. Dafür haben sie gesorgt. Einige von uns sind, was Sex angeht, wirklich kaputt – Reaper und Savage, Ice und Storm zum Beispiel, Maestro und Keys … okay, wir alle. Und dann gibt es noch mich und ein paar andere, die einfach verrückt sind …«

»Nein, das bist du nicht. Sag das nicht. Hör auf, dir das einzureden.«

»Selbst wenn es stimmt, musst du dennoch zu deinem Wort stehen.«

Er beugte sich zu ihr und küsste sie. Sie schmeckte jedes Mal wie Feuer. Pures, reines Feuer, das ihn innerlich läuterte, obwohl er das nicht für möglich gehalten hatte. Er küsste sie wieder und wieder, denn wenn er einmal damit anfing, gab es kein

Halten mehr. Er presste sie an das Fenster, hielt sie fest und ließ seinen Mund den ihren erforschen.

Er war diesen Albtraumjahren des Lebens im Verlies zu nahe gewesen. Er hatte nicht bemerkt, wie nahe er dem Sturz in den Abgrund gekommen war, bis ihr Mund und ihr weicher Körper alles hinter eine Tür irgendwo in seinem Kopf drängten, die er schließen konnte. Er brauchte Ketten und Riegel, um sie verschlossen zu halten, und sie half ihm dabei.

Steele wollte es ihr sagen. Er brauchte jemanden zum Reden, aber zu wem konnte ein Killer schon gehen? *Ja, ich habe Hunderte Menschen umgebracht. Habe schon als Kind damit angefangen und mache es immer noch. Es ist mein erster Gedanke, wenn jemand Scheiße baut und mich ankotzt.* Das würde nicht gut ankommen. Aber Breezy … Sie urteilte nicht. Sie schien niemanden zu verurteilen. Nicht einmal die Idioten, die auf sie herabgeblickt hatten, als sie bei den Swords gewesen war.

Er presste seine Stirn an ihre. »Die neu ankommenden Kinder waren so traumatisiert, dass sie manchmal monatelang gar nicht richtig ansprechbar waren. Das machte es schwierig. Der Zar konnte nur versuchen, ihr Leid zu lindern. Er hat uns organisiert und dafür gesorgt, dass alle eine Ration Nahrung und Wasser bekamen. Manchmal hat Sorbacov jemanden bevorzugt und ihm dann Körbe mit Essen gegeben. Es spielte keine Rolle, wenn derjenige nicht teilen wollte. Der Zar sorgte dafür, dass er es tat.«

»Das war ja nur fair.«

»Fair und notwendig. Als ich dort hinkam, war ich sehr auf Hygiene bedacht, und er half mir, alles, was machbar war, zu realisieren. Wir hatten nicht viel, womit wir arbeiten konnten.« Er warf ihr ein rasches Grinsen zu. »Wir brachten sogar alle Kinder dazu, sich die Zähne zu putzen, manchmal auch ohne Wasser. Dazu mussten wir Zahnbürsten und Zahncreme klauen und sie dann vor Sorbacovs Wächtern verstecken. In den anderen Schulen lernten sie alle, sich in die Gesellschaft einzufügen, aber wir sollten ja gar nicht überleben. Sie bildeten uns aus, doch in Wirklichkeit glaubten sie nicht, dass wir es schaffen würden, auch nur für einen Mord draußen zurechtzukommen. Zumindest nicht für längere Zeit.«

Sein Blick schweifte von ihrem Gesicht zu dem ausgedehnten Anwesen nebenan. Dort hatte sich noch immer nichts bewegt, und es ging bereits gegen Mittag. Er wusste nicht, ob das gut war oder nicht, aber kleine Jungen von zwei Jahren neigten nun einmal dazu aufstehen, herumlaufen und spielen zu wollen. Er musste seine Frau weiter ablenken, damit sie nicht die Fassung verlor.

Er sah sie an und erkannte sofort, dass sie an ihren Sohn dachte. Ihr nach oben gerichteter Blick war voller Sorge. Er umfasste ihr Kinn und zog sie zu sich. »Baby, denk an unsere Männer und an Lana. Sie haben nur einen Grund, hier zu sein – sie wollen Zane zurückholen. Ihn dir in die Arme legen. Ihn nach Hause bringen. Das ist es, was sie wollen. Wir wissen, was wir tun.«

»Daran halte ich mich fest. Ich dachte mir schon, dass es lange dauern würde, ihn zu finden; wenn er also hier ist, dann liegen wir schon mehr als gut in der Zeit, aber es ist so schwer, daran zu denken, dass er vielleicht gleich da drüben ist. Fast direkt vor mir, voller Angst und hilflos, mit meinem Vater … Er schlägt ihn, wenn er weint«, erklärte sie.

Steele konnte ihr nur sagen, dass Schläge nicht das Schlimmste waren, was Bridges Zane antun konnte. Und nicht nur Bridges. Da waren noch Donk, Riddle und Favor. Und Boone. Wer wusste schon, wie Boone sich verhielt, abgesehen davon, dass er zu allen hässlich war und immer wieder im Knast saß. Sein Leben lang war er zwischen Gefängnis und Freiheit hin und her gewandert.

»Lana wird jede Minute losfahren. Sie musste wenigstens bis

Mittag warten, damit es normal aussieht. Sie nimmt das Boot, hat fast nichts an und nähert sich so der Rückseite des Hauses. Sie hat eine Ausrüstung an Bord, mit der sie hören kann, was im Haus vor sich geht. Eine sehr sensible Technik. Mechaniker hat sie ausgeklügelt. Er sitzt in der Kajüte des Boots, wo ihn niemand sehen kann. Es wird aussehen, als würde Lana allein auf dem See unterwegs sein.«

»Ist das sicher?«

Er grinste sie kurz an. »Babe, wenn es darum geht, den Feind zur Strecke zu bringen, ist Lana so gut wie jeder andere von uns. Du solltest sie nie unterschätzen. Was du da in deinem Apartment gesehen hast, das war gar nichts. Wenn du nicht dabei gewesen wärst, hätte sie ihn entwaffnet und wahrscheinlich getötet oder zumindest innerhalb von Sekunden außer Gefecht gesetzt, auch ohne deine Hilfe mit der Decke. Sie ist höllisch gefährlich. Wir nennen sie ›Witwe‹, weil sie so viele Frauen zu einer gemacht hat. Du solltest keine Sekunde lang glauben, dass sie nicht auf sich aufpassen kann, oder auch auf dich oder Zane.«

Sie nickte. »Sie ist sehr schön und wirkt absolut selbstbewusst. Ich habe sie und Alena immer angesehen und war dann so eingeschüchtert, nicht weil ich dachte, sie würden mir etwas tun, sondern weil ich ihnen nicht gewachsen war.«

Das überraschte ihn. Er versuchte, an die Zeit zurückzudenken, in der sie als seine Old Lady mit ihm gefahren war. »Waren die Mädchen nicht nett zu dir?«

Waren sie das? Lana und Alena waren distanziert gewesen, weil sie die gesellschaftlichen Regeln ebenso wenig beherrschten wie die anderen alle. Sie passten besser in die Welt der Biker als in jede andere, aber selbst dort wussten sie manchmal nicht genau, was man von ihnen erwartete. Sie lernten schnell und passten sich an, wenn sie es mussten. Doch hauptsächlich blieben sie unter sich, weil das sicherer war.

Mit den Swords zu fahren war eine Mission gewesen, der sie sich schließlich alle anschlossen. Sie sollten so viele wie möglich von ihnen töten, ohne Argwohn zu erregen. Sie sabotierten Lieferungen, und jedes Mal, wenn ein Chapter, eine Ortsgruppe, neue Mädchen bekam, wurden diese von einem Team unter der Leitung vom Zaren oder Steele befreit. Sie töteten die Swords, die die mobilen Bordelle betrieben, und verschwanden, bevor irgendjemand sie identifizieren konnte. Das war es, was sie perfekt beherrschten.

Code kümmerte sich um die Bücher jeder Ortsgruppe – nicht die, die sozusagen allgemein einsehbar waren, sondern jene, die dem internationalen Präsidenten zugingen. Das war seine Spezialität. Er schaffte es, das ganze Geld auf die Konten von Torpedo Ink zu transferieren. Dann stellte er dem griechischen Schiffsmagnaten Evan Shackler-Gratsos nach, der von seinem Bruder geerbt hatte. Ganz zufällig war er auch ihr Hauptziel und der internationale Präsident der Swords. Code brachte das Kunststück fertig, auch dieses Geld auf ihre Konten abzuzweigen.

Finanziell war der Torpedo-Ink-Club lebenslang saniert. Jedes Mitglied konnte über das Geld verfügen. Code erledigte den Papierkram und löste alle sich ergebenden Probleme. Er machte alles, was nötig war, und sorgte auch dafür, dass Steele in den Vereinigten Staaten legal als Arzt und Chirurg arbeiten konnte. Er klärte die Formalitäten für die Adoptionen, wenn sie Kinder zu Blythe und zum Zaren brachten. Besorgte Waffenscheine. Was immer an Schreibarbeit anfiel, war Codes Zuständigkeit.

»Babe.« Es klang nach einer Warnung.

Ihre Zunge berührte die Unterlippe. »Sie waren nicht böse zu mir.«

Er stöhnte. Was zum Teufel war los mit ihm? Damals hatte er den anderen nicht gesagt, dass Breezy die Eine für ihn war. Er hatte seine Gründe gehabt, vorsichtig zu sein, aber er hätte die Mädchen bitten sollen, ihr zu helfen.

»Tut mir leid, Bree. Das ist meine Schuld. Der Zar hätte mich nicht bleiben lassen, wenn er gewusst hätte, was ich für dich empfinde. Aber ich hätte merken müssen, dass Freundinnen gut für dich gewesen wären. Wir waren immer vorsichtig. Lana und Alena mussten vorsichtig sein. Niemand durfte wissen, dass Alena die ›Schwester‹ des Zaren und nicht seine Old Lady war, oder dass Lana und Ice nicht wirklich ein Paar waren. Doch das entschuldigt nicht meinen Fehler.«

»Das war vor drei Jahren, Steele. Ich denke, das habe ich überstanden. Ich musste ja ebenfalls vorsichtig sein. Alles, was ich irgendeinem der Mädchen im Club sagte, erreichte auch Bridges. Wenn sie es ihm nicht sagten, schlug er sie. Ich habe immer versucht, dich zu schützen.«

Er versteifte sich, etwas in ihrem Ton sagte ihm, dass es Dinge gab, die er nicht wusste. »Wie meinst du das?«

Sie versuchte zurückzutreten, doch hinter ihr war die Wand. Ihr Kopf drückte an das große Fenster. Es gewährte einen guten Blick auf den See und den Garten nebenan. Selbst aus der Entfernung war leicht zu erkennen, wie schön er war. Er wunderte sich ständig darüber, wie er von Schönheit umgeben sein konnte und das Böse dennoch stets präsent war.

Steele stemmte die Hände beiderseits ihres Kopfes an die Scheibe, sodass sie quasi gefangen war, und blickte ihr in die Augen. Diese Augen, in denen er sich verlieren konnte. Und sich verlor, jedes Mal, wenn er in dieses lebhafte Grün sah. Sie konnte ihr Wesen nicht verbergen. Hier war all ihre Leidenschaft. Ihre Fähigkeit zu lieben. Er hätte keine bessere Frau für die Mutter seiner Kinder wählen können – oder als seine Frau.

»Das spielt jetzt keine Rolle.«

»Doch, Baby, das tut es. Es spielt für mich eine Rolle.« Eine plötzliche Erinnerung schoss ihm in den Sinn. Wie er in ihr

Zimmer kam, diesen winzigen Raum, den sie immer tadellos ordentlich hielt, und sie weinend, mit roten, angeschwollenen Augen antraf. Sie saß auf dem Bett, wiegte sich vor und zurück und hielt sich den Bauch. Und erklärte ihm, sie habe Krämpfe, und manchmal seien sie wirklich schlimm.

Steele hatte ihr ein Heizkissen besorgt, sich zu ihr gelegt und sie gehalten, und sie hatte sich mit dem Kissen auf dem Bauch zu einer Kugel zusammengerollt. Sie hatte es immer wieder zurechtgerückt und den Kopf geschüttelt, als er sie untersuchen wollte. Bei dem Versuch, mit ihr zu reden, sagte sie lediglich, es seien eben Krämpfe, und das sei schon immer so gewesen. Er ließ es gut sein, doch das hätte er nicht tun sollen. Das hatte er damals schon gewusst.

»Dieser Dreckskerl hat dich geschlagen, obwohl du damals schon mit mir zusammen warst, nicht wahr? Er wollte Informationen über mich, und du hast ihm keine gegeben. War es das, Bree? Hat er das getan?« Das Monster in ihm öffnete die Augen, schmeckte eiskalte Wut. Wollte Rache. Brauchte sie.

Sie nickte und wandte den Blick ab. Sie wusste, dass ihm ihre Antworten nicht gefallen würden. »Er wollte, dass ich dich davon überzeuge, ihn an den Zaren heranzulassen. Du warst freundlich, das wart ihr alle, aber distanziert. Er hatte im Club viel Einfluss. Ich hatte Angst, dass du, wenn du wüsstest, was er machte, ihn angreifen und er dir dann etwas antun würde. Ein Mann konnte seine Frau nicht über seine Brüder stellen. Du weißt, dass das nicht ging. Das hat keiner gemacht. Hättest du es getan, dann wären sie alle auf dich losgegangen.«

Er musste so sehr um seine Fassung ringen, dass er von ihr Abstand nahm und durch das Zimmer schritt. Hätte er damals gewusst, dass Bridges seine Old Lady schlug, er hätte den Kerl umgebracht.

»Wie oft?« Seine Stimme war leise. Furcht einflößend.

»Steele.«

Sie presste sich an die Wand und wurde sehr still, auf die Art und Weise, die ihn wütend machte, weil sie sich damit zum erstarrten Mäuschen machte. Er wusste, dass er ihr Angst machte, doch im Moment spielte das keine Rolle. Er musste es wissen. Bridges war womöglich gleich da drüben, in Reichweite, und Steele registrierte jede Sünde, die dieser Mann gegen seine, Steeles, Familie begangen hatte.

»Du sagst mir das jetzt sofort, Bree. Ich frage nicht noch einmal.«

»Jeden Monat. Am Ende des Monats forderte er ein Treffen mit mir.«

»Und das hast du mir verschwiegen?«

Sie nickte. »Ich wollte nicht, dass sie dir etwas tun.«

»Du hast dich also von dem Kerl schlagen lassen, damit mir nichts passiert?«

Sie schauderte. »Sei nicht zornig. Das ist lange her. Und er hatte Angst, mir blaue Flecken zu machen, deshalb schlug er nicht so fest zu wie in der Zeit, in der ich ohne dich war.«

Er würde Bridges aufschlitzen, und zwar so, dass er tausend Tode starb, bevor er tatsächlich abkratzte. Er schaute auf, zur Tür, und sah dort Savage stehen. Er hatte alles mitgehört. Ihre Blicke trafen sich voller Einvernehmen.

»Wenn du so etwas noch einmal machst, Breezy, wirst du dich für Monate nicht mehr hinsetzen können. Wenn dich irgendjemand aus irgendeinem Grund bedroht, dann kommst du zu deinem Mann, verstanden? Du warst damals meine Frau, und du bist es heute. Wenn ein Mann oder eine Frau dir Unrecht tut, dich beleidigt oder sonst etwas macht, was dich verärgert, dann kommst du zu mir. Ich kümmere mich um solche Dinge. Wenn einer Hand an dich legt, ist es Sache des Clubs. Sag, dass du das verstehst. Und dass du es auch beherzigen wirst.«

Sie sah angeschlagen aus. Den Körper weiter an die Wand gepresst, die Finger auf den Lippen, nickte sie stumm.

»Tue ich. Tut mir leid. Ich verstehe.«

Steele machte abrupt kehrt und ging hinaus. Savage warf ihr einen Blick zu; er strahlte dieselbe eiskalte Wut aus. Bridges verdiente den Zorn der beiden, und er war im Begriff herauszufinden, was es bedeutete, einer Familie von Torpedo Ink etwas anzutun.

15. Kapitel

Und, wie hält sie sich?«, fragte Savage, als er mit Steele zur Rückseite des Hauses ging. »Sie ist eine Mordsfrau, Steele. Ist für dich eingestanden. Ich weiß, das kotzt dich an. Würde es mich auch, aber sie ist für dich eingestanden. Hat von Bridges Prügel für dich eingesteckt.«

»Dafür sollte ich sie übers Knie legen. Scheiße, Savage. Dieser Dreckskerl hat sie in den Bauch geschlagen, damit ich nichts in ihrem Gesicht sehe. Was zum Teufel bin ich bloß für ein Arzt, ganz zu schweigen davon, dass ich ihr Mann bin? Ich hätte wissen müssen, was los war.« Er hatte nicht genug auf sie aufgepasst. Es war seine Schuld. Er hätte es wissen müssen. Er sollte zur Hölle fahren dafür, dass er so egoistisch gewesen war.

»Nun, wenn sie meine Frau wäre, dann hätte ich ihr den Arsch sicherlich grün und blau geschlagen. Andererseits empfinde ich für die Frau absolute Hochachtung.« Savages eisblaue Augen musterten Steele. »Wird sie gut darüber wegkommen, wenn die Sache mal am Laufen ist?«

»Kommt darauf an, wie es läuft. Falls etwas schiefgeht, pass du für mich auf sie auf.«

Savage schüttelte den Kopf. »Falls etwas schiefgeht, werde ich mit dir an Ort und Stelle sein, Steele, und diese Dreckskerle auseinandernehmen. Der Kleine ist einer von uns. Wir lassen das nicht durchgehen. Auf unserer Seite läuft nichts schief. Aber die sollten sich besser mal vorsehen.«

Er sprang hoch, hängte sich an den Dachvorsprung und schwang sich dann auf das Dach. Steele beobachtete ihn einen Moment lang und brachte seine Emotionen wieder unter Kontrolle.

Er war hier nicht allein, das hatte Savage klargemacht. Sein Junge war einer von ihnen. Ein Torpedo Ink. Er sprang ebenfalls hoch und folgte Savage auf das Dach – mit seiner Kraft fast ein Kinderspiel, und das Gleichgewicht zu halten war für keinen von ihnen ein Problem.

Preacher lag schon seit dem Morgengrauen hier oben. Ein Giebeldach wie dieses konnte bei einem Hurrikan zum Problem werden, wenn es nicht gut verankert war, doch das Haus war wunderschön gebaut, und das Dach hatte dabei einen nicht unwesentlichen Anteil. Trotz der steilen Neigung gelangte er sicher bis zur Vorderseite, wo er sich neben Savage niederkauerte.

Auch Ink war hier. Er saß im Schneidersitz da, ohne sie zu beachten, und blickte in den Himmel. Irgendwo weit weg ließ ein Falke einen schaurigen Ruf vernehmen. Ink bewegte sich nicht. Er hielt den Blick himmelwärts gerichtet und hatte die Hände auf die Knie gelegt.

»Lana ist auf dem Wasser«, berichtete Preacher.

Die Spannung erhöhte sich signifikant. Wenn in dem Anwesen nebenan Männer waren, würden sie einer schönen Frau in einem Bikini, der kaum etwas verbarg, nicht widerstehen können. Der Stoff bedeckte Lanas volle Brüste so gut wie nicht und brachte ihre vollen Kurven äußerst vorteilhaft zur Geltung. Sie sah aus wie ein Model für Badeanzüge. Ihr Haar war lang, leuchtend rot gefärbt, die Haut hell. Dennoch bestand noch immer die Möglichkeit, dass einer der Swords sie trotz ihrer »Verkleidung« erkennen könnte.

Lana brachte das Boot selbstbewusst und ohne ein Problem in Fahrt. Beim Passieren der Häuser wurde sie langsamer und beschleunigte erst weiter draußen wieder. Sie hatte dabei nicht auf die Gebäude selbst geschaut, sondern nur einen raschen Blick auf die Schönheit dieser künstlichen Oase geworfen. Steele wusste jedoch, dass sie mit diesem einen Blick jede Zugangsmöglichkeit vom Wasser aus registriert hatte.

Sie fuhr in einem großen Bogen auf den See hinaus und wurde dabei noch schneller. Das Wetter war perfekt. Feucht und bereits heiß. Es würde ein schöner Tag werden, an dem sich die Sonne auf dem See spiegelte. Alle würden draußen sein wollen, was nur dazu beitrug, dass es völlig normal wirkte, wenn Lana zu ihrem Vergnügen mit dem Boot hinausfuhr.

Steele studierte durch ein Fernglas jeden Zentimeter des Anwesens. Da war kein Kinderspielzeug. Keine Tiere. Der Garten war makellos, eindeutig professionell gepflegt. Niemand kam aus dem Hauptgebäude oder dem kleineren Haus daneben. Er sah sich die Trucks an. Bei der Planung eines Mordes oder einer Rettungsaktion war Information das A und O. Je mehr Information, desto glatter und sicherer würde die Operation vonstattengehen.

Über ihnen kreiste ein Falke und ließ sich vom Wind über das Anwesen nebenan tragen. Er flog um die Gebäude herum und ließ sich dann auf einem Baum mit Sicht auf den Vorgarten nieder. Ein Schwarm Spatzen kam angeschwirrt, er war größer als normal und wuchs noch an, als er sich dem Ferienhaus näherte. Das Ganze sah aus wie ein dunkler, sich drehender Schatten am Himmel, der rasch näher kam, plötzlich abdrehte und sich in eine seltsam aussehende Erscheinung verwandelte.

Mit einem Mal veränderte der Vogelschwarm die Richtung, und es sah aus, als würde er fast direkt über Ink zum Stillstand kommen. Der bewegte sich nicht, blieb absolut reglos, sein Ausdruck konzentriert und wie zu einer Maske erstarrt. Der Schwarm schwebte, sank tiefer und driftete dann wieder zum benachbarten Anwesen hinüber.

»Was ist mit den Fahrzeugen dort?«, fragte Steele.

Transporter schüttelte den Kopf. »Sie scheinen ziemlich neu zu sein, alle bis auf das eine vor dem Gästehaus. Das ist ein paar Jahre alt, aber selbst von hier sieht man, dass es in einem guten Zustand ist.« Er zeigte auf den kleineren Pick-up-Truck. »Ich schätze, der da ist 'ne echte Rakete. In den hat jemand eine Stange Geld hineingesteckt. Seltsam, die Swords stecken ihr Geld doch eher in ihre Bikes.«

Steeles Miene blieb unverändert, doch sein Mut sank. Er wollte, dass sein Sohn hier in der Nähe war. Falls nicht, blieben noch drei andere Orte, wo sie nach ihm suchen konnten. Sie hatten ihr Bestes gegeben, um ihn rasch zu finden. Nach den Informationen, die Steele von Bruiser und Scalp sowie aus der Auswertung von deren Handys bekommen hatte, war dieses Anwesen ein sicherer Treffer gewesen. Es musste so sein. Zanes Leben war mit jeder Minute, die er in den Händen von Bridges war, mehr bedroht.

Transporter war aufgefallen, dass die Swords ihre Maschinen gerne auffrisierten. Er hatte immer kopfschüttelnd registriert, dass sie dafür so viel Geld aufwandten und praktisch nichts dafür bekamen. Doch er half ihnen auch nie. Keiner von Torpedo Ink hatte den Swords je seine Fähigkeiten angeboten. Wenn jemand den kleinen Pick-up aufgemotzt hatte, dann war das sehr wahrscheinlich keiner der Swords gewesen – zumindest keiner vom New Orleans Chapter.

Steele hatte Geduld gelernt, dennoch ließen die Zweifel Unruhe in ihm entstehen, und er wollte gar nicht so viel an Breezy denken und daran, wie sie das aufnehmen würde. »Ich hätte nicht so zornig ihr gegenüber sein sollen«, sagte er zu Savage. »Wegen Bridges. Das ist drei Jahre her, und sie macht im Moment ganz schön viel durch. Sie hat etwas Unglaubliches für mich getan, und ich habe das nicht gerade nett aufgenommen.«

Er hatte sie wahrscheinlich schon wieder verletzt. Wie schaffte der Zar das in seiner Beziehung mit Blythe? Er wollte, dass

Breezy sicher war und ihm vertraute. Und sie musste dasselbe für ihn wollen. »Scheiße«, zischte er zwischen den Zähnen hervor. »Ich habe gerade wieder Scheiße gebaut. Ich hätte verständnisvoller sein müssen.«

Savage schüttelte den Kopf. »Wichtiger ist, dass du jederzeit dafür sorgst, dass sie in Sicherheit ist. Vor allem und jedem. Sie muss das wissen. Wenn du jetzt nicht darauf achtest, könnte sie wieder Dinge vor dir verbergen. Besser, du lässt sie wissen, dass du solchen Mist nicht duldest.«

Dass Savage knallhart war, wenn es darum ging, was er von seiner Frau erwartete, überraschte Steele nicht.

»Ein Mann, der meine Frau schlägt, ist ein toter Mann. Wenn sie es mir verheimlichen würde, und ich fände es zehn Stunden, zehn Tage oder Wochen oder Jahre später heraus, wäre sie für eine sehr lange Zeit eine sehr unglückliche Frau. Ich würde meinen Standpunkt gleich beim ersten Mal klarmachen, Steele, um das später nie mehr tun zu müssen.«

»Das verstehe ich ja. Aber ich hätte meinen Standpunkt auch anders klarmachen können. Breezy ist nicht der Typ Frau, der etwas tut, nur um einen zu ärgern. Sie dachte, sie würde alles richtig machen.«

Savage zuckte mit seinen breiten Schultern. »Ihr Motiv ist doch schnurzegal. Sie hat sich in Gefahr begeben und dir nichts gesagt. Das ist nie okay, und das weißt du. Teufel noch mal, Steele, ich würde am liebsten da runtergehen und deiner Frau ein bisschen Verstand eintrichtern! Sie gehört zu uns. Sie ist eine Torpedo Ink. Von dem Moment an, in dem sie deine Old Lady war, hatte er kein Recht mehr, sie anzurühren. Das kotzt mich an.«

Savage wandte sich ab, sprach jedoch weiter. »Wir leben alle nach einem Code. Einem, der uns am Leben hält und uns Sicherheit gibt. Und wenn wir eine Frau reinbringen, dann lebt sie nach demselben Code. Tut sie das nicht, dann bringt sie uns alle in Gefahr, und sich selbst auch. Du musst diese Scheiße rasch beenden.«

Savage wirkte nicht zornig. Aber er sah höllisch furchterregend aus. Preacher, der alles mithörte, setzte sein Fernglas ab und wandte sich ihnen zu. Transporter ebenfalls. Sogar Ink blinzelte und schaute zu ihnen herüber.

»Was zum Teufel hat Breezy gemacht? Wer hat sie angefasst?«, fragte Transporter. »Und wie?«

Maestro war hinter ihnen auf das Dach gekommen. Er reichte Preacher eine Flasche Wasser und blickte mit hochgezogenen Brauen auf Steele. »Hat einer unserem Mädchen was getan?«

Steele nickte. »Als wir noch mit den Swords fuhren. Breezy erzählte mir, Bridges schlug sie jeden Monat, weil sie nicht tat, was er wollte – ihn lieb Kind bei uns zu machen. Sie hat es mir nicht gesagt, weil sie Angst um mich hatte. Er hat sie in den Bauch geschlagen, damit ich nichts merken würde. Zu mir sagte sie immer, es seien Krämpfe.« Doch er hätte es besser gewusst, wenn er sich die Zeit für sie genommen hätte, die er sich hätte nehmen sollen. Das war sein Fehler gewesen.

Ein betroffenes Schweigen entstand. Er wusste nicht, ob sie so reagierten, weil Breezy es vor ihm verborgen hatte, oder weil Bridges so unbesonnen und dumm war – oder weil er es nicht gewusst hatte. Hätte er es gewusst, er hätte ihren Vater umgebracht. Das wussten sie alle ganz sicher.

Steele biss die Zähne aufeinander. Ein Muskel in seiner Wange zuckte. Er spürte wieder, wie sich die Wut in ihm aufstaute und auch die anderen wütend wurden, weil jemand es gewagt hatte, Hand an eine ihrer Frauen zu legen.

»Sie hat es dir verheimlicht?«, wiederholte Maestro, als könne er es nicht recht glauben.

Steele nickte. »Ja. Hat mich mächtig geärgert, aber auch stolz auf sie gemacht.«

»An Mut hat es der Frau noch nie gefehlt«, meinte Transporter. »Das wusste jeder. Hab nie verstanden, was faul war mit den Typen in diesem Club. Ich schätze, wenn du mit Frauen handelst, verlierst du den Blick fürs Wesentliche, weil du von innen heraus verrottest.«

»Weiß sie, dass wir solchen Mist nie mehr mitmachen?«, fragte Ink, den Blick wieder himmelwärts gerichtet, wo er den Zug der Vögel verfolgte, bis sich der Falke auf einem Baum hinter dem Haus niederließ.

»Ja«, antwortete Steele.

»Hoffe, du hast das untermauert mit einer guten Lektion darüber, was ein Mann tut, wenn seine Frau Mist baut«, erklärte Maestro mit nicht überhörbarem Ärger in der Stimme.

»Er steht unter dem Pantoffel«, meinte Savage.

»Kann ich nicht ableugnen«, gab Steele völlig unbeleidigt zu. Seine Frau brauchte es wahrscheinlich nun, dass er zu ihr ging und sie in die Arme nahm. Und das zerriss ihn. Es würde nur einen Moment brauchen, sie zu beruhigen und vielleicht, sich zu entschuldigen. Vielleicht hatte er ihr Angst gemacht. Aber war das nicht gerade der Punkt? Zum Teufel, er würde Blythe fragen müssen, was er hätte tun sollen.

Preacher grinste ihn an und legte sich wieder auf das Dach. »Ich mag deine Frau, Steele. Sie hat Mumm.« Er trank langsam einen Schluck Wasser und setzte das Fernglas wieder an die Augen. »Lana zieht ihren Bogen und kommt jetzt wieder zurück – auf das Ziel zu. Gleich drosselt sie das Tempo, wirft den Anker aus und nimmt ein Sonnenbad. Mechaniker hört für uns ab, vielleicht schnappt er ein Gespräch auf.«

»Wer passt auf Breezy auf?«, fragte Steele sofort Maestro.

»Keys ist bei ihr. Sie ist in der Küche, richtet etwas zu essen her. Wenn sie so weitermacht, müssen wir uns noch zu den Bikes rollen, um nach Hause zu kommen.«

»Du könntest tatsächlich mal ein Essen auslassen«, meinte Transporter. »Dann hätten wir anderen mehr.«

»Ich esse für Ice und Storm mit«, erklärte Maestro. »Einer muss das ja machen, wenn sie nicht da sind.« Er stupste Steele mit der Fußspitze an. »Deine Frau kocht fast so gut wie Alena, und das will etwas heißen.«

Steele nickte. »Stimmt. Sie kocht gerne. Ich dachte daran, uns einen Koch zu besorgen, aber sie hat die Küche anscheinend gern für sich, und es wäre einer weniger von draußen. Will den armen Teufel ja nicht damit schockieren, dass ich sie vor seinen Augen auf der Küchentheke vernasche.«

»Schlau«, sagte Transporter. »So wie ich dich kenne, würdest du einem Fremden, der deine Alte zu lange anschaut, sowieso gleich die Kehle aufschlitzen.«

Steele seufzte. »Ja, ich glaube, ich bin noch nicht recht weit gekommen, was die Benimmregeln betrifft. Ich würde den Koch wirklich nicht gern umnieten. Könnte zur Gewohnheit werden. Dann würden am Ende Harrington und Deveau aufkreuzen und Fragen stellen. Kommen sie noch immer in die Bar, Preacher? Und fragen nach den Bikern und Killern, die ab und zu verschwinden?«

»Seit ein paar Wochen nicht mehr, aber sie haben ein Auge darauf«, antwortete Preacher, ohne sich wirklich von dem Pool und den Umkleidekabinen im Garten und dem Boot ablenken zu lassen, das ein gutes Stück entfernt Anker geworfen hatte.

»Der Zar wollte mit Deveau reden«, erklärte Steele den anderen. »Er wollte sicherstellen, dass Jackson vor den Swords gewarnt wird.«

»Sie werden nicht aufhören, auf ihn loszugehen«, sagte Maestro. »Oder auf uns. Wir müssen sie einfach nur jedes Mal hart treffen und dafür sorgen, dass sie schwach bleiben.«

»Das ist ein gutes Argument dafür, diesen anderen Club zu übernehmen«, meinte Steele, »dann haben wir die doppelte Feuerkraft gegen die Swords und jeden anderen Feind. Sie wissen zwar immer noch nicht, wer oder wo wir sind, aber wenn

Breezy uns per Ausschlussverfahren gefunden hat, können die Swords das auch. Code hat inzwischen alle möglichen Infos über die Gruppe. Gavril hatte ebenfalls Nachforschungen angestellt, bevor er uns von ihnen erzählte. Ich hätte gerne noch mehr Brüder, die ein Auge auf diese Mistkerle haben.«

»Die Swords sind es gewöhnt, dass ihre Frauen die Drecksarbeit für sie machen«, erklärte Transporter voller Verachtung im Ton. »Sie glauben, es macht sie stärker, wenn die Frauen für sie anschaffen und ihre Drogen verticken, aber letztendlich schwächt sie das. Was zum Teufel tun die den ganzen Tag? Im Clubhaus herumsitzen, sich die Birne zudröhnen, saufen und einen Bierbauch bekommen.«

»Redest du von mir?«, fragte Maestro und klopfte sich auf den flachen Waschbrettbauch.

»Du isst immerhin doppelt so viel wie wir«, schoss Transporter zurück.

»Ich bin ja auch der Größte von uns. Schon allein deswegen muss ich mehr nachlegen als ihr«, erklärte Maestro.

Steele schüttelte den Kopf. Sie waren alle verrückt, aber wenigstens auf eine gute Art.

»Ich bin ganz bei dir, Steele«, sagte Savage plötzlich. »Mir gefällt diese Idee, andere mit an Bord zu bringen. Gavril hat neulich mit dem Zaren geredet, und er sagte, es habe vier Schulen gegeben. Bei uns war es am schlimmsten, aber bei den anderen war es auch kein Zuckerschlecken. Sie wurden ebenfalls mit jedem erdenklichen Mittel in der Kunst des Tötens ausgebildet, mussten sich ähnlichen Tests unterziehen. Da draußen gibt es so einige Brüder von uns. Männer, die die Ausbildung und die Aufträge und später Sorbacovs Säuberung überlebten, als er versuchte, uns alle zu beseitigen und von der Erde zu tilgen. Je mehr Leute wir haben, auf die wir zählen können, desto stärker sind wir.«

Steele nickte. »Ich stimme dir zu. Aber ich denke, wir müssen sie langsam zu uns bringen. Die Diamondbacks werden definitiv protestieren, wenn sie sehen, dass wir uns vergrößern, vor allem, wenn wir es zu schnell machen.«

»Lana zieht ihre Show ab«, verkündete Preacher. »Sie hat ihr Badetuch ausgebreitet und den Bikini ausgezogen, und jetzt steckt sie sich die Haare hoch, um sicherzustellen, dass jeder, der sich in diesem Haus aufhält, etwas zu sehen bekommt, das ein noch näheres Hingucken lohnt.« Sein Gewehr war nur Zentimeter von seiner Hand entfernt. Er war schnell, und wichtiger noch, er war treffsicher. Mit dem Gewehr war er unschlagbar.

Sofort schwenkte die Aufmerksamkeit auf den See und dann auf den Garten des Abernathy-Anwesens. Lana stand im Boot, schwankend mit den Wellen, und verteilte Sonnenöl auf ihrem Körper. Besonders ausgiebig behandelte sie ihre Brüste, ehe sie einen Fuß auf der Kajüte platzierte und ihr Bein einzureiben begann. Sie konzentrierte sich darauf, jeden Zentimeter ihrer Vorderseite einzuölen; erst dann legte sie sich auf das Badetuch und setzte die Sonnenbrille auf, um ihre Augen zu verbergen.

»Schön, Lana«, sagte Maestro. »Du wirst dir einen fetten Hautkrebs einfangen.«

»Nicht in der halben Stunde, die das dauern wird«, wandte Transporter ein.

»Woher willst du das wissen? Es könnte schon in den ersten paar Minuten passieren«, klärte Maestro ihn auf.

»Du hast einfach keine Ahnung«, konterte Transporter. »Ich habe ein Buch darüber gelesen …«

»Du hast zu allem ein Buch gelesen«, fiel Maestro ihm ins Wort, »aber falls dein Autor nicht wirklich Bescheid wusste, stehst du blöd da, wenn du ihn zitierst.«

»Da bewegt sich was«, verkündete Preacher.

Alle Blicke richteten sich auf die gläserne Hintertür. Ein Mann trat heraus, kratzte sich im Schritt, schlenderte auf die andere Seite der breiten Terrasse und spuckte über das schmiedeeiserne Geländer. Sein Blick richtete sich auf das zwischen den beiden Anwesen ankernde Boot.

»Donk«, identifizierte ihn Preacher. »Wir sind also schon beim ersten Mal auf Gold gestoßen. Gute Arbeit, Steele. All deine Mühe hat sich bezahlt gemacht.«

Euphorie erfasste Steele, doch er beherrschte sich. Erst mussten sie noch Zane sehen. Erst dann konnten sie wissen, ob er am Leben oder tot oder an einen Pädophilen verkauft worden war. Aber wenn Donk hier war, dann war sicher auch Bridges nicht weit.

»Mechaniker«, sprach Steele ins Funkgerät. »Donk hat Lana ins Auge gefasst. Sag ihr, sie soll ihn beschäftigt halten. Sobald er sich von ihr abwendet, geben wir ihr Bescheid. In der Zwischenzeit versuchst du, etwas abzuhören. Wir müssen möglichst genau wissen, wie viele Leute sich im Haus aufhalten.« Er zögerte. Es schmerzte höllisch, seiner Sorge Ausdruck zu verleihen, aber es musste gesagt werden. »Und ob Zane da drin ist.«

Zane. Sein Sohn. Er würde weder Breezy noch sich selbst je wieder ins Gesicht sehen können, wenn er seinen Jungen nicht aus dieser Lage befreite. Er würde das Kind nicht zurücklassen.

»Steele.«

Savage sprach leise, doch seine Stimme ließ Steele innehalten. Er blickte zu den anderen auf dem Dach. Das Gebäude zitterte. Nur ein wenig. »Ich bin so weit«, stieß er hervor und sah sich mit dem Fernglas um.

Ink hatte sich nicht bewegt. Er war regungslos wie eine Statue. Steele wusste, dass er alles in der Umgebung des Hauses genau beobachtete, sogar die Wildtiere. Es war Ink gewesen, der den Baum gezeichnet hatte, welcher in ihrem Abzeichen den Zaren verkörperte. Diesen kräftigen Stamm mit den vielen Wurzeln. Die siebzehn Äste repräsentierten die Überlebenden. In der ursprünglichen Zeichnung waren es achtzehn Äste gewesen. Die Krähen waren die Kinder, für deren Rettung sie sich so sehr eingesetzt hatten – für die Steele sich so sehr eingesetzt hatte. Die Schädel zwischen den Wurzeln standen für die Männer und Frauen, die sie getötet hatten, um zu überleben – oder die, die sie getötet hatten, um Rache zu üben für jene Kinder, die ihr Gefängnis nie verlassen hatten.

Steele spürte das Gewicht dieses heiligen Tattoos auf seinem Rücken. Sie hatten es aus einem bestimmten Grund – um sie stets daran zu erinnern, dass sie zusammen stärker waren. So wie jetzt. Sie waren vollkommen aufeinander eingespielt, jeder wusste, was der andere tun würde, wozu er – oder sie – in der Lage war. Schon seit ihrer frühen Kindheit hatten sie aufeinander gezählt. Und nun, als Erwachsene, die zusammen wie auch allein unzählige Missionen bewältigt hatten, machten sie keine Fehler und wussten mit absoluter Gewissheit, dass ihre Brüder – oder Schwestern – da sein würden, wenn sie sie brauchten.

Er wandte den Blick nicht von Donk ab. Der große Mann hielt sich an dem schmiedeeisernen Geländer fest und beugte sich vor, als würde er die sonnenbadende Frau auf dem Boot so besser sehen können. Dann drehte er sich um und rief etwas nach hinten.

»Hast du das verstanden?«, fragte Steele.

»*Er hat ein Fernglas verlangt*«, berichtete Mechaniker von seiner Position auf dem Boot aus.

»Nett«, meinte Transporter. »Lana ist ein absolutes Kunstwerk.«

»*Du weißt, dass ich das bin*«, kam leise die prompte Erwiderung.

»Woher kommt die Musik? Habt ihr ein Radio an Bord? Oder einen iPod? Benutzt ihr ein Funkgerät, damit sie kommunizieren kann?«, fragte Steele.

»*Sie braucht keinen Funk an Bord*«, erklärte Mechaniker. »*Ich wollte nicht das Risiko eingehen, dass eines im Wasser landet, oder dass sie es sehen, falls sie ein wirklich gutes Fernglas haben. Wir haben ihren Player an, so kann Lana singen, wenn sie meint, einer von ihnen merkt, dass sie spricht. Ihren iPod dabeizuhaben, das wirkt normaler.*«

»Halt dich lieber mit dem Reden zurück«, riet Steele. »Ich will nicht, dass er dir draufkommt.«

»Süßer, er wird nicht an deine Lana denken, nicht wenn er eine feurige Rothaarige vor sich hat. Er wird nur daran denken, wie er an mich rankommt«, antwortete Lana mit absolutem Selbstvertrauen. »*Ich bin gern eine Rothaarige. Ich finde, das steht mir.*«

Die Tür ging auf, und Favor kam heraus. Er hatte zwei Feldstecher, von denen er einen Donk gab.

»Sie haben dich im Visier«, berichtete Preacher. »Bleib still, Lana. Ich sage dir, wenn du dich bewegen sollst.«

Die beiden Männer beobachteten sie eine Zeit lang, setzten dann die Gläser ab und sahen einander an. Aus der Ferne war nicht auszumachen, was sie sagten, doch Mechaniker hörte nicht nur sie ab, er registrierte auch, dass noch jemand im Haus war.

»*Mindestens noch drei weitere Erwachsene*«, sagte er. »*Zwei sprechen im Obergeschoss. Einer ist unten, er geht zu Donk und Favor. Ich wette, das ist Riddle. Donk trug Favor auf, ihm einen Drink zu holen, und Favor sagte, er geht jetzt nicht weg, damit Donk die Tussi nicht allein abkriegt.*«

»Damit bist du gemeint, Lana«, meinte Transporter. »Die Tussi.«

»Endlich hat es mal jemand geschnallt«, erwiderte sie und begann zu singen. »*So lange habe ich daran gearbeitet, mein Tussigehabe zu perfektionieren, aber ihr scheint das alle nicht zu kapieren. Wie enttäuschend.*« Sie sang diese Worte zur Melodie des Songs.

Steele wartete darauf, dass Mechaniker ihm meldete, eine Kinderstimme gehört zu haben, doch bisher sagte er nichts Dergleichen. Die Stille schien sich endlos hinzuziehen. Er wusste, dass sich auch die anderen mulmig fühlten, denn niemand alberte herum wie sonst immer. Eine Spannung lag in der Luft, die kaum auszuhalten war.

Plötzlich rammte Donk seine fleischige Faust so heftig in Favors Seite, dass dieser wankte.

»*Donk ist sauer, weil er einen Drink will*«, berichtete Mechaniker.

Steeles Bauch spannte sich an. Er hatte Donk schon ein paar Mal so erlebt. Überdreht. Er ließ seine Wut gern an Schwächeren aus. Er hatte jedes Mädchen benutzt, das sie in ihren Menschenhändlerring gebracht hatten, und sich freiwillig gemeldet, um sie alle »auszubilden«. Und er war brutal. Das war der Mann, dem Bridges seine Tochter gegeben hatte, als sie vierzehn Jahre alt gewesen war.

Die Mitglieder von Torpedo Ink hatten sich geweigert, an der Entführung oder Ausbildung von Mädchen zur Prostitution teilzunehmen. Sie hatten versucht, die verschiedenen Ortsgruppen zu zerrütten, es aber nie geschafft, Donk zu fassen und zu töten. Wiederholt hatten sie darauf achten müssen, nicht ihr eigenes Chapter zu treffen.

Wenn Donk nicht Mädchen schlagen und missbrauchen konnte, wurde er immer unausstehlicher und feindseliger und suchte Streit. Favor erkannte die Zeichen, trat zurück und ging auf das Haus zu, aus dem soeben Riddle kam.

»*Favor ruft Riddle zu, er soll Bier bringen. Riddle schert sich einen Dreck darum.*«

Riddle schüttelte gut erkennbar den Kopf und ging auf das Geländer zu. Donk wirbelte herum und brüllte ihn an, ruderte mit den Armen und senkte den Kopf, als würde er gleich wie ein Bulle angreifen. Riddle machte hastig kehrt und ging wieder ins Haus.

»Du machst das großartig, Lana«, sagte Steele. »Aber schlaf uns nicht ein.«

»Keine Sorge. Es ist ein bisschen zu heiß hier für mich. Unser Wetter an der Küste ist mir lieber. Ich werde mich nie mehr über den Nebel beschweren.«

Den Blick weiter auf Donk gerichtet, versuchte Steele, sie abzulenken. Es war kein Spaß, so allein vor dem Feind dazuliegen, schon gar nicht, wenn er einen womöglich erkannte. Doch es war ihr Job, und Lana war Profi. Vielleicht konnte er seine Schuldgefühle mit ihr teilen.

»Lana, Breezy sagte mir, dass Bridges sie in der Zeit, in der sie mit mir fuhr, einmal im Monat verprügelt hat. Als sie mir gehörte. Aber sie hatte Angst, es mir zu sagen, weil sie wusste, dass ich mir Bridges dann vorgenommen hätte.« Ihm fiel ein, dass Breezy klug genug gewesen war, diese Prügel zeitlich mit ihrer Periode abzustimmen, damit sie diese vorschieben konnte, falls Steele etwas bemerkt hätte – was jedoch nie geschah, weil er ein egoistischer Bastard war. Zum Teufel mit ihm. Warum hatte er reagiert wie ein Idiot? Warum hatte er sie nicht in seine Arme geschlossen und gehalten? Und ihr gedankt dafür, dass sie ihm den Rücken freigehalten hatte.

Es herrschte absolute Stille. Auch Mechaniker hatte gehört, was er gesagt hatte. Die anderen warteten darauf, dass Lana sich dazu äußerte. Es dauerte einige Minuten.

»Sie wusste, die Swords hätten erwartet, dass du damit einverstanden bist, dass Bridges seine Tochter verprügelt«, überlegte sie endlich. *»Wenn du Vergeltung geübt hättest, hätte sie befürchtet, dass sie dir etwas antun. Dich vielleicht sogar umbringen.«*

»Ich hätte ihn umgebracht«, konterte Steele. »Das war ihr wahrscheinlich klar.«

»Sehr wahrscheinlich«, stimmte Lana zu. *»Und dann wären die anderen auf dich losgegangen.«*

»Aber sie hätte es mir sagen sollen«, insistierte Steele. Er glaubte das voll und ganz. Sie *hätte* es ihm sagen sollen. Er zerbrach sich den Kopf darüber, wie er Breezys Verschwiegenheit verstehen und damit umgehen sollte. Er konnte eine Schlacht gegen einen zahlenmäßig überlegenen Feind planen und sie ohne mit der Wimper zu zucken durchziehen, doch mit der Frau, die er liebte, das Richtige zu tun, das war etwas völlig anderes – und wesentlich schwieriger.

»*Ja*«, stimmte Lana zu, »*das hätte sie tun sollen.*«

Sie warteten alle auf Lanas Meinung dazu. Niemand sagte etwas. In einer anderen Gesellschaft als ihrer eigenen zu leben fiel ihnen schwer, zumal sie noch nicht einmal deren Grundlagen kannten. Sie hatten sich als Kinder ihre eigenen Überlebensregeln geben müssen und sie beibehalten, weil sie in all den Jahren unter den schlimmstmöglichen Bedingungen gearbeitet hatten.

Die Lehrer an den drei anderen Schulen mochten brutal gewesen sein, doch sie hatten den Kindern beigebracht, sich anzupassen, denn das war hilfreich gewesen, wenn man sie zur Erledigung eines Auftrags hinausgeschickt hatte. Von keinem Mitglied von Torpedo Ink war erwartet worden, dass er oder sie überleben würde. Man hatte sie immer nur mit Verführungs- und Mordaufträgen betraut. Wie man in einem besseren Restaurant eine Gabel handhabte, das hatte als nutzloses Wissen gegolten.

»*Warst du sauer auf sie?*«, fragte Lana.

»Ja. Er hätte ihr ja sonst was antun können, und …« Er verstummte, denn ein Verdacht drängte sich ihm auf, den er nicht aussprechen wollte.

Lana tat es für ihn. »*Vor allem hätte sie dir vertrauen sollen.*«

Die anderen nickten, doch Steele wusste, dass es mehr war als das. Und Lana offenbar auch. Er merkte es an ihrem Ton. Breezy hätte ihm vertrauen sollen, und es ärgerte ihn, dass sie das nicht getan hatte. Er hatte gedacht, sie sei seine Frau, doch das war sie nicht. In der Welt von Torpedo Ink vertrauten sie darauf, dass jeder sich auf jeden verlassen konnte. Sie redeten über alles. Sie hatten keine Geheimnisse … Er hielt inne. Das war so nicht richtig.

Er hatte den anderen zum Beispiel nicht gesagt, dass Breezy sein Ein und Alles war. Auch Reaper hatte Geheimnisse gehabt, und es wäre ihm beinahe übel bekommen. Jeder von ihnen hatte Geheimnisse. Er schloss für einen Moment die Augen, spürte, dass Wut in ihm hochstieg. Er hatte eine miserable Kindheit gehabt. Seine Teenagerzeit war ebenfalls nicht besonders gewesen. Auch seine Jahre als Twen nicht. Und nun vermasselte er vielleicht seine einzige Chance, weil er nichts wusste über Beziehungen, nicht einmal eine Ahnung davon hatte. Beziehungen waren ein Minenfeld, weit gefährlicher als jede Schlacht, die er je geschlagen hatte.

»*Das ist wirklich schwierig, Steele*«, sagte Lana. »*Ich habe viel Zeit mit Blythe verbracht. Sie scheint sich mit Beziehungen auszukennen. Ich wäre zornig auf meinen Mann gewesen, wenn er sich so verhalten hätte, aber ihre Gründe waren, dich zu schützen. Du hättest ihr auch nichts gesagt und die Schläge eingesteckt, wenn du geglaubt hättest, dass sie das irgendwie vor Schaden bewahrt. Ich ebenfalls. Jeder und jede von uns.*«

Das war die Wahrheit. Doch Steeles Blick traf den von Savage, und beide schüttelten dann den Kopf und verwarfen diesen Gedanken. »Ist es nicht«, sagte Steele. »Das ist überhaupt nicht dasselbe.«

»Nö«, schaltete sich Maestro ein. »Ganz und gar nicht.«

»*Warum nicht? Weil sie eine Frau ist? Ich bin eine Frau. Und ich habe das Recht, meinen Mann zu schützen, wenn er das Recht hat, mich zu schützen.*«

»Das ist etwas anderes, und das weißt du, Lana«, sagte Transporter. »Breezy hat nicht unsere Vergangenheit. Sie ist … Ich weiß nicht. Sie soll keine Schläge einstecken müssen. Wenn ein Mann dich schlagen würde, du würdest ihn zum Frühstück verspeisen, und zwar nicht auf die angenehme Art.«

»*Danke für die Klarstellung*«, sang Lana zur Melodie aus ihrer Playlist. Ein Anflug von Lachen lag in ihrer Stimme. »*Was hast du getan, Steele? Wie hast du reagiert?*«

Steele zögerte, doch er wollte Lanas Meinung unbedingt hören. Er musste wissen, wie er mit Vertrauensproblemen zwischen Breezy und ihm umgehen sollte. »Ich wollte sie übers Knie legen und habe ihr das sehr klargemacht.« Einesteils wollte er noch immer ins Haus zurückgehen und genau das tun. Andernteils wollte er sie in die Arme nehmen und trösten.

Die anderen nickten, sie hielten das für eine passende Reaktion. Lana ließ sich mit ihrer Erwiderung so lange Zeit, dass Steele schon dachte, sie würde gar nicht mehr antworten.

»*Du hast ihr also gedroht, ihr wehzutun, weil ein anderer ihr wehtat und sie es dir nicht sagen wollte. Ich bin mir nicht sicher, ob das wirklich Sinn macht, Steele.*«

»Das ist nicht dasselbe«, brummte Steele, war inzwischen jedoch nicht mehr davon überzeugt, ob das stimmte.

»Du liegst falsch, Lana«, warf Maestro ein. »Es ist ganz und gar nicht dasselbe. Wenn eine Frau ihrem Mann gegenüber von Grundsätzen abweicht und sich in Gefahr begibt, muss er absolut sicherstellen, dass sie diesen Fehler nicht wieder begeht.«

»*Es gibt wahrscheinlich bessere Wege, das sicherzustellen*«, sang Lana.

Während des ganzen Austauschs berichtete Mechaniker immer wieder von dem Gespräch der drei Swords, das er mithörte.

»Welche besseren Wege?«, fragte Steele sofort. Das war es, wonach er suchte. Eine Antwort. Ein besserer Weg. Etwas, das Breezy veranlassen würde, für immer bei ihm bleiben zu wollen. Es musste einen Weg geben, ihr das klarzumachen, ohne ihr wehzutun.

Wieder trat eine lange Stille ein. »*Ich weiß auch nicht*«, räumte Lana schließlich ein. »*Du solltest Blythe fragen.*«

»Blythe weiß nicht, wie gefährlich die Welt ist«, warf Savage unerwartet ein. »Sie hat nicht die Erfahrung, etwas zu beurteilen, das potenziell lebensbedrohlich ist.«

»Breezy hat ihrem Mann eine wichtige Information vorenthalten«, gab Transporter zu bedenken.

»Und dem Club«, fügte Preacher hinzu. »Lana, sie werden unruhig. Mach mal ’ne kleine Show, damit sie sich wieder auf dich konzentrieren. Ich habe sie jetzt. Eine Kugel für jeden, das mache ich in drei Sekunden.«

»Nein«, wandte Steele ein. »Wir wissen immer noch nicht, wo Zane ist.«

Sonst war er stets die Ruhe selbst, doch dieses Mal ging seine Nervosität durch die Decke. Er stellte fest, dass ein Trauma wesentlich schwieriger zu bewältigen war, wenn es um das eigene Kind ging. Pädophile zur Strecke zu bringen, die Rettung von Kindern zu planen, das war für sie nichts Besonderes. Nie hatte dabei sein Herz gehämmert, nie hatte er Probleme mit der Atmung bekommen.

Lana kniete sich in das Boot, ihr rotes Haar flatterte im Wind, als sie gekonnt den Kopf in den Nacken warf, um Aufmerksamkeit auf sich zu ziehen. Die Männer am Geländer, die angefangen hatten, sich zu unterhalten, wandten sich wieder ihr zu, ihre Blicke hefteten sich erneut auf die Frau im Boot. Sie stand langsam auf, nahm die Sonnenbrille ab, trat an die Seite des Boots und schaute auf das Wasser.

Preacher blickte durch den Sucher seines Gewehrs. Seine Hände waren vollkommen ruhig. Das erste Ziel war der große, immer unberechenbare Donk. Er musste als Erster weg. Ink zuckte mit keiner Wimper; sein Blick war eher in die Luft gerichtet als auf das Wasser oder die drei Männer, doch er war absolut konzentriert. Maestro lag flach auf dem Bauch, sein Gewehr nicht auf einen der drei Männer, sondern auf die Tür des Hauses gerichtet. Die anderen suchten mit den Ferngläsern den

Garten des Anwesens ab, diese herrliche Oase, die die Abernathys geschaffen hatten, nur damit ihr Sohn sich dort aufhalten konnte, wenn er einmal nicht im Gefängnis saß.

Lana sprang ins Wasser, schwamm um das Boot herum und kletterte über die Leiter wieder ins Boot zurück. Sie war nackt, wunderschön, das Wasser tropfte glitzernd von ihr ab, und so faszinierte sie ihre Zuschauer. Die drei Swords beobachteten sie gebannt, hypnotisiert, durch ihre Feldstecher.

»Ich höre eine Frauenstimme«, berichtete Mechaniker.

Steele hielt den Atem an. Sein Sohn musste hier sein. Sein Bauch spannte sich an. Wie oft war er als Kind durch den Lüftungsschacht ihres Gefängnisses gekrochen, hatte Medikamente und Ähnliches gestohlen, manchmal einen der Erwachsenen dabei umgebracht. Nie hatte er dabei auch nur mit einer Wimper gezuckt. Er hatte Nerven wie Drahtseile gehabt – ein Scherz, der häufig die Runde gemacht hatte. Doch nun ging es ihm anders. Er wollte zu diesem Haus rennen und es durchsuchen, Zimmer für Zimmer, und alle darin auseinandernehmen, bis er seinen Jungen gefunden hatte.

»Eine Kinderstimme.« Mechanikers für gewöhnlich ruhige Stimme überschlug sich. Er musste sich räuspern. »Definitiv ein sehr kleines Kind, das im Haus ist. Obergeschoss. Bewegt sich mit einer Frau. Sie spricht leise mit ihm, warnt es, nicht zu sprechen, bis sie draußen sind. Ich vermute, sie weiß nicht, dass Donk oder die anderen im Garten sind.«

Steele war froh, dass er saß. Er wusste, dass seine Knie sonst vor schierer Erleichterung nachgegeben hätten. »Keys«, sprach er ins Funkgerät. »Sag Breezy, dass er hier ist. Im Haus. Wir haben ihn gefunden. Pass auf, dass sie nichts Verrücktes tut, wie etwa da hinüberzurennen.« Genau das hätte er jedenfalls am liebsten getan – in dieses Haus rennen und seinen Sohn herausholen.

Durch das Fernglas beobachtete er weiter die Hintertür. Breezy hatte ihm Fotos seines Sohnes gezeigt, und nun hatte er sie auf seinem eigenen Handy. Er wollte seinen Sohn leibhaftig sehen. Lebendig. Die Erleichterung war überwältigend.

»Pick-up unterwegs, die kleine Rakete, die vor dem Gästehaus geparkt war. Lizard am Steuer«, berichtete Ink. Er sprach leise, war aber trotzdem vom Dach aus von allen zu hören. Er klang, als befände er sich in einer Trance. »Er fährt zum Hauptgebäude.«

Steele ließ sich von dieser Information nicht von seiner Konzentration auf die Tür ablenken. Sie öffnete sich, eine Frau kam heraus, redete leicht vornüber gebeugt. Er erkannte sie – es war Candy, doch verglichen mit dem jungen Mädchen, das sie vor drei Jahren gewesen war, schien sie nun ziemlich erwachsen zu sein.

Sie lachte und hielt eine Hand nach unten. Er sah eine kleine Hand, die sich in ihre legte. Zusammen traten sie durch die Tür. Gingen die Terrasse entlang und um die Ecke, wo die Blumen eine kleine Barriere bildeten.

Sein Sohn. Steele richtete das Fernglas auf das Kind. Es hatte wilde, lohfarbene Haare. Sein Herz schmerzte. Hämmerte unkontrollierbar. Der Junge war dünn. Er hatte einen deutlich erkennbaren blauen Fleck im Gesicht. Wut flammte in ihm auf, und das Monster in ihm brüllte.

Candys Lächeln verblasste, sie blieb mit dem Kind stehen und flüsterte ihm etwas zu.

»*Was für ein hübscher Junge*«, meldete sich Lana.

»Sieht aus wie du, Steele«, meinte Transporter.

»*Sie ermahnt ihn, bei ihr zu bleiben und sich von den Männern fernzuhalten. Keinen Lärm zu machen und nicht zu weinen. Vor allem nicht zu weinen*«, berichtete Mechaniker. »*Sie sagt zu ihm, schwimmen würden sie später, und dass sie jetzt gleich wieder ins Haus müssen.*«

Steele wusste, dass Candy Donks Vorliebe, sich an Schwächeren auszulassen, kannte. Sie richtete sich auf und wollte kehrtmachen.

»Candy!«, brüllte Donk. »Beweg deinen Arsch hier rüber und blas mir einen!«

»Mir auch«, schloss sich Riddle an.

Favor machte sich bereits die Hose auf.

Candy schob das Kind hinter sich und zeigte auf die Tür. »Aber ich soll doch auf ihn aufpassen.« Sie versuchte, zurück in die Sicherheit des Hauses zu gelangen.

Donk ging mit großen Schritten und schwingenden Armen auf sie zu, er erinnerte Steele an einen Gorilla. »Du tust, was ich sage!«, schnauzte er sie an. »Beweg deinen Arsch hierher, und bring diesen kleinen Pisser mit. Oder ich ersäufe ihn wie einen Köter.«

Candy hob beschwichtigend eine Hand. »Kein Problem, Donk. Ich blase dir einen.«

Steele fokussierte sich auf den Jungen. Er sah ängstlich auf Donk, aber auch mit unverhohlener Abneigung. Er lief nicht weg, wie Candy es ihm gesagt hatte.

Donk packte Candy an den Haaren, verdrehte ihren Kopf, um sie auf die Knie zu zwingen. Sie schrie entsetzt auf und versuchte, Donks Arm zu ergreifen, um seinen harten Griff abzuschwächen.

»Nicht wehtun!«, schrie Zane wütend und warf sich gegen Donk.

Der große Mann holte mit der Faust aus, um Zane zu schlagen. Doch Candy trat vor das Kind, und Donk traf ihren Oberarm. Sie schrie auf, sank auf die Terrasse und hielt sich den Arm.

»Was soll das, Donk?«, brüllte Lizard, rannte zu seiner Tochter und ließ das Tor hinter sich offen. Er beugte sich über Candy und betrachtete ihren Arm. Sie weinte heftig und wiegte sich vor und zurück. Lizard richtete sich langsam auf, den Blick voller Wut auf Donk fixiert.

»Hör auf zu flennen, du kleine Schlampe. Das ist deine Schuld. Mach das Maul auf, und ich gebe dir etwas anderes zu tun als zu heulen, du kleiner Jammerlappen. Du hast sie von Anfang an verdorben, Lizard. Sie tut nie das, was sie soll.«

Lizard funkelte ihn an. »Du hast ihr den Arm gebrochen, du Scheißtyp!« Er half Candy auf die Füße. »Ich bringe sie ins Krankenhaus.«

Candy zeigte auf den kleinen Jungen. Zane wollte zu ihr laufen, doch Lizard schüttelte den Kopf. »Du kannst ihn nicht mitnehmen, Candy. Bridges würde das nie erlauben. Gehen wir.« Lizard musste sie beinahe zwingen, mit ihm zu seinem Wagen zu gehen.

Donk legte die Faust um seinen Schwanz und brüllte. Sein Blick fiel auf den Kleinen; wütend tat er einen Schritt auf ihn zu. »Ich werde dich ersäufen, du kleiner Scheißer!«

16. Kapitel

Steele hörte Breezys verzweifelten Schrei und wusste, dass sie und Keys die Szene von dem großen Fenster des Hauses aus beobachtet hatten. Vögel stieben auf, all die Spatzen verließen den Baum, in dem sie sich niedergelassen hatten, sodass die Luft schwarz wurde. Einer dunklen Wolke gleich flogen sie los und schoben sich zwischen Zane und Donk.

Alle waren plötzlich in Bewegung – bis auf Preacher. Er drückte ab, und Donks Kopf explodierte. Sofort danach zielte er auf Riddle und schoss ihm eine Kugel genau zwischen die Augen.

Auch Transporters Waffe krachte, und Favor ging zu Boden. Steele, Maestro und Savage sprangen vom Dach und landeten direkt vor Breezy, die aus dem Haus gerannt kam, gefolgt von Keys.

Im Vorgarten stand bereits ein Truck, und alle sprangen hinein. Am Steuer saß Player. Keys schnappte sich Breezy und hielt sie fest.

»Los, los!«, befahl Steele, und Player trat aufs Gas.

Keys versuchte Breezy zu beruhigen. Steele wollte unter keinen Umständen, dass seine Frau in die Nähe dieses Chaos kam. Er hatte keine Idee, wie viele Männer noch im Haus waren. Mechaniker hatte von mindestens fünf gesprochen, aber wahrscheinlich waren es mehr. Jeder der Swords konnte Zane aus der Ferne erschießen, selbst dann, wenn Torpedo Ink den Jungen davon abhalten konnte, ins Haus zu laufen.

Player hatte die schnellste Route zu dem Anwesen gefunden und den Weg in Rekordzeit zurückgelegt, doch es waren die längsten paar Minuten, an die Steele sich erinnern konnte. Staubwolken stiegen um den Truck herum auf. Die Vögel schrien, und der Falke flog auf in den Himmel. Aus dem Augenwinkel sah Steele ihn niederstoßen, als würde er etwas attackieren, und wieder steil nach oben schießen, nur um dann mit vorgestreckten Fängen erneut herabzustürzen.

Sie hatten sofort alles im Griff, schwärmten aus, einige drangen durch die verschiedenen Eingänge in das Haus ein, mit dessen Grundriss sie sich bestens vertraut gemacht hatten. Steele lief in Begleitung von Maestro und Savage in den hinteren Garten.

Donks Leiche lag nur ein Stück neben Zane. Das Kind stand in einer Lache aus Blut, tränenüberströmt. Die Tür zum Haus stand offen. Eine Wand aus Vögeln drehte sich zwischen Zane und der Tür und machte es dem Kleinen fast unmöglich, sich zu bewegen.

»Komm hier herein«, knurrte Junk. »Ich versohle dir den Arsch, wenn du nicht sofort hier reinkommst, Zane!«

Der Junge drehte sich in die Richtung, aus der die Stimme kam. Junk lugte um die Tür herum und wollte ihm einen weiteren Befehl geben. Da stieß der Falke nieder und zerkratzte mit seinen Krallen Junks Gesicht, hinterließ tiefe Furchen in seinen Wangen, über einem Auge und auf der Stirn. Sein gellender Schrei kam fast zeitgleich mit dem des Vogels, der sich sofort wieder in die Luft schwang. Junk strauchelte und ging in die Knie. Eine Kugel zerfetzte auf der Höhe, auf der sein Kopf gewesen war, den Türrahmen. Er wankte, fiel nach hinten und schloss mit einem Tritt die Tür, sodass Zane mit den drei Toten und dem Sperlingsschwarm allein auf der Terrasse war.

Zane reckte die Arme in die Luft in dem Versuch, die Vögel zu verscheuchen. Steele und Maestro rannten gebückt über die Terrasse auf ihn zu. Aus dem Haus waren Schüsse zu hören.

Glas splitterte, und Kugeln zischten an den beiden vorüber. Steele schlug das Herz bis zum Hals, doch er rannte auf seinen Sohn zu, erfüllt von Entsetzen darüber, dass Bridges oder Junk den Jungen am Ende aus reiner Gehässigkeit töten könnten, ehe er ihn erreichte. Und noch immer zerbarsten Fenster – die beiden Männer waren also nicht allein im Haus.

Zane lief rückwärts, die Hände auf seine Ohren gepresst, vom Haus weg und hinterließ dabei blutige Fußabdrücke. Er kam gefährlich nahe an den Pool. Die dunkle Wolke aus Spatzen umkreiste ihn unablässig, sodass er nur schwer zu sehen war. Dazu machten sie mit ihrem tausendfachen Gezwitscher einen entsetzlichen Lärm.

Das Boot näherte sich rasch der Anlegestelle, Lana stand am Steuer, Mechaniker hatte das Anwesen im Visier. Steele schlug alle Bedenken in den Wind und sprintete zu seinem Sohn. Maestro rannte neben ihm, bildete mit seinem Körper eine Deckung zwischen Steele und dem Haus. Normalerweise hätte Steele, sobald er bemerkte, dass Maestro in Gefahr war, sein waghalsiges Verhalten beendet, doch hier ging es um Zane. Seinen Sohn. Breezys Sohn. Also rannte er weiter in der Hoffnung, das Universum werde gnädig sein und Maestro nicht verletzt werden.

Er erreichte Zane gerade in dem Moment, als der kleine Junge merkte, dass er nicht allein auf der Terrasse war. Sobald er Steele auf sich zuhasten sah, rannte auch er – direkt auf den Pool zu. Steele versuchte, noch schneller zu werden, und erreichte Zane, als dieser gerade einen Fuß über dem Beckenrand hatte. Er zog ihn heftig an seine Brust, wirbelte herum und rannte weiter in Richtung auf das Boot zu, wo Lana und Mechaniker waren.

Überall um sie herum schlugen Kugeln ein, doch nun erwiderten Preacher und Transporter das Feuer, ballerten in sämtliche Öffnungen des Hauses hinein, sodass wer immer von dort auf Steele und Maestro anlegte, sich hinlegen musste, um nicht selbst getroffen zu werden. Preacher hatte die Waffen getauscht, was ihn jedoch nicht weniger tödlich machte.

Zane versuchte, sich zu befreien. »Ich halte dich fest«, flüsterte Steele ihm zu. Sein Herz fühlte sich an, als würde es jeden Augenblick in der Brust zerplatzen. Er hatte seinen Jungen. Seinen Sohn. Sicher. Relativ sicher, genauer gesagt, während er mit polternden Schritten über die hölzerne Mole zum Boot rannte. Denn hier, ohne Deckung, war er noch gefährdeter als zuvor – doch nun bildeten die Vögel wieder eine dunkle Wand zwischen Maestro, ihm und dem Haus.

Er hielt Zane fest umschlungen, sodass nichts den Jungen verletzen konnte. »Wir bringen dich zu deiner Mami. Sie wartet auf dich«, versicherte er ihm wieder und wieder beim Laufen.

Als sie das Boot erreichten, hörte der Junge auf, sich zu wehren. Lana hatte, bevor sie ans Steuer ging, ein langes Hemd übergezogen. Das Boot lag nun längsseits am Pier, Mechaniker verhinderte ein zu starkes Schwanken, und sie nahm Zane in Empfang und schloss ihn in ihre Arme.

»Mami wird sich riesig freuen, dich zu sehen«, sagte sie mit Glückstränen in den Augen. »Schau ihn dir an, Steele. Er ist wie du. Wie Breezy.«

Steele legte nur kurz eine Hand auf Zanes Kopf und wandte sich dann wieder dem Haus zu. Jede Sanftmut war wie weggeblasen, schiere Wut übermannte ihn nun. Er blickte zu Maestro, der nickte. Hinter sich hörte er den starken Motor des Boots, mit dem Mechaniker und Lana Zane auf den See hinaus brachten, weg vom Anwesen der Abernathys.

»Wissen wir schon, wie viele?«, fragte Steele, nun wieder ganz der Killer. Sie waren schnell und arbeiteten perfekt aufeinander abgestimmt, wie sie es seit Jahren taten. Beide nutzten die Landschaft und die Lage des Hauses als Deckung und begaben sich wieder in das Feuergefecht.

Er hätte gerne Breezys Wiedersehen mit ihrem Sohn miterlebt, doch dies war weit wichtiger. Er musste die Bedrohung für sie und seine Familie ein für allemal aus der Welt schaffen. Die Swords würden weiter versuchen, ihrer habhaft zu werden, doch Torpedo Ink würde den Club immer weiter schwächen und ihm alles Geld abnehmen. Und ihn vor allem daran hindern, mit seinen alten Methoden künftig Geld zu verdienen. Sobald Code Beweise fand, würden sie diese der Polizei liefern – anonym natürlich, doch von solcher Aussagekraft, dass die Behörden sie nicht ignorieren konnten. Die Swords würden die neuen Probleme, mit denen sie sich konfrontiert sahen, nicht zu Torpedo Ink zurückverfolgen können. Sie waren für diesen Club bereits von der Bildfläche verschwunden, und das würde hoffentlich auch so bleiben. Denn sie hatten vor, die Swords mit allen ihnen zur Verfügung stehenden Mitteln zu zerstören.

»Noch sieben Schützen im Haus«, berichtete Maestro. »Die anderen haben vier eliminiert. Drei sind noch oben, vier im Erdgeschoss. Bridges und Junk sind beide unten. Preacher hat sie kurz gesehen. Er hätte Junk ein paarmal auslöschen können, meinte aber, das würdest du gerne selber tun.«

»Damit hat er recht. Aber die anderen sind Freiwild. Was ist mit Boone?«

»Er ist oben in dem Zimmer mit dem großen Balkon nach hinten raus. Preacher hat ihn vom Fenster ferngehalten, denn er wollte auf Zane schießen. Er wollte definitiv deinen Sohn auslöschen.«

Sie erreichten die Gefahrenzone, deshalb blieb Steele stehen und signalisierte, er werde nach oben gehen. Der Balkon zum Garten hin war sehr lang und breit, dahinter lag höchstwahrscheinlich das große Schafzimmer. Stellenweise verlief er bogenförmig, was von Vorteil war, weil das dunkle, geschwungene Geländer die Sicht durch die Glastüren nach draußen nun, wo die Scheiben geborsten waren, erschwerte.

Steele stieg rasch an der Seite des Gebäudes hoch. Im Obergeschoss würde sich Boone in Sicherheit wähnen, weil die Außenwände, wenngleich Ziegel, nicht den Anschein erweckten, als könnte man ohne Ausrüstung daran hochklettern. Doch die kleinen Spalte zwischen den Ziegeln reichten Steele und Maestro aus.

Maestro war an der gegenüberliegenden Seite des großen Schlafzimmers hochgekommen. Steele wartete, bis er in Position war. Die Schüsse von verschiedenen Stellen um das Haus herum ignorierten sie. Alles, was zählte, war ihr Job. Sie würden alle Schützen im Obergeschoss auslöschen und jedes Zimmer durchsuchen, damit niemand mehr stören konnte, wenn sie nach unten gingen, um sich Bridges und Junk vorzunehmen.

Steele ging auf dem überstehenden Dach in Position. Es schützte vor Sonne oder Regen, wenn man sich auf dem Balkon aufhielt. Dann robbte er an der Dachkante entlang, bis er fast über der Stelle war, an der Boone wahrscheinlich hinter einer Deckung saß.

Vorsichtig schaute Steele über die Kante in das Zimmer. Boone war vom Fenster weggekrochen und zog gerade einen sehr großen Beistelltisch dorthin. Er stellte ihn als Rückendeckung hinter sich.

Steele sah, wie Boone einen Knopf auf dem Festnetztelefon drückte. »Bridges. Wo zum Teufel bist du?«

»Wir werden hier unten schwer unter Beschuss genommen, Boone«, teilte Bridges seinem Vater mit. »Von diesem Scheißtyp Steele. Ich habe dir von ihm und seinen Freunden erzählt. Er ist hier. Hat den Jungen von hier weggeschafft. Breezy muss auch in der Gegend sein.«

»Schick jemanden, der sie und das Kind holt. Wenn du die zwei hast, dann gibt er Ruhe.«

Ein Schweigen trat ein. Bridges räusperte sich. »Nicht Steele, Boone. Der gibt keine Ruhe. Keiner von denen wird aufhören.«

Die Stimme aus der Sprechanlage klang blechern. »Dann gibst du den kleinen Bastard eben mir. Ich ziehe ihm vor den Augen seines Vaters bei lebendigem Leib die Haut ab. Und wenn das nicht funktioniert, mache ich es mit Breezy auch noch.«

»Boone.« Bridges' Stimme klang warnend.

Das überraschte Steele, und gleichzeitig sagte es ihm etwas. Bridges hatte Angst vor seinem Vater. Er glaubte, der Mann sei tatsächlich fähig zu dem, womit er eben gedroht hatte.

»Dann bring den Dreckskerl einfach um, aber schnell!« Boone knallte den Hörer auf, nahm seine Waffe und ging wieder am Fenster in Stellung.

Steele manövrierte sich am Dach entlang, bis er über der Stelle war, an der Boone seine kleine Festung aufgebaut hatte. Dann signalisierte er Maestro, dass er bereit sei. *In Position. Du musst ihn jetzt auf dich aufmerksam machen.*

Los. Maestro kratzte mit seiner metallverstärkten Stiefelspitze am Glas, erzeugte ein kreischendes Geräusch. Dann trat er kräftig dagegen und brach noch mehr Glas aus dem Fenster heraus.

Steele schwang sich nach unten und direkt in Boones Gesicht, als dieser, das Gewehr in der Hand, aufstand, um auf Maestro zu schießen. Seine Motorradstiefel krachten so hart auf Boones Nase und Augen, dass zu hören war, wie das Nasenbein und eine Augenhöhle brachen. Dann ließ er sich zusammen mit Boone auf den Boden fallen und kickte dessen Gewehr zur Seite.

Boone versuchte, sich aufzusetzen, doch Steele trat ihm an den Kopf und zerschmetterte seinen linken Wangenknochen. Boone schrie um Hilfe. Nun erschien Maestro im Zimmer, schnappte sich Boones Gewehr, postierte sich neben der geschlossenen Tür und lauschte, während Steele weiter auf Boone eintrat. Er machte sich nicht die Mühe, sich zu bücken, und kam dabei nicht einmal außer Atem.

»Du hättest nicht meinen Sohn und meine Frau bedrohen sollen«, sagte Steele. »Dafür wirst du langsam und qualvoll sterben.« Er trat weiter auf ihn ein, zertrümmerte ihm Knochen und innere Organe. Erst als der Mann sich nicht mehr rühren konnte, hörte er auf. Boone war erledigt. Er würde hier liegen bleiben und leiden, bis sein Herz aufgab oder er innerlich verblutet war.

Jetzt erst kauerte sich Steele zu ihm nieder und schaute ihm in die Augen. »Ich werde auch deinen Sohn und deinen Enkel töten, du wirst also nicht allein zur Hölle fahren. Das mache ich dir zum Geschenk.« Er stand auf und signalisierte Maestro, dass er fertig sei.

»Ist noch jemand im Obergeschoss?«, fragte Maestro per Funk. »Ink? Kannst du uns sagen, wo die Schützen sind und was um sie herum ist?«

Die anderen hielten alle restlichen Swords im Haus fest. Für den Fall, dass jemand es dennoch schaffte, an den Wachen draußen vorbeizukommen, waren sämtliche Fahrzeuge lahmgelegt worden.

Von draußen näherte sich das Rauschen schlagender Flügel; massenweise kamen die Vögel durch die zerbrochenen Fenster hereingeflattert. Es war ein Lärm wie von einem stürmischen, heftigen Wind. Links von ihnen hörten sie laute Geräusche wie von Fleisch, das auf Holz traf, als habe jemand versucht, auf die Vögel einzuschlagen. Wenn es so war, dann waren die Schläge vergebens gewesen, nicht mehr als ein Schatten. Der Wind zog sich heulend zurück. Steele sah, wie der riesige Vogelschwarm in der Luft die Gestalt veränderte, einen Moment lang sah er aus wie eine Sanduhr, die die auslaufende Zeit anzeigte, und dann waren die Vögel wieder zurück im Baum.

»Ein einzelner Schütze am dritten Fenster links von euch. Sieht aus wie ein Wohnzimmer oder so. Der Schütze ist direkt am Fenster. Neben ihm eine Schachtel Munition. Er ist kampfbereit«, meldete Ink.

Unten schrie jemand, und ein Schuss fiel. Dann weitere

Schreie, dieselbe Stimme, doch dieses Mal gequält. Savage war am Werk, räumte unter dem Feind auf. Zwei waren noch oben, sie waren belanglos, und zwei unten, die ebenfalls keine Rolle spielten. Junk und Bridges würde er übrig lassen, bis Steele zu ihm stieß.

»Kannst du nicht die ganze Etage checken, Ink?«, fragte Maestro.

»Gib mir 'ne Minute.«

Sie wussten alle, dass es für Ink nicht leicht war, Wildtiere zu beherrschen. Er konnte es und übte es täglich, doch einen ganzen Schwarm Vögel in der Nähe zu halten, zwischen einem Kind und Erwachsenen, und in ein Haus hineinzuschicken, das forderte ihn hochgradig. Preacher und Transporter konnten ihm nicht helfen, falls er schwach wurde, denn ihre Gewehre wurden zur Absicherung gebraucht.

Steele klopfte sich mit den Fingern auf den Schenkel und verfolgte, wie die Sekunden und Minuten verflossen. Die Schreie unten waren zu Schluchzern und Bitten verblasst. Offenbar war niemand dem Mann zu Hilfe gekommen. Bridges und Junk kauerten wahrscheinlich irgendwo zusammen und versuchten herauszufinden, wie sie entkommen und ihre Brüder dem Feind überlassen konnten.

Plötzlich kam der Vogelschwarm mit Windgeheul und lautem Geflatter wieder ins Haus geflogen. Er rauschte durch den Flur, Federn streiften Wände und Decke. Dann verschwand er wieder und kam erneut zurück, drang in jedes Zimmer ein, wo zerbrochene Fenster dies zuließen. Sie waren von innen zerschossen oder zerbrochen worden, damit man vom Haus aus auf die Torpedo-Ink-Mitglieder draußen schießen konnte. Doch meistens hatten die Schützen ohnehin nur auf Schatten anlegen können, nicht auf wirkliche Ziele, was frustrierend und nervenaufreibend war. Es schien ewig zu dauern, bis sich der Wind verzog und wieder Stille eintrat.

»Zweiter Schütze im letzten Zimmer zum Pool hinaus. Es ist ein Badezimmer. Die Wanne ist, wenn man reingeht, links, die Toilette ganz hinten. Waschbecken am Fenster. Da ist er. Das Zimmer ist kleiner, als man denkt. Einige der Vögel schafften es fast nicht wieder hinaus, und als sie durch das Fenster hereinkamen, schlugen sie ihm mehrmals ins Gesicht. Er ging schnell in Deckung.«

»Danke«, flüsterte Maestro und öffnete vorsichtig die Tür. »Der links von uns? Im Wohnzimmer?«

Steele nickte. Er mochte keinen der Swords, doch so weit er wusste, waren sie gekommen, um einem Bruder zu helfen, was er verstand. Sie waren nicht hier, um seinem Sohn etwas anzutun. In dem Fall hätte er sie langsam zum Tode befördert. Stattdessen streckte er den Mann mit drei raschen, tödlichen Schüssen nieder, sobald Maestro die Tür öffnete.

Ein weiterer durchdringender Schrei im Erdgeschoss sagte Steele, dass Savage noch einen Schützen gefunden hatte und sich um ihn kümmerte. Das Geheul brach abrupt ab und begann dann erneut, ein abgehackter, durchdringender Schmerzensschrei.

»Halt's Maul! Halt's Maul! Halt's Maul!« Junks Stimme gellte laut. Er schrie. Zitterte. War voller Angst.

»Ablenkung«, sagte Maestro ins Funkgerät, während sie den Flur entlangrobbten und sich beiderseits der Badezimmertür positionierten.

Augenblicklich donnerte ein Trommelfeuer durch das Fenster des Badezimmers. Maestro und Steele zählten. Fünf Sekunden später riss Maestro die Tür auf, und Steele trat in das Bad und schoss dreimal auf das Swords-Mitglied, so wie er es bei dem im Wohnzimmer gemacht hatte.

Auf dem Weg die Treppe zum Erdgeschoss hinunter lud Steele nach. Er wusste, dass Junk und Bridges auf der Rückseite des Hauses festsaßen. Savage war im Haus, erledigte die anderen, die bei den beiden gewesen waren, und sorgte ebenfalls dafür, dass weder Junk noch Bridges entkommen konnten. Sie warteten alle auf Steele.

Steele ging geradewegs auf die Küchentür zu und spähte hinein. Bridges schaute auf den Pool hinaus. Das Glas war größtenteils zertrümmert, nur ein großes Stück hing noch am Rahmen wie eine Todesfalle, die auf einen unvorsichtigen Besucher wartete. Es schwang grausig hin und her, als sei es lebendig. Gelegentlich blickte Bridges darauf, schlurfte dann unwillkürlich zurück und schaute über die Schulter, ob sein Sohn seine Nervosität bemerkt hatte.

Junk hockte gegenüber der offenen Küchentür, die nur noch an zweien der drei Scharniere hing und aussah, als hätte jemand sie in einem Wutanfall mehrmals eingetreten. Er war hinter einem Tisch in Deckung gegangen, ein Gewehr in der Hand, und zitterte so stark, dass die Waffe wackelte. Je mehr der Mann, den Savage in Arbeit hatte, brüllte, desto fester presste Junk die Augen zusammen und zuckte.

Steele trat mitten in den Raum und schoss Junk seelenruhig in die Schulter, und als Bridges sich umdrehte auch ihm. Junk ließ seine Waffe fallen. Bridges hielt sich irgendwie an der seinen fest. Von hinten schlugen Kugeln um ihn herum ein, als Torpedo Ink das Feuer eröffnete. Bridges schrie auf, ein heiserer Protestschrei, und bedeckte das Gesicht mit den Armen. Das Gewehr hatte er noch immer in der Hand, doch er schien es vergessen zu haben. Steele verpasste Junk mit dem Schaft seines Gewehrs im Vorbeigehen einen Schlag an den Kopf. Maestro hob Junks Gewehr auf. Steele ging weiter geradewegs auf Bridges zu, ohne den Kugelhagel zu beachten.

»Feuer einstellen, Feuer einstellen!«, instruierte Maestro.

Steele schlug Bridges brutal das Gewehr aus der Hand. »Du glaubst, du kannst meine Frau verprügeln und einfach davonkommen, du Stück Scheiße?«

Er hatte sich sämtliche Blutergüsse auf Breezys Körper eingeprägt und übertrug nun mithilfe seiner immensen Kraft und seiner metallenen Stiefelspitzen jeden Einzelnen auf Bridges. Das ging so schnell und brutal, dass der große Mann kaum Zeit hatte zu reagieren. Dabei achtete Steele lediglich darauf, es so schmerzlich wie möglich zu machen, ohne sein Opfer damit zu schnell zu töten.

»Du hast meinen Sohn entführt, Bridges. Das war wirklich dumm. Du wusstest, dass ich dich suchen würde. Das musstest du wissen. Du bleibst jetzt hier, und ich rede mit deinem Junior. Dein Vater ist tot. Boone war ja kein sonderlich guter Mann, also wird sich die Trauer in Grenzen halten. Vor allem die seiner Familie. Und du wirst keine Zeit dafür haben.«

Er packte Junk an den Haaren und riss ihn hoch auf die Knie. Junk schrie auf, denn seine Schulter schmerzte höllisch. »Ich habe Breezy nichts getan!«, log er. »Ich habe nichts gemacht!«

Steele starrte ihm in die Augen. Es war das Monster, das Junk anstarrte, nicht Steele, und er war dankbar für dieses Monster. »Nein, du hast Breezy nichts getan, aber du hast auch nichts gemacht, um ihr zu helfen. Du hast dabeigestanden, als dein Vater sie halb tot prügelte. Du hast zugeschaut, nicht wahr?«

Als Junk nicht antwortete, rammte Steele eine Stiefelspitze in seine blutende Schulter. Junk fiel zur Seite und brüllte, als wolle er dem Geschrei im anderen Zimmer Konkurrenz machen. Steele wartete, bis Junks Stimme erstarb und er versuchte, zur Tür zu kriechen. Erst dann packte er ihn erneut bei den Haaren und zog ihn wieder auf die Knie.

»Ich habe dich etwas gefragt, Junk.« Wie immer sprach Steele leise. Fast sanft. In krassem Kontrast zu den steten, heftigen Schlägen, die er Bridges verpasst hatte und dem Tritt in Junks verletzte Schulter. »Du hast zugesehen, wie dein Vater deine Schwester verprügelt hat, nicht wahr?«

Junk nickte. »Ja. Ja, ich habe zugesehen«, jammerte er verzweifelt.

»Was hast du gemacht, während dein Vater deine Schwester schlug und trat?«

Junk bekam vor Entsetzen große Augen. Er schüttelte wild den Kopf. »Ich habe den Jungen beschützt. Ich habe ihn gehalten.«

»*Wie* hast du meinen Jungen gehalten, Junk? So?«

Steele ließ von Junk ab und trat hinter ihn. Junk fiel nach vorne auf die Hände und stieß erneut einen qualvollen Schrei aus, als die Hand seiner verletzten Schulter auf den Boden schlug. Steele packte ihn von hinten, presste ihm eine Hand auf Mund und Nase, schlang den Arm um Junks Hals und drückte ihm die Luft ab.

»Ist es das, was du mit meinem Sohn gemacht hast, Junk?«, fragte er im selben milden Tonfall. »Bridges? Erkennst du diesen Griff? Hast du ihm beigebracht, dass man das mit seinem eigen Fleisch und Blut tut?«

Er ignorierte, dass Junk um sich schlug, und hielt den Blick auf Bridges gerichtet. Seine Hände gaben nicht nach; er drückte Junk komplett die Atemluft ab. Mit seiner enormen Kraft konnte er ihn halten und den Blick dabei gelassen auf Bridges richten.

Bridges schüttelte den Kopf und versuchte aufzustehen. Doch er war zu verletzt und fiel wieder hin, blickte jedoch nicht weg. »Lass ihn los«, befahl er heiser.

»Das wird nicht passieren, Bridges«, erwiderte Steele. »Ich habe nicht das geringste Mitgefühl für ihn. Ihr beide habt Breezy wehgetan. Nicht nur physisch, sondern auch mit allem, was ihr ihr sonst angetan habt. Ihr hättet meinen Jungen verkauft oder getötet. Und sie auch. Dieses Stück Scheiße hier verdient es nicht zu leben, und du auch nicht. Euer Problem ist nicht, ob ihr sterben werdet, sondern der Zeitpunkt. Denn ihr werdet beide hier sterben, hier und heute.«

Sein Ton ließ an ein normales Gespräch denken, bei dem er Bridges lediglich die Fakten erklärte. Er wartete, bis Junk aufhörte, sich wehren zu wollen, und ließ ihn dann los. Junk fiel nach vorne, auf sein Gesicht, keuchte, röchelte und würgte. Steele ging um ihn herum und trat ihm heftig in die Rippen. Er schrie auf.

»Es ist noch nicht vorbei für dich, Junk«, sagte Steele. »Ihr habt sie leiden lassen. Beide. Das finde ich absolut nicht okay.« Er blickte zu Bridges. »Hast du wirklich gedacht, ich würde dich nicht verfolgen?«

Bridges versuchte zu spucken. Blut und Speichel rannen über sein Kinn. »Ich dachte, ich bringe sie dazu, dich umzubringen.«

»Das war ein Fehler. Breezy ist loyaler als das gesamte Swords-Chapter, dem du angehörst. Du hast dich für deinen Sohn entschieden, weil er ein Mann ist. Aber er ist schwach.«

Steele ging zu Bridges und fing wie nebenbei wieder an, ihn zu verprügeln, und dieses Mal hatte er es vor allem auf die inneren Organe abgesehen. Er war gründlich und ging systematisch vor.

Minuten später ließ er Bridges schluchzend auf dem Boden liegen und ging wieder zu Junk. Im Rahmen der kaputten Tür tauchte Savage auf. »Dachte, ich sehe mir das Hauptevent mal an. Das Haus ist aufgeräumt. Alle Kameras sind beseitigt, drinnen und draußen.«

Savage ging auf Bridges zu, der stöhnend und sich windend auf dem Boden lag. »Nett, dich wiederzusehen, Bridges«, sagte er.

Er kauerte sich neben ihn, packte ihn an den Haaren und drehte sein Gesicht zu ihm. »Steele war so nett, mir zu erlauben, bei der Party mit dabei zu sein. Er macht sich nichts daraus, dich windelweich zu prügeln, aber er kann es tun oder sein lassen. Aber ich? Ich liebe solche Scheiße. Ich tue nur zu gern

Scheißtypen wie dir weh. Du kidnappst kleine Kinder und verkaufst sie an Perverse, außerdem vergewaltigst und verprügelst du junge Mädchen. Daran werde ich denken, wenn ich mir die geeignete Vergeltungsmaßnahme ausdenke. Ich möchte dich leiden sehen. Darauf fahre ich ab, weißt du. Ich bin schon ganz high davon, dass ich im anderen Zimmer Obe in Stücke gehackt habe.« Er nahm sein Messer zur Hand und schnitt langsam einen Knopf nach dem anderen von Bridges' Hemd ab. »Halt still. Diese Klinge ist scharf. Möchte dich ja nicht vorzeitig aufschneiden.«

Bridges schüttelte entsetzt den Kopf. Steele war immer verlässlich gewesen. Savage hingegen war unberechenbar. Und es gefiel ihm, anderen wehzutun. Jeder wusste das. Er machte keinen Witz, wenn er sagte, dass es ihn high mache. Er fuhr auf so etwas ab. Steele mit seinen toten Augen und seiner eiskalten Wut war schlimm genug. Savage aber war ein Dämon aus der Hölle.

Bridges' ganzer Körper wurde durchgeschüttelt. »Bring mich einfach um, du Bastard. Mach Schluss damit.«

»Wo bleibt dabei der verdammte Spaß?«, fragte Savage.

Steele stand wieder über Junk und sah teilnahmslos zu, wie er versuchte wegzukriechen. Dann brachte er ihn mit einem raschen Griff wieder auf die Knie, legte eine Hand über Mund und Nase und drückte mit dem Arm kräftig auf die Kehle, um ihm die Luft abzuschneiden. Der Mann zappelte hilflos.

Savage kam dazu, stieß sein Messer tief in Junks Unterleib und zog es nach oben wie einen Reißverschluss. Die Eingeweide platzten heraus und schlitterten über den Boden, auf Bridges zu.

Das Grinsen verschwand aus Savages Zügen; Bridges sah sich einem Teufelsgesicht gegenüber. »Breezy ist eine Torpedo Ink. Sie war schon immer eine Torpedo Ink. Und sie gehört Steele. Zane ist ein Torpedo Ink, und er gehört zu uns allen. Das hättest du wissen müssen.«

»Fickt euch!«, kreischte Bridges. »Fickt euch beide!«

Steele ließ Junk mitten in seine Gedärme plumpsen und ging zu Bridges. Er drehte ihn um und streckte eine Hand aus. Savage reichte ihm das blutbesudelte Messer. Steele schnitt die Jeans des Mannes in Streifen und riss sie ihm vom Leib, sodass einige Fetzen noch am Hosenbund hängen blieben und Bridges' nackte Haut und seine Genitalien zu sehen waren.

»Das lässt sich machen, du kranker Perversling«, sagte Steele. »Meinst du, ich weiß nicht, was du mit den Kids gemacht hast, die deine Gruppe entführte? Mit den Jungen und Mädchen? Du bist ein krankes Arschloch. Das warst du schon immer.« Nun klang er rau und roh, als würde die dünne Fassade der Zivilisation an ihm beginnen zu bröckeln. »Alle wussten, was du getan hast.« Code hatte so einiges über Bridges Simmons aufgedeckt.

»Solche Typen wie dich mögen wir nicht, Bridges«, fügte Savage hinzu. »Du bist ein Pädophiler. Du stehst auf Kinder. Weißt du warum? Weil du so schwach bist, dass du mit einer echten Beziehung nicht zurande kommst. Du musst Kinder vergewaltigen, um einen hochzukriegen.«

Bridges wackelte heftig mit dem Kopf hin und her. Er lag auf dem Rücken, völlig hilflos beiden Männern ausgeliefert, die mit größter Verachtung auf ihn hinabblickten. So, als sei er kein Mensch, sondern das schlimmste Stück Dreck auf dem Planeten.

»Du erinnerst dich an diese Geschichten, die du Donk und den anderen erzählt hast, über die kleinen Jungs und Mädchen, die du vergewaltigt hast? Was du ihnen angetan hast? Ich sage dir jetzt etwas, du Scheißtyp. Du wirst jedes Detail selbst erleben«, sagte Savage.

Steele stand auf, ging zu Junk hinüber und schnitt ihm die Kehle durch. Bridges brüllte sein Bedürfnis nach Rache und seine Angst heraus, doch die beiden Männer zuckten mit keiner Wimper. Savage legte ihre Werkzeuge zurecht und sorgte so dafür, dass Bridges quasi schon vorab mitbekam, was er den Kindern angetan hatte und was nun ihn erwartete. Dabei war er bereits jetzt so malträtiert, dass er weder stehen noch sich bewegen konnte.

Sie verbrachten noch fast zwei Stunden mit Bridges und statuierten ein Beispiel für die Swords und jeden anderen Pädophilen, der Bridges womöglich kannte. Seine Schreie und Flüche stießen auf taube Ohren, wie auch sein Flehen und Schluchzen, als sie mit Messern zu Werke gingen und ihm nur zu bewusst machten, dass er nie mehr einem Kind oder einer Frau etwas würde antun können.

Wie immer entledigten sich die Torpedo-Ink-Mitglieder danach ihrer Klamotten, die mitsamt den Handschuhen in einen Sack wanderten und verbrannt wurden. Sie reinigten sich im See und zogen dann die Sachen an, die Player besorgt hatte, bevor sie wieder in die Ferienwohnung zurückgingen. Die Gewehre wurden zerstört, um auf dem Heimweg über mehrere Staaten verteilt entsorgt zu werden. Im Haus hatten sie penibel darauf geachtet, keine Fingerabdrücke zu hinterlassen. Der Schlüssel der Ferienwohnung war ihnen per Post zugestellt worden. Der Besitzer bekam Mr Phil McBride, an den er vermietet hatte, nie zu Gesicht, denn am Ende sollte der Schlüssel einfach für das Reinigungspersonal unter die Türmatte gelegt werden.

Steele ging in das Haus hinein, verblüfft darüber, dass seine Hände zitterten. Nein, nicht nur seine Hände, sein ganzer Körper. Was er mit Bridges, Junk oder den anderen gemacht hatte, tangierte ihn nicht im Mindesten, doch dass er nun zum ersten Mal seinen Sohn treffen würde, brachte ihn völlig aus der Ruhe. Die anderen Torpedo Inks beluden den Truck und die Bikes und gönnten ihm einige Minuten allein mit seiner Frau und seinem Sohn, bevor sie das Haus gründlich mit ihrem Reiniger säubern und dann so viele Meilen wie möglich zwischen sich und Lake Pontchartrain bringen würden.

Breezy saß im Schaukelstuhl mit Zane auf dem Arm und wiegte sich summend, mit geschlossenen Augen, vor und zurück. Der Junge hatte den Kopf an ihr Kinn gelegt, die kleinen Hände schlangen sich um ihren Hals. Steele stand in der Tür, sein Herz klopfte, und dann spürte er etwas, das er lange, lange nicht gespürt hatte. Zufriedenheit. Freude. Er hatte diese beiden Gefühle nicht mehr empfunden, seit er von seiner Frau getrennt gewesen war.

»Ich danke dir, Steele«, sagte sie aus dem aufkommenden Schatten heraus. »Du hast gesagt, du bringst ihn zu mir zurück, und du hast es getan. Ich finde nicht die richtigen Worte, um dir zu sagen, was mir das bedeutet. Es gibt nichts Großartigeres, das du für mich hättest tun können. Kein größeres Geschenk.«

Steele schwieg lange, nahm sie in sich auf. Diese grünen Augen. So lebhaft. So strahlend hell. Sie hatte geweint, doch dieses Mal waren es Tränen der Erleichterung und Freude gewesen. Sie sah ihn an, als wäre er etwas ganz Besonderes. Jemand, zu dem sie aufschaute. Den sie verehrte. Die grenzenlose Liebe, die sie früher für ihn empfunden hatte, war wieder da.

»Baby, er ist unser Sohn. Auch meiner. Es stand außer Frage. Ich wollte ihn für uns beide zurückholen.« Er versuchte, sachlich zu klingen. Er wollte nicht, dass sie ihn als eine Art Held betrachtete – und wollte es seltsamerweise irgendwie doch. Er liebte diesen besonderen Gesichtsausdruck von ihr, der ihm sagte, sie glaube, dass es keinen anderen Mann wie ihn gab oder keinen, der so gut war wie er.

Sie lächelte heiter. »Ich liebe dich, Steele.« Sie küsste sanft Zanes Kopf und drehte ihn dann vorsichtig von sich weg. Im ersten Moment wehrte er sich, denn er wollte die Ärmchen nicht von ihrem Hals lösen.

»Es ist okay, Baby«, beschwichtigte Steele sie.

Breezy blieb beharrlich, drehte Zane in ihren Armen, sodass er das Gesicht seinem Vater zuwandte, und hielt ihn fest. »Das ist dein Daddy. Weißt du die Geschichten noch alle, die ich dir von ihm erzählt habe? Wie tapfer er ist? Dass er immer auf dich aufpassen wird? Dein Daddy hat dich von den bösen Männern weggeholt. Sie werden dir nie wieder etwas tun können.« Sie küsste den Kleinen mehrmals auf die Wange.

Währenddessen blickte ihn sein Sohn – *sein Sohn* – die ganze Zeit neugierig an. Er erkannte diese Augen. Er sah sie täglich im Spiegel. Es war nicht zu leugnen, dass Zane sein Kind war. Er hatte seine Kinnpartie. Breezys wildes, dichtes, lohfarbenes Haar. Natürlich, auch sein Haar war dicht und wild. Meistens machte er sich nicht einmal die Mühe, es zu zähmen. Er mochte es seitlich kürzer schneiden, doch oben am Kopf war es immer etwas länger und stand in sämtliche Richtungen ab, genau wie bei Breezy. Das hatte ihr Sohn also von ihnen beiden. Zane war so ein schönes Kind, dass Steele am liebsten geweint hätte.

Sie starrten einander an. Steele ließ ihn schauen, so lange er wollte. Schließlich streckte der kleine Junge eine Hand aus, und Steele beugte sich vornüber, sodass er seine Haare berühren konnte. Offenbar dachten sie beide dasselbe. »Haben sie dir wehgetan, Kerlchen?«, fragte er.

Zane nickte und kniff die Augen zusammen, als würde die Erinnerung ihn eher zornig machen als ängstlich. »Der böse Mann hat mich geschlagen. Mami sagt, nicht schlagen.«

Seine kleine Stimme ließ Steeles Herz überquellen.

»Er hat überall blaue Flecken«, sagte Breezy mit Tränen in den Augen und begrub das Gesicht in Zanes dichten Locken.

Steeles Bauch spannte sich an, und das Monster in ihm brüllte. Bridges hatte für seine Verbrechen bezahlt. Junk ebenso. Sie würden seine Familie nicht mehr bedrohen oder ihr etwas antun können, und darin lag eine Befriedigung.

»Komm her, mein Kleiner«, sagte er freundlich. »Lass mich dich ein bisschen halten. Ich möchte sehen, wie groß du schon bist. Mami hat mir eine Menge Bilder von dir gezeigt, aber du bist so viel größer als auf den Fotos.« Er wollte seine Hände auf jede Verletzung legen und versuchen, jeglichen Schmerz zu lindern.

Zanes Augen leuchteten auf. »Bilder sind nicht groß.«

Er wich nicht zurück, als Steele ihm die Haare aus den Augen strich. Ganz langsam, um ihn nicht zu erschrecken, und äußerst vorsichtig für den Fall, dass er einen blauen Flecken berührte, hob Steele seinen Sohn aus Breezys Armen. Sein ganzer Körper reagierte. Jede Zelle. Jedes Organ. Dies war sein Kind. Zum ersten Mal erreichte die Bedeutung dieser Worte sein Innerstes. Davor hatte er es vermieden, zu viel darüber nachzudenken, denn es hätte ihn in die Katastrophe geführt. Nun, da Zane sicher und bei ihnen war, konnte Steele die Realität in sein Denken eindringen lassen. Noch nie hatte ihn etwas so sehr berührt.

Dies war sein Sohn. Er hatte ihn mit Breezy gezeugt. Er mochte nicht gut darin sein, ihr zu sagen, dass er sie liebte, doch es war die reine, unverfälschte Wahrheit. Ein Kind mit ihr zu haben war nichts weniger als ein Wunder. Am liebsten hätte er den Jungen an sich gedrückt, ihn durch seine Haut in sich aufgenommen, wie er das auch mit Breezy tun wollte.

Zane legte seine beiden Händchen an Steeles Kinn, ähnlich wie Breezy manchmal sein Gesicht umfasste. Er wusste, dass sie das sicher auch mit ihrem Sohn machte.

»Deine Mama hat dir also erzählt, ich sei tapfer gewesen, was?« Steeles Blick schwenkte zu Breezy. Ihr Hals rötete sich langsam. Sie zuckte die Achseln und versuchte wegzuschauen, doch er ließ sie nicht. »Sie hat dir Geschichten über mich erzählt?«

»Steele.« Ihr Ton verriet Verlegenheit.

»Baby, ich finde es verflucht noch mal gut, dass du das getan hast.« Seine Hand strich sanft über den Körper des Jungen, spürte seine Wärme.

Breezy sah ihn stirnrunzelnd an. »Es ist nicht nötig, ihm Kraftausdrücke beizubringen.«

»Verstanden. Keine derartigen Sprüche mehr vor dem Jungen.«

Sie verdrehte die Augen, und er grinste ihr zu. Neckte sie. Sie erwiderte sein Lächeln kopfschüttelnd, tat, als sei sie verärgert. Er liebte es, dass sie seine Neckereien verstand und diesen Moment mit ihm genoss. Seine Frau. Die ihm nicht jede Menge Mist lieferte, den es nicht brauchte.

»Lass uns nach Hause fahren, Baby. Ich kann es nicht erwarten, ihn dort zu sehen, wo er hingehört.« Er wandte sich wieder seinem Sohn zu, strich über Zanes Arme und Beine und den Bluterguss in seinem Gesicht. »Dein neues Zuhause wird dir gefallen. Wir haben einen Swimmingpool, und ich habe mitbekommen, dass du gerne schwimmst. Unser Pool ist warm.«

Breezy schüttelte den Kopf. »Ich muss ins Krankenhaus und Candy besuchen. Sie hat sich so für unseren Sohn eingesetzt«, fügte sie hinzu, als er den Kopf schüttelte. »Ich kann sie nicht einfach hier zurücklassen, Steele.«

»Lizard ist bei ihr. Er hat keinen von uns gesehen. Er kann also nicht wissen, dass du uns gefunden hast.«

»Ich gehe allein ins Krankenhaus, Lieber. Lizard wird nicht versuchen, mich dort festzuhalten, und wenn doch, könnte ich um Hilfe rufen oder ihm sagen, dass ein Gewehr auf ihn gerichtet ist.«

»Mir gefällt das nicht, Bree. Wir können gleich aufbrechen und sind dann frei und unabhängig. Niemand hat uns gesehen, und es gibt keine Spur von uns. Wir haben sogar Zanes DNA beseitigt.«

»Du hast gesehen, was passiert ist. Sie ist vor ihn getreten und hat den Schlag für ihn abbekommen. Ich muss wenigstens mit ihr reden.«

»Mach das telefonisch.«

Breezy schüttelte den Kopf. »Ich muss von Angesicht zu Angesicht mit ihr sprechen. Ich muss ihr zumindest dafür danken, dass sie sich um Zane gekümmert hat. Ich weiß, du kannst sowohl auf mich aufpassen als auch auf unseren Sohn, und egal, wie es mit Candy wird, wir werden bereit sein, sofort loszufahren.«

»Sie ist nicht mehr im Krankenhaus. Wir beobachten sie und Lizard. Ihr Vater hat sie in einem Motel untergebracht. Er ist nicht zum Anwesen zurückgefahren, aber er hat Pizza besorgt. Sie sind jetzt beide dort.«

Sie ergriff seine Hand. »Ich brauche dich, um das tun zu können.«

Was zum Teufel sollte er tun, wenn sie ihn mit diesen smaragdgrünen Augen ansah und ihr Vorhaben auch noch Sinn ergab? Candy hatte sich in Gefahr begeben, um Zane zu schützen. Er wollte ihr einfach nur nicht vertrauen, wenn es um Breezy und Zane ging. Er wollte die beiden in einen Kokon einwickeln und vor jeder möglichen Bedrohung bewahren.

17. Kapitel

Das Motel sah aus, als habe es bereits bessere Tage gesehen. Breezy kam von der anderen Straßenseite darauf zu. Sie sollte sich dem Zimmer nicht nähern ohne das Zeichen, dass alles okay sei. Torpedo Ink wollte sicherstellen, dass sich kein anderes Swords-Mitglied im Umkreis aufhielt. Noch lieber wäre ihnen gewesen, dass auch Lizard weg wäre, doch darauf zu warten hatten sie nicht die Zeit. Irgendjemand würde sehr bald die grausige Szene im Abernathy-Anwesen entdecken. Und wenn das geschah, wollten sie längst aus Slidell verschwunden sein.

Vorsichtig schaute sie die Straße auf und ab. Sie wusste, Steeles größte Sorge, wenn er mit ihr Lizard in dem Motelzimmer aufsuchte, war, dass ein weiteres Swords-Mitglied dort auftauchte. Dies war Swords-Territorium. Sie mochten durch den Verlust von Mitgliedern und Geld geschwächt sein, doch sie besaßen dieses Territorium schon sehr lange. Und sie hatten Verbündete.

»Langsamer.« Ihr winziger Ohrhörer funktionierte gut. Sie trug ihn nicht gerne, weil sie befürchtete, Lizard könne ihn entdecken, doch bei ihrem Haar sollte das nicht so einfach sein. Sie trug es offen, um ihre Ohren und das Funkgerät zu verbergen. Wer ahnte schon, dass etwas derartig Kleines so gute Dienste leisten konnte? Mechaniker hatte das Ding für das Team gebaut.

»Ich will Preacher vorne auf Posten haben und Transporter hinten.« Steeles Ton duldete keinen Widerspruch. Er war der

Boss, und wenn sie nicht genau das tat, was er verlangte, würde er sie sofort von hier wegholen.

Sie kannte ihn und wusste, dass er, um seine Familie zu schützen, auch Lizard und Candy umbringen würde. Schon jetzt merkte sie, was er mit seinen Worten, er werde ihr wahrscheinlich zu sehr im Nacken sitzen, gemeint hatte. In dem Moment, als er ihr nachgegeben hatte, war er zum Diktator geworden. Sie hatte es nicht gewagt, sich gegen ihn aufzulehnen, und würde das auch nicht tun, denn sonst würde er die Operation sofort abblasen. Sie wollte Candy jedoch eine Chance geben.

Sie schnaufte durch, legte eine Pause ein und schaute auf ihr Handy, als hätte sie eine Nachricht erhalten. Doch da war nichts. Sie konnte eintippen, was sie wollte, und die Torpedo Inks würden angerannt kommen. Aus dem Augenwinkel sah sie eine ältere Frau im Minirock, einen Arm um den Hals eines Mannes gelegt. Sie gingen auf eines der Zimmer zu. Die Frau sperrte auf, und beide gingen hinein.

Breezy blinzelte mehrmals in dem Versuch zu registrieren, was sie gesehen hatte. Sie hatte die Frau nicht erkannt, aber es war definitiv eine Prostituierte gewesen. Der Mann war älter und wirkte hart, wie ein Biker, doch er trug kein Abzeichen. Konnte dies einer der Orte sein, an dem die Swords ihre Frauen Geld für sich verdienen ließen? Wo immer der neue Standort war – und sie wechselten sie häufig –, sie würden dort auch mit Drogen und Waffen handeln. Menschenhandel fand in diesem Motel allerdings nicht statt; die Frauen hier gehörten wohl zum Club.

Sie trat weiter in den Schatten zurück. »Ist das ein Motel der Swords?«

»Sieht so aus, Baby. Das heißt, mach, so schnell es geht. Denn du willst sicher nicht, dass sich Lizard Verstärkung holt. Dann käme es nämlich zu einem Blutbad. Überleg dir auch, das Ganze eventuell abzubrechen.«

Das wäre wohl das Schlaueste gewesen, doch sie konnte nicht vergessen, wie Candy den Schlag abbekommen hatte, der ansonsten ihren Sohn ins Wasser gestoßen hätte. Ein Schlag, der hart genug gewesen war, den Arm einer erwachsenen Frau zu brechen. Candy war ein paar Jahre jünger als sie, und Breezy wünschte ihr eine Chance im Leben, so wie auch sie eine bekommen hatte. Steele und der Club konnten ihr helfen, sie in einem Haus unterbringen, ihr einen Job besorgen. Sie könnten Freundinnen sein …

»Ich muss versuchen, ihr zu helfen, Steele«, sagte sie leise, auf sein Verständnis hoffend.

Sie wusste, weshalb er ihr dieses Zugeständnis machte. Er war dagegen, dass sie das tat. Nun, da er Zane hatte, wollte er sie beide nach Hause schaffen, denn nur dort glaubte er sie in Sicherheit zu wissen. Er ärgerte sich über seine Reaktion auf die Nachricht, dass Bridges sie jeden Monat verprügelt hatte, als sie mit ihm fuhr. Das hatte sie an seiner Miene gesehen, als er mit Savage aus der Tür gestürmt war. Doch er war nicht glücklich über seine Reaktion gewesen und versuchte nun, das wettzumachen, indem er ihr etwas zugestand, was sie wollte, er aber nicht.

Ihr Mann. Steele. Er merkte nicht, dass ihr manche Dinge einfach nicht so wichtig waren. Sein Verhalten hatte sie momentan verletzt, doch sobald sie seinen Gesichtsausdruck gesehen hatte und wusste, dass diese Reaktion ihm ebenso missfallen hatte wie ihr, war es für Breezy okay gewesen. Sie hatte praktisch von Geburt an gelernt, Dinge auf sich beruhen zu lassen. Wenn es nichts Großartiges war und sie nicht ernsthaft bedroht wurde, blendete sie sie einfach aus. Wenn sie sich jedoch wirklich mit etwas befassen musste, dachte sie sorgsam darüber nach, erstellte einen Plan und führte ihn aus.

»Alle sind auf Position, Bree«, meldete Steele ihr über Funk.

Sie schluckte jedes Angstgefühl hinunter und überquerte die Straße. Code war wieder online. Er hatte daran gearbeitet, den kleinen Jungen zu finden, der im Netz zum Verkauf angeboten wurde. Das brauchte Zeit; er hatte sich Nächte um die Ohren geschlagen, dabei verdorbenes Zeug gegessen und sich eine arge Lebensmittelvergiftung eingehandelt. Doch nun saß er wieder am Computer, und er hatte herausgefunden, in welchem Zimmer sich Lizard und Candy befanden.

Sie ging direkt darauf zu. Die Farbe der Tür war alt und blätterte ab. Dreck war über das billige Holz geschmiert. Sie klopfte an. Die Kapuze ihres dunklen Shirts hatte sie über den Kopf gezogen, um nicht so leicht erkennbar zu sein. Dazu trug sie Jeans und Stiefel.

»Was wollen Sie?«, knurrte Lizard, als er öffnete. Dann erkannte er sie. Seine Miene veränderte sich. »Breezy. Was zum Teufel …« Er schaute nach rechts und links. »Bist du allein?«

Noch ehe sie antworten konnte, packte er sie am Arm und zog sie in den Raum. Knallte die Tür zu und schob sie quer durch das Zimmer. Candy saß auf einem Bett, den Arm in einer Schlinge, und blätterte in einer Zeitschrift. Sie keuchte und stand halb auf, als Breezy die Kapuze zurückschob.

»Breezy!« Candy lächelte breit. »Mit dir habe ich ja gar nicht gerechnet.« Sie blickte zu ihrem Vater und senkte die Stimme, als könne er sie dann nicht hören, obwohl er nur einen Meter entfernt stand. »Dein Vater ist sehr, sehr zornig auf dich.«

»Er ist immer zornig«, erwiderte Breezy.

»Nicht so«, sagte Candy. »Du hättest ihn auf dem Laufenden darüber halten sollen, was du tust und wo du bist.«

Das Zimmer war nicht sehr groß, und die beiden Betten standen fast nebeneinander. Man konnte sich nur seitwärts gedreht zwischen ihnen hindurchzwängen. Die Decken wirkten versifft, und es roch nach Schweiß und Sex. Breezy hatte das Gefühl, dass hier jahrelang nicht mehr sauber gemacht worden war. Es gab Münzautomaten, die die Betten zum Vibrieren brachten, und auch der alte Fernseher hatte wohl schon bessere

Tage gesehen. Sie hatte geglaubt, solche Motelzimmer würde es gar nicht mehr geben.

»Breezy, wenn du Steele und den Zaren nicht umgebracht hast, wird Bridges nicht erfreut darüber sein, dass du hier bist. Und wenn er das nicht ist, dann kriegen die Leute das zu spüren«, sagte Lizard. »Hast du's getan? Hast du die Scheißkerle erledigt?«

»Wieso denkst du eigentlich, dass sie für das Massaker verantwortlich sind? Sie sind verschwunden. Vielleicht hat es ja niemand von ihnen überlebt«, sagte Breezy mit einem frustrierten Unterton. »Wenn die Swords sie nicht finden konnten, warum glaubst du, ich könnte es?«

»Versuch nicht, ihn zu überzeugen, dass wir tot sind. Rede nur mit Candy, und dann weg von hier«, befahl Steele in scharfem Ton.

Breezy wusste, dass ihm das nicht gefallen würde, doch sie wollte es sich nicht entgehen lassen, bei Lizard Zweifel zu säen. Er hatte einigen Einfluss in der Ortsgruppe, und wenn bekannt wurde, dass Bridges tot war, konnte er durchaus zum Präsidenten gewählt werden.

»Dieser Mann war verrückt nach dir«, bemerkte Lizard.

»Dieser Mann hat mich rausgeworfen«, konterte Breezy. »Ich bat ihn, mich bleiben zu lassen, aber er weigerte sich. Er wollte mich nicht einmal in der Nähe des Clubs haben. Er hatte die Schnauze voll von mir und wollte mich loswerden. Das ist keiner, der nach einer Frau verrückt ist. Keiner von denen war so drauf. Ich sage ja nicht, dass ich keine kindischen Fantasien hatte, aber wenn du mal genau hinschaust, Lizard, dann musst du erkennen, wie eiskalt sie sind.«

»Wenn du sie nicht gefunden hast, was willst du dann hier?«

»Ich wollte selbst versuchen, Zane zurückzuholen. Ich habe das Haus beobachtet, aber dann kam Candy mit ihm heraus, und Donk wollte ihn schlagen, und sie trat vor ihn …« Sie brach ab. Ihre Stimme zitterte wirklich. Dieser Moment war schrecklich für sie gewesen. Sie war so weit weg gewesen und hatte solche Angst gehabt, um Candy und um Zane. Sie war dankbar, dass Lizard dazugekommen war.

»Es tut mir so leid, dass du verletzt wurdest, Candy. Vielen Dank dafür, dass du dich um ihn gekümmert hast.«

Candy zuckte mit den Schultern. »Ich wollte nicht, dass Donk das Kind schlägt. Er ist noch so klein, und Donk ist superstark. Er hätte ihn umbringen können. Es war schlimm genug, dass Bridges ihn so herumgestoßen hat. Und Boone und Junk auch. Alle drei. Ich wollte das nicht, aber ich konnte ja nichts tun.«

»Junk kam heraus und brachte Zane ins Haus zurück, und ich sah, dass es keinen Weg gab, ihn zurückzuholen, deshalb bin ich dir hierher gefolgt. Ich wollte unbedingt wissen, ob du wohlauf bist, Candy. Ich habe mir solche Sorgen um dich gemacht.« Das war nicht gelogen. Sie war besorgt gewesen. Candy hatte sich wirklich in Gefahr begeben, um Zane zu schützen.

Sie wirkte geschmeichelt. »Keine Bange. Er ist ein süßer kleiner Bub. Und schlau.«

»Du kriegst ihn nicht zurück«, sagte Lizard. »Nicht, solange du nicht tust, was Bridges von dir will. Du musst sie finden.«

»Da draußen sind sie aber nicht«, hielt Breezy dagegen. Sie atmete tief durch. »Ich wollte mit dir reden, Candy. Ich weiß, du liebst deinen Vater. Er ist ein netter Mann.« Das war er nicht. Er war so sehr wie alle anderen im Club in den Menschenhandel verstrickt. »Ich kann dir helfen, aus dem Clubleben herauszukommen. Ich kann dir einen Job und eine Wohnung besorgen …«

Candy runzelte die Stirn. »Was redest du denn da? Die Swords sind mein Leben. Ich liebe das, was ich für sie tue. Ich bin sogar stolz darauf.«

»Du bist stolz darauf, dass sie dich zur Nutte machen?«

»Wenn ich Geld für den Club anschaffen kann, dann ja.«

»Und dass du Drogen für sie vertickst? Alle Risiken akzeptierst, und sie kriegen die ganzen Profite?«

»Klar. Wir tun das alle für sie. Das ist unser Beitrag. Du hast auch immer getan, was zu tun war, und du hast es gerne getan.«

Breezy schüttelte den Kopf. »Candy, ich habe es nicht gern getan. Manche Dinge sind falsch. Wie sie Frauen behandeln, das ist falsch.«

Candy wirkte entsetzt. »Was ist denn mit dir passiert? Was fehlt dir, Breezy? Früher habe ich zu dir aufgeschaut. Die Swords sind mein Leben. Ich würde sie nie verlassen, und was immer sie von mir wollen, das tue ich. Ich glaube, du bist einer Gehirnwäsche unterzogen worden.«

Breezy merkte, dass Lizard zwischen ihr und der Tür stand. Er rückte noch näher zum Ausgang und lehnte sich dann dagegen.

»Ich glaube, Breezy ist sauer, weil Bridges ihr das Kind weggenommen hat, Candy«, sagte er. Er klang vernünftig. Verständnisvoll. »Ist es das, Breezy? Du bist wütend, weil dein Daddy dir dein Baby genommen und dir eine unmögliche Aufgabe gestellt hat?«

Sie war in einer schlechten Position. Candy sagte diese Dinge nicht, weil ihr Vater im Raum war, sondern weil sie sie tatsächlich glaubte. In gewisser Hinsicht verstand Breezy das. Auch sie hatte schreckliche Angst davor gehabt, die einzige Gemeinschaft, die sie gekannt hatte, zu verlassen. Sie kannte die Clubregeln und hatte sich ihnen entsprechend verhalten. Sie war dort sicher gewesen, auch wenn sie Dinge tun musste, die sie für falsch gehalten und nicht gemocht hatte. Aber sie hatte sich dennoch gefügt und sich in dieser Welt zu Hause gefühlt. Manchmal, selbst nach drei Jahren, musste sie immer noch damit kämpfen, wie sie sich außerhalb des Clubs zu benehmen hatte. So gesehen konnte sie Candys Reaktion sehr gut verstehen.

»Würde es dir nicht auch so gehen, Lizard? Er gibt ihn mir nicht zurück. Er droht sogar, ihn umzubringen.« Sie legte ein Beben in ihre Stimme, und Candys Entscheidung machte sie tatsächlich traurig. Sie konnte ihr nicht helfen, weil sie den Club nicht verlassen wollte.

»Er bringt ihn nicht um, vor allem dann nicht, wenn sich herausstellt, dass der Zar und Steele mit den anderen dort umgekommen sind.«

»Warum glaubt Bridges denn, dass sie am Leben sind?« Es war ein weiterer Versuch, Lizard davon zu überzeugen, dass der Zar und Steele tot waren.

»Dieser scheiß Deveau ist noch am Leben. Jackson Deveau. Sein Daddy war vor Jahren Vollstrecker. Ich erinnere mich an ihn. Ein guter Bruder. Das war, bevor wir so groß wurden. Bevor Evan uns international machte. Evan hasste den Kerl. Wollte ihn tot sehen. Er konnte am Ende an gar nichts anderes mehr denken.«

»Aber Deveau hat doch nichts mit dem Zaren und Steele zu tun, oder?«, fragte Breezy.

Sie hatte das Gefühl, in gefährliches Fahrwasser zu geraten. Wenigstens hatte ihr Lizard einen annehmbaren Grund dafür geliefert, sauer zu sein und den Club verlassen zu wollen. Aber die Tür hatte er noch immer nicht frei gemacht.

Er schüttelte den Kopf. »Die Verbindung geht über den Zaren, soweit ich weiß. Der hat wohl einen Bruder, der mit einer berühmten Sängerin verheiratet ist. Sie leben in dieser Gegend. Und diese Sängerin hat eine Schwester, die mit Jackson Deveau verheiratet ist.«

Breezy ließ das Schweigen sich hinziehen, so lange es ging. »Das ist alles, Lizard? Bridges bedroht meinen Sohn, weil der Zar in irgendeiner verschachtelten Art und Weise mit Deveau in Beziehung steht, oder stand?« Sie wandte sich wieder Candy zu. »Macht das wenigstens für dich einen Sinn?«

»Verdammt, Bree, du machst es schon wieder! Hör auf, mich schützen zu wollen. Geh einfach dort raus. Du kannst Candy nicht retten, wenn sie es nicht will. Geh jetzt raus da!«

Breezy zuckte wegen dieses harschen Tons nicht zusammen, doch sie hätte es gern getan. Selbst wenn sie mit Lizard nur redete, wurde Steele schon wütend. Es war ihm egal, ob der Kerl wusste, dass er am Leben war. Und es würde ihm auch egal sein, wenn das jedem Swords-Mitglied bekannt war. Er wollte sie in Sicherheit wissen. Das war seine erste Priorität. Breezy hatte nicht geahnt, dass ein Club so sein konnte, obwohl Steele ihr ständig versichert hatte, dass die meisten Clubs so waren und dass die Swords da eine Ausnahme bildeten.

Candy zog ein Gesicht. »Nichts, was Daddy sagte, hat für mich Sinn ergeben. Ich konnte da nicht einmal folgen.«

Lizard zuckte die Achseln. »Ich glaube nicht, dass sie am Leben sind, aber Bridges schon, und das zählt nun mal, Breezy. Geh zurück und erledige Deveau, dann ist Bridges womöglich zufrieden.«

»Ich habe Deveau gefunden, Lizard. Er ist ein Bulle.«

»Mach dich verdammt noch mal vom Acker, Bree!«, befahl Steele. Dieses Mal ließ die Schärfe seines Tons sie doch zusammenzucken. Sie konnte fast hören, wie er die Zähne zusammenbiss.

Sie wusste, was Steele meinte. Sie wollte ja gehen, aber Lizard blockierte noch immer die Tür. Das gab ihr die Chance, ihn zu überzeugen, dass Steele und der Zar tot waren, und diese Gelegenheit wollte sie sich nicht entgehen lassen.

»Ich hatte bisher Angst davor, ihn umzubringen, aber vielleicht wäre es ja gar nicht so schwierig. Wenn ich irgendwo allein an ihn herankäme …« Sie ließ den Satz unvollendet ausklingen.

Zum ersten Mal erschien ein Lächeln auf Lizards Gesicht. »Jetzt fängst du an in die richtige Richtung zu denken. Es wäre nicht allzu schwierig für dich. Du siehst jung aus, und wenn er ein Bulle ist, dann wird er dir – ganz der Beschützer – an die Wäsche wollen. Er wird nicht denken, dass du eine Bedrohung für ihn sein könntest.«

»Wenn ich es täte, glaubst du, dann würde Bridges mir Zane wiedergeben?«

Lizard zuckte die Achseln. »Das kann ich nicht sicher sagen, aber ich kann versuchen, ihn davon zu überzeugen.«

»Ich habe bisher keinen Beweis dafür gefunden, dass noch irgendjemand von ihnen am Leben ist. Er kann doch nicht von mir erwarten, Geister zu finden, wenn der Club das nicht geschafft hat.« Sie versuchte, ein wenig jämmerlich zu klingen. Aber da sie nie quengelig gewesen war, klang es wohl nicht sehr echt. Candy hingegen quengelte die ganze Zeit, und nachdem sie ja auch eine Frau war, würde Lizard es ihr vielleicht doch abnehmen.

»Nein, aber er könnte dir sagen, dass er dich zusammen mit Zane wiederhaben will. Es hat ihm nicht gefallen, dass du gegangen bist, Breezy. Du warst immer gut für ihn, hast ihn bei Laune gehalten. Du erledigst Deveau und sagst Bridges, du willst zurückkommen. Dann wird er dir deinen Sohn wiedergeben.«

Candy klatschte in die Hände. »Tu das, Bree. Wir könnten es so gut miteinander haben!«

Breezy musste sich sehr auf die Lippe beißen, um sich zurückzuhalten. Sie würden herrliche Zeiten haben, in denen sie verprügelt und benutzt würden und als Drogenkuriere gefährliche Aufträge zu erledigen hätten. Ihr Vater hatte sie behandelt wie seine persönliche Sklavin, und der arme kleine Zane hatte bis vor Kurzem ständig Tritte und Schläge von seinem Großvater einstecken müssen.

»Du glaubst, er würde mir Zane wirklich wiedergeben, wenn ich zurückkäme, Lizard?«

»Klar würde er das. Er will, dass du wieder in den Club kommst, Bree. Du wurdest zu keiner Zeit offiziell verbannt, auch wenn Steele das so wollte. Du hättest in jedes Clubhaus gehen können, und man hätte sich um dich gekümmert, das weißt du. Steele hat dich weggejagt, aber wenn du zu deinem Daddy oder zu mir gekommen wärst, wir hätten das nicht zugelassen.«

Da war sie sich nicht so sicher, denn damals verehrte der Club den Zaren und Steele. Ihre Ortsgruppe war stark gewesen wegen dieser beiden Männer. Wenn einer von ihnen eine Frau loswerden wollte, dann geschah das eben. Außerdem brauchte es bei diesem Club keine weitere Begründung, wenn ein Mann sie ausschließen wollte. So gesehen waren die Swords nie ein sicheres Zuhause gewesen. Sie begann erst jetzt Steele zu glauben, dass die meisten Clubs eher wie Torpedo Ink waren und nicht wie die Swords. Sogar die gesetzlosen.

Sie nickte bedächtig. »Vielleicht könnte ich es tun. Deveau töten, meine ich. Ich müsste nur herausfinden, wie ich wegkomme, bevor Alarm geschlagen wird.« Sie klopfte stirnrunzelnd mit dem Finger auf ihren Schenkel, ohne auf Lizard oder Candy zu blicken, und versuchte, wie eine Frau auszusehen, die überlegte, einen Polizisten zu ermorden – als sei das die natürlichste Sache der Welt.

Candy strahlte sie an. »Ich kann es nicht glauben, dass du wieder zurückkommst! Ich hoffe, du übernimmst dann das Kochen für den Club. Weil ich es nämlich hasse.«

»Wir hoffen alle, dass Breezy das Kochen übernimmt«, bestätigte Lizard.

Sogar in dem Jahr, in dem sie mit Steele zusammen gewesen war, hatte Breezy für die Mitglieder im Clubhaus gekocht. Sie kochte gern und hatte es nicht zuletzt deswegen getan, um sich von Bridges' Fäusten fernhalten zu können.

Breezy lachte mit Candy über diesen Scherz, der nicht wirklich einer war. Sie wollten sie zurückhaben, damit wieder alles rundlief für sie. Candy in der Küche war offenbar nicht ganz der große Wurf. Sie war achtzehn, fast neunzehn, und nicht eben die klügste Frau, die Breezy kannte. Liebenswert, aber nicht sehr intelligent. Candy versuchte, ihr Bestes zu geben, aber sie war vollkommen unorganisiert.

»Vielen Dank, Lizard«, sagte Breezy mit gespielter Erleichterung. »Ich hatte mir solche Sorgen gemacht, dass ich auf keine Lösung kam. Ich werde mein Bestes tun, Deveau loszuwerden, auch wenn es mir ein wenig Angst macht, einen Bullen zu verfolgen.«

»Er ist ein Feind der Swords, Breezy«, erinnerte Lizard sie. »Du wirst immer ein Swords-Mitglied bleiben. Denk daran, wenn du deine Schuldigkeit tust, um wieder zurückzukommen.«

Sie ging zu Candy und spürte einen Kloß im Hals. Candy war nicht viel jünger als sie, doch zwischen ihnen schienen Welten zu liegen. Sie umarmte das Mädchen, eine Freundin aus Kindheitstagen, die sie nun gehen lassen musste. »Ich hoffe, dein Leben ist immer wundervoll, Candy«, murmelte sie.

»Ich kümmere mich um Zane«, erbot sich Candy. »Mach dir um ihn keine Sorgen.«

»Danke«, erwiderte Breezy aufrichtig, in dem Wissen, dass sie drauf und dran war, einer der größten Feinde der Swords zu werden. Sie mochten nicht wissen, mit wem sie zusammen war, doch irgendjemand hatte ihr geholfen, Zane zurückzubekommen, und dabei waren der Präsident des Chapters und mehrere seiner Kameraden ums Leben gekommen. Sie würden Breezy Simmons immer erkennen, und sie würde Zane und Steele schon allein dadurch in Gefahr bringen, dass sie bei ihnen war.

Einen Moment lang überlegte sie einzugestehen, sie habe einige Söldner angeheuert, um Zane zurückzuholen. Sie würde sich von Lizard zur oberen Riege bringen lassen, und die Swords würden sie verprügeln oder töten. Wahrscheinlich würden sie

sie umbringen, weil sie einen Präsidenten und mehrere Mitglieder verloren hatten. Doch Steele und Zane würden dann in Sicherheit sein.

»*Was immer du denkst, tu's nicht.*« Steeles Stimme war leise. Einschmeichelnd. Wieder ganz samtige Liebkosung. »*Ich brauche dich, Breezy. Zane braucht dich. Geh weg von dort, damit du wieder atmen kannst.*«

Woher wusste er …? Aber er wusste es. So gut kannte er sie. Er wusste, dass sie überlegte, für sie beide ihr Leben zu opfern.

Sie ging auf Lizard und die Tür zu. Ihr Herz hämmerte. Sie wusste nicht, ob sie wollte, dass er beiseitetrat oder sie festhielt. Sie reckte den Kopf hoch. »Wirklich, Lizard. Vielen Dank für deine Hilfe. Ich war in letzter Zeit so verwirrt und wütend. Ich weine viel und habe schreckliche Angst um Zane. Es ist nicht leicht für mich. Ich glaube, deshalb wollte ich unbedingt, dass Candy mit mir geht. Ich dachte, wenn sie bei mir ist, dann wird alles viel besser.«

Lizard schüttelte den Kopf. »Du musst das machen und dann in den Club zurückkommen. Ich sorge dafür, dass Bridges dich wieder aufnimmt. Dann hast du Zane, und er wächst da auf, wo es gut für ihn ist. Wenn er nach seinem Vater kommt, wird er ein großer Nutzen für uns sein, sobald er größer ist.«

Breezy nickte mehrmals und ging weiter auf ihn zu. Lizard trat vor und schlang unerwartet die Arme um sie. »Du bist ein gutes Mädchen. Erledige das, und du hast deinen Sohn sofort wieder. Ich sorge dafür, dass man sich um dich kümmert.«

Sie blickte ihm ins Gesicht. »Er schlägt mich die ganze Zeit, Lizard.«

»Das weiß ich, Breezy. Aber es gibt viele Männer, die sich um dich kümmern wollen, und sie werden das nicht zulassen. Du musst ihnen nur signalisieren, dass du sie akzeptierst.«

Er tätschelte ihren Kopf. »Du hast meine Nummer und die von Candy. Wenn das erledigt ist, bringen wir alles in Ordnung.«

Sie nickte und ging zur Tür. Er begleitete sie und griff nach der Klinke, ehe sie sie erreichte, stellte sich davor und musterte sie durchdringend. Breezy hätte am liebsten geschrien. Sie wusste, dass er sie ein letztes Mal prüfte und sie dies aushalten musste, doch es fiel ihr schwer.

»Du verstehst, was ich meine? Es ist eine kluge Wahl von dir heimzukommen. Und dein Mann muss im Club etwas zu sagen haben, wenn er sich über etwas hinwegsetzen will, was Bridges tut.«

Sie erkannte, dass er von sich sprach. Wenn sie ihm ein Zeichen gab, würde er bereit sein, Bridges' Zorn auf sich zu ziehen. Sie ließ diese Erkenntnis aufsteigen, und dann lächelte sie schüchtern und senkte den Kopf, als wolle sie verbergen, wie sehr sie sich freue. Lizard hob ihr Kinn an und sah ihr in die Augen.

»Du kommst zurück, und ich kümmere mich um dich und Zane. Und Candy wird dir helfen.«

Candy klatschte erneut in die Hände. »Daddy hat immer gesagt, dass du vielleicht zu uns kommst, Breezy. Ich hoffe es. Ich möchte das. Wir können alles teilen. Ich mag Zane wirklich gern. Ich helfe dir mit ihm, kein Problem. Wir werden Schwestern sein.«

Breezy wandte sich Candy zu und lächelte, weil sie Lizard nicht ansehen konnte. Er war alt genug, um ihr Vater zu sein, doch das war ihm gleichgültig. Plötzlich spürte sie einen Argwohn in Bezug auf Candy und Lizard und deren Beziehung. Sie schüttelte den Kopf. Sie musste von hier weg, bevor sie ungewollt etwas sagte, das sie nicht sagen sollte.

»Das würde mir gefallen, Candy. Aber jetzt gehe ich besser, bevor es zu spät wird. Ich fahre gerne nachts. Das ist sicherer.«

»Hör auf zu labern. Du vermasselst es noch.«

Das war bereits ein Fehler gewesen. Nun wusste Lizard, dass sie nachts fuhr und tagsüber in einem Motel schlief. Er mochte nichts von Steele wissen, doch wenn die Leichen im Abernathy-Anwesen gefunden wurden, würde er vor Wut ausrasten. Sie hatte ihn ausgetrickst, zum Narren gehalten, und er würde dann keine Ruhe mehr geben, bis er sie gefunden hatte.

»Wenn du nicht tust, was Bridges und Daddy sagen, Breezy«, erklärte Candy in ihrem nettesten Tonfall, »dann schneide ich Zane selbst die Kehle durch. Kein Problem. Wir sind eine Familie. Seine Familie schmeißt man nicht einfach weg.« Sie lächelte zuckersüß. »Ich habe das schon mal gemacht. Ich habe alle Kinder von Jessie Barker getötet, vor ihren Augen, weil sie ihrem Alten die Bullen auf den Hals gehetzt hat. Und dann habe ich sie umgebracht.«

Steele nahm den Ohrhörer ab, steckte ihn sorgfältig in die Tasche und blickte zu den anderen. Sie schauten alle auf ihn. Er wusste, was sie erwarteten. Er hatte keine Wahl. Keine. Lizard musste weg, und nun, mit dem, was Candy eben gesagt hatte, war auch ihr Schicksal besiegelt. Lizard würde weiter auf Breezy scharf sein, und Candy war anscheinend fanatisch. Ihr Vater hatte sie offenbar von frühester Kindheit an massiv dahingehend beeinflusst, dass die Swords immer recht hatten.

»Sie hat wieder versucht, ihn zu retten«, sagte Maestro laut zu ihnen allen, doch er richtete die Aussage an Lana.

»Ich hab's gehört.« Lana klang müde. »Ich werde sie eskortieren.« Sie verließ das Zimmer.

Savage schüttelte den Kopf. »Genau meine Rede. Sie ist von Gefahr umgeben, und das Einzige, woran sie denkt ist, ihren Mann zu schützen. Das ist eindeutig ein Muster, und es wird sie noch umbringen. Schlimmer noch, sie hat sogar überlegt, sich zu opfern.«

»Das wissen wir nicht«, wandte Steele ein und fuhr sich durch die Haare. Doch er wusste es genau.

Ink hob den schlafenden Zane von einer Hüfte auf die

andere. »Das wissen wir alle, Steele. Du willst es dir nur nicht eingestehen.«

»Das ist das Problem mit den Scheißregeln, die wir lernen sollen«, sagte Savage. »Du lernst sie, Steele, aber sie ist deswegen um keinen Deut sicherer.«

Steele wusste, dass Savage recht hatte, doch ihm gefiel keine der Alternativen, die der Club anbot, um mit dem Problem fertigzuwerden.

Savage blieb bei seiner Linie. »Wir leben nicht in der Gesellschaft – vielleicht neben ihr, aber nicht darin. Wir umgeben uns mit Gefahr – und unsere Familie folglich ebenso.«

»Er hat recht«, stimmte Maestro zu. »Sie versteht das nicht. Blythe sicherlich genauso wenig. Ich weiß nicht, wie viel sie wissen sollten, aber wenn man wenigstens versucht, es zu erklären …«

»Dann kann sie nachts nicht mehr schlafen«, warf Ink ein und wiegte Zane dabei.

»Wieso zum Teufel solltest du ihr etwas erklären? Sie vertraut dir, sie hört auf dich«, sagte Savage. »Alles andere ist Quatsch.«

Steele sah beide Seiten, doch für ihn funktionierte keine. Er war es gewöhnt, Dinge leicht lösen zu können. Er fand ständig Lösungen für die Probleme des Clubs. Das hatte er immer getan. Sein Hirn arbeitete schnell, sammelte Ideen, prüfte sie und fand jene, die optimal waren. Doch Breezy schien sein Hirn kurzgeschlossen zu haben.

»Unser Zeitfenster schließt sich«, erinnerte Steele, mehr als froh, ein Thema zu verlassen, das so bald kein Ende finden würde. »Sobald die Tür zu ist, schreibt Lizard an Bridges, dass sie bei ihm gewesen war. Er wird Anerkennung für seinen Plan wollen und versuchen, Bridges zu überreden, dass sie Breezy wieder brauchen. Und wenn er keine Antwort bekommt, wird er sehr unruhig werden und die anderen kontaktieren.«

»Verstanden«, sagte Savage nur.

Steele hasste es, dass Savage derjenige war, der gehen würde.

Je mehr er mordete, desto mehr entfernte er sich von ihnen allen. Sogar der Zar und Reaper waren deswegen besorgt.

»Mir wäre es lieber, du passt auf Steele und seine Familie auf, und Keys und ich kümmern uns darum«, warf Maestro ein. »Es geht schneller, wenn wir zusammen das Zimmer säubern und sicherstellen, dass da keine Kameras oder Aufnahmen von Breezy sind. Keine DNA oder irgendetwas. Sie hat nichts berührt, so weit wir gesehen haben, und sich auch nicht auf das Bett gesetzt, aber auf Nummer sicher zu gehen ist nun mal das Beste.«

Savage zuckte die Achseln. »Kann ich machen …«

Steele schnitt ihm das Wort ab und entschied. »Wir schicken zwei Mann in das Motel. Das geht schneller. Transporter, du richtest den Truck her. Sobald Breezy hier ist, fahren wir los. Wir müssen schnell möglichst weit weg von hier kommen. Alle waren achtsam, aber wir müssen trotzdem säubern. Das bedeutet, ich werde mit einer Minimalbesetzung als Erster losfahren. Savage, du fährst mit uns.«

Savage argumentierte nicht, und Steele war dankbar für jedes Zugeständnis, das er bekommen konnte. Er nickte ihnen zu, und dann kam Lana mit Breezy herein. Sie waren in das Gebäude gegenüber dem Motel eingebrochen und benutzten die obere Geschäftsetage als eine Art Einsatzzentrale. Sie wollten sicherstellen, dass niemand je erfuhr oder auch nur vermuten konnte, dass sie hier gewesen waren.

Er ging geradewegs zu seiner Frau, umarmte und küsste sie. Sie schmeckte gut. Süß, aber mit etwas Pep, so als könnte sie sich jeden Moment der Lust und der Sünde hingeben. Er gestattete sich kurz, solchen Gedanken nachzuhängen, denn das brauchte er. Sein Sohn war bei ihnen in Sicherheit, wenngleich sie Distanz zwischen sich und Louisiana bringen mussten. Er hatte sich beherrscht, hatte sich Sorgen um sein Kind und seine Frau gemacht, und zumindest das war nun vorbei. Sie waren in seiner Obhut, und der Club war für sie da.

Die Bikes würden eines nach dem anderen herauskommen und nur ein paar den Truck begleiten. Sie mussten das Gebiet der Swords so schnell wie möglich verlassen. Transporter würde sich beim Fahren mit ihm abwechseln, damit sie schneller vorankamen.

»Du hast ungefähr drei Minuten«, sagte er zu Breezy. »Ink setzt Zane in den Kindersitz, und dann sind wir auch schon weg von hier.«

Ihr Blick wanderte suchend über sein Gesicht, doch er gab ihr einen kleinen Schubs Richtung Badezimmer. »Fass nach Möglichkeit nichts an. Wir dürfen keine Spuren hinterlassen.« Er schaute zu Lana.

Sie verstand und folgte Breezy ins Bad. Er hörte Breezys Protest, doch Lana kam nicht wieder heraus. Alle sputeten sich. Keiner wollte seiner Frau mitteilen, was für ihre Sicherheit notwendig war. Sie hatte eine schnelle Auffassungsgabe, begriff auch kleine Nuancen, und das wussten sie alle. Sie hatte von Kindesbeinen an ein Gefühl für alles entwickelt, was im Club falschlaufen konnte, um Probleme beheben zu können. Keiner von ihnen wollte das, was jetzt noch bevorstand. Je schneller er sie von hier wegbrachte und sie mit anderen Dingen beschäftigen konnte, desto besser würde es für sie alle sein.

Sobald Breezy das Bad verließ, nahm er ihre Hand und ging aus dem Zimmer. »Wischt alles ab und sorgt dafür, dass keine Einbruchsspuren zurückbleiben«, rief er noch über die Schulter.

Maestro und Keys warteten mit Lana und Preacher, bis Breezy und Steele fast das untere Ende der Treppe erreicht hatten. »Wir kommen bald nach«, versicherte ihm Maestro.

Steele zeigte mit dem Daumen nach oben und öffnete die Tür zur Straße. Vorsichtig schaute er sich um, ob jemand in der Nachbarschaft herumlief oder ein Auto unterwegs war. Am Motel und an dem Gebäude, das sie benutzten, waren Kameras angebracht, doch keine von ihnen funktionierte.

Transporter hatte den Truck direkt vor dem schäbigen kleinen Haus abgestellt, das zwei Geschäfte beherbergte. Den Schlüssel hatte er stecken lassen und war bereits zur Rückseite verschwunden, wo sie in einer Gasse die von Fatei bewachten Bikes geparkt hatten.

Breezy ging geradewegs zur hinteren Wagentür und öffnete sie, um nach ihrem Sohn zu sehen. Steele umfasste ihre Taille und schob sie zum Beifahrersitz. »Er schläft, Baby, lass ihn schlafen.«

»Ich möchte nach ihm sehen«, protestierte sie.

»Du hast auf dem Heimweg noch genug Zeit, nach ihm zu schauen.« Er setzte sich ans Steuer. Seine Maschine war bereits verladen und festgezurrt. Er setzte den Truck in Bewegung und fädelte sich in den Verkehr ein, noch ehe Breezy ein weiteres Wort sagen konnte. Bis zum Sonnenaufgang wollte er den Staat Louisiana längst hinter sich gelassen haben.

Breezy drehte sich zu ihrem Sohn um und blickte ihn an. »Er ist so schön.«

»Leg deinen verdammten Gurt an, Baby. Er wird nicht wollen, dass seiner Mutter jetzt noch etwas passiert. Er hat dich eben erst zurückgekriegt.«

Sie drehte sich langsam um, den Blick auf ihn gerichtet, und schnallte sich an. »Lieber …«

»Nicht. Wir reden jetzt nicht darüber. Du hast daran gedacht, dich für uns zu opfern. Ich habe es an deiner Stimme gemerkt.« Er hatte sich vorgenommen, kein Wort darüber zu verlieren, bis sie zu Hause waren. In Sicherheit. Wo er sie in den Armen halten und ihr sehr, sehr klarmachen konnte, dass sie so etwas niemals mehr denken durfte.

»Nur eine *Sekunde*. Nur für eine Sekunde.«

Sie machte sich nicht die Mühe, es zu leugnen, was gut war, weil Steele merkte, dass er sich nicht im Mindesten unter Kontrolle hatte – nicht wenn es darum ging, dass seine Frau für ihn und ihr Kind ihr Leben riskierte. Das war sein Job, und es war ihm scheißegal, wenn die Welt ihn deshalb für einen gottverdammten Chauvi hielt. Er wusste noch nicht einmal, was das war. Ein Mann, der auf seine Familie aufpasste? Ein Mann, der seine Frau genug respektierte und liebte, um für ihre Sicherheit zu sorgen? Was zur Hölle sollte das überhaupt bedeuten? Er wusste nicht einmal, ob er darüber mit Blythe sprechen wollte, vor allem, weil er selbst so entsetzt darüber war. Er hatte vor nichts Angst … doch Breezy schockierte ihn mit ihrem Mut.

»Ich sagte, wir reden jetzt nicht darüber.«

Breezy wandte sich von ihm ab und schaute zum Fenster hinaus. »Dieses Beziehungsding ist viel schwieriger, als es den Anschein hat, nicht wahr?«

Dem musste er zustimmen. Bei Blythe und ihrem Mann sah es so leicht aus. Bei Reaper nicht, doch der war ja auch eine Abrissbirne. Er hatte einfach nur das Glück, dass Anja ihn genug liebte, um über seine Verrücktheit hinwegzusehen. Steele dachte definitiv nicht, dass es verrückt sei, wenn er zornig war; schließlich hätte Breezy beinahe alles vermasselt, nachdem sie ihr Kind zurückgeholt hatten.

»Glaubst du etwa, ich hätte dich bei ihnen gelassen, wenn du das durchgezogen hättest?« Er konnte die Frage nicht zurückhalten; sie zischte heraus wie eine angriffslustige Klapperschlange, die aufgebracht mit ihrer Schwanzrassel schlug.

Sie sah ihn wieder an. »Das habe ich nicht eine Sekunde lang gedacht, Steele.«

»Hätte ich auch nicht gemacht. Niemals hätte ich dich dort gelassen. Ich würde Himmel und Hölle in Bewegung setzen, um dich zurückzuholen. Ich würde den Himmel und die verdammte Hölle nach dir durchsuchen, Breezy. Glaub nie, du könntest dein Leben gegen meines austauschen, denn das wird nie geschehen. Ich würde es nicht zulassen.«

Er wandte den Blick kurz von der Straße ab, um sie wütend

anzusehen und wissen zu lassen, dass er eine Antwort erwartete. Ihre Zungenspitze berührte die Oberlippe, ein Zeichen der Nervosität, das er schon lange von ihr kannte.

»Ich weiß, dass du das nie zulassen würdest. Tut mir leid, Steele, aber manchmal weiß ich nicht recht, was mir so alles in den Kopf schießt. Ich hasse es, dass sie durch mich eine direkte Verbindung zu dir haben. Das ist alles. Ich habe die Idee sofort als absurd fallen gelassen.«

Der Druck auf seine Brust ließ nach. Er rieb mit der Faust über sein Herz. »Wenn wir zu Hause sind, werden wir einige Dinge klarstellen, Weib. Hast du mich verstanden?«

Sie nickte. »Ja. Natürlich. Ich hätte es wirklich nicht gemacht, Steele.«

»Wenn du mit diesem Mist weitermachst, dann werde ich noch in Therapie gehen müssen, Breezy«, brummte er.

Sie lachte. »Therapie?«

»Ja. Therapie. Hast du davon noch nie etwas gehört?«

»Nicht von dir. Was denn für eine Therapie?«

Er wollte es ihr schon sagen, überlegte es sich dann jedoch anders. Ein kluger Mann konnte in dieser Frage einige Vorteile sehen. »Das muss ich mir erst noch überlegen.«

Breezy lachte, und ihr Lachen ging ihm durch und durch, wie so oft. Es erhellte seine Welt. Sie klang hell und glücklich, und sie teilte das mit ihm. Sie riss ihn aus der Gewalt heraus, dem Blut und dem Tod und der Welt voller Niedertracht, in der er lebte, und nahm ihn mit sich ins strahlende Sonnenlicht.

Er schaute in den Rückspiegel, zu ihrem Sohn. Im Seitenspiegel sah er Savage und Transporter, die mit ihnen den Highway entlangbrausten. Sein Bike war hinten auf der Ladefläche, sein Abzeichen auf seinen Rücken tätowiert. Er war also selbst dann vollständig, wenn er seine Jacke zu Hause ließ. Er hatte seinen Club und seine Familie und würde jede einzelne Meile auf dem langen Weg nach Hause genießen.

18. Kapitel

Steele stupste Breezy an, die gerade das letzte Geschirr wegstellte, das sie immer mit der Hand abwusch, obwohl sie einen topmodernen Geschirrspüler hatten. »Gehst du mit uns schwimmen?« Wie sich ihre Haare zu großen Locken rollten, faszinierte ihn jedes Mal wieder.

Steele liebte es, Breezy und Zane zu Hause zu haben. Die meiste Zeit konnte er nicht schlafen, weil er immer wieder aufstehen musste, um sich das Gesicht seines Sohnes oder seiner Frau anzusehen. Sie schliefen beide friedlich, was ihm fast unmöglich war. Breezy hielt seine Dämonen in Schach, gab ihm genug Zeit, um zunächst einzuschlafen, doch nach einigen Stunden kamen sie wieder zurück.

Es machte ihm nichts aus, im Haus herumzutigern und zu kontrollieren, ob jede Tür und jedes Fenster geschlossen und die Alarmanlage an war. Breezy hatte die Tendenz, durch eine Tür zu gehen und wenn sie wieder zurückkam zu vergessen, sie zu schließen oder die Alarmanlage einzuschalten. Das nervte ihn ehrlich gesagt etwas, doch er nahm sich vor, diesbezüglich Geduld zu zeigen. Selbst nach dem, was mit Zane passiert war, begriff sie nicht, dass die Türen *stets und jederzeit* abgeschlossen zu sein hatten.

Sie wollten beide, dass Zane bei ihnen im Zimmer schlief, einfach weil sie froh waren, ihn bei sich zu haben und ihn auch nachts nicht weit weg wissen wollten, doch ihr Kleiner wachte bei jedem Geräusch auf. In der dritten Nacht richteten sie dann das Wohnzimmer neben dem großen Schlafzimmer als Kinderzimmer her. Breezy sang. Die ganze Zeit. Steele liebte das. *Er liebte es.* Sie sang Zane vor, während sie ihn für den Tag ankleidete. Wenn sie ihm die Windeln wechselte. Wenn sie ihn fütterte. Sie sang beim Kochen. Manchmal gesellten sich Maestro und Keys mit ihren Instrumenten dazu. Er hatte ein Klavier bestellt, denn Platz genug hatten sie ja.

Er bemerkte, dass Breezy Musik liebte, vor allem, wenn sie alle zusammenkamen. Zane war verrückt nach Musik, und Steele war klar, dass der Junge immer von Musik umgeben sein wollte. Oft entwickelte sich das gemeinsame Musizieren dahingehend, dass Zane Töpfe und Pfannen als Schlagzeug einsetzte, doch sie hatten immer ihren Spaß dabei.

Zane klammerte sich im Moment noch etwas mehr an Breezy als früher, das sagte sie zumindest, doch er hatte keine Albträume. Er mochte die Clubmitglieder alle, wenn sie zu Besuch kamen. Und er gab sich weder schüchtern noch schien er Angst vor ihnen zu haben. Steele gefiel es, dass Breezy ihren Sohn ermutigte, alle kennenzulernen; sie hielt den Jungen in keiner Weise zurück. Im Gegenteil, jedes Mitglied von Torpedo Ink konnte Zeit mit Zane verbringen. Dafür zollte er ihr noch mehr Anerkennung.

Steele nahm sich Zeit, seinen Sohn kennenzulernen – oder eher, dass sein Sohn ihn kennenlernte. Zane liebte das Wasser, und Steeles erste Priorität war, ihm beizubringen, sich im Wasser sicher zu fühlen. Er stellte klar, dass Zane, wenn er schwimmen wollte, zu ihm kam und er dabei war. Der Pool war beheizt, sodass sie ihn sogar bei Kälte benutzen konnten.

Steele ging mehrmals täglich mit ihm schwimmen, hielt ihn anfangs immer fest und brachte ihm allmählich bei, richtig zu atmen und sich zu bewegen. Meistens gingen sie abends, vor dem Zubettgehen, alle noch einmal in den Pool, weil sie meinten, dass Zane dann besser schlafen werde. Steele hoffte vergeblich, das würde auch ihm helfen, zur Ruhe zu kommen, doch letztlich bereitete ihm das Schwimmen genauso viel Spaß wie Zane.

»Ich kann nicht, Steele. Ich fahre nach Sea Haven. Hat Transporter eigentlich meinen Truck zurückgebracht? Deinen will ich nicht nehmen, er ist mir zu groß.«

Ohne es zu wollen, hielt er die Luft an. Noch nie hatte Breezy vorgehabt, die Sicherheit ihres Zuhauses zu verlassen. Er richtete sich langsam von der Küchentheke auf, an der er lehnte, und schaute zu, wie sie das letzte Geschirr trocknete. »Deinen Truck?«

Mit einem Seufzer schob sie sich die wilde Mähne aus dem Gesicht. »Ja, Süßer. Meinen Truck. Mit dem ich von Santa Fe hierher gefahren bin. Ich weiß, du hältst ihn für Schrott, aber es ist meiner.«

»Er ist nicht sicher. Das weißt du so gut wie ich.« Sollte sie mit ihm doch über die Rostlaube streiten, die sie gefahren hatte. Außerdem lief das Ding gar nicht auf ihren Namen, sondern auf den ihrer Chefin. Es spielte keine Rolle, dass sie ein Stück Papier hatte, welches besagte, sie habe es dieser Frau abgekauft. Es war nicht auf sie zugelassen, denn sonst hätte Code sie längst gefunden gehabt. Wenn es hart auf hart kam, konnte er ihr das vorwerfen – und er würde es tun.

»Das ist nicht wahr.« Sie hielt inne. Atmete durch und nickte dann. »Ich verstehe, dass du ihn nicht für sicher hältst, aber ich brauche ein eigenes Auto. Transporter kann ihn doch reparieren, oder nicht? Er hat viel zu tun, das weiß ich ja, aber eigentlich ist dieser Pick-up immer gut gefahren.«

»Babe.« Ein Wort. Es sagte alles. Sie hätte es wissen müssen.

Sie wartete, und als er nichts weiter sagte, ging sie an ihm vorbei. Doch er fasste sie um die Taille und hielt sie fest.

»Ich kann dir etwas anderes kaufen.« Ein gepanzertes Fahrzeug. »Wir fahren runter nach Santa Rosa oder in die Bay Area und besorgen dir einen Wagen, der auch für Zane sicherer ist.« Das war immer ein gutes Argument. Breezy war für alles zu haben, was mit Zanes Sicherheit zu tun hatte.

Sie dachte darüber nach. »Ich mag es nicht, dass du etwas für mich kaufen musst.«

»Verdammt, Breezy. Wir sind …« Er unterbrach sich. Atmete durch. Sie hatte einen Stolz entwickelt, und damit auch Eigensinn. »Lass uns heiraten. Was mir gehört, gehört sowieso auch dir. Das Bike nicht, aber alles andere. Alles. Wenn es etwas von Wert ist, ist es meist ohnehin auf deinen Namen geschrieben.«

Breezy wirkte schockiert. »Du willst heiraten?«

Sein Herz setzte einen Schlag lang aus. »Du etwa nicht? Du liebst mich doch. Und du weißt, dass ich dich liebe. Und wir haben einen Sohn.«

»Eine Ehe nimmt man nicht auf die leichte Schulter, Steele. Ein Heiratsantrag sollte nicht dazu dienen, um Recht zu bekommen, wenn es um ein Auto geht.«

Sie klang so schnippisch, dass er sie am liebsten auf der Stelle genommen hätte – wie vor Kurzem auf der Spülmaschine. Wenn sie ihm so kam, mit diesem Ton, konnte er das auch wieder tun. Sofort war er hart wie ein Stein.

»Ich habe dir schon einmal gesagt, dass ich dich heiraten will. Schon als wir das erste Mal zusammen waren, wollte ich dir meinen Namen geben.«

»Ja, so wie ein Brandzeichen. Ich bin aber kein Stück Vieh.«

Er trat dicht vor sie. »Du bist alles andere als das, Weib, und das weißt du auch. Ja oder nein? Willst du mich heiraten? Haus und Bankkonto laufen bereits auf deinen Namen. Wenn mir etwas zugestoßen wäre, hätte der Club weiter versucht, dich zu finden, denn du hättest alles bekommen.«

Er sah ihr an, dass das einschlug wie eine Bombe. »Baby, ich habe es dir gesagt. Ich habe nach dir gesucht. Ich habe das Haus für dich gekauft. Ich will dich heiraten, aber wenn du noch warten willst, ist das auch okay für mich.« Er zuckte mit den Schultern und gab sich zwanglos, obwohl er seinem Gefühl nach alles andere war als das. Er hatte sich vorgenommen, ehrlich mit ihr zu sein. »Mir ist durchaus bewusst, dass ich die Sicherheit der Ehe mehr brauche als du, aber ich kann warten. Früher oder später geschieht es sowieso.«

Er verachtete sich dafür, dass er nicht wirklich darüber hinwegkam, sich von Stunde zu Stunde zu fragen, ob Breezy ihn wirklich lieben konnte, doch es wurde besser – langsam, aber immerhin.

»Klar will ich dich heiraten«, sagte sie, und ihre Miene wurde sofort argwöhnisch. »Du hast nicht zufällig schon einen Riesenring, der so schwer ist, dass ich die Hand nicht mehr bewegen kann? Falls ja, dann bringen wir den nämlich zurück.«

Er konnte wieder breit grinsen. »Nein, den können wir zusammen aussuchen.«

»Also dann okay, aber meinen Truck will ich trotzdem zurück. Ich brauche ein eigenes Fahrzeug.«

Er nickte. »Das verstehe ich, Baby. Ein Auto wird uns nicht auseinanderbringen. Ich verlange nicht viel von dir.« Das war eine gottverdammte Lüge, aber das konnte sie nicht wissen. »Tu es für mich. Lass mich den Truck entsorgen. Wenn du glaubst, dein Boss in Santa Fe braucht ihn zurück, bringen wir ihn ihr. Andernfalls lassen wir ihn von Transporter für Kenny oder Darby herrichten. Aber lass mich ein Fahrzeug besorgen, das sicher genug ist für dich und Zane.«

Kaum gesagt, realisierte er, dass sie fragen würde, warum Transporter, wenn er die Kiste für Kenny oder Darby herrichten konnte, das nicht auch für sie machen könne. Er sah es ihr an, doch dann, ganz Breezy, legte sie eine Hand in seinen Nacken.

»Okay. Ich werde fahren, was immer du willst, Süßer. Aber du führst selbst kein sicheres Leben. Das hast du noch nie getan.

Und ich brauche trotz allem jetzt ein Fahrzeug. Du bleibst hier und bringst unserem Sohn das Schwimmen bei, und ich fahre in die Stadt. Und muss dazu wohl oder übel den Monster-Truck nehmen.«

»Du fährst in die Stadt? Du hast gar nicht gesagt, dass du etwas brauchst.« Am liebsten hätte er die Arme um sie geworfen und sie an sich gedrückt, doch er hielt seinen Ton sehr sachlich.

»Ich wusste, dass du eine Schwimmstunde mit Zane eingeplant hast, und ich wollte inzwischen ein bisschen einkaufen gehen. Ich habe ein neues Rezept gefunden, das ich ausprobieren wollte.«

Sein Herz hämmerte. Der Druck in seiner Brust schmerzte. »Baby, wenn du wohin willst, dann sag es einfach. Wir können die Schwimmstunde verschieben. Ich fahre dich in die Stadt.«

Er hasste den Monster-Truck, wie sie ihn nannte. Manchmal konnte er in diesem Wagen nicht atmen, doch sie brauchten ihn, wenn sie Zane mitnahmen. Er selbst brauchte frische Luft um sich. Den Wind im Gesicht. Er wollte Breezy hinter sich, so nah, dass er ihren Körper so spüren konnte, als seien sie intim miteinander verbunden. Er brauchte das.

»Das ist albern, Steele. Ich kann alleine fahren. Und da ist noch etwas. Du warst die ganze letzte Woche nicht von hier weg. Du musst mit Maestro und Keys rausfahren, mit den Bikes. Ihr werdet sonst alle ein bisschen verrückt.«

Sie klang noch immer glücklich. Sorglos. Sie kapierte es einfach nicht. Er *konnte* sie nicht fahren lassen. Und er wollte es auch nicht. Es sei denn, er brachte sie ins Clubhaus. Dort, umgeben von seinen Brüdern und Schwestern, würde sie sicher sein. Er presste die Hand auf sein heftig schlagendes Herz. Er hatte alles getan, was er konnte, damit Breezy und Zane sicher waren.

Es hatte etwas gedauert, die richtige Putzkolonne für das Haus zu finden, eine, die passte, doch die vielen Kameras überall machten es Steele leichter, einmal pro Woche Fremde ins Haus zu lassen. Breezy bestand darauf, ihre Suite und Zanes Zimmer gleich daneben selbst zu reinigen, und Steele gab sein Okay dafür – vielleicht war er sogar froh darüber.

Eine App auf seinem Handy erlaubte ihm, jederzeit nachzusehen, wo seine Familie war. Er hatte nicht überlegt, dass Breezy auf den Gedanken kommen könnte, alleine irgendwohin zu wollen. Sie hatte recht. Er musste auf sein Bike steigen, doch er wusste nicht, wie er das machen und gleichzeitig Breezy und Zane bei sich haben konnte.

»Ich bringe dich in die Stadt, und später fahre ich dann mit Maestro und Keys raus.«

Breezy drehte sich langsam um, kopfschüttelnd, lehnte den Kopf an die Küchenanrichte, und blickte ihm direkt in die Augen. Manchmal, wenn sie das tat, bekam er das Gefühl, sie könne jede seiner Sünden sehen. Er trat vor sie und stemmte die Hände links und rechts von ihrem Kopf an die Schranktüren, sodass sie effektiv eingesperrt war.

»Versuchst du, mich loszuwerden, Weib?« Er wusste sie abzulenken. Er küsste sie seitlich am Hals. Ließ die Lippen an ihr Ohrläppchen wandern und biss hinein. Er spürte das schwache Schaudern, das sie durchlief, und leckte über den kleinen Schmerz.

»Ich möchte, dass du du selbst bist, Steele. Du musst mit deinen Brüdern rausfahren. Ich mag das Clubleben nicht, und es macht mich noch immer ein wenig nervös, aber du brauchst es. Du warst seit unserer Rückkehr noch kein einziges Mal im Clubhaus.«

So viel zu seinem Ablenkungsmanöver. Ihm war sehr bewusst, dass sie, wiewohl sie zugestimmt hatte, gegen diesen Lebensstil noch immer Argwohn hegte. Und das trug dazu bei, dass er ein wenig ausflippte, wenn es darum ging, sie allein zu lassen. Er mochte noch nicht im Clubhaus gewesen sein, aber alle seine Brüder, einschließlich des Zaren, waren bereits bei ihm zu Hause gewesen. Sie waren, immer ein paar auf einmal, gekommen, um Breezy daran zu gewöhnen, dass sie da waren. Das hatten sie für ihn getan. Die meisten Clubs hätten sich um so etwas nicht gekümmert, die Swords schon gar nicht, doch er wusste, dass sie das schätzte, auch wenn es sie ein wenig beunruhigte.

Er wusste auch, dass Code die Swords perfekt überwacht hatte. Demnach gab es Gerüchte, dass sie in einen Bandenkrieg mit einem anderen Club geraten waren. Dieser habe den Präsidenten ihrer Ortsgruppe und mehrere Mitglieder ermordet, sowohl im Abernathy-Anwesen als auch in einem Motel in der Stadt, das den Swords gehörte. Ein anderes Gerücht besagte, Boone habe sich im Gefängnis schlimme Feinde gemacht, die ihn samt seinem Sohn und Enkel getötet hätten. Die Geschehnisse im Motel wurden dabei als ein hiervon unabhängiger Vorfall angesehen.

Steele war es gleichgültig, was die Welt dachte, solange niemand seiner Familie nachstellte. Zum Glück war der Austausch zwischen Bridges und den anderen im Club nicht sehr gut gewesen. Er wollte sich nie in die Karten schauen lassen. Die meisten hatten nicht gewusst, was in ihm vorging, und das stellte sich für Steele nun als Vorteil heraus. Code fand auch keine Anhaltspunkte dafür, dass bei den Swords über Zane, Breezy oder Steele geredet worden wäre. Steele hatte Breezy keine Details des »Massakers« im Anwesen oder im Motel mitgeteilt, und sie fragte nicht nach. Er wusste, dass sie sich für Nachrichten nicht interessierte, und wollte es dabei belassen. Seine Frau sollte unbeschwert sein.

Sein Handy summte, und er nahm es heraus, ohne sich von Breezy wegzubewegen. Erleichterung überkam ihn. »Der Zar braucht uns im Clubhaus. Er hat ein Treffen mit Inez und Frank arrangiert. Erinnerst du dich an die beiden? Ihnen gehört das Lebensmittelgeschäft in Sea Haven. Wir wollen hier in Caspar eine Art Filiale davon eröffnen. Und wir glauben, es würde helfen, die Einheimischen als Kunden zu gewinnen, wenn die beiden unsere Partner sind und den Laden in den ersten Monaten selbst führen.«

»Wieso braucht er da uns dazu?«, wollte Breezy wissen.

»Du machst Witze, ja?«, konterte Steele. Er trat einen Schritt zurück und musterte sie vorsichtig. Diese SMS hätte zu keinem besseren Zeitpunkt kommen können. Er musste eine Balance finden, war aber noch nicht so weit. Mit seiner Aufforderung, ins Clubhaus zu kommen, hatte der Zar ihm einen Ausweg eröffnet. »Du bist perfekt, Baby. Du stehst für all das, wovon wir himmelweit entfernt sind. Du bist normal. Gut. Du bist eine Mutter mit einem wunderbaren kleinen Jungen. Sie werden dich lieben. Denn du siehst absolut nicht aus wie ein Killer.«

»Du auch nicht«, erwiderte sie und umfasste sein Kinn.

Er liebte es, wenn sie ihn so vertraut berührte. »Das ist eine süße kleine Lüge, Baby, aber macht nichts. Holen wir unseren Sohn, und dann geht es los.« Verglichen mit anderen Ablenkungen schien ihm das eine gute zu sein. Sie mochte dem Clubleben nichts abgewinnen können, aber sie war in einem Club groß geworden und wusste, wenn der Präsident einem auftrug zu kommen, dann musste man reagieren.

»Zane schläft noch in seinem Zimmer«, sagte sie.

Das wusste er. Er war nach unten gekommen, nachdem er zwanzig Minuten lang auf Zane gestarrt hatte, ihn in sich aufgenommen, diese wilden Haare mit den Fingern berührt hatte, als könne er so jedes Detail seines Jungen in sich aufsaugen. Dann war er in die Küche gekommen mit dem Vorsatz, seine Frau kurz auf der Theke zu vernaschen. Sie weckte ihn jeden Morgen auf, ihr Mund das Paradies und ihr Körper heiß wie die Hölle, so fest, dass er jedes Mal um Atem ringen musste.

Er wagte es nicht, sein Glück herauszufordern und zu sagen,

dann hätten sie ja noch Zeit für Sex. Sie würde einwilligen, doch womöglich fragte sie ihn auch, weshalb er sie praktisch wie eine Gefangene hielt. Er hatte gehofft, sie würde das nicht bemerken, doch Breezy bemerkte alles. Sie war schon jetzt argwöhnisch, weil er sich nicht auf sein Bike schwang, was er sonst immer getan hatte. In dem Jahr, in dem sie zusammen gewesen waren, war er jeden Tag losgefahren, selbst bei Regen. Sie würde ihn also fragen, und er musste dann eine Antwort parat haben.

Als er sich zum Gehen wandte, ergriff sie seine Hand. »Lieber, ich brauche ein wenig Vergewisserung.«

Er zog die Brauen nach oben. »Vergewisserung?«, wiederholte er verständnislos. Was wollte sie von ihm? Etwas, das er ihr nicht geben konnte? Was, wenn sie sich weigerte, Teil des Clubs zu sein, nun, da sie Zane wiederhatte? Breezy war klug, sehr intelligent, und sie würde es nicht unter ihrer Würde finden, den Club auszunutzen, um den Jungen zurückzubekommen und dann … Er unterbrach diesen Gedankengang, weil er nur in die Katastrophe führen konnte. Er musste einfach ein besserer Mensch werden.

»Wir fahren in den Club, und ich fühle mich … ich weiß nicht. Als würde etwas zwischen uns nicht ganz stimmen. Ich weiß nicht, was ich gemacht habe. Aber wenn du es mir sagst, werde ich mich bessern.« Sie sah sich im Raum um. »Alles ist da, wo es hingehört. Ich dachte, du würdest das Essen mögen. Ich sagte, ich nehme ein anderes Auto, wenn dir das wichtig ist. Also, was ist los?«

Breezy dachte, sie sei es, die etwas falsch gemacht hätte. Er packte sie an ihrem T-Shirt, zog sie zu sich und küsste sie heftig. Besitzergreifend. So, wie er es mochte. Oben im Bett konnte er sie lieben, zärtlich sein, ihren Körper erforschen, sie anbeten. Hier unten aber, in jedem Zimmer, nahm er sie so, wie er es wollte. Er zeigte ihr exakt, was sie mit ihm machte.

Er küsste sie über und über, verschlang sie. Ließ sie keinen

Atem schöpfen. Atmete für sie. Für sie beide. Als er den Kopf hob, erwischte er den Saum ihres Shirts und zog es ihr über den Kopf. »Im Esszimmer.«

Dieses gottverdammte Esszimmer, das so riesig war, dass er den ganzen Club einladen konnte, und wahrscheinlich auch noch einen Haufen Gäste dazu. Er hatte Pläne für diesen Tisch. Sobald er ihn gesehen hatte, war es nicht mehr darum gegangen, seine Brüder und Schwestern zu bewirten, sondern darum, seine Frau genau hier auf diesem Tisch zu vögeln, mit dem extrem teuren Kronleuchter darüber, der ihren Körper beschien und ihre weiche Haut für ihn anstrahlte.

Breezy ging vor ihm, und er beobachtete ihren Hintern. Gott. Sein Weib. Sie war ein Kunstwerk. Wenn es nur nach ihm ginge, würden an jeder Wand, in jedem Zimmer, Aktbilder von ihr hängen. Von vorne. Von hinten. Auf dem Rücken liegend, mit gespreizten Beinen. Auf Händen und Knien, mit glänzenden Schenkeln und funkelnder Möse. Begierig nach ihm. Ihr Gesicht im Augenblick des Orgasmus. Ekstatisch. Der Blick voller Liebe, nur für ihn allein. Er würde diese Bilder an allen Wänden haben, weil sie einfach die schönste Frau war, die er je in seinem Leben gesehen hatte.

Er liebte alles an ihr. Wie sie auf den Tisch zuging und erwartungsvoll stehen blieb. Er zeigte auf ihre Schuhe, und sie schleuderte sie von sich, während er die schweren Vorhänge zuzog. Er schloss die Türen, nicht, um ungestört zu sein, denn wen kümmerte es schon? Jeder, der ihn sah, wie er seine Frau nahm, würde wissen, dass sie ihm gehörte. Keiner Frau würde entgehen, dass es in seiner Welt nur Breezy gab, und dass es nie eine andere geben würde. Er schloss die Türen, damit der Kronleuchter sein Licht noch besser über ihre Haut ergießen konnte.

»Zieh die Jeans aus. Alles. Ich will nichts an dir dran sehen.«

Sie lächelte ihm zu. »Eine neue Fantasie?«

Sie war seine Fantasie. »Zum Beispiel, dich auf jede Weise zu haben, die ich will, Weib. Ich will dich auf dem Tisch, die Beine breit und über meinen Schultern. Ich werde dich hart nehmen, Breezy. Dafür ist dieser Tisch gebaut worden. Um dich hart zu vögeln.«

»Ich dachte, der ist für große Abendessen. Also eher formelle Anlässe«, neckte sie und zog sich aus – ein gekonnter Strip.

»Das ist ein formeller Anlass. Mein Schwanz ist gerade total scharf auf dich. Er will deinen Mund. Deine Pussy. Deinen Arsch.«

Sofort war sie bei ihm, kniete nieder, öffnete seinen Gürtel mit dem Schriftzug »Torpedo Ink« auf der Schnalle. Zog langsam seinen Reißverschluss nach unten. Was für eine enorme Erleichterung. »Alle drei? Jetzt gleich? Während der Zar wartet?«

Ihr Atem streifte seinen Schwanz. Warm. Verführerisch. Er wartete nicht, schob sich zwischen ihre Lippen und genoss es, wie sein Umfang sie dehnte. Sie trug Lippenstift, der einen sexy pinkfarbenen Kreis um seinen Schaft malte. Er ließ ihre Zunge ihn umschmeicheln und ihren Mund sich verengen und saugen, doch nur für einen Moment, nur so, dass er nass und richtig heiß wurde. Seine Hüften begannen einen schnellen Rhythmus, er glitt tief ein und aus, immer und immer wieder. Er beobachtete ihre Augen. Beobachtete, wie sie ihn nahm. Verschlang. Ihm dies gab, weil er es verlangte.

Er hatte Ink bereits gebeten, ihn zu tätowieren. Direkt über seinem Geschlecht, auf die Bauchmuskeln, damit sie es immer sah, wenn sie vor ihm kniete: *Ich liebe nur Breezy*. Nächste Woche sollte das passieren. Er hatte den Satz an mehreren Stellen geplant. Aber jetzt, wo sein Schwanz tief und eng in diesem perfekten Paradies steckte, wollte er ihn als Erstes genau dort, sodass sie jeden Morgen damit aufwachen konnte.

Es spielte keine Rolle, dass er sie heute Morgen im Bett genommen hatte und dann noch einmal auf dem Geschirrspüler, seine Hoden brannten heiß, und er musste aufhören, ehe es zu spät war. Das nächste Mal, nahm er sich vor, würde er bekommen, was er wollte. Er würde sich Zeit mit ihr nehmen, sich ein wenig erholen und dann sein Lieblingsding mit ihr durchziehen – sie nacheinander auf jede erdenkliche Art und Weise zu nehmen.

Er zog sich aus ihr zurück und hievte sie hoch. Umfasste ihre Taille und setzte sie mitten auf den Tisch, direkt unter den Kronleuchter. Die Lichter brachten ihre Haut zum Erglühen, bestrahlten ihre Brüste und beleuchteten ihre Möse, sobald er ihr die Beine spreizte, was seinen Schaft noch einmal länger und dicker werden ließ.

Er stieg auf den breiten, massiven Tisch, keilte sich zwischen ihre Beine und ließ sich dann Zeit, zu seinem Ziel zu gelangen. Er küsste sich bis zu ihren Brüsten hoch und saugte, biss und leckte dann, bis sie sich krümmte. Ihre Hände umfassten ihre Brüste, boten sie ihm an. Er bediente sich ausgiebig und küsste sich dann seinen Weg ihren Körper hinab, bis seine Zunge über ihren bloßen Venushügel peitschte. Er hatte ihr in ihrer ersten Nacht zu Hause geholfen, ihn zu rasieren. Er liebte es, wenn zwischen seiner Zunge und ihrem Körper nichts war. Die ganz ihr eigene Weise, wie sie schmeckte, war sein persönliches Aphrodisiakum. Er liebte es einfach, sie mit dem Mund zu nehmen. Es war eine seiner Lieblingsbeschäftigungen.

Er ließ sich Zeit, bis er sich schließlich zwischen ihre Beine kniete, ihren Po anhob und ohne Vorwarnung in sie rammte. Sie schrie auf, dieses kleine Stöhnen, das ihn immer so anmachte, und dann hämmerte er in sie. Es fühlte sich an, als würde sie seinen Schwanz fest mit einem glühend heißen Handschuh packen. Der Kronleuchter schien auf ihre vereinigten Körper herab, und er schaute zu, wie er in ihr verschwand, wie ihr Körper seinen verschlang, und er sich dann fast ganz aus ihr zurückzog, ehe er erneut tief in sie rammte.

Der Tisch war hart, und er zog ihre Beine über seine Schultern, um sie so nehmen zu können, wie er es brauchte. Perfekter konnte es nicht mehr werden; er wünschte sich nur mehr, dass dies nie enden möge. Jedes Mal, wenn einer von ihnen dem Höhepunkt nahe war, hielt er inne und atmete tief durch, knetete manchmal ihren Hintern, bis er knallrot wurde. Ihr leises Wimmern und Klagen schürte den Vulkan, der sich in ihm aufbaute, weiter an.

Dann war er so weit, konnte es nicht mehr stoppen und brachte sie zum Wahnsinn, bearbeitete mit dem Daumen ihre Klitoris, sodass die Flutwelle sie mitriss, als er sich in ihr entlud. Sein heißer Samen ergoss sich einer Explosion gleich in sie und löste noch heftigere, stärkere Wogen in ihr aus. Er stand es auf den Knien durch, beobachtete ihr Gesicht, sog diesen Anblick in sich ein, der nur für ihn war.

Sobald er wieder atmen konnte, setzte er ihre Füße sorgsam auf den Tisch auf und küsste sie auf den Nabel. »Reicht das als Vergewisserung, Baby?«

Den Blick auf ihn gerichtet, um Atem ringend, von Nachbeben geschüttelt, nickte sie. »Ja, Lieber. Danke.«

»Brauchst du irgendetwas, das ich dir nicht gebe? Du würdest es mir sagen, falls ich wieder Mist baue, ja?«

Sie nickte. »Der Truck kümmert mich gar nicht so, Steele. Er ist mir nicht so wichtig, aber wenn mir etwas wichtig ist, dann bist du der Erste, der es erfährt.«

Er spürte sein Grinsen irgendwo um seinen Schwanz herum einsetzen. Er liebte sie, verdammt noch mal. Das sollte auf seinen Körper kommen, damit sie es lesen konnte, direkt unter das Tattoo über seinem Herzen. *Ich liebe liebe liebe sie.* Vorsichtig, zärtlich, half er ihr vom Tisch hoch.

Die Bikes waren in einer langen Reihe vor dem Clubhaus geparkt, als sie ankamen. Breezy sah ihn an, sagte jedoch nichts, und er war froh. Er hatte weder für sie noch für sich selbst die

Antworten auf Fragen, die sie womöglich stellte – etwa, warum er nicht auf seiner Harley saß und sie ihren Sohn im Monster-Truck chauffierte. Das waren seine Probleme, nicht ihre, und er war froh, dass sie ihn nicht drängte. Er brauchte Zeit. Er holte Zane aus dem Kindersitz heraus und reichte ihn ihr. Er würde ein großer Junge werden, wohl einmal so groß sein wie Steele.

Der Zar hatte Steele aus gutem Grund gebeten, Breezy und Zane zu dem Treffen mit Inez und Frank bezüglich des neuen Lebensmittelladens mitzubringen. Niemand konnte Breezy widerstehen. Ihr Aussehen sagte den anderen, dass sie Freude in sich hatte. Sie war exakt die Person, die der Zar brauchte, um Inez und Frank davon zu überzeugen, dass sie nichts weiter als ein Haufen in Motorräder vernarrte Kerle waren. Inez und Frank waren nicht von gestern, doch es war ihnen anzusehen, dass sie mit Breezy und Zane lockerer sein konnten.

Inez war in Sea Haven bei allen beliebt. Alle kannten sie, und sie kannte jede Familie persönlich. Wenn sie sie dafür gewinnen konnten, den Laden zu leiten, sei es auch nur für ein paar Monate, dann würden sie bessere Chancen haben, im Ort akzeptiert zu werden. Sie nannte die Torpedo-Ink-Mitglieder schon jetzt ihre Jungs, und seltsamerweise mochten sie das alle. Eine Ausnahme war vielleicht Savage, doch er zählte da nicht. Niemand wusste, was und wie er dachte, und er sagte es auch nicht.

Blythe war gut mit Inez befreundet, sie hatte Frank und Inez zum Essen eingeladen, als sie erstmals wegen der Idee mit dem Laden auf die beiden zugegangen waren. Der Zar meinte, es wäre zu unverfroren, ihre Freundschaft schon wieder zu strapazieren, aber wenn Steele mit Breezy und Zane ankam und sie vor dem Treffen vorstellte, würde es eher danach aussehen, als sei eben Familie angekommen.

Steele merkte, dass Inez von Zane begeistert war, aber wer war das nicht? Nach einigen Minuten angeregter Unterhaltung gab er Breezy zu verstehen, das Kind aus dem Zimmer zu bringen, damit sie zum geschäftlichen Teil kommen konnten. Zane und Breezy hatten damit ihren Teil geleistet und Inez und Frank gezeigt, dass sie eine Familie wie jede andere waren.

»Was braucht ihr, damit ihr als Partner bei uns mit einsteigt?«, fragte der Zar über den Tisch gebeugt.

Sie saßen im Aufenthaltsraum, wo sich ihre Besucher am ehesten wohlfühlen würden. Nachdem Frank und Inez bei Blythe und Viktor zu Hause gewesen waren, wollten sie ihnen das Clubhaus zeigen und damit quasi demonstrieren, dass Torpedo Ink nichts zu verbergen hatte. In der Regel war das Clubhaus nicht öffentlich zugänglich, nicht einmal während der Partys mit anderen Clubs, doch dies war anders. Hier ging es schlicht und einfach um ein geschäftliches Vorhaben.

»Ich kann gar nicht wirklich etwas beisteuern«, sagte Inez bedauernd. »Ich würde ja gerne helfen, Zar, echt. Unser Partner, Jackson Deveau, hat das Geld im Laden. Ich war da offen und ehrlich. Er ist Polizist, ihr seid ein Bikerclub. Es ist bedauerlich, aber er kann nicht in diesen Deal einsteigen.«

»Du hast ihn sicher darauf hingewiesen, dass wir uns nicht über das Gesetz stellen.« Steele deutete auf seine Kutte. »Wir haben keine Abzeichen auf unseren Jacken und hatten noch nie Probleme mit der Polizei.«

Inez nickte. »Ich verstehe. Er ist nur immer sehr vorsichtig. So ist er eben.«

Der Zar nickte. Steele und er hatten ihre Reaktion bereits abgesprochen, da sie sicher waren, dass Deveau einen Rückzieher machen würde. Das ergab Sinn. Sie hatten darüber abgestimmt, und der Club – einschließlich Savage – war dafür gewesen, Inez und Frank mit an Bord zu nehmen. Der Zar hatte einen Plan, und seine Pläne schlugen nie fehl. Nie.

»Das Startkapital haben wir selbst«, erklärte Steele. »Geld ist kein Problem. Wir haben alle gespart, um Wurzeln schlagen zu können. Ich will ehrlich sein. Wir brauchen eure Gesichter. Ihr solltet für uns im Laden sein, damit die Einheimischen gern hereinkommen. Dass das für euch nicht leicht sein wird, ist uns klar.«

Inez blickte zu ihrem Mann. Er blieb schweigsam, während sie sprach. »Wie lange möchtet ihr, dass wir in Caspar arbeiten?«

Der Zar klopfte leise auf den Tisch. »Wir dachten so drei Monate, aber ihr wisst vielleicht besser, wie lange es dauert, bis sich die Einheimischen wohl dabei fühlen, hier in Caspar einzukaufen.«

»Es geht uns nicht darum, eurem Geschäft in Sea Haven Kunden abzuwerben«, erklärte Steele. »Deswegen wollen wir auch, dass ihr beide euch für den Laden hier interessiert. Wir brauchen euch mehr als ihr uns. Wir nutzen den Namen eures Geschäfts und eure bekannten Gesichter, ihr bringt einem von uns bei, den Laden zu führen, und habt dabei die Aufsicht. Ihr stellt eure Arbeitskraft zur Verfügung. Wir lediglich das Geld.«

Inez nickte, doch Frank ergriff sehr behutsam ihre Hand. »Wir müssten jemanden einstellen, der dann in unserem Geschäft arbeitet.«

»Wir übernehmen die Bezahlung«, versicherte der Zar. »Wenn ihr grundsätzlich interessiert seid, aber die Konditionen gefallen euch nicht, hier ist Absinth, unser Anwalt.« Er zeigte auf das dritte Torpedo-Ink-Mitglied am Tisch. »Mit ihm könnt ihr sicher alles zu eurer Zufriedenheit regeln.«

Absinth war aus verständlichen Gründen ihr Verhandlungsführer. Er konnte jeden zu allem überreden und immer die Wahrheit erzwingen. Code hatte ihm dabei geholfen, als Anwalt tätig werden zu können. Er besaß die erforderliche Legitimation, und es sah aus, als habe er die Prüfung schon beim ersten Mal bestanden. Wie Transporter konnte er über zwanzigtausend Wörter pro Minute lesen und aufnehmen.

»Ich habe einen Partnerschaftsvertrag aufgesetzt und schlage vor, ihn eurem Anwalt vorzulegen. Auch Deveau sollte ihn sich ansehen, da er bei dem Geschäft in Sea Haven euer Partner ist und die Benutzung des Namens hier in Caspar mit unterzeichnen muss.«

Inez nahm die Unterlagen in Empfang und reichte sie Frank. »Wir wissen dieses Angebot zu schätzen und werden uns baldmöglichst bei euch melden. Habt ihr für die Leitung des Geschäfts an jemand Bestimmtes gedacht?«

Steele hatte die passende Antwort parat. »Lana möchte irgendwann einen Kleiderladen aufmachen, aber sie sagte, solange sie noch in der Planungsphase ist, würde sie gern von euch lernen. Sobald wir jemanden finden, der sich hier niederlassen möchte und wir der Ansicht sind, er oder sie wäre geeignet, könnte Lana dann die Ausbildung übernehmen.«

Inez nickte lebhaft. »Ich habe mit so einigen Leuten gearbeitet, viele sind über die Jahre gekommen und wieder gegangen. Ich kann ziemlich gut beurteilen, ob jemand geeignet ist oder nicht. Falls ich Partnerin werde, möchte ich beim Vorstellungsgespräch dabei sein, bevor ihr euch auf jemanden einigt.«

»Natürlich, Inez. Sag uns einfach, was du möchtest«, erklärte der Zar.

Alena kam herein, gefolgt von Ice und Storm mit Tabletts. »Erfrischungen?« Sie stellte einen Teller mit Zitronen-Himbeer-Törtchen auf den Tisch, dazu Kaffee für Frank und Tee für Inez. »Ich möchte gern, dass ihr die probiert. Inez, Frank. Eure Meinung würde mich brennend interessieren.«

Ice stellte Kaffee vor den Zaren und Steele. Storm servierte Absinth Kaffee und stellte Milch und Zucker auf den Tisch.

Alena ließ sich neben Absinth in einen Sessel sinken. »Wir sind bald so weit, mein Restaurant zu eröffnen. Ich habe mehr Schwierigkeiten, geeignete Arbeitskräfte zu finden, als ich hatte, um die Genehmigungen für das Gebäude und die Lizenz zu bekommen.«

Inez seufzte. »So ist es hier nun mal. Niemand scheint wirklich viel arbeiten zu wollen, es sei denn, man zahlt so gut, dass man es sich gar nicht leisten kann, und mehr, als die Leute wert sind.«

»Ein echtes Problem«, stimmte Frank zu.

»Mir gefällt es wirklich, wie ihr diesen wunderschönen Ort wiederauferstehen lasst«, sagte Inez. »Es ist schön zu sehen, dass hier endlich wieder Geschäfte aufmachen, auch wenn es nur ein paar sind. Jedes Mal, wenn ich an der Bar vorbeikomme, sehe ich Bannisters Motorrad davor stehen. Er ist ein guter Mann, Zar.«

Der Zar nickte. »Er ist mit Anya befreundet. Sie kümmert sich um ihn, darum, dass er ab und zu etwas isst und nach Hause fahren kann.«

»Sein Sohn ist kein guter Mensch«, meldete sich Frank zu Wort. »Passt auf, wenn er hier aufkreuzt. Er spielt, und nicht nur ein wenig. Leiht sich von allen Geld und kann es dann nicht zurückzahlen. Pumpt seinen Vater an und sagt zu ihm, jemand wird ihn umbringen, wenn er ihm nicht das Geld gibt. Bannister verkauft alles und gibt ihm das Geld, und sein Sohn verspielt es dann. Das geht schon seit einer ganzen Weile so.«

Inez tauschte erneut einen Blick mit ihrem Mann aus. »Wir tratschen nicht nur, Zar. Falls Anya irgendwie Einfluss auf ihn hat – vielleicht kann sie ja herausfinden, ob Bannisters Sohn wieder hergezogen ist. Wir glauben nämlich, sein Sohn verprügelt ihn. Er ist ein paarmal mit Blutergüssen ins Geschäft gekommen. Blauen Augen. Sagte, er hätte sein Bike in den Dreck gelegt, aber das macht Bannister nicht. Er kauft für zwei ein, Sachen, die er sonst nie gekauft hat. Falls sein Sohn hier ist, wäre es nicht das erste Mal, dass er dem Mann etwas angetan hat.«

»Seid ihr damit zu Jackson gegangen?«, fragte der Zar.

Inez nickte. »Sind wir. Er fuhr bei Bannisters Wohnwagen

vorbei und hat nach ihm geschaut. Bannister hat ihm die gleiche Geschichte erzählt, dass er sein Bike umgeschmissen hätte. Jackson sah es sich im Vorbeifahren an, ohne ein großes Ding draus zu machen, aber es hatte nicht einen Kratzer.«

Der Zar seufzte. »Ihr wisst ja, wie schwierig das ist, sich in Familienangelegenheiten einzumischen. Bannister hat uns nicht gebeten, ihm zu helfen. Ich bin mir nicht sicher, was ich täte, wenn es so weit käme, aber ich werde mal darüber nachdenken. Und ich sage Anya, dass es da ein Problem gibt. Sie hat dann ein Auge drauf. Irgendwie hat sie eine Schwäche für Bannister.«

»Werden die Zimmer über der Bar eigentlich vermietet?«, wollte Frank wissen.

»Wir sind dabei, sie zu renovieren«, antwortete Steele. »Sie müssen ein wenig instand gesetzt und modernisiert werden, aber wir bewachen die Gebäude nicht, an denen wir arbeiten. Vielleicht sollten wir jemanden dafür bezahlen, in einem dieser Räume zu schlafen und sicherzustellen, dass keine Diebe oder Vandalen daherkommen. Dafür wäre Bannister eigentlich genau der richtige Mann.«

Inez klopfte Steele strahlend auf die Schulter. »Du hast doch immer gute Ideen, Steele.«

»Ich glaube, du willst mich rumkriegen, Inez. Ich merke schon, dass das auch in Franks Sinne wäre«, erwiderte er. »Aber das ist okay.«

»Ich muss sagen, Alena, ich habe noch nie in meinem Leben so ein fantastisches Dessert gegessen. Noch nie. Mit denen könntest du ein Vermögen verdienen. Wenn es in deinem Restaurant sonst nichts Gutes gäbe, dann würden die Leute immer noch wegen dieser Törtchen kommen.« Inez schob sich den letzten Bissen in den Mund. »Himmlisch!«

»Das freut mich, wenn sie dir schmecken«, sagte Alena. »Nimm die restlichen mit für deine Freunde, vielleicht mögen die sie auch und kommen dann mal zum Essen.«

»Warte«, warf Ice ein. »Du verschenkst die, die übrig bleiben?«

»In der Küche sind noch welche«, erwiderte Alena geduldig. »Das weißt du.«

Alle bis auf Ice und Storm rannten zur Küche. Alena stemmte die Hände in die Hüften und musterte ihre Brüder. »Was habt ihr damit gemacht? Ihr könnt sie doch nicht alle aufgegessen haben?«

Steele holte sein Handy heraus und versandte eine Gruppen-SMS. »Ich weiß genau, wo sie sind. Ice und Storm haben sie in ihren Zimmern versteckt.«

Handys klingelten, und alle schauten auf ihre Geräte. Ice und Storm sprangen auf und rannten davon. Storm blickte über die Schulter und funkelte Steele an. »Dafür heben wir dir keine auf!«

Inez lachte laut. »Die beiden! Wenn sie ins Geschäft kommen, läuft ihnen die Hälfte der weiblichen Bevölkerung hinterher!«

»Sag das nicht so laut«, warnte Alena. »Sie wissen bereits, wie gut sie aussehen.«

»Wir würden die Törtchen gerne mit nach Hause nehmen und sie unseren Freunden vorsetzen«, sagte Inez.

»Also ob wir sie mit unseren Freunden teilen, weiß ich noch nicht«, neckte Frank, »aber mit nach Hause nehmen wir sie definitiv.«

»Wann ist deine große Eröffnung?«, fragte Inez.

»Hoffentlich nächsten Monat«, antwortete Alena. »Ich bin jetzt schon aufgeregt. Es ist wirklich klein, aber genau das, was ich wollte.«

»Ihr legt euch geschäftlich ganz schön ins Zeug«, meinte Inez. »Das freut mich sehr. Eure Werkstatt läuft anscheinend auch prima.«

»Transporter und Mechaniker sind sehr gut mit Motoren

und mit Sonderwünschen«, erklärte Steele. »Das hat sich schnell herumgesprochen. Sie haben mehr Arbeit, als sie schaffen können, aber jeder packt mit an. Wir haben beschlossen, Ortsansässige immer vorrangig zu bedienen. Wenn sie ihren Wagen zu uns bringen, und sei es nur für einen Ölwechsel, dann kommen sie bei nächster Gelegenheit dran.«

Inez nickte. »Und sogar euer Tattoo-Laden hat einen sehr guten Ruf. So viele reden bei uns darüber, wie gut und was für ein großer Künstler der Inhaber ist, dass ich mir selbst schon überlegt habe, mir etwas stechen zu lassen.«

Frank lächelte ihr zu und ergriff ihre Hand. »Ich glaube, wir gehen jetzt besser, Liebes. Es war wirklich nett, euch kennenzulernen. Wir lassen Jackson alles durchsehen und melden uns bei euch, so bald wir können.«

Auch der Zar und Steele standen auf. Absinth schob seinen Stuhl zurück und beugte sich über den Tisch, um Frank die Hand zu schütteln. »Es freut uns, dass ihr euch das Ganze überlegen wollt. Ich hoffe, ihr akzeptiert unseren Vorschlag.« Er begleitete die beiden zu ihrem Wagen hinaus und plauderte weiter mit ihnen, wobei Inez' und Franks Lachen zu hören war.

Der Zar grinste erleichtert. »Wieder ein Punkt, den wir abhaken können. Finanziell ist das Angebot zu gut, um es abzulehnen, und Absinths Magie hat wohl prima gewirkt – aber Breezy und Zane haben das ihre auch dazu beigetragen, glaube ich. Wie geht es voran?«

Steele zuckte die Achseln. »Weiß ich noch nicht. Ich mache mich verrückt, und sie fängt an, es zu merken.«

Der Zar betrachtete ihn einige Minuten lang stumm. Er ließ sich in einen Sessel sinken und bedeutete Steele, sich ebenfalls zu setzen. Zum ersten Mal seit mehr als zwei Wochen konnte er sich tatsächlich entspannen. Er war von seinen Brüdern und Schwestern umgeben, die ein Auge auf ihn hatten. Und sie passten auf seine Familie auf.

»Ich schlafe nicht sehr gut. Die Sache mit Zane hätte so oder so ausgehen können. Donk und Bridges, na ja … sie waren alle kaputt von Drogen. Wenn wir nicht da gewesen wären, Zar, hätte Donk Zane umgebracht. Er hatte es vor. Sogar Candy war komisch. Sie fanden eine ganze Menge Drogen bei ihr im Motel und Beweise, dass sie und Lizard …« Er brach kopfschüttelnd ab. »Sagen wir einfach nur, es ging gerade noch gut, dafür dass sich mein Sohn in der Hand von Arschlöchern befand, die dermaßen hinüber waren.«

Der Zar nickte. »Ich bin mit den anderen alles im Detail durchgegangen. Ich glaube, du hast ihn gerade noch rechtzeitig da rausgeholt. Ist Breezy das klar?«

»Sie weiß, dass es übel war, Zar, aber sie hat keine Ahnung, was die Swords Kindern alles antun. Ich will auch nicht wirklich, dass sie das erfährt. Schon jetzt verbringt sie ihre Zeit damit, nur dazusitzen und ihn zu halten. Zu wiegen. Dabei weint sie dann. Sie geht friedlich zu Bett und wacht nachts oft auf. Ich glaube, das Trauma, dass man ihr ihr Kind weggenommen hat, ist noch längst nicht verarbeitet.«

»Wenn sie das nicht weiß und das Ausmaß dessen nicht erkennt, was ihrem Sohn hätte zustoßen können, wie soll sie dann verstehen, dass du sie jetzt ein bisschen hart an die Kandare nehmen musst?«

Das klang einleuchtend, und vielleicht kam er damit durch, doch Steele zweifelte daran. »Ich nehme sie nicht nur ein bisschen hart an die Kandare. Breezy ist eine Gefangene. Das Haus ist wunderbar und hat praktisch alles, was sie sich wünschen kann, aber es ist trotzdem ein Gefängnis – ohne mein Wissen oder ohne Begleitung kann sie nirgendwo hin. Sie lebt unter einer Glasglocke. Das merkt sie noch nicht, aber es ist so.«

»Ich hatte den Eindruck, du hast dieses Haus gekauft mit der Vorstellung, dass deine Frau den Großteil ihrer Zeit dort verbringen möchte.«

Steele nickte. »Ich wusste, ich würde sie wiederfinden. Ich musste sie wiederfinden.«

»Du hättest mir sagen sollen, dass sie die Eine für dich ist.«

»Das konnte ich nicht. Du hättest mich weggeschickt. Jedenfalls habe ich sie und meinen Sohn jetzt bei mir, und ich werde die beiden nicht wieder verlieren.«

»Es soll vorkommen, dass man zu sehr an etwas festhält, Steele. Du weißt, dass du sie genau dadurch verlieren könntest. Frauen mögen es nicht, wenn ein Mann sie kontrolliert, oder auch wenn er zu eifersüchtig ist …«

»Das ist es nicht. Seit sie bei mir ist, bin ich noch nie auf den Gedanken gekommen, dass sie mich betrügen könnte. Breezy ist dafür zu offen. Sie würde es mir sagen, wenn sie mich wegen eines anderen verlassen wollte. Ich will sie nicht kontrollieren, bloß weil ich es kann – und ich könnte es. Sie würde es sogar zulassen. Ich muss nur wissen, dass sie in Sicherheit ist.«

»Das ist unmöglich, Steele, und ich glaube, das weißt du. Sicherheit ist ebenso eine Illusion wie Kontrolle. Das wirst du in den Griff bekommen müssen.«

Steele nickte. »Das ist mir sehr bewusst.«

Der Zar wechselte das Thema. »Du weißt, dass ich mich, während du weg warst, mit jedem der Männer getroffen habe, die sich Torpedo Ink anschließen wollen, und Absinth mit ihnen sprechen ließ. Sie gefallen mir. Mir gefällt die Vorstellung, uns mit anderen zusammenzutun, die so sind wie wir. Sobald du Gelegenheit hattest, sie zu durchleuchten, werden wir darüber abstimmen.«

»Haben sie dir gesagt, warum sie zu uns stoßen wollen? Ich habe alles gelesen, was Code über sie recherchiert hat, und sie scheinen auch gut alleine klarzukommen. Kein anderer Club bedrängt sie. Sie haben sich an das Protokoll gehalten. Wieso haben sie sich dafür entschieden, uns zu fragen?«, fragte Steele sachlich.

Der Zar wusste, die Frage war, ob sie individuell unterschiedliche Gründe angeführt hatten. »Die Brüderschaft«, sagte er nur. »Sie sind Außenseiter, so wie wir auch. Sie verstehen sich vielleicht ein bisschen besser darauf, außerhalb der Schulen zu leben, aber wie können wir schon irgendwo dazugehören? Das werden wir nie wirklich schaffen. Wenn sie zu uns gehören, haben sie mehr Brüder. Sie haben einen Ort, wo sie hin können und wo sie willkommen sind; Brüder, die sie verstehen, Orte, die sie gelegentlich mit ihren Frauen besuchen können. Und wir können uns auf sie verlassen. Das stärkt uns.«

Steele nickte. Das ergab Sinn. Torpedo Ink war eine geschlossene Gemeinschaft. Jedes Mitglied war als Kind gefoltert worden. Sie kannten alle möglichen Varianten des Tötens und des Verführens, doch ihre Regeln, Regeln, die sie als Kinder selbst erstellt hatten und nach denen sie lebten, waren nicht die der anderen Menschen auf dieser Welt. Diese verstanden häufig nicht einmal, wie die Außenseiter dachten. Denen, die in den anderen Schulen ausgebildet worden waren, erging es ebenso, und sie brauchten ein Zuhause. Eine Gemeinschaft. Brüder, die sie unterstützten.

»Ich habe mit Fatei gesprochen, er will in dieser Ortsgruppe bleiben«, sagte Steele.

Der Zar nickte. »Er ist ein guter Mann. Er wird ein guter Bruder werden. Wir werden ihm das Abzeichen vor den anderen geben, falls die Abstimmung für sie ausgeht. Sie kommen am Freitagabend mit ihren Frauen zu einer Party zu uns. Alena kümmert sich um die Bewirtung. Wir sind bereit, aber ich hätte dich auch gerne hier. Du bist jetzt der Einzige, der sie noch nicht abgesegnet hat. Ich möchte, dass du sie dir genau ansiehst, Steele. Deine Meinung ist wichtig. Du siehst Dinge, die ich nicht sehe. Lass Darby bei euch zu Hause auf Zane aufpassen, oder bring ihn zu uns, damit du mit Breezy kommen kannst.«

Steele lehnte sich zurück, sein Herz hämmerte plötzlich

wieder auf diese seltsame Weise. Er sollte Zane unter der Obhut anderer Menschen lassen? Die Idee, einen Abend mit seinen Brüdern zu verbringen und sich mit seiner Frau zu entspannen, klang nach etwas, das er brauchte, aber konnte er tatsächlich Zane woanders lassen?

»Ich weiß nicht, Zar«, erwiderte er zögernd. »Es ist wahrscheinlich ein bisschen zu früh für Breezy, so weit von Zane weg zu sein, und auf keinen Fall wird sie es mögen, wenn ich ohne sie auf eine Party gehe. Vor allem nicht nach dem Desaster, das sie mitbekam, als sie hier ankam.«

Der Zar nickte. »Das dachte ich mir schon. Alena hat ein Zimmer gleich neben der Küche im Privatflügel. Dort könnte Darby auf Zane aufpassen. Es ist völlig abgeschlossen und geschützt. Es hat eine Alarmanlage, und wir alle sind ja da. Wir könnten ein Kinderbett dort aufstellen. Du könntest mit Breezy in deinem oder Alenas Zimmer übernachten, und ich bringe Darby nach Hause.«

Das war eine perfekte Lösung. Steele nickte. »Abgemacht. Wir packen unsere Sachen und kommen dann zurück. Ich komme etwas früher mit Breezy. Sie wird den Mädels in der Küche helfen wollen.«

19. Kapitel

Was du sagst, ergibt überhaupt keinen Sinn, Steele.« Breezy drehte sich zu ihm um und funkelte ihn wütend an. »Es ist die *beste* Zeit. Wir haben solchen Spaß zusammen. Du. Ich. Zane. Sogar Maestro und Keys. Und dann benimmst du dich so!«

»Ich benehme mich so, weil du herumschleichst …«

»Was glaubst du, passiert«, unterbrach sie ihn, »wenn ich aufstehe und ins Bad gehe, ohne dich vorher aufzuwecken und es dir zu sagen? Du wachst sowieso immer auf. Glaubst du, ich schleiche mich davon, um jemanden zu treffen?« Breezy warf verärgert die Hände in die Luft. »Genug ist genug!«

Steele wusste, dass es genug war. Er wusste, dass er sich danebenbenahm. Er war aufgewacht, sobald sie sich bewegt hatte. Sie glitt aus dem Bett, aus dem Schutz seiner Arme. Er hatte beobachtet, wie sie zur Tür hinaus ging, aber sie war nicht zum Badezimmer gegangen.

»Du bist nicht ins Bad gegangen.« Ihm war klar, dass er wie ein Irrer klang. Er *wusste* es. Dennoch konnte er nicht aufhören. Die Worte purzelten ihm aus dem Mund, auch wenn er sich noch so sehr bemühte, ruhig und vernünftig zu bleiben. Er hatte keine Ahnung, was mit ihm geschah, aber er wusste, dass Breezy nicht ewig eine Heilige sein konnte. Sie hatte unter den gegebenen Umständen mehr Geduld gezeigt als jede andere Frau.

»Weil ich nach Zane geschaut habe. Du hast doch deine App. Sieh sie dir an!«

»Ich sollte nicht auf dieses blöde Ding schauen müssen. Du solltest mir sagen, wohin du gehst!«, fauchte er. Seine Brust schmerzte höllisch. Seine Haut fühlte sich klamm an, doch er schwitzte. Es hatte angefangen, als sie aus dem Bett glitt.

Es wurde schlimmer. Die körperlichen Symptome wurden so schlimm wie die geistigen – oder seelischen. Das Monster, das immer so nah war, immer so bereit, ihn zu beschützen, öffnete die Augen und starrte auf seine Frau. Voller Wut. Sie hatte kein Recht, verärgert zu sein, nicht wenn sie weiter solchen Mist machen wollte.

»Wie zum Teufel soll ich denn wissen, was du tust, wenn du jedes Mal, wenn ich mich umdrehe, irgendeinen Blödsinn machst, um deinen Mann zu beschützen?«

Er betrachtete ihre Gesichtszüge im Licht des Mondes. Sie sah umwerfend aus, so wie sie da stand, mit nichts als ihrer blanken Haut. So liebte er sie. Ihre Brüste waren rund und voll und hoch am Körper angesetzt, sodass die Versuchung, sie zu umfassen und sich an ihnen gütlich zu tun, immer präsent war. Sie hatte den seidenen Kimono abgestreift, den er ihr geschenkt hatte, als sie ins Schlafzimmer zurückgekommen war. Er mochte es nicht, wenn sie bekleidet schlief, und die paar Male, die sie es versuchte, weil es angeblich bequemer war, hatte er sie einfach ausgezogen, unter sich geschoben und so jedes weitere Argument im Keim erstickt.

Doch dieses Eine konnte und wollte er nicht einfach abtun. Ihre Miene sagte ihm, vielleicht zum ersten Mal überhaupt, dass sie bereit war, mit ihm zu streiten.

Breezy stemmte die Fäuste in die Hüften. »Was redest du denn da? Ich dachte, das hätten wir beigelegt. Ich habe dir nicht gesagt, dass Bridges mich schlug, und hätte es tun sollen. Das habe ich eingeräumt. Willst du das jetzt jedes Mal vorbringen, wenn du dich über irgendeinen Quatsch ärgerst, nur damit du etwas hast, um davon abzulenken, dass du dich benimmst wie ein Irrer? Denn das tust du!«

Er trat einen Schritt auf sie zu. Savage hatte recht. Sie kapierte es nicht, und wenn er noch so viele Worte darüber verlor. Ein Presslufthammer begann in seinem Hirn zu rattern, ein schreckliches Dröhnen, das nicht aufhören wollte. »Du kannst mich beleidigen, so viel du willst, Bree. Ich sehe das als den Versuch einer Rechtfertigung, aber du kommst damit nicht durch. Ich lasse dich nicht vor mich treten, wenn du denkst, dass ich angegriffen werde.«

»Na dann, Steele. Falls du es nicht bemerkt haben solltest, ich liebe dich. Liebe bedeutet für mich, dich zu beschützen und all das anzunehmen, was du mir gibst. Ich kann dir keine schönen Dinge geben, also habe ich dir mich gegeben. Alles von mir. Auch die Art und Weise, wie ich dich liebe, und dazu gehört auch, dich zu beschützen. Ich habe bereits zugegeben, dass es ein Fehler war, dir nichts über Bridges gesagt zu haben. Ich hatte Angst um dich. Und ich war jung, vielleicht zu jung, um dich wirklich zu erkennen, so wie du bist. Du hast dich vor allen versteckt, auch vor mir.«

»Wage es nicht, mir das vorzuhalten und mir Schuldgefühle einzureden!«

»Das tue ich nicht.« Sie ging ein Stück auf die Kommode zu, weg von ihm. Ihre Brüste und ihr Po wiegten sich bei jedem ihrer Schritte. »Ich habe nur eine Tatsache genannt. Wir haben darüber bereits gesprochen, richtig? Ich verstehe nicht, weshalb dieses Thema immer wieder aufkommt.«

»Es kommt immer wieder auf, weil es noch nicht gelöst ist. Denn wenn es so wäre, wärst du zum Beispiel in dem Motel mit Lizard und Candy kein solches Risiko eingegangen. Aber du konntest nicht anders. Du musstest einfach versuchen, sie davon zu überzeugen, dass ich tot sei. Dass der Zar, die anderen und ich alle mit den anderen Swords dort bei dem Massaker ums Leben kamen. Das hast du getan, nicht wahr, Breezy, nachdem wir bereits darüber gesprochen hatten? Ich habe es schleifen lassen …«

»Du hast *was* schleifen lassen? Du hast nichts schleifen lassen, wir reden immer noch darüber. Ich bin einfach nur mitten in der Nacht aufgestanden, um nach unserem Kind zu sehen und ins Bad zu gehen. Das ist völlig normal, Steele, falls dir das nicht bewusst ist. Es ist keine große Sünde, und es hat nichts mit Herumschleichen zu tun.«

»Versuch nicht, uns vom Thema abzubringen!« Er fuhr sich aufgeregt durch die Haare. Wo war seine Ruhe geblieben? Wo seine Fähigkeit, vollkommen beherrscht zu bleiben? Breezy ruinierte ihn Stück für Stück.

»Steele« – sie versuchte alles, um gefasst zu klingen –, »mein eigener Vater ist in meine Wohnung eingebrochen und hat mein Kind gekidnappt. Es wurde mir geraubt. Da ist es kein Wunder, dass ich aufwache und Angst habe und mich vergewissern muss, dass es da ist und es ihm gut geht. Das machst du auch, und erzähle mir jetzt nicht, dass dem nicht so ist. Ich sehe dich doch. Du schläfst nicht mehr länger als eine Stunde. Ich habe auch Schwierigkeiten. So einfach ist das, also mach nicht aus einer Mücke einen Elefanten!«

Sie blickte tatsächlich finster drein. Er hatte diesen Ausdruck noch nie bei ihr gesehen, und er machte ihm Angst. Sie war wirklich verärgert. Wahrscheinlich dachte sie sogar daran, ihn zu verlassen, doch das würde nicht geschehen. Er hatte sie gewarnt. Ganz ehrlich, er hatte sie gewarnt.

»Das ist Quatsch, Bree. Totaler Quatsch!« Es war die absolute Wahrheit, und er wusste es. Sie hatte Albträume. Er machte sich deswegen solche Sorgen, dass er Blythe telefonisch um Rat gefragt hatte, doch er konnte sich nicht zurückhalten, obwohl er wusste, dass alles, was er sagte und tat, falsch war. Auf seiner

Brust lag ein solcher Druck, dass ihn der Schmerz kaum atmen ließ.

Sie warf resigniert die Hände in die Luft. »Wenn du so drauf bist, kann man mit dir nicht reden. Du bist einfach total unvernünftig. Ich habe keine Ahnung, was wir hier tun. Wie das überhaupt anfing.«

Breezy wandte sich zur Tür, doch er war bereits bei ihr, riss sie in seine muskulösen Arme und schleifte sie zum Bett. Das Monster in ihm trat hervor, drohte ihn zu verschlingen. »Du rennst verdammt noch mal nicht einfach weg, wenn ich mit dir rede!«

Sie lag da, die Augen aufgerissen, doch es war ihr nicht wirklich Angst anzusehen. Er wollte aber, dass sie Angst empfand, damit sie nie mehr einfach weglaufen würde. Der Zorn wich aus ihrem Blick, und danach war sie nur mehr seine Frau, die ihn ansah. Mitfühlend. Klug. Zu viel erkennend. Er wollte sich verstecken vor jedweder Wahrheit, die sie womöglich sehen konnte. Es war zu gefährlich. Zu schrecklich. Sein Herz fühlte sich an, als würde es zerreißen. Schweiß rann seinen Körper hinab. Kleine Perlen. Er war kaputt. So kaputt, weil sie jedes Mal einfach zu viel sah.

»Baby.« Sie hielt inne, umfasste zärtlich sein Kinn. »Du musst mir sagen, was los ist. Was wirklich los ist. Was immer es ist, ich muss es wissen. Ich kann nicht sagen, dass ich dir helfen kann, aber ich möchte es, und vielleicht wird es leichter für dich, wenn du dich mir mitteilst.« Ihre Finger strichen tröstend über sein Kinn.

Er riss ihre Hand von sich weg und trat vom Bett zurück. Einen Moment lang bekam er keine Luft. Es war zu heiß im Raum. Seine Haut war klamm. »Fass mich nicht an.« Er zeigte auf sie und trat noch einen Schritt zurück. »Ich habe dir nichts zu sagen. Aber fass mich nicht an.«

Zu seinem absoluten Entsetzen zitterte seine Hand. Er ließ

den Arm rasch fallen, stemmte die Faust in die Hüfte. Schweiß rann ihm über das Gesicht, perlte über seine Brust. Er musste um Atem ringen. Die Luft fühlte sich dick an.

Breezy setzte sich langsam auf; ihre Finger berührten den Kimono, den sie so sorgsam gefaltet und auf den Stuhl gelegt hatte. Sie zog ihn mit langsamen Bewegungen zu sich. »Steele, soll ich den Zar anrufen?«

Sein ganzer Körper zuckte. Der Zar war der letzte Mensch, den er hierhaben wollte. Er durfte das nicht wissen. Niemand durfte es wissen.

»Warum nicht? Lieber, sprich einfach mit mir.«

Er hatte es anscheinend laut ausgesprochen. Seine Ohren schmerzten, dröhnten grässlich laut. Chaos herrschte in seinem Kopf.

»Steele, du bist Arzt. Lass mich wenigstens Maestro oder Keys rufen, um dir zu helfen. Ich sehe doch, dass etwas nicht stimmt. Lass mich dir helfen.«

»Du rufst niemanden. Hörst du, niemanden!« Niemand durfte ihn so sehen. Mist. Er hatte einen Nervenzusammenbruch. Er hätte es kommen sehen müssen. Schließlich war er Arzt. »Bleib mir fern, Breezy.« Er warnte sie und betete, sie möge ihm gehorchen. Er war gefährlich in diesem Zustand. Er merkte es, auch wenn sie es nicht erkannte. Breezy musste um jeden Preis beschützt werden. Er ging rückwärts aus dem Schlafzimmer und rannte den Flur entlang, weg von Zanes Zimmer. Er konnte das Leben der beiden nicht aufs Spiel setzen.

Es wurde jedoch schlimmer, nicht besser. Steele lief von Zimmer zu Zimmer, schaute zu den Kameras hinauf, vergewisserte sich, dass sie alle funktionierten. Selbst in seinem paranoiden, ihn physisch zerstörenden Zustand musste er wissen, dass Breezy und Zane beobachtet und behütet wurden.

In der Küche legte er die Hände auf die Theke und versuchte, mehr Atemluft zu bekommen. Da es nicht klappte, öffnete er die dicke Glastür und trat hinaus. Verzweifelt schnappte er nach Luft.

»Steele?«

Er drehte sich nicht um. Er drückte kurz die Augen zu, dankbar und gleichzeitig entsetzt. Seine Emotionen schlossen sich gegenseitig aus. Er war dankbar, weil sie sich so sehr um ihn bemühte, dass sie ihm folgte und erkannte, dass etwas wirklich im Argen lag. Doch er war sich auch seiner Gefährlichkeit bewusst, dessen, dass sie sich auf sehr dünnem Eis bewegte.

Steele ging auf die große hintere Terrasse hinaus, auf den Pool zu. Dampf stieg aus dem Whirlpool und dem Schwimmbecken auf. Beide hatten eine automatische Abdeckung für die Nacht, damit nicht so viel Wärme verloren ging, doch er hatte sie nicht aktiviert, weil er gedacht hatte, er würde mit seiner Frau noch ein wenig schwimmen.

Er hörte sie die Tür schließen und wusste, dass sie draußen war und ihn beobachtete. Der Nebel war zu dünn, um sich darin zu verbergen. Ihre grünen Augen hatten schon immer zu viel gesehen. Sie bemerkte die kleinsten Details, und sie sah ihn, als er am verletzlichsten und an seinem absoluten Tiefpunkt war.

»Ich verstehe nicht, warum du dem Zaren nicht sagen kannst, was los ist, denn ihr erzählt ihm doch alle immer alles.« Sie hatte diesen sanften Ton, der ihn jedes Mal wieder umkrempelte. »Aber es ist okay. Sag es *mir*, Steele, ich bin deine Partnerin. Du hast mich um mein Vertrauen gebeten, und jetzt bitte ich dich um deines.«

»Breezy.« Es klang nach einer Warnung. Er sah sie nicht an, spürte jedoch, dass sie auf ihn zukam, und hielt eine Hand hoch, um sie zu stoppen. Er konnte aus mehreren Gründen nicht dorthin zurückgehen. Er konnte es ihr nicht erklären, denn wenn er es tat, würde sie gehen. Sie würden ihn alle verlassen. Und dann konnte er es nicht mehr mit sich selbst aushalten. Es würde keinen Ausweg geben, als sich eine Waffe an den Kopf zu halten und abzudrücken.

»Ich verlasse dich nicht, Steele. Niemals. Wir lösen unsere Probleme, das hast du selbst gesagt. Ich versuche, dein Bedürfnis nach all dieser Sicherheit um uns herum zu verstehen, aber du gibst mir nichts, womit ich etwas anfangen könnte. Du weißt, dass das nicht normal ist. Das *weißt* du. Jedes Mal, wenn wir auf diese Schiene kommen, verdreht sich das Ganze in irgendetwas anderes.«

Er erwiderte nichts, hielt sich ganz still, entsetzt, dass sie in seiner unmittelbaren Nähe war. Was, wenn er sie traf? Was, wenn er ihr etwas tat, so wie es Reaper mit Anya gemacht hatte? Er schüttelte den Kopf.

»Lieber.« Sie war noch näher gekommen. Ihre Stimme ein sanftes Flüstern in der Nacht. »Das geht nicht einfach so weg. Du bist ein intelligenter Mann. Du zeigst klassische Symptome einer posttraumatischen Belastungsstörung.«

»Wie zum Teufel willst du denn das wissen, Breezy?«, höhnte er. »Du hast nicht mal die Schule abgeschlossen.« Es war eine fiese Kränkung, doch sie brach einfach aus ihm heraus. Seine Brust fühlte sich so eng an, als könne sie jeden Augenblick bersten. Sein Herz pochte so heftig, dass er fürchtete, es werde zerbersten. »Tu nicht so, als hättest du viel Hirn, Baby. Du hast einen Wahnsinnskörper, aber steh zu dem, was du weißt.«

Ein langes Schweigen folgte. Seine hässliche Bemerkung verspottete ihn, hallte ihm wieder und wieder in den Ohren. Schließlich, endlich, sah er sie an. Er musste es tun. Er musste nachsehen, wie viel Schaden er angerichtet hatte. Er schob sie ständig von sich weg, sabotierte seine Beziehung zu ihr. Wenn er so weitermachte, würde sie gehen müssen. War es das, was er damit bezweckte? Warum konnte er nicht damit aufhören?

Breezys grüne Augen sahen ihn an. Ihr Gesichtsausdruck zeigte, dass sie sich verletzt fühlte, doch sie hatte sich nicht zurückgezogen. Seine Frau zog sich nicht zurück. Sie wartete, bis sein Blick den ihren traf, und schüttelte dann den Kopf, hielt ihn allein mit ihrer Miene gefangen.

»Ich weiß einiges über posttraumatische Belastungsstörungen, denn ich habe den zweiten Bildungsweg gemacht. Ich habe einen Sohn, und ich wollte ihm von Anfang an eine gute Mutter sein, ihm bei seinen Hausaufgaben helfen, wenn er mich braucht, deshalb bin ich noch mal zur Schule gegangen. Und ich musste eine Facharbeit schreiben. Ich entschied mich für das Thema posttraumatische Belastungsstörung. Ich war selber ein Missbrauchsopfer und musste das schließlich anerkennen. Es ging darum, mir bewusst zu machen, dass ich gezwungen worden war, anders als normale Menschen zu leben. Das war mir bis dahin nicht klar gewesen. Vielleicht macht mich das in deinen Augen dumm, ich weiß nicht …«

»Breezy.« Er schämte sich. Fühlte sich erbärmlich. Er presste eine Hand an die Stirn in dem Versuch, den Presslufthammer zu stoppen.

»Ich wollte Zane keine dumme Mutter sein, Steele. Und ich habe keine Angst, mit dir über Unstimmigkeiten zu sprechen. Ich liebe dich. Ich will, dass wir eine gute Beziehung haben, und dazu müssen wir in der Lage sein, miteinander zu reden. Was mich betrifft, willst du nicht nur, dass ich mit dir rede, du *verlangst* es sogar. Wir haben die Chance, zusammen großartig zu sein. Aber dazu musst du mir mitteilen, was dich so quält.«

»Warum?« Wegen des schrecklichen Kloßes in seinem Hals brachte er die Frage kaum heraus. Seine Kehle brannte so sehr, dass es kaum auszuhalten war.

»Ich muss dein Bedürfnis verstehen, uns jede Sekunde im Auge zu haben. Ich habe hundertmal wegen des Autos nachgefragt, aber du meidest dieses Thema. Ich bin eine gute Fahrerin. Ich will Blythe und Anya besuchen und mit Lana und Alena zur Girls' Night gehen. Ich will arbeiten.«

Als sie das sagte, blieb sein Herz beinahe stehen. Er drückte fest mit der Hand darauf. Sein Schädel brummte so sehr, dass er glaubte, womöglich krank zu sein. »Das kannst du nicht, Breezy. Das kannst du einfach nicht.«

»Ich bin kompromissbereit, Steele, aber du musst mit mir reden. Vertrauen ist keine Einbahnstraße. Und eine Beziehung auch nicht. Ich meine es ernst, wenn ich sage, ich liebe dich, aber ich bin kein Fußabstreifer, auf dem du herumtrampeln kannst, wenn du durchdrehst. Ich bin, wie ich bin. Und ich muss den Menschen, die ich liebe, helfen können. Ich muss das Gefühl haben, dass ich zu einer Beziehung etwas beitrage. Wenn du mir das nicht zugestehst, wenn du mir nicht dasselbe Vertrauen entgegenbringst, das du von mir verlangst, dann weiß ich nicht, wie wir jemals etwas lösen können.«

Breezy schritt über die großen, polierten Platten der Terrasse. Dabei öffnete sich ihr Kimono und gab den Blick auf ihren Körper frei. Unter der Seide war sie nackt, ihr Venushügel rasiert, die Schamlippen sichtbar. Er wusste, wenn er sie einholte und auf der Liege ausstreckte, sie würde ihn nicht aufhalten. Sie liebte es ebenso sehr, von ihm oral befriedigt zu werden, wie er es liebte, das zu tun. Doch er konnte es nicht. Er konnte sich nicht bewegen. Irgendwie lähmte sie ihn allein mit der Kraft ihres Willens.

Er sah sie auf sich zukommen. Sein Herz hämmerte wie verrückt, und er hatte dieses seltsame Dröhnen in den Ohren. Sein Kopf schmerzte so sehr, dass er die Zähne zusammenbeißen musste. Unwillkürlich bewegte er die Hände über die Narben auf seiner Brust. So viele. Das Messer hatte sich tief eingegraben. Die Klinge war brennend heiß gewesen. Er sah sie vor sich, rot glühend, bevor sie sich in sein Fleisch versenkt hatte.

»Stopp.« Er hielt die Hand hoch; sie zitterte. »Ich könnte dir sonst wehtun.«

Es war zu nah. Zu nah, die Erinnerungen drängten sich aneinander. Er konnte sie nicht mehr aufhalten. Irgendwie hatte sich das massive Tor, hinter dem er sie eingepfercht hatte, geöffnet. Dieses Tor hatte sich schon seit einiger Zeit bewegt – und jetzt war es zu spät.

Er war ein versierter Killer. Dabei sollte er doch ein Arzt sein, ein Heiler. Er hatte einen Eid abgelegt, und doch tat er praktisch das Gegenteil von dem, was er geschworen hatte: Leben zu retten, nicht zu nehmen.

Sie hielt einen Moment lang inne, und dann stieg sie die drei Stufen in den dampfenden Whirlpool hinein. Er war rund, mit einer geschwungenen Bank am Rand für die, die nicht ganz im heißen Wasser versinken wollten. Sie winkte ihm zu. »Komm, leg dich her, Steele. Leg den Kopf in meinen Schoß. Ich sehe, dass du Kopfschmerzen hast.«

Schon ihre Stimme war wohltuend. Breezy hatte es immer erkannt, meist schon vor ihm, wenn er dem Albtraum zu nahekam. Nun war er mittendrin. Erlebte ihn noch einmal. Gefangen im Netz, bis er fast nicht mehr unterscheiden konnte, was Realität und was damals mit ihm geschehen war. Er spürte die Peitsche, die ihm die Haut vom Rücken schälte. Er musste sich davon loslösen, bevor er den Verstand verlor.

Steele schüttelte den Kopf in dem Versuch sie zu retten. Er schaffte es sogar, von ihr weg zu taumeln. »Zu gefährlich«, stieß er hervor. »Zu verdammt gefährlich. Eher bringe ich mich um, bevor ich dir etwas antue.« Denn das würde er. Er hätte sie nie geschlagen oder ihr den Hintern versohlt, nur weil sie nicht tat, was sie sollte. Das war nicht seine Art.

»Lieber, leg dich einfach zu mir und rede mit mir.«

Breezy hatte etwas an sich, das ihm schon immer gutgetan hatte. Sie war freundlich. Nett. Mitfühlend. All das, was er nicht war. Ihre Stimme hatte etwas Verzauberndes. Ihr sanftes Flüstern zu hören, das Liebkosungen über ihn hauchte – es war einfach unwiderstehlich.

Hinlegen. Sie würde auf ihn aufpassen. Er würde es tun.

Alles riskieren. Auch sie riskierte alles – ohne zu zögern. Er hatte sie wieder und wieder verletzt. Vielleicht nicht physisch, aber ganz gewiss emotional. Er hatte ihr das Herz gebrochen, als sie jung und schwanger gewesen war, und dennoch war sie zu ihm zurückgekommen, hatte ihn akzeptiert. Vertraute ihm. Nun wollte sie dasselbe von ihm, ganz und gar, sein vollkommenes Vertrauen. Das Vertrauen darauf, dass sie einen Weg für ihn fand, einen Weg zurück zu so etwas wie geistiger Gesundheit.

PTBS. Verdammt, er war Arzt! Er wusste, dass er an einer posttraumatischen Belastungsstörung litt. Die Leute warfen mit dieser Diagnose um sich, doch die, die damit lebten, die dem Leiden ihrer Partner zusehen mussten, weil diese keine Kontrolle mehr über sich hatten, während ihre Albträume wieder auflebten, wussten, wie qualvoll das sein konnte. Es zerstörte Ehen und riss Familien auseinander. Es isolierte den von der Krankheit Betroffenen. Er hatte Gehirnscans gesehen, welche belegten, dass traumatische Ereignisse sogar das Gehirn selbst veränderten.

Er musste darauf vertrauen, dass Breezy ihn nicht verließ. Dass sie nicht geringer von ihm denken würde, wenn er es tat. Er wollte eine Partnerschaft mit ihr, aber er hatte ihr bisher keine angeboten. Er übernahm die Kontrolle, und sie ließ es zu – meistens. Das war für ihn Partnerschaft. Das war, was er war. Doch sie hatte recht in diesem Punkt. Sie hatte Rechte in ihrer Beziehung und würde auch in ihrer Ehe welche haben. Wenn er wollte, dass sie sein Bedürfnis akzeptierte, jederzeit zu wissen, wo sie war, vor allem mitten in der Nacht, dann musste er Mut fassen und darauf vertrauen, dass sie ihn nicht verlassen würde.

»Es ist nicht schön, Breezy. Nichts an meinem Leben war schön.« Selbst in seinen eigenen Ohren klang seine Stimme heiser.

»Das ist mir durchaus bewusst, Lieber.«

Es war diese Stimme, die ihm so naheging. Er konnte sich ihr nicht entziehen. Sie sah so abgeklärt aus. Ruhig. Als gebe es inmitten des schlimmsten Chaos in seinem Kopf einen sicheren Hafen. Er musste es riskieren, doch er fürchtete die möglichen Konsequenzen. Zögernd streckte sich Steele auf der Bank aus und legte den Kopf in ihren Schoß. Ihre Hände waren sofort in seinen Haaren, massierten seine Kopfhaut, sandten Wellen der Geborgenheit durch seinen starren Körper.

»Der Zar hatte einen Plan für unsere Flucht. Wir wollten weiter für Sorbacov arbeiten, aber wir wollten aus diesem Gefängnis heraus. Wir waren so nahe daran, dort herauszukommen. Wir hatten einen Zeitplan und zählten alle die Tage herunter.«

Er berührte die schlimmste seiner Narben und dachte daran, wie weh die Wunde getan hatte. »Venezuela war Sorbacov sehr wichtig. Er pflegte die Freundschaft mit diesem Land durch einen Mann namens Jose Merhi. Sorbacov hatte ihn aufgebaut mit der Absicht, seine Lasterhaftigkeit mit Knaben ans Licht zu bringen, vor allem den Hang, sie zu foltern. Merhi mochte es, denen, die er vögelte, wehzutun. Sorbacov brachte ihm bei, wie. Sie verfolgten einen sehr dunklen Weg, und Sorbacov nahm sich viel Zeit für ihn. Merhi wollte immer zwei Jungen gleichzeitig bei sich haben. Oft einen, der den anderen dann verletzen musste. Wenn er zwei hatte, konnte er sicher sein, dass sie kooperierten.«

Er spürte die Hitze. Die Wut. Sein Monster, das nahe war. Der Mann hatte ihn ausgepeitscht, bis sich die Haut von seinem Rücken löste. Merhi hatte von Sorbacov gelernt, einen zu bedrohen, während er den anderen zwang zu tun, worauf sein krankes Hirn auch immer kam. Steele musste tun, was der Mann sagte, um ein Kind zu schützen … Demyan.

»Absinth hatte einen Bruder, Demyan. Er hatte es geschafft, so wie wir es auch schafften. Wir waren so nahe dran, aus dieser Hölle herauszukommen. So nahe. Sorbacov schickte uns raus, zu Jose Merhi. Wir sollten alles tun, was Merhi wollte, ohne zu zögern oder Fragen zu stellen. Er drohte, Absinth umzubringen, falls wir nicht gehorchten, und zwar langsam und so schmerzvoll wie möglich. Das war immer die Drohung.«

Ihre Finger wanderten an seine Schläfen und übten sanften Druck aus. Nie zu viel oder zu wenig. Breezy schien immer genau zu wissen, was er brauchte. Er drehte das Gesicht zur Seite, atmete sie ein. Ihren weiblichen Duft. Es half dagegen, dass der Geruch von Blut und brennendem Fleisch ihn in den Wahnsinn trieb.

»Atme für mich, Lieber. Atme tief ein und fühle mich. Du bist hier bei mir. Du bist nicht dort, und dieser schreckliche Mann kann dir nichts antun.«

Aber er hatte ihn im Griff. Jose Merhi hatte von einem Experten gelernt. Sorbacov musste Merhi zu einem Mann machen, den er erpressen und für seine eigenen politischen Ziele einsetzen konnte. Doch sobald Merhi wusste, dass Sorbacov ihn gefilmt und damit in der Hand hatte, forderte er, ihm junge Männer seiner Wahl zu schicken. Demyan und Steele standen auf seiner Wunschliste ganz oben.

»Wir befolgten Befehle. Wir erkannten, dass Sorbacov das besonders wichtig war, und er hätte Absinth wirklich umgebracht, wenn wir die Befehle nicht genau ausgeführt hätten – zumindest glaubten wir das. Merhi wollte beim Vögeln einen blutroten Rücken sehen. Er tauchte seinen Finger in das Blut und schrieb damit obszöne Verse, die er dann Zeile für Zeile vorlas. Manchmal wühlte er sogar mit den Fingernägeln in den frischen Peitschennarben.«

Er murmelte, hörte das Zischen der Peitsche, spürte, wie der Riemen seinen Rücken aufriss. Seine Atmung geriet wieder zu einem abgehackten Keuchen, die Lippen wurden trocken und schmerzten. Größtenteils waren es Scham und Schuld darüber, Merhi nicht getötet zu haben, obwohl er doch so verdammt viel über das Töten wusste.

Er wusste, wenn es um Vergewaltigung und Folter ging, konnten Jungen und Männer nicht viel Mitgefühl erwarten. Je älter sie waren, desto eher riet man ihnen, die Sache unter den Teppich zu kehren. Man sagte, sie hätten ihrem Peiniger erlaubt, ihnen all das anzutun. Sich von ihm foltern oder vergewaltigen lassen. Sie hatten recht. Er war zwar mit Handschellen gefesselt gewesen, hätte Merhi aber dennoch töten können. Er hatte es deshalb nicht getan, weil sie sich geschworen hatten, dass alle neunzehn überleben würden. Er hatte Absinth im Gedächtnis behalten, bis er es nicht mehr aushielt und begann, sich Möglichkeiten auszudenken, wie er Merhi langsam töten könnte. Als selbst das nicht genug war, zwang er sich einen Filmriss auf. Er musste abspalten.

Er zwang sich, sie anzusehen, in ihre Augen zu schauen. Er fürchtete Verachtung oder Abscheu, doch ihr Blick zeigte nichts als Mitgefühl. Tränen füllten ihre Augen. Das war es, was es ihm ermöglichte fortzufahren.

»Er erhitzte die Klinge eines Messers und zwang mich zu sagen, wo sie bei uns beiden eindringen könne, ohne etwas Lebenswichtiges zu zerstören. Wenn ich einen Fehler machte, war mir der Tod sicher. Die Klinge brannte die Wunde aus, während sie in uns eindrang – so lautete zumindest die Theorie. Ich musste zusehen, wie er das Messer in Demyan versenkte.« Er berührte seine Brust. »In mich.«

Ihre Atmung hatte sich verändert, doch ihre Hände massierten ihn beständig weiter. Ihre Finger übten genau den richtigen Druck auf seine pochenden Schläfen aus.

»Ich habe das nie jemandem erzählt, Bree. Keinem einzigen Menschen. Ich fühle mich so verdammt schuldig. Wertlos. Sie schauen mich alle an und denken, sie könnten auf mich zählen …« Er blickte zu ihr auf. »Ich glaube, ich könnte es nicht aushalten, wenn du aufhören würdest, mich anzusehen, als sei ich deine Welt. Ich könnte es nicht, Baby. Ich brauche diesen

Blick.« Denn er war der Grund, weshalb er so viele Fotos von ihr machte, wenn sie sich liebten. Denn dann war dieser Blick jedes Mal da, und er brauchte ihn, einfach um manche Tage zu überstehen. »Meine Brüder glauben, ich werde für sie da sein, aber …« Er brach ab, unfähig, ihrem Blick standzuhalten.

Sie drückte ihm einen Kuss auf die Stirn. »Jeder zählt auf dich, Steele, und du setzt dich stets für jeden ein. Du bist der beschützendste Mensch, den ich kenne. Ich weiß, es ist übel, aber du musst es herauslassen. Meine Gefühle für dich werden sich nie ändern, egal wie schlimm es wird, und was immer du mir sagst, bleibt unter uns. Du gehörst mir. Ich weiß, dass ich dich mit den anderen teilen muss, aber ich teile mich nicht mit ihnen. Du gehörst nur mir, falls das Sinn ergibt und du verstehst, was ich meine.«

Ihre Stimme zitterte, und darauf reagierte er sofort. Es half, ihn ein wenig weiter von seiner Vergangenheit zu entfernen. »Baby, glaube nie, dass du an zweiter Stelle stehst, oder auch Zane. Für Torpedo Ink bist du Familie und wirst es immer bleiben. Sie haben dich aufgenommen, und sie werden immer für dich da sein, aber sieh das nicht falsch, Breezy, du gehörst mir. Es sind wir beide.« Er lächelte ihr ein wenig zu. »Wir drei. Wenn wir Glück haben, vergrößern wir die Zahl noch und füllen dieses Haus mit viel Lachen.«

Er brauchte Lachen um sich herum, wenn seine Vergangenheit ihn zu vernichten drohte. Sie war immer noch da, um ihn herum mit ihrem Geruch und ihrer Hitze. Und jetzt mit Demyan. »Du hast Absinth gesehen. Er ist ein attraktiver Mann. Das war Demyan ebenso. Er konnte mit seinem Lächeln jeden gewinnen, und das tat er auch. Ich hätte überlegen müssen. Ich hätte an jenem Tag mein Hirn einsetzen sollen, aber ich ließ mich von den Schmerzen überwältigen. Von der Schmach. Ich hätte stark genug sein müssen, um das beiseitezuschieben, damit mein Hirn hätte funktionieren können.«

Ihre Finger strichen über seine Schläfen und sein Gesicht. Er wusste nicht, ob es nass war. Er konnte nichts fühlen. Er war völlig taub geworden, wusste nicht einmal mehr, ob er noch in seinem Körper war. Seine Lunge brannte; das Atmen schmerzte. Das spürte er. Und er hörte sein Blut in den Ohren pochen. Er wusste, da war Blut, weil sein Rücken aufgerissen war von der Peitsche und den Ketten, die Merhi so gern zum Einsatz brachte. Er hatte in zwei Zimmern Kameras installiert und alles gefilmt, alles en détail und mit Nahaufnahmen. Zuerst Demyan und dann ihn.

»Er sagte, er hätte ein paar Freunde zum Spielen eingeladen. Das war schlimm, das wusste ich, weil es noch nie zuvor passiert war. Änderungen waren immer schlimm.« Sein Herz pochte heftig. Schweiß perlte seinen Körper hinab. Er konnte hier nicht liegen. Er konnte es nicht aushalten, berührt zu werden.

Steele sprang auf und schob sich von ihr weg, schuf Abstand, obwohl er sie gar nicht mehr sehen konnte. Der Nebel waberte um ihn wie Drahtwindungen, die sich in seine Haut eingruben. Sie zogen sich immer enger zusammen. Die Klinge drang tief ein, bohrte sich heiß, quälend, in sein Fleisch. Er schaute durch das Zimmer in Demyans Augen. Solange sie imstande waren, einander zu sehen, konnten sie es schaffen. Sie gaben einander den nötigen Mut, um jede Sekunde der Folter zu überstehen.

Der Sex war gar nichts. Eine Demütigung. Erniedrigung. Doch daran waren sie gewöhnt. Der Schlüssel war, dass immer noch einer von ihnen dabei war, um ihr Überleben sicherzustellen. Das war mehr als notwendig. Ohne den anderen gab es kein Überleben. Das wussten sie alle. Eine derart harte Folter verlangte mehr als körperliches Durchhaltevermögen. Sie forderte Geistesstärke. Demyan half ihm, sie zu überstehen. Wichtiger noch, er half Demyan, sie zu überstehen.

Er hing an diesen Drähten, die durch seine Haut schnitten, nicht mehr als ein geistloses Tier voller Qual. Grausames Gelächter um ihn herum, während andere seinen Körper schindeten. Er erinnerte sich nicht an ihre Gesichter. Doch schlimmer als alles, was sie ihm antaten, war, dass sie Demyan aus seinem Blickfeld entfernten. Sie schleiften ihn in ein anderes Zimmer. Merhi folgte ihnen, ließ ihn allein zurück. Er hatte sich vollkommen von allem Schmerz abgetrennt, und es dauerte viel zu lange, wieder in seinen Körper zurückzukommen. Viel zu lange.

Als die Schreie anfingen, kämpfte Steele, um die Drähte loszuwerden. Er war stark, und er hatte eine Affinität zu Metall. Dennoch dauerte es scheinbar ewig. Er hatte kein Zeitgefühl, doch die Zeit verstrich, denn Demyans Schreie hallten in seinem ganzen Körper wider, rüttelten an seinen Knochen und prägten sich in sie ein. Er kämpfte wie ein Irrer, um die Drähte abzuschütteln, die sich durch sein Toben noch fester zugezogen hatten.

Als er sich endlich befreit hatte, waren die Schreie nur mehr ein animalisches Schmerzgestöhn. Er platzte in das Zimmer hinein und fand ein Blutbad vor. Alles war rot, selbst die vier Männer, die lachend Demyans Körper marterten, waren rot, als hätten sie in Blut gebadet. Steele tötete sie alle. So geschwächt und übel zugerichtet er auch selbst war, er vernichtete sie. Er erinnerte sich nicht daran wie, sondern nur daran, dass er es tat. Es war nicht schön und auch nicht sauber, und Merhi litt, bevor er starb. Daran erinnerte er sich. Dann ging er zu Demyan.

Er konnte ihn nicht einmal halten, denn Demyan glitt aus dem Leben, weil es ihn zu sehr schmerzte, berührt zu werden. Er konnte nur flüstern, wie leid es ihm tue, zugelassen zu haben, dass sie ihn seinem Blick entzogen. Er konnte nur wünschen, an seiner Stelle sein zu können. Es hatte über eine Stunde gedauert, bis Demyans starkes Herz aufgab. Er war die ganze Zeit über bei Bewusstsein gewesen, hatte in Steeles Augen gestarrt. Hatte ihm keinen einzigen Vorwurf gemacht. Er hatte versucht, etwas zu flüstern. Das war ihm wichtig gewesen. Eine Botschaft für

Absinth, seinen jüngeren Bruder, doch er hatte es nicht geschafft, sie Steele mitzuteilen.

Steele sank direkt neben dem Whirlpool auf die Terrasse, doch er spürte weder den feuchten Nebel auf seiner Haut noch den rauen Zement unter ihm. Er war in der Vergangenheit mit Demyan gefangen. Dem neunzehnten Überlebenden. Er hätte mit ihnen leben und lachen, Bier trinken und durch den Wind dröhnen sollen. Er hätte ein Leben haben sollen. Eine Frau. Kinder. Er hätte nicht durch die Hand von Verrückten sterben sollen, nur weil Steele den Blick von ihm abgewandt hatte.

»Lieber.«

Eine leise Stimme, die seine Gedanken, seine eigenen Schmerzensschreie durchbrach. Sein Körper spielte keine Rolle. Die Haut, die sich von seinem Rücken löste, oder die zahllosen Stichwunden. Nichts von all dem war von Bedeutung. Es waren die Wunden in seiner Seele, die niemals heilen würden. Er hörte es wieder. Leise. Beharrlich. Ein Stück von ihm entfernt. Er versuchte, sich darauf zu konzentrieren.

»Steele. Lieber. Du bist hier. In Sicherheit.«

Es gab für niemanden Sicherheit. Die, die er liebte, würden nie sicher sein. Er musste sie beschützen, durfte nie den Blick von ihnen abwenden.

»Ich verstehe. Die Kameras machen mir nichts aus, Lieber.«

Kameras. Auch die hatte er damals zerstört. Er wollte nicht, dass jemals jemand sah, was diese Bestien Demyan angetan hatten. Sie hatten ihn auf ein Tier ohne Verstand reduziert, und niemand würde das je zu sehen bekommen. Demyans Tod gehörte ihm allein.

»Das ist gut, Steele. Niemand sollte das sehen. Es ist gut, dass du das getan hast. Nimm ein paar tiefe Atemzüge – für mich. So ist es gut, Süßer. Einfach nur atmen.«

Er hatte danach monatelang nicht richtig atmen können. Wenn er es dann doch tat, wenn er die Luft zu stark einsog, hatte er den Geruch von Blut in der Nase. Er war auf seiner Haut. An seinen Händen. In seinen Haaren.

»Es ist nicht in deinen Haaren, Süßer«, sagte die sanfte Stimme.

Doch. Es war überall an ihm. Sein Blut. Demyans Blut. Das Blut der Männer, die er hingeschlachtet hatte, als er sah, was sie getan hatten. So war das Monster geboren worden. Er hatte nicht gewusst, dass er zu dieser Art des Tötens, zu solcher Wut, fähig war. Er war ein Heiler. Er hatte die Gabe des Heilens empfangen, und er hatte Menschen *abgeschlachtet.* Menschliche Wesen …

»Das waren keine menschlichen Wesen, Steele. Sie sahen so aus, aber sie waren Monster. Du hast sie vernichtet, weil sie ausgelöscht werden mussten, bevor sie sich auch noch an anderen vergingen.«

Das ergab einigermaßen Sinn. Er zitterte am ganzen Körper und konnte nicht aufhören. Er konnte nicht zu den anderen zurückgehen. Er konnte Absinth nicht sagen, was geschehen war. Wie Demyan gestorben war. Was sie ihm angetan hatten. Er konnte sich dem nicht stellen. Doch er musste es tun. Er musste zu den anderen zurück und es ihnen sagen. Absinth sagen, dass er seinen Bruder aus dem Auge gelassen hatte und sie ihn umbrachten.

Er fand heraus, dass Sorbacovs Deal mit Merhi diesem erlaubte, einen von ihnen zu töten. Sorbacov wollte jedoch, dass Steele am Leben blieb, weil er Arzt war und zu mehr Orten Zugang hatte als Demyan. Trotz seiner Wunden, dem schrecklichen Tribut seines Körpers, mussten der Zar und Reaper Steele davon abhalten, Sorbacov zu töten. Er sagte Sorbacov, was er getan hatte, dass er Merhi und die anderen umgebracht und dabei absolut nichts gefühlt hatte.

Er sagte Sorbacov, dass er gewonnen habe, dass er endlich das Monster geschaffen habe, das er sich vorgestellt hatte, und wenn er Absinth töten würde, werde er ihn Stück für Stück zerreißen. Seine Brüder und Schwestern, Torpedo Ink, hatten mit ihm zusammengestanden, die Gewehre auf sie gerichtet und bereit zu sterben, und sie standen hinter ihm und wiederholten, was er Sorbacov gesagt hatte. Er gab ihnen Absinth zurück. Absinth war in schlechter Verfassung wie jeder, den Sorbacov gehabt hatte, aber er war am Leben.

Die anderen wollten Steele bei der Genesung unterstützen. Sein Körper war ein Wrack. Seine Seele noch schlimmer zugerichtet. Er konnte das Bild von Demyans Leiden nicht abschütteln.

Er hätte bei Demyan sein sollen. Sie hatten immer aufeinander aufgepasst. Immer. Das war die Regel des Zaren. Ihre Regel. Ihr Kodex. Ihr gegenseitiges Versprechen. So hatten sie überlebt. Doch er hatte das nicht getan. Er hatte den Blick von Demyan abgewandt, der deshalb auf die schlimmstmögliche Weise umgekommen war.

»Niemand würde dir je die Schuld geben.«

»Ich habe den Blick von ihm abgewandt. Wir schauen immer aufeinander. Das ist der Kodex. So bleiben wir auf der sicheren Seite. Vor allem, wenn Sex mit im Spiel ist. Wir passen aufeinander auf. Ich habe ihn im Stich gelassen. Ich habe nicht gesehen, was sie mit ihm machten.« Er wiederholte die Regeln wieder und wieder, denn wenn er sie befolgt hätte, hätte ihr Baum achtzehn Äste, nicht siebzehn.

»Lieber, du denkst nicht klar über das Ganze.«

Diese Stimme, so ähnlich der Berührung ihrer Hände. Er war nun bei ihr, und er schämte sich, dass er ihr alles erzählt hatte. Er hatte keine Ahnung, was er gesagt hatte und was nicht. Er sah sie über die Schulter hinweg an, atmete sie ein, sah die Tränen, die über ihre Wangen liefen, oder vielleicht liefen sie auch über sein Gesicht, und er konnte nicht klar sehen. Vielleicht war es beides.

Breezy war so eine anteilnehmende Frau, sie würde nach all dem nie mehr schlafen können. Es war selbstsüchtig von ihm gewesen, es ihr zu erzählen. Er hatte sich davor gefürchtet, es sie wissen zu lassen, und sich dafür geschämt. Er hätte es besser wissen müssen. Sie war voller Mitgefühl. Er hatte seit damals nicht mehr durchgeschlafen. Und nun würde es ihr sicher ebenso gehen.

»Babe, du bringst mich immer zum Einschlafen.«

Er hatte auch das laut ausgesprochen. Er zwang sich, die Lippen zusammenzupressen, blinzelte in dem Versuch, den Dunstschleier zwischen ihnen wegzubekommen. Zu seinem Entsetzen verschwand er, was bedeutete, es war nicht der Nebel gewesen. Sie weinte definitiv. Breezy. Seine Frau. Er hatte ihr seinen schlimmsten Albtraum mitgeteilt. Den Moment, der sein Leben verändert hatte. Die Geburt des Monsters. Und sie sah ihn noch immer an, als würde mit ihm die Sonne auf- und untergehen.

»Es tut mir leid, Bree.« Er blickte auf seine Hände. »Du siehst, ich werde immer ein kaputtes Arschloch sein. Immer. Es geht nicht weg, nur weil ich mit jemandem darüber rede. Und das würde ich auch nicht. Für Leute wie mich gibt es keinen Therapeuten. Niemand kann mir helfen. Du wirst den Rest deines Lebens damit leben müssen. Damit, dass ich dich zu sehr festhalte. Dich ständig im Auge haben muss. Wie auch die Kids.«

Es war die Wahrheit, und die musste sie wissen. Ein Trauma wie seines ging nicht so einfach weg. Er fühlte sich, als sei er einen Marathon gelaufen, sein ganzer Körper schmerzte. »Das wird nicht weggehen, Baby. Niemals. Auch wenn ich mir das noch so sehr wünschte.«

Breezy berührte ihr tränenfeuchtes Gesicht, blickte auf ihre nassen Finger und schüttelte den Kopf. »Ich bin so eine Heulsuse. Und daran wirst du dich gewöhnen müssen. Ich glaube aber, im Lauf der Zeit wirst du es ein bisschen lockerer sehen können, Steele.«

Sie war keine Heulsuse. Breezy heulte nicht, das wusste er. Ihr Vater hatte das Weinen aus ihr herausgeprügelt, als sie noch ein Kind war. »Vielleicht. Ich hoffe es. Aber bis dahin musst du mir sagen, wohin du gehst, wenn du mein Bett verlässt. Ich schwöre, ich werde es versuchen, Bree. Das werde ich, aber du musst mir helfen, wenn ich ausraste, so wie jetzt.«

Sie nickte. »Badezimmer und Zane. Was auch immer, ich werde es dich wissen lassen, wenn ich das Bett verlasse und irgendwohin gehe.«

»Du gehst auch runter in die Küche.«

»Wenn ich nicht schlafen kann. Manchmal denke ich daran, um drei Uhr früh schwimmen zu gehen, aber ich weiß, das magst du nicht, also lasse ich es.«

»Sag es mir, dann komme ich mit.«

»Ich möchte, dass du schläfst.«

»Breezy, ich schlafe nicht, wenn du nicht mit mir im Bett liegst. Ich gehe jederzeit lieber schwimmen, als dazuliegen und auf dich zu warten. Alles, was ich mit dir tue, ist besser, als es allein zu tun. Wenn du das mitmachen kannst, dann geht es uns gut.«

»Ich möchte, dass du darüber nachdenkst, wenigstens einmal jeden Tag mit dem Bike rauszufahren. Und wenn es nur für eine Stunde ist, Steele. Nehmen wir das als ersten Schritt dahin, ein wenig loszulassen. Bitte, tu das für mich.«

Der Gedanke, sie allein zu lassen, war schrecklich, doch er musste einen Weg finden, einen Gang herunterzuschalten. Er musste mit seinen Brüdern fahren. Das war ein Teil von ihm, wie das Atmen. Er nickte. »Ich möchte, dass du jedes zweite Mal mitfährst.« Schon seine Familie getrennt zu wissen, eine Person zu Hause, die andere bei ihm, brachte ihn dazu, überzureagieren. Er hoffte sehr darauf, dass sie Nein sagen würde. Schließlich wollte sie ebenso wenig von Zane weg sein wie er.

»Abgemacht. Jedes zweite Mal. Ich werde Lana und Alena

bitten, auf den Kleinen aufzupassen. Sie bieten es mir immer wieder an.«

Zu wissen, dass seine tödlich gefährlichen Schwestern beide auf sein Kind aufpassen würden, half ihm. Er brauchte körperliche Aktivität. Sein Körper fühlte sich an, als sei er mit einem Baseballschläger verdroschen worden. Wie auch immer, das Wasser im Pool war warm, und draußen war es kühler geworden.

Er sah auf sein Handy. Die App zeigte ihm, dass Zane friedlich schlief. Trotzdem schrieb er Maestro und Keys eine SMS, auf den Jungen aufzupassen. Seit Zane in seinem eigenen Zimmer schlief, wachte er nachts kaum noch auf. Manchmal wurde er wach, spielte eine Weile still im Bett und schlief dann wieder ein. Steele beobachtete ihn dabei gerne.

»Komm, gehen wir jetzt schwimmen, Bree. Ich muss ins Wasser.« Vielleicht hatte er schon die ganze Zeit gewusst, dass er einen Pool brauchte. Er war gerne im Wasser. Es verhalf ihm zu dem Gefühl, nicht über und über und trotz allem Schrubbens und Waschens mit Blut besudelt zu sein. Trotz seiner sterilen Zimmer, trotz permanenten Putzens.

Breezy zögerte nicht. Sie ließ ihren Seidenkimono ordentlich gefaltet auf einer Liege zurück. Dafür liebte er sie umso mehr. Voller Dank dafür, dass sie ihm keine aufdringlichen Fragen über Demyan oder dieses schreckliche Ereignis gestellt hatte, nahm er sie bei der Hand und stieg mit ihr ins warme Wasser. Sie hatte es ihn auf seine eigene Art und Weise erzählen lassen.

»Ich habe nicht gemerkt, dass du frierst, Baby.« Er zog sie zu sich, legte die Arme um sie, gleich unterhalb ihrer Brüste. Ihre Haut war eisig. Er sah sich um; nun erst bemerkte er, wie es abgekühlt hatte.

An der nordkalifornischen Küste konnte die Temperatur rasch abfallen, und genau das war geschehen. Der Wind war aufgefrischt, und er hatte es nicht bemerkt, obwohl er doch immer alles beobachtete. So weit war er von sich selbst entfernt gewesen, hatte sich in seiner Vergangenheit verloren. Breezy war direkt bei ihm gewesen, hatte jedes Wort von ihm mitbekommen, Worte, an die er sich nun nicht mehr erinnerte.

Er umfasste sie noch fester. »Ich habe ein solch verdammtes Glück, dich zu haben, Bree. Ich weiß, ich sage dir das nicht oft genug, aber ich fühle es. Es tut mir leid, dass ich dir wehgetan habe, als ich dich wegschickte. Das hätte nie passieren dürfen.« Er konnte ihr nicht erklären, wie es ihm ergangen war, als er ihr Alter erfuhr. Er wollte nicht daran denken, dass er den Männern und Frauen auch nur im Mindesten ähnlich sein könnte, die die Kinder in der Schule, in der er aufgewachsen war, missbraucht hatten.

»Letztlich hat es ja auch etwas Gutes gehabt, Steele«, sagte sie und lehnte den Kopf an ihn. »Ich habe gelernt, stark zu sein, und das musste ich lernen. Ich bin jetzt viel lieber die, die ich bin, und ich weiß, ich kann Zane so eine bessere Mutter sein.«

Er war stolz auf das, was sie geworden war. »Du bist unserem Sohn eine wunderbare Mutter. Ich hoffe, ihm ein ebenso guter Vater zu sein. Hab bitte in den ersten Monaten Nachsicht mit mir. Zu wissen, dass mein Sohn entführt war, ob ich nun von ihm wusste oder nicht, das hat mich schon mitgenommen.«

»Das kann ich verstehen«, sagte sie. »Ich danke dir, Steele. Ich weiß, es war nicht leicht, das, was du erlebt hast, auszusprechen. Aber ich musste Bescheid wissen, um dich besser verstehen zu können.«

»Ich werde weiterhin versuchen, nicht mehr so extrem zu sein«, versicherte er ihr. Er würde es nicht ausnutzen, dass sie nun Bescheid wusste. Er wollte sich für sie bessern. Für seinen Sohn. Für künftige Kinder, die sie haben würden.

»Ich will mit dir um die Wette schwimmen.«

»Breezy.« Nur ihr Name. Das sagte alles. Sie hatte keine Chance, ihn zu schlagen.

Ihr leises Lachen reizte seine Sinne, machte sein Herz ein

wenig leichter. »Du könntest mir einen Vorsprung geben. Bis zu der Markierung auf halber Strecke.«

»Das wäre vielleicht ein bisschen zu viel geschummelt.« Er wusste, dass es das nicht war. »Wenn ich gewinne, darf ich dich vögeln, ganz wie ich will.«

»Wenn ich gewinne, gilt dasselbe für mich.«

Er zog eine Braue hoch.

Sie warf den Kopf zurück, legte den Arm um seinen Nacken. Dadurch wurden ihre Brüste angehoben, was er sofort registrierte. »Mach mich nicht schon wieder scharf.«

Dennoch folgte er ihrer Aufforderung. Breezy schmeckte himmlisch. Paradiesisch. Sünde und Verführung. Er schwelgte, küsste sie über und über, weil er es einfach musste. Doch sobald er den Kopf anhob, schwamm sie mit kräftigen Beinschlägen weg und steuerte das andere Ende des Pools an. Er wartete, bis sie die Markierung erreicht hatte, und folgte ihr dann.

Natürlich gewann er, denn er wollte sich nichts entgehen lassen, sie langsam lieben und in den Wahnsinn treiben. Er genoss es, sich Zeit zu lassen und sie kirre zu machen. Ihre kleinen Aussetzer beim Atmen, ihr Stöhnen und ihre leisen Schreie waren einfach zu perfekt. Er konnte sie sich die ganze Nacht lang anhören. Er ließ nicht locker, bis diese flehende Aufforderung von ihr kam, das Hauchen seines Namens, das seine Welt zum Leuchten brachte. Erst dann gewährte er ihr und sich Erlösung, sodass es durch ihn dröhnte und ihn mitriss wie ein Tsunami.

Sie schaute über ihre Schulter, Hände und Knie auf der breiten Liege, ein Lächeln im Gesicht. »Wer hat gewonnen?«

»Wir beide«, räumte er ein und wickelte sie in ein Badetuch, da er ihr Zittern bemerkte. »Ich bin hellwach.«

»Hol dein Bike heraus, Steele. Schwing dich darauf und fahr ein Stück. Du brauchst es.«

»Nur wenn du mitkommst.« Er rieb ihre Hüfte, weil er sie

berühren musste. Er brauchte diese Verbindung, solange seine Vergangenheit noch so nahe war.

»Zane.« Ein Wort nur, doch mit einem Anflug von Bedauern. Sie wollte gerne mitfahren.

»Keys und Maestro können auf Zane aufpassen«, sagte Steele. »Es war deine Idee. Das könnte unsere erste gemeinsame Fahrt werden.« Er küsste sie sanft auf den Kopf. »Ich muss dich bei mir haben, Baby. Komm, fahr mit mir.«

Sie schaute zu den Fenstern hinauf, und ein Lächeln hellte ihre Züge auf. »Gib mir fünf Minuten, dann bin ich so weit.«

»Die brauche ich auch noch. Ich fahre ja nicht nackt.« Er stand auf und zog sie mit hoch.

»Ich dachte, du machst alles nackt, und ich habe dann etwas zum Festhalten.« Sie lachte schelmisch und lief davon.

Steele folgte ihr gemütlichen Schrittes und schrieb dabei noch einmal eine SMS an Maestro und Keys. Er hatte Glück, dass seine Brüder ihn dabei unterstützten, seine Familie zu beschützen. Und es war mehr als Glück, dass er einen Sohn hatte. Gegen einen Teil in ihm musste er ankämpfen, jenen, der in Panik ausbrechen wollte, weil er seinen Sohn tatsächlich jemand anderem überließ, doch es war eine Chance, sich zu ändern, und er musste sie ergreifen.

Auch hatte er das Gefühl, mit Breezy das große Los gezogen zu haben. Sie nahm alles gelassen und warf ihm nicht vor, sie zu sehr zu kontrollieren. Sie hörte zu und versuchte, ihn zu verstehen. Ja, er war ein Glückspilz, und das wusste er. Er gelobte sich, sein Bemühen zu verdoppeln, sie glücklich zu machen und alles zu bemerken, was sie traurig oder ärgerlich machen könnte. Er musste ihr so viel geben, wie sie ihm gab, denn er wollte seine Beziehung mit ihr unter keinen Umständen kaputtmachen.

20. Kapitel

»Wir haben ein größeres Problem, zu dem wir gern deine Meinung hätten, Blythe«, sagte Maestro, langte um Breezy herum, um sich eine Handvoll Chips zu nehmen, und stopfte sich welche in den Mund.

Ice drängte ihn weg. Breezy wäre zwischen Ice und Storm halb an der Theke erdrückt worden, hätte Ice sie nicht galant gerettet, indem er sie um die Taille fasste und zur Seite schob. »Blödmann«, brummte er. »Du hättest ihr wehtun können.«

»Tu nicht so, als hättest du sie nur weggeschoben, um sie zu retten.« Storm funkelte ihn an und nahm sich mehr als nur eine Handvoll Chips, bevor Blythe sie ihnen wegnahm.

»Hey«, protestierte Ice. »Behandelt man so einen Helden? Breezy, erzähl Blythe, wie mein Bruder dich an die Theke gedrückt hat.«

»Das größere Problem, das Maestro hat, würde mich mehr interessieren«, konterte Blythe. »Wir arbeiten hier, Jungs. Wenn ihr nicht mithelfen wollt, dann zieht Leine.«

»Bald sollten auch die anderen Frauen hier sein, um mitzuhelfen«, versicherte ihr ihr Mann.

Blythe, Anya und Breezy sahen ihn an. Lana und Alena drehten sich langsamer zu ihm, doch ihr Schweigen untermauerte das der anderen drei. Der Zar wich zurück und hielt kapitulierend die Hände hoch. »Ich habe nur gesagt, dass für das Essen noch weitere Hilfe kommt.«

»Maestro«, sagte Blythe, noch immer einen durchdringenden Blick auf ihren Mann gerichtet, »spuck es aus.«

»Wir haben schon darüber gesprochen, aber wir sind alle unterschiedlicher Meinung, wie wir mit diesem immer wieder einmal aufkommenden Problem umgehen sollen. Wenn eine Frau sich weigert, ihrem Mann zu gehorchen, wenn es um etwas wirklich Wichtiges, wie etwa Sicherheitsfragen, geht, was soll er dann tun?«

Breezy stöhnte und trat ihm ans Schienbein. Ihr Gesicht wurde puterrot. »Ich schwöre, wir werden das beilegen. Warum bestehst du darauf, das jetzt vorzubringen?«

»Weil es nicht geklärt ist«, erwiderte Savage und verblüffte damit alle. »Nicht, dass du von Blythe eine vernünftige Antwort bekommen wirst.«

»Was heißt das, Savage?«, forderte Blythe ihn heraus.

Er zuckte die Achseln. »Du wirst jetzt sagen, dass du mit ihr redest. Es ihr erklärst. All diese korrekte Scheiße, die Frauen zueinander sagen.«

Blythe runzelte die Stirn. »Denkst du wirklich, dass wir das tun? Tatsächlich versuchen wir, Wege zu finden, um euch zu helfen, und wenn wir etwas nicht verstehen, ja, dann versuchen wir, es mit unserem Partner auszudiskutieren, um es besser zu verstehen. Wenn Viktor etwas wirklich wichtig ist, gebe ich nach, weil ich darauf vertraue, dass er kein Diktator ist.«

Sie fuhr mit ihrer Arbeit fort wie Breezy auch, doch Breezy behielt dabei die Mitglieder von Torpedo Ink im Auge. Sie schienen bei diesem Thema gespalten zu sein, auch wenn Blythe versuchte, es ihnen zu erklären.

Sie wagte einen Versuch. »Es ist nicht immer einfach zu tun, was von uns verlangt wird, vor allem, wenn unser Mann in Gefahr sein könnte.«

Maestro ließ ein übertriebenes Seufzen vernehmen. »Genau dann ist es aber am wichtigsten.«

Savage nickte. »Es ist außerdem eine Sache des Vertrauens. Dein Mann sagt dir etwas, und du tust es verdammt noch mal einfach.«

»Jeder ist anders, Savage«, erklärte Blythe. »Jeder von uns hat seine eigene Persönlichkeit. Du wirst immer das Sagen haben. Deine Frau wird das wissen müssen, und es muss okay für sie sein. Andernfalls wird es zwischen euch nicht laufen. Ich hingegen muss das Gefühl haben, in einer Partnerschaft zu sein. Das brauche ich, um glücklich zu sein. Aber ich kenne auch Viktor und weiß, was er braucht. Wenn er zu mir sagen würde, beweg dich nicht von dieser Stelle, weil ich sonst in Gefahr bin, würde ich mich nicht bewegen. Für ihn. Weil es das ist, was er braucht.«

»Du solltest es nicht tun, weil er dir verdammt noch mal sagt, dass du ansonsten in Gefahr bist, und du darauf vertraust, dass er weiß, was zum Teufel er sagt«, entgegnete Savage und griff in die Schale mit den Chips.

»Sag ich auch«, pflichtete Maestro ihm bei. »Was soll ein Mann tun, wenn seine Frau ihm nicht gibt, was er am meisten braucht?«

Breezy spürte, wie sie errötete. Steele rückte näher zu ihr, schützte sie mit seinem Körper. »Wir haben die Sache geklärt«, sagte er mit einem warnenden Unterton. Sie hätte ihn am liebsten geküsst.

»Das ist gut«, sagte Blythe, »und das ist es, was normalerweise zwischen einem Mann und einer Frau abläuft. Gute Kommunikation ist der Schlüssel.«

Anya blickte über die Schulter zu Reaper, der zum Fenster hinausschaute und im Haus offenbar unruhig war. »Süßer, ich habe die Lebensmittel auf dem Sitz des Trucks vergessen. Würdest du sie bitte holen?«

Breezy wusste sofort, dass Anya die Sachen absichtlich dort gelassen hatte. Sie wollte Reaper einen Vorwand geben, die überfüllte Küche zu verlassen. Er war noch nie jemand gewesen, der sich viel im Haus aufhielt. Sie beschloss, sich für Steele ähnlich einzusetzen.

»Klar, Babe«, antwortete Reaper und ging sofort los.

Anya sah ihm mit einem kleinen Lächeln hinterher. Breezy fragte sich, ob die anderen wussten, dass Anya das absichtlich getan hatte. Die Frauen vielleicht. Sie sah sich die Männer im Raum an. Savage wusste es. Er blickte zum Fenster hinaus und dann zu Anya und nickte ihr unauffällig, kaum wahrnehmbar, zu.

»Was ist, wenn die Kommunikation nicht funktioniert?«, beharrte Maestro. »Ich weiß, Steele hat es mit Breezy geklärt, aber sie ist verrückt nach ihm, und ich garantiere, wenn er in Gefahr ist, wird sie ihr ganzes verdammtes Gequatsche vergessen und es wieder verbocken.«

»Willst du mit deinem verdammten Gequatsche mit mir rausgehen, jetzt gleich?«, fragte Steele ihn so leise, dass es sich absolut gefährlich anhörte.

Breezy legte ihm eine Hand auf den Arm, denn Maestro hatte leider recht, was sie anging.

»Eigentlich versuchen wir, genau das herauszufinden«, stimmte Player zu.

»Deshalb seid ihr also alle in der Küche«, stellte Lana fest. »Ich habe mich schon gewundert. Sie meinen es ernst damit, Blythe. Ich übrigens auch. Sie haben mich auch schon gefragt, und ich wusste nicht, was ich ihnen antworten sollte.«

»Reden ist zwecklos«, wandte Savage ein. »Aber eine richtig harte Lektion wird sie so schnell nicht mehr vergessen.« Damit machte er kehrt und ging hinaus.

Die anderen schwiegen. Blythe blickte zu ihrem Mann. »Was meint er damit? Mit einer richtig harten Lektion?«

Der Zar zuckte die Achseln. »Savage hat keine Beziehung, Baby. Er begibt sich nicht in Situationen, in denen er sich mit Frauen abgeben muss.«

»Aber ich plane, eine Frau zu finden«, sagte Maestro. »Und für mich klingt das vernünftig, was Savage sagt.«

»Also, was meint er damit?«, fragte Blythe.

Maestro grinste ihr kurz zu. »Er meint, wir müssen ihr die Bedeutung ihres Gehorsams auf eine Art und Weise kommunizieren, die sie versteht und nicht vergisst.« Er griff nach der Schüssel mit den Chips, verfehlte sie und eilte hinaus, ehe man ihm noch weitere Fragen stellen konnte.

Die anderen folgten ihm und ließen Breezy mit den Frauen allein. Blythe, Anya und Breezy blickten zu Lana und Alena. Als sie weiter schweigend ihre Schüsseln mit Kartoffelsalat mischten, räusperte sich Blythe.

Lana sah sie an. »Dir wird das nicht gefallen, und du wirst da auch nicht zustimmen, Blythe.«

»Vielleicht, vielleicht auch nicht, Lana, aber ich habe über die Jahre gelernt, andere nicht zu verurteilen. Vor allem kein Mitglied von Torpedo Ink. Ich kenne nicht alle ihre Geschichten, und das sollte ich auch gar nicht. Das ist Privatsache zwischen euch und dem, mit dem ihr euer Leben teilen wollt.«

»Savage würde das Ganze wahrscheinlich mit physischer Kraft regeln.«

Auf Blythes Keuchen hin schüttelte Lana den Kopf. »Nicht so, wie ihr denkt. Er würde sie nicht schlagen, aber er würde definitiv auf eine körperliche Weise reagieren. Er ist ein sehr körperorientierter Mann.«

»Das ist Reaper auch, aber er schlägt mich nicht«, sagte Anya.

»Wenn Savage oder Maestro in einer Beziehung wären«, meinte Alena und griff nach den riesigen Pastaschüsseln, »dann wäre das irgend so ein Mist mit Dominanz und Unterwerfung. Zumindest bei Maestro. Bei Savage käme wohl noch ein Tick mehr dazu.«

Blythe zuckte die Achseln. »Solange es auf Konsens beruht, wäre mir das einerlei.«

Lana stupste Alena an. »Ice redet ständig davon, seine zukünftige Frau erst zu kidnappen und dann zu schwängern. Mit dem müsstest du mal über die Bedeutung von *Konsens* reden.«

Die beiden lachten. Blythe, Breezy und Anya konnten nicht anders, als einfach mitzulachen.

»Ice wird eines Tages schwer auf die Nase fallen«, meinte Blythe.

»Stimmt«, gab Alena zu, und ihr Lachen hörte auf. »Er hat diese Fähigkeit, maßlos zu lieben. Total. Wenn ihm einmal eine Frau wehtun sollte …« Sie verstummte.

»Solltest du ihr eine Chance geben«, riet Blythe. »Wenn er eine findet, musst du eine Weile zurückstecken und die beiden zurande kommen lassen. Wenn du ihr drohst, könnte sie davonlaufen.«

Anya nickte. »Ich wollte damals tatsächlich davonlaufen, als du und Lana mit mir geredet habt.«

»Das ging von mir aus«, sagte Lana. Sie umarmte Anya. »Ich fühle mich noch immer schrecklich deswegen. Dabei tust du Reaper so gut.«

»Wie ihr merkt, ist er mit den Lebensmitteln noch nicht zurück«, erklärte Anya lachend. »Dieser Mann ist nicht zu zähmen, und ich will es auch gar nicht.«

»Ich möchte gern wissen, wie es Breezy in ihrem Haus geht«, sagte Blythe. »Verläufst du dich ab und zu darin?«

»Ja. Ich glaube, Steele will es mit Kindern auffüllen. Er will auch nicht, dass ich einen Finger krummmache, um zu putzen. Ich habe aber darauf bestanden, die Küche und unsere Schlafzimmer selbst sauber zu machen. Trotzdem will er, dass das Personal die Küche einmal pro Woche gründlich reinigt. Aber das Haus liebe ich. Wer würde das nicht? Zurzeit wohnen Maestro und Keys bei uns.«

»Ist das okay für dich?«, fragte Lana.

Breezy nickte und merkte plötzlich, dass es mehr als okay für sie war, vor allem, seit Steele ihr von seiner Vergangenheit und von Demyan erzählt hatte. Seither hegte sie definitiv auch mehr Sympathie für Absinth. »Eigentlich ist es toll, dass sie bei uns sind. Steele geht es besser, wenn zwei Augenpaare mehr auf Zane aufpassen, vor allem nach der Entführung und all dem.« Sie senkte den Blick und konzentrierte sich aufs Gurkenschneiden. »Manchmal bleibt mir die Luft weg, wenn ich daran denke, was passiert ist, deshalb bin ich auch ganz froh, zwei extra Aufpasser für ihn zu haben.«

»Kann ich mir vorstellen«, kommentierte Blythe.

»Das war so schlimm«, sagte Anya. »Reaper fühlte sich ganz zerrissen. Er wollte auf den Zaren, auf Blythe und die Kinder ebenso aufpassen wie auf mich, und gleichzeitig bei den anderen sein und mithelfen.«

»Wir waren ein gutes Team. Alle waren echt erstaunlich. Maestro und Keys sind wunderbar. Sie passen auf Steele auf, und das weiß ich zu schätzen. Das ist wohl genauso, wie du dich fühlst, Blythe, wenn Reaper und Savage beim Zaren sind.«

Blythe nickte. »Absolut.«

»Es erleichtert mich sehr, dass Maestro und Keys auch auf Zane aufpassen. Sie sind eine immense Hilfe. Sie wechseln ihm sogar beide die Windeln – aber das muss unter uns bleiben, sonst bekomme ich Ärger. Und sie helfen bei der Sauberkeitserziehung.« Sie lachte. »Sie haben ziemlich einzigartige Ideen, aber sie sind effektiv. Zane ist ja eigentlich noch nicht so alt, um schon aufs Töpfchen zu gehen, aber er versucht schon jetzt, sie nachzuahmen. Bis zu seiner Entführung hat er das schon recht gut hinbekommen, außer nachts hatte er keine Probleme. Seither ist es ein wenig schlechter geworden.«

»Das ist verständlich«, sagte Blythe. »Er könnte auch noch andere Verhaltensweisen zeigen.«

Breezy nickte. »Manchmal wacht er verängstigt auf, und dann wiege ich ihn. Er mag es, wenn man ihm vorsingt. Wir haben ein Klavier bestellt, weil Maestro meint, wir brauchen unbedingt eines für ihn, und ich weiß, dass ein Klavier für Kinder tatsächlich ein gutes Instrument ist.«

»Woher weißt du all diese Sachen über Kinder?«, wollte Lana wissen. »Im Club warst du auch immer für sie da. Ich weiß das, weil ich dich dafür bewundert habe. Es kam mir immer so natürlich vor.«

Breezy hatte nicht gewusst, dass Lana sie beobachtete, und bei diesem offensichtlich aufrichtigen Kompliment spürte sie eine Wärme durch sich strömen. »Ich lese sehr viel. Ich wollte nicht wie mein Vater sein. Von den Frauen, die er anschleppte, war keine kinderfreundlich, deshalb lese ich jede Menge, vor allem Erziehungsratgeber und so. Ich wollte nie so werden wie Bridges.«

»Ich glaube, in der Hinsicht brauchst du dir keinerlei Sorgen zu machen«, versicherte ihr Alena.

Das Dröhnen von Harleys erfüllte die Luft. Es war schon länger vernehmbar gewesen, doch nun waren sie im Hof angelangt. Mehrere Trucks begleiteten die Bikes. Die Frauen blickten einander an. Es war eine Party, und Partys bedeuteten Männer und Frauen, die sie nicht kannten, aber trotzdem willkommen hießen.

Breezy versuchte, locker zu bleiben. Sie gehörte mit zum Willkommens-Team. Es war nicht so, dass sie viele Frauen im Club gehabt hätten. Heidi und Betina würden da sein. Sie arbeiteten beide als Kellnerinnen in der Bar und wollten eine Beziehung mit einem Biker. Anya war mit ihnen befreundet, doch Breezy hatte noch nicht wirklich Kontakt mit ihnen gehabt.

Steele behauptete, keine andere als sie zu wollen, nicht einmal, wenn sie sich ihm an den Hals würfen. Sie wusste, dass sie ihm vertrauen sollte, doch es war schwer, dieses Bild von ihm aus dem Kopf zu bekommen – er, wie er nackt unter drei ebenso nackten Frauen hervorgekrochen war. Ein Teil von ihr wollte nach Hause rennen und sich feige verstecken.

»Atme tief durch«, flüsterte Lana. »Er liebt dich. Er schaut andere noch nicht einmal an. Ich bezweifle, dass er außer dir überhaupt eine Frau wahrnehmen kann.«

Breezy war es peinlich, dass Lana spürte, wie es ihr in Bezug auf die Party ging. Dabei sollte sie genug Vertrauen haben, um damit klarzukommen. Schließlich war Steele damals gar nicht mit ihr zusammen gewesen. Er hatte die Sache mit den drei Frauen erklärt, und sie hatte beschlossen, diese Erklärung zu akzeptieren. Entweder sie vertraute ihm oder nicht, und nachdem sie verlangt hatte, dass er ihr vertraue, musste sie nun diese letzte Hürde nehmen. Und dazu war sie entschlossen.

»Ich bin einfach nur dumm.« Sie strich sich über die weiche Stelle an ihrem Bauch, die sie seit Zanes Geburt nicht mehr ganz loswerden konnte. »Ich sehe nicht mehr aus wie früher, auch wenn ich noch so sehr trainiere. Ich schwimme jeden Tag, sogar mehrmals.« Auch Sex hatte sie mehrmals am Tag, und sie hatte abgenommen, aber eben nicht an dieser Stelle. Okay, wenn sie ehrlich war, hatte sie die auch schon vor Zanes Geburt gehabt, aber es war nett, die Schwangerschaft als Begründung zu haben.

Lana musterte sie von oben bis unten. »Breezy, du siehst irre gut aus. Ich wette, sobald du mit den anderen da rausgehst, wird dir Steele nicht mehr von der Seite weichen. Er wird allen klarmachen, dass du seine Old Lady bist, und die Frauen werden diese Botschaft definitiv ebenso verstehen wie die Männer.«

Der Lärmpegel im Gebäude stieg um einiges an, nur in der Küche ging es etwas ruhiger zu. »Der Zar möchte, dass Steele mit jedem Mann persönlich spricht. Außer ihm haben wir das alle bereits getan«, sagte Alena. »Seine Meinung ist sehr wichtig. Wenn er auch nur einen ablehnt, ziehen wir es nicht durch. Steele hat ein echt gutes Gefühl dafür, wie die Leute sind.«

Breezy nickte. Sie würde keine Panik bekommen. Sie musste Steele vertrauen. Sie liebte ihn und glaubte an ihn. Er hatte darauf bestanden, die Apps auf ihrem Handy zu installieren, mit denen sie ihn überall finden konnte. Sie hatte nicht nachsehen wollen, obwohl sie wusste, dass er das schon mehrmals getan hatte, denn er hatte sie über ein Dutzend Mal per SMS gefragt, weshalb sie noch immer in der Küche sei, und aufgefordert, sie solle gefälligst zu ihm herauskommen. Doch sie hatte ihm nicht geantwortet.

Preacher brachte drei Frauen in die Küche und stellte sie vor. Zwei waren Old Ladys und eine die Schwester einer solchen. Es schien ihnen peinlich zu sein, dass nur sie kamen, um Hilfe anzubieten. Doch sie brachten Essen mit, und Breezy war froh, dass sie lediglich freundlich mit ihnen sein musste, denn sie kämpfte noch immer mit ihrer Unruhe.

Steele stürmte herein. »Weib. Was zum Teufel …?«

Anya lachte laut. Lana und Alena kicherten. Blythe, nett wie immer, verbarg ihr Lächeln.

Breezy warf ihm einen Blick zu. »Das nennt man Arbeit, Süßer. Das zum Teufel ist los. Ich arbeite. Wir haben nicht so viele Hände, um das Essen zuzubereiten.«

»Dann trommle ich einige der Frauen zusammen und schicke sie hierher«, erklärte Steele.

»Alles gut«, wandte Blythe hastig ein. »Wir sind schon fertig. Schicke ein paar der Kandidaten herein, dann können wir die Sachen rausbringen. Wir richten ein Büfett her. Viktor sagte, das Fleisch ist auch schon fertig. Das Ferkel war den ganzen Tag lang am Spieß, und er hat Dutzende Hähnchen gegrillt.«

»Hyde, Glitch und Fatei sind in der Nähe. Ich hole sie«, sagte Steele. »Miss Frech hier kann mit mir kommen.« Er streckte die Hand aus.

Breezy war nicht so dumm, ihn zu ignorieren. Sie war in einem Club groß geworden, wusste, wie es lief, und würde ihn nicht blamieren. Sie trocknete sich die Hände ab und ging zu ihm. Steele begleitete sie in den ohrenbetäubenden Lärm hinaus, und dort küsste er sie. Heftig. Fordernd. Er beanspruchte sie für sich, genau wie Lana es vorhergesagt hatte.

»Hab dich vermisst, Baby. Wir waren fast jede Minute zusammen, und dann warst du plötzlich nicht mehr da. Ich sehe dich gerne an. Und weiß, dass du in der Nähe bist.«

Noch ehe sie antworten konnte, pfiff er den drei Kandidaten. Er deutete Richtung Küche, und sie gehorchten ohne zu zögern.

Steele führte sie weiter von den Picknicktischen weg, zu der dem Ozean zugewandten Rückseite des Gebäudes, wo sie allein waren. Er küsste sie wieder und wieder. Sie konnte ihn nicht küssen, ohne dass dabei ihr ganzer Körper Feuer fing. Als er den Kopf hob, musste sie sich an ihm festhalten, so schwach waren ihre Knie.

»Ist das Ganze okay für dich? Sobald ich mit allen gesprochen habe, können wir fahren, falls du dich hier unwohl fühlst.«

»Wieso denkst du, dass es mir unangenehm sein könnte? Ich mag Partys, so wie jeder andere auch.«

»Babe.«

Da war sie. Die Stimme, die sie zurechtwies.

»Ich habe dich in der Küche beobachtet. Mir macht es nichts, zu keiner solchen Party mehr zu gehen, wenn du dich dabei unwohl fühlst.«

Der Vizepräsident konnte nicht bei jeder Party durch Abwesenheit glänzen. Sie zwang sich zu einem Lächeln in der Hoffnung, ihn zu beschwichtigen. »Ich war kurz unsicher, aber nur, weil ich noch immer einen Babybauch habe. Ich glaube, den kriege ich auch nicht mehr ganz weg, also gewöhne ich mich besser daran.« Sie wusste nicht, was sie sonst sagen sollte. Es war nur ein bisschen demütigend, dass er ihren Ärger sah. Sie versuchte, die bestmögliche Old Lady zu sein, doch sich ständig

Gedanken zu machen über etwas, das er erklärt – und sie akzeptiert – hatte, war falsch. Sie musste es loslassen.

»Breezy, es gibt keine schönere Frau als dich.«

Er meinte es ernst. Sie erkannte seine Aufrichtigkeit und schmolz dahin. Das schaffte er mit Leichtigkeit. »Alles ist gut, Steele. Ich verspreche es. Ich will einfach immer die Beste für dich sein. Es ist mein Problem, nicht deines.«

»Ich habe dazu beigetragen, weil ich ein Idiot war. Ich schwöre dir, Baby …«

Sie presste ihre Finger auf seinen Mund. »Alles ist perfekt, Steele. Lass uns einfach Spaß haben. Wir sind jetzt hier und bekommen eine Nacht frei. Machen wir das Beste draus.« In Wahrheit war ein Teil von ihr wirklich aufgeregt. Sie war von Torpedo Inks umgeben. Sie waren überall, und wenn sie die anderen Mitglieder ansah, passten sie immer auf sie beide auf. Wenn sie es zuließ, würde sie sich vielleicht zum ersten Mal entspannen und wirklich Spaß haben können.

»Lass mich zuerst noch den Babybauch sehen, der dir solchen Kummer macht.«

Sein Ton war die pure Verführung, und sie schüttelte lachend den Kopf. »Nichts da. Wir müssen einen ganzen Club unterhalten.«

»Ein anderer Club ist mir schnurzegal. Aber du nicht. Und dein Körper auch nicht.« Er blickte ihr in die Augen und schob langsam ihr Shirt hoch.

Breezy konnte nicht wegschauen. Steele in die Augen zu sehen war eines der aufreizendsten Dinge, die sie kannte – dazustehen, an das Gebäude gepresst, während seine Finger langsam über ihre bloße Haut wanderten und dabei ihr Shirt höher und höher schoben. Ihr Innerstes pulsierte vor Verlangen. Wurde heiß. Angespannt. Nass. Erwartete ihn. Sie verbrachte die Hälfte ihrer Zeit nur mit dem Warten darauf, dass er in ihr war.

»Ist es das, was dir Kummer macht?« Er presste einen Kuss auf die weiche Stelle, die verriet, dass sie sein Baby getragen hatte. Seine Zähne kratzten sanft darüber, und dann linderte die Zunge den kleinen Schmerz. »Das ist meine Lieblingsstelle.« Er zog ihr Shirt höher, über ihre vollen Brüste, und hielt es unter ihrem Kinn fest.

»Du bist so ein Lügner. Du liebst meine Titten.«

Er lächelte, den Blick auf ihre Brüste gerichtet. »Da könntest du recht haben.«

Breezy trug keinen BH, weil Steele das so mochte. Er liebte es, wie ihr enges Tanktop ihre Brüste formte, deshalb verzichtete sie seinetwegen darauf. Nun, in der kühlen Nachtluft, stellten sich ihre Nippel auf, und ihre Brüste fühlten sich schmerzhaft und heiß an. Wartend auf ihn, wie ihr Geschlecht.

Steele ließ sich Zeit, arbeitete sich küssend seinen Weg von ihrem Bauch bis zur Unterseite der Brüste. Sie musste sich an seinen Schultern festklammern, die Nägel tief eingraben, um nicht umzufallen. Er umrundete ihre Brüste und saugte dann heftig, drückte ihren Nippel an seinen Gaumen, während seine Hand die andere Brust streichelte und knetete und liebkoste. Breezy keuchte vor wilder Lust. Er war nicht immer zärtlich, und der Kontrast zwischen rau und sanft brachte sie aus der Fassung. Dann bearbeitete er ihre Nippel und sandte Feuerpfeile direkt in ihre Klitoris.

»Zieh dich aus.«

Das Blut dröhnte so sehr in ihren Ohren, dass sie ihn kaum hörte. Es jagte durch ihre Adern, breitete sich aus wie ein Lauffeuer, bis das Verlangen sie verzehrte und ihre Hände automatisch an den Hosenbund ihrer Jeans wanderten. Sie war so eng, dass sie sich Stück für Stück herausschälen musste, doch er hörte nicht auf, an ihrer Brust zu saugen, was dieses Unterfangen nicht eben leichter machte.

Ihr Atem ging stoßweise, und sie wollte den Rücken durchdrücken, ihm ihre Brüste in den Mund drängen, ihn ermutigen, sie zu verschlingen. Zum Glück trug sie flache Schuhe, die sich einfach wegkicken ließen, sodass sie auf die Hose treten konnte, um sie abzustreifen. Dann war sie endlich nackt, der Abendwind strich über ihren Körper wie tausend Zungen und steigerte die Wollust, die sie überwältigte.

Er verschwendete viel Zeit an ihre Brüste, zupfte und rollte, zwickte sie in die Nippel, bis sie aufschrie, und leckte dann daran, um den Schmerz zu lindern. Als er den Kopf endlich hob, waren seine Spuren überall. Er warf sein Hemd auf den Boden und sah sie an mit Augen in der wilden Farbe der Mitternacht, die sie so sehr liebte.

Sie kniete sofort nieder, die Hände an seinem Gürtel, öffnete flugs seine Jeans, und dann war seine Faust in ihrem Haar, zog ihren Kopf nach hinten, und sein Schwanz war in ihrem Mund, lag wuchtig auf ihrer Zunge. Sein Umfang dehnte ihre Lippen. Sie liebte es, wie schwer und massiv er sich anfühlte, heiß und perfekt, Stahl und doch Samt. Sie wollte ihn verschlingen. Heiß und begehrlich. Er war gierig nach ihr, so wie sie begierig nach ihm war.

Sie arbeitete mit allen Finessen, die sie kannte, um ihm Lust zu verschaffen. Sie blickte auf in sein Gesicht, dieses perfekte Gesicht, das sie stundenlang ansehen konnte, ohne dessen müde zu werden. Er gehörte ihr. Er liebte sie. Sie wusste nicht, wie sie zu diesem Glück gekommen war, aber wenn sie vor ihm kniete, sein Schwanz tief in ihren Mund und wieder heraus glitt, wieder und immer wieder, schnell und dann langsam, tief und seicht, mit seiner Faust fest in ihrem Haar, dann hatte sie das Gefühl, dass er zu ihr gehörte. Er gehörte ihr, und das war alles, was sie wollte.

Sie spürte, wie sein Glied anschwoll, wie sich seine Miene veränderte und sein Hodensack zusammenzog. Sie schob ihn in sich, spannte die Lippen an, streichelte mit ihrer Zunge. Er drückte auf ihren Kopf, zog ihn nach hinten. Sie setzte seinem Schwanz nach, doch er entzog ihn ihr.

»Nicht so, Baby. Ich will in dich hinein. Steh auf, und leg die Hände an die Wand, aber den Kopf nach unten.«

Sie stand auf und drehte sich um, weil er ihr gar keine andere Wahl ließ. Seine Hand wanderte von ihren Haaren an den Nacken, drückte ihren Kopf nach unten, sodass sie vornüber gebeugt war.

»Ich weiß nicht, wie ich stehen bleiben soll«, sagte sie und stöhnte, als seine Hand über ihr feuchtes, verlangendes Geschlecht fuhr.

»Ich halte dich da, wo ich dich haben will«, versicherte er und bewegte seine Finger in ihr. Aus ihr heraus. Es war zum Verrücktwerden.

Sie schob sich nach hinten, versuchte seinen Finger zu erwischen, doch sein Daumen legte sich auf ihre Klitoris, bewegte sie hin und her, und als Nächstes spürte sie seine Zunge daran. Ihr Atem ging in abgehackten Stößen. »Steele.«

»Still, Breezy, oder wir gehen nicht auf die Party und verbringen hier die ganze Nacht.«

Sie schaute über die Schulter zu ihm hoch. Er sah so lüstern aus, wie sie es war, sein Schwanz wirkte einschüchternd, als er ihn umfasste und die Faust auf und ab schob, den Blick dabei auf ihr Geschlecht gerichtet. Sie versuchte, sich nicht zu bewegen, doch ihr Körper wollte nicht gehorchen, nicht, wenn er sie stetig streichelte und liebkoste. Er bearbeitete ihre Möse so ausführlich wie zuvor ihre Brüste, brachte sie erneut mit dem Gegensatz von rau und sanft aus der Fassung. Sanfte kleine Bewegungen, die plötzlich hart wurden, seine Zunge, dann sein Mund, der sie heftig bearbeitete. Zähne, die sie keuchen ließen. Seine Hand traf hart ihren Hintern, das Klatschen wurde zusammen mit ihrem klagenden Flehen durch die Nacht getragen.

»Ich bin so kurz davor.« Ihr Körper war so angespannt, es war fast nicht zu ertragen. »Ich muss …«

»*Nein.* Bloß nicht! Halt durch. Ich bin hier noch nicht fertig.« Er begleitete seinen Befehl mit einem weiteren Schaben seiner Zähne, und ihr ganzer Körper erschauderte, versuchte, das Unvermeidliche fernzuhalten.

Steele stieß in ihr Inferno, und auch er keuchte nun hörbar. Sie war eng und umgab ihn wie geschmolzenes Magma, drückte zu und versuchte, ihn noch tiefer hineinzuziehen, zu strangulieren. Es fühlte sich an wie Himmel und Hölle in einem. Perfektion. »Ist es das, was du willst, Baby?« Sie pulsierte um ihn. Er spürte ihren wilden Herzschlag direkt an seiner Eichel.

»Ja, Steele.« Ihr Ton war klagend. »Beeil dich, Süßer. Ich brauche dich jetzt.«

Dieses leise Klagen war alles, was er hören musste. Er fasste sie hart an den Hüften, hielt sie fest und rammte in sie. Sie umgab ihn mit züngelnden, seidigen Flammen. Ihr leiser Schrei steigerte die Hitze noch mehr, die sich in seinem Körper aufbaute.

Links von ihnen bemerkte er jemanden, der wegen des Lärms nach dem Rechten sehen wollte, doch er wusste genau, wo Keys und Maestro waren. Maestro war bereits dabei, wie nebenbei jeden vom anderen Club abzufangen, der womöglich hier herauskam oder weil er mit seiner Frau etwas Privatsphäre suchte. Breezy war sicher. Er war sicher. Seine Brüder passten auf sie beide auf.

Steele bewegte sich in ihr, und jedes Mal, wenn er sich zurückzog, fühlte er das leichte Schaudern, das durch ihren Körper lief, und spürte es dann über seinen Rücken wandern. Schockwellen bewegten sich seine Schenkel hinauf und hinab, wenn er in sie stieß. Er ließ sich komplett gehen, vergaß alle Beherrschung. Nahm sie einfach nur. Seine Frau. Er überließ sich ganz dieser perfekten Empfindung. Wie jede Zelle seines

Körpers lebendig wurde. Wie die Flammen über und in ihm brannten. Der Enge ihres Geschlechts, das ihn umklammerte, presste und massierte, der unglaublichen Reibung.

Er wollte, dass es nie mehr aufhörte. Er ritt sie hart, und zweimal entschlüpfte ihm das Wort *Nein*. Wie sie es aushielt, das wusste er nicht. Nur dass sie ihn mitnehmen und es vorbei sein würde, wenn sie es nicht tat. Er brauchte diese monströse Erlösung. Wenn er in ihr war, von diesen feuerheißen Muskeln umgeben, fiel alles andere von ihm ab, und alles in ihm konzentrierte sich nur darauf. Sein Schwanz, der in ihr verschwand, sich zurückzog, feucht und heiß.

Einige Momente noch, und dann, er wusste es, würde es vorbei sein. Dieser Ort, an den sie ihn mit ihrem Körper brachte, an dem er seine Vergangenheit hinter sich ließ. Und jeder verdammte Mist, mit dem er je zu tun gehabt hatte, würde vergangen sein. Er riss sich noch einmal zusammen, entschlossen, sich jeden einzelnen Moment zu nehmen, den er nehmen konnte. Dann entlud er sich, ehe er sie warnen konnte, sein Samen schoss aus ihm heraus, eine wilde, brutale Eruption, sein Schwanz zuckte hart in ihr, gab ihr alles.

Sie schrie auf, dieses leise, kleine Wimmern, das er so liebte, und ihr Körper klammerte sich fest um seinen. Die Wellen wurden zu Beben und dann zu heftigen Zuckungen, bis sie ihn völlig entleert hatte. Er presste Küsse auf ihre Wirbelsäule und wartete, bis sie beide wieder zu Atem kamen, bevor er sich aufrichtete und ihr half, ebenfalls gerade zu stehen.

»Alles gut, Baby?« Er wischte sie mit seinem T-Shirt zwischen den Beinen ab.

»Besser als gut.« Sie lehnte sich an ihn und fuhr mit der Zunge über eine seiner Narben. Sie zeichnete das Tattoo nach, das Ink dort angebracht hatte, um zu verbergen, wo die Klinge tief eingedrungen war.

Er wich nicht zurück. Sie machte ihn besser. Sie schaffte es, ihn vom Verlust Demyans wegzubringen. Wenn er in ihr war, verblassten Demyan und alles, was ihnen angetan worden war, so sehr, dass er es für einige kostbare Momente vergessen konnte. Niemand sonst durfte den Mund an diese Tattoos bringen. Diese Narben waren für seinen gefallenen Bruder. Breezy war die einzige Ausnahme.

Er zog ihr das Toptank über Kopf und Brüste. »Ich hasse es höllisch, die zu bedecken, Bree. Du bist ein Kunstwerk.«

»Freut mich zu hören.«

»Wir sind noch nicht am Ende. Bevor die Nacht um ist, werde ich dir mindestens fünf Orgasmen schenken. Vielleicht sogar mehr. Und ich nehme dich, wie immer ich es will.« Er küsste sie erneut, weil er es musste – und verlor sich für kurze Zeit im Feuer ihres Mundes. Als er sich zurückzog, glänzten ihre Augen.

»Gut, dass ich darauf vorbereitet bin«, sagte Breezy.

Seine Frau. Natürlich würde sie nicht Nein sagen. Sie schlüpfte in ihre Jeans und die Schuhe, und er zog seinen Reißverschluss hoch und schloss seinen Gürtel.

»Ich hole dir ein Hemd, Steele. Ich weiß, du hast einige in den Schubladen in deinem Zimmer. Du willst ja noch mit den Leuten des anderen Clubs reden, bevor alle zu betrunken sind. Ich komme dann zu dir.«

Er zog seine Kutte an. »Bist du sicher? Ich könnte mit dir gehen.« Er wollte sie nicht aus den Augen lassen. Er kannte ihre Ängste bezüglich Clubs, auch wenn sie noch so sehr versuchte, sie zu überwinden.

»Das ist Unsinn. Ich bin die Old Lady des Vizepräsidenten. Ich weiß, wie ich mich auf einer Party zu verhalten habe.«

Sie wusste es. Hatte es immer gewusst. Sie war ein Pluspunkt für ihn. Er hatte keinen Zweifel daran, dass sie bei den Frauen die Runde machen und ihm alle möglichen Informationen liefern würde. Dennoch blickte er zu Keys, der nickte. Er würde die Old Lady des Vizepräsidenten nicht aus den Augen lassen.

Sie würde sicher sein, weil seine Brüder da waren und sie beobachten würden. Er hatte sein Handy bereits herausgeholt und schickte nun eine Gruppen-SMS: *Auf meine Frau aufpassen.*

Sie lehnte sich wieder an ihn, und dieses Mal küsste sie ihn. Steele erwiderte ihren Kuss und genoss es, dass sie seine Frau war. Sie hatten einen gemeinsamen Sohn. Sie liebte ihn, und sie blieb, weil sie bei ihm sein wollte. In diesem Moment wusste er, dass er alles hatte, und wenn er achtsam war, würde es auch so bleiben.

»Ich hab's im Griff«, log Breezy, als Steele ihren Blick suchte, um sie zu bestärken.

Ihr Magen rebellierte, doch sie wagte es nicht, die Hand darauf zu legen. Er würde es merken. Steele bemerkte alles. Sie musste das allein durchziehen. Es herausfinden, so oder so. Selbstvertrauen vorzutäuschen, das war nicht schwer, das hatte sie ihr ganzes Leben lang gemacht. Hocherhobenen Hauptes ins Clubhaus zurückzugehen, durch eine Gruppe von Männern, die sie nicht kannte, machte ihr jedoch Angst. Auch wenn diese Männer zur Party eingeladen waren und Torpedo Ink überlegte, sie in absehbarer Zeit vielleicht zu Mitgliedern zu machen.

Sie zwang sich, ohne einen Blick zurück von Steele wegzugehen. Als sie den Aufenthaltsraum betrat, zitterten ihre Hände. Klänge, Laute drangen auf sie sein. Lachen. Männerstimmen. Frauenstimmen. Gerüche. Die Atmosphäre einer Party, die gerade in die Gänge kam, und schon jetzt auch die Vorahnung von Sex und Alkohol. Musik, die die Stimmung anheizte.

Breezy spürte Blicke auf sich gerichtet. Sie wusste, dass die Männer auf sie schauten, und blickte sich geflissentlich im Raum um. Sie war Steeles Frau und dafür verantwortlich, dass alles gut über die Bühne ging. Eine der Frauen, die ein Clubmitglied als Partner wollten, kam direkt auf sie zu.

»Ich bin Betina. Das ist Heidi.« Sie zeigte auf die andere Frau. »Möchtest du, dass wir etwas für dich tun?«

Breezy wusste, das war eine beschönigende Umschreibung für *Willst du, dass wir uns einem bestimmten Mann nähern?* Sie lächelte der Frau zu und schüttelte den Kopf. »Amüsiert euch einfach, solange Steele oder der Zar nichts anderes sagen.« *Fröhliche Jagd*, fügte sie stumm hinzu und hoffte, die beiden würden finden, wonach sie suchten. Sie war einmal in einer ähnlichen Lage gewesen.

Betina grinste ihr zu und eilte zu dem Mann zurück, den sie sich für die Nacht ausgesucht hatte. Breezy trat mit einem tiefen Atemzug in die Mitte des Raums, ließ einmal mehr den Blick schweifen und nahm alles in sich auf. Dann ging sie zur Bar, um die im Raum verteilten Holzschalen wieder mit Chips und Nüssen aufzufüllen. Schon jetzt lagen überall Bierflaschen herum. Sie wollte sie einsammeln, doch Heidi kam ihr zuvor.

»Ich mache das«, sagte sie in unterwürfigem Ton.

»Danke«, erwiderte Breezy, bemüht, ihre Verblüffung nicht zu zeigen.

»Hey, Babe.« Gavril Prakenskij begrüßte sie, legte einen starken Arm um ihre Schultern. Bisher hatte er ihr immer nur zugenickt. Er war in Begleitung einer Frau, und so wie er ihre Hand hielt, musste sie ihm viel bedeuten. »Breezy, dies ist meine Frau, Lexi. Sie ist zum ersten Mal hier. Ich hatte gehofft, du würdest sie unter deine Fittiche nehmen und auf sie aufpassen, solange ich Cocktails mixe. Wir sind nur für das Barbecue hier.«

»Hallo, Lexi.« Die Frau wirkte wesentlich nervöser, als sie es selbst war; Breezy empfand sofort tiefes Mitgefühl für sie. »Das Essen sieht fantastisch aus. Blythe ist auch hier irgendwo.«

»Ich habe einige Salate mitgebracht, und etwas Obst und Gemüse. Wo soll ich das hinstellen?«, fragte Lexi.

»Obst und Gemüse in die Küche und die Salate draußen auf den langen Tisch«, antwortete sie sofort.

»Ich zeige es dir«, sagte Gavril beruhigend und küsste seine Frau auf die Haare. »Danke, Breezy. Baby, wenn du irgendetwas brauchst, oder es dir zu viel wird, dann geh einfach zu Breezy. Sie hat alles im Griff.«

Lexi nickte und lächelte, doch Breezy erkannte, dass es ihr schon jetzt zu viel war, und nahm sich vor, sie im Auge zu behalten. Sie kam auf ihrem Weg Richtung Flur jedoch nicht weit, denn Casimir, ein weiterer Bruder des Zaren, hielt sie auf.

»Breezy, ich möchte dir Lissa vorstellen, meine Frau. Wir haben eine Menge Essen mitgebracht und möchten wissen, wo du es haben willst. Lissa, Baby, das ist Breezy. Falls du etwas brauchst und Blythe oder mich nicht finden kannst, wende dich an sie.«

Lissa mit ihrem leuchtend roten Haar und dem wachen Blick war Breezy sofort sympathisch. Sie lachte, doch sie sah sich im Raum um, was Breezy an Lana und Alena denken ließ. Es gab ihr zusätzliches Selbstvertrauen, dass noch eine Frau da war, die auf sie alle ein Auge hatte. Das gefiel ihr. Lissa strahlte eine Ungezwungenheit aus, als wüsste sie, dass all die Männer hier es nicht wagten, sie zu berühren, wenn sie es nicht wollte. Die beiden plauderten noch ein paar Minuten mit ihr und gingen dann Richtung Küche.

Breezy schaffte wieder nur einige Schritte, denn ein Mann trat ihr in den Weg, einer der Neulinge, groß, mit ernster Miene und wilden, langen Haaren. Sein Abzeichen wies ihn als einen Vollstrecker aus. Ihr Herz klopfte wild, und für einen Moment trübte sich ihre Sicht ein. Sie zwang sich zu atmen und ein Lächeln aufzusetzen und ließ den Blick im Raum umherwandern.

Keys war ganz in ihrer Nähe. Transporter hatte sich auf seinem Barhocker gedreht und beobachtete sie aus zusammengekniffenen Augen. Einer der Kandidaten, Fatei, der als Barkeeper fungierte, unterbrach seine Arbeit und schaute zu ihnen herüber. Absinth, der gerade durch das Clubhaus schritt, blieb abrupt stehen, wechselte dann die Richtung und kam auf sie zu.

Wohin Breezy auch schaute, überall war ein Mitglied von Torpedo Ink und beobachtete sie. Plötzlich machten sie alle nicht mehr den Eindruck, als würden sie nur Spaß haben wollen, und alles andere sei ihnen egal. Im Gegenteil. Sie sahen exakt so gefährlich aus, wie sie waren.

Daher überraschte es sie auch nicht, am Eingang Steeles große Gestalt im Türrahmen zu erkennen, was sie sofort beruhigte. Sie schüttelte leicht den Kopf. Sie musste mit allem, was auf sie zukam, allein fertigwerden. Sie war die Frau des Vizepräsidenten, und sie war in diesem Leben groß geworden. Dies war ihre Domäne, und sie musste hier für Ordnung sorgen.

»Ich bin Mavra. Ich habe dich beobachtet; du bist ganz klar die Person, auf die sich hier alle verlassen. Ich habe meine Frau mitgebracht. Unser Vizepräsident und zwei weitere unserer Männer haben ebenfalls ihre Frauen dabei. Für sie ist alles neu, und sie sind sehr nervös. Wir werden mit euren Männern reden und deshalb nicht ständig auf sie aufpassen können. Deshalb hofften wir, du würdest dir die Zeit nehmen, sie kennenzulernen und ihnen zu helfen, mit den anderen Frauen bekannt zu werden.«

Ihr Herz wurde leicht, sie konnte wieder atmen. Noch ein Mann, der ein Auge auf seine Frau hatte. Er war von dem anderen Club, der sich eventuell Torpedo Ink anschließen wollte. Sie hatte keine Erfahrung mit Männern, die auf ihre Frauen aufpassten, doch genau das taten sicher auch Gavril und Casimir. Torpedo Ink schützte sie. Ihr Mann war hier, wartete nur auf ein Zeichen von ihr. Und auch dieser Mann und mehrere seiner Brüder beschützten ihre Frauen.

»Sehr gerne. Ich hole nur Steele ein Hemd, und dann bin ich sofort für sie da.« Sie lächelte ihm beruhigend zu, blickte zu ihrem Mann zurück, und Mavra trat zur Seite.

Steele grinste, und sie hatte ein Gefühl, als würde das Herz in ihrer Brust zerfließen. Sie mochte in Bezug auf Clubs und das

Leben darin einige Ängste haben, vor allem wenn es um Partys ging, doch diese Ängste verschwanden zusehends.

Sie wurde mehr und mehr zu der Frau, auf die die anderen sich verließen, und damit konnte sie gut leben. Diese Rolle hatte sie immer gehabt, und sie passte zu ihr. Steele war ein Torpedo Ink, und er gehörte ihr. Er würde immer der Mann ihrer Wahl sein. Sie wusste, dass sie für ihn ein Gewinn war, und das gab ihr immenses Selbstvertrauen. Mehr noch, sie war ein Gewinn für den Club. Nicht auf eine herabsetzende Art und Weise, sondern auf eine, auf die sie stolz sein konnte.

Breezy eilte den Flur entlang zu dem Zimmer, das Steele im Clubhaus benutzte. Sie war alles andere als überrascht, als sich die Tür hinter ihr schloss und er sich daran lehnte. Sein Blick verriet Stolz. Sein Gesichtsausdruck grenzenlose Liebe. Reine, unverfälschte Zuneigung. Sie sah es ihm sofort an. Ihr Herz schlug schneller, so wie immer, wenn sie ihn anblickte.

»Will dich schon wieder, Weib.«

»Muss ein paar Sachen erledigen, Steele.«

Seine Hände wanderten an den Gürtel. »Sachen, die wichtiger sind als ich?«

Sie lachte leise, schüttelte den Kopf und begegnete seinem Blick glücklicher, als sie es je für möglich gehalten hatte. »Es gibt jetzt nichts Wichtigeres als dich, Steele. Absolut nichts.«

Mitglieder des Torpedo-Ink-Motorradclubs

Viktor Prakenskij *alias* **Zar**, Präsident
Lyov Russak *alias* **Steele**, Vizepräsident
Savva Pajari *alias* **Reaper**
Savin Pajari *alias* **Savage**
Isaak Koval *alias* **Ice**
Dimitri Koval *alias* **Storm**
Alena Koval *alias* **Torch**
Luca Litvin *alias* **Code**, Schatzmeister
Maximos Korsak *alias* **Ink**
Kasimir Popov *alias* **Preacher**
Lana Popov *alias* **Widow**
Nikolaos Bolotan *alias* **Mechaniker**
Pytor Bolotan *alias* **Transporter**
Andrei Federoff *alias* **Maestro**
Gedeon Lazaroff *alias* **Player**
Kir Vasiliev *alias* **Master**
Lazar Alexejev *alias* **Keys**
Aleksei Solokov *alias* **Absinth**

Neue Vollmitglieder
Gavril Prakenskij
Casimir Prakenskij

Kandidaten
Fatei
Glitch
Hyde

Biker-Begriffe

Biker: in einem Club organisierte Motorradfahrer
Chapter: Ortsgruppe eines überregionalen Motorradclubs
Chapel: Kapelle – Versammlungsraum im Clubhaus
Church: ›Gottesdienst‹ – meist einmal wöchentlich stattfindendes Clubtreffen in der Chapel
Clubgirl / Clubhure / Groupie / Mama / Braut: leicht verfügbare Frau, die sich in der Biker-Szene aufhält
Colors: Club-Logo/Abzeichen, das auf die Zugehörigkeit und oft auch auf den Status in der Clubhierarchie hinweist. In der Regel dreiteiliger Aufnäher auf der Rückseite der Kutte.
Full color member: Vollmitglied
Hangaround: unterste Stufe der Anwärterschaft auf die Vollmitgliedschaft in einem Club – jemand, der im Club herumhängt, weil er ihm beitreten möchte, und mit einfachen Aufgaben betraut wird.
Hobel / Bock: liebevolle Bezeichnung für schweres Motorrad
Kutte: vermutlich vom englischen Begriff ›cut‹, also ›abgeschnitten‹, abgeleitet. Ärmellose Weste aus Jeansstoff oder Leder, versehen mit den Colors des Clubs; wird fast ständig getragen, selbst über Lederjacken.
MC: Motorradclub mit straffer Gliederung und eigenem Ehrenkodex
Old Lady: feste Freundin oder Ehefrau eines Clubmitglieds. Darf eine Weste mit dem Backpatch ›Property of XY‹, also ›Eigentum von XY‹ tragen.
Patch: Aufnäher auf Brust- oder Rückenseite der Kutte
Präsident / Vize: Chef des MCs und sein Stellvertreter

Prospect: nächste Stufe in der Probezeit nach dem Hangaround. Ein Prospect muss sich seinen Status mit der Erledigung komplizierterer Aufgaben verdienen, bis er dann als vollwertiges Mitglied in den Club aufgenommen wird und die Colors des Clubs tragen darf, also ein ›full color member‹ wird.

Road Captain: Routenplaner

Sergeant of/at Arms: Vollstrecker – überwacht die Sicherheit und die Durchsetzung der Regeln innerhalb des Clubs.

Treasurer: Schatzmeister/Kassenwart

Zivilist/Bürger: an der Bikerszene unbeteiligte Person

Danksagungen

Ich möchte mich ganz herzlich bei den Männern und Frauen bedanken, die mir großzügig Informationen zur Verfügung stellten, wenn ich sie darum bat.

Anne Roffe Tann, vielen Dank für Ihren Brief. Ed und Ruth, danke für die Beantwortung von Fragen sogar spätabends, wenn ich nicht mehr weiterwusste.

Ein großer Dank geht an Patrick J. Mears von Spread Eagle Tattoo für die enge Zusammenarbeit bei der Schaffung der Torpedo-Ink-Grafiken.

Sheila, du hast mir sehr damit geholfen, dass ich Dinge endlos mit dir ausdiskutieren durfte. Domini, Brian und Denise, danke für eure Hilfe bei allem, von der Recherche über Änderungen bis dahin, dass ihr mich angetrieben habt, schneller zu arbeiten.

An meine Leser

Gehen Sie bitte unbedingt auf christinefeehan.com/members/, melden Sie sich für meine PRIVATE Buchankündigungsliste an und downloaden Sie sich *Dark Desserts* KOSTENLOS als E-Book. Werden Sie Mitglied meiner Community, und Sie erhalten Neuigkeiten aus erster Hand, nehmen an Buchbesprechungen teil, können Fragen stellen und mit mir chatten! Oder nehmen Sie unter Christine@christinefeehan.com per E-Mail Kontakt mit mir auf; ich freue mich sehr, von Ihnen zu hören!

Werkverzeichnis der im Heyne Verlag von Christine Feehan erschienenen Titel

Die Autorin 483

Werkverzeichnis

1. Die Drake-Schwestern 485
2. Die Sea-Haven-Saga 489
3. Die Highway-Serie 492

Die Autorin

Christine Feehan ist Vollblutautorin. Sie kann sich ein Leben ohne Schreiben nicht vorstellen. Sie lebt in Kalifornien und ist mit einem romantischen Mann verheiratet, der sie immer wieder inspiriert. Sie haben insgesamt elf Kinder: ihre, seine und einige gemeinsame. Neben dem Schreiben, Lesen und dem Recherchieren für neue Bücher liebt sie Wandern, Camping, Rafting und Kampfsportarten (Karate, Selbstverteidigung).
Da Christine Feehan selbst in einer großen Familie mit zehn Schwestern und drei Brüdern aufgewachsen ist, wollte sie unbedingt über die Magie von Schwestern schreiben; das höchst lesenswerte Ergebnis ist die Drake-Schwestern-Serie mit sechs Romanen über die faszinierenden Drake-Schwestern und ihre übernatürlichen Gaben. Inzwischen gibt es auch die Fortsetzung dazu: die Sea-Haven-Saga um die sechs »Schwestern des Herzens« und die Highway-Serie. In ihrer Jugend hat sie ihre Schwestern gezwungen, jedes ihrer Worte zu lesen, nun helfen ihr ihre Töchter, ihre Romane zu lesen und herauszugeben.
Christine Feehan ist seit Jahren auf allen großen amerikanischen Bestsellerlisten vertreten. Ihre Bücher wurden in viele Sprachen übersetzt, und sie bekam in den USA unzählige Preise und Auszeichnungen als Autorin. Mehr über die Autorin und ihr Werk erfahren Sie unter:
www.christinefeehan.com

Alle Romane aus diesem Werkverzeichnis sind auch als E-Book erhältlich.

Werkverzeichnis

1. Die Drake-Schwestern

Die sieben Schwestern stammen aus der uralten und magischen Drake-Familie. Sarah, Kate, Abigail, Libby, Hannah, Joley und Elle stehen sich sehr nahe und helfen sich mit ihren übersinnlichen Kräften aus jeder Gefahr. Nach einer alten Prophezeiung muss jedoch erst die älteste Schwester den Mann ihres Lebens finden, bevor auch die anderen sich verlieben können.

Dämmerung des Herzens

(Magic in the Wind/The Twilight before Christmas)

Als Sarah den menschenscheuen Damon trifft, fühlt sie sich auf seltsame Weise zu ihm hingezogen. Doch er wird von schwer bewaffneten Männern verfolgt. Sarah kann zwar die Zukunft voraussehen, sie ist aber auf die magische Hilfe von Kate und ihren anderen Schwestern angewiesen, um die schattenhaften Wesen abzuwehren, die sie und ihre Familie bedrohen. Als Kate und ihr Jugendfreund Matt die alte Mühle von Sea Haven betreten, öffnet sich eine gefährliche Kluft im Erdboden.

Zauber der Wellen

(Oceans of Fire)

Abbey ist die dritte der sieben zauberkräftigen Drake-Schwestern. Sie kann die Menschen dazu bringen, die Wahrheit zu sagen. Abbey hatte Aleksandr, ihre große Liebe, vor Jahren verlassen, da sie sich von ihm verraten fühlte. Jetzt bittet er sie erneut um ihre Hilfe. Widerstrebend arbeitet sie mit ihm zusammen und gerät dabei in höchste Gefahr. Aleksandr kämpft um ihr Leben und um ihre Liebe.

Gezeiten der Sehnsucht

(Dangerous Tides)

Libby, die Heilerin unter den magischen Drake-Schwestern, schenkt dem reichen und unnahbaren Tyson nach einem Unglück das Leben wieder. Als er sich in seine Retterin verliebt, geraten die beiden immer wieder in lebensbedrohliche Situationen. Libby kann zwar einen schweren Unfall mithilfe ihrer Schwestern verhindern, aber dann kommt es zu einem offenen Mordanschlag. Wer steckt hinter diesen Angriffen auf Libby und Tyson?

Magie des Windes

(Safe Harbour)

Endlich scheint auch für Hannah, das schöne und erfolgreiche Model, das private Glück zum Greifen nah zu sein. Doch jetzt muss sie um ihr Leben fürchten: Bei einer Modenschau wird sie von einem Unbekannten mit einem Messer attackiert und schwer verletzt. Wenig später kommt es zu einem zweiten Mordversuch. Können die Schwestern Hannahs Leben retten?

Gesang des Meeres

(Turbulent Sea)

Die betörende Joley besitzt die magische Gabe, Menschen durch Gesang in ihren Bann zu ziehen. So wurde sie über Nacht zu einer der begehrtesten Rocksängerinnen des Showbusiness. Doch der Erfolg schafft ihr auch viele Feinde: Plötzlich muss sie um ihr Leben bangen, und nur der geheimnisvolle Bodyguard Ilja Prakenskij kann sie retten. Joley verfällt dem bedrohlich attraktiven Mann – doch ist sie in seinen Armen wirklich sicher?

Sturm der Gefühle

(Hidden Currents)

Elle, die jüngste und geheimnisvollste der Drake-Schwestern, vereint in sich die magischen Gaben aller sieben Frauen, um sie wiederum an ihre sieben Töchter weiterzugeben. Allerdings verlässt ihr Traummann Jackson sie, da er sich dieser Aufgabe nicht gewachsen fühlt. Doch dann wird Elle von dem attraktiven, intelligenten und telepathisch begabten Milliardär Stavros gekidnappt. Stavros hat sich immer genommen, was er haben wollte. Wird er Elle wieder freigeben?

2. Die Sea-Haven-Saga

Gebieterin des Wassers

(Water Bound)

Lev Prakenskij hat die Erinnerung an sein bisheriges Leben verloren, als er von der Taucherin Rikki aus dem stürmischen Ozean gerettet wird. Die Herkunft seiner unzähligen Narben gibt Rätsel auf. Aber auch Rikki hat ein Geheimnis - und sie muss sich bald eine wachsende Zuneigung zu dem Unbekannten eingestehen. Doch die Liebenden werden sehr schnell von ihrer Vergangenheit eingeholt.

Hüterin der Seele

(Spirit Bound)

Seit Jahren wartet Judith, die Künstlerin unter den »Schwestern im Herzen«, auf den Mann, dem sie sich durch geheimnisvolle Bande verbunden weiß. Als Stefan Prakenskij nach Sea Haven kommt, fühlt sie ein Feuer in sich wie nie zuvor. Stefan ist gefährlich und leidenschaftlich, aber da taucht ein weiterer Mann auf, den Judith nicht abweisen kann. Nur einer der beiden wird den Kampf um ihre Liebe überleben.

Herrin des Windes

(Air Bound)

Airiana wurde als Kind in ein geheimes Trainingscamp gesteckt, weil die US-Regierung ihre übersinnlichen Fähigkeiten für eigene Zwecke einsetzen wollte. Jahre später kann sie fliehen, gerät jedoch kurz darauf in die Fänge einer Verbrecherclique und wird auf ein Schiff auf hoher See verschleppt. Ihre einzige Chance zu entkommen ist Maxim Prakenskij, der seine Gründe hat, Airiana zu helfen. Er ist jedoch nicht bereit, sich ihr zu öffnen, auch nicht, als die Leidenschaft zwischen ihnen immer heftiger wird.

Wächterin der Erde

(Earth Bound)

Gavril Prakenskij ist Auftragskiller. Er tötet schnell, effizient und erbarmungslos. Schwäche oder Gefühle kennt er nicht. Verführung gehört für ihn zum Geschäft. Doch alles ändert sich, als er die scheue Lexi erblickt. Er kann fühlen, dass sie für ihn bestimmt ist. In ihrem Inneren ebenso verletzt wie er, teilt sie den Wunsch nach einem Neuanfang. Doch dann wird Lexi von den Schatten ihrer Vergangenheit eingeholt.

Geliebte des Feuers

(Fire Bound)

Lissas flammenfarbenes Haar ist nicht das einzig Feurige an ihr. Die begabte Glaskünstlerin und »Schwester im Herzen« trägt eine brennende Kraft in ihrem Innern, die ebenso zerstörerisch wie schöpferisch sein kann. Ihre Kunstfertigkeit bringt sie bis nach Italien, während Lissas eigentliche Mission im Verborgenen bleibt: Rache. Zwischen ihr und dem russischen Geheimagenten Casimir Prakenskij entzündet sich eine leidenschaftliche Liebe, aber dunkle Geheimnisse aus der Vergangenheit bedrohen ihre gemeinsame Zukunft.

Tänzerin des Lichts

(Bound Together)

Mit Viktor fühlt sich Blythe zum ersten Mal in ihrem Leben richtig lebendig. Solch eine Leidenschaft und Liebe hatte sie nicht für möglich gehalten. Doch Viktor verschwindet plötzlich, ohne ein einziges Wort, und für Blythe bricht eine Welt zusammen. Nach fünf Jahren kehrt er zurück - doch kann sie sich wieder auf ihn einlassen? Noch bevor sie eine Entscheidung trifft, sieht sie sich einer tödlichen Gefahr gegenüber.

3. Die Highway-Serie

Highway to Love

(Judgment Road)

Anya ist ihr ganzes Leben lang auf sich allein gestellt und wünscht sich nichts sehnlicher als eine Familie und einen Mann, der bedingungslos hinter ihr steht und dem sie blind vertrauen kann. Das spricht im ersten Augenblick nicht gerade für Reaper, den sie in der Bar des Bikerclubs Torpedo Ink kennenlernt. Denn Reaper ist Biker durch und durch: groß, tätowiert und sehr einschüchternd. Und trotzdem fühlt sich Anya magisch zu ihm hingezogen.

Highway to Passion

(Vengeance Road)

Aufgewachsen in einem Motorradclub hat Breezy nie erfahren, wie sich ein behütetes Leben anfühlt. Als sie ihre große Liebe Steele kennenlernt, fühlt sie sich zum ersten Mal geborgen. Doch Steele verlässt sie plötzlich, und für Breezy bricht eine Welt zusammen. Sie wird aus dem Motorradclub verbannt und bemerkt kurz danach, dass sie schwanger ist. Ganz auf sich allein gestellt schlägt sich Breezy durch, doch als ihr Sohn entführt wird, wendet sie sich in ihrer Verzweiflung erneut an Steele.